W0461228

Das Buch

Als Carlotta nach Hause kommt und ihre jüngere Schwester Lilli mit rotgeweinten Augen antrifft, weiß sie schon Bescheid: wieder einmal Liebeskummer. Denn Lilli verguckt sich regelmäßig in die falschen Männer – in oberflächliche, flirtlustige Typen, die sie nur möglichst schnell ins Bett kriegen wollen, um ihr dann das Herz zu brechen. Der richtige Mann für Lilli, denkt Carlotta, müsste so sein wie sie: ruhig, romantisch, ordentlich, trotzdem humorvoll und interessant. Carlotta beschließt, dem Liebesglück ihrer Schwester ein bisschen nachzuhelfen. Doch das mit dem Verkuppeln ist nicht so einfach: Der erste Kandidat ist glücklich verheiratet, der zweite stellt sich als schwul heraus. Schließlich gibt Carlotta eine Annonce auf. Was ungeahnte Folgen haben wird – nicht nur für Lilli . . .

Die Autorin

Elaine Winter wurde 1958 in Hannover geboren. Mit dem Schreiben begann sie nach ihrem Germanistik- und Anglistik-Studium. Regelmäßig veröffentlicht sie seither Kurzromane und Erlebnisstorys in Frauenzeitschriften und begeistert mit ihren Liebesromanen viele Leser.

Elaine Winter

Küsse im Chaos

Roman

Ullstein

Besuchen Sie uns im Internet:
www.ullstein-taschenbuch.de

Die Autorin ist Mitglied bei DeLiA,
der ersten Vereinigung
Deutschsprachiger Liebesromanautorinnen und -autoren:
www.delia-online.de

Umwelthinweis:
Dieses Buch wurde auf chlor- und säurefreiem Papier gedruckt.

Ungekürzte Ausgabe im Ullstein Taschenbuch
1. Auflage Oktober 2005
© 2004 by Moments in der area verlag gmbh, Erftstadt
Umschlaggestaltung: Büro Hamburg
Titelabbildung: © ZEFA/J. Bourke
Druck und Bindearbeiten: Ebner & Spiegel, Ulm
Printed in Germany
ISBN-13: 978-3-548-26289-5
ISBN-10: 3-548-26289-9

Für meine Mutter, die von der ersten Zeile an liebevoll Anteil an meinem Weg als Autorin genommen hat. Danke für dein nie erlahmendes Interesse, deine offene Kritik, deine Begeisterung, deine Toleranz – und auch sonst für alles!

I

Das männliche Hinterteil in den ausgewaschenen Jeans tauchte so unerwartet in Carlottas Gesichtsfeld auf, dass sie überrascht stehen blieb. Sie kniff die Augen zusammen und sah verblüfft hinüber zu dem noch winterlich kahlen Pflaumenbaum, der auf der anderen Seite des etwa zwei Meter hohen Bauzauns stand. Schmale Hüften, feste Pobacken und lange Beine schienen direkt aus dem Stamm herauszuwachsen, während Kopf und Schultern hinter dem Baum verborgen waren. Ein interessanter und durchaus nicht unerfreulicher Anblick, wie sie amüsiert feststellte. Jetzt begannen die Beine heftig zu zappeln, während der Ast, über dem der Rest des Mannes hing, sich sachte nach unten bewegte.

»Kann ich Ihnen helfen?«, rief Carlotta, obwohl ihr klar war, dass dieses Angebot angesichts des hohen Zaunes zwischen ihr und dem Pflaumenbaum eher eine Geste der Menschlichkeit als eine konkrete Hilfe war.

»Nein, vielen Dank«, kam es gequält zurück, während der Jeansträger offenbar auf der anderen Seite des Stammes heroische Anstrengungen unternahm, sich auf einen etwas höheren und vielleicht weniger morschen Ast zu hangeln.

»Was machen Sie denn eigentlich da oben?«, konnte Carlotta sich nicht verkneifen zu fragen.

»Ich wollte nur eine Katze retten. Sie fand es lustig, so zu tun, als käme sie nicht wieder vom Baum herunter.«

»Aha. Ich sehe gar keine Katze.« Carlotta legte den Kopf in den Nacken und kniff die Augen zusammen.

Im selben Moment brach der morsche Ast ab, und, begleitet von einem markigen Aufschrei, verschwanden die Jeans samt Inhalt aus Carlottas Blickfeld.

Stille auf der anderen Zaunseite.

»Hallo?« Carlotta überlegte, ob sie eine in der Nähe stehende Mülltonne zum Zaun schaffen und auf diese Weise vielleicht auf die andere Seite gelangen könnte. Mittlerweile ging es vielleicht nicht mehr nur um Freundlichkeit, sondern um Hilfe in der Not. Bevor sie jedoch zur Tat schreiten konnte, meldete sich der Jeansträger wieder.

»Es ist alles in Ordnung.« Das klang nicht besonders überzeugend.

»Wirklich? Ich könnte einen Krankenwagen rufen. Sind Sie sicher, dass Sie sich nichts gebrochen haben?«

»Bin ich. Es ist noch alles dran und heil.«

»Das beruhigt mich.« Carlotta lehnte sich gegen den Zaun. Aus irgendeinem Grund hatte sie noch keine Lust weiterzugehen. Vielleicht lag das einfach nur daran, dass ihr nach der Mittagsschicht im *Susanna's* wie üblich die Füße wehtaten. Es bestand natürlich auch die Möglichkeit, dass sie hoffte, einen Blick auf den Rest des abgestürzten Mannes zu erhaschen, nachdem die untere Hälfte durchaus sehenswert gewesen war. Obwohl sie eine derartige Neugier sich selbst gegenüber niemals zugegeben hätte.

»Und wo ist nun die Katze?«, erkundigte sie sich interessiert.

»Die ist runtergesprungen, als ich endlich oben war. Wahrscheinlich ist sie längst zu Hause, schlägt sich den Bauch mit Whiskas voll und lacht sich zwischendurch halb tot über mich.«

Nur mit Mühe unterdrückte Carlotta ihrerseits das Lachen. »Sie hätten sie erst fragen sollen, ob sie da oben Hilfe braucht.«

»Habe ich ja.« Hinter dem Bretterzaun raschelte es, als würde sich jemand vom Boden hochrappeln.

Nur mit Mühe widerstand Carlotta der Versuchung, durch eines der Astlöcher zu sehen wie ein kleines, neugieriges Mädchen. »Und, was hat sie gesagt?«

»Miau.«

»Dann hat das Tier Sie wirklich ganz gemein hereingelegt!« Ein amüsiertes Glucksen ließ sich nun doch nicht mehr verhindern.

»Wahrscheinlich muss ich einen Teil der Schuld bei mir suchen. Es handelte sich offenbar um ein weibliches Tier, und es ist mir schon immer schwer gefallen, Frauen zu verstehen.«

Jetzt hörte es sich an, als würde er sich die Kleidung abklopfen. Zögernd stieß Carlotta sich vom Zaun ab. Es wurde Zeit für sie, sich auf den Heimweg zu machen. Sie hatte entschieden zu viel zu tun, um hinter Zäunen herumzulungern und sich mit verwirrten Katzenrettern zu unterhalten.

»Sind Sie extra über den Zaun geklettert, um der Katze zu helfen?«, konnte sie sich dennoch nicht verkneifen zu fragen.

»Nein. Ich war schon vorher hier.« Das hörte sich ein bisschen verkniffen an, als würde er keinen Wert darauf legen, noch weiter über die Angelegenheit zu sprechen.

»Wenn Sie tatsächlich keine Hilfe brauchen, dann gehe ich jetzt.« Auf unpersönliche Art höflich sein konnte sie auch.

»Vielen Dank. Es geht mir gut. Außer, dass ich wahrscheinlich Monate brauchen werde, um mit der Schande fertig zu werden, vom Baum gefallen zu sein, noch dazu direkt vor Ihren Augen. Das ist an Peinlichkeit wohl kaum zu überbieten.«

»Ich habe schon Peinlicheres gesehen«, tröstete Carlotta ihn.

»So? Was denn?«, erkundigte er sich hoffnungsvoll.

Sie öffnete den Mund und klappte ihn unverrichteter Dinge wieder zu.

»Sehen Sie!«, stellte er nach angemessener Wartezeit zufrieden fest.

»Dann lasse ich Sie jetzt allein, damit Sie sich in Ruhe weiter grämen können.«

»Das werde ich tun. Nochmals vielen Dank!«

Vor sich hin grinsend legte Carlotta den restlichen Weg nach Hause zurück. Der Mann im Baum hatte ihren Tag gerettet. Meistens machte ihr der Job im *Susanna's* Spaß. Es gab unangenehmere Arbeiten, mit denen eine Schauspielerin, die auf den großen Durchbruch oder ein festes Engagement wartete, sich über Wasser halten konnte, als in einer durchaus seriösen Bar Getränke zu servieren.

Seit das *Susanna's* allerdings mittags geöffnet hatte, gehörten diese Schichten zu den Stunden, deren Ende sie herbeisehnte. Obwohl die Karte nur zehn eher schlichte, aber beileibe nicht preiswerte Gerichte bot, besetzten die Angestellten der umliegenden Banken, Werbeagenturen und Zeitungsredaktionen zwischen zwölf und vierzehn Uhr jeden verfügbaren Stuhl. Die Bar war besonders angesagt bei jenen, die sich für wichtig hielten. Art-Direktoren, Analysten und Chefredakteure legten Wert darauf, sich zu den Gästen zu zählen, die Oskar, der Wirt, mit Namen anredete.

Und keiner dieser Gäste war bereit, länger als fünf Minuten auf sein Essen zu warten. Größere Geduld hätte den Verdacht aufkommen lassen, der Betreffende habe in seinem Terminkalender die eine oder andere freie Zeile, was unter allen Umständen zu vermeiden war. Deshalb wurde Carlotta oft, gern und ungeduldig von den Gästen zur Eile aufgefordert, während sie im Laufschritt Shrimpssalat, Gemüsespießchen mit kalorienreduzierten Dips und Schollenfilets in Ananassauce herbeischleppte. Der einzige Trost, der ihr dann blieb, war das großzügige Trinkgeld, das viele Gäste aus Gründen der Imagepflege demonstrativ auf dem Tisch liegen ließen, und natürlich die Tatsache, dass es nicht mehr allzu lange dauern konnte, bis sie endlich einen Filmvertrag oder wenigstens eine Rolle am Theater bekommen würde.

Als sie die Gartenpforte öffnete, war Carlotta schon wieder bestens gelaunt. Sie hatte den Rest des Tages frei, und Lilli hatte angedeutet, dass sie abends kochen würde. Freitags machte sie immer schon am frühen Nachmittag Feierabend. Und im Gegensatz zu Carlotta hatte sie Spaß am Kochen, ja war sogar richtig gut darin.

In dem Moment, in dem Carlotta das Haus betrat, wurde ihr allerdings sofort klar, dass es mit Lillis berühmtem Kartoffelgratin an diesem Abend nichts werden würde.

»Nicht schon wieder!«, murmelte Carlotta vor sich hin, während sie die achtlos auf den Boden geworfene Jacke ihrer Schwester betrachtete. Normalerweise hängte Lilli ihre Sachen mit größter Sorgfalt auf. Es sei denn, sie hatte Liebeskummer, dann war es ihr egal, ob ihre Jacken und Mäntel schmutzig und zerknittert wurden. Mit der Fußspitze schob Carlotta einen von Lillis Schuhen beiseite, der auf der unteren Treppenstufe lag, während sein Zwilling direkt vor der offenen Küchentür stand. Diesmal war es offenbar besonders schlimm.

»Lilli?«, rief Carlotta die Treppe hinauf.

Ihre Schwester antwortete mit einem lauten Schluchzen.

Nachdem Carlotta ihre eigene Jacke über das Dielenschränkchen geworfen und ihre Schuhe dort abgestreift hatte, wo sie gerade stand – was sie immer so machte und nicht etwa aus Liebeskummer –, stieg sie die Stufen zu Lillis Zimmer hinauf.

Wie erwartet, fand sie ihre Schwester auf dem Bett vor. Lilli hob das vom Weinen verquollene Gesicht und schob sich die feuchten, blonden Haarsträhnen aus der Stirn.

»Warum habe eigentlich immer ich so ein Pech mit Männern?«, erkundigte Lilli sich anklagend bei ihrer älteren Schwester und weinte übergangslos weiter.

Carlotta setzte sich auf die Bettkante und legte den Arm um Lillis bebende Schultern. »Ich glaube, du suchst dir einfach immer die falschen Männer aus«, sagte sie mitfühlend.

»Mach ich doch gar nicht!«, protestierte Lilli schluchzend. »In wen man sich verliebt, sucht man sich nicht aus. Das passiert einfach.«

»Und wer ist es dieses Mal?«

»Das weißt du doch! Jonathan.«

Carlotta schnappte nach Luft. »Der Jonathan von schräg gegenüber?«

»Welcher denn sonst?« Aus geröteten Augen starrte Lilli die Schwester beleidigt an.

»Aber den kennst du doch gar nicht richtig. Du bist nicht ein einziges Mal mit ihm ausgegangen oder so.«

»Ich habe mich neulich mindestens zehn Minuten mit ihm über sein Studium unterhalten. Elektrotechnik.«

»Und weshalb weinst du jetzt?«

Carlotta schwante Übles. Jonathan Geibel war genau einer jener Typen, in die ihre Schwester sich unweigerlich verliebte und die sie ebenso sicher in tiefen Kummer stürzten. Weil sie sie, schüchtern und zurückhaltend wie sie war, erst gar nicht beachteten. Und falls sie Lillis sehnsüchtige Augenaufschläge ausnahmsweise interessiert wahrnahmen, verletzten sie sie auf irgendeine andere Art und Weise.

Lilli war ein hübsches, zartes Mädchen, das sehr romantisch, sehr ordentlich und äußerst weiblich war. Sie liebte Blumen und schöne Kleider, kochte gern und träumte von einer Familie mit zwei Kindern. Eigentlich war sie in allem das genaue Gegenteil ihrer Schwester Carlotta – und der Männer, in die sie sich mit schönster Regelmäßigkeit Hals über Kopf verliebte. Das waren in der Regel gut aussehende Casanovas, die nicht etwa daran dachten, eine Familie zu gründen, sondern nur daran, ob sie ihre neue Flamme schon heute oder erst morgen in ihr Bett bekommen würden. Soweit Carlotta es beurteilen konnte, gelang es Lilli in der Regel, die Notbremse zu ziehen, bevor sie einem solchen Mann, der die Frauen in seinem Bett rascher als die Bettwäsche wechselte, zum Opfer fiel. Dennoch hinterließen Männer in der Regel eine Spur der Verwüstung in Lillis Leben.

»Neulich hat er mir alles über sein Studium erzählt, aber als wir uns gestern auf der Straße begegnet sind, hat er mich gar nicht richtig angeguckt. Und heute hat er so eine aufgetakelte Ziege mit nach Hause gebracht. Und sie vor der Haustür geküsst. Mindestens fünf Minuten lang. Dabei war da doch erst vor zwei Wochen diese Schwarzhaarige.« Vor lauter Empörung bekam Lilli einen Schluckauf und vergaß für den Moment das Weinen.

»Du bist viel zu schade für diesen Jonathan!«, empörte Carlotta sich gleich mit. »Was willst du mit einem Kerl, der nicht mal sieht, dass du etwas ganz Besonderes bist?«

»Er ist aber auch was ganz Besonderes!« Prompt flossen die Tränen wieder aus Lillis blauen Augen.

»Du kennst ihn doch gar nicht richtig. Deshalb kannst du auch nicht wirklich in ihn verliebt sein«, stellte Carlotta mit der Autorität der fünf Jahre Älteren fest.

»Wie willst du das denn wissen? Du bist doch nie richtig verliebt! Um sich zu verlieben, muss man manchmal jemanden nur ansehen, und es macht klick.« Seit sie sich mit siebzehn unsterblich in den Schulsprecher verguckt hatte, für den außer ihr die Hälfte aller Oberstufenschülerinnen schwärmte, akzeptierte Lilli die von Realismus geprägte Meinung ihrer älteren Schwester auf diesem Gebiet nicht mehr.

»Wie kommst du bloß darauf, dass ich mich nie verliebe?«, protestierte Carlotta gewohnheitsmäßig. »Nur weil bei mir nicht jedes Mal die Welt untergeht, wenn ein Mann sich als Flop erweist, heißt das noch lange nicht, dass ich keine Gefühle habe.«

Lilli wühlte unter ihrem Kopfkissen herum, förderte ein zerknautschtes Papiertaschentuch zutage und schnäuzte sich ausgiebig die Nase. »Dann sag mir doch mal, wann du zuletzt so richtig verliebt warst!«

»Im Herbst«, behauptete Carlotta nach kurzem Nachdenken.

»Du meinst doch nicht etwa diesen komischen Werbefritzen, mit dem du ein paar Mal aus warst.« Vor lauter Eifer, ihrer Schwester zu beweisen, dass sie keinen Schimmer hatte, was wahre Liebe war, vergaß Lilli fast ihren eigenen Kummer.

»Klar. Was war denn an dem auszusetzen? Sascha sah gut aus, er war erfolgreich, und er hat sich sehr für mich interessiert.« Carlotta verschwieg, dass Saschas Küsse sich angefühlt hatten, als würde ein Frosch in ihrer Mundhöhle herumhüpfen. Und ihr einziger Versuch, mit ihm zu schlafen, war ohnehin nicht der Erwähnung wert. Nachdem er sich übergangslos auf sie gestürzt hatte, sobald sie keine Kleider mehr trug, hatte er sich zehn Minuten heftig auf und in ihr bewegt, war sekundenlang in wilde Zuckungen verfallen und hatte sich dann schwitzend wieder von ihr heruntergerollt, um auf der Stelle einzuschlafen.

»Liebe hat nichts damit zu tun, ob jemand erfolgreich ist oder wie er aussieht. Liebe ist ein Gefühl«, erklärte Lilli mit ernster Miene. »Ich glaube, da kannst du wirklich nicht mitreden.«

»Wenn es bei deiner so genannten Liebe darum geht, dass man alle zwei Monate weinend zusammenbricht, weil es schon wieder beim Falschen klick gemacht hat, kann ich, ehrlich gesagt, gut auf diese erhebende Erfahrung verzichten.«

Ergriffen von Carlottas plastischer Schilderung, wurde Lilli erneut von ihrem Kummer überrollt und begann wieder zu weinen.

»Wenn du dich endlich mal in einen Mann verlieben würdest, der wirklich zu dir passt, müsste das alles nicht sein«, wiederholte Carlotta, nachdem sie ihre Schwester eine Weile tröstend im Arm gehalten hatte.

»Und wie soll deiner Meinung nach ein Mann sein, der zu mir passt? Ich finde, Jonathan würde wunderbar zu mir passen. Wenn ich ihm in die Augen sehe, vergesse ich alles um mich herum, mir wird ganz schwindelig, und ich habe dieses seltsame Gefühl im Bauch. Du weißt schon.« Mit einer dramatischen Geste legte Lilli sich die Hand auf den Magen.

»Ich kenne ihn zwar nicht näher, aber Jonathan ist offensichtlich ein Mann, der gern ausgeht, gern flirtet und jede

Menge Spaß haben will. Während du eben einfach anders bist.«

»Als ob man mit mir keinen Spaß haben könnte!« Aus tränenfeuchten Augen warf Lilli ihrer Schwester einen tödlichen Blick zu.

»Natürlich!«, beruhigte Carlotta sie. »Aber du bist auch gern zu Hause, du liebst Gedichte und Liebesromane. Du möchtest später Kinder haben. Und du brauchst ein geregeltes Leben und Ordnung um dich herum. Hast du schon mal in Jonathans Auto geguckt, wenn er gegenüber parkt? In der alten Kiste sieht es aus wie in einem Wanderzirkus. Fast-Food-Verpackungen, zerfledderte Bücher, Krümel, alte Schuhe – ich glaube, du wärst gar nicht in der Lage, mit ihm irgendwohin zu fahren, ohne vorher eine Stunde lang in seinem Auto aufzuräumen und zu putzen.«

»Das stimmt gar nicht«, protestierte Lilli aus tiefstem Herzen. »Wenn man liebt, akzeptiert man die Fehler des anderen.«

Seufzend gab Carlotta es auf. Lilli würde so lange von einem Liebeskummer in den nächsten taumeln, bis sie irgendwann endlich den richtigen Mann traf. Blieb nur zu hoffen, dass das möglichst bald passierte. Auch ohne die Krisen der Schwester hatte Carlotta in ihrem Leben genug Stress.

Das Schlimme war, dass Lillis Verzweiflung Carlotta noch immer so sehr mitnahm, obwohl die Schwester mittlerweile erwachsen und selbst für ihr Leben verantwortlich war. Da Lilli erst fünfzehn gewesen war, als ihrer beider Eltern bei einem schweren Verkehrsunfall ums Leben gekommen waren, hatte Carlotta sich von diesem Zeitpunkt an für die jüngere Schwester verantwortlich gefühlt. Und konnte die alte Gewohnheit einfach nicht ablegen. Als die fünf Jahre Ältere, bereits Volljährige hatte sie damals sogar ganz offiziell die Verantwortung für Lilli getragen. Das waren keine leichten Zeiten gewesen, denn beide hatten die Eltern schmerzlich vermisst. Nur langsam war es ihnen gelungen, diesen Schmerz zu verarbeiten.

Zum Glück hatten sie durch eine größere Summe aus der Lebensversicherung ihres Vaters wenigstens keine finanziellen Sorgen gehabt. Carlotta hatte weiter die Schauspielschule besuchen können, während Lilli ihr Abitur machte und eine

Ausbildung zur Buchhalterin begann. Nun verdienten beide ihren Lebensunterhalt, Lilli mit ihrer Tätigkeit in der Buchhaltung eines Herstellers von Fensterbeschlägen, Carlotta mit gelegentlichen Jobs in der Werbung, kleinen Rollen an verschiedenen Theatern und ihrem Teilzeitvertrag im *Susanna's*.

Von dem Geld aus der Lebensversicherung war noch einiges übrig geblieben, das sie als eiserne Reserve in einem Sparfonds angelegt hatten. Einen Teil davon planten sie demnächst in die Renovierung des Hauses zu stecken, in dem sie seit dem Tod der Eltern zu zweit lebten. Zunächst wollten sie den Wintergarten anbauen lassen, von dem sie beide schon seit Jahren träumten, und als zweiten Schritt, vielleicht im nächsten Jahr, das Haus in zwei getrennte Wohnungen umbauen lassen. Dies war Lillis Idee gewesen, die Carlotta zunächst sehr erstaunt, ja sogar ein wenig verletzt hatte.

»Wir wären immer noch zusammen und könnten uns jederzeit sehen«, hatte Lilli ihr erklärt, »aber trotzdem hätte jede von uns ihr Reich. Wir könnten Besuch haben, ohne dass es die andere stört, und würden uns nicht mehr um die Ordnung streiten.«

Carlotta sah sehr rasch ein, dass eine räumliche Trennung ihnen wahrscheinlich helfen würde, die allzu enge Bindung langsam zu lösen. Ganz abgesehen davon, dass es tatsächlich immer wieder Streit gab, wenn Carlotta alles stehen und liegen ließ, wo es sich gerade traf, während Lilli mit einem ausgeklügelten System Ordnung hielt und sogar ihre Bücher auf Karteikärtchen archivierte und nach Autorennamen geordnet ins Regal einsortierte.

Nachdem sie Lillis Zimmer verlassen hatte, ging Carlotta in die Küche hinunter, um nachzusehen, ob etwas zum Abendessen da war. In ihrem momentanen Zustand hatte Lilli wahrscheinlich nicht eingekauft.

»Hier waren doch irgendwo noch Nudeln«, murmelte sie vor sich hin, während sie im Hängeschrank über dem Herd wühlte und dabei die verschiedenen Sorten Früchtetee, die Lilli sorgfältig aufgestapelt und womöglich nach dem Alphabet geordnet hatte, in einem heillosem Durcheinander zurückließ.

Als Nächstes nahm sie sich den Kühlschrank vor, in dem sie aber nicht wie erhofft Tomaten oder wenigstens Eier für einen

Auflauf vorfand, sondern nur einen schlappen Salatkopf und ein paar schrumpelige Möhren. In der vergangenen Woche hatte Lilli eine Rohkostdiät gemacht, weil sie der Meinung war, Jonathan besser zu gefallen, wenn sie zwei oder drei Kilo weniger auf den Rippen hatte. Ein Idee, die Carlotta angesichts von Lillis zierlicher Figur einigermaßen absurd fand.

Als das Telefon klingelte, steckte Carlotta gerade mit dem Oberkörper in dem hohen, schmalen Schrank neben der Tür, weil ihr eingefallen war, dass vielleicht noch ein Dose Ravioli da war. Sie hatte keine Lust zum Einkaufen. Eher würde sie den Pizzaservice anrufen, obwohl der immer unverschämt teuer war und sie sich jede Woche von neuem vornahm zu sparen.

Hastig stützte sie sich an einem der Einlegeböden ab, erreichte damit, dass die Putzmittel aus dem oberen Fach krachend zu Boden stürzten, kümmerte sich jedoch nicht um das Chaos aus Plastikflaschen und -dosen auf den Fliesen und eilte zum Telefon.

Da Lilli den Apparat zuletzt benutzt hatte, steckte das Mobilteil ordnungsgemäß in der Ladeschale auf dem Dielenschränkchen. Carlotta riss das Telefon ans Ohr, bevor sich der Anrufbeantworter einschalten konnte.

»Wolf«, meldete sich der Anrufer in geschäftsmäßigem Ton und raschelte am anderen Ende der Leitung mit irgendwelchen Papieren.

Einen Moment lang wusste Carlotta mit diesem Namen nichts anzufangen, dann dämmerte es ihr. »Der Architekt?«

»Genau. Wolf von *Thiel und Partner*. Ich rufe an, um einen neuen Termin zu vereinbaren. Ist Ihnen heute Vormittag etwas dazwischengekommen?«

Mit gerunzelter Stirn betrachtete sich Carlotta im Spiegel neben der Garderobe. Sie musste unbedingt ihren Pony nachschneiden lassen. Die dunklen Fransen hingen ihr schon bis in die Augen. »Wieso heute Vormittag?«

»Wir hatten für elf Uhr einen Termin ausgemacht.« Das klang ein wenig vorwurfsvoll, wenn auch immer noch höflich.

»Nein, nein, das war nicht heute!« Carlotta zerrte ihre geräumige Tasche unter ihrer über das Schränkchen drapierten Jacke hervor und begann darin herumzuwühlen. Wenn sie sich richtig erinnerte, hatte sie sich den Zeitpunkt für ihren Besuch im Architekturbüro auf einer Papierserviette aufgeschrieben, die gerade auf dem Tisch gelegen hatte. »Ich habe mir den Termin notiert. Wir hatten uns für Anfang nächster Woche verabredet, da bin ich mir ziemlich sicher. Montag oder so.«

»Also, momentan habe ich zwar niemanden, der meine Termine überwacht ... Meine Sekretärin ist zur Kur, was eine einigermaßen furchtbare Situation ist, aber hier auf meiner Schreibtischunterlage habe ich aufgeschrieben, dass wir einen Termin für heute elf Uhr ausgemacht haben. Jedenfalls soweit ich meine Schrift noch entziffern kann.«

»Wenn ich jetzt diese ... diesen Notizzettel finden würde, könnte ich Ihnen genau sagen, für wann wir verabredet waren.« Ungeduldig schüttete Carlotta den Inhalt ihrer Tasche auf den Fußboden und wühlte erfolglos zwischen zerknüllten Papiertaschentüchern, alten Bons und abgebrochenen Bleistiften herum.

»Dann sollten wir vielleicht einfach eine neue Verabredung treffen«, schlug der Architekt begütigend vor. »Ich habe mir so ein elektronisches Notizbuch gekauft und werde Datum und Uhrzeit darin speichern. Von meiner Seite müsste dann alles klappen.«

»Mir würde es am Mittwoch gut passen, da habe ich den ganzen Tag frei.« Carlotta fischte einen zerknüllten Kassenbon aus dem Haufen zu ihren Füßen und fand sogar einen Stift, der schrieb.

»Mittwoch Vormittag, wieder um elf?«, schlug Wolf vor.

»Prima! Ich komme dann also in Ihr Büro, und Sie zeigen mir die Zeichnung für den Wintergarten. Vielleicht kann ich meine Schwester ja doch noch überreden, sich für eine Stunde freizunehmen, und sie kommt mit. Aber bisher ist sie der Ansicht, sich überraschen lassen zu wollen, wenn der Wintergarten fertig ist. Sie behauptet, auf einer Zeichnung würde sie ohnehin nichts erkennen.« Carlotta kritzelte den Termin auf die Rückseite des Bons und steckte ihn hinter die obere Ecke des Spiegels.

»Ich habe alles fertig im Computer und glaube, es wird Ihnen gefallen«, ließ sich Wolf vernehmen. »Es ist kein Problem, den Glasanbau bis hinauf zum ersten Stock zu ziehen.

Wir könnten eine breite, gläserne Schiebetür in die hintere Wand Ihres Wohnzimmers im Erdgeschoss einlassen und vom oberen Stockwerk aus eine Wendeltreppe nach unten bauen. Das gibt einen sehr hübschen Effekt von Weite, wenn wir ein geschwungenes Geländer aus Plexiglas wählen und die Stufen in einem halb durchsichtigen Material gestalten. In Frage käme da zum Beispiel gelochtes Metall.«

»Das hört sich sehr gut an, aber ehrlich gesagt, kann ich mir das bildlich nicht recht vorstellen«, unterbrach Carlotta den Architekten, der sich regelrecht in Ekstase geredet hatte.

»Kein Problem. Ich habe dazu eine sehr plastische Darstellung im Computer. Aber es gibt natürlich auch noch ganz andere Möglichkeiten. Es wäre gut, wenn wir persönlich darüber sprechen ... Wenn ich nur wüsste, wie ich in diesem Ding hier Termine so speichere, dass sie nicht dauernd wieder verschwinden!«

»Sie meinen Ihr elektronisches Notizbuch?« Carlotta konnte sich das Grinsen nicht verkneifen und hoffte, der Architekt würde nicht an ihrer Stimme hören, dass ihre Mundwinkel etwa auf Höhe ihrer Ohrläppchen waren.

»Ja. Es ist eigentlich ganz einfach zu bedienen, jedenfalls laut Bedienungsanleitung, aber aus irgendeinem Grund frisst es meine Eingaben auf.« Offenbar tippte Wolf mittlerweile ziemlich verzweifelt auf seinem neuen Männerspielzeug herum, denn Carlotta konnte durch den Hörer das Klicken der Tasten hören.

»Nehmen Sie doch einfach für diesmal noch einen Zettel«, schlug sie hilfsbereit vor.

»Den verlege ich dann aber wieder, während ich mir vorgenommen habe, dieses teure Ding hier wie meinen Augapfel zu hüten.«

»Aha«, machte Carlotta und konnte nicht umhin, sich vorzustellen, an welchen abwegigen Orten sie selber schon wesentlich größere Gegenstände als ein elektronisches Notizbuch verlegt und wiedergefunden hatte.

»Lass das, Tiffany«, kam es in diesem Moment energisch vom anderen Ende der Leitung. »Gib das sofort her, das gehört mir!«

Mit einem dumpfen Knall wurde der Hörer abgelegt, dann hörte Carlotta aus der Ferne ein Getöse, das klang, als würde ihr Architekt in seinem Arbeitszimmer Bockspringen über Tische und Stühle veranstalten. Zwischendurch brüllte er immer abwechselnd »Tiffany!« und »Gib das sofort wieder her!«

»Hallo?«, fragte Carlotta, als es nach einer Weile wieder ruhig wurde. Sie hätte einfach auflegen können, aber sie war sich nicht sicher, ob ihre Verabredung für Mittwoch nun wirklich abgemachte Sache war.

Sie rief noch zwei Mal »Hallo?« und ein Mal »Sind Sie noch da, Herr Wolf?«, bevor sich ihr Gesprächspartner atemlos wieder meldete.

»Ich glaube, für diesmal muss ich tatsächlich noch einen Zettel benutzen«, verkündete er kleinlaut. »Wir haben also Mittwoch, elf Uhr vormittags gesagt, nicht wahr?«

»Haben wir«, stimmte Carlotta ihm heiter zu. Sie fand ihren Architekten ziemlich unterhaltsam, wenn sie auch insgeheim hoffte, dass er seine Arbeit ein wenig besser im Griff hatte als seine Termine und seine elektronischen Hilfsmittel. »Was ist denn aus Ihrem teuren Notizbuch geworden?«

»Das hat Tiffany in ihrem Hundekorb versteckt. Wahrscheinlich gefällt es ihr, weil es so schön silbrig glänzt. Es wird mich wohl den einen oder anderen Hundekuchen kosten, bis sie es wieder herausrückt.«

Diesmal lachte Carlotta lauthals los. »Entschuldigen Sie, wenn ich das sage, aber Sie scheinen Ihre Hündin nicht besonders gut im Griff zu haben.«

»Eigentlich ist es ja gar nicht meine Hündin. Ich habe sie gefunden. Vielmehr hat sie mich gefunden, jedenfalls weicht sie mir nicht mehr von der Seite. Ich habe im Tierheim und bei der Polizei angerufen, aber offenbar vermisst sie niemand. Wahrscheinlich wurde sie ausgesetzt.«

»Wie gemein!«, schimpfte Carlotta. »Umso schöner, dass Sie sich entschlossen haben, das Tier zu behalten.«

»Das habe ich eigentlich gar nicht. Ich habe nicht wirklich genug Zeit für einen Hund.«

»Die Bewegung an der frischen Luft wird Ihnen gut tun. Außerdem haben Sie ihr sogar schon einen Namen gegeben.«

Carlotta, die inzwischen mit dem Telefon ins Wohnzimmer gewandert war, ließ die Beine über die Lehne der Couch baumeln und sah verträumt durchs Fenster hinaus in den Garten. Als Teenager hatte sie ebenfalls eine Hündin gehabt, wenn auch mit dem wesentlich schlichteren Namen Bella. Bella war zwei Jahre vor dem Unfall ihrer Eltern gestorben, und Carlotta hatte sie noch einmal besonders vermisst, als sie plötzlich ganz allein die Verantwortung für Lilli, das Haus und ihr eigenes Leben hatte tragen müssen. Was hätte sie damals darum gegeben, noch einmal die Wange gegen Bellas weichen Kopf zu lehnen und in ihr Fell weinen zu können!

»Es gibt nichts, was tröstlicher ist, als einen Hund zu umarmen, wenn man sich einsam fühlt«, hörte sie sich plötzlich sagen.

Für einen Moment herrschte am anderen Ende der Leitung verblüfftes Schweigen. »Da haben Sie sicher Recht«, kam es dann so sanft, dass Carlotta irritiert den Kopf schüttelte, weil ihr einfiel, dass sie den Mann, mit dem sie da sprach, überhaupt nicht kannte.

»Ich habe mir den Termin notiert«, sagte sie deshalb hastig. »Dann also bis Mittwoch Vormittag.«

Während sie sich einen starken Kaffee kochte, ertappte sie sich dabei, dass sie überlegte, wie um alles in der Welt ihr Architekt darauf gekommen war, die Hündin, die ihm zugelaufen war, Tiffany zu nennen. Das war ein ziemlich pompöser Name für einen streunenden Hund. Vielleicht würde sie ihn fragen, wenn sie am Mittwoch in sein Büro ging, um sich die Pläne für den Wintergarten zeigen zu lassen.

II

»Weißt du was, Oskar?« Carlotta stützte das Kinn in die Hand und sah müßig hinüber zu den drei frühen Gästen, die sich im *Susanna's* eingefunden hatten, bevor all die vielbeschäftigten Art-Direktoren und Analysten gegen achtzehn Uhr Feierabend machten und zur Happy Hour eintrudelten.

Eigentlich wäre es nicht nötig gewesen, dass Carlotta ihren Dienst bereits um siebzehn Uhr begann. Oskar hätte es mühelos allein bewältigen können, die wenigen Cocktails und Biere zu servieren, die vor dem allgemeinen Feierabend über den Tresen gingen. Aber er war nicht gern allein. Genau deshalb hatte er an seinem vierzigsten Geburtstag beschlossen, seinen sicheren Job beim Straßenbauamt aufzugeben und eine Bar zu eröffnen.

Er war es leid gewesen, allein in einem Büro mit zwei Fenstern und einem Telefon zu sitzen und Akten zu bearbeiten. Und weil das *Susanna's* von Beginn an äußerst gut lief, gönnte er sich den Luxus, niemals allein hinter dem Tresen zu stehen. Er gab offen zu, dass er seine Serviererinnen weniger nach ihren praktischen Fähigkeiten aussuchte – »Ein Bier zu zapfen oder einen Manhattan zu mixen lernt früher oder später jede« – als nach ihrer Unterhaltsamkeit. Seine Gäste wollten unterhalten sein, vor allem aber auch er selbst. Wobei es ebenso darauf ankam, zuhören zu können, wie Carlotta schon bald begriffen hatte. Aber genau das machte ihr an ihrem Job viel Spaß. Wenn sie nicht gerade während der Mittagszeit arbeitete, hatte sie genügend Zeit und Gelegenheit, Menschen zu beobachten und ihre Geschichten zu hören. Eine unschätzbare Gelegenheit für eine Schauspielerin, wie sie fand.

»Ich weiß es nicht, aber du wirst es mir gleich erzählen«, lächelte Oskar auf ihre Frage und hielt das Glas, das er soeben poliert hatte, gegen das Licht.

Bevor sie die Unterhaltung mit ihrem Chef fortsetzte, griff Carlotta nach der Cognacflasche und stellte sie zurück in das verspiegelte Regal hinter ihrem Rücken. Seltsamerweise fiel es ihr nicht besonders schwer, hinter der Bar Ordnung zu halten. Es war einfach zu anstrengend, im Chaos zu arbeiten.

»Ich habe beschlossen, einen Mann für Lilli zu suchen. Den richtigen Mann, meine ich«, sagte sie dann und sah Oskar herausfordernd an. Sie wusste genau, was jetzt kommen würde.

Tatsächlich legte er sofort die Stirn in Falten und kniff die Augen zu schmalen Schlitzen zusammen. »Du weißt, was ich davon halte, dass du dich immer noch so sehr für deine Schwester verantwortlich fühlst. Glaube mir, sie ist längst nicht so hilflos, wie du meinst.«

»Ich habe nicht gesagt, dass sie hilflos ist.« Carlotta griff nach einem weichen Tuch und bearbeitete mit Inbrunst den hellen Marmor der Bar. »Aber sie verliebt sich ständig in die falschen Männer. Was dazu führt, dass sie sozusagen von einem Liebeskummer in den nächsten taumelt. Glaube mir, seit Lilli siebzehn ist, hat sie die Hälfte ihres Lebens damit verbracht, wegen irgendeines Kerls zu weinen, der nicht eine einzige Träne wert war und oft noch nicht mal wusste, dass sie überhaupt existiert.«

»Es gibt Menschen, die den Schmerz lieben. Es ist ein Gefühl, und wenn es schon nicht Liebe sein kann, hilft die Traurigkeit, sich lebendig zu fühlen.« Oskar nickte dem Gast am anderen Ende des dämmerigen Raums zu, der wild gestikulierend auf sein leeres Glas deutete. »Machst du noch einen Tom Collins?«

Da sie schon seit zwei Jahren mindestens dreißig Stunden in der Woche im *Susanna's* hinter der Bar stand, konnte Carlotta alle gängigen Drinks praktisch im Schlaf mixen. Während sie die Zutaten abmaß und in den Shaker gab, schüttelte sie heftig den Kopf.

»Es wäre mir aber erheblich lieber, wenn meine Schwester sich aus lauter Liebe lebendig fühlte. Wieso soll ich weiter zusehen, wie sie in regelmäßigen Abständen das Haus unter Wasser setzt? Seit vorgestern läuft sie schon wieder mit verquollenen Augen herum, und zwar wegen eines Kerls, der vielleicht nicht einmal ihren Namen kennt. Dabei ist sie eine wirklich tolle Frau. Es wäre sicher ganz leicht, einen Mann zu finden, mit dem sie glücklich sein kann. Er müsste sein wie sie. Ruhig, romantisch, ordentlich, aber trotzdem humorvoll und interessant. Männer wie dieser Jonathan, von dem sie im Moment träumt, nehmen sie gar nicht wahr. Dazu sind sie viel zu oberflächlich. Lilli ist einfach nicht der sexy Typ, obwohl sie so hübsch ist.«

»Sie wird den Richtigen selber finden, wenn die Zeit dafür gekommen ist.« Oskar hielt viel von der Macht des Schicksals.

Nachdem Carlotta den Drink serviert und eine Einladung des Tom-Collins-Trinkers zu einem gemeinsamen Abendessen in den nächsten Tagen freundlich, aber bestimmt abgelehnt hatte, setzte sie ohne Bruch die Unterhaltung mit Oskar fort. Durch die jahrelange Übung gelang es ihnen selbst nach einer halbstündigen Unterbrechung durch einen unverhofften Gästeansturm, mühelos den Faden wieder aufzunehmen.

»Es hat nicht jeder so viel Geduld wie du, Oskar.« Wie immer, wenn sie an Oskars Geschichte dachte, wurde es Carlotta ganz wehmütig ums Herz. Wie konnte ein Mann – wohlgemerkt ein Mann, der mittlerweile auf die fünfzig zuging – sieben Jahre lang auf die Frau warten, die ihm das Herz gebrochen hatte? Und immer noch daran glauben, dass sie zu ihm zurückfinden würde, weil er und sie vom Schicksal füreinander bestimmt waren?

»Vielleicht solltest auch du langsam mal wieder an die Liebe denken, Oskar«, wagte Carlotta zu bemerken. »Ich meine, unter den Gästen sind einige Frauen, die dich geradezu mit den Augen auffressen. Ist dir schon mal diese Texterin von *Breuer & Partner* aufgefallen? Die sieht toll aus, ist unglaublich nett und passt im Alter zu dir ...«

»Carlotta!«

»Ja, ja, ich weiß!« Hastig räumte sie ein paar Flaschen hin und her.

»Du meinst es gut, und das weiß ich auch zu schätzen«, nahm Oskar nach ein oder zwei Minuten das Gespräch wieder auf. »Ich denke an die Liebe, auch wenn sie momentan nicht hier bei mir ist. Es ist nun einmal so, dass Susanna die Frau ist, die für mich bestimmt ist. Wir wussten es beide vom ersten Tag an.«

Carlotta schnaubte durch die Nase und verkniff sich eine Antwort. Eine Frau, die die einzig wahre Liebe ihres Lebens gefunden hatte, ging nicht von einem Tag auf den anderen zurück nach Amerika und ließ nie wieder von sich hören! Natürlich hatte diese Susanna keine Ahnung, dass Oskar seine Kneipe nach ihr benannt hatte und die Gäste dort mindestens einmal am Tag mit dem Einzigen erfreute, was ihm von seiner großen Liebe geblieben war: dem Abspielen einer CD mit Aufnahmen der mäßig erfolgreichen Countrysängerin Susanna Jamison, die vor sieben Jahren durch Deutschland und bei der Gelegenheit auch gleich durch Oskars Leben und sein Herz getourt war.

»Es ist mir völlig egal, dass so gut wie niemand versteht, weshalb ich diese Frau nach all dieser Zeit immer noch liebe und wohl auch immer lieben werde.« Mit einem versonnenen Lächeln schob Oskar die blank polierten Gläser zurecht. »Ich empfinde es nicht so, als hätte ich mich in etwas verrannt. Es ist einfach schön, diese Gefühle für jemanden zu haben, selbst wenn man nicht bei diesem Menschen sein kann. Ich habe die Erinnerung an unsere wunderbaren gemeinsamen Wochen, und ich habe meine Liebe. Im Grunde bin ich ein sehr glücklicher Mann.«

Carlotta presste heftig die Lippen zusammen, um sich nicht zu äußern. Sie wusste, dass es zwecklos war, obwohl sie es als gigantische Verschwendung empfand, dass ein so interessanter und sensibler Mann wie Oskar sich für eine Frau aufsparte, die er wahrscheinlich niemals in seinem Leben wiedersehen würde. Aber es war nun einmal sein Leben und seine Entscheidung.

»Ich werde mich trotzdem nach einem passenden Freund für Lilli umsehen«, verkündete Carlotta energisch. »Sie ist so voller Sehnsucht nach jemandem, dem sie nahe sein kann. Sie hat mich, und wir haben einander, das stimmt. Aber seit wir unsere Eltern verloren haben, spüre ich diese Sehnsucht nach Liebe bei Lilli. Sie braucht mehr Liebe, als ich ihr geben kann. Ich bin eben einfach nur ihre ältere Schwester. Wenn sie also möglichst bald den richtigen Mann kennen lernt, wird sie einfach nur glücklich sein. Und es wird ihr absolut egal sein, ob er ihr zufällig über den Weg gelaufen ist oder ob ich ein bisschen nachgeholfen habe.«

»Wie du meinst«, sagte Oskar friedfertig und lächelte den Art-Direktor der Werbeagentur drei Häuser weiter an, der immer als Erster auftauchte, bevor sich die Meute vor der Bar drängelte.

»Ich lege Wert darauf, vor meinen Mitarbeitern Feierabend zu machen«, hatte er Carlotta einmal nach dem dritten Drink vertraulich erklärt. »Was habe ich sonst davon, dass ich der Chef bin?«

»Das Übliche?«, erkundigte Carlotta sich und griff bereits nach dem Shaker.

Kurz darauf begannen sich die Türen des *Susanna's* im Minutentakt zu öffnen, und während der nächsten Stunde kamen Carlotta und Oskar kaum zum Luftholen, geschweige denn zu einer weiteren Unterhaltung.

»Warum ist eigentlich Lilli seit Stunden nicht zu Hause anzutreffen? Sie hat doch gewöhnlich um halb fünf Feierabend, nicht wahr?«

Als unversehens ihre Tante Adelheid vor ihr auftauchte, zuckte Carlotta zusammen. »Was machst du denn hier?«

»Wieso, ist das hier kein öffentliches Lokal?« Adelheid kniff den Mund zu einer missbilligenden, leicht schräg stehenden Falte zusammen und zupfte gleichzeitig an ihrem Kurzhaarschnitt herum.

»Natürlich. Ich bin nur erstaunt ... Du warst noch nie hier.« Bisher hatte die ältere Schwester ihres Vaters immer nur mit unverhohlener Skepsis über Carlottas »Kneipenjob« gesprochen.

»Und du siehst heute so anders aus«, fügte Carlotta hinzu, nachdem sie die Tante näher in Augenschein genommen hatte.

»Gefällt es dir?« Jegliche Missbilligung in Adelheids Gesicht machte einem stolzen Lächeln Platz, während sie erneut die Hand hob und ein gefärbtes Strähnchen an ihrer Schläfe berührte.

»Das ist ja ... Sind das grüne Strähnen?« Carlotta war einer Ohnmacht nahe, denn bisher hatte Adelheid stets größten Wert auf die Zweckmäßigkeit ihres Äußeren gelegt und höchstens zu Weihnachten einen Lippenstift benutzt. Heute aber trug sie nicht nur grüne Strähnchen im Haar, sondern auch einen passenden Lidschatten und Nagellack im gleichen Ton.

»Das trägt man jetzt so«, erklärte Adelheid in herablassendem Ton, denn schließlich trug Carlotta weder grüne noch überhaupt irgendwelche Strähnchen in ihren dunklen Locken. »Die meisten Frauen in meinem Alter bevorzugen ja eine bläuliche Tönung, aber Blau war noch nie meine Farbe, das wurde auch bei der Farbberatung festgestellt.«

»Farbberatung?« Carlotta schnappte nach Luft und beugte sich unauffällig über die Marmorfläche der Theke nach vorn, um Adelheids Kleidung zu betrachten. Angesichts ihrer neuen Vorliebe für grüne Haare und des relativ üppigen Make-ups war Carlotta fast enttäuscht von dem zwar neuen, aber unauffälligen, wenn auch grün gemusterten Kleides, das die Tante trug.

»Man muss etwas für sein Äußeres tun. Das schenkt Energie und Selbstbewusstsein«, erklärte Adelheid fröhlich. »Oder meinst du, in meinem Alter sei man schon jenseits von Gut und Böse?«

Der drohende Blick, mit dem Adelheid ihre Worte begleitete, ließ ohnehin nur eine Antwort zu. Carlotta schüttelte gehorsam den Kopf, murmelte etwas davon, dass 65 schließlich kein Alter sei, und wunderte sich still vor sich hin.

»Möchtest du etwas trinken, Tante Adelheid?«, erkundigte sie sich dann auch höflich.

Mit kritischem Blick musterte Adelheid die Flaschenbatterie im verspiegelten Regal.

»Wir haben auch Säfte«, sprang Carlotta ihr hilfreich zur Seite. »Orange, Grapefruit, Traube hell und dunkel, Kirsch, Maracuja ...«

»Wenn schon, dann nehme ich was Ordentliches. Habt ihr Whiskey, irischen Whiskey wohlgemerkt?«

Carlotta, die ihre Tante bisher höchstens mal an einem Likör hatte nippen sehen, war so verwirrt über diese Bestellung, dass schließlich Oskar die Initiative ergriff und Adelheid einen großen Whiskey eingoss.

»Auf Kosten des Hauses, selbstverständlich. Ich freue mich, Carlottas Tante kennen zu lernen.«

Adelheid musterte den Chef ihrer Nichte unter metallicgrünen, halb gesenkten Lidern hervor. Offensichtlich fand er Gnade vor ihren Augen, denn sie lächelte ihm kurz, aber deutlich zu.

Nachdem sie einen vorsichtigen Schluck von ihrem Whiskey genommen hatte, wandte sie sich wieder an Carlotta. »Jedenfalls rufe ich seit über zwei Stunden bei euch zu Hause an. Eben war ich auch da und habe geklingelt, aber Lilli hat nicht geöffnet. Wo kann sie nur so lange sein?«

Für einen Moment überlegte Carlotta, ob sie sich Sorgen um die Schwester machen musste, die schließlich immer noch mitten in ihrem Liebeskummer steckte. Aber dann beschloss sie, es als gutes Zeichen zu werten, dass sich Lilli offenbar etwas vorgenommen hatte, anstatt ihre gesamte Freizeit weinend und grübelnd auf ihrem Bett zu verbringen, wie sie es während des gesamten Wochenendes getan hatte.

»Vielleicht ist sie mit Kollegen etwas trinken gegangen, oder sie macht einen Einkaufsbummel«, überlegte Carlotta.

»Das Problem ist ja nur, dass ich schon mal ein paar meiner Sachen in euer Haus bringen wollte.« Interessiert musterte Adelheid den grauhaarigen Mann in Anzug und Schlips, der sich neben sie an die Bar gelehnt hatte, um sich einen weiteren Drink zu bestellen.

»Deine Sachen? Wieso deine Sachen?«

Obwohl sie mit dieser Frage gewartet hatte, bis der Leiter der gegenüberliegenden Sparkassenfiliale mit seinem Manhattan zufrieden an seinen Tisch zurückgekehrt war, hielt das leichte Panikgefühl an, das sie bei den Worten ihrer Tante überkommen hatte.

Adelheid musterte sie mit jenem Blick voller unerbittlicher Strenge, der Carlotta jedes Mal denken ließ, es habe vielleicht einen tieferen Sinn, dass es Adelheid nicht vergönnt gewesen war, wie sie es zu formulieren pflegte, eigene Kinder zu haben. »Ich habe dir schon vor ein paar Monaten erzählt, dass die Hausverwaltung sämtliche Bäder sanieren lässt und ich deshalb bei euch beiden Mädchen Unterschlupf suchen muss.«

In Windeseile verwandelte sich der strafende Blick in den hilflosen Augenaufschlag einer alten Frau, die gezwungen war, heimatlos in der Kälte herumzuirren. Unter den grünen Strähnchen und dem modischen Make-up war doch noch eine ganze Menge von der alten Adelheid übrig geblieben.

Falls Adelheid ihren Plan tatsächlich erwähnt hatte, musste Carlotta die Tatsachen verdrängt haben. »Und wann geht es mit den Renovierungen los?«, erkundigte sie sich in der Hoffnung, dass vielleicht noch einige Monate ins Land ziehen würden und Tante Adelheid nur vorsorglich schon mal anfing, ihre wahrscheinlich zahlreichen persönlichen Sachen zu transportieren.

»Übermorgen.« Adelheid leerte mit einem tiefen Schluck ihr Whiskeyglas und schüttelte sich nicht einmal dabei.

»Und wie lange wird das mit der Badrenovierung dauern?«

Obwohl Carlotta sich Mühe gegeben hatte, lediglich interessiert und kein bisschen angespannt zu klingen, runzelte Adelheid sofort missbilligend die Stirn.

»Ich kann mir schon denken, dass ich alte Frau euch lästig sein werde. Aber ich weiß wirklich nicht, wo ich sonst hin soll, wenn tagelang das Wasser in meiner Wohnung abgestellt wird. Ein Hotel kann ich mir beim besten Willen nicht leisten.«

»Wer redet denn davon, dass du in ein Hotel gehen sollst!«, empörte Carlotta sich pflichtgemäß. »Wir haben doch genug Platz, und du bist schließlich unsere einzige Verwandte.«

Adelheid nickte entschieden.

Carlottas panische Gefühle nahmen zu. Als Adelheid zuletzt für einige Tage bei den Schwestern gewohnt hatte – damals hatten sie beide mit Grippe im Bett gelegen –, hatte es jeden Tag fünf umfangreiche Mahlzeiten gegeben, und selbst die Unterwäsche war gebügelt worden, was den teuren Seidenhemdchen, die Carlotta sich in einem Anflug von Leichtsinn geleistet hatte, nicht besonders gut bekommen war.

»Dann sollst du es ganz gemütlich haben und dich einfach nur ausruhen, während du unser Gast bist«, erklärte Carlotta hastig. Wie zum Beweis ihrer hauswirtschaftlichen Fähigkeiten wischte sie wie wild an der Marmoroberfläche der Bar herum.

»Keine Sorge! Ich habe nicht vor, mich bei euch Mädchen als Hauswirtschafterin zu betätigen. Auch für Frauen in meinem Alter gibt es Wichtigeres, als hinter dem Herd zu stehen.« Adelheid schurrte ihr leeres Glas ausdauernd im Kreis herum, bis Oskar es ihr wegnahm und durch ein gefülltes ersetzte.

»Das finde ich auch«, stimmte Carlotta ihr begeistert zu. »Hast du schon das neue Volkshochschulprogramm bekommen, Tante Adelheid? Es gibt da ganz tolle Kurse. Englisch,

Französisch, Blumen stecken, Puppen basteln, Theater spielen.«

»Theater spielen!« Adelheids Handbewegung war so abfällig, als hätte Carlotta ihr vorgeschlagen, einen Kursus im Holzschuhtanz zu belegen. Dabei vergaß sie offenbar den erlernten Beruf ihrer Nichte.

»Es gibt ehrlosere Beschäftigungen als die Schauspielerei«, bemerkte Carlotta beleidigt.

»Mag sein. Aber in meinem Alter hat man für solche Spielereien nicht mehr genug Zeit.« Adelheid nahm einen kräftigen Schluck Whiskey.

Lächelnd schob Carlotta zwei Gästen das übliche Feierabendbier hin und wandte sich dann wieder an die Tante. »Ich finde es schön, wenn man in deinem Alter noch einmal ganz neue Interessen entwickelt. Es muss ja nicht Theaterspielen sein.«

»In meinem Alter ...« Adelheid zog tadelnd die Augenbrauen hoch und hob auffordernd ihr bereits wieder leeres Glas. »Kann ich noch einen haben?«

»Meinst du nicht, dass du ... Immerhin musst du irgendwie nach Hause kommen.« Carlotta zögerte.

»Was soll das denn heißen? Wenn ich schon mal in einer Bar bin, will ich auch was davon haben! Du kannst mir dann ja ein Taxi bestellen.«

Carlotta nahm sich vor, genau das zu tun, und zwar bevor ihre Tante womöglich auf die Idee kam, einen vierten Whiskey zu trinken. Sie war ohnehin erstaunt, wie trinkfest Adelheid sein konnte.

»Na, dann Prost«, sagte sie lächelnd und schob der Tante ein frisch gefülltes Glas hin.

»Prost«, strahlte Adelheid. »Weißt du was? Ich freue mich schon richtig auf die Zeit bei euch! Das wird sicher sehr gemütlich mit uns dreien!«

Halb verborgen hinter dem bunt bedruckten Vorhang am Küchenfenster, den sie zum Glück rechtzeitig halb zugezogen hatte, beobachtete Lilli Tante Adelheids Rückzug. Mindestens zehn Minuten lang hatte Adelheid abwechselnd die Klingel betätigt und an die Haustür geklopft. Zwischendurch war sie sogar ums Haus gegangen, um durch die rückwärtigen Fenster ins Wohnzimmer und ins Gästezimmer zu spähen.

Zum Glück war Lilli vorgewarnt gewesen, weil sie bei ihrer Heimkehr ein halbes Dutzend Nachrichten von Tante Adelheid auf dem Anrufbeantworter vorgefunden hatte. Zwar hatte sie nun ein schlechtes Gewissen, als sie beobachtete, wie ihre Tante die kleine, schwarze Reisetasche, die sie bei sich hatte und die ziemlich schwer zu sein schien, die Straße entlangtrug, aber sie hatte nun mal heute schlicht und einfach etwas viel Wichtigeres zu erledigen, als mit ihrer Tante Kaffee trinkend in der Küche zu sitzen. Obwohl der Gedanke, ihren Plan auf morgen zu verschieben, durchaus etwas Reizvolles hatte. Doch genau das wollte sie nicht mehr tun: in der Zukunft leben.

Nachdem Adelheid, um deren Kopf im Sonnenlicht ein merkwürdig grünlicher Schimmer lag, aus ihrem Blickfeld verschwunden war, ging Lilli zum Dielenspiegel, um sich noch einmal von oben bis unten zu betrachten. Die neuen, gekonnt auf alt getrimmten und mit braunen Cordbesätzen versehenen Jeans sahen fast genauso aus wie die der langbeinigen Sirene, mit der Jonathan vor einigen Tagen so hingebungsvoll vor seiner Haustür den Abschied zelebriert hatte. Zwar war Lilli sich ziemlich sicher, dass er, wie wohl die allermeisten Männer, schon längst nicht mehr wusste, was seine Flamme bei diesem Zusammentreffen getragen hatte, aber ganz offensichtlich hatte er dieses Outfit durchaus anziehend gefunden. Und es unterschied sich zweifellos von den eher konservativen Kleidern, Röcken, Blusen und Hosen, die Lilli normalerweise trug. Im Büro wurde es nicht gern gesehen, wenn sie sich zu modisch kleidete, aber sie konnte auch anders! Heute würde sie ihm das beweisen!

Energisch zog Lilli das kurze, enge Blüschen zurecht, das sie zusammen mit den Jeans erstanden hatte. Weil Jonathan das Mädchen wie eine Krake umschlungen und dabei gegen die geschlossene Haustür gedrückt hatte, war es Lilli nicht gelungen zu ergründen, welche Art von Oberteil ihre Konkurrentin getragen hatte. Irgendwann hatte er die schwarzhaarige Sexbombe sicher wieder losgelassen, doch zu diesem Zeitpunkt hatte Lilli längst tränenüberströmt ihren Beobachtungsposten am Fenster aufgegeben. Dennoch war sie sehr zufrieden mit ihrem Kauf. Die Bluse war gerade kurz genug, um ein Stück ihres nackten Bauches über dem Hosenbund hervorblitzen zu lassen, und wenn sie die oberen zwei Knöpfe offen ließ, wirkte ihr Dekolleté durchaus interessant, wenn sie auch gern ein wenig mehr Busen gehabt hätte.

Während sie vor dem Spiegel stand, lauschte Lilli angespannt in Richtung Straße. Sie hatte das Küchenfenster ein wenig gekippt, sodass sie hören konnte, wenn draußen ein Auto vorbeifuhr oder anhielt. Da dies nicht das erste Mal war, dass sie aufpasste, wann Jonathan nach Hause kam, war sie sicher, das tiefe Brummen seines alten Citroën zu erkennen, sobald er in die Straße einbog. Und natürlich wusste sie genau, an welchem Wochentag er üblicherweise wann von der Uni nach Hause zurückkehrte. Auch wenn er oft genug ausblieb, was sie seit Wochen regelmäßig in die wildesten und schmerzlichsten Fantasien stürzte. All das musste endlich ein Ende haben!

Lilli öffnete die obere Schublade des Dielenschränkchens und zog unter einigen Schals und Handschuhen, die dort auf den nächsten Winter warteten, das Buch hervor, das sie am Samstag im Vorübergehen im Schaufenster einer Buchhandlung entdeckt hatte, als sie ergebnislos versucht hatte, sich mit einem kleinen Stadtbummel von ihrem Kummer abzulenken. *So machen Sie jeden Mann in sich verliebt* lautete der beziehungsreiche Titel.

III

Sie hatte nur einen winzigen Moment gezögert, bevor sie den Laden betrat. Natürlich war es ein bisschen peinlich, ein solches Buch zu kaufen, aber es schien wie für sie geschrieben zu sein, und wenn ihr Mut nicht einmal ausreichte, ein Buch zu kaufen, hatte sie wohl ohnehin keine Chance, jemals den Mann ihrer Träume auf sich aufmerksam zu machen.

Da sie es nicht über sich brachte, auf die Verkäuferin im Hintergrund des Verkaufsraumes zuzugehen und direkt nach dem Buch zu fragen, irrte sie gute fünf Minuten zwischen den Büchertischen und Regalen umher, ohne jedoch den gesuchten Titel zu entdecken.

»Kann ich Ihnen helfen?«

Als die mütterlich wirkende, grauhaarige Verkäuferin sie ansprach, zuckte sie zusammen. Dann nickte sie zögernd.

»Das Buch im Schaufenster«, flüsterte sie.

»Der Ratgeber?« Die Verkäuferin nickte verständnisvoll und ging zielstrebig auf eines der Regale zu.

Als Lilli den ersten Blick auf den Einband des Buches warf, das die Verkäuferin ihr kurz darauf lächelnd überreichte, spürte sie voller Entsetzen, wie ihr das Blut in die Wangen schoss.

»Nein!«, rief sie und warf einen panischen Blick hinter sich, um sich zu vergewissern, dass niemand sah, was sie da in den Händen hielt.

»Das ist ein Irrtum! Dieses Buch meine ich nicht!«, verkündete sie daraufhin sicherheitshalber so laut, dass es jeder der wenigen anderen Kunden mitbekommen musste, selbst der ältere Herr ganz hinten bei den Reiseführern.

Als könnte es sie beißen, hielt sie das Buch mit ausgestreckten Armen von ihrem Körper weg. *Tausendundeine Idee, Ihr Sexleben aufzupeppen*. Und als hätte dieser Titel nicht gereicht, posierte neben der riesigen Schrift auch noch ein nacktes, auf komplizierteste Weise ineinander verschlungenes Pärchen.

»Ich hätte gern eines der Bücher aus dem Schaufenster.«

In dem Moment, in dem Lilli die Stimme des Mannes erkannte, der sich vom Eingang her genähert hatte und sich nun an die Verkäuferin wandte, beschloss sie, sich unverzüglich in Luft aufzulösen. Da ihr das trotz intensivster Bemühungen nicht möglich war, erstarrte sie wenigstens zur Salzsäure und sah in weite, weite Fernen, um deutlich zu machen, dass sie mit dem Buch, das sie immer noch in der Hand hielt, nicht das Geringste zu schaffen hatte.

»Welches bitte? Dann bringe ich es gleich mit, wenn ich das Gewünschte für die junge Dame hole.«

»Es heißt, glaube ich, so ähnlich wie ... *Tausendundeine Idee*.«

Lilli löste ihre Erstarrung so weit, dass es ihr gelang, den Kopf zu senken. Vielleicht konnte sie sich hinter ihrem Haar verstecken, und Gromüller aus dem Vertrieb merkte nicht, wer da neben ihm stand. Immerhin gab es in der Stadt sicherlich Tausende von Frauen mit langen, blonden Haaren.

»Das trifft sich gut! Sehen Sie, hier ist das Buch.«

Da Lilli keinerlei Anstalten machte, die Ware, die sie eigentlich nicht wollte, an einen interessierteren Kunden weiterzugeben, nahm die Verkäuferin ihr schließlich das Buch aus der Hand.

»Oder wollten Sie es doch nehmen? Dann hole ich ein weiteres Exemplar für den Herrn.«

Mühsam brachte Lilli ihren Kopf dazu, sich verneinend zu schütteln.

»Ich möchte Ihnen aber nichts wegnehmen«, bemerkte Gromüller galant. Offenbar hatte er sie tatsächlich noch nicht erkannt.

»Kein Problem, ich will es nicht«, murmelte sie mit gesenkter Stimme und ebensolchem Kopf.

»Frau Merian?«

Lilli biss sich wütend auf die Unterlippe. Wieso besaß dieser Mensch nicht genug Diskretion, einfach so zu tun, als habe er sie weder bemerkt noch erkannt? Sie gab vor, nichts und niemanden gehört zu haben und marschierte entschlossen auf den nächstbesten Büchertisch zu.

»Dort liegt übrigens eine Auswahl weiterer erotischer Romane und Ratgeber«, erklärte die Verkäuferin hinter Lillis Rücken Gromüller.

Dieser hatte nichts Besseres zu tun, als hinter Lilli herzulaufen, die erst in diesem Moment bemerkte, dass sie vor genau jener erotischen Auswahl stand.

»Suchen Sie auch etwas in der Richtung, Frau Merian?«, wandte Gromüller sich vertraulich an sie.

»Nein!«, murmelte sie so energisch, wie es ihr trotz Atemnot möglich war. »Ich bin rein zufällig hier.«

»Ich auch.« Als sie unter all den Haaren hervor, die ihr durch ihre gesenkte Kopfhaltung immer noch schützend ins Gesicht fielen, einen Blick in seine Richtung wagte, strahlte er sie entzückt an.

»Ich suche ein völlig anderes Buch«, erklärte sie ihm und warf zur Abwechslung hoheitsvoll den Kopf in den Nacken.

»Wenn dieses Sie interessiert, könnte ich es Ihnen ja mal leihen, nachdem ich es gelesen habe.«

Gerade wollte Lilli verkünden, dass das Buch, das er zu kaufen beabsichtigte, sie selbstverständlich nicht im Geringsten interessierte, als die Verkäuferin hinter ihnen auftauchte.

»Sie meinten dann also den anderen Ratgeber aus dem Schaufenster?«, erkundigte sie sich freundlich bei Lilli.

Krampfhaft überlegte Lilli, ob nicht irgendein unverfängliches Buch im Schaufenster gelegen hatte, konnte sich aber beim besten Willen nicht erinnern. Schließlich blieb ihr nichts anderes übrig, als kraftlos zu nicken und zu hoffen, dass Gromüller sich endlich mit seinen zahlreichen Sex-Tipps zur Kasse bemühen würde, sodass er nicht mitbekam, welches Buch sie zu kaufen beabsichtigte.

Selbstverständlich hatte Gromüller alle Zeit der Welt und blieb hartnäckig an Lillis Seite, auch als sie zu den historischen Liebesromanen hinüberschlenderte, eines der Bücher aus dem Regal zog und interessiert das Cover betrachtete, auf dem sich ein wild gelockter Jüngling über das entblößte Dekolleté einer Frau im weißen Spitzenkleid beugte.

»Interessiert Sie das auch?«, fauchte Lilli Gromüller ungewohnt energisch an, als er über ihre Schulter hinweg den aussagekräftigen Titel *Auf immer und ewig Dein* las.

»Warum nicht?« Er zuckte fröhlich die Achseln und rührte sich nicht von der Stelle.

Lilli stürzte auf die Kochbücher zu und entschied sich spontan für die südafrikanische Küche. Auch dieses Thema schien Gromüller zu faszinieren.

»Können Sie kochen?« Drohenden Blickes wandte Lilli sich ihrem Kollegen aus dem Vertrieb zu. Allerdings beherrschte sie das mit den tödlichen Blicken entweder nicht wirklich, oder dieser Mann war so sensibel wie ein Hackklotz.

Er nickte nur und freute sich offenbar über das hübsche Foto des Schwertfischragouts, das auf der Seite, die Lilli willkürlich aufgeschlagen hatte, abgebildet war.

»So. Das hier ist es dann ja wohl. *So machen Sie jeden Mann in sich verliebt.*« Freudestrahlend hielt die Verkäuferin Lilli das Buch hin.

Diese zog kurzfristig in Erwägung, sich einfach umzudrehen und den Laden zu verlassen, kam aber sofort zu der Erkenntnis, dass das die Sache nur noch schlimmer machen würde, murmelte irgendetwas von einem Geschenk für eine Freundin, grapschte nach dem Buch und legte, im Slalom um die Verkaufstische kurvend, die Strecke zur Kasse in wahrscheinlich rekordverdächtiger Zeit zurück.

Die Verkäuferin war nicht ganz so schnell, folgte aber zügig und machte sich dann weniger zügig daran, das Buch in buntes Geschenkpapier zu verpacken. Was zwar einerseits eine hilfreiche Geste war, um die Behauptung, es handele sich um ein Mitbringsel für eine Freundin, glaubwürdiger zu machen, andererseits aber Gromüller Gelegenheit gab, sich erneut neben Lilli aufzubauen und eine Befragung über die Liebesprobleme ihrer Freundin zu beginnen.

»Sie hat keine Probleme, und schon gar keine mit der Liebe!«, behauptete Lilli stur.

»Warum schenken Sie ihr dann das Buch?«

»Das ist sozusagen … ein Witz zwischen uns. Die Männer laufen ihr nach, praktisch jeder verliebt sich in sie. Sie wird sehr über das Buch lachen.«

Selber höchst erstaunt darüber, wie geschickt und fantasievoll sie schwindeln konnte, sah Lilli zu, wie die Verkäuferin das rote Geschenkband hübsch kräuselte.

Als die Verpackung endlich das ästhetische Empfinden der Verkäuferin befriedigte und Gromüller sich noch ungefähr fünf Mal über die merkwürdigen Geschenke gewundert hatte, die Lilli und ihre Freundin sich gegenseitig machten, bezahlte sie das Buch und verließ im Laufschritt den Laden, wobei es ihr gelang, nebenbei abwehrend mit den Händen durch die Luft zu fuchteln, als die Verkäuferin ihr hinterherrief, ob sie denn keinen Kassenbon brauche. Obwohl sie das Gefühl hatte, den Slalom um die Verkaufstische diesmal noch flotter hinter sich gebracht zu haben, hörte sie an der Tür noch, wie Gromüller der Verkäuferin vertraulich, aber nicht gerade leise seine Vermutung mitteilte, dass dieses Buch in Wahrheit gar kein Geschenk sein solle.

Auf dem Heimweg beschloss Lilli, was auch immer Gromüller in der Firma über ihre Begegnung in der Buchhandlung verbreiten würde, rundweg abzustreiten. Oder vielleicht doch besser zu behaupten, er brauche eine Brille, denn sie habe lediglich den neuesten Roman von Lenz gekauft. Oder noch besser ein Buch, das ihrer Fortbildung in puncto Steuern und Bilanzen dienen sollte.

Sie hatte dann die halbe Nacht mit dem Studium ihres so mühsam erworbenen Buches verbracht und war in ihrer langsam, aber heftig reifenden Erkenntnis bestätigt worden, dass eine schüchtern im Herzen verborgene Liebe in den seltensten Fällen zur Erfüllung führte.

Verstecken Sie sich nicht, sondern zeigen Sie sich ihm, reden Sie mit ihm, strahlen Sie ihn an und machen Sie ihm klar, dass Sie sich für ihn interessieren. Er wird sich darüber freuen, sich geschmeichelt fühlen und mit einiger Wahrscheinlichkeit Ihr Interesse erwidern.

Lilli, mit dem Buch in der Hand vor dem Flurspiegel stehend, murmelte diese Worte lautlos vor sich hin. Genau das würde sie tun, ihm ihr Interesse zeigen! Was sollte ihr schon passieren? Wenn er sie nicht wollte, hatte er sie auch nicht verdient! Jedenfalls behauptete das die Autorin ihrer Neuerwerbung, und vielleicht hatte sie ja tatsächlich Recht.

Mit einem tiefen Seufzer klappte Lilli das Buch zu und legte es zurück in die Schublade. Im gleichen Moment hörte sie von draußen das Keuchen des alten Citroëns.

Mit zitternden Fingern plusterte sie ihr feines Haar auf und zog sich ein paar Strähnen über das rechte Auge, sodass sie verführerisch darunter hervorschielen konnte.

»Das wollen wir doch mal sehen!«, erklärte sie daraufhin ihrem Spiegelbild und eilte mit großen Schritten und dem Gefühl, plötzlich winzig klein zu sein, auf die Haustür zu.

Es war eine Sache zu beschließen, ab sofort das eigene Glück selbst in die Hand zu nehmen, aber eine ganz andere Sache, diesen Plan dann auch in die Tat umzusetzen. Das wurde Lilli mit jedem Meter schmerzlicher bewusst, den sie sich dem alten, roten Auto näherte. Dennoch war und blieb sie wild entschlossen, es jetzt einfach zu tun. Sie würde diesen Mann von sich überzeugen, ihn umgarnen, bezirzen und notfalls verführen. Weil sie einfach genug davon hatte, ständig übersehen oder nach kurzer Zeit wegen einer frechen, vorlauten und womöglich auch noch strohdummen anderen Frau stehen gelassen zu werden.

Erst als sie mit wackeligen Knien direkt neben dem Wagen stand, wurde ihr bewusst, dass es nicht genügte, sich ein neues Outfit zu besorgen und sich am helllichten Tag die Lippen mit einer tiefroten Farbe namens *Hot Desire* zu schminken. Sie musste irgendetwas tun und vor allen Dingen etwas sagen!

Während sie sich den Kopf über eine verführerische Bemerkung zermarterte, versuchte sie verzweifelt, ihre Stimme wiederzufinden, die sich hinter einem dicken Kloß in den Tiefen ihrer Kehle versteckt hatte.

Zum Glück hatte Jonathan die Fahrertür noch nicht geöffnet, sondern war damit beschäftigt, unter dem Beifahrersitz etwas zu suchen. Jedenfalls hing sein Kopf dort unten zwischen einer mit leeren Hamburger-Schachteln gefüllten Papiertüte und einem einzelnen Turnschuh ohne Schnürsenkel. Lilli räusperte sich also ausgiebig und wahrscheinlich auch sehr wenig sexy, aber das spielte keine Rolle, solange er sie nicht hören konnte. Gleichzeitig betrachtete sie voller sehnsüchtigem Verlangen sein dichtes, glattes, dunkelblondes Haar, von dem sich einige Strähnen über den abgenutzten, blauen Bezug des Beifahrersitzes gelegt hatten. Wie sich seine Haare wohl anfühlten? Weich und glatt oder eher kräftig und hart?

Als er sich endlich aufrichtete, die Fahrertür seines Wagens öffnete und seine langen Beine aus dem Wagen schwang, brachte sie mit einiger Mühe ein atemloses »Hallo« hervor.

»Bist du erkältet?«, erkundigte er sich mitfühlend, während er seinen fast zwei Meter langen Körper neben ihr auseinander klappte. Wenn man ihn neben seinem kleinen Auto stehen sah, fragte man sich automatisch, wie er es jemals geschafft hatte, sich dort unten hinter das Lenkrad zu klemmen.

»Iiiich? Nein! Wieso?« Lilli starrte ihm vollkommen hypnotisiert in die Augen, was auch nicht gerade dazu beitrug, dass ihre Bemerkungen intelligenter wurden. Was konnte sie aber auch dafür, dass seine Augen in einem tiefen Schokoladenbraun glänzten, das einen aufregenden Kontrast zu seinem hellen Haar bildete? Manchmal, wenn sie sich nachts allzu tief in ihren Wachträumen verlor, fragte sie sich, wie es wohl war, sich in dem Meer aus geschmolzener Schokolade zu verlieren, wenn er nach einem langen, zärtlichen Kuss die Lider wieder aufschlug.

»Na ja. Diese Räusperei, das klang ziemlich verschleimt.«

Lilli schnappte nach Luft. Die Türen seines Wagens waren offensichtlich nicht besonders dicht!

»Da musst du dich getäuscht haben.« Sie ließ die Arme pendeln und versuchte krampfhaft, den Anschein größter Lockerheit zu erwecken. »Ich bin kein bisschen verschleimt oder so was. Da ist eben gerade ein Motorrad vorbeigefahren, vielleicht hast du das gehört.«

Das fehlte gerade noch! Kein Mann auf Erden, außer vielleicht einem frisch gelandeten Alien mit unlauteren Absichten, fand eine schleimtriefende Frau sexy und begehrenswert.

Irritiert sah Jonathan die Straße entlang. Wahrscheinlich war ihm bisher noch kein Motorrad begegnet, das sich wie ein trompetender Elefant räusperte. Schließlich zuckte er die Schultern und bückte sich, um erneut seinen Oberkörper ins Innere seines Autos zu schieben.

»Kann ich dir helfen?«, erkundigte sich Lilli, nachdem sie eine Weile sein kleines, festes Hinterteil in den Jeans bewundert hatte, die nicht wie ihre künstlich, sondern durch häufiges Tragen und Waschen ausgeblichen waren.

»Ich suche ein Buch«, ließ er sich von drinnen vernehmen. »Ein Buch, das ich dringend für ein Referat brauche. Es muss irgendwo in diesem vermaledeiten Auto liegen, da bin ich ganz sicher.«

»Ich könnte dir helfen, das Auto zu entrümpeln. Soll ich einen Müllsack holen?«

»Müllsack?« Das klang empört. Dabei konnte Lilli von außen wirklich nicht viel mehr als Müll im Fußraum und auf den Sitzen von Jonathans Wagen erkennen.

»Ich meine – darin kannst du die Sachen, die sich im Laufe der Zeit angesammelt haben, in deine Wohnung transportieren. Und wenn der Wagen leer ist, findest du sicher auch das Buch.«

»Ich fürchte, das ist tatsächlich die einzige Möglichkeit, obwohl ich es so eigentlich sehr gemütlich hier drinnen finde.« Sein Oberkörper tauchte so unverhofft wieder aus den Tiefen des Wagens auf, dass sie leicht zurückzuckte. Es war so viel schwieriger, sich einigermaßen intelligent zu äußern, wenn sie ihm dabei in die Augen sah.

Sie atmete tief durch, nahm sich zusammen, schenkte ihm so unvermutet ein strahlendes Lächeln, dass er sie verblüfft ansah, und entschied dann, dass die Methode *Zeigen Sie ihm, dass Sie eine patente Frau sind,* die in Kapitel 8 ihres neuen Buches beschrieben wurde, in diesem Fall am angebrachtesten war, wobei sie unbedingt beachten musste, dass die patente Art nur in Verbindung mit Charme und Erotik ankam. Zwar hatte sie keine rechte Vorstellung davon, wie sie es anstellen sollte, mit einem Müllsack in der Hand erotisch zu wirken, aber versuchen konnte sie es wenigstens.

»Ich bin gleich wieder da«, sagte sie hastig, ehe er sich die Sache mit dem Auto anders überlegen konnte, denn ein Ordnungsfanatiker schien er nicht gerade zu sein.

»Gut. Dann warte ich auf dich.« Als er lächelte, bemerkte sie voller Entzücken, dass sein linker Eckzahn kürzer war als der rechte. Vielleicht hatte er ihn sich als Kind abgebrochen, oder es war eine Laune der Natur. Auf jeden Fall beschloss sie spontan, dass es nichts Erotischeres gab als ungleiche Eckzähne.

Obwohl sie ihre schrecklich unbequemen Pumps anhatte – die Frau, die er geküsst hatte, hatte dabei schließlich auch hohe Absätze getragen –, spurtete sie in Rekordzeit über die Straße, schloss die Haustür auf, zerrte die Rolle mit Müllsäcken aus dem Putzschrank in der Küche und stand in weniger als zwei Minuten atemlos wieder neben Jonathans Auto.

Entschlossen und – wie sie fand – unglaublich patent, marschierte sie – wenn auch auf ihren Absätzen leicht wankend, was man aber mit einigem guten Willen als erotisch ansehen konnte – um den Wagen herum. Dann öffnete sie charmant lächelnd die Beifahrertür – wobei das Lächeln leider nur Übungszwecken diente, denn Jonathan war bereits wieder mit dem Kopf voran im Wagen verschwunden – und tauchte mit dem Oberkörper in das Chaos eines Autos, von dem ihre Schwester Carlotta behauptet hatte, dass sie niemals in der Lage sein würde, dort einzusteigen.

Allerdings nahm es ihr dann doch für einen Moment den Atem, als sie das unglaubliche Durcheinander, das in diesem Fahrzeug herrschte, aus der Nähe sah. Offenbar verbrachte Jonathan einen Großteil seiner Zeit hinter dem Steuer mit Essen. Es gab Verpackungen sämtlicher Fast-Food-Ketten, von denen Lilli jemals gehört hatte, und zusätzlich die einiger anderer, von deren Existenz sie bisher keine Ahnung gehabt hatte. Daneben fanden sich aber auch die bunt bedruckten Hüllen von Schokoriegeln, Getränkedosen aller Art und sogar eine einsame, noch halb volle Ketchupflasche.

Als ihr Blick zufällig in Jonathans Augen tauchte, die dicht vor ihren waren, weil er sich von der gegenüberliegenden Seite ins Auto beugte, hätte Lilli dann aber doch beinahe die Flucht ergriffen. Carlotta hatte über alle Maßen Unrecht: Was war der Kampf gegen ein bisschen Unordnung schon gegen den Mut, den es erforderte, sich auf die Liebe einzulassen und um sie zu kämpfen?

»Wir könnten erst mal den Abfall aussortieren«, schlug Lilli schüchtern vor, nachdem sie sich wieder unter Kontrolle hatte. Dabei flüsterte sie vorsichtshalber, weil sie befürchtete, Jonathan könnte auf das Wort »Abfall« ebenso abwehrend reagieren wie vorher auf »Müll«.

»Das sollten wir wohl tatsächlich tun.« Seine Erkenntnis rührte womöglich daher, dass er in der linken Hand eine leere Colaflasche und in der rechten zwei McDonald's-Tüten hielt und es ihm daher unmöglich war, zwischen all den weiteren Tüten, Flaschen und Dosen nach seinem Buch zu suchen.

Als er gleich darauf unvermittelt den Kopf hob und sie anlächelte, war sie spontan bereit, für den Rest ihres Lebens mit ihm Abfall zu sortieren.

Nach kurzem, seligem Erstarren gelang es Lilli zu ihrem eigenen Erstaunen wieder, den Blick auf den mit Abfällen übersäten Fußraum vor dem Beifahrersitz zu senken, und sie begann, den Müll einzusammeln und in den Plastiksack zu stopfen, den sie von der mitgebrachten Rolle abgerissen hatte.

Einige Minuten arbeiteten sie schweigend, jeder auf seiner Seite des Autos. Einmal griffen sie gleichzeitig nach einem zerdrückten Plastikbecher. Als ihre Fingerspitzen sich berührten, zuckte Lilli vor dem elektrisierenden Kribbeln zurück, das durch ihren Körper lief. Jonathan dagegen lachte unbeschwert, griff zu und rief fröhlich »Meins!«.

»Oh, hier ist ja mein Referat!«, stellte er überrascht fest, als er auf dem Rücksitz unter einem zerknüllten Sweatshirt einen Stapel eselsohriger Zettel fand.

»Du hast dein Referat verloren?« Lilli war fassungslos. Eben hatte er noch von einem Buch gesprochen, das er suchte.

»Nicht wirklich, wie du siehst.« Interessiert blätterte er den Stoß Papiere durch. »Im zweiten Anlauf habe ich es sowieso besser gemacht. Das hier war nur ein Entwurf.« Er ließ die Zettel in den Müllsack fallen.

»Sehr effektiv ist das nicht.« Kaum waren die Worte heraus, biss Lilli sich auf die Lippe. Männer mochten keine Frauen, die alles besser wussten. Sie hätte nicht einmal ihr kluges Buch gebraucht, um das zu wissen.

»Ich habe nie behauptet, effektiv zu sein. Dann wäre ich nämlich ordentlich und gut organisiert, was man nun wirklich nicht von mir behaupten kann.« Mit Schwung flog der senkellose Turnschuh in den Plastiksack. Offenbar gab es keinen zweiten, jedenfalls nicht hier im Auto.

Lilli unterdrückte einen Seufzer. Noch ein Chaot! Als ob sie nicht schon genug Probleme mit ihrer Schwester und deren Vorliebe für Spontaneität, wie Carlotta ihren Hang zur Unordnung zu nennen pflegte, hätte! Und trotzdem war sie nun mal in diesen Mann verliebt. Bis über beide Ohren, unsterblich und voller Sehnsucht und Schmerzen. Außerdem hatte sie als Extra-Tipp in ihrem Buch gelesen, Männer seien während der Anfangszeit einer Beziehung sehr lernfähig, zumindest wenn sie sich ihrer neuen Partnerin noch nicht sicher seien. Alles reduzierte sich immer wieder auf ein einziges Problem: Sie musste Jonathan dazu bringen, sich ebenso heftig in sie zu verlieben, wie sie sich in ihn verliebt hatte.

»Danke. Das war nett von dir.« Jonathan richtete sich aus der gebückten Haltung auf, streckte sich und lächelte Lilli über das Autodach hinweg an. »Wenn du nicht gewesen wärst, hätte ich mir wahrscheinlich ein neues Buch kaufen müssen.« Er wedelte fröhlich mit dem vermissten und wieder gefundenen Lehrbuch durch die Luft.

»Außerdem hättest du irgendwann mal das Gaspedal und die Bremse nicht mehr gefunden.« Schon wieder! Das Zusammenleben mit Carlotta hatte sie offenbar zu einer zwanghaften Nörglerin werden lassen, was Organisation und Ordnung anging. Das musste sie sich dringend abgewöhnen!

Tatsächlich sah Jonathan sie leicht irritiert an. Er war es sicher nicht gewohnt, dass Frauen an ihm herumkritisierten.

»Nicht, dass ein bisschen Unordnung mich stören würde«, flunkerte Lilli fröhlich drauflos.

»Was mich angeht, stört mich Ordnung nicht im Geringsten. Ich finde es nur meistens zu anstrengend, sie herzustellen.« Jonathan kam um den Wagen herum und nahm ihr den gefüllten Müllsack aus der Hand. »Nochmals vielen Dank.«

»Gern geschehen.« Lilli machte einen halben Schritt zur Seite, blieb aber sofort wieder stehen. Wenn sie jetzt einfach zurück ins Haus ging, hatte die ganze Aktion nichts gebracht. Weder die neue Kleidung noch der knallrote Lippenstift oder die Arbeit mit dem Auto. Ganz zu schweigen von der Anstrengung, all ihren Mut zusammenzukratzen.

Sie warf einen Blick hinauf zu einem der Erkerfenster seiner Wohnung. Als er vor einem knappen halben Jahr die Einliegerwohnung im Haus der alten Frau Peters bezogen hatte, hatte seine neue Vermieterin überall herumerzählt, dass sie eigentlich niemals vorgehabt habe, die Wohnung einem Studenten zu geben. Aber dieser Jonathan Geibel habe ein Lächeln, das sie an ihren verstorbenen Mann erinnere. Lilli wusste nicht recht, ob sie Jonathans Fähigkeit, selbst mit einer Siebzigjährigen zu flirten, bewundern sollte.

»Ich habe keinen Kaffee im Haus«, fing sie zögernd an und spürte, wie ihre Wangen anfingen zu brennen. Aber auch darauf konnte sie jetzt keine Rücksicht nehmen. *Lassen Sie sich von ihm helfen. Leihen Sie sich etwas von ihm, was Sie ihm später zurückbringen können. Seien Sie kreativ!*

Sie atmete tief durch und spürte erleichtert, wie der Abendwind über ihr Gesicht strich und es kühlte. »Könntest du mir ein paar Löffelchen Kaffeepulver leihen? Mein niedriger Blutdruck ... An manchen Tagen komme ich ohne Kaffee gar nicht über die Runden.«

Sie war ziemlich stolz auf ihren Umweg, sich bei ihm zum Kaffee einzuladen. Das war viel geschickter, weniger direkt und unauffälliger, als ihn auf einen Kaffee zu sich zu bitten, fand sie. Zumal sie wirklich gern seine Wohnung sehen wollte, deren Fenster sie schon so oft sehnsüchtig von ihrem Zimmer aus angestarrt hatte.

»Ich kann dir gleich ein ganzes Paket leihen.« Jonathan griff in den Einkaufsbeutel, den er vorhin beim Entrümpeln des Wagens gegen das Hinterrad gelehnt hatte, und hielt ihr ein 500-Gramm-Paket hin.

»Aber ich kann dir doch nicht deinen ganzen Kaffee wegnehmen!« So hatte sie sich das eigentlich nicht gedacht.

Er zuckte die Achseln. »Kein Problem. Ich bin ohne Kaffee auch völlig aufgeschmissen, wenn ich nachts lernen muss oder morgens nicht ausgeschlafen bin. Deshalb kaufe ich immer auf Vorrat. Eine der wenigen Sachen, bei denen ich wirklich gut organisiert bin.«

Als er ihr zuzwinkerte, blitzte es in seinen Augen auf.

Lilli sah rasch hinauf in die Wolken. Er hatte sie doch nicht etwa durchschaut? Obwohl es ja wohl eigentlich normal war, wenn ein Mann bemerkte, dass eine Frau versuchte, mit ihm zu flirten. Dennoch war es ihr unangenehm. Für den Fall, dass er sie trotz der neuen Jeans und des auffälligen Lippenstifts total langweilig und uninteressant fand. Wenn er sie nicht wollte, sollte er auch nicht wissen, dass sie ihn wollte. Wenn Liebe doch nur nicht so kompliziert wäre!

»Ähm. Ich kann dir dann aber erst morgen ein neues Paket Kaffee bringen«, sagte sie rasch und so kühl wie nur irgend möglich.

»Kein Problem. Noch mal vielen Dank für deine Hilfe.« Er hob grüßend die Hand, an der der Müllsack baumelte, griff mit der anderen Hand nach seinem Einkaufsbeutel, in den er das gesuchte und gefundene Buch gesteckt hatte, und ging durch den Vorgarten zu seiner Haustür.

»Ich danke *dir.*« Ungraziös fuchtelte Lilli mit dem Kaffeepaket durch die Luft.

Ohne sich noch einmal nach ihr umzudrehen, schloss Jonathan die Tür auf und verschwand im Haus. Lilli stand neben seinem Auto, klammerte sich am Kaffee fest und wusste nicht recht, ob sie wütend oder traurig sein sollte. Vielleicht war sie auch ein winziges bisschen erleichtert, weil sie keine Ahnung gehabt hatte, was zwischen Jonathan und ihr passieren würde, wenn sie mit ihm in seine Wohnung ging. Womöglich erwartete er von einer Frau, die ihn in seine Wohnung begleitete und ihm noch dazu signalisiert hatte, dass sie ihn anziehend fand, automatisch und auf der Stelle Sex. Und so weit wäre sie selbst in ihrer Verliebtheit nicht gegangen. Nicht so schnell und nicht, solange sie ihn nicht viel besser kannte.

Als sie auch nach einer ganzen Minute angestrengten Nachdenkens immer noch nicht wusste, was sie nun eigentlich fühlte, machte sie sich auf den Weg zurück zu ihrem eigenen Haus. Sie wollte nicht riskieren, dass Jonathan oben aus seinem Fenster schaute und sie dabei ertappte, wie sie immer noch neben seinem Auto herumlungerte.

IV

»Entschuldige bitte, aber er meint, du siehst nicht im Mindesten so aus, als würde dir der Käse schmecken.«

»Er sollte das Zeug mal probieren, dann wüsste er, dass ich praktisch eine oskarreife Leistung bringen muss, um auch nur zu lächeln, während ich auf dieser so genannten Delikatesse herumkaue.«

Carlotta war müde und schlecht gelaunt. Und übel war ihr außerdem, nachdem sie mindestens ein Pfund Käse gegessen hatte, obwohl sie erstens Käse hasste und zweitens diese bestimmte Sorte aus vollem Herzen verabscheute. Zum Glück war Sven, der Regieassistent, ein wirklich netter Kerl, was man von Till Semper, dem hoch dekorierten Werbefilmer, für den Sven arbeitete, nicht gerade behaupten konnte. Unter diesen Umständen war es geradezu als Segen zu betrachten, dass Semper es verschmähte, höchstpersönlich mit einer kleinen Schauspielerin zu reden, die engagiert worden war, um begeistert in ein Käsestück zu beißen.

Wobei die an sich nicht allzu schwierige Aufgabe, Käse zu essen, unter den Bedingungen, die der als hoch künstlerisch und extrem originell geltende Werbefilmer geschaffen hatte, zu einer echten Herausforderung wurde.

Ringsum an den Studiowänden waren mehrere große Ventilatoren aufgestellt worden, die Carlottas dunkle Mähne wie in einem Orkan flattern ließen. Dabei störte es sie nicht einmal besonders, dass sie vor lauter flatternden Haarsträhnen kaum etwas sehen konnte, während sie vor laufender Kamera munter auf der künstlichen Wiese herumhüpfte. Schwieriger gestaltete es sich allerdings, von dem Käsestück in ihrer Hand abzubeißen, da sie meistens den Mund voller Haare hatte, bevor es ihr gelang, den Käse zwischen die Lippen zu schieben. Unter diesen Umständen dann auch noch entspannt, genießerisch und fröhlich zu wirken, wie es ihr Sven immer wieder als Befehl von Till Semper ausrichtete, war nahezu ein Ding der Unmöglichkeit. Welches sie aber würde möglich machen müssen, wenn dies nicht ihr letzter Werbeauftrag sein sollte.

In der Branche sprach es sich schnell herum, wenn eine Darstellerin unfähig oder gar zickig war. In diesen Ruf wollte sie auf keinen Fall kommen. Nicht nur, dass sie an einem einzigen Tag im Studio mehr verdiente als während des ganzen Monats im *Susanna's* – die Chance, für eine Filmrolle entdeckt zu werden, wenn man in einem landesweit ausgestrahlten Spot mitwirkte, war zwar realistisch betrachtet nicht allzu groß, aber es gab sie.

»Tut mir Leid«, sagte sie darum nach einem tiefen Durchatmen folgsam zu Sven. »Ich versuche es gleich noch mal.«

»Gut.« Er zupfte ein Haar vom Stoff ihrer hellen Bluse und reichte ihr ein frisches Stück Käse, bei dessen Anblick ihr spontan noch ein wenig übler wurde.

»Ich werde versuchen, unauffällig den Ventilator rechts von dir ein bisschen niedriger einzustellen«, raunte er ihr zu. »Vielleicht klappt es dann besser.«

»Danke.« Sie lächelte ihn müde an, was er aber gar nicht wahrnahm, weil er damit beschäftigt war, ihren Kragen zu glätten, während ihr die missmutige Frau von der Maske noch einmal die Nase puderte.

»Was ist denn nun eigentlich los, Sven?«, brüllte Till Semper vom anderen Ende des Studios. »Es wird doch wohl zu machen sein, dass eine Frau über eine Wiese geht und dabei ein Stück Käse isst!«

»Kein Problem. Wir sind gleich so weit.«

Sven blinzelte ihr zu und ging dann an der Wand entlang zurück an seinen Platz neben Semper. Aus den Augenwinkeln beobachtete Carlotta, dass er sich im Vorübergehen unauffällig an einem der Ventilatoren zu schaffen machte.

Ein wirklich netter Mann, dachte Carlotta, während sie sich bereitmachte, erneut über den künstlichen Rasen zu hüpfen. Sven war nett, ordentlich und gut organisiert. Was sie auf einen Gedanken brachte, der ihr prompt ein Lächeln aufs Gesicht zauberte.

»Genau! Das ist es! Warum denn nicht gleich so?«, brüllte Semper vom anderen Ende des Studios. Dies war das erste Mal, dass er direkt das Wort an sie richtete.

Mit frischer Energie hüpfte Carlotta los, nutzte die Tatsache aus, dass ihr von rechts die Haare nicht mehr vor den Mund geweht wurden, und biss herzhaft in das Käsestück, um anschließend Kamera 2 verzückt von ihrem sommerlichen Geschmackserlebnis zu berichten.

Zu Carlottas Erstaunen war Till Semper spontan überzeugt von ihrer Käseschwärmerei, zumindest hob er die Linke zu einem Fast-Winken und lächelte Carlotta huldvoll zu, was einer kleinen Sensation gleichkam, wenn man bedachte, dass er normalerweise nicht einmal in der Lage war, seinen Kaffee selbst umzurühren. Sie winkte matt zurück und lächelte noch matter, bevor sie entkräftet auf einen der Strohballen sank, die einen Teil der Dekoration darstellten. Dann fragte sie den auch nach dem Verschwinden seines Chefs immer noch geschäftig herumeilenden Sven, ob er Zeit und Lust hätte, in der Studio-Kantine noch etwas mit ihr zu trinken.

Er lächelte genauso nett, wie er nun einmal war und wie wahrscheinlich auch Lilli gelächelt hätte. »Gern. Ich werde dir einen Cognac spendieren, damit du den Käsegeschmack aus dem Mund bekommst. Das Zeug schmeckt wirklich furchtbar, ich habe vorhin ein Stück probiert.«

Bevor sie am Nachmittag des Tages nach ihrem denkwürdigen ersten Flirtversuch mit Jonathan das Haus verließ, um einen zweiten Anlauf zu wagen, fragte Lilli sich nur ganz kurz, warum sie sich all diese Aufregung antat. Ihr Herz klopfte so wild, dass sie befürchtete, den Weg über die Straße nicht zu schaffen. Was immerhin die Chance eröffnete, dass Jonathan sie von seinem Fenster aus als lebloses Bündel mitten auf der Fahrbahn liegen sah und zu ihrer Rettung herbeieilte. Vielleicht verstand er sogar etwas von Mund-zu-Mund-Beatmung, und wenn sie wieder zu sich kam, könnte sie die Arme um seinen Nacken schlingen und mit einem gehauchten »Mehr!« noch einmal ihre Lippen auf seine pressen.

Mit diesem ermutigenden Gedanken im Kopf und dem Kaffeepaket in der Hand machte Lilli sich auf in ihr Abenteuer. Es gelang ihr, mit relativ energischen Schritten die gegenüberliegende Straßenseite zu erreichen, und trotz ihrer weichen Knie erklomm sie auch die drei Stufen zur Haustür problemlos. Erst als sie das Schild neben Jonathans Klingel sah, wurde sie für einen Moment wieder schwach und zog in Erwägung, umzukehren und die ganze Sache zu vergessen. Dann würde Jonathan sie zwar für eine eiskalte Kaffeeschnorrerin halten, doch das erschien ihr nicht so schlimm, als wenn er begriff, dass sie bis über beide Ohren in ihn verliebt war, während er selber womöglich nicht das geringste Interesse an ihr hatte. Immerhin bestand aber auch die Möglichkeit, dass er durchaus etwas für sie empfand oder empfinden könnte, wenn sie ihm die Gelegenheit gab, sich über seine Gefühle klar zu werden.

Entschlossen legte Lilli den Finger auf den Klingelknopf und ließ erst wieder los, als das Surren des elektrischen Türöffners ertönte. Dann warf sie den Kopf zurück, schob die Tür auf und klapperte auf ihren ungewohnt hohen Absätzen über den Fliesenboden der Diele. Sie hatte schon fast die Treppe zum ersten Stock erreicht, als die Tür zu Frau Peters' Erdgeschosswohnung aufgerissen wurde und die Nachbarin ihren dauergewellten, blaugrau getönten Kopf herausstreckte.

»Willst du zu mir, Lilli?« Sie musterte die Besucherin mit zusammengekniffenen, grauen Äuglein, die fast in den üppigen Speckfalten ihres Gesichts verschwanden.

»Nein. Ich habe oben geklingelt.« Lilli schüttelte heftig den Kopf und verbarg instinktiv das Kaffeepaket hinter ihrem Rücken, damit Frau Peters nicht etwa auf die Idee kam, es sei als nachbarschaftliches Geschenk für sie gedacht.

»Ich wusste gar nicht, dass du ihn näher kennst.« Durch das Senken ihrer Stimme und ein konspiratives Lächeln versuchte Frau Peters zu suggerieren, dass sie äußerst diskret und außerdem auf Lillis Seite war.

»Nein! Ich kenne ihn nicht näher«, beteuerte Lilli mit brennenden Wangen. »Es ist nur ... Ich habe mir etwas von ihm geliehen, und das bringe ich ihm zurück.«

»Aha!« Neckisch schloss sich eines der Äuglein zur Parodie eines Blinzelns.

Zum Beweis ihrer Behauptung holte Lilli das Kaffeepäckchen hinter ihrem Rücken hervor und fuchtelte damit in der Luft herum. Es fehlte gerade noch, dass Frau Peters in der ganzen Straße herumerzählte, Lilli wäre hinter ihrem Mieter her!

»Kaffee«, quietschte Lilli daher eifrig und plötzlich völlig außer Atem. »Gestern brauchte ich dringend Kaffee, und er hat mir welchen geliehen.«

»Du hättest dir den Kaffee auch von mir leihen können.« Frau Peters blinzelte noch heftiger, jetzt mit beiden Augen.

»Aber er war nun mal gerade da.«

Beherzt hüpfte Lilli in ihren hohen Absätzen auf die unterste Stufe und klapperte hastig die Treppe hinauf. Als sie den kleinen Vorraum vor der Wohnungstür im ersten Stock erreichte, keuchte sie wie nach einem Langstreckenlauf. Dennoch ließ sie sich keine Zeit, zu Atem zu kommen, sondern klopfte wild an Jonathans Wohnungstür, weil sie befürchtete, Frau Peters könnte die Verfolgung aufnehmen, um die ganze Wahrheit über den geliehenen Kaffee und Lillis Verhältnis zu Jonathan herauszufinden.

»Ist offen«, tönte es endlich gedämpft von drinnen, als Lillis Fingerknöchel bereits wehtaten und Frau Peters mit ihren wogenden Fettmassen schon unten an der Treppe erschienen war.

Hastig drückte Lilli die Klinke herunter, stürzte durch die Tür und warf sie hinter sich ins Schloss. Am liebsten hätte sie den von innen steckenden Schlüssel herumgedreht, doch das erschien ihr zu eigenmächtig und außerdem einigermaßen seltsam, denn normalerweise schlossen Frauen sich nicht mit verhältnismäßig fremden Männern in deren Wohnung ein, sondern hielten sich lieber den Fluchtweg offen. Ohnehin war anzunehmen, dass es Frau Peters, Neugier hin oder her, zu anstrengend sein würde, mitsamt ihren überflüssigen Kilos die steile Treppe zu erklimmen.

Diesmal wartete Lilli, bis ihr Atem zumindest so ruhig und gleichmäßig ging, wie es in dieser Situation überhaupt möglich war, bevor sie zaghaft »Jonathan?« in die stille Wohnung rief.

»Wer ist denn da?«, kam es nach einer kleinen Pause zurück.

Die Stimme drang durch die geschlossene Tür am Ende des schmalen Flurs. Lilli machte ein paar zaghafte Schritte in diese Richtung, wobei sie sich an ihrem Kaffeepäckchen wie an einem Rettungsring festklammerte.

»Ich bin's. Lilli«, piepste sie, nachdem sie irgendwo unter dem Frosch in ihrem Hals ihre Stimme wieder gefunden hatte.

»Lilli?«

Oh Gott! Er wusste nicht einmal, wer sie war! Was hatte sie sich nur eingebildet? Als ob eine neue Hose, ein Müllsack und ein paar gestotterte Sätze einen Mann wie ihn dazu bringen könnten, sich für ein langweiliges Mauerblümchen wie sie zu interessieren! In einem Reflex warf Lilli den Kaffee auf das niedrige Schränkchen an der Wand und trat die Flucht in Richtung Wohnungstür an.

»Lilli von gegenüber?«

Die Hand bereits auf der Klinke, blieb sie stehen und nickte heftig. In ihrer Verwirrung fiel ihr erst nach einiger Nickerei ein, dass er sie wohl schwerlich sehen konnte.

»Ja«, kiekste sie also tapfer. »Ich bin gekommen, um dir den Kaffee zu bringen, den du mir gestern geliehen hast.«

Er lachte leise, und Lilli erstarrte, denn sein sanftes Glucksen strich wie mit einer zarten Feder über ihr Rückgrat, sodass sich dort alle Härchen aufstellten.

»So eilig war das mit dem Kaffee nicht«, erklärte er ihr hinter der geschlossenen Tür. »Aber trotzdem schön, dass du gekommen bist. Ich bin gleich fertig. Mach es dir doch gemütlich.«

Hilflos sah Lilli sich um. Sie hatte nicht die geringste Ahnung, wie und wo sie es sich gemütlich machen sollte. Also blieb sie, wo sie war, und fixierte die Tür, hinter der sich der Mann ihrer Träume befand.

Als sich diese Tür unvermittelt öffnete, sprang sie erschrocken einen Schritt nach hinten.

»Oh! Du bist noch hier!« Auch Jonathan wich etwas zurück und überprüfte hastig den Sitz des kleinen Handtuchs, das er sich um die Hüften geschlungen hatte.

»Aber du hast doch gesagt, ich solle warten und dass du gleich kommst«, verteidigte Lilli sich mit ersterbender Stimme.

»Ja, natürlich, aber ich sagte, mach es dir gemütlich. Ich dachte, du hast dich irgendwo hingesetzt. Im Wohnzimmer oder meinetwegen in der Küche.«

»Ich …« Lilli schluckte verzweifelt an all den Worten, die sich nicht zu einem Satz ordnen lassen wollten, während sie ihn wie gebannt anstarrte, wie er dort mit wirrem, nassem Haar und sehr viel unbedeckter Haut stand, über die noch vereinzelt die Wassertröpfchen von der Dusche rannen, die er offenbar soeben genommen hatte.

»Ich weiß ja gar nicht, wo die Küche ist«, brachte sie schließlich heraus und riss ihren Blick von seiner linken Brustwarze los, an der ein schwerer, silbrig glänzender Wassertropfen hing. Vorsichtshalber entschloss sie sich, sein Ohrläppchen zu betrachten, was ihr verhältnismäßig ungefährlich erschien.

»Tut mir Leid, wenn ich dich erschreckt habe.« Nachdem er sich überzeugt hatte, dass keine wesentlichen Körperteile ihren Blicken preisgegeben waren, war Jonathan wieder so locker wie immer. »Ich ziehe mir schnell was an, und dann können wir einen Kaffee oder etwas anderes zusammen trinken.«

»Du hast mich nicht erschreckt«, erklärte Lilli eifrig seinem linken Ohr, über dem sich ein feucht glänzendes, dunkelblondes Löckchen kringelte, dessen Anblick ihr leichte Herzbeschwerden verursachte. »Ich bin nur gekommen, um dir den Kaffee zu geben«, fügte sie rasch hinzu, um jeglichem Verdacht aus dem Wege zu gehen, sie könnte irgendetwas anderes im Schilde führen.

Immer noch sein Ohr samt Locke fixierend, griff sie nach dem Päckchen auf dem kleinen Schrank, machte drei Schritte auf ihn zu und hielt ihm den Kaffee wie zum Beweis ihren ehrenhaften Absichten hin. Als Jonathan automatisch danach griff, geriet sein Handtuch ins Rutschen, er fasste danach, und der Kaffee landete mit einem dumpfen Laut auf dem Holzfußboden.

»Entschuldige!«

Lilli bückte sich gleichzeitig mit ihm nach dem Kaffee. Ihre Fingerspitzen berührten seine, als er es in seiner gebeugten Haltung noch einmal wagte, das Handtuch loszulassen. Elektrische Funken schienen zwischen ihren Händen zu sprühen, und sie zuckte zurück, obwohl sie sich fest vorgenommen hatte, genau das nicht mehr zu tun. Da sie nachts ziemlich schlecht geschlafen hatte, hatte sie noch einmal ihr neues Buch zu Rate gezogen und darin ein ganzes Kapitel über die große Wirkung absichtlich-zufälliger Berührungen gefunden. Leider war sie wohl weit davon entfernt, ihn gewollt zu berühren, da sie es noch nicht einmal ohne erste Zeichen einer Ohnmacht aushielt, wenn seine Fingerspitzen an ihre stießen.

Ihre weit aufgerissenen Augen waren in Höhe seiner nackten, feucht glänzenden Knie, während sie zögerte, ob sie noch einmal nach dem Kaffeepaket dicht vor ihren Füßen greifen sollte. Doch da beugte er sich noch ein wenig tiefer, um seinerseits das Päckchen aufzuheben. Seine nassen Haarspitzen streiften ihr Gesicht. Diese kühle und unendlich erregende Berührung versetzte sie gleichzeitig in Entzücken und in Erstaunen darüber, dass sie in der Lage war, äußerlich gelassen zu bleiben, während ein derartiger Tumult in ihrem Inneren herrschte.

Beherzt hob sie den Kopf und sah ihm aus nächster Nähe in die Augen – jene Augen, von denen sie in der vergangenen Nacht im Wachen und im Schlafen geträumt hatte. Augen wie bitterer Kaffee und süße Schokolade. Augen wie ein Versprechen ewigen Glücks. Noch nachdem er den Blick gesenkt hatte, um endlich nach dem Kaffee zu greifen, sah sie die warme Dunkelheit seines Blicks vor sich.

»Aber das ist ja genau das Päckchen, das ich dir gestern gegeben habe! Ich dachte, du wolltest dir so dringend Kaffee kochen. Wegen deines Kreislaufs.«

Lilli schreckte aus ihrer Verzauberung auf und musterte überrascht das Kaffeepaket, das er mit einer Hand dicht bei seiner Hüfte hielt, um gleichzeitig das Handtuch sichern zu können.

»Woher willst du das wissen? Ein Kaffeepaket sieht doch aus wie das andere!«

»Ich habe mir hier eine Telefonnummer notiert und dachte schon, sie wäre für alle Zeiten verloren.« Er grinste sie an und legte den Daumen auf eine Zahlenreihe, die quer über das Grün der Verpackung gekritzelt war.

Vor Wut hätte Lilli sich selbst beißen können. Das war garantiert die Nummer irgendeiner Frau, die er beim Einkaufen getroffen und die nichts Besseres zu tun gehabt hatte, als ihn zu nötigen, sie demnächst anzurufen. Und sie brachte ihm genau diese Telefonnummer treu und brav wieder zurück. Hätte sie sich die Verpackung doch nur besser angesehen!

»Ich hatte dann doch noch einen Rest Kaffee im Haus«, sagte sie rasch, als sie bemerkte, dass er immer noch auf ihre Antwort wartete. »Trotzdem vielen Dank.«

»Nichts zu danken.« Er schüttelte sich das nasse Haar aus der Stirn, wobei sie mit einem feinen Sprühregen kühler Wassertröpfchen überzogen wurde.

Einige Tropfen benetzten Lillis Lippen, und unauffällig schob sie ihre Zungenspitze vor, um das Nass aufzunehmen. Dabei kam sie sich tollkühn und frei vor. Ein bisschen so, wie sie sich immer gewünscht hatte zu sein. Vielleicht sogar so, wie die Frauen waren, mit denen Jonathan Geibel sonst zusammen war.

»Trinken wir denn jetzt zusammen einen Kaffee, oder hast du heute schon genug für deinen Kreislauf getan?« Er blinzelte ihr zu, als wüsste er, dass sie normalerweise keine sonderlichen Probleme mit ihrem Kreislauf hatte und eigentlich überhaupt keinen Kaffee mochte. Abgesehen davon, dass allein seine Nähe ihren Blutdruck in ungeahnte Höhen trieb.

»Wenn ich dich nicht zu sehr aufhalte, trinke ich gern einen Kaffee. Ich meine, vielleicht hast du Wichtigeres zu tun.« Sie biss sich auf die Zunge. Da war sie wieder, die alte Lilli, obwohl sie noch vor wenigen Minuten beschlossen hatte, bei diesem Mann endlich einmal etwas zu riskieren und aus ihrem Schneckenhaus hervorzukommen.

»Ehrlich gesagt ... Ich würde mich gern vorher anziehen.« Wieder kniff er ein Auge leicht zusammen, und von seinen für einen Mann sehr langen Wimpern löste sich ein Wassertropfen, der langsam über seine Wange rollte, bis er in dem länglichen Grübchen verschwand, das sich neben seinem Mundwinkel bildete, wenn er lächelte so wie eben jetzt.

»Natürlich kannst du dich vorher anziehe! Entschuldige. Also wirklich ... Meinetwegen musst du nicht halb nackt hier herumstehen.« Während sie all diese peinlichen und zusammenhanglosen Worte hervorstieß, spürte Lilli, wie ihre Knie weich wurden. Vielleicht war es doch die einfachere Lösung, sang- und klanglos in Ohnmacht zu fallen und sich von irgendwelchen Rettungssanitätern in Sicherheit bringen zu lassen, die Jonathan mit größerer Wahrscheinlichkeit rufen würde, als höchstpersönlich Wiederbelebungsmaßnahmen einzuleiten. Zumal er ja gar keine Hand frei hatte.

Ihre Gedanken verwirrten sich zusehends. Das alles war für eine Flirtanfängerin entschieden zu viel! Kraftlos ließ sie sich auf das kleine Schränkchen an der Wand sinken. Dieses gab ein lautes, protestierendes Knirschen von sich und sackte ohne weitere Umstände in sich zusammen, um als Bretterhäufchen am Boden liegen zu bleiben, auf dem Lilli fassungslos und mit brennenden Wangen wie eine besiegte Siegerin hockte, verzweifelt wünschend, sie wäre nie geboren worden.

Eine kleine Ewigkeit war es totenstill – dann legte Jonathan den Kopf in den Nacken und fing an zu lachen. Laut und herzhaft. Diesmal spürte Lilli bei seinem Lachen keine Feder auf ihrem Rücken. Alles, was sie fühlte, war entsetzliche Scham.

Ungeschickt rappelte sie sich vom Boden hoch und rannte zur Tür, ohne sich noch einmal umzudrehen oder auch nur den Versuch zu machen, irgendetwas zu sagen. Es gab nichts mehr zu sagen.

Sie hetzte die Treppe hinunter, wobei es ein Wunder war, dass sie sich in ihren hochhackigen Schuhen nicht die Beine oder gar das Genick brach, was ihr in diesem Moment als gar kein so schlechter Ausweg erschienen wäre. Dennoch gelang es ihr, unfallfrei das Haus zu verlassen und sogar die Straße zu überqueren, ohne unter die Räder zu kommen. Erst als sie die Tür ihres eigenen Zuhauses hinter sich ins Schloss geworfen hatte, blieb sie stehen und begann wieder zu atmen.

So viel also zu Traummännern und all den klugen Ratschlägen, wie man sie in sich verliebt machte!

Der Versuch, einfach entnervt die Augen zur Decke zu rollen und das Geschehene aus ironischer Distanz zu sehen, ging jämmerlich daneben. Eine Minute später war Lilli in Tränen aufgelöst, während sie sich eingestand, dass ihr in ihrem ganzen Leben noch niemals etwas derart Peinliches passiert war. Wie es aussah, würde sie nur noch bei Nacht und Nebel oder maskiert das Haus verlassen können. Sie wankte die Treppe hoch in ihr Zimmer, warf sich aufs Bett und gab sich willig ihrem Kummer hin.

V

»Lilli? Hast du Hunger? Ich habe uns was vom Chinesen mitgebracht!«

Carlotta ließ ihre Handtasche in den Schirmständer fallen, hängte den Hausschlüssel gedankenverloren an einen Garderobenhaken und trug dann die Pappschachteln mit Frühlingsrollen und Huhn süßsauer in die Küche.

Erst als sie bereits Teller und Gläser auf den Tisch gestellt hatte, fiel ihr auf, dass Lilli sich nicht rührte. Obwohl sie sicher zu Hause war, denn die hochhackigen Schuhe, die sie neuerdings trug, standen unten an der Treppe.

Unten an der Treppe? Nicht schon wieder!

Carlotta ließ die Schachtel mit Reis, die sie gerade hatte öffnen wollen, zurück auf die Tischplatte fallen und machte sich auf den Weg in den ersten Stock. Während der vergangenen Tage hatte Lilli gelassen und fast heiter, wenn auch ein wenig nervös gewirkt, sodass Carlotta angenommen hatte, diesmal sei der Liebeskummer erfreulich rasch vergangen. Was ein Irrtum gewesen war, wie ihr spätestens in dem Moment klar wurde, in dem sie nach kurzem Klopfen die Tür zum Zimmer ihrer Schwester öffnete und das zerzauste, tränenfeuchte, blonde Haar auf dem mit zart geblümtem Stoff bezogenen Kopfkissen sah.

»Ich habe uns was zu essen mitgebracht«, sagte sie in dem hoffnungslosen Versuch, einfach so zu tun, als gäbe es kein Problem.

»Kein Hunger«, murmelte Lilli erwartungsgemäß.

»Ich aber! Und du weißt, dass ich es hasse, allein zu essen.« Bockig sein konnte Carlotta auch.

»Ich denke, du wolltest sowieso abnehmen! Schmeiß das Zeug einfach weg.«

Es war offensichtlich noch schlimmer, als Carlotta befürchtet hatte. Seufzend nahm sie ihren Stammplatz auf Lillis Bettkante ein.

»Immer noch wegen diesem Jonathan?«

Ein gequältes Aufschluchzen war die Antwort.

»Was hältst du davon, einfach mal mit einem anderen Mann auszugehen? Zur Abwechslung vielleicht mal mit einem, der sich freut, wenn er mit dir zusammen sein kann? Du weißt doch, dass ich diesen furchtbaren Dreh für den Käse-Spot hatte, und da ...«

»Ich denke überhaupt nicht dran!« Empört schnaubend hob Lilli das verquollene Gesicht vom Kissen. »Ich will mich nicht mit irgendwelchen Trostpreisen zufrieden geben! Wenn es mit Jonathan nicht klappt, will ich keinen anderen!«

Das klang eher nach der fünfzehnjährigen Lilli als nach der erwachsenen. Carlotta verkniff sich die vernünftige Aussage, dass in ein paar Wochen alles wieder ganz anders aussehen würde, weil das immer so war. Und dass sie es sich beide leichter machen konnten, indem Lilli versuchte, den blöden Kerl von gegenüber einfach schon jetzt zu vergessen. Da ihr aber klar war, dass Lilli in ihrem augenblicklichen Zustand nicht im Traum daran dachte, Vernunft walten zu lassen, würde sie eben zu einem kleinen Trick greifen müssen, um ihren Plan in die Tat umzusetzen. Aber dafür war morgen auch noch Zeit.

»Dann wein einfach noch ein bisschen.« Sie stand von der Bettkante auf und ging zur Tür. »Mache ich mir beim Essen eben den Fernseher an.«

Falls Lilli erstaunt war, dass Carlotta sie so ungewohnt rasch mit ihren vernünftigen Vorschlägen und Trostversuchen in Ruhe ließ, ließ sie es sich nicht anmerken. Stattdessen starrte sie an die Decke und durchlebte zum ungefähr fünfhundertsten Mal die ungeheure Schmach des Moments, in dem das Schränkchen unter ihr zusammengebrochen und Jonathan in lautes Lachen ausgebrochen war.

Derweil gab Carlotta ihr Bestes, das chinesische Essen für zwei allein zu vertilgen. Was sie angesichts der Tatsache, dass sie außer sehr viel immerhin kalziumreichem Käse während der vergangenen zwei Tage keine richtige Mahlzeit zu sich genommen hatte, mit einigermaßen gutem Gewissen tat. Gesellschaft leisteten ihr dabei die Gäste einer spätnachmittäglichen Talkshow, die, angetan mit dem letzten Chic in Sachen Jogginganzug und Mickey-Maus-bedrucktem T-Shirt, erbittert darüber stritten, ob eine gewisse »Schantall« nun mit »Burchard« im Bett gewesen war oder nicht. Wobei besagter Burchard sich besonders dadurch hervortat, dass er einerseits behauptete, Schantall nur ganz flüchtig zu kennen, und andererseits erklärte, heutzutage habe so ein bisschen Sex doch gar nichts zu bedeuten und Schantall würde schließlich mit jedem, warum dann nicht auch mit ihm? Gerade waren die beiden offenbar ebenfalls an Burchhards Gunst interessierten Damen in Mickey-Maus- beziehungsweise Jogging-Outfit dazu übergegangen, sich gegenseitig ihre überflüssigen Pfunde, ihre schlampige Haushaltsführung und sonstige Verfehlungen vorzuwerfen, als auf dem Tisch neben Carlottas Teller das Telefon klingelte.

Hastig schluckte sie den Rest der zweiten Frühlingsrolle hinunter und griff nach dem Hörer.

»Wolf. Guten Tag, Frau Merian.«

Diesmal wusste sie sofort, wer der Anrufer war, und bekam einen heiligen Schreck. Zumal sie sich erstens nicht erinnern konnte, für wann sie einen Termin mit ihrem Architekten vereinbart hatte, und zweitens zwar wusste, dass sie diesen Termin irgendwo notiert hatte, aber nicht den leisesten Schimmer hatte, was mit dieser Notiz passiert war.

»Es tut mir Leid, Herr Wolf«, stieß sie hervor und lief mit dem Mobiltelefon aufgescheucht im Zimmer herum, um all die Stellen zu inspizieren, wo sie Notizen zu machen pflegte: die Titelseiten der Zeitungen der vergangenen Tage, den Umschlag des Telefonbuchs in dem offenen Fach unter dem Fernseher, die Programmzeitschrift auf dem Fernseher. Sie betrachtete sogar ihre Handflächen auf der Suche nach verblassten Kugelschreiberaufzeichnungen.

»Was tut Ihnen Leid?« Er klang angesichts ihrer Entschuldigung einigermaßen verblüfft.

Vielleicht rief er heute ja aus einem ganz anderen Grund an. Um den Termin abzusagen zum Beispiel. Oder um sie irgendetwas wegen des Umbaus zu fragen. Immerhin hatten all ihre Besprechungen darüber, wie sie sich den Wintergarten vorstellte, bisher telefonisch stattgefunden, nachdem sie die Baupläne ihres Hauses an einem Tag bei *Thiel & Partner* abgegeben hatte, als Herr Wolf auf einer Baustelle war, wie die Empfangssekretärin ihr mitgeteilt hatte.

»Ich habe mich nur entschuldigt, weil ich gerade beim Essen war und mich mit vollem Mund gemeldet habe. Schlechtes Benehmen, Sie wissen schon.« Immerhin hatte sie während ihrer Schauspielausbildung gelernt zu improvisieren. Selbst das kleine Lachen, das sie anhängte, klang perfekt. Ein wenig verlegen, aber nicht unnötig unterwürfig.

»Wenn ich Sie beim Essen gestört habe, bin ich derjenige, der sich entschuldigen muss«, entschied Wolf.

»Kein Problem. Ich habe sowieso schon zu viel gegessen. Eigentlich war das Essen für zwei, aber da meine Schwester keinen Appetit hat, musste ich mich sozusagen opfern. Es ist gut, dass Sie meinen Opfergang unterbrochen haben.«

»Entschuldigen Sie bitte die Störung«, kam es in entschlossener Förmlichkeit vom anderen Ende der Leitung. »Eigentlich muss ich mich auch für den Grund meines Anrufes entschuldigen. Es ist so, dass ich mich zwar erinnere, mit Ihnen einen Termin ausgemacht zu haben, aber leider nicht mehr weiß, auf welchen Tag wir uns geeinigt hatten. Vielleicht erwähnte ich schon, dass meine Sekretärin zur Kur ist und ich … Sie müssen einen furchtbaren Eindruck von mir haben, aber ich versichere Ihnen, dass meine Arbeit bisher keinen Grund zu Beanstandungen gegeben hat. Die schaffe ich ohne Sekretärin. Aber das mit den Terminen ist fürchterlich.«

Carlotta musste lachen, weil er so schrecklich zerknirscht klang und nicht ahnte, dass sie die Letzte war, der er einen Vortrag über die Probleme halten musste, die es mit sich brachte, die organisatorischen Erfordernisse des täglichen Lebens in den Griff zu bekommen.

»Es sind also noch keine Häuser zusammengestürzt, die Sie geplant haben? Auch noch keine Wintergärten oder Ähnliches?«, konnte sie sich nicht beherrschen, ihn ein wenig auf den Arm zu nehmen.

»Nein. Wirklich nicht! Und das wird auch nicht geschehen, da bin ich mir ganz sicher.« Sein Lachen klang wie das eines Mannes, der mit sich und der Welt im Reinen war – jedenfalls wenn er nicht gerade wegen seiner Terminplanung verzweifelte.

»Hat Tiffany Ihren neuen Organizer noch nicht wieder herausgerückt?« Sie gab es auf, in der Fernsehzeitschrift zu blättern, um dort vielleicht doch noch ihre Notiz zu dem Termin zu finden.

»Doch, das schon. Aber ich kann die Bedienungsanleitung nicht finden, und das Ding frisst immer noch alles auf, was ich eingebe. Dabei hat man mir im Laden gesagt, so ein elektronisches Notizbuch würde mir praktisch die Sekretärin ersetzen.«

»Versuchen Sie es vielleicht doch lieber mit einem Terminkalender auf Papier«, riet Carlotta mitfühlend und fügte hinzu, weil sie fand, dass es sich professionell und irgendwie gut anhörte: »Benutze ich auch immer.«

»Erfolgreich?«, kam es prompt zurück.

»Dass ich neulich unsere Verabredung nicht eingehalten habe, war eigentlich eher eine Ausnahme. Meine beruflichen Termine versäume ich niemals«, erklärte sie würdevoll. Was der Wahrheit entsprach, da ihre Agentin, die ihr mit beruhigender Regelmäßigkeit Werbejobs und kleine Gastauftritte vermittelte, schon längst gelernt hatte, sie mehrmals telefonisch an diese Engagements zu erinnern.

»Können Sie mir denn nun sagen, für wann wir uns verabredet haben? Ich werde es auf schnödem Papier festhalten und mir vor die Stirn kleben oder irgendetwas in der Art.«

»Äh. Moment mal.« Panisch sah Carlotta sich im Zimmer um. »Wie geht es denn eigentlich Tiffany? Sie ist doch noch bei Ihnen?«

»›Bei mir‹ ist gar kein Ausdruck! Sie lässt mich keine Sekunde aus den Augen. Sie versucht sogar, mich auf die Toilette zu begleiten. Wahrscheinlich hat sie Angst, ich könnte mich durchs Fenster davonmachen. Im Moment sitzt sie fast auf meinem Schoß, obwohl sie dafür viel zu groß ist.«

»Sie liebt Sie eben. Und sie fürchtet sich davor, Sie wieder zu verlieren. Was hoffentlich nicht geschehen wird.« Obwohl Carlotta die Hündin Tiffany noch nie gesehen hatte, schmerzte sie der Gedanke, das offenbar äußerst liebebedürftige Tier könnte im Tierheim landen.

»Ich habe eigentlich überhaupt keine Zeit für einen Hund«, erklärte Wolf, wie schon beim ersten Gespräch über die zugelaufene Hündin. »Außerdem ist sie enorm eifersüchtig. Sobald jemand in meine Nähe kommt, fängt sie an zu knurren. Das könnte schwierig werden, falls ich mich irgendwann mal wieder verliebe.«

»Das ist jetzt gar nicht mehr nötig. Der Platz auf Ihrem Schoß ist ja sowieso besetzt. Ein Hund ist treuer als jede Frau, glauben Sie mir.«

»Sie müssen es ja wissen!«

»Natürlich. Ich bin eine Frau.« Carlotta hätte so ziemlich alles behauptet, damit die Hündin ihr neu gefundenes Zuhause nicht schon wieder verlor.

»Und Sie sind eine untreue Frau?« Offenbar hatte er noch nie jemanden erlebt, der sich selbst so offen der Untreue bezichtigte.

»Jedenfalls habe ich mich schon in die verschiedensten Männer verliebt«, gestand Carlotta tapfer. Dass Lilli behauptete, sie könne sich gar nicht richtig verlieben, tat hier nichts zur Sache. »Ihre Hündin aber wird Sie ihr Leben lang lieben, wenn Sie es ihr erlauben.«

»Da ist was dran. Allerdings weiß ich nicht, ob ich es so lange ertrage, dass dieses Riesenvieh auf meinem Schoß sitzt und an meinen Fingern knabbert ... Lass das, Tiff!«

Carlotta unterdrückte ein Lachen. Mittlerweile war sie sich ziemlich sicher, dass Wolf nicht im Traum daran dachte, das Tier wieder herzugeben. Und wenn er noch so sehr tat, als würde ihn die Anhänglichkeit der Hündin nerven, schien er sich längst bis über beide Ohren in sie verliebt zu haben.

»Wieso haben Sie sie eigentlich Tiffany genannt?«, fiel ihr ein.

»Ach, das weiß ich gar nicht mehr so recht. Irgendwie fiel mir der Name ein.«

»Das stimmt nicht! Es gibt einen Grund, weshalb sie so heißt«, sagte Carlotta ihm auf den Kopf zu. »Sie müssen es mir natürlich nicht verraten, aber es wäre nett, wenn Sie es täten, sonst macht mir diese Frage womöglich noch schlaflose Nächte.«

»Sie sind eine ziemlich hartnäckige Person, wissen Sie das?« Er klang nicht unfreundlich, so als würde Hartnäckigkeit ihm durchaus gefallen.

»Mag sein.« Carlotta wartete geduldig auf seine Erklärung.

»Ja, also ... Sie ist mir um Mitternacht zugelaufen. Ich habe mein Auto vor dem Haus geparkt, und da saß sie mitten auf dem Gehweg.«

»Aha. Und sie saß vor einem Juweliergeschäft?«, half Carlotta ein wenig nach, als Wolf der Mut zu verlassen schien.

»Nicht direkt.« Erneute verlegene Pause.

Carlotta wartete und atmete nur noch ganz sachte und langsam, als könnte sie ihn auf diese Weise vergessen machen, dass sie ihm zuhörte.

»Ich kann Ihnen das nicht erzählen! Es klingt so furchtbar kitschig. Dabei bin ich ein sehr realistischer Mensch. Ich möchte nicht, dass Sie einen falschen Eindruck von mir bekommen. Immerhin sollen Sie mir so weit vertrauen, dass Sie mich einen Wintergarten für sich bauen lassen.«

»Ich kann Sie natürlich nicht zwingen, es mir zu erzählen. Aber ein bisschen feige finde ich es schon, dass Sie jetzt einen Rückzieher machen«, ließ Carlotta trickreich verlauten.

»Darauf falle ich nicht herein!«, konterte er ungerührt. »Meine Hündin heißt Tiffany, weil sie nun mal so heißt. Punkt.«

»Okay«, gab Carlotta nach und nahm sich vor, bei nächster Gelegenheit noch ein bisschen nachzubohren. Immerhin hatte er ihr vorerst zumindest den Gefallen getan, Tiffany als ›seine‹ Hündin zu bezeichnen.

»Wenn Sie mir dann bitte sagen könnten, für wann wir verabredet sind«, kam Wolf auf den Grund seines Anrufs zurück. »Ich erwarte in Kürze einen Kunden. Zumindest glaube ich das. Ich habe hier eine Notiz gefunden, die darauf hindeutet.«

»Ich ... Also, ich kann Ihnen auch nicht genau sagen, wann ich zu Ihnen ins Büro kommen wollte«, konnte Carlotta nun nicht umhin, ihm zu gestehen. »Also, ich könnte es natürlich herausfinden, weil ich es mir aufgeschrieben habe. Aber leider weiß ich im Moment nicht, wo der Zettel ist, den ich benutzt habe, weil mein Terminkalender gerade nicht zur Hand war. Selbstverständlich ist es nur eine Frage der Zeit, den Zettel zu finden, doch ich nehme an, so lange möchten Sie nicht am Telefon warten?«

»Ich tue Ihnen wahrscheinlich einen Gefallen, wenn ich Nein sage?« Das klang ziemlich erheitert.

Carlotta hauchte ein leicht verschämtes »Ja« in die Muschel. Obwohl es eigentlich gar nicht nötig war, ihm gegenüber wegen ihrer Schusseligkeit verlegen zu sein. Schließlich war er in dieser Beziehung kein bisschen besser als sie.

In diesem Moment tönte ein lautes Bellen durch den Hörer. Offenbar hatte jemand Wolfs Büro betreten, und Tiffany verlieh ihrem Unwillen darüber, dass sich jemand ihrem geliebten Herrn näherte, lautstark Ausdruck.

»Ruhig, Tiffany! Aus! Hör auf damit, verdammt noch mal. Unter den Schreibtisch, aber schnell! Und keinen Ton mehr! Entschuldigen Sie bitte. Das ist eigentlich gar nicht mein Hund. Ich habe sie sozusagen nur in Pflege«, hörte Carlotta durchs Telefon die hilflosen Versuche ihres Gesprächspartners, die Situation unter Kontrolle zu bringen.

Es folgte einiges Gemurmel, das darauf schließen ließ, dass Tiffany sich beruhigt hatte und Wolf seine Kunden begrüßte.

»Frau Merian?«, wandte er dann seine Aufmerksamkeit wieder ihr zu.

»Ich bin noch da.«

»Darf ich Sie morgen wegen des Termins noch mal anrufen? Vielleicht haben Sie dann den Zettel gefunden. Oder wir vereinbaren einen neuen Tag.«

»Natürlich. Gerne. Und danke für den Anruf«, verabschiedete sie sich höflich und unterbrach lächelnd die Verbindung.

»Darf ich reinkommen?«

Nach kurzem Anklopfen steckte Carlotta vorsichtig den Kopf ins Zimmer.

Lilli saß in dem großen Sessel am Fenster und starrte hinaus in den sonnigen Tag. Zwar war es ein unbestreitbarer Fortschritt, dass sie nicht mehr wie gestern weinend auf ihrem Bett lag, aber natürlich hatte sie diesen Platz gewählt, weil sie von hier aus das Haus schräg gegenüber sehen konnte, in dem Jonathan Geibel wohnte.

Energisch zog Carlotta die geblümten Vorhänge zu und lehnte sich ans Fensterbrett, sodass ihre Schwester im gedämpften Licht nun sie ansehen musste.

»Was soll das?«, beschwerte Lilli sich erwartungsgemäß. »Ich habe keine Lust, im Dunkeln zu sitzen!«

»Und ich habe keine Lust, mit jemandem zu reden, der glasig in die Ferne starrt oder sich vielmehr die Augen nach einem ganz bestimmten Mann ausguckt.«

»Mach ich doch gar nicht! Dieser Jonathan ist für mich gestorben. Also, zumindest ist mir klar, dass es mit ihm und mir nie was wird. Aber trotzdem darf ich doch wohl noch aus dem Fenster gucken.«

»Später.« Carlotta verschränkte die Arme vor der Brust und ruckelte sich auf dem schmalen Fensterbrett ein wenig bequemer zurecht.

»Vorhin hat Tante Adelheid angerufen«, erzählte sie dann als unverbindlichen Einstieg in das voraussichtlich schwierige Gespräch. »Morgen kommen nun endgültig die Handwerker, um ihr Bad zu renovieren, und das heißt, sie zieht morgen Vormittag bei uns ein.«

»Für wie lange?« Zur Abwechslung starrte Lilli jetzt einfach die blauen und roten Blümchen auf ihren Gardinen an. Die Antwort auf ihre Frage schien sie nicht besonders zu interessieren.

»So lange, wie die Handwerker eben brauchen. Oder noch ein bisschen länger, je nachdem, wie es ihr bei uns gefällt, schätze ich.« Carlotta unterdrückte einen Seufzer.

»Sie wird wieder den ganzen Haushalt umorganisieren«, vermutete Lilli in gleichgültigem Ton, während sie eine blaue Nelke fixierte.

»Es besteht Hoffnung, dass sie das diesmal nicht tut.« Carlotta zupfte am unteren Rand der gerüschten Gardine. »Sie hat sich irgendwie verändert und erzählt was von neuen Interessen. Hast du schon ihre grünen Strähnchen gesehen?«

Für einen Moment wurde Lilli richtig munter. Sie hob den Kopf und setzte sich aufrecht hin. »Grüne Strähnchen?«

»Mit passendem Lidschatten und Nagellack.«

»Grüner Nagellack?« Verblüfft betrachtete Lilli ihre eigenen, dezent in Zartrosa lackierten Nägel. »Ich glaube, ich habe Tante Adelheid noch nie mit Nagellack gesehen.«

»Dann wird es wohl Zeit.« Carlotta kicherte. »Schon allein um ihre Nägel zu schonen, wird sie vielleicht diesmal davon Abstand nehmen, sämtliche Türen im Haus abzuseifen, obwohl ich mir das eigentlich nicht vorstellen kann.«

»Wir werden sehen.« Seufzend heftete Lilli ihren Blick wieder auf die geschlossene Gardine.

»Aber sie bringt natürlich Ilsebill mit«, verkündete Carlotta.

Ilsebill, Adelheids Schildkröte, war die Königin der Ausbrecher. Wann immer eine Tür offen stand, suchte sie das Weite. Was in Adelheids Etagenwohnung weniger dramatisch war als in einem Einfamilienhaus, wo zumindest Carlotta häufig vergaß, die Türen zu schließen.

»Schön«, erwiderte Lilli gedankenverloren, obwohl sie Ilsebill, die schon seit vielen Jahren bei Adelheid lebte, als Kind unheimlich gefunden und sich in der Zwischenzeit auch nicht gerade mit ihr angefreundet hatte. »Sie hat so einen komischen Blick«, pflegte sie zu sagen und sich dabei zu schütteln, wenn Tante Adelheid es nicht sah.

»Na ja, wir werden es schon überleben, so oder so«, beendete Carlotta die Unterhaltung über Adelheids Besuch und wandte sich dem Thema zu, dessenthalben sie eigentlich gekommen war.

»Du musst mir einen Gefallen tun, Lilli«, begann sie in energischem Ton. Und fuhr so rasch fort, dass Lilli sie nicht unterbrechen konnte:

»Ich habe für heute eine Verabredung. Mit Sven, dem Regieassistenten von Till Semper. Er ist ein wirklich netter Mann, ohne ihn wäre dieser Dreh noch unerträglicher gewesen. Wir haben uns für heute Abend zum Essen verabredet, aber nun muss ich plötzlich für Tanja im *Susanna's* einspringen.«

»Dann ruf ihn doch an und verschiebe die Verabredung. Was habe ich damit zu tun?« Lilli beugte sich ein wenig vor, weil sie auf diese Weise durch einen Spalt zwischen den Vorhängen einen Blick auf die Straße erhaschen konnte.

»Ich kann ihn unter seiner Handynummer nicht erreichen. Das Gerät ist ausgeschaltet, und die Mobilbox geht auch nicht dran. Und weil ich mich mit ihm am Goethedenkmal verabredet habe, kann ich ihn auch an unserem Treffpunkt nicht erreichen, um ihm Bescheid zu sagen.«

Carlotta beruhigte ihr schlechtes Gewissen wegen ihrer faustdicken Lüge damit, dass sie ja nur zum Besten ihrer widerspenstigen Schwester handelte. Hätte auch nur die leiseste Chance bestanden, dass Lilli sich zu einem Date mit Sven bereit erklärte, wenn Carlotta ihr offen sagte, dass dieser Mann wunderbar zu ihr passen würde, wäre sie nicht zum Schwindeln gezwungen gewesen.

»Er wird schon merken, dass du nicht kommst.« In bestimmten Fällen konnte Lillis Sturheit es durchaus mit ihrer Sanftmut aufnehmen.

Seufzend wappnete Carlotta sich mit Geduld. Wenn Lilli auch stur sein konnte, war im Zweifel Carlotta selbst die Sturere der beiden Schwestern.

»Es kann doch nicht dein Ernst sein, dass ein wirklich netter Mann, mit dem ich mich verabredet habe, vielleicht stundenlang herumstehen und auf mich warten soll, nur weil es dir zu viel ist, ihm Bescheid zu sagen.«

»Es kann doch nicht dein Ernst sein, dich mit einem Mann im Stadtpark zu verabreden wie ein Teenager! Vernünftige Menschen treffen sich in irgendeinem Lokal.« Lilli machte eine finsteres Gesicht, sah aber dabei wenigstens endlich ihre Schwester an.

Diese zuckte mit den Schultern. »Wir wollten gemeinsam beschließen, wo wir hingehen. Ich hasse es, mich im Voraus festzulegen. Weiß ich denn drei Tage vorher, ob ich auf griechisches oder italienisches Essen Lust habe oder ob ich lieber tanzen statt essen will!«

»Du bist unmöglich!« Unvermittelt tanzte ein Lächeln um Lillis Mundwinkel.

»Wieso bin ich unmöglich? Nur weil ich lieber spontan entscheide?«

»Glaubst du, ich merke nicht, was du eigentlich vorhast? Du willst mich mit diesem Sven verkuppeln! Und weil du denkst, ich würde mich weigern, wenn du mir die Wahrheit sagst, versuchst du es mit faulen Tricks. Mit Lug und Trug!« Jetzt zog Lillis Lächeln ihre Lippen schon gewaltig in die Breite.

Auch Carlotta konnte ihr Lachen nicht mehr unterdrücken, und gleich darauf lagen sich die Schwestern kichernd in den Armen.

»Du kannst es nicht lassen, dich in mein Leben einzumischen, große Schwester, nicht wahr?« Liebevoll zerzauste Lilli Carlottas langes, gelocktes Haar.

»Er würde wirklich so gut zu dir passen! Er ist ordentlich, gut organisiert, unheimlich nett, gut aussehend und auf keinen Fall so ein ausgeflippter Frauenheld wie Jonathan von gegenüber.«

»Wenn er so toll ist, warum schnappst du ihn dir dann nicht selber?«

Carlotta lachte amüsiert auf. »Was glaubst du, wie lange ein ordnungsliebender Mann es mit mir aushalten würde? Das könnte keinesfalls gut gehen. Und mich würde es wahrscheinlich früher oder später auch wahnsinnig machen, mit jemandem zusammen zu sein, der alles wegräumt und aufhängt und so notiert, dass er den Überblick bewahrt.«

»Wir halten es doch auch schon unser Leben lang miteinander aus«, gab Lilli zu bedenken.

»Wir müssen es ja auch miteinander aushalten. Schließlich sind wir Schwestern und bis auf Tante Adelheid alles an Familie, was wir haben.« Carlottas Grinsen zeigte deutlich, dass sie ihr Schicksal an der Seite ihrer ordentlichen Schwester so schwer nun auch nicht fand.

Da die Situation drohte, rührselig zu werden, was Carlotta stets zu vermeiden trachtete, boxte sie ihrer Schwester spielerisch in die Seite. »Du hast noch zwei Stunden, bis du los musst.«

»Du meinst also wirklich, ich gehe?«

»Sieh ihn dir an. Gib ihm meinetwegen nur eine Tasse Kaffee oder ein Glas Wein lang Zeit. Mehr will ich doch gar nicht von dir.«

»Aber er wird total enttäuscht sein, wenn nicht du kommst, sondern ich an deiner Stelle am Goethedenkmal auftauche. Oder hast du ihm etwa gesagt, dass du in mildtätiger Mission für deine arme, fehlgeleitete Schwester unterwegs bist und einen geeigneten Mann für die stets heulende Lilli suchst?«

»Natürlich nicht!« Carlotta schüttelte empört den Kopf. »Trotzdem bin ich sicher, dass er keinen Gedanken mehr an mich verschwenden wird, sobald er dich kennen lernt. Ich habe ihm die Verabredung sozusagen aufgedrängt. Also, ich musste ihn nicht gerade zwingen, aber ich war diejenige, die ihn gefragt hat, ob wir uns nicht noch mal treffen wollen. Keinerlei große Gefühle für mich von seiner Seite. Sag ihm einfach, dass ich verhindert bin, du wirst sehen, es macht ihm nichts aus.«

»Na gut.« Lilli stand auf und strich ihren schlichten Rock glatt. Sie trug noch ihre Bürokleidung. »Ich werde mich aber nicht umziehen oder so was.«

»Musst du nicht. Obwohl ich diese Jeans, die du neulich anhattest, richtig gut fand. Ein ganz anderer Stil als sonst.«

Lillis Blick verdunkelte sich bei dem Gedanken, für welche Gelegenheit sie die Hose gekauft hatte. »Das Ding kommt in die Altkleidersammlung«, beschloss sie düster.

»Schade.« Carlotta stand auf und ging dem Hass, den Lilli für ihre neue Hose entwickelt hatte, lieber nicht auf den Grund. Die Wahrscheinlichkeit, dass diese Sache mit Jonathan Geibel zusammenhing, war groß, und damit auch die Gefahr, dass Lilli erneut in Tränen ausbrach und mit verquollenen Augen zu ihrem Date mit Sven erschien.

»Ich muss dann jetzt zur Arbeit«, sagte sie deshalb nur und sah zu, wie Lilli die Vorhänge wieder öffnete.

»Gut.«

Da Lilli wieder einfach nur dasaß und aus dem Fenster blickte, ohne noch ein weiteres Wort über ihr Blind Date zu verlieren, blieb Carlotta in der Tür stehen.

»Kann ich mich darauf verlassen, dass du dich mit Sven triffst?«, fragte sie nach einer Weile.

»Kannst du. Ich trinke einen Kaffee mit ihm. Mehr ist aber wirklich nicht drin.«

»Okay.« Lächelnd wollte Carlotta den Raum verlassen, kehrte aber noch einmal um.

»Sag mal, weißt du, ob man jetzt noch irgendwo Terminkalender für dieses Jahr bekommt?«

Lillis Kopf fuhr herum. »Du willst dir einen Terminkalender kaufen? Bist du krank oder so was?«

Carlotta grinste. »Nun ja. Irgendwann sollte doch jeder mal versuchen, sein Leben in den Griff zu bekommen, und ich dachte, wenn ich mir alles aufschreibe …«

»Das glaubst du doch selber nicht!« Vor drei Jahren hatte Lilli der Schwester zu Weihnachten einen teuren, in Leder gebundenen Terminplaner geschenkt. Carlotta war auch ziemlich begeistert von diesem Geschenk gewesen – und hatte genau bis zum 4. Januar alle Termine getreulich eingetragen.

»Das Problem ist eigentlich nur, den Kalender bei mir zu haben, wenn es etwas zu notieren gibt. Aber das muss doch wohl zu machen sein!« Carlotta klang wild entschlossen, überzeugte Lilli aber deshalb noch lange nicht. Immerhin war sie seit dreiundzwanzig Jahren Carlottas Schwester.

»Dann versuch es doch mal bei *Weigels.* Buchhandlungen führen ja oft auch Kalender. Vielleicht haben die noch einen für dieses Jahr.«

»Ich schaue da gleich heute auf dem Weg zur Arbeit rein. Und dir viel Spaß für heute Abend.«

»Also wirklich! Jetzt soll ich auch noch Spaß daran haben, dass du mich verkuppeln willst. Das ist ein bisschen viel verlangt, meinst du nicht?«

Carlotta grinste. »Ich weiß, dass ich schrecklich bin, aber ich bin nun mal deine große Schwester, also musst du damit leben.«

»Hau bloß ab, sonst überlege ich mir das mit diesem Sven noch mal!« Längst lag Lillis Blick wieder auf dem Haus schräg gegenüber.

Zehn Minuten später stand Carlotta vor dem Garderobenspiegel und schlüpfte in ihre abgetragene, dunkelrote Lederjacke. Lilli versuchte ständig sie zu überreden, die Jacke auszurangieren, weil sie an den Ärmeln und am Kragen schon ganz abgestoßen war, aber das brachte sie nicht übers Herz. Wovon Lilli keine Ahnung hatte und was Carlotta ihr auch nicht sagen mochte, weil es ihr so sentimental erschien, war die Tatsache, dass sie diese Jacke auf einem gemeinsamen Einkaufsbummel mit ihrer Mutter kurz vor dem Unfall gekauft hatte.

Carlotta ließ ihre Fingerspitzen über das weiche Leder gleiten und klappte den Kragen hoch. Während sie noch einmal überprüfte, ob ihr Haar wenigstens jetzt, so kurz nach dem Kämmen, noch brav in der Spange an ihrem Hinterkopf steckte, fiel ihr Blick auf ein Stückchen Papier, das unter der oberen, rechte Ecke des Spiegels steckte. Sie griff danach und starrte einen Moment verständnislos auf Datum und Uhrzeit, die auf der Rückseite eines Kassenbons notiert waren. Dann zog ein Lächeln über ihr Gesicht. Sie zumindest wusste nun wieder, für wann sie einen Termin mit ihrem Architekten vereinbart hatte.

Vielleicht würde sie ihn vom *Susanna's* aus anrufen und ihm erzählen, dass sie für den morgigen Vormittag miteinander verabredet waren. Inzwischen war sie ziemlich neugierig auf diesen Mann, der ihr in den Telefongesprächen, die sie mit ihm geführt hatte, als eine Mischung aus den widersprüchlichsten Eigenschaften erschienen war.

Wenn er es auch nach Kräften zu verbergen trachtete, er bis über beide Ohren verliebt in seine zugelaufene Hündin. Niemals würde er es übers Herz bringen, Tiffany im Tierheim abzuliefern, dessen war Carlotta sich sicher. Und als er begonnen hatte, ihr zu erzählen, wie die Hündin zu ihrem Namen gekommen war – das hatte so romantisch geklungen. Bis zu dem Moment, als ihm aufgefallen war, dass er genau so nicht wirken wollte: wie ein Träumer. Fantasie erlaubte er sich offenbar nur in seinem Beruf. Es hatte Carlotta bereits Spaß gemacht, ihm nur zuzuhören, als er in ihrer telefonischen Vorbesprechung von seinen Plänen für den Wintergarten gesprochen hatte, von dem sie nun schon seit so vielen Jahren träumte. Sie konnte es kaum erwarten, auch das Computermodell und die Zeichnungen dazu zu sehen. Ja, sie würde ihn nachher anrufen und an den morgigen Termin erinnern.

Lächelnd schob Carlotta den bekritzelten Bon in ihre Jackentasche. Blieb nur zu hoffen, dass sie es diesmal schaffen würden, sich in seinem Büro zu treffen. Denn eines stand fest – ohne die Unterstützung seiner Sekretärin war er mindestens so chaotisch wie sie selber.

VI

Als Lilli ihr kleines Auto von dem Parkplatz vor dem Bistro herunterfuhr, sah sie noch einmal in den Rückspiegel und hob zum Abschied die Hand. Sven stand unter einer Straßenlaterne und sah ihr lächelnd nach. Das milchige Licht malte helle Kringel auf sein dunkelblondes Haar, das fast die gleiche Farbe hatte wie Jonathans Haare, was so ziemlich die einzige Gemeinsamkeit zwischen den beiden Männern war. Lächelnd dachte Lilli an die Stunde zurück, die sie mit Sven verbracht hatte, dem Mann, den ihre Schwester für sie ausgesucht hatte. Carlotta mochte so manches Talent haben, als Kupplerin war sie offenbar nicht sonderlich begabt. Zumal sie ein kleines, aber in diesem Zusammenhang sehr wichtiges Detail völlig übersehen hatte. Ein wenig freute Lilli sich schon darauf, Carlotta über diese Kleinigkeit in Kenntnis zu setzen.

Zehn Minuten später fuhr Lilli den Wagen auf den Stellplatz neben dem Haus – und wurde von einer unbeschreiblichen Verwirrung überrollt, als sie im Seitenspiegel die hoch gewachsene Gestalt sah, die über die Straße direkt auf sie zukam.

Wahrscheinlich wollte Jonathan ihr die Rechnung für den zerstörten Schrank präsentieren, was sein gutes Recht war und nach Begleichung der Summe zweifellos zu ihrer Beruhigung beitragen würde. Dennoch rutschte sie tiefer in den Sitz und hoffte wider alle Vernunft, dass er sie nicht gesehen hatte.

Erst als er energisch an die Scheibe der Fahrertür klopfte, war sie bereit einzusehen, dass sie der Konfrontation hier und jetzt nicht aus dem Weg gehen konnte. Es sei denn, sie verriegelte die Autotüren von innen und weigerte sich herauszukommen, was denn doch unter ihrer Würde war.

Also riss sie den Kopf herum, tat, als würde sie Jonathan erst in diesem Moment bemerken, fuchtelte mit einer unkoordinierten Bewegung durch die Luft, die ein munteres Winken darstellen sollte, und suchte dann umständlich ihre Tasche und ihre Jacke zusammen, während Jonathan geduldig neben der Autotür stand, die er bereits von außen für sie geöffnet hatte.

In ihrem Bemühen, locker und heiter zu wirken, stolperte sie prompt beim Aussteigen über ihre eigenen Füße. Da sie unter allen Umständen vermeiden wollte, sich an Jonathan festzuhalten, ging sie kurzfristig vor ihm in die Knie.

»Was ist nur an mir, das dich so furchtbar nervös macht?«

Fast hörte es sich an, als würde er sich tatsächlich wundern und sich ernsthaft fragen, ob er etwas falsch machte, aber natürlich wusste sie, dass er sich in Wirklichkeit nur über sie lustig machte. Anders konnte es gar nicht sein. Ganz sicher war sie die erste Frau, die sich in seiner Gegenwart derart kopflos und tollpatschig verhielt. Die anderen Frauen, mit denen sie ihn gesehen hatte, waren allesamt graziös dahingeglitten wie Mannequins auf dem Laufsteg. Nie im Leben hätte es einer von ihnen passieren können, dass sie sich unvermittelt im Staub zu Jonathans Füßen wieder fand.

Verzweifelt wehrte sie ihn ab, als er sich bückte, um ihr wieder auf die Beine zu helfen. Er kümmerte sich aber gar nicht um ihre hilflosen Armbewegungen, die sie nur noch weiter in die Schieflage brachten, sodass nicht mehr viel gefehlt hätte, und sie wäre in der richtigen Haltung gewesen, um ihm die Füße zu küssen. Energisch packte er ihre Ellbogen und zog sie nach oben. Und ließ sie auch nicht wieder los, als sie sicher auf ihren Beinen stand. Was vielleicht als Vorsichtsmaßnahme ganz gut war, da sie nun gezwungen war, ihm mitten ins Gesicht zu sehen. Angesichts der im schwachen Licht der Lampe über der Haustür fast schwarz wirkenden Augen zog Lilli kurzfristig in Erwägung, sang- und klanglos in Ohnmacht zu fallen. Da ihr aber nicht einmal das gelang, trat sie die Flucht nach vorn an.

»Das mit deinem Schrank tut mir Leid«, sprudelte sie heraus, um das peinliche Schweigen zwischen ihnen niederzureden. »Ich hätte nicht einfach davonlaufen sollen, aber mir war plötzlich eingefallen ... Ich musste dringend weg. Ein wichtiger Termin. Der Herd ... Ich hatte vergessen, ihn auszuschalten. Und während der vergangenen Tage hatte ich dann so furchtbar viel zu tun. Natürlich wäre ich noch gekommen, um die Sache zu klären. Selbstverständlich werde ich dir den Schrank ersetzen.«

»Pssst.«

Für einen kurzen Augenblick meinte sie, der Nachtwind hätte dieses sanfte Geräusch gemacht, doch als er ganz leicht den Zeigefinger über ihre Lippen legte, war klar, dass es Jonathan gewesen war.

»Warum machst du dir eigentlich das Leben so schwer?«

Scheinbar wusste er, dass sie keine Antwort auf seine Frage wissen würde, denn er ließ seinen Finger dort, wo er war, auf ihren Lippen, die unter der zarten Berührung kribbelten.

Eine kleine Ewigkeit standen sie einander so gegenüber, bewegungslos und stumm. Dann glitten endlich seine Finger von ihren Lippen, und sie konnte nicht anders, als weiterzureden.

»Wenn du mir sagst, was du für das Schränkchen bekommst, könnte ich dir einen Scheck ausschreiben. Ich will auf keinen Fall, dass du meinetwegen Unkosten hast. Schlimm genug, dass du die Bretter entsorgen musstest. Oder hast du sie noch? Dann könnte ich morgen bei der Müllkippe vorbeifahren.« Noch immer meinte sie, den leichten Druck auf ihren Lippen zu spüren, was es ihr noch schwerer machte, ihre Worte trotz aller Hast deutlich auszusprechen.

»Du kannst es nicht lassen, nicht wahr?« Er rückte ein wenig näher, sodass sie deutlich die Wärme seines Körpers spürte, obwohl er sie nicht berührte.

»Was meinst du?«, stieß sie hervor und biss sich auf die Unterlippe, um nicht immer weiterzuplappern, weil sie so nervös war, dass sich lauter sinnlose Sätze in ihrem Kopf bildeten.

»Ich meine, dass du endlich aufhören sollst zu reden und dich zu entschuldigen. Dieses Schränkchen war ein uraltes Möbelstück, das mir meine Patentante aufgedrängt hat. Sie hat ein Haus voller Gerümpel und behauptet immer, sie wolle mir mein Erbe vorzeitig zukommen lassen, um mir die Erbschaftssteuer zu ersparen.«

»Du lieber Himmel! Dann war es also auch noch eine Antiquität!« Lillis Wunsch, sich unverzüglich in Luft aufzulösen, wurde dringender denn je.

»Nein! Verdammt noch mal!«

Jonathans erhobene Stimme ließ sie zusammenzucken. Dennoch unterdrückte sie ihren Fluchtinstinkt. Wenn sie hier und heute wieder davonlief, machte sie alles nur noch schlimmer, so viel war ihr immerhin klar.

»Dieses Ding war absolut keine Antiquität, sondern einfach nur ein klapperiger, hässlicher, alter Schrank. Er stand in der Diele herum, weil ich ihn eigentlich nicht brauchte. Es war ja nicht mal was drin!« Nun donnerte Jonathan aus seiner Höhe von mindestens einsneunzig regelrecht auf sie herab.

»Trotzdem ist mir das alles furchtbar peinlich!« Lilli ertappte sich dabei, wie sie von einem Fuß auf den anderen trat wie ein kleines Mädchen, das dringend zur Toilette muss.

»Es muss dir nicht peinlich sein. Natürlich sah es ein bisschen komisch aus, als du da plötzlich auf einem Haufen morscher Bretter saßest, aber das hat ja außer mir keiner gesehen.«

»Eben. Du hast es gesehen. Das ist nun wirklich schlimm genug.« Lilli murmelte so leise vor sich hin, dass er sie ganz sicher nicht verstand.

Offenbar hatte er aber Radarohren oder so etwas Ähnliches. »Es ist kein bisschen schlimm, dass ich es gesehen habe«, berichtigte er sie sanft. »Ich erzähle es ganz bestimmt niemandem. Großes Ehrenwort. Und ich entschuldige mich hiermit in aller Form dafür, dass ich gelacht habe.«

»Gut«, murmelte sie und schielte ausdauernd in Richtung Haustür.

Da Jonathan mit seinem Körper den Weg zwischen Auto und Haustür blockierte und sie auch nicht nach hinten ausweichen konnte, weil sie mit dem Rücken an ihrem Wagen lehnte, machte Lilli einen vorsichtigen Schritt zur Seite.

Jonathan reagierte blitzartig. Er legte ihr, nicht annähernd so sanft, wie er ihre Lippen berührt hatte, sondern sehr energisch, die Hand auf die Schulter.

»Du wirst mir nicht schon wieder davonlaufen!«

»Was soll das?« Unvermittelt fühlte Lilli so etwas wie Wut. »Ich laufe, wann ich will und wohin ich will!« Mit einer energischen Bewegung schüttelte sie seine Hand ab.

Erstaunt wich Jonathan ein wenig zurück. »Entschuldige! Ich wollte dich nicht ärgern. Im Gegenteil. Eigentlich bin ich gekommen, um dir zu sagen, dass du dir wegen des blöden Schränkchens nicht die geringsten Sorgen machen musst.«

»Danke.« Sie sah haarscharf an ihm vorbei, sodass sie außer der rettenden Haustür nur noch sein Ohrläppchen im Blickfeld hatte. Zu ihrem eigenen Erstaunen war ihre Stimme immer noch klar und so deutlich, dass wahrscheinlich selbst Frau Peters, die auf der anderen Straßenseite als Schatten hinter ihrem halb geöffneten Fenster zu erkennen war, sie gut verstand.

»Okay. Dann gehe ich jetzt.«

Lilli war regelrecht entzückt, dass Jonathan jetzt derjenige war, der zumindest ein kleines bisschen verlegen war.

Immer noch gegen ihr Auto gelehnt, sah sie zu, wie er nach einer betont lässigen Handbewegung, die sie mit einem huldvollen Nicken beantwortete, die Straße überquerte und in Frau Peters' Haus verschwand.

Erst als sich die Tür hinter ihm geschlossen hatte, stieß sich Lilli von ihrem Wagen ab und spazierte in Richtung ihrer eigenen Haustür. Dabei war sie irgendwie erstaunt, wie gut sie sich fühlte. Was aber viel erstaunlicher war: Während sie den Schlüssel ins Schloss schob, überlegte sie wirklich und wahrhaftig, ob sie vielleicht nicht doch noch einen einzigen, allerletzten Versuch machen sollte, Jonathan für sich zu gewinnen.

Mit sanftem Nachdruck schloss sie die Tür hinter sich und trat vor den Garderobenspiegel. Dort beugte sie sich so weit vor, dass ihre Nase fast das Glas berührte, und fuhr dann mit der Spitze ihres Zeigefingers die Konturen ihrer Lippen nach. Als sie die Augen schloss, konnte sie noch einmal das Kribbeln spüren, mit dem sein Finger ihren Mund berührt hatte. Und sie wusste, dass sie sich für eine lange Zeit danach sehnen würde, das noch einmal zu fühlen.

Wie immer erlebte das *Susanna's* auch an diesem Tag den größten Ansturm nach dem Mittagsgeschäft in den frühen Abendstunden, als die umliegenden Firmen Büroschluss hatten und vorzugsweise die Inhaber der leitenden Positionen und diejenigen, die sich Chancen auf besagte Positionen ausrechneten, auf einen Drink kamen. Einige blieben nur die halbe Stunde, die es brauchte, um einen Cocktail, ein Glas Wein oder ein Bier zu trinken und von den anderen Gästen als jemand wahrgenommen zu werden, der dazugehörte. Ein Großteil der Gäste schaffte es aber nicht so leicht, sich loszureißen. Aus einem Glas wurden zwei, drei oder noch mehr, die Gespräche mit den Kollegen oder Bekannten, die man regelmäßig hier traf, wurden lebhafter, und die eigene Stellung oder die Position, in die man demnächst aufsteigen würde, wurde von Viertelstunde zu Viertelstunde bedeutender, ganz zu schweigen von der Verantwortung und dem Stress, die mit dieser Arbeit einhergingen.

Carlotta kannte nach zwei Jahren in ihrem Job den Großteil der Gäste mitsamt ihrem Aufgabenbereich in der Bank, der Werbeagentur oder der Unternehmensberatung, in der sie tätig waren. Wobei sie gelernt hatte, je nach Charakter und Selbstdarstellungstrieb des Erzählenden einen gewissen Prozentsatz an Unentbehrlichkeit abzuziehen. Eine ihrer wichtigsten Erkenntnisse war aber gewesen, dass diejenigen, die tatsächlich die größte Verantwortung hatten, normalerweise am wenigsten darüber redeten.

Spätestens gegen neun Uhr abends war die Hälfte der Stühle und Barhocker leer. Es waren nur noch die Unermüdlichen da, die niemanden hatten, zu dem sie heimkehren konnten, und die keinesfalls die Leere ihrer Wohnung, vielleicht auch ihre eigene Leere, ertragen wollten oder konnten. Natürlich gab es auch einige Nachtschwärmer, die um diese Stunde gezielt oder zufällig das *Susanna's* besuchten. Doch das waren nicht allzu viele, da das Lokal mitten im Banken- und Büroviertel lag, in dem es ansonsten wenig Möglichkeiten gab, sich zu amüsieren.

An diesem Abend hatte sich das *Susanna's* relativ früh geleert. Bereits um kurz nach acht waren nur noch etwa fünfzehn Gäste da, die meisten davon Einzelgänger an der Bar, die entweder nachdenklich bis trübe in ihre Gläser starrten oder mit hungrigen Blicken Carlotta und Tanja bei jeder ihrer Bewegungen verfolgten.

Oskar war an diesem Abend mit der Abrechnung beschäftigt, die er zwar hasste, sich aber als eine Art Selbstkasteiung auferlegte, obwohl er es sich hätte leisten können, eine Teilzeitkraft für die Buchhaltung einzustellen. So war er auch heute nach dem größten Ansturm demonstrativ seufzend in seinem kleinen Büro verschwunden und hatte Carlotta und ihrer Kollegin die Bar überlassen.

»Wen versuchst du denn dauernd zu erreichen?«, erkundigte sich Tanja, als Carlotta nach dem dritten oder vierten Versuch an diesem Abend das Handy resigniert wieder in ihre Handtasche schob, die sie in dem Fach unter der Kassenschublade aufbewahrte.

»Meinen Architekten.« Carlotta zuckte die Achseln, um zu zeigen, dass sie dieses Vorhaben für heute abgehakt hatte. Was wohl hieß, dass es am nächsten Tag wieder nicht mit dem Termin klappen würde, obwohl sie so neugierig gewesen war, Wolfs Vorschläge und auch ihn selber endlich zu sehen.

»Deinen Architekten? Das hört sich aber pompös an! Wie finanzierst du denn deinen Architekten? Mit dem, was du hier verdienst?« Vor lauter Erheiterung fegte Tanja eines der sauberen Gläser von der Bar.

»Wusstest du das nicht? Die Dame von Welt hat einen Architekten.« Carlotta stimmte ins Lachen ihrer Kollegin ein, während sie in ihrer Handtasche nach dem nagelneuen Terminkalender suchte, in den sie den Mittwochvormittagstermin eingetragen hatte, den sie nun wieder streichen musste. Offenbar war es anstrengender, als sie gedacht hatte, sich perfekt zu organisieren.

Nachdem sie einen dicken Strich durch die Worte »Wolf – Architekt – Wintergarten« gemacht hatte, fuhr sie fort: »Lilli und ich wollen doch schon ewig einen Wintergarten ans Haus anbauen lassen. Das ist sozusagen eine Investition in die Zukunft und eine Wertsteigerung für unser Haus, die wir von dem Geld aus der Lebensversicherung unserer Eltern bezahlen.«

»Und wieso rufst du deinen Architekten abends um acht im Büro an und wunderst dich dann, wenn du ihn nicht erreichst? Macht das die Dame von Welt so? Oder hat er dir seine Privatnummer gegeben?« Kopfschüttelnd ließ Tanja die zusammengefegten Glasscherben in den Mülleimer fallen.

Carlotta legte die Stirn in Falten. »Er hat neulich auch ziemlich spät abends angerufen. Deshalb hatte ich wohl irgendwie die Idee, er wäre praktisch immer im Büro. Was natürlich nicht stimmt. Bei dem Stress heute bin ich einfach nicht früher dazu gekommen, ihn anzurufen.« Sie würde Tanja auf keinen Fall verraten, dass sie so etwas wie eine leise Enttäuschung verspürte, weil Wolf offenbar doch ein Privatleben hatte und in diesem für sie nicht erreichbar war.

Einer ihrer Stammgäste, ein Banker, der so zurückhaltend mit Äußerungen über seinen Job und dessen Wichtigkeit war, dass sie ihm automatisch eine wichtige Position zuordnete, unterbrach Carlotta in ihren Gedanken.

»Man munkelt, dass Sie Schauspielerin sind, stimmt das?«, erkundigte er sich in jenem zurückhaltenden Tonfall, der selbst ihr als Bedienung hinter der Bar das Recht zugestand, ihr Privatleben unter Verschluss zu halten, falls sie Wert darauf legte.

»Das stimmt«, erwiderte Carlotta, und setzte jene erprobt ausdruckslose Miene auf, die es ihr ermöglichte, die Unterhaltung entweder lächelnd oder in deutlich abweisendem Ton fortzuführen, je nachdem, was als Nächstes kam.

»Das wäre doch vielleicht eine Lösung für dich. Du könntest sie fragen«, wandte der Gast sich an den Mann, der neben ihm saß und den Carlotta noch nie zuvor gesehen hatte.

Der zweite Gast, ein etwa dreißigjähriger, gut aussehender, leger gekleideter Blonder mit auffällig blauen Augen, musterte Carlotta so kurz und diskret, dass sie sich nicht einmal unbehaglich dabei fühlte und immer noch nicht recht wusste, ob sie lächeln oder die Stirn runzeln sollte.

»Ich weiß nicht, ob Sie das nicht als Zumutung empfinden ...« Der Blonde wandte sich mit einem im Voraus um Verzeihung bittenden Lächeln an Carlotta, die nun ihrerseits aufmunternd zurücklächelte.

»Es würde sozusagen um eine sehr private Vorstellung gehen«, fuhr er fort.

Carlotta wartete ab und schwieg, während ihre Mundwinkel ein winziges Stück sanken.

»Um eine Begleitung zu einem Fest.«

»Welche Art von Fest?«, erkundigte sie sich misstrauisch. Es gab genügend Leute, die Schauspieler und Schauspielerinnen für ein lockeres Völkchen hielten, und »Fest« war immerhin ein weiter Begriff.

»Ein sehr privates Fest«, kam denn auch prompt die Antwort.

»Sehr privat also«, echote Carlotta mit fein dosiertem Sarkasmus in der Stimme.

»Eine Familienfeier«, mischte sich an dieser Stelle der Stammgast ein, der offenbar erkannt hatte, dass sich die Unterhaltung in eine falsche Richtung bewegte.

»Familienfeier? Möchten Sie Sketche aufführen?« Carlotta zauberte hastig ihr Lächeln wieder hervor.

»Nicht direkt. Kann ich noch einen Weißwein haben?« Der Blonde wollte offensichtlich immer noch nicht recht mit der Sprache herausrücken.

»Nun erklär es ihr doch schon!«, versuchte wieder der Stammgast die Unterhaltung voranzubringen, während Carlotta ein Glas mit Wein füllte und es dem Blonden hinschob.

Dankbar schnappte dieser nach dem Glas, nahm einen tiefen Schluck daraus und holte tief Luft. »Es ist im Grunde gar nicht so kompliziert, wenn auch etwas peinlich für mich, darüber zu reden, zumal wir uns ja gar nicht kennen.«

»Machen Sie sich darüber keine Gedanken. Ich arbeite hinter einer Bar, und manchmal glaube ich, es gibt nichts, was ich noch nicht gehört habe«, beruhigte Carlotta ihn. »Obwohl ich zugeben muss, dass es durchaus einige Dinge gibt, die ich lieber niemals gehört hätte.«

»So etwas ist es nicht, es ist harmlos«, sprang schon wieder der hilfreiche Freund in die Bresche.

»Genau«, stimmte der Blonde ihm eifrig zu, holte tief Luft und rückte endlich mit der Wahrheit heraus: »Meine Eltern glauben, dass ich schon seit längerem eine Freundin habe. Ehrlich gesagt, glauben sie das nicht nur, sondern ich habe es ihnen erzählt, weil sie immer wieder nachgefragt haben und weil es ihnen wichtig zu sein scheint. Das ist wohl bei den meisten Eltern erwachsener Kinder so.«

»Aha«, machte Carlotta und lächelte zur Abwechslung betont ermutigend.

Der Blonde lächelte zurück, sagte aber nichts. Offenbar hatte er das Gefühl, bereits genug erklärt zu haben. Was im Grunde auch so war.

»Sie brauchen also eine Frau, die auf einem Familienfest Ihre Freundin spielt«, half Carlotta ihm weiter.

Obwohl sie normalerweise nicht viel für Menschen übrig hatte, die nicht mit der Sprache herauskamen, fand sie den Blonden sympathisch.

»Genauso ist es!« Er strahlte sie erleichtert an. »Würden Sie das tun? Gegen ein angemessenes Honorar natürlich. Oder nennen Sie das Gage? Jedenfalls müssten wir vorher einiges absprechen, und es erfordert ja auch ein gewisses schauspielerisches Talent, deshalb hatte mein Freund hier die Idee, dass Sie vielleicht so nett wären ...«

Carlotta nickte spontan und lächelte. Tatsache war, dass sie Lust hatte, die »Rolle« zu übernehmen. Eine Rolle mit viel Potenzial und möglichem Tiefgang, wie sie fand. Sie würde die entzückendste Freundin aller Zeiten sein und die gesamte Verwandtschaft bezaubern. Außerdem mochte sie den Blonden irgendwie, gerade weil er nicht ihr Typ war.

»Das hört sich interessant an. Welche Art von Freundin hätten Sie denn gern?«

»Wie meinen Sie das?«

Um sich zu konzentrieren, sah Carlotta hinauf an die Decke, während sie an ihren Fingern abzählte: »Es gibt den Vamp, die Naive, die Emanzipierte, die Natürliche, die Karrierefrau, die Sportlich-Elegante, die Sexbombe, die perfekte Schwiegertochter – und so weiter und so fort. Natürlich gibt es von alldem Mischformen, zum Beispiel die sportlich-elegante, perfekte Schwiegertochter. Oder den emanzipierten Vamp.«

»Aha«, machte der Blonde und bekam den Mund nicht mehr zu.

»Habe ich nicht gesagt, eine Schauspielerin wäre perfekt?«, begeisterte sich sein Freund.

»Keine Vorschusslorbeeren!«, bremste Carlotta ihn abergläubisch.

»Ich bin übrigens Carlotta.« Sie streckte dem Blonden die Hand hin, die dieser überwältigt ergriff. »Mein Vorschlag ist, dass wir uns ab sofort duzen. Das macht es später leichter, Patzer zu vermeiden.«

»Gerne. Friedrich.« Er schüttelte immer noch ihre Hand und setzte entschuldigend hinzu: »Nach meinem Vater.«

»Freut mich, Friedrich.« Carlotta entzog ihm energisch ihre Hand. »Und wann findet die Familienfeier statt, bei der du deine Freundin präsentieren willst?«

»Morgen.«

»Oh.«

»Tut mir Leid. Das ist wohl sehr knapp. Ich könnte natürlich auch sagen, dass meine angebliche Freundin krank ist oder einen anderen wichtigen Termin hat. Aber das habe ich schon die letzten drei Male getan. Diesmal ist es der Sechzigste meiner Mutter. Der wird ganz groß gefeiert. In einem Lokal, mit Alleinunterhalter und Tanz. Wenn ich wieder ohne meine Freundin komme ...«

»Kein Problem. Ich habe morgen Abend nicht mal hier Dienst«, stoppte Carlotta hastig die Litanei. »Wenn wir uns morgen Vormittag treffen, um alles Nötige zu besprechen, bekommen wir das hin.«

»Wirklich?«

»Natürlich musst du dir auch Mühe geben!« Carlotta bemühte sich um einen energischen Tonfall, was ihr angesichts dieses sehr netten und sehr verzweifelten Mannes ein bisschen schwer fiel. »Schließlich musst du mir zumindest die Bälle zuwerfen. Und wir müssen uns auf eine gemeinsame Geschichte einigen. Wann und wo wir uns kennen gelernt haben, was unsere Zukunftspläne sind und so weiter.«

»Natürlich«, stimmte er hastig zu.

»Gut«, lobte sie und machte eine beruhigende Handbewegung in Richtung Tanja, die offensichtlich Hilfe bei den Bestellungen brauchte, die trotz der wenigen Gäste plötzlich geballt kamen.

Zum zweiten Mal an diesem Abend holte Carlotta daraufhin ihren nagelneuen Taschenkalender mit dem knallroten Einband hervor und war dabei ziemlich stolz auf sich. Fortan würde sie ihr Leben im Griff haben, so viel stand fest.

»Morgen Vormittag um elf Uhr?«, schlug sie vor, da ihr Architekt ja nicht die geringste Ahnung hatte, dass sie sich für diesen Zeitpunkt eigentlich mit ihm verabredet hatte.

»Wie wäre es ein bisschen früher? Ich lade dich zum Frühstück ein. Zum Beispiel ins *Lohengrin*. Um acht Uhr im *Lohengrin?*«

Carlotta musste lachen. »Acht Uhr ist definitiv zu früh! Ich habe hier erst gegen Mitternacht Feierabend. Außerdem bin ich nicht gerade eine Frühaufsteherin. Was ich selbstverständlich deinen Eltern nicht verraten werde. Eltern bevorzugen Frühaufsteherinnen.«

»Entschuldigen Sie bitte! Das ist kein Problem, ich habe ohnehin Urlaub. Wir können uns natürlich auch später treffen.« Friedrich knickte auf dem Barhocker zusammen, um eine demütige Verbeugung anzudeuten.

»Entschuldige bitte!«, verbesserte Carlotta ihn.

»Was soll ich denn entschuldigen?«

»Du musst mich duzen, sonst fliegen wir morgen Abend innerhalb von fünf Minuten auf.«

»Natürlich. Tut mir Leid!«

»Kein Problem. Wenn du möchtest, können wir um zehn im *Lohengrin* zusammen frühstücken. Aber das ist dann wahrscheinlich zu spät für dich?«

»Nein. Ich werde einfach vorher schon eine Kleinigkeit zu Hause essen. Normalerweise stehe ich nämlich schon gegen sieben Uhr auf, auch im Urlaub.«

»Zehn Uhr im *Lohengrin* also.« Lässig machte Carlotta die entsprechende Eintragung in ihrem Terminkalender.

»Ich werde da sein.«

»Willst du dir den Termin nicht aufschreiben?«, fragte sie erstaunt.

»Das kann ich mir bis morgen früh merken. Kein Problem.« Sie stutzte, zuckte dann die Achseln, verstaute ihren Taschenkalender ordentlich wieder im Seitenfach ihrer Handtasche und eilte endlich Tanja beim Bierzapfen und Cocktailmixen zu Hilfe. Der Abend ging in die letzte Runde.

VII

»Ach, da bist du ja, Tante Adelheid! Konntest du alles Nötige mit den Handwerkern klären?«

Seit sie um die Mittagsstunde von ihrem Frühstück mit Friedrich nach Hause gekommen war, stand Carlotta in regem telefonischem Kontakt mit ihrer Tante. Eigentlich hatte Adelheid vormittags bei den Schwestern einziehen wollen, aber »so ein komisches Gefühl« bezüglich der im Morgengrauen angerückten Handwerker hatte sie davon abgehalten. So war sie denn geblieben, um die Arbeit des Fliesenlegers, des Installateurs und eines Mannes im Blaumann, dessen Profession sie auch durch direktes Nachfragen nicht genauer hatte ergründen können, zu überwachen. Nebenbei hatte sie Carlotta im Stundenabstand von ihrem Schlafzimmer aus im Flüsterton Bericht erstattet und sie etwa über die Tatsache unterrichtet, dass die Frühstückspause des Dreiergespanns auf unglaubliche siebenundzwanzig Minuten ausgedehnt worden sei und niemand anschließend daran gedacht habe, die Krümel zu entfernen.

»Ich weiß wirklich nicht, wie das alles enden soll!«, seufzte Adelheid erwartungsgemäß und drückte Carlotta den zum Schildkrötenheim umfunktionierten Kaninchenkäfig in die Hände.

»Herzlich willkommen, Ilsebill«, sagte Carlotta freundlich zu der Decke, die gegen Zugluft über dem Käfig ausgebreitet war.

»Ilsebillchen geht es auch nicht besonders gut«, erklärte Adelheid mit sorgenvoll gerunzelter Stirn. »Sie ist doch so schrecklich lärmempfindlich. Und du kannst dir nicht vorstellen, was für ein furchtbarer Lärm heute den ganzen Tag in meiner Wohnung geherrscht hat! Vor einer halben Stunde sind die Handwerker zum Glück gegangen, und deshalb konnte ich endlich kommen.«

Carlottas Antwort beschränkte sich auf ein mitfühlendes Lächeln über die karierte Decke hinweg.

»Stell den Käfig ruhig so lange hier in der Diele ab, ich suche nachher einen schönen Platz für Ilsebills Haus.«

Anschließend drückte Adelheid der Nichte den abgedeckten Henkelkorb in die Hand, den ihr der Taxifahrer nebst eines großen Koffers zur Haustür getragen hatte. »Der kommt in die Küche.«

Gehorsam brachte Carlotta den Korb in die Küche. Hier stellte sie ihn auf einen Stuhl, klappte den Deckel auf und sprang mit einem schrillen Schrei zurück, als Ilsebill sich ihr auf den Hinterbeinen stehend entgegenreckte.

»Was ist denn mit dir los?«, tadelte Adelheid sie. »Sonst stellt sich doch immer nur Lilli so an, wenn sie Ilse sieht.«

»Ich dachte, sie sei in ihrem Käfig.« Carlotta griff nach der Schildkröte, strich mit der Fingerspitze vorsichtig über das faltige Köpfchen und hauchte einen Kuss in die Luft über dem Panzer, den Adelheid täglich mit einem weichen Tuch polierte.

»Obwohl das mit dem Schrei vielleicht ein bisschen übertrieben war. Ich übe schon ein bisschen für meine Rolle. Heute Abend habe ich noch einen wichtigen Auftritt«, erklärte sie Adelheid fröhlich und setzte Ilsebill, die Freiheit und Auslauf gewöhnt war, auf die Küchenfliesen.

»Was ist denn überhaupt mit dir passiert?« Bisher war Adelheid in Gedanken so sehr mit den Handwerkern in ihrer Wohnung beschäftigt gewesen, dass sie Carlottas äußerliche Verwandlung kaum registriert hatte, zumal sie es gewohnt war, die Nichte gelegentlich äußerlich völlig verwandelt anzutreffen, wenn diese sich mal wieder intensiv auf eine ihrer Rollen vorbereitete.

Da Carlotta schon ganz die liebreizende Freundin war, bückte sie sich nicht einfach, um Ilsebill ein Salatblatt zu reichen, sondern strich sich zunächst den engen Rock glatt und ging dann damenhaft in die Hocke. Dabei lächelte sie Ilsebill, die allerdings derartige Bemühungen nicht recht zu schätzen wusste, charmant an und zupfte gleichzeitig an der halblangen, lockigen Perücke, die sie sich für den heutigen Abend im Theater ausgeliehen hatte. Von einigen Minirollen her hatte sie Kontakte dort.

»Gefällt es dir? Ich trete heute in Blond auf.«

»Ich weiß nicht. Das wirkt ziemlich hausbacken, nicht wahr?« Demonstrativ strich Adelheid sich über das grün gestreifte Haar. »Ist es eine Boulevardkomödie?«

»Im weitesten Sinne. Ein schwierige Rolle auf jeden Fall. Ich trage das Kostüm schon, um mich einzufühlen«, zwitscherte Carlotta in jenem sanften Ton, den sie für Laura, die angebliche Freundin von Friedrich Claas, als passend erachtete.

Leider hatte Friedrich seinen Eltern schon einiges über die nicht existente Laura erzählt, was Carlotta nun in ihren heutigen Auftritt einarbeiten musste. Laura war nicht nur blond und zierlich – weshalb Carlotta außer der Perücke auch flache Ballerinas zum konservativen Kostüm trug –, Friedrich hatte sie in den Fantasien, die er seinen Eltern dargeboten hatte, zu einer äußerst weiblichen Erzieherin in einer integrativen Kindergartengruppe gemacht, die voller unendlicher Geduld und Sanftmut immer für die ihr anvertrauten gesunden und behinderten Kinder da war.

Erneut warf Adelheid ihrer Nichte einen prüfenden Blick zu. »Wahrscheinlich ist es wieder eins von diesen modernen Stücken, bei denen niemand weiß, was das alles eigentlich soll«, mutmaßte sie und schloss die Küchentür, bevor Ilsebill, der ihr Salatblatt langweilig geworden war, das Weite suchen konnte.

»Na ja, irgendwie modern ist das Stück wohl schon«, gab Carlotta zu, schon allein um Adelheid davon abzuhalten, für den Abend einen Theaterbesuch ins Auge zu fassen.

»Ich habe vor, während der nächsten Tage eine Vollkorn-Gemüse-Diät zu machen, zwei oder drei Kilo müssen runter«, wechselte Adelheid resolut das Thema und klopfte sich mit der flachen Hand auf die Rückfront, die sich unter einer gemusterten Stoffhose wölbte. »Ihr Mädchen könnt gleich mitmachen. Gesundes Essen schadet nie.«

Adelheid beugte sich über den Korb und legte diverse Reformhauspackungen mit Vollkornprodukten auf den Tisch, die neben Ilsebill Platz in dem geräumigen Korb gefunden hatten. Beim Anblick des Gebäcks bekam Carlotta bereits einen trockenen Mund und musste krampfhaft schlucken.

»Oh, heute habe ich gar keine Zeit mehr zum Essen«, erklärte sie hastig. »Aber Lilli müsste gleich kommen. Sie wird sich sicher freuen, wenn sie nicht kochen muss.«

»Auch du solltest das Haus nicht ohne eine Grundlage aus kalorienarmer, ballaststoffreicher Wertkost verlassen«, zitierte Adelheid offenbar irgendeinen Naturkostprospekt.

»Ich bin zum Essen eingeladen«, erklärte Carlotta wahrheitsgemäß und erleichtert.

Adelheid wandte sich verblüfft um. »Vor der Vorstellung? In diesem Aufzug?«

»Ich finde, es sieht ganz ... nett aus.« Genau das beabsichtigte sie nämlich darzustellen: eine nette junge Frau. Und sie war der festen Überzeugung gewesen, die Tante würde Gefallen an der braven, jungen Frau finden, die sie darstellte.

»Aber es sieht nicht aus wie du. Bisher wirktest du doch einigermaßen flott und modern, aber das da ... Zu Lilli würde es notfalls passen, aber doch nicht zu dir!« Die frisch lackierten, dunkelgrünen Nägel rissen eine Verpackung auf, die laut Aufschrift Sesam-Dinkel-Zwieback enthielt.

»Es soll auch gar nicht aussehen wie ich«, murmelte Carlotta erstaunt und mit einem warmen Gefühl in der Herzgegend. Mochte Tante Adelheid auch oft meckern, im Grunde liebte sie ihre Nichten offenbar genau so, wie sie waren.

In diesem Moment klapperte die Haustür und gleich darauf betrat Lilli die Küche, die mit ihrem offenen, blonden Haar und dem adretten Kostüm an diesem Abend tatsächlich mehr denn je wie Carlottas Schwester aussah, auch wenn diese wiederum nicht mehr viel von sich selbst an sich hatte.

»Tante Adelheid, wie schön, dass du da bist!« So, wie sie es als Kind schon brav getan hatte, während Carlotta die dunklen Locken geschüttelt und mit dem Fuß aufgestampft hatte, weil sie sich grundsätzlich zu nichts zwingen ließ, drückte Lilli der Tante einen Kuss auf die Wange. Dabei gelang es ihr, angesichts der grünen Haare nicht einmal zusammenzuzucken. Immerhin war sie ja vorgewarnt gewesen.

»Ich bereite gerade einen Vollwertimbiss vor. Was hältst du davon, wenn wir gemeinsam ein paar Pfund abnehmen?« Geschäftig holte Adelheid einen Teller aus dem Schrank und schüttete die Sesam-Dinkel-Zwiebäcke darauf.

»Ich werde in ein paar Minuten abgeholt, Tante Adelheid«, verkündete Carlotta noch einmal, als Adelheid drei Teller auf den Tisch stellte.

»Könnt ihr Mädchen mir einen Gefallen tun und dieses schreckliche ›Tante Adelheid‹ in Zukunft sein lassen?« Adelheid machte sich daran, einen Kräutertee aufzubrühen, der schon in trockenem Zustand einen merkwürdigen Geruch in der Küche verbreitete, aber wahrscheinlich äußerst gesund war.

»Wie meinst du das, Tante Adelheid?«, erkundigte Lilli sich irritiert. »Sollen wir dich nicht mehr Tante nennen?«

»Das auch. Ich möchte auch nicht mehr Adelheid genannt werden. Heidi klingt viel netter, frischer und jugendlicher.«

»Heidi? Wie Heidi von der Alm?« Nur mit Mühe verkniff Carlotta sich ein Lachen.

»Nein. Wie Heidi Klum.« Adelheid dagegen verzog keine Miene, während sie kochendes Wasser in die Teekanne goss.

Auf dem Weg zum Tisch erstarrte Adelheid plötzlich und sah sich voller Panik in der Küche um. »Wo ist Ilsebill?«

Niemand hatte darauf geachtet, dass die Küchentür offen stand, und wie es ihre Art war, hatte die Schildkröte die Chance zur Flucht genutzt.

»Wie sollen wir sie in dem großen Haus nur wieder finden!«, jammerte Adelheid, als würde es sich bei dem eher bescheidenen Einfamilienhaus der Schwestern mindestens um eine Zwanzig-Zimmer-Villa handeln. In diesem Moment war sie trotz grüner Strähnen und neuem Namen wieder ganz die Alte.

»Sie kann noch nicht weit sein«, beruhigte Lilli die Tante. »Und nach draußen kann sie auch nicht, die Türen sind alle zu.«

»Sie kann nicht mal Treppen steigen, nehme ich an«, fügte Carlotta hinzu und eilte ins Wohnzimmer, wo allerdings von Ilsebill weit und breit nichts zu sehen war.

Adelheid folgte ihr auf den Fersen und rang jammernd die Hände. »Ich weiß nicht, ob sie Treppen steigen kann. Zu Hause habe ich ja keine.«

»Schildkröten können so was nicht!«, beschloss Carlotta energisch und warf heimlich einen Blick auf ihre Armbanduhr. Friedrich würde in spätestens fünf Minuten da sein, um sie abzuholen.

Während Lilli aus dem Bad, dem Gästezimmer und der kleinen Besenkammer unter der Treppe zu vermelden hatte, dass Ilsebill dort nicht sei, kroch Carlotta auf Knien und Händen über den Boden, um unter die Wohnzimmermöbel zu sehen.

»Ich glaube, da ist sie!«

Aus der hintersten, dunkelsten Ecke unter der Couch funkelten sie zwei listige Äuglein an.

»Sie hat bestimmt Angst und kommt da freiwillig nicht wieder vor.« Adelheid raufte sich verzweifelt das grüne Haar. »Wir müssen die Couch zur Seite räumen!«

»Das Ding ist viel zu groß und zu schwer. Am Ende lassen wir sie noch fallen. Das könnte für Ilsebill übel ausgehen.«

Diese praktische Überlegung war entschieden ein Fehler gewesen.

»Nur das nicht!«, flüsterte Adelheid mit Tränen in den Augen. Wenn es um ihre Schildkröte ging, mit der sie seit so vielen Jahren ihr Leben teilte, war sie weich wie Butter.

»Irgendwann bekommt sie Hunger. Wir müssen nur etwas Futter hier vorne hinlegen«, schlug Lilli vor.

»Das wird nichts helfen. Sie hat doch gerade gefressen!« Adelheid war und blieb untröstlich.

Carlotta holte das angeknabberte Salatblatt aus der Küche, ging erneut vor der Couch in die Knie und lockte die Schildkröte in den süßesten Tönen.

Diese starrte sie unbeeindruckt an und rührte sich nicht von der Stelle.

Adelheid hatte sich mittlerweile zum bequemeren Trauern und Jammern in einen Sessel fallen lassen. »Sie ist nicht mehr die Jüngste. Womöglich bekommt sie einen Herzinfarkt. Das würde ich mir nie verzeihen. Ich hätte sie nicht aus ihrer gewohnten Umgebung reißen dürfen!«

»Ich habe noch nie gehört, dass Schildkröten einen Herzinfarkt bekommen können«, ächzte Carlotta und wedelte noch heftiger mit ihrem Salatblatt. »Kannst du mal nehmen, Lilli?«

Hastig ließ Lilli sich ebenfalls auf den Knien nieder. Carlotta drückte ihr das Salatblatt in die Hand. »Ich muss mich jetzt wirklich fertig machen!«

»Du kannst uns doch in dieser Situation nicht allein lassen!« Carlotta erntete einen bitterbösen Blick ihrer Tante, aber sie war von frühester Kindheit an daran gewöhnt, als Strafe für freche Bemerkungen und noch frechere Handlungen mit Blicken durchbohrt zu werden.

»Lilli ist doch hier.« Carlotta zog sich langsam zur Tür zurück.

»Lilli hat Angst vor Ilsebill!«

»Ich habe keine Angst vor einer Schildkröte«, protestierte Lilli beleidigt. »Sie kommt mir ein bisschen fremd vor, irgendwie urzeitlich. Aber ich habe keine Angst. Obwohl sie mich mal in den Finger gebissen hat.«

Bei der Erinnerung an dieses Ereignis rückte sie unauffällig ein wenig von der Couch ab.

»Damals warst du höchstens sechzehn. Und sie hat dich nicht gebissen, sie hat ein bisschen an deinem Finger geknabbert.« Tante Adelheid warf nun finstere Blicke in alle Richtungen.

Carlotta ließ sich davon nicht beeindrucken, sondern griff entschlossen nach der Türklinke, winkte hektisch über die Schulter und suchte das Weite. Im Flur fiel ihr etwas ein. Sie streckte den Kopf noch einmal ins Wohnzimmer.

»Kann ich dich noch mal ganz kurz was fragen, Lilli?«

Lilli richtete sich aus ihrer Andachtshaltung vor der Couch auf. »Ja?«

Mit einer nervösen Bewegung deutete Carlotta ihr an, dass sie die Frage unter vier Augen stellen wollte. Da Lilli ahnte, was kommen würde, folgte sie ihrer Schwester grinsend hinaus in den Flur, während Adelheid das zerfledderte Salatblatt übernahm, um nun ihrerseits damit auf dem Boden vor der Couch herumzuwedeln.

Carlotta zog leise die Tür hinter sich ins Schloss und wandte sich dann flüsternd an Lilli: »Wie war es denn überhaupt gestern Abend mit Sven?«

Als Carlotta am Vorabend von ihrem Dienst im *Susanna's* nach Hause gekommen war, hatte Lilli schon geschlafen. Und als Carlotta morgens zu ihrem Arbeitsfrühstück mit Friedrich aufgebrochen war, hatte Lilli schon längst im Büro gesessen. Natürlich hätte Carlotta die Schwester an ihrem Arbeitsplatz anrufen können, aber das hatte sie sich mühsam verkniffen. Zu viel Druck und Interesse würden Lilli wahrscheinlich in die Defensive treiben. Nun konnte Carlotta sich aber nicht länger zurückhalten.

»Ach, Sven?« Lilli tat gleichgültig und genoss die Spannung ihrer Schwester. Sie kannte Carlotta viel zu gut, um auf ihre gespielte Gleichgültigkeit hereinzufallen.

»Sag bloß, du bist doch nicht hingegangen?« Verzweifelt zog Carlotta an ihren momentan blonden Stirnfransen.

»Deine Frisur sitzt schief«, bemerkte Lilli mit unergründlicher Miene.

Vor dem Garderobenspiegel zerrte Carlotta ihre Perücke wieder in die richtige Position. »Nun sag schon!«, drängte sie dabei.

»Er ist sehr nett«, gab Lilli bereitwillig Auskunft. »Allerdings ist er auch verheiratet.«

»Nein!« Carlotta fehlten die Worte, was relativ selten vorkam.

»Doch! Du hättest ihn fragen sollen, bevor du anfängst, Zukunftspläne für ihn und mich zu schmieden.« Ein bisschen freute sich Lilli über Carlottas entsetzte Reaktion. Schließlich kehrte Carlotta immer die ältere Schwester hervor, die genau wusste, was für Lilli gut war. Und dann versuchte sie, ihre kleine Schwester mit einem verheirateten Mann zu verkuppeln!

»Wieso verabredet sich der Typ denn mit mir, wenn er verheiratet ist?« Vor lauter Ratlosigkeit hätte sich Carlotta beinah schon wieder ins Blondhaar gegriffen, bremste sich aber im letzten Moment.

»Weil er genau gespürt hat, dass du nicht an ihm als Mann interessiert warst. Er dachte, du meinst das mit der Verabredung rein freundschaftlich. Offenbar führt er eine sehr gute Ehe. So richtig mit Vertrauen und ohne krankhafte Eifersucht und so. Es ist kein Problem für seine Frau, wenn er mit Frauen befreundet ist oder sich mal mit einer zum Essen trifft. Allerdings hatte sie wohl keine Ahnung, dass du mich ihm als neue Freundin zugedacht hattest.«

»Das war tatsächlich blöd«, gestand Carlotta sich selbst und der Schwester ein. »Ich hätte ihn vorher fragen müssen, ob es da jemanden gibt. Aber ich bin sozusagen noch neu im Geschäft.« Sie kicherte verlegen und wich Lillis Blick aus.

Lilli zuckte die Achseln. »Es war trotzdem ein netter Abend. Wir haben uns gut verstanden. Ich habe ihm gleich gesagt, was Sache ist, und er mir daraufhin auch.«

Carlotta klappte den Mund auf und wieder zu, ohne etwas zu sagen. Es erstaunte sie, dass ausgerechnet Lilli die Sache so locker sah. Sie konnte nicht ahnen, dass Lilli seit einigen Tagen für Peinlichkeiten eine neue Skala und andere Wertigkeiten hatte.

»Tut mir trotzdem Leid.« Unauffällig musterte Carlotta die Schwester, während sie gleichzeitig so tat, als würde sie den Sitz ihrer meergrünen Kostümjacke überprüfen, die fast genau den Ton ihrer Augen hatte. Sie hatte sich mit Friedrich auf »konservativ-elegante« Kleidung geeinigt, obwohl dieser sich seine Laura eigentlich in verspielten Rüschen vorgestellt hatte. Aber ein Rüschenkleid besaß sie einfach nicht. Vielleicht hätte sie sich eines von Lilli leihen können, die sicher ein oder zwei Kleider im Schrank hatte, die Friedrichs diesbezüglichen Vorstellungen entsprochen hätten, aber Carlottas Bestreben, sich gerüscht und geblümt in der Öffentlichkeit zu zeigen, war eher gering.

In diesem Moment klingelte es an der Haustür. Carlotta warf einen Blick auf ihre Armbanduhr und stellte mit ihrer sanften Laura-Stimme fest: »Das ist für mich. Ich werde abgeholt.«

»Da bin ich ja gespannt, für wen sich dein Herz erwärmt, Carlotta.« Adelheid, die beim Klang der Klingel prompt im Flur aufgetaucht war, fixierte neugierig die noch geschlossene Haustür.

»Das ist rein beruflich«, zwitscherte Carlotta, schon ganz Laura.

»Wer's glaubt!« Adelheid verdrehte neckisch die Augen unter ihrem grün glänzenden Lidschatten.

»Was sollte ich denn für einen Grund haben zu schwindeln?«, erkundigte Carlotta sich milde. »Immerhin bin ich achtundzwanzig und damit alt genug, mich mit einem Mann zu treffen. Ihr zwei redet ständig auf mich ein, ich solle mich endlich mal richtig verlieben. Wenn ich also verliebt wäre, würde ich es euch mit Freuden erzählen, damit ihr in Zukunft Ruhe gebt.«

Carlotta warf Tante und Schwester eine fröhliche Kusshand zu und ging endlich zur Haustür, um zu öffnen.

»Bin ich zu früh?«, erkundigte Friedrich sich ängstlich.

»Nein, überhaupt nicht!« Carlotta beugte sich vor und hauchte ihm ein Küsschen auf die Wange.

»Nicht zusammenzucken!«, tadelte sie ihn dann in sanftem Flüsterton. »Was sollen denn deine Eltern von uns denken?«

Dann hakte sie sich bei ihm unter und ließ sich von ihm über den schmalen Weg und durch die Gartenpforte zu seinem dunkelblauen Auto führen, das sehr teuer aussah, auch wenn sie die Marke nicht auf Anhieb erkennen konnte.

Während sie neben Friedrich zum Wagen ging, ließ sie die Finger ihrer rechten Hand über ihrer Schulter tanzen. Das war als kleines neckisches Winken in Richtung von Lilli und Adelheid gedacht, die einträchtig in die offene Haustür getreten waren, um Carlottas Abzug und vor allem den Mann, der sie abholte, in allen Einzelheiten zu begutachten.

»Er öffnet ihr sogar die Beifahrertür, bevor er selber einsteigt«, stellte Adelheid ergriffen fest. »Endlich hat sie was fürs Leben gefunden. Obwohl ich nicht ganz verstehe, weshalb sie sich nicht ein bisschen flotter für ihn zurechtmacht.«

Lilli zuckte verwirrt die Schultern. Da auch sie keine Ahnung hatte, in welcher Beziehung Carlotta zu Friedrich stand, fragte auch sie sich, weshalb Carlotta sich diesem Mann in Blond, mit Trippelschrittchen und konservativer Kleidung präsentierte. Zwar sah er aus, als könnte er auf so etwas stehen, aber er war nicht gerade der Typ, für den Carlotta normalerweise eine derartige Mühe auf sich genommen hätte.

»Was war denn das für eine Automarke?«, fragte Adelheid, nachdem der Wagen fast geräuschlos entschwunden war.

Auch diesmal blieb Lilli stumm und zuckte nur die Achseln. Sie interessierte sich nicht für teure, dunkelblaue Autos, zumal in diesem Moment ein uraltes Gefährt knatternd nahte und mit einem letzten unwilligen Röcheln auf der gegenüberliegenden Straßenseite hielt.

Hastig zog Lilli sich ins Innere des Hauses zurück, während Adelheid in der offenen Tür stehen blieb und zusah, wie der Fahrer mit einer Sporttasche in der Hand aus seinem rostfleckigen Wagen sprang. Nachdem er die Autotür abgeschlossen hatte, warf er einen kurzen Blick zum Haus der Merian-Schwestern hinüber, stutzte kurz, als er die ältere, grünhaarige Frau in der Tür stehen sah, nickte ihr dann aber freundlich zu und verschwand schließlich in Frau Peters' Haus.

Als es auf der Straße nichts Interessantes mehr zu sehen gab, schloss Adelheid energisch die Haustür und ging in die Küche, wo Lilli auf sie wartete.

»Ilsebill ist ja eigentlich in Sicherheit. Wir könnten erst mal essen und dann sehen, wie wir sie wieder unter der Couch hervorlocken«, schlug Lilli schüchtern vor und war erstaunt, als ihre Tante nickte und sich an den Tisch setzte.

»Dieses Gebäck ist kalorienarm und reich an Selen«, erklärte Adelheid angesichts des vollwertigen Zwiebacks, den Lilli misstrauisch musterte. »Iss, soviel du magst, es wird deiner Figur keinesfalls schaden.«

Nach dem ersten Bissen war Lilli klar, weshalb der Reformzwieback sich für eine Diät anbot. Mehr als ein Stück würde sie davon nicht runterbringen, und das auch nur, wenn sie literweise Tee nachspülte, der aber wiederum so bitter war, dass auch das einige Überwindung kostete. Seufzend, kauend und mühsam schluckend fügte sie sich in ihr Schicksal.

Als sie etwa drei Viertel des ersten Zwiebacks geschafft hatte, tauchte Ilsebill in der Küche auf. Offenbar war es ihr langweilig geworden, nachdem niemand mehr auf Knien vor ihr lag und mit Salatblättern wedelte. Sie ließ sich ob ihrer Klugheit, zum Frauchen zurückzufinden, gnädig von Adelheid bejubeln und nahm sogar ein Stückchen Zwieback an. Allerdings weigerte sie sich, den Zwiebackrest zu fressen, den Lilli ihr wenig später heimlich zuwarf. Auch Ilsebill war nun offenbar auf Diät.

VIII

»Ehrlich gesagt, hätte ich meinem Sohn gar keine so hübsche Freundin zugetraut.«

Friedrich Claas senior beugte sich so weit zu Carlotta hinüber, dass seine Nase fast ihr Gesicht berührte und seine Krawatte in ihre Suppe tunkte. Mit einem fürsorglichen Kindergärtnerinnen-Lächeln fischte sie das Schlipsende aus ihrem Teller und tupfte es sorgfältig mit ihrer Serviette ab.

»Vielen Dank, Herr Claasen«, sagte sie dabei artig. »Allerdings bin ich der Meinung, dass Ihr Sohn so gut wie jede Frau haben könnte, wenn er denn wollte.«

»Tatsächlich?« Auch Frau Claasen mischte sich an dieser Stelle in die Unterhaltung ein, indem sie einfach ihren Mann rückwärts gegen seine Stuhllehne drängte und sich zwischen ihm und seiner dampfenden Suppe nun ihrerseits zu Carlotta hinüberlehnte. Anlässlich ihres Geburtstags hatte Frau Claasen sich in ein goldglitzerndes Abendkleid gezwängt, dessen Anblick Carlotta geradezu blendete.

»Tatsächlich!«, antwortete sie munter. »Meine Freundinnen beneiden mich alle um ihn.«

Lächelnd wandte sie sich ihrem Auftraggeber zu ihrer Linken zu, der sprachlos die Unterhaltung zwischen seiner angeblichen Freundin und seinen Eltern verfolgte. Seinem Gesichtsausdruck nach war er recht zufrieden mit dem, was er für sein Geld bekam. Als Carlotta ihm einen Kuss auf die Wange hauchte, zuckte er auch nur ganz leicht zusammen.

»Ich bin so verliebt in meinen Fritz!«, teilte Carlotta anschließend ihren angeblichen Fast-Schwiegereltern mit. Nur für den Fall, dass der Wangenkuss nicht eindrucksvoll genug gewesen war. Sie hätte kein Problem damit gehabt, Friedrich einen Theaterkuss auf den Mund zu geben, doch sie befürchtete nervöse Reaktionen seinerseits.

»Du hast mich noch nie Fritz genannt!«, beschwerte Claasen senior sich bei seiner Frau.

»Du heißt ja auch Friedrich, genau wie dein Sohn.« Frau Claasen warf Carlotta einen leicht verärgerten Blick zu.

»Ich mache das nur manchmal«, beruhigte diese sie im sanftesten Laura-Ton und nahm mit zierlicher Bewegung einen Löffel von ihrer Suppe, obwohl sie Spargelcreme nicht ausstehen konnte. Eine perfekte Schwiegertochter aß aber nun mal alles, was ihr von den Eltern ihres Zukünftigen aufgetischt wurde.

In diesem Moment ließ der Alleinunterhalter am Keyboard, der das Essen bisher mit orgelartigen Tönen untermalt hatte, die sich zäh und süßlich wie Karamell durch die Luft zogen, eine Art Tusch erklingen, der an den Lärm erinnerte, mit dem ein Kochtopf aus großer Höhe auf einen Fliesenboden fällt. Schlagartig verstummte das Gemurmel der zahlreich anwesenden Verwandtschaft, und alle Blicke gingen zum Kopf der Tafel, wo das Geburtstagskind im Kreise der engsten Familie an seinem blumenumkränzten Platz thronte.

»Eine Rede?« Die alte Dame mit Dutt drei Plätze von Carlotta entfernt drehte eifrig ihr Hörgerät lauter.

»Wer hält denn eine Rede?«, nahm ein bebrillter Zehnjähriger ganz unten am Tisch mit lauter, klarer Stimme die Frage auf.

»Deine Rede, Friedrich!«, flüsterte daraufhin Frau Claasen in Richtung ihres Sohnes.

Dieser wurde schlagartig bleich und krallte sich wie ein Ertrinkender am Tischtuch fest.

»Das habe ich ganz vergessen«, murmelte er kraftlos und so leise, dass nur Carlotta ihn hören konnte.

»Sag doch einfach aus dem Stegreif irgendwas Nettes«, flüsterte sie ihm zu und tätschelte beruhigend seinen Arm.

Der panische Blick, den Friedrich junior ihr bei dem Wort »Stegreif« zuwarf, machte ihr schnell klar, dass er nicht einen einzigen spontanen Satz herausbringen würde. Er war eindeutig nicht der Typ, der Reden hielt. Schon gar keine spontanen.

Die Unruhe im Saal des Gasthofs *Zum Hirsch* wurde größer, die Suppe kälter, Friedrich junior und seine ahnungsvollen Eltern womöglich noch bleicher. Der Alleinunterhalter nutzte die Gelegenheit, um noch einen Topf-auf-Fliesen-Tusch darzubieten.

Kurzentschlossen sprang Carlotta von ihrem Stuhl hoch. Wozu hatte sie auf der Schauspielschule das Improvisieren gelernt? Es konnte nicht so schwierig sein, ein paar Worte zum Geburtstag einer Frau zu sagen, die sie zwar nicht kannte, über die sie aber ... auch nichts wusste. Während sie in die erwartungsvollen Gesichter des versammelten Claasen-Clans sah, wurde Carlotta bewusst, dass sie zwar mit Friedrich alles besprochen hatte, was ihre Laura-Existenz betraf, einschließlich einer Kennenlerngeschichte und ihrer angeblichen gemeinsamen Urlaubspläne, aber nicht das Geringste über seine Eltern wusste.

Diese Erkenntnis kam allerdings zu spät, denn jetzt konnte sie sich schlecht wieder hinsetzen und so tun, als hätte sie lediglich den ohnehin nicht anwesenden Kellner auf sich aufmerksam machen wollen. Also räusperte sie sich umständlich, erwiderte Friedrich juniors dankbaren Blick mit einem sehr verhaltenen Lächeln und begann mit ihrer Improvisation.

»Guten Abend, liebe Gäste. Meine Name ist Laura. Die meisten von Ihnen werden mich nicht kennen. Ich bin Friedrichs Freundin.« Sie tupfte Friedrich junior leicht mit der Spitze ihres Zeigefingers auf die Schulter, um keine Missverständnisse aufkommen zu lassen, welchen Friedrich sie meinte. Und weil sie außerdem nicht wusste, wie sie fortfahren sollte.

»Sozusagen schon fast die Verlobte meines Sohnes«, mischte sich Frau Claasen ein, die offenbar sehr für geordnete Verhältnisse war.

Carlotta warf Friedrich einen fragenden Blick zu, doch dieser interessierte sich momentan nur für seine Suppe, in die er so fasziniert hineinstarrte, als würde er auf dem Grund des Tellers seine Zukunft erkennen. Da die Frage, ob sie nun verlobt waren oder nicht, momentan nicht entscheidend war, atmete Carlotta tief durch und legte los:

»Wir haben uns heute hier versammelt«, hob sie an, bemerkte verwirrt, dass sie den Tonfall eines Pastors am offenen Grab angenommen hatte, was angesichts der glühenden Bäckchen des Geburtstagskindes nicht wirklich passend war, und verlor prompt wieder ihren Schwung.

»Friedrich hat mich gebeten, ihn bei der Geburtstagsrede für seine liebe Mutter zu vertreten«, verbesserte sie sich schließlich, »weil er … er ist … stark erkältet und sehr heiser.«

Friedrich besaß die Geistesgegenwart, an dieser Stelle demonstrativ zu hüsteln. Allerdings hörte sich sein Husten so unecht an, dass wahrscheinlich nicht einmal die ältere Dame mit Hörgerät darauf hereinfiel. Als wollte er seinen Fehler wieder gutmachen, hustete er tapfer weiter, diesmal lauter, aber nicht unbedingt eindrucksvoller.

Carlotta versuchte, ihm unauffällig gegen das Schienbein zu treten, und geriet dabei ins Schwanken. Instinktiv hielt sie sich am Tischtuch fest und zog es so weit an sich, dass die Weingläser der in der Nähe Sitzenden ins Wanken gerieten. Das Glas der Dame mit Dutt und Hörgerät fiel um, und die auf diese heimtückische Weise ihres Getränks Beraubte begann laut zu jammern.

Friedrich hörte endlich auf, sich wie ein von Asthma geplagter Laubfrosch zu gebärden, beugte sich zu seiner Großtante hinüber und brachte seine betagte Verwandte mit dem Versprechen zur Ruhe, er würde gleich nach Ende der Rede den Kellner rufen und neuen Wein für sie bestellen.

»Dann reden Sie jetzt mal weiter!«, forderte Tante Dutt Carlotta ungeduldig auf.

»Äh, ja.« Carlotta warf Friedrich einen Hilfe suchenden Blick zu, der ins Leere ging, weil ihr vermeintlicher Verlobter schon wieder in seiner Suppe Erleuchtung suchte.

»Unsere liebe …« Sie wusste nicht einmal, wie Friedrichs Mutter mit Vornamen hieß! Carlotta machte auf die Schnelle eine der Atemübungen, die dem Bühnenprofi angeblich Ruhe und Konzentration schenkten. Irgendwann hatte das auch einmal geklappt, doch an diesem Abend wurde ihr leider einfach nur schwindelig.

»Unser liebes Geburtstagskind hat also heute Geburtstag«, setzte sie neu, wenn auch nicht besonders originell an. Trotzdem war sie froh, überhaupt ein Wort herauszubringen, weil sie immer noch keine Ahnung hatte, was man allgemein zum sechzigsten Geburtstag sagte und was es außerdem im Besonderen über die Jubilarin zu sagen gab.

Bis sie plötzlich eine Eingebung hatte. Sie atmete tief durch und legte mit ihrer Bühnenstimme los, die den Raum bis in den letzten Winkel füllte: »Ein Geburtstag ist eine freudige Angelegenheit. Wir feiern das Dasein eines Menschen, der uns am Herzen liegt. Eines Menschen, der nun schon fast hundert Jahre auf Erden weilt.«

Unüberhörbares Gemurmel machte Carlotta auf ihren Fauxpas aufmerksam. »Ich wollte natürlich sagen, ich hoffe, dass unsere liebe ... unser Geburtstagskind mindestens hundert Jahre auf dieser Erde weilen wird.«

Erneutes Gemurmel, diesmal zustimmender Art.

»Dem Tabak und dem Alkohol zugetan und dennoch gesund wie ein Ochse. Einem Streit nie abgeneigt, aber auch oft mit einem Liedchen auf den Lippen, auch wenn die Töne gern daneben gehen, hat unsere liebe Jubilarin unser aller Leben ...« An dieser Stelle verließ Carlotta die Erinnerung an einen vor Jahren gelernten Theatertext, und sie wurde wieder auf ihre eigene Fantasie zurückgeworfen.

»... bereichert«, beendete sie ihre Darbietung reichlich schwunglos und griff rasch nach ihrem Glas, hob es mit ausgestrecktem Arm zum fröhlichen Prost, ließ den Blick in die Runde schweifen – und sah in lauter irritierte Gesichter. Offensichtlich hatte noch niemand die Jubilarin singen gehört, und natürlich war es in dieser Familie, wie in den meisten anderen auch, verpönt, das Wort Streit außerhalb der eigenen vier Wände auch nur in den Mund zu nehmen.

Mit einem lauten, trillernden Lacher stellte Carlotta also ihr Glas wieder ab.

»Spaß beiseite!«, rief sie fröhlich. »Eigentlich wollte ich nichts anderes, als dem Geburtstagskind im Namen ihres Sohnes und aller Anwesenden einen wunderschönen Abend und noch viele glückliche Jahre zu wünschen. Prost!«

Diesmal setzte sie ihr Glas an den Mund und leerte es in einem Zug. Die anderen Gäste taten es ihr nach, lediglich Tante Dutt beklagte sich lautstark darüber, dass sie nichts mehr in ihrem Glas hatte, weil es schließlich umgestoßen worden sei.

Als klar war, dass Carlottas Rede beendet war, machte sich Erleichterung im Raum breit. Einige applaudierten, andere lachten, und beinahe hätte Carlotta sich formvollendet verbeugt, um sich für den Beifall zu bedanken. Sie lächelte aber nur und ließ sich erleichtert wieder auf ihren Stuhl fallen.

»Vielen Dank, meine liebe Laura!« Frau Claasen, die beim Empfang der Gäste schon das eine oder andere Gläschen Sekt getrunken hatte, strahlte Carlotta an.

Ihr Ehemann sah dagegen ein wenig pikiert aus und bemühte sich, den Blick seines Sohnes zu erhaschen. Dieser suchte jedoch immer noch oder schon wieder in seiner Spargelcremesuppe nach der letzten Weisheit oder einem Mauseloch.

»Ihr jungen Leute habt manchmal einen sehr ... äh ... originellen Humor«, sagte Claasen senior schließlich.

»Danke!«, erwiderte Carlotta fröhlich und löffelte tapfer ihre bereits kalte Suppe.

Nachdem sich auch die übrigen Gäste der Spargelcremesuppe erbarmt hatten, wurde der Hauptgang aufgetragen. Es handelte sich um die übliche Gemüseplatte, dazu gab es Schweine- und Rindfleisch, Kartoffeln und in winzigen Schälchen wie seltene Kostbarkeiten servierte Kroketten aus der Tiefkühltruhe. Alles stürzte sich auf die Kroketten, einige Gäste luden bis auf ein Anstandsstück den gesamten Inhalt des nächststehenden Schüsselchens auf ihren Teller, während fünf Stühle weiter komplizierte Berechnungen darüber angestellt wurden, wie viele der frittierten Kartoffelbällchen wohl jedem Einzelnen zustünden.

Carlotta begnügte sich mit einer dünnen Scheibe Schweinefilet und einigen Brokkoliröschen. Ohnehin kam es ihr nach ihrer verunglückten Rede fast schon frevelhaft vor, vom Tisch der arglosen Claasens zu essen. Sie verstand nicht ganz, wieso Friedrich seinen Eltern, die ihr abgesehen von der Namensgebung für ihren Sohn recht harmlos vorkamen, nicht einfach sagen konnte, dass er keine Freundin hatte. Vielleicht wollte er ihnen aber auch nur einfach eine Freude machen, was insofern nicht sonderlich geschickt war, als er Carlotta ja nicht wieder und wieder engagieren konnte, um seine Freundin zu spielen, womöglich sogar auf der Hochzeit, die sich seine Eltern wahrscheinlich eines Tages wünschen würden, um dem üblichen Traum von Enkelkindern näher zu kommen.

»Unser Friedrich ist ja leider ein Einzelkind geblieben«, wandte sich in diesem Moment Frau Claasen an Carlotta. »Haben Sie noch Geschwister, Laura?«

Sie nickte, ohne zu überlegen, ob Laura nun Einzelkind war oder nicht. »Eine Schwester.«

»Wie nett! Sie hätten sie heute gleich mitbringen sollen.«

»Vielleicht ein andermal.« Nachdenklich schob sich Carlotta ein Brokkoliröschen in den Mund. Womöglich wäre es tatsächlich eine gute Idee gewesen, Lilli heute Abend als Friedrichs Freundin auftreten zu lassen, obwohl Lilli ganz sicher keine Geburtstagsrede gehalten hätte – was wahrscheinlich eine bessere Lösung gewesen wäre als das, was ihre ältere Schwester in dieser Sache geleistet hatte. Andererseits hätte Lilli wahrscheinlich viel weniger Schwierigkeiten als Carlotta gehabt, einen ganzen Abend lang sanft und lächelnd neben Friedrich zu sitzen.

Prüfend betrachtete Carlotta Friedrich von der Seite. Er sah nicht schlecht aus, war seriös, wofür schon seine Tätigkeit im Bankgewerbe sprach, ruhig und offensichtlich ordentlich, denn er stellte jedes Mal nach dem Trinken sein Glas exakt an die gleiche Stelle schräg rechts über dem Teller. Und er war ein netter Mensch. Obwohl er seine Eltern beschwindelte, vielleicht auch gerade deshalb, denn eigentlich wollte er ihnen ja nur eine Freude machen. Hinzu kam die absolute Sicherheit, dass es an seiner Seite jedenfalls keine Freundin oder Frau gab. Ein neuer Plan formte sich in Carlottas Hinterkopf.

Nach dem gemischten Eis, das zum Nachtisch serviert wurde, jagte ein Tusch den anderen. Tusch wie altes Ofenrohr, Tusch wie leerer-Eimer-fällt-Treppe-hinunter, manchmal sogar Tusch wie richtig im Karneval.

Auf den jeweiligen Tusch folgten die unterschiedlichsten Darbietungen.

Zunächst sangen einige verschüchterte Neffen und Nichten zu einer Melodie, die sich nicht zwischen »Let it be« und »Verdammt, ich lieb' dich« entscheiden konnte, einen selbst gedichteten Text über die liebe Tante Annegret. Auf diese Weise erfuhr Carlotta endlich den Namen ihrer Gastgeberin, wenn auch leider zu spät für ihren eigenen Auftritt als Rednerin.

Anschließend wurden die verschiedensten humorigen Dichtungen für feierliche Anlässe zu Gehör gebracht, die teilweise noch schlechter als Carlottas Bühnenrede zu Anlass und Jubilarin passten.

Dann hüpfte zur holprigen Begleitung des Alleinunterhalters und Dutzenden von gehauchten bis gerufenen »Ach, wie süß!«-Bemerkungen der anwesenden Damen eine Fünfjährige im rosa Tütü das in der Ballettschule Gelernte vor, was nicht allzu viel war.

Den Abschluss bildete ein mit Anzug und Krawatte herausgeputzter Knabe, der mit so unglücklichem Gesicht in seine Blockflöte blies, dass Carlotta ihm diese Last am liebsten abgenommen hätte, obwohl es mehr als zwanzig Jahre her war, dass sie sich mäßig erfolgreich in der Kunst des Blockflötens versucht hatte.

Es folgte ein letzter Tusch – diesmal das Modell »Elefant im Dschungel« –, dann erklärte der Alleinunterhalter, sich stolz in seine von einer karierten Weste bedeckte Brust werfend, er würde nun zum Tanz aufspielen, und zwar mit einem Repertoire von fünfhundert Titeln. Das Geburtstagskind möge den Tanz eröffnen.

»Friedrich«, hauchte besagtes Geburtstagskind, stand auf und streckte Claasen junior die Hand entgegen. Offenbar hatte der Senior ein für alle Mal klargestellt, dass er unter keinen Umständen bereit war, das Tanzbein zu schwingen.

Nach kurzer, eifriger Beratung wünschte sich das Paar den »Schneewalzer« und legte mit durchaus dynamischen Drehungen los, wobei Frau Claasen, offenbar mit Unterstützung des reichlich genossenen Sektes und Weines, die bezauberndsten Schlenker mit Armen und Beinen einflocht. Jedenfalls fand Tante Dutt, die mittlerweile ebenfalls wieder großzügig mit Wein versorgt war, das alles äußerst entzückend. Ein oder zwei Mal konnte Friedrich nur mit knapper Not verhindern, dass seine juchzende Mutter zu Boden ging und ihn mitriss.

Als der »Schneewalzer« glücklich überstanden war, tuschelte Frau Claasen erneut mit ihrem Sohn und stürzte sich dann auf einen hübschen jungen Mann im dunkelblauen Anzug, dem sie »Jetzt wir, Nils!« entgegenrief, bevor er die Flucht ergreifen konnte. Friedrich kehrte zum Tisch zurück, und Carlotta war nicht ohne Bewunderung für seine tadellose Haltung, sein immer noch gelassenes Lächeln und die Tatsache, dass sich nicht ein Strähnchen auf seinem Kopf selbstständig gemacht hatte.

»Meine Mutter wünscht sich, dass wir zwei einen Tango tanzen«, teilte er Carlotta vertraulich mit, nachdem er sich wieder an ihrer Seite niedergelassen hatte. »Sie wird sich vom Keyboardspieler als Nächstes einen Tango wünschen.«

»Tango?« Carlotta richtete sich kerzengerade auf ihrem Stuhl auf.

»Sie hat mich gefragt, wie wir uns kennen gelernt haben, und ich habe ihr wie besprochen erzählt, im Tanzclub«, teilte Friedrich ihr in gesenktem Ton mit und schob wie zum Trost ihr Weinglas in ihre Reichweite.

»Ich kann einigermaßen tanzen, aber keinen Tango. Also, Tango ganz schlecht ... Könnten wir nicht vielleicht einen Walzer oder so ...?«

Carlotta runzelte unglücklich die Stirn. Beim gemeinsamen Frühstück hatte es so hübsch und glaubhaft geklungen, dass sich Laura und Friedrich zum ersten Mal im Tanzclub getroffen hatten, in dem zumindest er seit Jahren Mitglied war. Wie hätte sie denn auch ahnen können, dass in besagtem Tanzclub ausschließlich Tango getanzt wurde, was Friedrichs Eltern sehr genau wussten?

»Ich könnte sagen, dass ich mir den Fuß verstaucht habe«, überlegte Carlotta verzweifelt. Sie hasste es, sich lächerlich zu machen, und noch mehr hasste sie es, eine Rolle schlecht zu spielen. Wer sollte ihr noch abnehmen, dass sie Friedrich im Tanzclub kennen gelernt hatte, wenn sie beim Tango über ihre eigenen Füße stolperte?

»Du bist vor einer Stunde ganz munter hier hereinmarschiert«, gab Friedrich zu bedenken und winkte fröhlich seiner Mutter zu, die über die Schulter des armen Nils, der sie mehr trug, als er sie führte, herzhaft die Hand in seine Richtung schwang und ihm irgendetwas von »Tango« und »gleich« zurief.

»Ich dachte, du bist Schauspielerin, und Schauspielerinnen müssen tanzen können. Das tut ihr doch in Filmen dauernd.«

Prompt hatte Carlotta ein schlechtes Gewissen. Immerhin hatte er ihr ein sehr großzügiges finanzielles Angebot gemacht und konnte natürlich eine professionelle Gegenleistung erwarten.

»Das war immer mein schlechtestes Fach«, verteidigte sie sich schwach. »Ohnehin haben wir das nur nebenbei gelernt. Ein bisschen improvisiert. Walzer kann ich ganz gut, aber Tango ... Natürlich – wenn ich vorher mit einem Schauspielkollegen ein bisschen üben würde, bekäme ich das in einer Filmszene auch hin, aber so, aus dem Stegreif ...« Sie sah zu, wie Frau Claasen sich an Nils' Nacken klammerte und nach hinten fallen ließ, sodass ihr rot getöntes Haar übers Parkett wischte. Der arme Mann konnte offenbar nur unter größter Mühe verhindern, dass sie zu Boden krachte. Vor Anstrengung war sein Gesicht fast so rot wie ihr Haar, und er atmete krampfhaft durch den geöffneten Mund.

»Dann müssen wir eben üben.« Friedrich stand auf und zog sie von ihrem Stuhl hoch.

»Da kommt ja mein süßer Sohn mit seiner süßen Verlobten zum Tangotanzen!«, quietschte Frau Claasen begeistert und brachte mit ihren abrupten Bewegungen ihren Tanzpartner ins Taumeln.

»Gleich. Wir gehen nur einen Moment an die frische Luft«, rief Friedrich seiner Mutter zu.

Carlotta ließ sich nur zögernd in Richtung Tür führen. Ihr Auftritt als »Laura« hatte wie leicht verdientes Geld und noch dazu wie eine gute Tat geklungen, aber angesichts der Herausforderungen, denen sie sich hier stellen musste, konnte von leicht verdient keine Rede mehr sein.

Außerdem hatte sie etwas getan, was sie als Profi niemals hätte tun sollen: Sie hatte Alkohol getrunken. Zunächst während des Empfangs der Gäste im Vorraum des Saales. Dieser Empfang hatte sich sehr lange hingezogen, weil man auf »die Stielkes« gewartet hatte, die aus Düsseldorf kamen und regelmäßig mit dem Handy Stauberichte von der Autobahn durchgegeben hatten. Carlotta wusste nicht einmal, ob es zwei oder drei Gläser Sekt gewesen waren, die sie während dieser Warterei aus reiner Langeweile geleert hatte. Und während des Essens dann der Wein. Ebenfalls zwei oder drei Gläser. Insgesamt genug, um ihr ein leichtes Gummigefühl in den Beinen und ein nebliges Gefühl im Kopf zu verschaffen, zumal sie Alkohol nicht besonders gut vertrug. Ihre einzige Entschuldigung vor sich selber war, dass sie die Aufgabe hier schlichtweg unterschätzt hatte.

Mittlerweile hatte Friedrich sie in den Eingangsbereich der Gaststätte geführt, von wo mehrere Türen abgingen. »Vielleicht gibt es hier irgendwo einen freien Raum«, überlegte er mit gerunzelter Stirn.

»Aber wie sollen wir denn ohne Musik üben?« Carlottas Ehrgeiz als Tangotänzerin wurde angesichts von Friedrichs wilder Entschlossenheit von Minute zu Minute kleiner. »Ich könnte mir doch einfach jetzt den Fuß verstauchen und wieder reinhumpeln«, schlug sie hoffnungsvoll vor.

Friedrich überhörte ihren feigen Vorschlag. »Ich zähle einfach den Takt, und wir probieren zwei, drei Figuren, die ordentlich was hermachen, aber nicht zu schwierig sind.«

Entschlossen drückte er die Klinke einer Tür mit der geheimnisvollen Beschriftung »S III« herunter und zog Carlotta mit sich in einen großen, muffig riechenden Saal.

»Jetzt brauchen wir nur noch Licht«, murmelte er.

In dem schwachen Schein, der durch die offene Tür in den Raum fiel, sah Carlotta, wie er die Wand abtastete, offenbar auf der Suche nach einem Lichtschalter. Um sich nützlich zu machen, nahm sie sich die Wand auf der anderen Seite der Tür vor.

»In solchen Sälen gibt es manchmal eine Art Kasten mit lauter Schaltern, über die die Beleuchtung geregelt wird. Die sind dann nicht unbedingt in der Nähe der Tür«, überlegte Friedrich laut.

»Aber wie findet man sie dann im Dunkeln, selbst wenn man weiß, wo man suchen muss?« Carlotta stieß ihr Knie schmerzhaft an einer Stuhlkante, was immerhin eventuell als Ausrede herhalten konnte, um sich den Tango zu ersparen. Aber so feige wollte sie dann doch nicht sein. Obwohl sie es schon relativ mutig fand, in diesem unbekannten, von tiefster Schwärze gefüllten Raum herumzutasten, in dem es roch, als würde hier ein Schwarm Fledermäuse seine Tage verbringen.

Als unvermittelt eine Melodie durch den dunklen Raum dudelte, zuckte sie zusammen und unterdrückte nur mühsam einen Schreckenslaut. Vom anderen Ende des Saales kam ein Krachen. Friedrich war vor Schreck unvorsichtig vorwärtsgeprescht, wie es schien.

»Mein Handy. Tut mir Leid.« Carlotta hatte ihre Handtasche gleich hinter der Tür abgestellt und bewegte sich jetzt in der Dunkelheit so rasch es ging auf die Töne zu, die in dem großen, leeren Saal unheimlich widerhallten.

Nachdem sie beinahe über ihre Tasche gestolpert wäre und endlich das Handy darin gefunden hatte, ließ sie sich erschöpft gegen die Wand sinken und hauchte mit letzter Kraft ein »Hallo« in die Muschel.

»Wer ist da bitte?«, kam es irritiert zurück.

Carlotta räusperte sich und rang sich ein energisches »Merian« ab.

»Wolf hier. Guten Abend.«

»Guten Abend.« Sie wusste nicht recht, ob sie sich hier und jetzt über den Anruf ihres Architekten freuen sollte.

»Störe ich?«, begann er höflich die Unterhaltung.

»Nein, eigentlich nicht. Wir wollten ja sowieso noch telefonieren.« Bei näherer Betrachtung war ihr angesichts des drohenden Tangounterrichts die Unterbrechung ganz recht.

»Gerade eben ist es mir gelungen, mein elektronisches Notizbuch wieder in Gang zu bringen. Es hat meine Einträge gar nicht gefressen, ich konnte sie nur nicht aufrufen. Jedenfalls habe ich die Bedienungsanleitung wieder zusammengeklebt ...«

»Wieso zusammengeklebt?« Carlotta ignorierte den unterdrückten Fluch, der von irgendwoher aus der Dunkelheit kam. Offenbar hatte Friedrich erneut schmerzhafte Bekanntschaft mit einer Stuhlkante oder einem anderen harten Gegenstand gemacht.

»Tiffany hatte das Ding zerfetzt, aber ich konnte das meiste noch retten.«

»Ach so. Natürlich.« Sie bemühte sich, ernst zu bleiben, was ihr nur insofern gelang, als sie ihr aufsteigendes Lachen zu einem fast lautlosen Glucksen zähmte.

»Jedenfalls wollte ich Ihnen nur sagen, dass wir eigentlich für heute Vormittag einen Termin vereinbart hatten.«

»Ich weiß.« Carlotta ließ sich an der Wand herabrutschen, setzte sich auf den Boden, streckte die Beine aus und bereitete sich auf ein längeres Gespräch vor.

»Sie sind aber nicht gekommen.«

»Weil Sie nichts von dem Termin wussten. Nachdem ich herausgefunden hatte, für wann wir verabredet waren, habe ich gestern Abend versucht, Sie anzurufen, konnte Sie aber nicht erreichen.«

»Das tut mir Leid. Normalerweise bin ich abends lange im Büro, aber gestern habe ich einen ausgedehnten Spaziergang mit Tiffany gemacht. Ich glaube, dass sie mehr Bewegung braucht, damit sie nicht mehr alles klaut, was ihr vor die Schnauze kommt. Es könnte sein, dass sie das macht, damit ich sie im Zimmer herumjage. Also lasse ich sie wohl lieber Stöckchen holen.«

»Eine gute Idee!«, lobte Carlotta und grinste in die Dunkelheit. »Hunde lieben nichts mehr, als draußen zu sein und herumzutollen. Hatten Sie nie einen Hund?«

»Nein. Meine Mutter liebt Katzen. Ehrlich gesagt, habe ich mir immer einen Hund gewünscht, zu jedem Geburtstag und jedem Weihnachtsfest, aber natürlich nie einen bekommen. Ich habe mit neun oder zehn Jahren sogar ein Gedicht geschrieben, um zu begründen, weshalb ich so dringend einen Hund brauche. Das hat aber auch nichts genützt.«

»Verraten Sie mir, wie das Gedicht lautete?« Carlotta überkreuzte ihre ausgestreckten Beine. Ihr gefiel es plötzlich, im Dunkeln mit ihrem Architekten zu plaudern, während vom anderen Ende des Saales das Scharren von beiseite geschobenen Stühlen, unterdrückte Flüche und tappende Schritte zu ihr herüberdrangen.

»Wie kommen Sie darauf, dass ich mich noch an das Gedicht erinnern könnte? Das ist mehr als zwanzig Jahre her!«

»Natürlich können Sie sich erinnern!« Sie hätte nicht sagen können, woher sie es wusste, aber sie war sich ganz sicher, dass er das Gedicht immer noch auswendig wusste.

»Warum versuchen Sie ständig, mich zu überreden, Ihnen alberne Sachen zu erzählen? Genügt es Ihnen nicht, dass ich ohne meine Sekretärin aus unerfindlichen Gründen nicht in der Lage zu sein scheine, einen Termin mit Ihnen zu vereinbaren, mich an ihn zu erinnern und ihn dann auch einzuhalten? Was ich, ehrlich gesagt, selbst ziemlich merkwürdig finde, weil das nur bei Ihnen so ist. Mit meinen anderen Auftraggebern klappt das irgendwie.«

»Wollen Sie etwa behaupten, ich sei schuld an dieser Misere?« Carlotta tat empört, obwohl sie in die Dunkelheit grinste. Schließlich konnte er nicht wissen, dass sie erst seit wenigen Tagen stolze Besitzerin eines Terminkalenders war.

»Nein, nein«, beruhigte ihr Architekt sie rasch. »Ich nehme alle Schuld auf mich.«

»Das sagen Sie nur, weil ich Ihre Kundin bin. Außerdem ist mir durchaus klar, dass es auch an mir liegt. Wenn ich unsere allererste Verabredung nicht vergessen hätte, wäre wahrscheinlich alles glatt gelaufen. Nun scheinen wir in eine Art Zeitschleife geraten zu sein und werden wahrscheinlich für alle Zeiten versuchen, uns zu treffen und einander doch niemals begegnen.« Verträumt lächelte Carlotta in die Dunkelheit. Als kleines Mädchen hatte sie Märchen geliebt.

»Nur das nicht!« Er hörte sich richtig erschrocken an.

»Wir werden uns eben viel Mühe geben müssen, um eines Tages den Zauber zu durchbrechen.«

Leicht verwirrtes Schweigen am anderen Ende der Leitung.

»Erzählen Sie mir heute endlich, wie Tiffany zu ihrem Namen gekommen ist? Sie waren an der Stelle stehen geblieben, wo ihr Fell im Mondlicht schimmerte.« Carlotta ruckelte sich ein wenig bequemer auf dem harten Fußboden zurecht.

Sein tiefes, melodisches Lachen kam so unvermittelt, dass sie keine Möglichkeit hatte, sich dagegen zu wappnen, und jenes Vibrieren in der Magengegend spürte, das seine Stimme manchmal auslöste.

»Unter diesen Umständen ziehe ich denn doch in Erwägung, Ihnen lieber das Gedicht aufzusagen. Wenn Sie unbedingt über mich lachen wollen, ist das die direktere Methode.«

Er hatte beschlossen, einfach nicht mehr mitzuspielen. Das war eine ziemlich gute Leistung für einen Mann.

»Ich würde wirklich gern wissen, wie Tiffany zu ihrem Namen gekommen ist. Obwohl mich das Gedicht natürlich auch reizt.« Sie war noch nicht bereit aufzugeben. Denn Carlotta spielte gern, besonders mit Männern, die die Regeln begriffen und ebenbürtige Gegner waren.

In diesem Moment flammte grell das Licht im Saal auf. Sie kniff geblendet die Augen zusammen und hatte das unwirkliche Gefühl, aus einem luftleeren Raum auf den Boden der Tatsachen zurückzukehren, zumal Friedrich mit der entschlossen-männlichen Miene eines argentinischen Tangotänzers quer über die große, leere Tanzfläche auf sie zukam.

»Nun gut«, sagte sie hastig in ihr Telefon. »Kein Gedicht und keine weiteren Geständnisse. Ich muss wohl einsehen, dass das nicht zum Service gehört. Machen wir einfach einen neuen Termin aus, damit ich mir endlich den Entwurf für den Wintergarten ansehen kann. Einen Moment mal bitte, ich brauche meinen Terminkalender.«

Sie rappelte sich vom Boden hoch, holte ihre Handtasche und suchte ungeduldig nach ihrem nagelneuen Kalender – den sie natürlich nicht bei sich hatte.

»Tut mir Leid. Ich fürchte … Hast du was zu schreiben bei dir, Friedrich?«

»Wieso Friedrich?«, wunderte sich ihr Architekt am anderen Ende der Leitung. »Mein Vorname ist nicht Friedrich. Ich heiße …«

»Ich weiß, dass Sie nicht Friedrich heißen! Sie waren ja auch gar nicht gemeint!«

Plötzlich war Carlotta nervös und ungeduldig und fragte sich, wieso es so schrecklich kompliziert sein musste, ein paar Umbauten an ihrem Haus vornehmen zu lassen.

»Es waren zwei Königskinder«, murmelte sie vor sich hin, während sie auf Friedrichs Kopfschütteln hin noch einmal in ihrer Handtasche nach einem Zettel und einem Schreibgerät fahndete.

»Ich bin sicher, diesmal schaffen wir's, die Wasser zu überqueren, die uns voneinander trennen, auf dass wir keine Königskinder mehr sein müssen.« In seiner Stimme war immer noch ein Lachen.

»Schließlich wollen wir ja nicht mehr, als einen klitzekleinen Wintergarten zu bauen. Das wird doch wohl zu machen sein«, stimmte Carlotta ihm energisch zu. »Ginge es, dass ich Sie gleich nach dem Wochenende im Büro anrufe? Ich fürchte, wenn ich mir den Termin nicht aufschreibe …«

»Gerne. Ehrlich gesagt, erleichtert es mich, dass diesmal Sie es sind, an deren Nicht-Organisation wir scheitern.«

»Bis Montag dann, Herr Wolf.«

Sie wartete seine Antwort nicht ab, sondern unterbrach die Verbindung mit einem sanften Tastendruck. Dann wandte sie sich lächelnd an Friedrich. »Jetzt können wir mit dem Tanzen loslegen.«

Aus irgendeinem Grund hatte Carlotta plötzlich das Gefühl, vielleicht doch ohne größere Katastrophe etwas so Ähnliches wie einen Tango tanzen zu können.

Lächelnd stand sie auf, steckte ihr Handy zurück in ihre Handtasche und stellte sich in korrekter Tanzhaltung Friedrich gegenüber auf.

»Wer war denn das?«, konnte der sich nicht verkneifen, neugierig zu fragen, bevor er mit der Tanzstunde begann.

»Nur mein Architekt«, erklärte sie fröhlich.

IX

In den folgenden Tagen wurde im Haus der Merian-Schwestern viel geredet, wobei Tante Adelheid, die konsequent darauf bestand, von ihren Nichten nur noch Heidi genannt zu werden, einen Großteil der Unterhaltung bestritt.

Themen gab es genug. Zur unermüdlichen Erläuterung der Notwendigkeit, regelmäßige Mahlzeiten zu sich zu nehmen, war die Besprechung der neusten Modefarben für Kleidung und Haar hinzugekommen. Außerdem war Adelheid immer noch der Meinung, dass Miederhöschen ein unumgängliches Kleidungsstück waren, um die weibliche Figur zu betonen und zu verschönern.

Zudem unterrichtete sie ihre Nichten über die Vorteile, die es für die Allgemeinbildung mit sich brachte, keine Quizsendung von Günther Jauch zu versäumen, informierte sie über einige bedauerliche Vorkommnisse an diversen königlichen Höfen und das schwere Schicksal einiger längst vergessener Filmstars, um nebenbei auf den Trick zu verweisen, mittels Lidschatten und Kajalstift den Augen eine geheimnisvolle Tiefe zu verleihen.

Mehrmals in der Stunde wurde zusätzlich daran erinnert, wegen der passionierten Ausbrecherin Ilsebill Fenster und Türen geschlossen zu halten. Kurz und gut: Adelheid sprach über alles, was ihr am Herzen lag und auf der Zunge brannte.

Carlotta und Lilli waren an die meisten dieser Themen und die Redseligkeit der Tante gewöhnt und wurden in der momentanen Situation nur dann unruhig, wenn Adelheid ungewohnt direkt auf das Liebesleben der Schwestern zu sprechen kam.

»Die Liebe macht das Leben erst wirklich lebenswert«, pflegte sie täglich mit leuchtenden Augen zu verkünden, während sie mit lackglänzenden Fingernägeln ihre farbenfrohen Strähnchen ordnete. »Ich wünsche euch Mädchen, dass ihr schon bald euren Traumprinzen findet.«

Im Anschluss an diese Bemerkung folgte häufig eine Modeberatung, deren Ergebnis Lilli silberne und Carlotta rote Haarsträhnen sowie beiden eine Stiländerung empfahl. Da es sinnlos war zu widersprechen und Adelheid sich noch auf die Theorie beschränkte, nickten die Schwestern jeweils folgsam.

Lilli war in diesen Tagen noch schweigsamer als sonst. Zu den Ausführungen ihrer Tante lächelte sie freundlich und ein wenig geistesabwesend; über das, was ihre Gedanken rund um die Uhr beschäftigte, verlor sie kein Wort. Sie verbrachte immer noch viel Zeit allein in ihrem Zimmer, aber wenn Carlotta gelegentlich an ihre Tür klopfte, weinte sie nicht und starrte auch nur selten aus dem Fenster. Meistens war sie in ein Buch vertieft, zu dem sie sich manchmal sogar Notizen machte.

Auch Carlotta schwieg meistens vor sich hin, was in Adelheids wortreicher Gegenwart ebenfalls nicht weiter auffiel. Carlotta selber hätte nicht einmal sagen können, womit genau sich ihre Gedanken beschäftigten. Sie wanderten ziel- und ruhelos im Kreise herum. Beschäftigten sich mal mit der Idee, sich vielleicht wieder einen Hund anzuschaffen, und mal mit der Vorfreude auf den Wintergarten und dessen konkreter Planung. Irgendwo war da auch eine diffuse Sehnsucht, ein bisschen frühlingshaft vielleicht. Das würde vorübergehen.

»Bist du verliebt?«, erkundigte sich ihre Kollegin Tanja am Sonntagabend amüsiert, als Carlotta einen *Tom Collins* aus jeder Menge Gin, aber ohne Zitrone und Sodawasser mixte, was dem betroffenen Gast zunächst einen Hustenanfall bescherte, ihn aber nach dem zweiten Schluck zu Begeisterungsstürmen hinriss.

»Wieso sollte ich verliebt sein?« Ehrlich erstaunt schüttelte Carlotta den Kopf.

»Wieso nicht?« Tanja lächelte. Sie war seit fünf Jahren dauerverliebt in ihren Freund Hajo, den sie im Sommer heiraten wollte.

»Zum Beispiel, weil meine Schwester behauptet, ich sei gar nicht in der Lage, mich zu verlieben.« Plötzlich klang Carlotta sehr missmutig.

»So ein Quatsch!«, mischte sich Oskar ein. »Du gehörst eindeutig zu den Menschen, die es richtig erwischt, wenn es sie denn erwischt. Das braucht seine Zeit, aber eines Tages passiert es. Ganz überraschend und plötzlich. Du wirst sehen.«

»Aha. Woher willst du das denn wissen?« Mit zusammengekniffenen Augen beäugte Carlotta ihren Chef.

»Weil ich genauso war wie du. Immer kühl, immer ein bisschen auf der Hut. Affären ja, Liebe nein. Manchmal habe ich so getan, als ob es so richtig eingeschlagen hätte. Habe sogar versucht, es mir selber einzureden, aber das ist mir immer nur für kurze Zeit gelungen. Das Ende vom Lied kennt ihr ja. Eines Tages musste ich mir gar nichts mehr einreden, da ist es einfach passiert.«

»Ich weiß nicht, ob ich das will. Ein paar Monate glücklich sein und den Rest meines Lebens der großen Liebe hinterhertrauern. Ich glaube, dann lasse ich das mit der ganz großen Leidenschaft doch lieber ganz sein.«

Oskar schüttelte über so viel Naivität den Kopf und nippte an seinem Mineralwasser. Bei der Arbeit trank er nie etwas anderes als Mineralwasser und gelegentlich einen Kaffee. »Das kannst du dir nicht aussuchen. Wenn es passiert, dann passiert es eben.«

»Man muss es aber auch passieren lassen. Wenn ich das nicht tue, passiert gar nichts.« So leicht war Carlotta nicht bereit, klein beizugeben. Das wäre ja noch schöner, wenn man einfach so irgendwelchen Gefühlen ausgeliefert wäre!

»Übrigens bin ich nicht im Geringsten unglücklich«, verkündete Oskar energisch.

»Aber du trauerst seit Jahren dieser Susanna hinterher. Du hast deine Bar nach ihr benannt und siehst keine andere Frau an. Wenn das Glück ist ...«

Sie waren mal wieder beim Thema!

»Das ist Liebe«, erklärte Oskar ihr sanft.

»Aber sie hat keine Ahnung davon, dass du sie immer noch liebst.« Obwohl Carlotta wusste, dass es keinen Zweck hatte, Oskar mit Vernunftgründen zu kommen, versuchte sie es doch immer wieder.

»Wer weiß? Ich denke, sie spürt es. Wahrscheinlich gibt es einen Grund, weshalb sie jetzt noch nicht zu mir zurückkommen kann.«

Selbst Tanja verdrehte an dieser Stelle angesichts von Oskars verklärter Miene die Augen, sagte aber nichts, sondern polierte weiter Gläser.

»Aber wenn sie nie zurückkommt? Und sich nie mehr meldet? Immerhin ist es schon über sieben Jahre her, seit sie einfach so aus deinem Leben verschwunden ist. Bist du sicher, dass du dein ganzes Leben damit verbringen willst, auf jemanden zu warten, der womöglich keinen Gedanken mehr an dich verschwendet und dich vielleicht nie wirklich geliebt hat? Wer sagt dir denn, dass sie nicht längst mit einem anderen verheiratet ist und drei bis vier nette Kinderlein hat?« Carlotta hielt viel davon, in deutlichen Worten die Wahrheit auszusprechen, wenn es nötig war.

Oskar sah sie ernst an. »Und du?«, fragte er dann leise. »Du verliebst dich vorsichtshalber gar nicht erst. Ist das so viel besser?«

»Wer sagt denn, dass ich mich nicht verliebe! Wieso behauptet ihr das alle in regelmäßigen Abständen? Nur weil ich nicht dauernd mit verklärter Miene durch die Gegend laufe, heißt das doch nicht, dass ich mich nicht oft und heftig himmelhochjauchzend und bis über beide Ohren verliebe!« Trotzig hatte Carlotta die Stimme erhoben.

Einer der angeheiterten Gäste lachte zu ihr herüber. »Das hört sich gut an! Verlieb dich doch einfach in mich.«

»Stell dich hinten an!«, rief Carlotta grinsend zurück. Das konnte sie – ein bisschen unverbindlich flirten und dabei sogar Spaß haben.

Wie aufs Stichwort trat in diesem Moment Friedrich durch die Tür.

»Noch ein Kandidat, oder wie?«, murmelte Oskar spöttisch. Er hatte das Geschäft zwischen Carlotta und Friedrich mitbekommen und kannte seine Angestellte gut genug, um sicher zu sein, dass sie für diesen Mann keinerlei Gefühle entwickeln würde. Sie mochte sagen, was sie wollte, Carlotta pflegte sich nicht wirklich zu verlieben, aber wenn sie es täte, dann nicht in einen Mann wie diesen.

»Guten Abend«, grüßte Friedrich ein wenig verlegen, als er an die Bar trat. »Hast du alles gut überstanden?«

Carlotta zuckte die Achseln. »So gut, wie man es eben überstehen kann, wenn man sich beim Tangotanzen vor versammelter Mannschaft der Länge nach aufs Parkett legt.«

»Meine Eltern waren begeistert von dir.«

»Haben sie sich schon immer ein vollendetes Trampeltier als Schwiegertochter gewünscht?« Mit unbewegter Miene schob Carlotta ihrem Verlobten auf Zeit ein Glas mit gekühltem Weißwein hin. »Du hättest die Chance nutzen sollen und wegen Unfähigkeit auf dem Tanzparkett deine sofortige Trennung von mir verkünden sollen.«

»Du bist eine Perfektionistin, nicht wahr?« Friedrich nippte an seinem Glas und lächelte sie harmlos an.

»Ich bin vom Ehrgeiz zerfressen«, gab Carlotta finster zurück.

»Mein Vater erwähnte noch heute, wie graziös du nach dem Fall wieder aufgestanden bist.«

»Ich konnte mich vor lauter Entsetzen ja nicht mal aus eigener Kraft aufrappeln. Du hast mich praktisch vom Boden hochgezerrt und musstest mich wieder auf meine Füße stellen wie ein Kleinkind, das im Sandkasten umgekippt ist.« Beim Gedanken an diese entsetzliche Szene schauderte es Carlotta noch nachträglich.

»Ich habe etwas für dich.« Offenbar hatte Friedrich beschlossen, das unerquickliche Thema zu beenden. Er tastete seine Anzugtaschen ab, wurde aber nicht fündig, denn als er alle Taschen zwei Mal durchhatte, schüttelte er den Kopf.

»Tut mir Leid, aber ich habe es zu Hause liegen lassen. Der silberne Armreif mit den kleinen Ornamenten gehört doch dir, nicht wahr?«

Carlotta nickte erschöpft. Sie hatte den Schmuck, der wahrscheinlich bei ihrer grandiosen Tangodarbietung verloren gegangen war, noch gar nicht vermisst.

»Wie ärgerlich, dass ich den Armreif vergessen habe! Ich bin extra gekommen, um ihn dir zu bringen, und hatte ihn mir neben der Wohnungstür bereitgelegt.«

Schon hatte Carlotta den Mund geöffnet, um ihm zu sagen, dass es nicht das geringste Problem war, noch ein paar Tage auf das Schmuckstück zu verzichten, als ihr ein Gedanke kam. Dieser Mann war so ruhig, so konservativ und ordentlich. Nie zuvor hatte sie einen so perfekt geschlungenen Krawattenknoten gesehen und selten in den Abendstunden einen dunklen Anzug, auf dem selbst mit der Lupe kein Stäubchen zu erkennen gewesen wäre. Er war perfekt – für ihre Schwester.

Also legte sie gekonnt die Stirn in leichte Falten und spitzte nachdenklich den Mund. »Das ist ein bisschen unangenehm«, sagte sie dann.

»Brauchst du den Armreif dringend zurück? Ich hole ihn. In zwanzig Minuten bin ich wieder da.« Er war schon halb von seinem Barhocker herunter.

»Das wäre wirklich nett.« Carlotta schenkte ihm ein erleichtertes Lächeln. »Das Stück passt so gut zu einem Kleid, das ich morgen tragen möchte. Ich habe ein wichtiges Casting, und dieses Schmuckstück ist sozusagen mein Glücksbringer. Schauspieler sind schrecklich abergläubisch, wie du sicher weißt.«

»Keinesfalls darfst du ohne den Armreif zum Casting gehen! Ich mache mich sofort auf den Weg!« Friedrich fixierte bereits die Tür, als plane er einen rekordverdächtigen Spurt zu diesem Ziel. Er war nicht nur ordentlich und zuverlässig, sondern auch noch unglaublich zuvorkommend und fürsorglich.

Carlotta atmete tief durch und formulierte die entscheidenden Sätze: »Es wäre sehr nett, wenn du den Armreif zu mir nach Hause bringen würdest. Ich habe gleich Feierabend und bin dann noch verabredet. Aber meine Schwester ist sicher zu Hause.«

Sie hörte ein unruhiges Räuspern hinter sich und machte mit der Hand heftige Zeichen hinter ihrem Rücken. Oskar stellte folgsam die Räusperei ein und widmete sich den Flaschen im Regal, die er aus unerfindlichen Gründen einzeln erst ein Stückchen nach links und dann ein ebenso kleines Stückchen nach rechts schob. Seltsamerweise war diese merkwürdige Aktion nur in Hörweite von Carlotta und Friedrich notwendig.

»Wenn du möchtest, können wir es auch so machen. Ich kenne ja die Adresse, und viel weiter ist es mit dem Wagen für mich auch nicht.«

»Das ist wirklich lieb!« Carlotta strahlte Friedrich an. »Ich rufe Lilli dann gleich mal an, damit wir sicher wissen, dass sie da ist.«

»Falls nicht, kann ich den Armreif doch auch in den Briefkasten werfen. Das ist vielleicht sowieso besser, dann störe ich deine Schwester nicht. Zumal wir uns ja gar nicht kennen.«

Carlotta, die gerade nach ihrem Handy greifen wollte, erstarrte mitten in der Bewegung. »Nein, nein. Es wäre mir lieber, wenn du Lilli den Armreif gibst. Unser Briefkasten ist schon mal aufgebrochen worden, und weil das Stück doch diese Bedeutung für mich hat ... Einen Moment, ich will nur sichergehen, dass Lilli auch tatsächlich da ist.«

»Gut.« Friedrich ließ sich wieder auf dem Barhocker hinter seinem noch halb vollen Glas nieder und wartete geduldig.

Lilli meldete sich erst beim fünften oder sechsten Klingeln. Sie hörte sich ein wenig atemlos an und reagierte auf die hastige Erzählung ihrer Schwester über einen verlorenen Armreif, den gleich ein gewisser Friedrich vorbeibringen würde, ein wenig seltsam.

»Wieso?«, fragte sie missmutig.

»Habe ich dir doch erklärt.« Carlotta wandte sich ein wenig in die andere Richtung, weil es ihr plötzlich unangenehm war, dass Friedrich das Gespräch mithörte. Außerdem wurden hinter ihrem Rücken immer noch Flaschen von links nach rechts und wieder zurückgeschoben.

»Ich brauche den Armreif morgen, und meine Schicht ist gleich zu Ende. Anschließend habe ich noch was vor. Ich kann ja schlecht von Friedrich erwarten, dass er mir durch die ganze Stadt hinterherfährt. Außerdem weiß ich noch gar nicht genau, wo ich hingehe.«

»Es ist wohl deine neueste Marotte, dich an seltsamen Orten zu verabreden und nicht zu wissen, wohin es gehen soll. Seltsam, seltsam!«

»Können wir das morgen besprechen, Lilli?« Langsam wurde Carlotta ungeduldig. Was war in letzter Zeit eigentlich mit Lilli los? Wieso konnte ihre Schwester nicht einfach die Tür aufmachen, ein Schmuckstück entgegennehmen und nebenbei einen Mann kennen lernen, der wie gemacht für sie war?

»Das müssen wir nicht besprechen. Wenn es unbedingt sein muss, werde ich diesem komischen Typen dein Armband abnehmen.«

»Das ist kein ...« Carlotta sah hinüber zu Friedrich, der aufmerksam ihr Telefongespräch verfolgte, und sprach den Rest des Satzes lieber nicht aus.

»Wo ist Tante Adelheid?«, fragte sie stattdessen, weil die Tante auch ein Risikofaktor bei der Angelegenheit war.

»Die hat heute ihren Canasta-Abend. Weißt du doch«, nuschelte Lilli. »Dauert mindestens bis Mitternacht, hat sie gesagt.«

»Gut!« Zufrieden beendete Carlotta das Gespräch mit dem Hinweis, unbedingt auf die Klingel zu achten.

»Sie ist da«, wandte sie sich dann an Friedrich. »Es ist schrecklich nett von dir, den Armreif bei ihr vorbeizubringen.«

Bei ihren letzten Worten war er schon fast an der Tür, als ginge es darum, den Schmuck in Rekordzeit in Lillis Hände zu legen.

Als sie Oskars Stimme dicht neben sich hörte, schrak Carlotta zusammen. »Es ist wirklich seltsam, wie du dich verhältst.«

Wie ertappt zuckte sie zusammen. »Warum? Ich verhalte mich kein bisschen seltsam.«

»Du kannst es einfach nicht lassen, dir Gedanken um das Liebesleben deiner Schwester zu machen.«

»Das könntest du auch nicht, wenn du den Jammer wegen der falschen Männer, in die sie sich dauernd verliebt, miterleben müsstest.«

»Ich jammere und klage aber nicht, und du gibst mir auch immer Ratschläge in Liebesdingen.« Er lächelte sie verschmitzt an.

Carlotta griff nach einem Glas und goss sich ein Mineralwasser ein. »Eigentlich gebe ich dir doch gar keine Ratschläge«, murmelte sie dabei nicht sonderlich überzeugend vor sich hin.

»Und wenn man dir sagt, dass du vor der Liebe davonläufst, wirst du komisch. Meinst du, da könnte ein Zusammenhang bestehen?«

Carlotta legte die Stirn in Falten. »Ich weiß gar nicht, was für einen Zusammenhang du meinst!«

»Das dachte ich mir.« Er lächelte und ging ans andere Ende der Bar.

»Du musst dir nicht einbilden, dass meine gelegentliche Sorge um das Gefühlsleben anderer eine Flucht vor meinen eigenen Gefühlen ist«, rief Carlotta ihm mit gedämpfter Stimme hinterher.

Weil er ihr den Rücken zuwandte, sah sie nicht, dass das Lächeln auf Oskars Gesicht noch breiter wurde.

Lilli legte ihren Zeigefinger mit dem sorgfältig in Metallicblau lackierten Nagel auf die Unterbrechungstaste des Telefons und kappte die Leitung zu ihrer Schwester. Die Verkäuferin in der Parfümerie hatte ihr mehrmals versichert, die blau glänzende Nagellackfarbe sei hochmodisch und keinesfalls brav. Lilli war skeptisch gewesen, weil ihre Tante Adelheid schließlich ihre Nägel in einem nicht unähnlichen Ton lackierte.

Nachdem sie das Telefon achtlos weggelegt hatte, eilte Lilli ans Küchenfenster, um sich nochmals zu vergewissern, dass das Licht in Jonathans Dachwohnung brannte. Anschließend überprüfte sie zum dritten oder vierten Mal den Kerzenvorrat, ihr Spiegelbild inklusive des Lächelns, das sie beim Öffnen der Tür auf ihren geschminkten Lippen zu tragen gedachte, las zur Aufmunterung noch einmal den Absatz mit der Überschrift *So machen Sie den Mann Ihrer Träume zum Ritter in schimmernder Rüstung – Er wird Ihnen nicht widerstehen können,* trank zur weiteren Ermutigung noch zwei oder drei Schlucke Rotwein aus der Flasche, die sie vor einer Stunde geöffnet hatte, und machte sich dann mit der Taschenlampe in der Hand auf den Weg in den Keller.

Hier tat Lilli, was sie tun musste. Sie machte das ihrer Meinung nach sehr geschickt, indem sie die altmodischen Porzellansicherungen nur genauso weit lockerte, dass das Licht ausging. Eine winzige Drehung in die andere Richtung würde die Beleuchtung wieder aufflammen lassen. Auf diese Weise war es ihrer Meinung nach glaubhaft, dass die Sicherung sich von selbst gelockert hatte.

Den Rückweg die Kellertreppe hinauf im Taschenlampenlicht nutzte sie, um noch einmal das graziöse Gehen auf steilen Stufen und hohen Absätzen zu üben.

Oben an der Treppe erwartete Ilsebill sie mit neugierig vorgestrecktem Köpfchen und im Lichtstrahl der Taschenlampe funkelnden Augen. Doch selbst eine Schildkröte im Dunkeln machte Lilli an diesem Abend keine Angst.

»Na, du Ausbrecherkönigin, wie hast du das schon wieder geschafft?«, erkundigte sie sich fröhlich und zögerte nur einen winzigen Augenblick, bevor sie ihre freie Hand unter Ilsebills Bauch schob und sie hochhob.

Immer noch graziös mit der Hüfte wackelnd dahinschreitend, machte sie sich mit der Schildkröte in der einen und der Taschenlampe in der anderen Hand auf den Weg ins Gästezimmer, wo der Käfig stand, dessen Verschlusshaken die unternehmungslustige Schildkröte recht wenig beeindruckte, denn sie hielt sich überall im Haus auf, nur nicht in der ihr zugewiesenen Behausung. Irgendwie gelang es ihr immer wieder, einen der Haken zu lösen, die den Plastikboden mit dem Metallaufsatz verbanden, und sich dann an dieser Stelle hindurchzuzwängen.

Als Ilsebill auf dem Streu ihres ungeliebten Gefängnisses saß und missmutig in den Lichtstrahl der Taschenlampe blinzelte, der ihren Schatten unheimlich verzerrt an die Wand hinter dem Käfig warf, hatte Lilli eine Idee. Sie holte die Schildkröte wieder aus ihrem Haus und trug sie in den Keller. Hier schloss sie alle vom Mittelgang abgehenden Türen und setzte erst dann das Tier auf den Betonboden.

»Du möchtest dich sicher mal hier umsehen, nicht wahr? Und nachher kommst du so richtig schön unheimlich aus dem Dunkeln und machst mir Angst, damit ich einen starken Mann zu meiner Rettung brauche, ja? Kannst du mir den Gefallen tun?« Sie sah der Schildkröte beschwörend in die funkelnden Äuglein.

Ilsebill kümmerte sich allerdings generell nicht um Beschwörungen, sondern machte sich ohne zu zögern auf, ihre Umgebung zu erkunden und nach Fluchtwegen zu suchen.

»Hier findest du nicht raus, du wirst dich nachher an mich wenden müssen, glaube mir.«

Wieder auf der Treppe, stellte Lilli erstaunt fest, dass sie fast gar nicht aufgeregt war. Da war natürlich dieses Kribbeln in der Magengegend, das sich prompt über ihre Schenkel bis in ihre Kniekehlen ausbreitete, wenn sie sich vorstellte, dass sie in wenigen Minuten Jonathan gegenüberstehen würde. Aber ein Kribbeln war eine Art von Aufregung, die nichts mit jener lähmenden Unsicherheit zu tun hatte, die sie früher befallen hatte, wenn sie Männern gegenüberstand, für die sie etwas empfand.

Leise vor sich hin trällernd eilte sie ins Wohnzimmer, um noch einen Schluck Wein zu trinken. Im Licht der Taschenlampe überprüfte sie die Flasche. Sie hatte sie etwa zur Hälfte geleert. Ihr kluges Buch sprach zwar davon, zur Auflockerung vor einem Treffen mit dem Traummann keinesfalls mehr als ein Glas zu trinken, und auch das nur als letzte Nothilfe, aber was sollte ihr schon ein einzelnes Glas helfen? Das würde gerade eben reichen, um die ersten drei Ziffern seiner Telefonnummer zu wählen. Eine halbe Flasche Wein war gut, geradezu perfekt. Sie fühlte sich großartig. Sie fühlte sich sogar so, als könnte Jonathan sie großartig finden.

Bevor sich dieses Gefühl verflüchtigen konnte, griff sie nach dem Telefon und tippte seine Nummer ein.

Das Rufsignal ertönte drei, vier, fünf Mal. Lilli wurde unruhig. Zum ersten Mal an diesem Abend kam ihr der Gedanke, Jonathan könne Besuch haben. Sie hatte sich die ganze Zeit vorgestellt, er würde an seinem Schreibtisch sitzen und lernen. Nach dem, was neulich im Dunkeln vor ihrer Haustür passiert war, hatte sie jeden Gedanken an ihn und eine andere Frau verdrängt. Der Mann, dessen Berührung sie noch immer kribbelnd auf ihren Lippen spüren konnte, durfte einfach keine andere Frau zum Vibrieren bringen. Nicht, nachdem sie, Lilli, beschlossen hatte, ihn für sich zu wollen.

Erst beim sechsten oder siebten Läuten nahm Jonathan den Hörer ab. Er klang atemlos. Verdächtig atemlos.

»Guten Abend, Jonathan. Ich hoffe, ich störe nicht.« Sie hatte geheimnisvoll und verführerisch klingen wollen, doch nun hörte sie sich einfach nur gepresst und förmlich an.

»Nein, nicht direkt.«

Lilli fixierte den Lichtkreis, den die Taschenlampe an die Decke warf. Nicht direkt – was sollte das denn heißen? Dass die Dame bereits im Aufbruch war?

»Ich brauche deine Hilfe«, brachte sie den entscheidenden Satz hervor, der seine Verwandlung in einen strahlenden Ritter einleiten sollte. Dabei senkte sie die Stimme zu einer Art heiserem Flüstern.

»Was ist passiert?« Er klang nicht unfreundlich, aber auch nicht gerade so, als sei er schon auf der Suche nach Schild und Schwert.

»Ich dachte mir, weil du doch Elektrotechnik studierst ...«

»Ich versuche es jedenfalls. Ehrlich gesagt, sitze ich gerade über meinem Referat.« Das klang nicht gerade so, als würde er sich über ihren Anruf freuen. Er machte keinerlei Anstalten, seinem Knappen den Befehl zu erteilen, das schnellste Pferd im Stall zu satteln.

Lilli war klar, dass es galt, sich mehr ins Zeug zu legen. Geheimnisvoller musste sie sein, lockender und hilfloser.

»Ich habe Angst!«, jammerte sie ins Telefon und bemühte sich um einen verführerischen Unterton.

»Wovor?«

»Es ist dunkel. Im ganzen Haus. Von einer Sekunde auf die andere. Und ich weiß nicht, woran es liegt. Die Straßenbeleuchtung ist noch an. Es kann also kein allgemeiner Stromausfall sein.«

»Ich habe auch noch Licht«, teilte Jonathan ihr tröstend mit. »Vielleicht ist einfach die Sicherung rausgeflogen. Hast du schon mal in den Sicherungskasten geschaut?«

Lilli unterdrückte einen Seufzer. Jonathans ritterliche Ambitionen schienen relativ verschüttet zu sein. Immerhin ging die Autorin ihres klugen Buches auch auf diese Möglichkeit ein. Sie empfahl, dann eben ein bisschen dicker aufzutragen und dringlicher um Hilfe zu bitten, um auf diese Weise den Ritter im Manne zum Leben zu erwecken.

»Ich traue mich nicht«, seufzte sie daher verführerisch.

»Warum nicht?« Das klang relativ verdutzt. Mittlerweile war Lilli bereit, ihn auch ohne Pferd und Rüstung in Empfang zu nehmen. Wenn er nun mal nicht wusste, dass jeder Mann gern ein Ritter sein wollte, war das vielleicht ein kleiner Makel, aber ihr gefiel er schließlich auch in seinen ausgewaschenen Jeans. Nachdem sie noch einmal an ihrem Weinglas genippt hatte, war sie noch überzeugter davon, dass es nicht unbedingt ein Ritter sein musste. Sie wollte einfach nur Jonathan von gegenüber.

»Der Sicherungskasten ist im Keller«, erklärte sie mit dunkler Stimme. »Und dort unten gibt es ... Geräusche.« Was nicht einmal gelogen war, wenn man bedachte, dass Ilsebill im Keller unterwegs war.

»Oh.«

Mehr fiel ihm dazu nicht ein?

»Ich weiß auch überhaupt nicht, was ich wegen der Sicherung tun soll«, half Lilli entschlossen nach.

»Ich muss dich warnen. Auch ich bin weit davon entfernt, alles zu können und zu wissen. Obwohl ich ein Mann bin und

Männer das wohl eigentlich nicht zugeben dürfen. Dass ich Elektrotechnik studiere, heißt jedenfalls nicht, dass ich mich in praktischen Dingen allzu gut auskenne. So ein Studium – das ist mehr Theorie als Praxis.«

»Kein Problem«, sagte sie rasch. »Es wäre trotzdem toll, wenn du einfach mal nachsehen könntest. Schon wegen der Geräusche und so.«

»Nachsehen kann ich durchaus.«

Nanu, war da nicht plötzlich doch ganz vage eine schimmernde Rüstung zu erahnen?

»Kannst du dich ein bisschen beeilen, bitte?«, gurrte sie. »Es ist so dunkel hier, und ich fürchte, bald sind die Kerzen ausgebrannt.«

»Ich bin gleich da.«

X

Lilli kicherte leise, während sie das Handy weglegte. Dann beeilte sie sich, eine Kerze anzuzünden und die Taschenlampe, deren Licht sie schon in der Planungsphase für zu unromantisch befunden hatte, in der Schublade des Dielenschränkchens verschwinden zu lassen. Die flackernde Kerze in der Hand, stand sie völlig bewegungslos im Flur, den Blick auf die Tür geheftet.

Und nun plötzlich geriet ihr Herz außer Kontrolle. Es hüpfte und stolperte und vollführte wilde Sprünge, als wolle es sich schon mal auf den Weg machen und Jonathan entgegenlaufen. Wobei der Aufruhr in ihrer Brust in Anbetracht der Tatsache, dass sie gerade die ersten Schritte unternommen hatte, den Mann zu verführen, den sie mehr als alles auf der Welt wollte, nicht weiter verwunderlich war. Zumal sie das erste Mal überhaupt einen Mann verführen wollte. Oder verführt werden würde oder was auch immer aus dieser Sache entstehen würde.

Nicht einmal Carlotta wusste, dass sie bisher niemals richtig mit einem Mann zusammen gewesen war, obwohl sie sich doch so oft verliebt hatte. Aber mit den Männern, die ihr gefielen, hatte es niemals geklappt, und die, die sich für sie interessierten, wollte sie normalerweise nicht. Unter anderem auch deshalb musste nun endlich etwas geschehen. Schließlich stand ihr dreiundzwanzigster Geburtstag kurz bevor, und sie plante nicht, den Rest ihres Lebens in jungfräulicher Reinheit zu verbringen. Nicht, nachdem sie endlich den richtigen Mann gefunden hatte. Den Mann, der sie dazu gebracht hatte, mehr zu tun, als von ihm zu träumen und ihm hinterherzutrauern, wenn sie mal wieder einsehen musste, dass Träume nicht viel mit der Realität zu tun hatten. Jedenfalls dann nicht, wenn man nicht dafür sorgte, dass sie wahr wurden.

Als Lilli Schritte auf den Stufen zur Haustür hörte, machte ihr Herz einen dreifachen Salto, flatterte anschließend einige Male matt wie ein winziges Vögelchen und rutschte gleich darauf ohne Zwischenstopp bis in ihre Kniekehlen.

Die Schritte hielten vor der Haustür, dann blieb es lange Zeit still.

Lilli hielt den Atem an, bewegte sich ein winziges Stück vorwärts, streckte kraftlos die Hand nach der Klinke aus und ließ den Arm wieder sinken. Was überlegte er da draußen noch? Wenn er vor der Tür kehrtmachte, weil er sich einfach nicht überwinden konnte, ihr zu helfen, womöglich weil er befürchtete, vor lauter Langeweile in ihrer Gegenwart einzuschlafen, dann wollte sie nicht, dass er überhaupt hereinkam. Wenn sie es sich recht überlegte, war es wohl wirklich besser, wenn er dort draußen und sie hier drinnen blieb. Womöglich erwartete er nämlich von ihr, dass sie irgendeinen sinnvollen Satz herausbrachte, wozu sie sich definitiv nicht in der Lage fühlte.

Als es kräftig gegen die Tür klopfte, schrie Lilli unterdrückt auf und machte einen Sprung rückwärts, bei dem ein so heftiger Luftzug entstand, dass ihre Kerze ausging.

»Wer ist da?«, stieß sie, plötzlich im Dunkeln stehend, atemlos hervor.

Mühsam unter Kontrolle gehaltene Panik auf ihrer Seite der Tür, Schweigen auf der anderen Seite. Dann endlich kam ein zögerndes: »Ich bin's. Jonathan. Du hast mich angerufen.«

»Ja, natürlich.« Hektisch tastete sich Lilli an der Wand entlang wieder in Richtung Tür.

»Ich bin gleich da. Einen kleinen Moment noch. Die Kerze ist ausgegangen, ich habe kein Licht.«

Geh nicht weg! Geh bloß nicht weg! Plötzlich war sie wieder sicher, dass sie ihn wollte und dass sie mit seiner Nähe umgehen konnte.

Sie war kaum in der Lage, in dem vertrauten Haus die Klinke der Haustür zu finden, zumal nun nicht nur ihr Herz wie wild pochte, sondern auch ihre Hände und ihre Knie um die Wette zitterten. Was sie prompt wieder zögern ließ. Wollte sie das wirklich? Diese Aufregung, diese Unsicherheit und Angst?

Regungslos stand sie in der schützenden Dunkelheit und fragte sich, warum sie sich das überhaupt antat. Was hatte dieser Mann an sich, dass ausgerechnet er es sein musste? Immerhin interessierte sich auch Burckhardt Lango aus dem Verkauf schon seit einer kleinen Ewigkeit für sie, und eigentlich sah er nicht einmal schlecht aus. Ganz zu schweigen von Gromüller aus dem Vertrieb, der zwar selbst in ihren finstersten Träumen nicht in Frage gekommen wäre, aber ihr immerhin seit der Begegnung in der Buchhandlung unnatürlich häufig in der Firma über den Weg lief.

Sie brauchte etwa drei Sekunden, um sich klarzumachen, dass jemand wie Burckhardt Lango niemals in der Lage wäre, diese Sehnsucht und Bereitschaft zum Handeln bei ihr auszulösen. Und erst recht nicht die süßen Ohnmachtsgefühle, die eine simple Berührung von Jonathan Geibel verursachte.

Entschlossen fuhr sie mit der Hand durch die Dunkelheit, umklammerte die Türklinke und riss mit einem Ruck die Haustür auf. Im Schein der Straßenlaternen konnte sie nur seine Silhouette erkennen, doch selbst das wenige, was sie sah, nahm ihr den Atem. Energisch verbot sie sich diese merkwürdigen körperlichen Reaktionen, weil sie einen klaren Kopf und den Überblick bewahren wollte. Verführerinnen waren kühl und überlegen und wussten genau, was sie taten und was sie zu tun hatten. Aber natürlich dachten weder ihre weichen Knie noch ihre zitternden Hände daran, ihren Befehlen zu gehorchen. Also taumelte sie stumm und alles andere als überlegen einen Schritt rückwärts, um ihn ins Haus zu lassen.

»Die Klingel geht nicht. Natürlich nicht, wenn du keinen Strom hast«, teilte Jonathan ihr mit seiner ein wenig rauen Stimme mit, die im Dunkeln noch tiefer klang. Er zögerte sichtlich, über die Schwelle zu treten.

»Komm rein.« Fast hätte sie ihn am Ärmel gepackt und ins Haus gezerrt, aber diese Maßnahme schien ihr dann doch übertrieben – und schon gar nicht kühl.

»Hier drinnen ist es total dunkel«, teilte er ihr überflüssigerweise mit. »Hast du keine Taschenlampe?«

»Nein«, log sie eiskalt.

»Dann gehe ich rasch und hole eine.«

Er drehte sich um, und im selben Moment fand Lilli sich unverhofft an seinem Ärmel hängend wieder. »Das ist nicht nötig«, stotterte sie. »Ich habe Kerzen. Hier!« Zum Beweis hielt sie ihm die erloschene Kerze dicht vors Gesicht.

»Und warum zündest du sie nicht an?«, erkundigte er sich mit einem Lächeln in der Stimme.

»Sie war an!« Lilli wollte hilfsbedürftig, aber nicht schwachsinnig wirken, und sein Ton ließ darauf schließen, dass er momentan eher Letzteres von ihr annahm. Wobei sie sich plötzlich fragte, wie hilfsbedürftig, kühl *und* verführerisch gleichzeitig funktionierte. Das erschien ihr noch schwieriger, als mit einem Müllsack in der Hand erotisch zu wirken. Doch für theoretische Überlegungen war es jetzt ohnehin zu spät.

»Sollen wir sie wieder anmachen?«, erkundigte Jonathan sich, als sie nach ein oder zwei Minuten immer noch bewegungslos dastand, die erloschene Kerze in der erhobenen Hand.

»Ja, bitte!« Dies schien der Moment zu sein, in dem sie ihm laut Liebesratgeber die Kontrolle überlassen sollte. Was eine Wohltat sein würde, weil sie sich dann immerhin darauf konzentrieren konnte, verführerisch zu sein.

»Ich bin Nichtraucher.«

Es dauerte eine Weile, bis sie begriff, was er ihr damit sagen wollte. Dann erinnerte sie sich erleichtert, dass sie die Streichholzschachtel nach dem Anzünden der Kerze in die Tasche ihrer Jeans gesteckt hatte.

»Kannst du mal halten?« Es bereitete ihr einige Schwierigkeiten, ihm in der dunklen Diele die Kerze zu übergeben. Zunächst fuchtelte sie wild mit der Hand durch die Luft und berührte dabei seinen Brustkorb. Als sie die Wärme seiner Haut unter dem dünnen T-Shirt spürte, zuckte sie zurück, als hätte sie auf eine heiße Herdplatte gefasst. Im nächsten Anlauf erwischte sie seine Schulter, was auch nicht viel beruhigender war. Als er schließlich irgendwie ihre umherirrende Hand einfing, war sie bereits einer Ohnmacht nahe. Sie klammerte sich Hilfe suchend an ihrer Kerze fest, und er musste sie ihr regelrecht entreißen, weil sie sich gar nicht mehr erinnerte, worum es überhaupt ging.

Irgendwie schaffte er es, ihr mit sanftem Nachdruck auch die Streichhölzer zu entwinden. Gleich darauf brannte die Kerze und tauchte die Umgebung in schwaches, goldenes Licht.

Als Lilli zögernd den Blick hob und viel zu dicht vor sich seine Augen sah, in denen sich die Kerzenflamme vielfach spiegelte, schnappte sie verzweifelt nach Luft. Berauscht vom Rotwein und der wunderbaren Idee, ihr Leben selbst bestimmen zu können oder es zumindest versuchen zu wollen, hatte sie solche hilflosen Momente nicht eingeplant.

»Zeigst du mir, wo der Sicherungskasten ist?« Er drückte ihr die Streichholzschachtel wieder in die Hand, schloss endlich die Haustür und sah sie über die brennende Kerze hinweg fragend an.

Das flackernde Licht malte interessante Schatten auf seine Wangen und rötliche Reflexe in sein Haar. Wieder spürte Lilli, wie sie in einer Woge von Gefühl versank und nicht nur die Situation, sondern auch sich selbst nicht mehr unter Kontrolle hatte. Sie wollte sich bewegen, schaffte es aber nicht.

Eine Weile standen sie so da, nur einen halben Meter voneinander entfernt, mit nichts als dem schwachen, goldenen Licht und ihren unruhigen Atemzügen zwischen sich.

»Kannst du mir den Sicherungskasten zeigen?«, wiederholte Jonathan endlich mit sanfter Stimme und einem Lächeln, bei dem sie sich kaum noch an ihren eigenen Namen erinnerte – geschweige denn an irgendwelche Sicherungskästen. Dennoch gelang es ihr zu ihrem eigenen Erstaunen endlich, sich in Bewegung zu setzen. Sie drehte sich um und ging wie in Trance auf die Kellertür zu.

»Vielleicht ist es besser, wenn du die Kerze nimmst, dann erkennst du die Stufen besser.«

»Ja, sicher. Danke.« Sie hoffte inbrünstig, dass er nicht bemerkte, wie sehr ihre Finger zitterten, als er ihr die Kerze in die Hand drückte.

Erst auf der halben Treppe erinnerte sie sich daran, dass sie vorgehabt hatte, die Stufen sexy und graziös hinabzusteigen. Obwohl sie sich nicht einmal sicher war, wie viel er von ihrer Grazie mitbekommen würde, wenn sie die Kerze trug und er praktisch im Dunkeln hinter ihr hertappte, gab sie sich Mühe, auf den letzten Metern das Versäumte nachzuholen. Sanft wiegte sie die Hüften und streckte das Kinn vor.

Als er ihr unvermittelt die Hand auf die Schulter legte, blieb sie wie angewurzelt stehen. War ihr sexy Gang etwa so wirkungsvoll, dass er nicht einmal warten konnte, bis sie unten im Keller waren? Was sollte sie tun, wenn er sie hier, mitten auf der schmalen, steilen Treppe, küssen wollte? Sie wandte sich vorsichtig zu ihm um, weil sie keinesfalls riskieren wollte, sich den Hals zu brechen – nicht bevor sie diesen Kuss gespürt hatte! – und trat so dicht an die Wand, dass er neben ihr auf der Stufe Platz finden konnte. Was mit ihnen passieren würde, wenn sie von der Leidenschaft übermannt abstürzen würden, wusste allein der Himmel. Sie jedenfalls wusste nur eines: Ein Kuss dieses Mannes war ihr das Risiko wert.

»Sagtest du nicht, im Keller sind seltsame Geräusche? Eben habe ich da unten auch was gehört«, sagte er mit gesenkter Stimme, anstatt sich ohne weitere Umstände auf sie zu stürzen.

Lilli atmete tief aus und beschloss, nicht enttäuscht zu sein. Eine enge Treppe mit ausgetretenen Betonstufen war nicht unbedingt der geeignete Ort für leidenschaftliche Umarmungen.

»Das ist Il…« Fast hätte sie sich verraten, aber dann fiel ihr noch rechtzeitig ein, dass ihr Held, ihr Ritter, sie beschützen sollte und dass eine zwanzig Zentimeter lange Schildkröte auf der Flucht nicht gerade der Feind war, der einen Mann dazu brachte, Schild und Schwert zu polieren.

»Ich habe Angst«, flüsterte sie mit einem Gurren in der Stimme, das sie ziemlich gelungen fand.

»Dann gehe ich wohl lieber vor.« Ihr Ritter nahm ihr entschlossen die Kerze aus der Hand. »Obwohl das wahrscheinlich ohnehin nur Ratten sind.«

Kurzfristig zog Lilli in Erwägung, sich ihm ohne weitere Umstände direkt in die Arme zu werfen. Erstens hatte er sie mit seiner Bemerkung über die Ratten tatsächlich erschreckt, obwohl sie sich ziemlich sicher war, dass sich außer Ilsebill dort unten niemand auf vier Beinen tummelte, und zweitens war die Angst vor Ratten ein durchaus legitimer Grund, sich in die starken Arme eines Mannes zu flüchten. Angesichts der engen Treppe hielt sie es aber für vernünftiger, ihren Plan zu verschieben, und folgte Jonathan die letzten Stufen mit etwas gebremster Grazie hinunter, was aber keine Rolle spielte, da er ja nicht sehen konnte, was hinter seinem Rücken vor sich ging.

Im engen, niedrigen Kellergang trat Lilli, die nun meinte, ein gar nicht schildkrötenhaftes Rascheln und Raunen zu vernehmen, dicht an die Seite ihres Helden, der seinerseits angestrengt auf den Boden sah, wo er offenbar nach Ratten Ausschau hielt.

»Da drüben«, flüsterte Lilli und zeigte auf den grauen Sicherungskasten, der gerade eben noch im Lichtkreis der Kerze zu erkennen war.

Entschlossen ging Jonathan darauf zu, sodass Lilli Mühe hatte, neben ihm zu bleiben. Seine Tatkraft entzückte sie insgeheim, weil er sich endlich so verhielt, wie es die Autorin ihres Buches beschrieben hatte: Er nahm die Angelegenheit mannhaft in die Hand.

Vor dem Sicherungskasten drückte er Lilli die Kerze in die Hand, öffnete die Metalltür und betrachtete die zwei Reihen von Sicherungen.

»Herd, Waschmaschine, Dachgeschoss«, las er im flackernden Licht mühsam die Schildchen, die unter den altmodischen, dicken Porzellanknöpfen angebracht waren.

»Geht denn im ersten Stock das Licht?«, erkundigte er sich, ohne sie anzusehen.

»Ich weiß nicht. Das habe ich nicht ausprobiert.« Lilli hielt die Kerze ein wenig höher, damit er gut sehen und sie ihn besser betrachten konnte. Bisher hatte sie ihn niemals aus der Nähe im Profil gesehen. Seine Nase war ziemlich groß und leicht gekrümmt, was ihr vorher nie aufgefallen war. Ihr gefiel jedoch der Gedanke, dass er nicht perfekt war, und sie versenkte sich träumerisch in den Anblick seines Schattens auf der weiß getünchten Kellerwand.

Als das Deckenlicht aufflammte, zuckte sie erschrocken zusammen.

»Das ging aber schnell!«, staunte sie dann pflichtgemäß ihren Ritter und Retter an. »Wie hast du das nur so rasch gemacht?«

Er betrachtete sie nachdenklich und schwieg.

Immer noch war die Kerze in ihrer Hand zwischen ihnen, und die in ihrem Atem sanft flackernde Flamme malte goldene Punkte in seine dunklen Augen und lebendige Schatten auf seine Haut.

»Ich habe die Sicherung einfach wieder festgedreht.«

»Aha«, machte sie und bemühte sich, nicht schuldbewusst auszusehen.

»Normalerweise lockern sich Sicherungen nicht einfach so«, sagte er nach einer langen Pause. »Es kann geschehen, dass eine Sicherung herausspringt und auf diese Weise die Stromzufuhr unterbricht. Das ist schließlich ihre Aufgabe. Aber dass sie sich einfach so von selbst genau so weit lockert, dass der Strom ausfällt, ist schon seltsam.«

In einer Imitation seiner Bewegung zog Lilli die Schultern hoch und ließ sie wieder fallen. »Manchmal geschehen eben seltsame Dinge.«

Sie bemühte sich erfolglos um jenes verführerische Lächeln, das sie ausdauernd vor dem Spiegel geübt hatte. Er betrachtete sie immer noch prüfend, und schließlich gelang es ihr nicht mehr, seinem Blick standzuhalten. Stattdessen fixierte sie die trübe Deckenlampe, sah gleich darauf die brennende Kerze in ihrer Hand an, inspizierte ihre Fußspitzen und seine Schulter, um dann mit der Lampe wieder von vorne anzufangen.

»Ist mit der Sicherung das passiert, was ich vermute?«

Lilli brauchte einige Sekunden, bis sie den Sinn seiner sehr direkten Frage verstand. Dann presste sie trotzig die Lippen zusammen, stellte fest, dass seine Augen in der Zwanzig-Watt-Kellerbeleuchtung aussahen wie heiße, köstliche Schokolade, geriet nur kurzzeitig außer Atem und erklärte dann energisch, sie hätte selbstverständlich keine Ahnung, was mit dem Strom los gewesen sei, sonst hätte sie ihn ja gar nicht zu Hilfe rufen müssen.

»Ich habe nicht die geringste Ahnung, wovon du redest. Damit kenne ich mich nicht so aus«, beendete sie ihre Rede, von der sie hoffte, dass sie angesichts seiner unverblümt ausgesprochenen Verdächtigung einigermaßen empört und keinesfalls schuldbewusst klang. Unter Aufbietung ihrer gesamten Willenskraft gelang es ihr, den Blick nicht zu senken, sondern weiter in seine Zartbitter-Augen zu sehen.

»Weißt du eigentlich, dass noch niemals eine Frau etwas so Süßes für mich getan hat?«, raunte Jonathan ihr unvermittelt zu. Seine Pupillen waren so weit, dass sie das Gefühl hatte, in die Schwärze hineingesogen zu werden.

»Was meinst du mit ›getan‹? Ich habe nichts getan!« Ihre Stimme zitterte, aber sie sprach so leise, dass er es vielleicht nicht bemerkte.

Er tat einen raschen Griff in den Sicherungskasten und beugte sich dann vor, um die Kerze in ihrer Hand auszupusten. Entrüstet wollte sie protestieren, doch die tiefe Dunkelheit, von der sie sofort umgeben war, ließ sie aus irgendeinem Grund verstummen.

War es zuvor oben im Haus dunkel gewesen, so umgab sie hier unten eine derartige Schwärze, dass es ihr den Atem nahm. Sie starrte mit weit aufgerissenen Augen ins Nichts. Gleichzeitig schienen ihre anderen Sinne schärfer zu werden. Als sie endlich wieder tief durchatmete, empfand sie den leicht moderigen Kellergeruch als beißend. Der Betonboden unter ihren Fußsohlen hatte unregelmäßige Erhebungen, die sie vorher nicht bemerkt hatte, und Jonathans Atem rauschte neben ihr wie ein leichter Sommerwind durch die Luft. Obwohl er sie nicht berührte, spürte sie ganz deutlich die Wärme seines Körpers – und als er sie berührte, schien die Luft um sie herum zu brennen. Seine Hand auf ihrem Oberarm, sein Atem auf ihrer Wange, seine Stimme so dicht an ihrem Ohr, dass seine Worte wie ein intensiver Körperkontakt waren.

»Was ich meine?« Er lachte leise. »Du weißt wirklich nicht, was ich meine?«

Sein Lachen war wie eine Umarmung. Lilli schloss die Augen, damit die Schwärze nicht mehr zu ihr durchdringen und sie ganz allein mit dieser intimen Nähe sein konnte.

»Du leihst dir Kaffee von mir, den du eigentlich gar nicht brauchst. Du bist in meiner Nähe so nervös, dass du erst meinen Schrank zertrümmerst und dann einfach wegrennst. Du siehst mir vom Fenster aus nach, und sobald ich dich bemerke, versteckst du dich hinter der Gardine.«

»Das mit dem Schrank war ein bedauerliches Missgeschick, das nichts mit dir zu tun hatte. Und ich verstecke mich nicht! Wenn ich aus dem Fenster sehe, dann zufällig, und nicht deinetwegen. Was bildest du dir eigentlich ein?«

Sie wollte ihn, aber sie wollte nicht, dass er es wusste, solange sie nicht sicher war, dass er sie mindestens ebenso sehr wollte.

Jonathan kümmerte sich nicht um ihren Widerspruch. »Und jetzt hast du auch noch die Elektrik lahm gelegt, damit du einen Grund hast, mich herzurufen. Jede andere Frau, die ich kenne, hätte mich einfach gefragt, ob ich auf ein Glas vorbeikommen will. Oder ob wir zusammen ausgehen wollen. Oder sie hätte mich ohne langes Federlesen verführt. Du bist anders.«

Wieder lachte er leise, und als sein Atem ihre glühende Wange streifte, spürte sie, dass er noch dichter bei ihr war, als sie gedacht hatte. Zwischen ihren beiden Körpern waren nur noch Zentimeter. Ein Fingerbreit Luft war zwischen seinen Lippen und ihrem Gesicht.

Instinktiv wollte Lilli zurückweichen, so wie sie es immer getan hatte, wenn ihr ein Mann ernsthaft zu nahe gekommen war, doch direkt hinter ihr war die raue, kalte Wand. Also blieb sie wie erstarrt stehen.

Krampfhaft bemühte sie sich, nicht darüber nachzudenken, wie dumm und durchschaubar sie sich verhalten hatte und dass sie es wahrscheinlich nie wieder über sich bringen würde, diesem Mann unter die Augen zu treten, falls es ihr überhaupt gelang, die nächsten Minuten zu überleben, ohne vor Scham tot umzufallen.

Dann wurde ihr plötzlich klar, dass er ihr nichts beweisen konnte. Sie atmete tief durch, öffnete den Mund, stockte und fand dann doch endlich Worte.

»Du bist ganz schön eingebildet, nicht wahr? Wieso sollte ich dich verführen wollen oder deinetwegen aus dem Fenster sehen? Wenn ich einen Mann einladen will, tue ich das. Leidest du etwa an dem Wahn, jede Frau müsste dich unwiderstehlich finden?«

Das hatte gesessen! Er sagte nichts, stand nur immer noch bewegungslos dicht vor ihr in der Dunkelheit.

»Nein. Ich halte mich nicht für unwiderstehlich. Allerdings bin ich auch nicht besonders begriffsstutzig.« Das klang nicht betreten, sondern eher amüsiert.

»Und wieso stellst du dann so blödsinnige Behauptungen auf?« Sie hoffte inständig, dass die Tränen der Wut und der Scham, die ihr plötzlich in den Augen standen, nicht in ihrer Stimme zu hören waren.

In diesem Moment leistete sie im Stillen Abbitte bei ihrer Schwester. Carlotta hatte völlig Recht. Sie verliebte sich ständig in die falschen Männer. Und dieser hier war der falscheste von allen, ganz gleich, wie unruhig sein Lächeln sie machte und wie wunderschön seine Augen waren. Es spielte auch keine Rolle, dass sie fast in Ohnmacht fiel, als die Wärme seines Körpers in der samtigen Dunkelheit plötzlich so dicht bei ihr war, dass sie automatisch im gleichen Rhythmus atmete wie er. Es war ein rascher, unruhiger Rhythmus, der viel zu viel Sauerstoff in ihr Blut pumpte, während sie gleichzeitig seinen Duft wahrnahm. Einen Duft, der ihr viel vertrauter war, als er es hätte sein dürfen, obwohl sie keine Ahnung hatte, was genau es war, das ihre Nase erkannte. Es roch nach frischer Luft, nach einem herben Shampoo und nach ihm, und es verdrängte die muffige Kellerluft aus ihrer Wahrnehmung.

Sie versuchte, sich abzuwenden, und konnte sich nicht bewegen.

»Machst du bitte das Licht wieder an?«, gelang es ihr aber zu ihrer eigenen Überraschung in einem fast gelassenen Ton hervorzustoßen.

»Möchtest du das wirklich?«

»Deshalb sind wir ja hier heruntergekommen, nicht wahr?« Für einen winzigen Moment war sie stolz auf sich. Sie klang überzeugend. Zumindest fand sie das. Oder hoffte es.

Mit einem winzigen, zärtlichen Lachen zerstörte er ihre Hoffnung. »Wenn du es sagst.«

»Allerdings sage ich es! Nun mach schon!« Sie versuchte, wütend zu klingen, aber es waren nur Hilflosigkeit und Sehnsucht, die über ihre Lippen kamen.

»Ich mache ja schon.« Seine Lippen waren so dicht an ihrem Ohr, dass sie nicht sicher war, ob er sie berührte oder ob es nur die Wärme seines Atems war, die sie auf ihrem Ohrläppchen spürte.

Und dann war sie sich sicher. Viel zu sicher. Seine Lippen glitten suchend über ihre Wange. Fanden ihren Mundwinkel, streiften zärtlich ihre Unterlippe, zögernd noch, als wolle er ihr eine letzte Chance geben, sich zu wehren. Oder ihm zumindest schlüssig zu erklären, weshalb sie mit ihm hier in der Dunkelheit stand und ihm weiszumachen versuchte, dass sie ihn einzig wegen eines elektrischen Notfalls herbeitelefoniert hatte, während sie gleichzeitig ihre Finger in seine Ärmel krallte und sich an ihm festhielt wie eine Ertrinkende.

Lilli hatte nicht die Kraft, ihre letzte Chance zu ergreifen, sich vor der Welle aus Gefühl, die über sie hinwegschwappte, in Sicherheit zu bringen. Alles, was sie noch tun konnte, war die Augen zu schließen, obwohl sie ohnehin nichts sehen konnte, und so zu tun, als wäre sie nicht da und würde demzufolge auch nichts von dem bemerken, was vor sich ging.

In gewissem Sinne war sie auch nicht anwesend, denn wenn sie bei vollem Verstand gewesen wäre, hätte sie ihm das niemals erlaubt. Nicht nachdem er sie so arrogant, so ohne jeden Selbstzweifel durchschaut hatte. Es ging nicht darum, dass er mit jeder seiner Vermutungen Recht hatte, sondern darum, dass er nicht einmal ahnen oder für möglich halten sollte, dass sie in den Keller geschlichen war und die Sicherungen herausgedreht hatte, nur um ihn in ihr Haus zu locken. Und wenn er es schon wusste, dann sollte er gefälligst nicht zeigen, dass er es wusste. Und es ihr schon gar nicht auf den Kopf zusagen.

Inzwischen lag sein Mund fest auf ihrem. Das fühlte sich gut und warm und auf unerklärliche Weise gleichzeitig fremd und vertraut an. Fast unmerklich bewegten sich seine Lippen auf ihren, streichelten sie und brachten sie dazu, zögernd den Mund zu öffnen.

Und weil sie ihm in diesem Moment entgegenkam; weil sie mit angehaltenem Atem die Zärtlichkeit seiner Zunge genoss, die geduldig und sanft ihre Oberlippe liebkoste und sie mit jeder Sekunde weicher und nachgiebiger machte, um erst dann, genau im richtigen Moment, in die Wärme ihrer Mundhöhle zu schlüpfen, ebenso selbstverständlich, wie sie sich ihm öffnete; genau deshalb gelang es ihr später niemals, sich einzureden, er hätte sie überrumpelt und sie hätte keine Chance gehabt, sich zu wehren. Dies war eine Verführung, so perfekt und fragend und sehnsüchtig, wie sie sie nie vollbracht, sich aber auch niemals erträumt hätte.

Es war ein langer, zärtlicher Kuss, in dem sie sich verlor und wieder fand und doch wieder unterging.

XI

Als er nach einer kleinen Ewigkeit seine Lippen von ihren löste und in der Dunkelheit, dicht neben ihrem Ohr, tief durchatmete, brauchte sie einige Augenblicke, um wieder zu sich zu kommen.

»Das ... war nicht so geplant.« Sie war erstaunt, dass sie in der Lage war, ihren Mund und ihre Zunge noch zum Sprechen zu verwenden.

»Aber es war unabdingbar. Unausweichlich. Unvermeidbar. Sozusagen schicksalhaft.« Obwohl er so gekonnt ein Synonym an das andere hängte, klang auch Jonathan unsicher.

»Nichts, was zwischen zwei Menschen geschieht, ist unausweichlich. Wir können uns dafür oder dagegen entscheiden.« Sie spürte die absolute Notwendigkeit, ihm zu widersprechen. Weil sie das vielleicht davon abhalten würde, ihm alles zu gestehen. Ihre Gefühle, ihre Sehnsucht, ja sogar die Tatsache, dass das hier tatsächlich geplant gewesen war, wenn auch anders, wenn auch mit ihr als verführerischer Sirene, die ihm lächelnd und kühl die Lippen zum Kuss bot und nicht bei der ersten Berührung seines Mundes halb besinnungslos wurde.

»Wenn du es so siehst, haben wir uns scheinbar dafür entschieden.« Unter seinen Worten schwebte ein Lächeln, das sie gern gesehen hätte.

»Wir brauchen Licht«, hörte sie sich sagen.

»Obwohl wir eben ganz gut ohne ausgekommen sind.«

Erst als er sie zögernd freigab, wurde ihr bewusst, dass sie die ganze Zeit in enger Umarmung da gestanden hatten.

Bewegungslos lehnte sie an der rauen Kellerwand, deren Kälte sie erst jetzt durch ihre Bluse hindurch spürte. Neben sich hörte sie Jonathan an den Sicherungen herumtasten.

»Es wäre einfacher, wenn du noch mal die Kerze anzünden würdest«, sagte er schließlich. »Sonst muss ich jede Sicherung einzeln überprüfen, um die richtigen zu finden, und das kann im Dunkeln ziemlich lange dauern.«

Lilli wollte gerade verkünden, sie habe keine Ahnung, wo die Kerze geblieben sei, als sie bemerkte, dass ihre Finger sich immer noch um die glatte Stearinoberfläche krampften. Wie an einem Rettungsanker hatte sie sich die ganze Zeit an der Kerze festgehalten. Zusätzlich zu Jonathans Schultern und seinen Ärmeln.

»Augenblick.« Sie fand die Streichholzschachtel in der Tasche ihrer Jeans und schaffte es zu ihrem Erstaunen diesmal ganz leicht, gleichzeitig die Kerze zu halten und ein Streichholz anzuzünden. Innerhalb von Sekunden fiel wieder unruhiges, goldenes Licht auf den Mann, dessen Kuss sie noch immer als zärtliches Brennen auf ihrem Mund spürte.

Er wandte sich ihr zu, lächelte sie an und formte mit den Lippen, die eben noch auf den ihren gelegen hatten, ein »Danke«.

Lilli musste den Blick abwenden. Das alles war offenbar zu viel für sie. So viel Rotwein gab es nicht auf der Welt, dass sie eine Situation wie diese kühl und überlegen hätte hinter sich bringen können.

»Gern geschehen.« Bevor sie diesen halben Satz herausbrachte, räusperte sie sich endlos lange.

Dann ging alles sehr schnell. Sie lehnte neben ihm an der Wand, die Hand mit der Kerze etwas vorgestreckt, damit er die Schildchen unter den Sicherungen besser lesen konnte. Im ersten Moment registrierte sie die leichte Berührung an ihren Zehen nicht, so konzentriert betrachtete sie Jonathans Profil. Als ihr plötzlich bewusst wurde, dass sich etwas Lebendiges an ihrem Fuß zu schaffen machte, durchzuckte sie ein so gewaltiger Schreck, dass sie einfach nur schrie, vorwärts sprang und sich in Jonathans Arme warf.

Geistesgegenwärtig wandte er sich ihr zu und fing sie auf. Als wäre in genau diesem Moment ihr Verstand wieder eingeschaltet worden, wusste sie plötzlich, dass nichts anderes als die Schildkröte Ilsebill über ihren Fuß gekrochen war. Das konnte sie Jonathan aber unmöglich sagen. Denn eigentlich hatte sie sich genau das Eingetretene oder etwas Ähnliches von Ilsebills Anwesenheit erhofft: eine Situation, in der sie schwach und er stark sein konnte und er sie vielleicht sogar zärtlich beruhigen und trösten würde.

Gerade wollte sie ihm, mit wild pochendem Herzen in seinen Armen liegend, von der vermeintlichen Ratte berichten, die sich dann eben bei näherer Betrachtung als die mal wieder ausgebrochene Schildkröte ihrer Tante entpuppen würde, als das goldene Licht rötlich wurde und heftig flackerte. Dann sah sie den Qualm.

»Dein T-Shirt«, stieß sie entsetzt hervor. »Es brennt!«

Offenbar hatte er gleichzeitig die Hitze an seinem Körper gespürt. Er stieß sie von sich und warf sich mit dem Rücken gegen die Wand.

Schluchzend stand Lilli in der Dunkelheit und Stille, die gleich darauf eintraten, denn sie hatte längst die Kerze fallen lassen.

»Bist du verletzt?« Erst nach mehreren Anläufen brachte sie die Worte heraus.

»Nein. Kein Problem.« Das klang nicht wirklich beruhigend, sondern nur entnervt. Welcher Mann wäre nicht entnervt, wenn er von der Frau, die erst vor kurzem sein Mobiliar zerlegt hatte, mit einer Kerze angezündet worden wäre?

»Ich … Es tut mir schrecklich Leid.« Lilli wusste, dass es nichts gab, was sie sagen konnte, um in seinen Augen nicht mehr wie eine komplette Idiotin dazustehen. Wahrscheinlich machte sie mit jedem Wort alles nur noch schlimmer, aber still sein konnte sie auch nicht.

»Ich habe die Kerze fallen lassen«, erklärte sie als Nächstes ihre komplette Kapitulation. Wenn schon Idiotin, dann richtig!

»Lass sie liegen, ich werde schon irgendwie die richtige Sicherung finden.« Das klang verdächtig danach, als würde er durch seine zusammengebissenen Zähne sprechen.

Tatsächlich ging im nächsten Moment die Deckenbeleuchtung wieder an. Und als Lilli feststellte, dass Jonathan einigermaßen unversehrt aussah, kehrten ihre Lebensgeister zurück.

»Wenn du nicht absichtlich wieder den Strom abgestellt hättest, wäre das nicht passiert«, gelang es ihr hervorzubringen.

»Ich konnte ja nicht wissen, dass Kerzenlicht dich derart in Wallung bringt, dass du kreischend über mich herfällst.« Um seine Mundwinkel zuckte ein Lächeln.

Stumm und mit brennenden Wangen deutete Lilli auf Ilsebill, die neben der Wand hockte und den faltigen Kopf in die Höhe reckte.

Zum ersten Mal, seit er das Haus betreten hatte, wirkte Jonathan ernstlich irritiert, als er sich einer grimmig dreinblickenden Schildkröte gegenübersah.

»Kennst du sie persönlich?«, erkundigte er sich nach einigen Sekunden ergriffenen Schweigens.

»Das ist Ilsebill.« Lilli zeigte mit ernster Miene und knapper Handbewegung auf die Schildkröte, als ginge es um eine Vorstellung im Rahmen eines offiziellen Empfangs.

»Freut mich, Ilsebill.« Jonathan deutete eine Verbeugung an.

»Ich habe keine Ahnung, wie sie in den Keller kommt«, beeilte sich Lilli zu schwindeln, bevor sie gefragt wurde. »Sie gehört meiner Tante und bricht ständig aus, ganz egal, wo man sie einsperrt.«

»Dann sollten wir sie vielleicht wieder in ihr Gefängnis bringen. Meinst du, es macht ihr etwas aus, wenn ich sie trage? Hat sie Angst vor Fremden?«

Lilli schüttelte hastig den Kopf und sah zu, wie Jonathan die Hand unter Ilsebills Bauch schob und sie vorsichtig hochhob. Er trug das Tier ein wenig von seinem Körper entfernt vor sich her, während Ilsebill gemächlich die Beine durch die Luft bewegte, als würde sie laufen.

Stumm folgte Lilli ihm zur Treppe. Erst als sie schon die Hälfte der Stufen hinter sich gebracht hatten, hob sie den Blick und stieß einen unterdrückten Schrei aus.

»Dein Rücken … das T-Shirt.«

Jonathan ging einfach weiter. »Mach dir keine Gedanken. Es ist wirklich nicht schlimm«, beruhigte er sie über seine Schulter hinweg.

Tapfer blieb Lilli ihm auf den Fersen und berührte mit den Fingerspitzen vorsichtig einen roten Fleck auf seiner Haut, der durch ein großes, schwarzgerändertes Loch in seinem T-Shirt zu sehen war. Obwohl er sich offensichtlich Mühe gab, sich nichts anmerken zu lassen, zuckte er leicht zusammen.

Sie sog heftig die Luft ein, als hätte sie den Schmerz ebenfalls gespürt. »Du musst zum Arzt! Brandwunden sind gefährlich.«

»Wo wohnt Ilsebill denn?« Er blieb oben an der Treppe stehen und überhörte gnädig ihr Gestammel.

»Im Gästezimmer. Unsere Tante Adelheid ist für ein paar Tage mit Ilsebill hier eingezogen, weil ihre Wohnung renoviert wird.«

Ein wenig beruhigt von ihrem eigenen Geplapper, zeigte Lilli ihm das Gästezimmer und den Kaninchenkäfig. Obwohl sie wusste, dass sie ihn wahrscheinlich ohnehin nur nervte, konnte sie nicht aufhören, sich für das, was sie ihm angetan hatte, zu entschuldigen, während sie gemeinsam die Schildkröte in den Käfig setzten. Jonathan stellte gleich darauf den Schwachpunkt der Käfigkonstruktion fest und beschwerte das Metalldach mit einigen Büchern, die er aus dem Regal am Fenster nahm. Auf diese Weise wollte er es Ilsebill unmöglich machen, den oberen Teil des Käfigs zu heben und sich durch die so entstandene Lücke in die Freiheit zu zwängen.

»Jetzt hast du was zu lesen, damit du nicht auf dumme Gedanken kommst«, scherzte er, während er *Grimms Märchen* auf eine Ecke des Käfigdeckels legte.

Als er sich Lilli zuwandte, versuchte sie ein Lächeln, das aber wegen ihres tränenüberströmten Gesichts kläglich misslang.

»Aber das war doch alles gar nicht so schlimm! Wirklich nicht! Mir geht es gut.« Entsetzt sah er sie an, hob langsam die Hand, als wolle er ihr die Tränen abwischen, und ließ den Arm sofort wieder sinken, als sie instinktiv einen Schritt zurückwich.

»Es ist nicht wegen der Kerze. Nicht nur. Es ist wegen des Buches. Und überhaupt ...«

Es waren ihre Nerven und die plötzliche, überwältigende Erkenntnis, dass sie offensichtlich unfähig war, diesen Mann für sich zu gewinnen. Es war ihr ja noch nicht einmal möglich, sich in der Gegenwart des ersten und bisher einzigen Mannes, den sie wirklich und wahrhaftig wollte, einigermaßen normal zu benehmen. Das Gefühl der Einsamkeit war beim Anblick des dicken, abgegriffenen Buches mit dem Prinzen auf dem Titelbild wie eine riesige Welle über ihr zusammengeschlagen.

»Du weinst wegen des Märchenbuchs?« Mit einem Sprung war Jonathan bei Ilsebills Unterkunft und riss *Grimms Mär-*

chen an sich, als ginge es darum, ein unwiederbringliches Kulturgut vor dem Untergang zu retten.

»Lass es ruhig da liegen.« Obwohl Lilli sich mit beiden Händen bemühte, ihr Gesicht trockenzuwischen, kam sie gegen die Tränenflut nicht an. Dennoch gelang ihr ein zaghaftes Lächeln. »Vielleicht mag Ilsebill ja die Märchen, und sie bleibt mal ein bisschen länger als zehn Minuten in ihrem Käfig. Aus dem Buch hat unsere Mutter uns immer vor dem Einschlafen vorgelesen, als wir noch Kinder waren. Ich weiß auch nicht, weshalb ich jetzt plötzlich … Entschuldige bitte … Ich bin albern …«

»Du bist kein bisschen albern.« Jonathan zog sie in seine Arme und hielt sie fest, während er ihr wieder und wieder übers Haar strich. Was Lilli zunächst noch mehr zum Weinen brachte.

»Jetzt tränke ich die kläglichen Überreste deines T-Shirts auch noch mit Tränen. Das hätte ich machen sollen, nachdem ich dich in Brand gesetzt hatte, da hätte es wenigstens einen Sinn gehabt«, murmelte sie in den nach Jonathan und Rauch duftenden Baumwollstoff.

Seine Schulter, an der ihr Gesicht lehnte, zuckte einmal kurz, als würde er lachen. Das tröstete sie ein wenig, obwohl sie nicht sicher war, ob er sie nicht schlicht und ergreifend auslachte. Die Frau, die auszog, einen Mann zu verführen, und nichts Besseres zustande brachte, als ihn wortwörtlich zu entflammen und anschließend den Versuch zu unternehmen, ihn mit ihren Tränen zu ertränken.

Langsam entspannte sie sich in seinen Armen. Die Tränen flossen spärlicher und versiegten schließlich ganz. Vorsichtig hob sie den Kopf von seiner feuchten Schulter, vermied es aber, ihm ins Gesicht zu sehen. Ihr kunstvoll für diesen Abend aufgetragenes Make-up war nun wahrscheinlich eine Katastrophe, ihre Augen völlig verquollen, und dafür, dass aus ihren sorgfältig gebürsteten Haaren ein wildes Gestrüpp geworden war, hatte Jonathan mit seinen beruhigenden Streicheleinheiten höchstpersönlich gesorgt.

»Wahrscheinlich wäre es gut, wenn ich Brandsalbe auf deinen Rücken täte.« Sie sprach mit seiner linken Schulter, auf der ein riesiger, feuchter Fleck prangte.

»Gern. Ein bisschen spannt meine Haut, aber es ist wirklich nicht schlimm.«

Er war so freundlich zu ihr! Viel zu freundlich, wenn man bedachte, dass sie nur Unheil über ihn brachte. Beinahe wäre Lilli wieder in Tränen ausgebrochen, doch sie beherrschte sich und marschierte wild entschlossen ins Bad, wo sich in einem kleinen Wandschränkchen die Hausapotheke der Schwestern befand.

Sie mied den Blick in den Spiegel und suchte intensiv zwischen den verschiedenen Schachteln nach der Brandsalbe. Als sie sich mit der Tube in der Hand umwandte, hatte Jonathan bereits sein löcheriges T-Shirt ausgezogen und saß mit nacktem Oberkörper auf dem Hocker, den er unter dem Waschbecken hervorgezogen hatte. Erst in diesem Moment wurde Lilli bewusst, wie intim die Handlung war, die sie ihm vorgeschlagen hatte. Sie hatte das Bedürfnis gehabt, ihre Untat wenigstens ein bisschen wieder gutzumachen und sich wie eine erwachsene Frau zu benehmen, die gelegentlich auch mal eine Situation unter Kontrolle hat.

Und nun stand sie schon wieder zitternd und zagend da und schaffte es mit ihren bebenden Fingern kaum, die Tube zu öffnen. Als ihr das dann endlich gelungen war, hatte sie nichts Besseres zu tun, als den Verschluss auf die Fliesen fallen zu lassen, wo er wild herumkreiselte und schließlich in der Ecke hinter dem Toilettenbürstenhalter verschwand.

Lilli beschloss, sich einfach nicht um den Tubendeckel zu kümmern, weil sie nicht die geringste Lust hatte, jetzt auch noch vor Jonathans Augen hinter der Toilettenschüssel herumzukriechen. Stattdessen näherte sie sich ihm entschlossen mit der offenen Tube in der Hand.

Dabei bemühte sie sich krampfhaft, ihn nicht anzustarren, obwohl seine glatte, muskulöse Brust ihren Blick magisch anzog. Sie kratzte all ihre Fantasie zusammen und stellte sich vor, sie sei Krankenschwester in einer Notaufnahme, effizient und unpersönlich. Mit geschäftiger Miene und eiligen Schritten trat sie hinter den Hocker, auf dem Jonathan geduldig ihrer Behandlung harrte.

Die gerötete Fläche auf seinem Rücken war kleiner, als sie befürchtet hatte. Sie gab etwas Salbe auf ihre Handfläche und zögerte, ihn zu berühren.

Während sie bewegungslos und verzagt hinter ihm stand, wandte er plötzlich den Kopf. »Wenn es wehtut, sage ich Bescheid, aber normalerweise kühlt die Creme«, ermunterte er sie.

»Gut«, murmelte sie und klatschte ihm entschlossen die ganze Portion Salbe zwischen die Schulterblätter.

Er schrie unterdrückt auf.

Lilli fuhr zurück. »Entschuldigung!«

»Kein Problem. Ich bin nur erschrocken.«

Sie konnte hören, dass er mit zusammengebissenen Zähnen sprach. Natürlich waren die Schmerzen viel schlimmer, als er zugeben wollte. Sie wagte es nicht, die Salbe zu verteilen, und stand wie gelähmt da.

»Tu es einfach«, sagte er, nachdem er erneut eine Weile geduldig gewartet hatte.

»Ich will dir nicht wehtun«, flüsterte sie und verachtete sich selbst für ihre Feigheit. So viel zur effizienten Krankenschwester.

»Es ist wirklich nicht so schlimm.«

Natürlich sagte er das nur, um sie zu beruhigen.

Sie legte ihre zitternden Fingerspitzen zwischen seine Schulterblätter, bewegte sie zaghaft ein bisschen, fasste Mut, als er weder zuckte noch schrie, und begann mit sachten, kreisförmigen Bewegungen, die Salbe zu verteilen.

Es war ein seltsames, aber durchaus angenehmes Gefühl, diesen Mann, nach dem sie sich so lange und intensiv aus der Ferne gesehnt hatte, auf diese intime Weise zu berühren, seine Haut, die Wärme seines Körpers und sogar seine tiefen Atemzüge unter ihren Händen zu spüren.

Sie verteilte eine zweite und eine dritte Portion Salbe auf seinem Rücken und ging dann zu seinem geröteten Oberarm über, indem sie die Salbe über die Schulter hinweg verstrich. Dicht unter seiner Haut fühlte sie die leicht angespannten Muskelstränge.

Als Jonathan leise seufzte und damit die Stille durchbrach, schreckte Lilli wie aus Trance hoch und hob hastig die Hände.

Er wandte den Kopf und lächelte sie an. »Du hast mir nicht wehgetan. Es ist sehr angenehm.«

Lilli spürte, wie ihr das Blut in die Wangen schoss, obwohl sie ja wirklich nicht mehr als eine Krankenschwester getan hatte – wenn auch ihre Gefühle nicht unbedingt auf Effizienz gerichtet gewesen waren.

»Ich glaube, wir sind dann fertig«, stieß sie hervor und trat ans Waschbecken, um sich die restliche Salbe von den Fingern zu waschen.

»Schade.« Jonathan sah ihr dabei zu, wie sie den Seifenschaum auf ihren Händen verteilte, und machte keinerlei Anstalten, sich vom Hocker zu erheben und das angesengte T-Shirt wieder anzuziehen.

Sie ließ das warme Wasser über ihre Finger laufen und wagte nicht, den Kopf zu heben. »Meinst du, es wäre gut, wenn ich noch ein bisschen mehr Salbe drauftue?«

»Vielleicht.« In seiner Stimme war ein Lächeln.

Zu ihrem eigenen Erstaunen hoben sich auch Lillis Mundwinkel ein wenig. Plötzlich war wieder ein bisschen von der Leichtigkeit da, die sie zu Beginn des Abends gespürt hatte.

Sie trocknete sich die Hände ab, griff wieder zur Tube und dachte diesmal kein bisschen an Notaufnahmen und unpersönliche Behandlungsmethoden, während sie begann, mit sanften Bewegungen noch mehr von der Salbe auf seiner Haut zu verteilen. Eigentlich war die Creme nur ein Vorwand, ihn zu streicheln. Und es war schön, das zu tun.

Als sie ihre Hand über seine Schulter gleiten ließ, hob er den Arm und hielt sie fest.

»Habe ich dir wehgetan?«, flüsterte sie, obwohl sie sicher war, dass er seine Hand nicht aus diesem Grund über ihre gelegt hatte.

»Du hast mir gut getan«, flüsterte er zurück.

Dies war der Moment, in dem eine Schranke zu fallen schien. Niemals hätte Lilli sich vorher zugetraut, den ersten Schritt zu machen und das zu tun, was sie fühlte. Und doch beugte sie nun ihren Kopf und presste die Lippen auf seinen Nacken.

»Oh. Das tut auch gut. Sehr gut!« Jonathan stieß die Worte fast mühsam hervor.

Gleichzeitig mit einer Woge von Zärtlichkeit stieg in Lilli ein Gefühl von Macht auf. Sie besaß die Fähigkeit, diesem Mann gut zu tun! Ihre Lippen glitten an seinem Rückgrat hinab, wanderten wieder nach oben und setzten einen Schwarm winziger Küsse auf sein rechtes Schulterblatt. Dann pressten sie sich erneut heiß auf seinen Nacken, als hätte sie in ihrem Leben nie etwas anderes getan, als verführerisch den Rücken eines Mannes zu liebkosen. Ja, sie konnte es! Sie war in der

Lage, eine Verführerin zu sein! Sie brachte diesen Mann dazu, sich leise stöhnend zurückzulehnen, tief seufzend auszuatmen und dann wieder die Luft anzuhalten.

Lilli schob die Zungenspitze zwischen die Lippen und berührte damit zart Jonathans Schulter.

»Hör lieber auf, wenn du mich nicht vollkommen außer Kontrolle erleben willst!« Er hatte den Kopf auf die Seite gelegt und seine Wange gegen ihre gepresst, um ihr die Worte heiser zuzuflüstern, während sie immer noch seine Schulter mit Zärtlichkeiten überschüttete.

»Ich will dich erleben, mit und ohne Kontrolle«, hörte sie sich zu ihrem eigenen Erstaunen zwischen zwei Küssen auf seine heiße Haut flüstern.

»Was ist denn hier los?«

Es dauerte einen Moment, bis Lilli begriff, wem die energische Stimme gehörte. Entsetzt richtete sie sich auf und fuhr herum.

»Tante Adelheid? Wo kommst du denn her?« Mit einem Hechtsprung erreichte Lilli das zerknüllte, angekokelte T-Shirt auf dem Badewannenrand und warf es Jonathan praktisch an den Kopf, was dieser als unmissverständliche Aufforderung verstand, sich schnellstens anzuziehen.

»Ich wohne zurzeit hier«, teilte Adelheid ihrer Nichte und gleichzeitig dem halb nackten jungen Mann mit der hoheitsvollen Kopfbewegung einer Königin mit.

»Aber du hast doch gesagt, du würdest erst spät von deinem Canasta-Abend zurück sein!« Aus den Augenwinkeln beobachtete Lilli, wie Jonathan – viel zu gemächlich, wie sie fand – in sein Shirt schlüpfte.

»Offensichtlich ist es gut, dass ich jetzt schon wieder da bin. Gerda ging es nicht gut, und wir haben früher als sonst Schluss gemacht.«

Dafür, dass sie ihren Nichten dauernd etwas von der Liebe vorschwärmte, reagierte Tante Adelheid auf ein paar Zärtlichkeiten im Bad reichlich verklemmt, stellte Lilli bei sich fest und bemerkte erst jetzt den bitteren Geschmack der Brandsalbe auf ihren Lippen.

»Ich sollte dann wohl lieber gehen«, sagte Jonathan in das Schweigen hinein, mit dem Tante und Nichte einander anstarrten.

»Nein!«

Wenn er jetzt das Haus verließ, würde er den Eindruck mitnehmen, dass sie nichts als ein kleines, hilfloses Mädchen war, das von seiner Tante bewacht wurde und vor ihr kuschte. Sie musste ihm zeigen, dass sie erwachsen und selbstständig und durchaus in der Lage war, selbst zu entscheiden.

»Wir trinken noch ein Glas Wein zusammen!«, teilte sie Jonathan daher in einem Ton mit, der keinen Widerspruch duldete.

»Ich weiß nicht ...« Er warf ihrer Tante einen fragenden Blick zu.

»Ich schlage vor, wir trinken lieber gemeinsam eine schöne Tasse Melissentee. Das beruhigt vor dem Einschlafen, und wir können einander ein wenig besser kennen lernen. Es ist mir wichtig, den Umgang meiner Nichte zu kennen. Soweit ich weiß, neigt sie Männern gegenüber ein wenig zu Fehleinschätzungen«, mischte Adelheid sich denn auch munter ein.

Lilli spürte voller Entsetzen, wie sie rot anlief. Dann öffnete sie zwei oder drei Mal den Mund, ohne die passenden, energischen Worte zu finden, die an dieser Stelle zweifellos gesagt werden mussten. Die Haustürglocke unterbrach ihre fruchtlosen Bemühungen.

»Wer ist denn das um diese Zeit?« Zwischen Adelheids Brauen bildete sich eine steile Falte. Wahrscheinlich befürchtete sie das Erscheinen weiterer Mitwirkender an einer geplanten Orgie, da ihre bisher so brave und solide Nichte Lilli offenbar den Verstand verloren hatte und halb nackten Männern den Rücken ableckte.

Energiegeladen und mit wippenden grünen Strähnchen, die gar nicht zu ihrer tantenhaften Verantwortungsübernahme passen wollten, eilte Adelheid zur Haustür. Als sie die Tür schwungvoll aufriss, sah sie sich überrascht Friedrich gegenüber, den sie zuletzt als Begleiter ihrer Nichte Carlotta erlebt hatte.

»Ja bitte?« Hinter Friedrich konnte sie auf der Straße vor dem Haus sein teures, dunkelblaues Auto erspähen, ein Anblick, der sie entschieden sanftmütig stimmte.

»Ich wollte nur etwas abgeben ...« Angesichts der grün gesträhnten älteren Dame suchte Friedrich nervös in den Taschen seines dunklen Jacketts nach dem Armreif, dem offiziellen Grund für seinen späten Besuch.

»Carlotta ist leider nicht zu Hause.«

Als sie hinter sich im Flur Schritte hörte, drehte Adelheid sich um und schleuderte einen wilden Blick in Richtung von Lilli und Jonathan. Da es sich bei Friedrich offenbar um einen seriösen jungen Mann handelte, der noch dazu Interesse an ihrer Nichte Carlotta hatte, hielt Adelheid es nicht für angebracht, dass er den verwahrlosten, männlichen Besucher zu Gesicht bekam, mit dem ihre jüngere Nichte sich zu später Stunde noch abgab.

»Ich wollte auch eigentlich zu Lilli, Carlottas Schwester.« Endlich hatte Friedrich den dünnen, silbernen Armreif gefunden und hielt ihn wie einen Passierschein vor Adelheids Nase.

Diese war jedoch momentan damit beschäftigt, hinter ihrem Rücken wilde Armbewegungen zu vollführen, von denen sie augenscheinlich annahm, dass Friedrich sie nicht bemerkte, und die wohl dazu dienen sollten, das Paar im Hintergrund zu verscheuchen. Die verweint aussehende blonde Frau mit dem wirren Haar und der breitschultrige Mann im zerknitterten, schwarzfleckigen T-Shirt dachten allerdings nicht daran, sich zu entfernen. Sie standen dicht nebeneinander und verfolgten im Hintergrund aufmerksam die Szene an der Haustür.

Als Lilli ihren Namen hörte, kam sie näher.

»Carlotta hat mir gesagt, dass Sie kommen werden. Vielen Dank für Ihre Mühe!« Mit einem kühlen Kopfnicken und einem knappen Lächeln nahm sie den Armreif in Empfang.

»Trinken Sie doch ein Glas Wein mit uns, bitte.« Das klang sehr weltläufig und erwachsen, wie sie fand, genauso, wie sie Jonathan gegenüber wirken wollte. Sie spürte seinen Blick wie eine warme Berührung auf ihrem Rücken und wollte ihm unbedingt zeigen, dass sie ihr Leben im Griff hatte und sich nicht im Geringsten um das scherte, was ihre Tante für richtig oder falsch hielt, weil sie ihre eigenen Entscheidungen traf und es selbstverständlich gewohnt war, zu jeder Tages- und Nachtzeit Besuch von attraktiven Männern zu empfangen.

Friedrich war sich nicht sicher, wie er die Situation einschätzen sollte und was die Höflichkeit im Falle dieser Einladung empfahl. »Es ist schon spät«, sagte er daher unentschlossen.

Lilli, nun ganz in der Rolle der Femme fatale, zog ihn mit einem entschlossenen Lächeln über die Schwelle und schloss die Tür hinter ihm. »Ich kann Sie doch nicht gehen lassen, ohne Ihnen etwas anzubieten, nachdem Sie sich die Mühe gemacht haben, extra vorbeizukommen.« Sie ließ den Silberreif über ihr Handgelenk gleiten.

»Dann mache ich am besten eine große Kanne Melissentee«, ließ sich Tante Adelheid vernehmen, nachdem es ihr kurzfristig die Sprache verschlagen hatte.

Lilli kümmerte sich nicht darum, dass ihre Tante geschäftig in die Küche eilte, wahrscheinlich in der Hoffnung, mit ihrem Kräutertee jegliche sexuelle Energie im Keim zu ersticken und für wohlige Müdigkeit zu sorgen, die sich nach nichts anderem als einem weichen Kopfkissen sehnte.

Nachdem sie die beiden Männer einander in jener weltläufigen Art vorgestellt hatte, mit der sie die Situation für sich zu entscheiden gedachte, führte Lilli Friedrich und Jonathan ins Wohnzimmer, wo sie sie zunächst nötigte, es sich auf der Couch bequem zu machen, um dann jedem ein Glas Rotwein in die Hand zu drücken. Sich selber schenkte sie ebenfalls etwas ein und hob das Glas mit einem strahlenden Lächeln in die Luft.

»Auf einen schönen Abend«, hörte sie sich zu ihrem eigenen Erstaunen zwitschern.

Die beiden Männer murmelten ebenfalls irgendetwas und nahmen gehorsam einen Schluck von ihrem Wein.

Unterschiedlicher hätten sie nicht sein können, wie sie da nebeneinander saßen: Friedrich, mit ordentlich gescheiteltem Haar, im teuren, dunklen Anzug und Jonathan in seinen verwaschenen, am Saum ausgefransten Jeans und dem T-Shirt mit den unübersehbaren Brandflecken.

Lilli legte nachdenklich die Stirn in Falten und nahm noch einen tiefen Schluck aus ihrem Glas. Die neuerliche Alkoholzufuhr erweckte die Rotweingeister, die noch in ihrem Blut kreisten, zu neuem Leben. Plötzlich stand ihre Mission wieder sehr klar vor ihrem inneren Auge: Jonathan für sich gewinnen. Ihn verführen, umgarnen, was auch immer. Konnte ihr in diesem Zusammenhang etwas Besseres passieren als dieser reich und erfolgreich aussehende Mann, den Carlotta ihr ins Haus geschickt hatte? Wenn Jonathan das Gefühl hatte, ein solcher Mann würde sich für sie interessieren, musste dann nicht der Jagdtrieb in ihm erwachen, von dem in ihrem Ratgeber zur Männerverführung ständig die Rede war?

Entschlossen warf Lilli ihre zerzausten Haare über die Schultern zurück, lächelte, was das Zeug hielt, und ging auf die Couch zu, um sich zwischen den beiden Männern niederzulassen. Dabei stieß sie reichlich unelegant gegen die Ecke des niedrigen Couchtischs und schüttete den Inhalt ihres Glases mit einem schrillen Aufschrei über Friedrichs Hosenbein.

»Das tut mir schrecklich Leid!« Sie wagte nicht, in Jonathans Richtung zu sehen, obwohl es ihn wahrscheinlich nicht weiter erstaunte, dass schon wieder ein Mann unter ihrer nervös bedingten Tollpatschigkeit leiden musste. Schließlich konnte er nicht ahnen, dass es allein seine Gegenwart war, die sie unweigerlich in ein Trampeltier verwandelte.

»Kein Problem«, erklärte Friedrich derweil höflich und tat seinerseits so, als würde sein zweifellos teurer Anzug jeden Tag mehrmals mit Rotwein übergossen.

»Kommen Sie rasch mit, vielleicht bekommen wir den Fleck heraus, solange er frisch ist.«

Lilli zog ihn von der Couch hoch und aus dem Zimmer. Im Flur begegneten sie Tante Adelheid, die ein großes Tablett mit Teegeschirr vor sich her trug. Nachdem nur mit knapper Not verhindert worden war, dass Lilli mit Schwung gegen das Tablett rannte und sämtliche Anwesenden in Melissentee badete, erkundigte Adelheid sich mit strenger Miene: »Wo willst du denn mit dem jungen Mann hin, Lilli?«

»Ins Bad«, erklärte Lilli wortkarg.

»Wieso willst du mit ihm auch ins Bad? Ich dachte, es ist der andere!«

Auf dem Tablett klirrte leise das Geschirr, so sehr nahm die unübersichtliche Situation und das ungewohnte Verhalten ihrer Nichte die pflichtbewusste Tante mit. Verwirrt sah Adelheid sich zwei Männern gegenüber, die um Lilli herumscharwenzelten und mit denen sie abwechselnd im Bad verschwand.

»Das mit dem bisschen Rotwein ist wirklich nicht so schlimm«, mischte Friedrich sich an dieser Stelle ein. »Ich bringe den Anzug morgen einfach zur Reinigung.«

»Nein, nein, wir müssen das jetzt machen, sonst geht der Fleck nicht raus.« Fast mit Gewalt zerrte Lilli ihn weiter den Flur entlang.

»Der Tee wird kalt!«, rief Adelheid ihnen hilflos hinterher.

»Wir sind gleich wieder da.« Lilli hatte Friedrich schon fast im Bad und warf schwungvoll die Tür hinter sich ins Schloss. Plötzlich hatte sie nämlich erkannt, dass der Zwischenfall mit dem Rotwein zwar bedauerlich war, ihr aber durchaus eine Chance bot, die sie zu nutzen gedachte.

Als sie vorsichtshalber den Schlüssel in der Badezimmertür von innen umdrehte, sah Friedrich sich mit bleichem Gesicht nach einem anderen Fluchtweg um, da er scheinbar nicht wusste, ob er in Gesellschaft dieser vom Rotwein berauschten, verwirrt wirkenden Frau um seine Moral oder gar seine Gesundheit fürchten musste.

Vorerst beschränkte Lilli sich allerdings darauf, mit einem feuchten Waschlappen an dem Rotweinfleck über seinem linken Knie herumzureiben.

»Zum Glück ist die Hose dunkel, da ist es nicht so schlimm«, beruhigte sie sich selbst, nachdem sie die betreffende Stelle gründlich durchnässt hatte, und warf das Tuch ins Waschbecken.

»Ich habe eine Bitte an dich«, wandte sie sich dann entschieden an Friedrich. Ihre Anliegen erforderte, dass sie unverzüglich zum Du übergingen.

»Ja?« Unauffällig zog er sich ein wenig in Richtung Badewanne zurück.

»Es geht um Jonathan.«

»Ja.« Heimlich atmete Friedrich auf.

»Ich bin in ihn verliebt, aber irgendwie passieren dauernd Dinge, die verhindern, dass wir zusammenkommen. Vielleicht bin ich auch nicht sein Typ. Aber ich will ihn.« Aus irgendeinem Grund machte es der sonst so zurückhaltenden Lilli nicht das Geringste aus, diesem fremden Mann gegenüber ihr Liebesproblem auszubreiten. Was wohl zum Teil am Rotwein lag, vielleicht aber auch daran, dass er so ganz anders als Jonathan war und sie sich niemals in ihn hätte verlieben können.

»Eine schwierige Situation«, ließ Friedrich zurückhaltend verlauten und fragte sich ganz offensichtlich und mit stark gekräuselter Stirn, was all das mit ihm zu tun hatte.

»Es könnte vielleicht helfen, wenn er ein bisschen eifersüchtig wäre. Wenn er sozusagen vorgeführt bekäme, dass ich nicht irgendein süßes, harmloses, tollpatschiges kleines Mädchen bin, sondern eine umschwärmte Frau.« Lilli atmete tief durch, warf einen Blick in den Spiegel, zuckte zurück, weil das, was ihr von dort entgegenstarrte, alles andere als eine kühle Verführerin war, griff nach einer Bürste und sah Friedrich auffordernd an.

»Du möchtest ihn mit mir eifersüchtig machen?« Entkräftet ließ er sich auf den Badewannenrand sinken.

Lilli bürstete und nickte.

»Das wird ein bisschen schwierig«, wagte Friedrich nach einer Kunstpause zu bemerken, da Lilli offenbar die Angelegenheit als beschlossene Sache ansah.

»Warum?«

»Weil ich nicht gerade geübt darin bin, mit Frauen zu flirten.«

Nur für einen kurzen Moment ließ sich Lilli von dieser Mitteilung den Schwung nehmen. Dann zuckte sie die Achseln.

»Es kann ja nicht so schwierig sein, ein bisschen zu gucken und zu lächeln und so.«

»Aber ich ...«

»Guck mal ein bisschen schwärmerisch«, forderte Lilli ihn energisch auf. Bisher hatte sie nicht gewusst, dass sie ein Ziel so hartnäckig verfolgen konnte, aber mittlerweile war sie berauscht von dem Gefühl, für das, was ihr am Herzen lag, etwas zu tun und nicht immer nur davon zu träumen.

Der Blick, den Friedrich ihr zuwarf, lag irgendwo zwischen ausgesetztem Hund und schuldbewusstem Kind.

»Na ja. Vielleicht noch ein bisschen leidenschaftlicher. Etwa so.« Sie blinzelte ihm unter halb gesenkten Wimpern zu.

»Ich weiß nicht. Das sieht eher aus, als hättest du was ins Auge bekommen«, mäkelte Friedrich.

»Dann müssen wir uns eben küssen!«, beschloss Lilli tatkräftig und mit einem Gesicht, das deutlich machte, sie würde notfalls über Leichen gehen.

»Nein!« Seine entsetzte Stimme hallte von den Fliesen wider.

»So schlimm ist es nun auch wieder nicht, mich zu küssen!« Lilli war beleidigt.

»Versteh mich nicht falsch. Du bist eine wirklich hübsche, nette Frau«, setzte Friedrich an, doch sie unterbrach ihn mit einer entschlossenen Handbewegung.

»Wir dürfen nicht so lange theoretisch darüber debattieren, das verunsichert uns nur beide! Lass uns einfach ins Wohnzimmer gehen und es tun.«

»Was tun?« Jetzt sah Friedrich noch verschreckter aus als ohnehin schon.

»Flirten!« Lilli schloss die Tür auf und zerrte Friedrich hinter sich her den Flur entlang in Richtung Wohnzimmer.

XII

Während Lilli und Friedrich ihren kleinen Ausflug ins Bad machten, hatte Jonathan schon fast die zweite Tasse Melissentee geleert, fühlte sich aber nicht entspannt, sondern im Gegenteil ziemlich unruhig, was daran liegen mochte, dass Adelheid ihm einen nunmehr bereits zehn Minuten dauernden Vortrag über die Moralvorstellungen hielt, die zu ihrer Jugendzeit geherrscht hatten.

»Ich will nicht sagen, dass sich die Zeiten mittlerweile nicht geändert haben, aber damals sparte sich ein Mädchen für die Ehe auf«, erklärte sie ihm gerade nachdrücklich.

»Sicher«, stimmte er brav zu und nahm vor lauter Verzweiflung noch einen großen Schluck aus seiner Tasse, da sie sein Weinglas, an dem er sich sonst hätte festhalten können, unerreichbar für ihn aufs Fensterbrett gestellt hatte, nicht ohne zuvor die Kamelie, die dort stand, mit dem restlichen Rotwein zu begießen. Erstaunlicherweise schmeckte der Tee nicht einmal schlecht.

»Und auch Männer hielten sich zurück und achteten die Frauen in ihrer Umgebung. Das waren noch Kavaliere. Verspürte ein Mann ein, äh, ein Bedürfnis, ging er notfalls in ein Freudenhaus.«

»Ein Freudenhaus?« An dieser Stelle verschluckte Jonathan sich an seinem Tee und konnte nur mit Mühe verhindern, dass ihm die Tasse aus der Hand fiel. Erwartete diese Frau etwa von ihm, dass er sich schnurstracks auf den Weg in ein Bordell machte, nur für den Fall, dass ihn irgendwelche Bedürfnisse überkamen?

»Glauben Sie mir, ich hatte nicht vor, Ihre Nichte, äh ...«

In diesem Moment erlöste ihn das Läuten seines Handys. Erleichtert zog er das kleine Telefon aus der Hosentasche und meldete sich. Am anderen Ende der Leitung verlangte jemand in barschem Ton, Daniel zu sprechen.

»Natürlich helfe ich dir, den Kühlschrank nach oben zu tragen«, erwiderte Jonathan freundlich.

»Daniel«, brüllte sein unbekannter Gesprächspartner. »Wo is'n der blöde Kerl?«

»Nein, nein, es macht mir nichts aus, jetzt gleich vorbeizukommen. Schließlich kann der Kühlschrank nicht die ganze Nacht auf der Straße stehen.« Jonathan überschlug sich unter Adelheids kritischen Augen geradezu vor Hilfsbereitschaft.

»Was? Mein Kühlschrank steht auf der Straße?« Der Mann, den es nach Daniel verlangte, war mittlerweile leicht irritiert.

»Ja. In zehn Minuten bin ich da.«

»Aber du bist doch nicht Daniel.«

»Doch, doch, das ist kein Problem.« Beim Telefonieren lächelte Jonathan Adelheid freundlich zu.

»Verstehe ich nicht. Entweder du bist Daniel oder nicht.«

»Dann bis gleich.« Er drückte die Unterbrechungstaste und schob mit einer bedauernden Geste das Handy zurück in die Tasche, während sich irgendwo in Deutschland ein Mann wunderte, wer da die Absicht hatte, in zehn Minuten bei ihm aufzutauchen, um einen Kühlschrank auf die Straße zu stellen.

»Leider, leider muss ich jetzt gehen.« Jonathan sprang auf. »Vielen Dank für den Tee. Ich werde heute sicher herrlich schlafen.«

»Und träumen«, ergänzte Adelheid eifrig. Mittlerweile gefiel ihr dieser junge Mann trotz seines leicht gewöhnungsbedürftigen Äußeren gar nicht mehr so schlecht. »Wenn ich Melissentee trinke, habe ich immer ganz wunderbare Träume.«

»Darüber würde ich mich besonders freuen.« Höflich reichte Jonathan ihr die Hand und eilte zur Tür. »Grüßen Sie bitte Ihre Nichte und sagen Sie ihr vielen Dank für den schönen Abend.«

Letztere Bemerkung machte Adelheid ein wenig misstrauisch, aber sie nickte dennoch freundlich.

Im Flur kamen ihm Lilli und Friedrich entgegen. Sie mit glänzenden Augen und hektisch geröteten Wangen, er eher blass.

»Du willst schon weg?« Ein wenig von dem Glanz wich aus Lillis Augen.

»Tut mir Leid. Ein Anruf. Ich werde … äh … gebraucht.« Jonathan wischte mit einer unruhigen Bewegung durch die

Luft, als sei er sich nicht ganz sicher, ob da tatsächlich jemand angerufen hatte und er wirklich gehen wollte.

Lilli biss sich auf die Lippen und wandte den Blick ab. Nur eine Frau konnte um diese Zeit bei ihm anrufen und ihm erklären, dass sie ihn brauchte. Ihr Herz, das eben noch kleine, aufgeregte Sprünge gemacht hatte, pochte plötzlich schwer und dumpf. Sie war bereit gewesen zu kämpfen, aber sie hatte nicht bedacht, dass die Konkurrenz unüberschaubar groß sein könnte. Zu groß für eine Frau, die alles, was sie über derartige Kämpfe wusste, erst vor wenigen Tagen aus einem Buch gelernt hatte.

Außerdem nahm sie es ihm übel, dass er sich sogar hier, in ihrem Haus, von irgendwelchen Frauen anrufen ließ.

»Es war ein schöner Abend, Lilli«, sagte Jonathan lächelnd und strich gedankenverloren über den angesengten Ärmel seines T-Shirts. »Sehen wir uns bald mal wieder?«

»Mal sehen. In den nächsten Wochen habe ich sehr wenig Zeit. Viele Termine und Verabredungen und so.« Sie verzog keine Miene, während sie ihre Finger zwischen seine schob und rasch wieder zurückzog. »Auf jeden Fall danke ich dir für deine Hilfe.«

Ihr Blick wanderte automatisch zur Tür, die hinunter in den Keller führte, obwohl sie gar nicht an das denken wollte, was dort unten passiert war.

»Dir auch noch mal vielen Dank für deine Hilfe. Die Brandsalbe hat gut getan.« Er lächelte, und sie verbot sich selber jede Reaktion, obwohl da immer noch ein winziger Rest des sanften Schauers war, mit dem sie nun schon gewohnheitsmäßig reagierte, wenn er die Mundwinkel hochzog und gekonnt ein leichtes Funkeln in seine Augen legte. Was zweifellos zu seinen erprobten Verführungsmethoden gehörte.

»Kein Problem!« Sie machte eine wegwerfende Handbewegung, um zu zeigen, wie unwichtig die Tatsache für sie war, dass sie ihm den Rücken eingecremt hatte. Und dass sie ihn hier und da ein bisschen geküsst hatte – was bedeutete so etwas heutzutage schon?

Sie lehnte sich schwer an die Schulter des neben ihr stehenden Friedrich, um Jonathan gleich an Ort und Stelle klarzumachen, dass es noch andere Männer gab, deren körperliche Nähe sie genoss.

»Wir könnten noch einen kleinen Mondscheinspaziergang machen«, gurrte sie dabei in Friedrichs Ohr, ohne die Stimme zu senken.

Als sie sah, dass Jonathan überrascht die Augen zusammenkniff, wäre sie am liebsten triumphierend in die Luft gesprungen, was vielleicht ein wenig gegen die Traurigkeit geholfen hätte, die sie wie ein schmerzhaftes Ziehen in ihrem ganzen Körper fühlte. Entschlossen legte sie die Arme um Friedrichs Hals und drückte ihm einen Kuss auf die Lippen.

Nachdem sie fand, dass sie ausreichend lange mit ihrem Mund auf Friedrichs verharrt hatte, der so offensichtlich die Luft anhielt, dass sie ohnehin befürchten musste, er würde demnächst in Ohnmacht fallen, ließ Lilli von ihm ab und warf Jonathan einen prüfenden Blick zu. Dieser grinste sie an.

»Mach dir nichts draus«, wandte er sich dann an Friedrich. »Sie ist momentan etwas verwirrt, scheint mir.«

»Was soll das heißen?« Wie konnte dieser entsetzlich arrogante Typ es einfach als Verwirrung abtun, wenn sie einen anderen Mann küsste!

Jonathan zuckte die Achseln und öffnete die Haustür. »Frag ihn! Außerdem bist du wirklich süß, wenn du versuchst, mich eifersüchtig zu machen. Aber das ist so ein altes Spielchen. Wir sollten bei Gelegenheit mal darüber reden, ob es nicht einfacher ist, ehrlich zu sagen, was man fühlt und was man sich wünscht.«

»Was bildest du dir eigentlich ein!« Vor Scham und Wut bekam Lilli kaum noch Luft. »Ich wünsche und fühle im Zusammenhang mit dir rein gar nichts. Geh du nur zu deiner hilfsbedürftigen Freundin. Einer von deinen hilfsbedürftigen Freundinnen.«

Jonathan sah sie lange an, bevor er antwortete. »Ich habe nicht gesagt, dass es sich um eine Frau handelt. Außerdem hast du mich doch heute Abend auch angerufen und um Hilfe gebeten.« Er öffnete die Haustür, hob zum Abschied noch einmal die Hand, trat hinaus in die Nacht und zog die Tür sanft hinter sich ins Schloss.

»Dieser furchtbare …« Lilli wollte einfach keine passende Bezeichnung für Jonathan einfallen, zumal sie immer noch gegen die Tränen kämpfte.

»Du bist in ihn verliebt, das ist alles«, stellte Friedrich ruhig fest. »Ihr solltet wirklich darüber reden.«

»Wieso sollte ich mit ihm darüber reden, wenn er solche Dinge sowieso nicht ernst nimmt? Es gibt Heerscharen von Frauen, mit denen er herumknutscht. Du hast doch gehört, dass er jetzt unterwegs zur Nächsten ist.« Sie wischte sich mit dem Handrücken über die Augen und starrte wütend die Haustür an.

»Er hat nichts dergleichen gesagt, nur, dass jemand seine Hilfe braucht.«

»Als ob das eine Rolle spielt!« Es gelang ihr relativ überzeugend, ein verächtliches Schnauben zu produzieren.

»Woher wusste er eigentlich, dass der Kuss nicht echt war?«, wandte sie sich nach einer kurzen Pause an Friedrich. »War ich so schlecht?«

Er zog leicht die Schultern hoch. »Ich weiß nicht. Wahrscheinlich hat er gemerkt, dass ich schwul bin.«

Lilli öffnete den Mund, schloss ihn wieder und gab es endgültig auf. Zumal an diesem Abend offenbar kein Fettnäpfchen vor ihr sicher war.

»Aber wieso hast du denn dann Carlotta deinen Eltern als Freundin vorgeführt?«, gelang es ihr schließlich doch zu stammeln.

»Das ist ja der eigentliche Grund, weshalb ich Carlotta engagiert habe. Meine Eltern wissen nichts von meiner, äh, sexuellen Orientierung.«

»Aber Carlotta auch nicht!«

»Tatsächlich nicht?« Er machte große Augen. »Ich dachte eigentlich, das liegt auf der Hand.«

»Ich habe es auch nicht gemerkt.« Lilli starrte ihn anklagend an. »Wieso wusste Jonathan es dann?«

Friedrich lächelte. »Ich finde ihn ziemlich attraktiv, obwohl mir klar ist, dass ich bei ihm nicht die geringste Chance habe. Er hat wahrscheinlich registriert, wie ich ihn angesehen habe.«

»Was mich betrifft, kannst du ihn haben!«

»Ich fürchte, da hat er auch noch ein Wörtchen mitzusprechen.« Lächelnd öffnete Friedrich die Tür.

»Tut mir Leid wegen des Kusses.« Lilli reichte ihm die Hand.

»Kein Problem. So schlimm war es wirklich nicht«, erwiderte er mit vertraulich gesenkter Stimme.

Nachdem Lilli die Haustür hinter Friedrich geschlossen hatte, stand sie einfach nur da, starrte ein Loch in die Luft und bemühte sich vergeblich, nicht an die verschiedenen Peinlichkeiten der vergangenen zwei Stunden zu denken. Erst als Adelheid neben ihr auftauchte, löste Lilli den Blick von der Deckenlampe, die sie unverwandt angesehen hatte.

»Weißt du, Lilli, dieser Jonathan von gegenüber wirkt zwar ein wenig verkommen, aber ich glaube, er hat ein gutes Herz. Wenn du dich also in ihn verliebt hast, solltest du vielleicht über sein Äußeres hinwegsehen. Das lässt sich ja ändern, wenn du dich ein wenig um ihn kümmerst. Der andere junge Mann dagegen ... Ich gebe zu, dass er auf den ersten Blick attraktiver ist, aber eigentlich gehört er ja wohl deiner Schwester und ...«

Mit einem Seufzer, der schon fast ein Aufschrei war, unterbrach Lilli die Rede der Tante. »Tante Adelheid ... Ich meine, Heidi, mach dir keine Gedanken. Ich interessiere mich für beide Männer nicht die Spur. Jonathan ist ein Nachbar, und Friedrich ist ... Egal ...«

»Schlaf erst mal drüber.« Mit einem verständnisvollen Lächeln strich Adelheid ihrer Nichte über den Arm und zog sich dann ins Gästezimmer zurück.

Lilli dagegen machte sich auf die Suche nach einer weiteren Flasche Wein. Ab morgen würde sie dem Leben wieder nüchtern ins Auge sehen, aber heute schien ihr das noch nicht möglich.

Als Carlotta gegen zwei Uhr morgens von ihrem Dienst im *Susanna's* heimkehrte, fand sie Lilli auf der Wohnzimmercouch liegend, im Arm eine fast leere Rotweinflasche.

Vorsichtig berührte Carlotta ihre Schwester am Arm und flüsterte ihren Namen. Lilli schreckte hoch und starrte einen Moment verwirrt um sich, erkannte Carlotta und ließ sich stöhnend zurück auf das zerknautschte Sofakissen fallen.

»Ist alles in Ordnung?«, erkundigte Carlotta sich besorgt.

»Gar nichts ist in Ordnung! Du hast ganz Recht mit den Männern. Ich suche mir immer die falschen aus, und bei denen mache ich dann auch noch alles verkehrt. Ganz egal, wie ich es anstelle und was ich mache, es endet in einer Katastrophe.«

Als wolle sie ihre Aussage bekräftigen, lockerte Lilli ihren Griff um den Hals der Rotweinflasche, die daraufhin zur Seite rollte und einen roten Fleck auf ihrer Bluse hinterließ, genau dort, wo ihr Herz war.

Sofort hatte Carlotta ein schlechtes Gewissen, weil sie mal wieder versucht hatte, sich in Lillis Leben einzumischen. »Ist es wegen Friedrich?«, erkundigte sie sich schuldbewusst.

»Wer redet denn von Friedrich?« Mühsam rappelte Lilli sich von der Couch hoch. »Der ist sowieso schwul.«

»Schwul?« Carlotta ließ sich an Lillis Stelle in die Polster sinken.

»Kein Problem! Immerhin hat er mir einen sehr eindrucksvollen Abschiedskuss gegeben, auch wenn Jonathan uns den natürlich nicht abgekauft hat.« Während sie sich mit einer Hand am Tisch abstützte, um ihr Gleichgewicht zu finden, fuchtelte Lilli mit der anderen beschwichtigend durch die Luft. »Aber Jonathan ist sowieso einfach nur arrogant! Was denkt der sich eigentlich?«

Vor sich hin murmelnd, schlurfte Lilli zur Tür. »Obwohl ich natürlich verstehen kann, dass er nichts mehr von mir wissen will, nachdem ich sein T-Shirt in Brand gesetzt habe und Tante Adelheid ihn gezwungen hat, Melissentee zu trinken.«

Augenblicklich war Carlotta wieder auf den Füßen. »Was soll das heißen – du hast sein T-Shirt in Brand gesetzt? Was war denn hier bloß los?«

»Kein Problem! Er lebt noch. Fast würde ich sagen, leider.« Lilli machte eine wegwerfende Handbewegung und schwankte weiter in den Flur.

Am Fuß der Treppe holte Carlotta ihre Schwester ein und packte sie energisch am Arm, um ihr beim Aufstieg in ihr Schlafzimmer zu helfen.

»Jonathan war ja auch nicht freiwillig hier. Ich bin selber schuld, dass alles so gekommen ist.« Lilli blieb auf dem Treppenabsatz stehen und betrachtete gedankenverloren die Wandlampe neben sich.

»Nicht freiwillig? Wer hat ihn denn gezwungen?« Auch Carlotta inspizierte die Lampe, konnte aber nichts Auffälliges entdecken.

»Ich habe ihn gezwungen, mein Ritter zu sein. Jedenfalls habe ich es versucht.« Mit finsterem Gesicht nahm Lilli die nächsten Stufen in Angriff. »Aber das war das letzte Mal. Damit ist jetzt Schluss! Ich will den blöden Kerl überhaupt nicht haben. Der hätte sowieso alles falsch gemacht, weil er ein unsensibler Klotz ist. Ganz sicher ist er das! Mein erster Mann soll anders sein. Zartfühlend, hicks, zartfühlend und behutsam.«

»Dein erster Mann! Was meinst du denn damit?«

»Mein erster Mann eben.«

Carlotta hielt Lilli fest, bevor sie weiter die Treppen hinaufsteigen konnte. »Willst du damit sagen, du hast noch nie ...?«

»Na und?« Lilli zuckte die Achseln und machte ein hochmütiges Gesicht. »Vielleicht gehe ich sowieso ins Kloster.«

»Aber ich dachte ... Damals, als du so sehr in diesen Typen aus der Schulband verliebt warst. Da warst du siebzehn oder achtzehn. Du warst auch ein paar Mal mit ihm aus. Und dieser Künstler, der immer so komische Skulpturen gemacht hat. Mit dem hast du auch nicht?« Plötzlich wurde Carlotta bewusst, wie wenig sie ihre Schwester kannte. Lilli war in bestimmten Dingen sehr zurückhaltend und hatte nie mit Carlotta über Sex gesprochen. Dennoch war Carlotta davon ausgegangen, dass die Schwester ihre Erfahrungen gemacht hatte, ebenso wie sie selber.

»Du musst nicht vor lauter Mitleid in Tränen ausbrechen, nur weil ich noch nie mit einem Kerl im Bett war.« Lilli stupste Carlotta mit dem Zeigefinger in die Seite. »Sei doch mal ehrlich – habe ich so viel verpasst?«

Mühsam rang sich Carlotta ein Lächeln ab. »Nicht wirklich. Aber dass ich das nicht wusste ...«

»Es gab ja auch nichts zu wissen, weil eben nichts passiert ist«, stellte Lilli gnadenlos logisch fest und stützte sich schwer auf den Arm ihrer Schwester, während sie durch die offen stehende Tür in ihr Zimmer taumelte.

»Außerdem hattest du ja so Recht damit, dass ich mich immer in die falschen Männer verliebe. Sollte ich etwa mit dem Falschen ins Bett hüpfen? Dann lieber gar nicht. Es muss einer sein, der mich liebt, ohne dass ich ständig so tun muss, als sei ich supersexy und superwitzig und supermodern und superunabhängig und überhaupt super ...«

Vor ihrem Bett blieb Lilli stehen und ließ sich ohne weitere Umstände vorwärts auf die Decke fallen. Carlotta, die sie nicht rechtzeitig losließ, fiel gleich mit. Da lagen sie nun nebeneinander, die Gesichter in der geblümten Bettwäsche vergraben. Das erste Glucksen kam von Lilli, Carlotta prustete mit nur unwesentlicher Verspätung los.

»Männer! Nein, eigentlich hast du tatsächlich nichts verpasst, solange es ohnehin nicht der Richtige ist. Und wer weiß, ob es den überhaupt gibt?«, stieß Carlotta schließlich hervor und wischte sich die Lachtränen aus den Augen.

»Ich will aber, dass es ihn gibt. Ich möchte einen finden, der mich sieht und mich will und mich liebt!«

Carlotta richtete sich auf und betrachtete die Schwester, die ziemlich aufgelöst, mit wirrem Haar und gerötetem Gesicht dalag und mit verschwommenem Blick gegen die Decke sah.

»Vielleicht begegnest du ihm schon morgen«, sagte sie schließlich und war nicht besonders überzeugt von ihren Worten, denn immerhin war auch ihr mit ihren inzwischen achtundzwanzig Jahren bisher nicht ein einziger Mann begegnet, der nicht nur ihre Fassade sah, sondern auch sie mit all ihren Schwächen und Macken wahrnahm und sie dennoch wollte. Vielleicht gab es einen solchen Mann gar nicht. Wahrscheinlich waren all die Geschichten über die große Liebe nichts als Märchen. Was sie selber verkraftet hätte, aber für Lilli, ihre kleine, verträumte Schwester, nicht glauben wollte.

»Und wieso bist *du* ihm noch nie begegnet? Immerhin hattest du schon fünf Jahre länger Zeit zum Suchen als ich.«

Als Lilli ihr diese Frage stellte, zuckte Carlotta wie ertappt zusammen. Und fand sofort all ihre klaren Gedanken und realistischen Ansichten wieder. »Wer sagt denn, dass ich ihm begegnen möchte? Ich glaube, solche Dinge wie Ehe und Kinder sind nichts für mich. Und wenn man sich wirklich verliebt, dann endet es doch immer so, nicht wahr?«

Lilli rappelte sich ebenfalls hoch und sah Carlotta aus nächster Nähe ins Gesicht. »Du willst dich wirklich nicht verlieben? Niemals? Glaubst du nicht – wünschst du dir nicht, dass es passiert?«

»Ich weiß nicht. Jedenfalls nicht jetzt. Wie es aussieht, bleibt mir einiges erspart, wenn es nicht passiert. Außerdem ist das kein Thema, das man mal eben nachts um halb drei erschöpfend behandeln kann.« Mit dem Handrücken strich Carlotta sich ein paar Haarsträhnen aus dem Gesicht und sprang dann auf die Füße.

»Du solltest versuchen, noch ein bisschen zu schlafen, wenn du morgen einigermaßen fit für die Arbeit sein willst.«

»Ich habe ja Gleitzeit«, murmelte Lilli, den Blick immer noch verträumt an die Decke geheftet. Übergangslos fielen ihr die Augen zu, und als Carlotta auf Zehenspitzen das Zimmer verließ, schlief ihre Schwester bereits.

XIII

Obwohl sie nach dem Spätdienst im *Susanna's* immer sehr müde war, war Carlotta in dieser Nacht nicht zur Ruhe gekommen, als sie endlich in ihrem Bett lag. Ihre Gedanken, die sie sonst so gut unter Kontrolle hatte, wirbelten nach ihrer Unterhaltung mit Lilli wie in einem Kaleidoskop durcheinander. Plötzlich wusste sie nicht mehr, ob sie ihr Leben wirklich so gut im Griff hatte, wie sie es sich einbildete. Schließlich war sie nie diejenige gewesen, die gelitten und geweint hatte. Sie hatte immer genau gewusst, welchen Schritt sie als Nächstes tun wollte und was ihr Ziel war. Für Gefühle war Lilli zuständig gewesen. Lilli hatte die Eltern beweint, und Carlotta hatte sie getröstet. Lilli hatte sich himmelhochjauchzend verliebt, und Carlotta hatte versucht, sie auf die Realitäten aufmerksam zu machen und zurück auf den Boden der Tatsachen zu holen. Und wenn die angehimmelten Männer es mal wieder geschafft hatten, Lilli zu verletzen, hatte Carlotta ihre jüngere Schwester getröstet. Wie hätte sie selber sich da ebenfalls Gefühlsüberschwang und Traurigkeit erlauben können?

Und nun? Wieso machte es sie so nachdenklich, dass Lilli sie nun auch gefragt hatte, ob sie sich denn wirklich nicht verlieben wolle? Eigentlich hatte sie sich ja nie direkt gegen die Liebe entschieden. Schließlich hatte es den einen oder anderen Mann in ihrem Leben gegeben. Männer, die sie gerade eben so sehr gemocht hatte, dass ihre Gefühle sie nicht durcheinander brachten. Weil sie einen klaren Kopf brauchte. Für ihre Jobs, ihre Schauspielkarriere und für Lilli – die so sehr an ihre Träume glaubte, dass sie immer noch auf den Ersten, den Richtigen wartete, was bei Carlotta gleichzeitig ein warmes Gefühl und Traurigkeit auslöste.

Oder war ihre Sorge um die Schwester und ihr Abtauchen in ihr kompliziertes Arbeitsleben nur eine Ausrede, hinter der sie sich versteckte, weil es bequemer war und weil sie auf diese Weise Schmerz vermied? Bedeutete das nicht aber auch, das Glück zu vermeiden?

Carlotta war nicht unglücklich. Sie liebte ihren Job im *Susanna's*, noch wichtiger war ihr die Spannung, die ihre kleinen Auftritte am Theater und in der Werbung oder gelegentliche winzige Rollen in Film und Fernsehen mit sich brachten. Nie hätte sie damit zufrieden sein können, wie Lilli jeden Morgen ins Büro zu gehen. Und doch passierte es gerade in letzter Zeit immer häufiger, dass sie sich fragte, wie es sich wohl anfühlte, sich wie Lilli in dem Gefühl für einen Mann völlig zu verlieren, auch wenn es der falsche Mann war und es vielleicht ein paar Tage später schon vorbei war und sie in ein tiefes Loch fiel.

Am erstaunlichsten aber war, dass Lilli trotz all ihrer Enttäuschungen immer noch daran glaubte, dass es den Traummann gab. Und im Grunde tat sie, Carlotta, das doch auch. Wie hätte sie sonst beschließen können, den richtigen Mann für Lilli zu suchen, einen, mit dem ihre Schwester endlich glücklich werden konnte?

An dieser Stelle gerieten Carlottas Gedanken immer wieder ins Trudeln. Wieso glaubte sie, für Lilli einen passenden Mann finden zu können, schloss das aber für sich selber aus? Weil sie zu feige war?

Als vor ihrem Fenster bereits die ersten Vögel inbrünstig ihr Frühlingslied sangen, war Carlotta endlich erschöpft eingeschlafen. Ihre Träume waren ebenso wirr wie ihre Gedanken. In einem davon sah sie einen riesigen Baum, an dessen Ästen Männer wuchsen. Große und kleine, alte und junge, blonde, dunkelhaarige und glatzköpfige Männer. Eine Stimme aus dem Off forderte sie auf, einen davon auszuwählen.

»Aber ich weiß nicht, welchen ich nehmen soll!«, jammerte sie in ihrem Traum. »Es sind so viele, und ich kenne keinen von ihnen. Der Richtige ist sowieso nicht dabei.«

»Du musst deinem Gefühl vertrauen«, befahl ihr die Stimme.

Dann hielt sie plötzlich einen überdimensionalen Korb in den Händen.

»Pflück ihn!«, donnerte es von oben auf sie herab.

Wieder wollte Carlotta protestieren, aber sosehr sie sich auch bemühte, es kam kein Wort über ihre Lippen. Dafür wurde die Stimme immer lauter und energischer. »Pflück ihn!«

Also ging Carlotta um den Baum herum und betrachtete die Männer zwischen den grünen Blättern. Einige starrten sie finster an, andere streckten ihr die Hände entgegen oder lächelten ihr verführerisch zu. Plötzlich sah sie ziemlich weit oben im Geäst ein paar lange Beine. Der Rest des Mannes steckte zwischen den Zweigen, sein Oberkörper war für sie unsichtbar auf der anderen Seite des dicken Stammes.

»Den da will ich!«, stieß sie entschlossen hervor. Plötzlich war ihre Stimme wieder da.

»Der ist noch nicht reif für die Ernte«, erwiderte die Stimme ungeduldig. »Du kannst ihn doch gar nicht sehen, wie willst du ihn da auswählen?«

»Ich will aber den!«, beharrte Carlotta. »Ich brauche eine Leiter.«

»Es gibt hier keine Leitern.«

Diese entschiedene Aussage machte Carlotta wütend. Eigentlich wollte sie keinen der Männer pflücken, aber wenn es denn sein musste, würde sie sich bei der Auswahl keinesfalls Vorschriften machen lassen. Sie stülpte den großen Korb verkehrt herum ins Gras, stieg darauf, um den untersten Ast zu erreichen, und hangelte sich von dort aus zum nächsthöheren und immer weiter nach oben. Endlich hatte sie die Füße erreicht, die aus den ausgewaschenen Jeansbeinen herauswuchsen und in Joggingschuhen steckten. Sie streckte eine Hand aus und zerrte am linken Hosenbein. Nichts geschah. Sie zog heftiger. Diesmal knackte es laut, und der Mann stürzte zwischen den Ästen hindurch an ihr vorbei. Sie beugte sich vor, um zu sehen, was sie da geerntet hatte, doch dort unten war nichts. Dann krachte es noch einmal, eine Alarmglocke schrillte, und sie stürzte in die Tiefe. Tiefer und tiefer.

Als Carlotta in ihrem Bett hochfuhr, wurde ihr klar, dass das Schrillen, das sie in ihrem Traum beim Absturz gehört hatte, das Läuten des Telefons war. Sie kniff die Augen gegen das helle Licht zu, das durch den nicht völlig geschlossenen Vorhang ins Zimmer fiel, tastete nach dem Apparat und murmelte verschlafen ihren Namen in den Hörer.

»Guten Morgen, Frau Merian! Hier Wolf. Ich hoffe, ich rufe nicht zu früh an.«

Es dauerte einen Moment, bis es Carlotta gelang, sich hochzurappeln und aufrecht in die Kissen zu setzen.

»Nein, nein, Sie haben mich nicht geweckt«, behauptete sie kühn und schon fast munter. »Es ist ja schon ...«

Zwischen Zeitschriften, aufgeschlagenen Büchern, mehreren leeren Gläsern und einem Haufen raschelnder Bonbonpapiere hielt sie Ausschau nach ihrem Wecker.

»Es ist schon nach zehn!«, stellte sie entsetzt fest, als sie endlich fündig geworden war. Der Wecker krachte zu Boden, ein Dutzend bunter Bonbonpapierchen flatterte hinterher, und Carlotta fiel wieder rückwärts in die Kissen.

»Ich habe Sie doch geweckt! Das tut mir Leid.«

»Nein. Also, doch, aber das ist gut so. Ich habe keine Ahnung, warum ich so lange geschlafen habe. Ich hatte zwar gestern Spätdienst, aber normalerweise bin ich spätestens um neun munter.« Auf keinen Fall würde sie ihm erzählen, dass sie die Nacht damit verbracht hatte, über die Liebe zu philosophieren. »Jetzt muss ich aber wohl meinen Terminkalender suchen, denn Sie rufen sicher an, um endlich einen Termin zu vereinbaren.«

»Nicht direkt. Es ist mir alles schrecklich peinlich, aber ...«

»Können wir immer noch keinen Termin machen? Frisst Ihr elektronisches Notizbuch wieder Einträge?« Carlotta kicherte und klopfte ihr Kissen zurecht.

»Nein!«, protestierte er beleidigt. »Das habe ich komplett im Griff. Das heißt – gestern fing das Ding plötzlich an, ungefähr einmal in der Stunde Alarm zu schlagen, und ich habe bis jetzt keine Ahnung, was es mir damit klarmachen will, aber sonst ... Ich komme damit zurecht.«

»Das ist schön.« Zwischen den knisternden Papierchen tastete Carlotta nach einem übrig gebliebenen Schoko-Karamell-Bonbon, fand tatsächlich eines, wickelte es geschickt mit einer Hand aus und schob es sich als vorläufigen Ersatz für ihr bereits überfälliges Frühstück zwischen die Lippen.

»Dann könn' wir ja vielleicht doch ein' Termin mach'n«, nuschelte sie mit vollem Mund. Wie durch ein Wunder hatte sie nämlich ihren eigenen Terminkalender erspäht. Er bildete die Unterlage für ein noch halb volles Wasserglas, das seit einigen Tagen auf dem Tischchen neben ihrem Bett stand.

»Eigentlich rufe ich an, um zu fragen ... Ich komme mir Ihnen gegenüber mittlerweile sehr unprofessionell vor, das müssen Sie mir glauben ...«

»Hat Tiffany Ihre Zeichnungen gefressen? Oder den ganzen Computer?«, erkundigte Carlotta sich heiter, nachdem sie den weichen Karamellkern ihres Bonbons in der Backentasche verstaut hatte.

»Nein! Tiffany ist neuerdings richtig brav. Seit ich beschlossen habe, sie tatsächlich bei mir zu behalten. Seitdem heißt sie auch nicht mehr Tiffany.«

Carlotta war enttäuscht. »Wieso nicht? Das war so ein hübscher und besonderer Name!«

»Ja. Ich mochte ihn eigentlich auch. Aber jetzt habe ich beschlossen, mich auf diesen Hund einzulassen, und der Name passt einfach nicht mehr.«

Carlotta schnappte nach Luft. Die Erkenntnis, weshalb ihr Architekt die Hündin, die ihm zugelaufen war, Tiffany genannt hatte, war ganz plötzlich da.

»*Frühstück bei Tiffany*!«, quietschte sie begeistert. »Mein Lieblingsfilm. Wieso bin ich nicht früher darauf gekommen?«

Überraschtes Schweigen am anderen Ende der Leitung.

»Habe ich Recht?« Vor lauter Begeisterung fiel Carlotta fast aus dem Bett, beschränkte sich aber letztendlich darauf, ein paar Bonbonpapiere wie Konfetti in die Luft zu werfen.

»*Frühstück bei Tiffany* ist auch mein Lieblingsfilm«, kam es zögernd zurück.

»Ich wusste es!« Carlotta fegte auch die letzten Papierchen von dem niedrigen Tischchen neben ihrem Bett. »Es gibt da diesen Kater, der Audrey Hepburn zugelaufen ist. Weil sie aber nicht einmal eine Beziehung zu einem Tier eingehen möchte und sich ohnehin nirgends und mit niemandem zu Hause fühlt, gibt sie ihm keinen Namen und nennt ihn einfach nur Kater.«

»Genau.«

»Und weil Sie eine Hündin schlecht *Hündin* taufen konnten, obwohl Sie noch nicht bereit waren, ihr ein Zuhause zu geben, haben Sie sie Tiffany genannt! Und genau deshalb musste sie jetzt einen neuen, richtigen Namen bekommen!«

Wieder blieb es einen Moment lang still am anderen Ende der Leitung, bis er etwas sagte. »Stimmt. Allerdings hätte ich nie gedacht, dass irgendjemand darauf kommt.«

»Das muss Ihnen nicht peinlich sein«, tröstete Carlotta ihn. »Es ist nun mal mein Lieblingsfilm. Am liebsten mag ich die Szene, wenn sie auf der Feuertreppe sitzt und so traurig und schön *Moon River* singt.«

»Ich finde es immer wieder irgendwie schön, wenn sie ihren Kater sucht.« Das klang ein bisschen verlegen.

»Natürlich! Das ist toll. Und wie sie vor dem Schaufenster von *Tiffany's* frühstückt. So einsam mit all diesen Diamanten.«

»Aber sie hat nichts anderes. So ist ihr Leben.«

Beide schwiegen nachdenklich.

»Ich finde es schön, dass Sie Ihrer Hündin einen anderen Namen gegeben haben«, sagte Carlotta schließlich und zog sich die Decke bis zum Kinn hoch.

»Ich auch.« Das klang immer noch ein bisschen verlegen, aber durchaus auch entschieden.

Ein friedliches Schweigen war zwischen ihnen, das klang, als würde auf beiden Seiten der Leitung gelächelt. Carlotta sprach als Erste wieder.

»Was ist nun also mit unserem Termin und vor allem mit unserem Wintergarten?«

Wolf räusperte sich umständlich. »Ich rufe nicht wegen eines Termins an, sondern um Sie sozusagen noch ein wenig zu vertrösten. Weil Sie Ihren Wintergarten ja ohnehin erst im Herbst bauen lassen wollen, ist das hoffentlich nicht problematisch. Ich habe beschlossen, dass ich die Zeit, während meine Sekretärin sich noch erholt, nutzen werde, um mein eigenes Büro zu eröffnen. Das war eigentlich erst für den August geplant, aber zurzeit herrscht bei meinem Arbeitgeber hier ohnehin etwas Flaute, sodass ich ohne weiteres früher in die Selbstständigkeit gehen könnte. Ich bin ohne Sekretärin momentan ohnehin ziemlich aufgeschmissen und könnte die Zeit nutzen, um schon jetzt nach Büroräumen zu suchen und umzuziehen. Wenn Frau Blies dann zurückkommt, kann ich mich mit ihrer Unterstützung in meinen neuen, eigenen Büroräumen gleich wieder in die Arbeit stürzen.«

Carlotta nickte verständnisvoll, obwohl er sie nicht sehen konnte. »Das ist sicher eine gute Idee.«

»Sie müssen jetzt nur entscheiden, ob Sie den Auftrag Herrn Thiel oder einem seiner anderen Angestellten überlassen möchten oder ob Sie wollen, dass ich die Sache zu Ende bringe, sobald ich mein eigenes Büro habe, was hoffentlich in spätestens vier Wochen der Fall sein wird.«

»Nein, nein, ich möchte schon gern, dass Sie das machen!« Irgendwie hatte sie sich an diesen Architekten gewöhnt, der ebenso wie sie nicht unbedingt immer alles im Griff hatte, aber doch irgendwie den Überblick bewahrte. Er war *ihr Architekt*.

Carlotta hielt ergebnislos Ausschau nach einem weiteren Karamellbonbon, weil sie Hunger hatte.

»Und Sie meinen, Sie könnten tatsächlich schon in vier Wochen in Ihrem eigenen Büro weiterarbeiten, wenn Sie bis jetzt noch nicht mal die passenden Räume gefunden haben?« Sie hängte den Kopf über die Bettkante, aber auch auf dem Fußboden zwischen den leeren Bonbonpapieren fand sie nichts gegen ihren Hunger.

»Soweit ich weiß, stehen viele Büroetagen in der Stadt leer. Ich werde eine Zeitungsanzeige aufgeben und hoffentlich schnell etwas Passendes finden, was dann auch bezugsfertig ist.«

»Hmhm, gut«, machte Carlotta und stieg aus dem Bett, um in der Küche etwas Essbares aufzutreiben und sich vor allem Kaffee zu kochen. Barfuß stieg sie mit dem Mobiltelefon in der Hand die Treppe hinunter.

»Melden Sie sich einfach, wenn Sie so weit sind«, sagte sie vorsichtshalber mit etwas erhobener Stimme, um das Knurren ihres Magens zu übertönen. »Es könnte allerdings sein, dass ich irgendwann in den nächsten Wochen verreise. Dann müssen Sie es eben ein paar Tage oder eine Woche später noch mal versuchen. Ich träume schon ewig davon, eines Morgens meine Koffer zu packen, zum Flughafen zu fahren und eine Last-Minute-Reise zu buchen. Es muss wunderbar sein, ein Ticket für einen Flug zu kaufen, der in einer Stunde startet. Vielleicht mache ich das dieses Jahr endlich mal.«

»Das hört sich gut an! Ich habe schon seit zwei Jahren keinen Urlaub mehr gemacht.« Wolf seufzte aus tiefstem Herzen.

»Dann kommen Sie doch einfach mit.« Carlotta kicherte, um klarzumachen, dass sie ihr Angebot nicht ganz ernst meinte. »Haben Sie so etwas wie Last-Minute schon mal ausprobiert?«, erkundigte sie sich dann und steckte zwei Scheiben Weißbrot in den Toaster.

»Vor ewigen Zeiten, als Student, bin ich mal mit einem Interrail-Ticket durch Europa gefahren.« Noch ein sehnsüchtiger Seufzer.

»Das ist sicher auch schön.«

»Aber mittlerweile schwierig, weil Sie mich überredet haben, eine Hündin zu adoptieren.«

»Oh.« Fast war Carlotta versucht, ein schlechtes Gewissen zu haben, aber nur fast. »Als ob Sie sich zu etwas überreden lassen würden, was Sie nicht wollen! Und noch dazu von einer wildfremden Frau am Telefon!«

»Unterschätzen Sie nicht Ihre Überzeugungskraft!«

»Unterschätzen Sie nicht Ihr Herz!«

Kurzes, verblüfftes Schweigen. »Wie meinen Sie das?«

»Sie waren in Tiffany verliebt, bevor ich überhaupt von der Existenz des Hundes wusste.« Carlotta holte Butter, Marmelade und Käse aus dem Kühlschrank.

»Ich verliebe mich nicht in Hündinnen«, kam es würdevoll zurück. »Nur weil mir das arme Tier Leid tat, müssen Sie mir nicht unterstellen, dass ich einer von diesen sentimentalen Menschen bin, die ihr Herz an streunende Hunde hängen.«

»Natürlich nicht! Das würde ich niemals tun.« Sie bemühte sich um einen ernsten Tonfall, obwohl sich ihr Mund ganz von selbst zu einem breiten Grinsen verzog.

»Irgendjemand muss sich ja um sie kümmern! Nun hat es eben mich getroffen.«

»Genau. Das sehe ich auch so.« Jetzt konnte Carlotta sich ein winziges Kichern nicht mehr verkneifen.

»Ich melde mich dann also wegen eines Termins bei Ihnen, sobald ich in mein neues Büro eingezogen bin«, wechselte Wolf hastig das Thema. »Und dann wird es klappen, das verspreche ich Ihnen.«

Nachdem sie das Gespräch mit der gegenseitigen Versicherung beendet hatten, ihren nächsten Termin auf jeden Fall sorgfältig notieren und noch sorgfältiger einhalten zu wollen, legte Carlotta das Telefon auf den Küchentisch und starrte einen Moment lang gedankenverloren in die Luft, ehe sie das geröstete Weißbrot aus dem Toaster nahm.

»Eine Anzeige«, sagte sie nachdenklich zur blubbernden Kaffeemaschine. Ihr Architekt hatte vor, eine Anzeige aufzugeben, um neue Büroräume zu finden. Über Anzeigen konnte man auch Wohnungen, Hunde oder Autos finden.

»Und Männer! Einen Mann für Lilli! Den richtigen!«

Hektisch begann Carlotta, nach einem Zettel zu suchen, um einen Anzeigentext zu entwerfen. Wie üblich dauerte es eine kleine Ewigkeit, bis sie wenigstens einen stumpfen, angekauten Bleistiftstummel fand. Lilli besaß einige sehr schöne Schreibgeräte, bewahrte diese aber sorgfältig in einem Köcher aus Plexiglas auf dem Schreibtisch in ihrem Zimmer auf und hatte ihrer Schwester strengstens verboten, die Kugelschreiber und den hübschen, vergoldeten Füller zu benutzen, weil alles, was Carlotta zum Schreiben in die Hand nahm, offenbar aufgrund eines noch nicht erforschten Naturgesetzes früher oder später spurlos verschwand.

Nachdem sie sich mit einer alten Postwurfsendung, deren Rückseite glücklicherweise nicht bedruckt war, ihrem Kaffee und ihrem Toast am Küchentisch niedergelassen hatte, kaute Carlotta ausgiebig an dem ohnehin schon ramponierten Bleistiftrest, anstatt sich ihrem Frühstück zu widmen.

Die Idee, einen passenden Mann für Lilli per Zeitungsanzeige zu suchen, fand sie zwar nach wie vor genial, stellte aber rasch fest, dass es nicht gerade einfach war, die passenden Sätze und Formulierungen zu finden, um den Richtigen zum Antworten zu bewegen.

»Zuverlässig, treu, ordentlich«, murmelte Carlotta vor sich hin, nahm einen Schluck von ihrem Kaffee und schrieb die erwünschten Eigenschaften ganz oben auf ihren Zettel.

»Häuslich, romantisch, ruhig« fiel ihr als Nächstes ein und wurde zu ihrer Liste hinzugefügt.

»Ein bisschen attraktiv muss er auch sein. Nein, er sollte wirklich gut aussehend sein, sonst passt er nicht zu Lilli.« Mit gerunzelter Stirn biss Carlotta in ihren Toast und fragte sich, ob überhaupt irgendein Mann antworten würde, wenn sie noch mehr Ansprüche stellte. Wahrscheinlich kamen dann nur Antworten von männlichen Wesen, die unter grenzenloser Selbstüberschätzung litten. Aber das musste sie riskieren.

Eine Stunde später war der Kaffee kalt und der Toast nur angeknabbert, dafür hatte der klägliche Bleistiftrest noch mehr gelitten. Aber immerhin hatte Carlotta nach mehreren Anläufen einen Anzeigentext produziert, der ihr einerseits geeignet erschien, die Vorzüge ihrer hübschen, wunderbaren kleinen Schwester dezent anzupreisen, und es gleichzeitig auch einem nicht von akutem Größenwahn befallenen Mann ermöglichte, auf die Annonce zu reagieren.

Aufatmend faltete Carlotta den bekritzelten Zettel zusammen, nahm noch rasch einen Schluck von dem kalten Kaffee, verzog den Mund und eilte nach einer Katzenwäsche in ihr Schlafzimmer, um sich anzuziehen. Hastig stieg sie in ein paar der Sachen, die in großzügiger Auswahl auf diversen Stühlen, dem Fußende ihres Bettes und dem Teppich verteilt waren. Für den Spätdienst im *Susanna's* würde sie sich ohnehin umziehen müssen.

Sie wollte den Text persönlich in der Anzeigenannahme abliefern. Wenn sie sich beeilte, schaffte sie den Anzeigenschluss um vierzehn Uhr, sodass die Annonce am kommenden Mittwoch erscheinen konnte, was sie für günstiger hielt, weil sie dann nicht in der Menge der Wochenendanzeigen untergehen würde.

Die Frau, die genau fünf Minuten vor zwei Uhr die Anzeigenannahme des *Kuriers* betrat, wirkte nach ihrer Fahrradfahrt durch den Frühlingswind erhitzt, zumal sie mit ihrem lindgrünen Baumwollpullover für das sonnige Wetter zu warm angezogen war. Ihre langen, dunklen, lockigen Haare hatte sie im Nacken mit einem roten Seidenschal zusammengebunden, der sich bereits löste, sodass ihr das Haar in die vom Wind geröteten Wangen fiel.

Der Mann, der an einem der kleinen Tische am Fenster gerade ratlos an dem Kugelschreiber kaute, der den Kunden nebst Notizzetteln zur Verfügung stand, um ihre Anzeigentexte zu formulieren, hob den Kopf, als er aus den Augenwinkeln einen lindgrünen Schatten mit dunkel wehendem Haar wahrnahm.

Sein Blick folgte der Frau in Jeans und Pullover, die zielstrebig auf den Schalter zueilte, an dem eine Dame mittleren

Alters sie mit einem strengen Blick musterte und gleich darauf beziehungsreich zur großen Wanduhr sah.

»Bin ich noch rechtzeitig?«, erkundigte sich die windzerzauste Kundin und begann, hektisch in ihren Hosentaschen zu wühlen. Dabei beförderte sie einen Schlüsselbund, einen Lippenstift, ein Portemonnaie, ein unbenutztes, aber zerknautschtes Papiertaschentuch, eine angebrochene Packung Kaugummi, zwei Kassenbons und schließlich einen mehrfach zusammengefalteten, zerknüllten Zettel zutage.

Die Dame am Anzeigenschalter beantwortete die Frage angesichts des ziellosen Vorgehens ihrer Kundin vorsichtshalber nicht, sondern wartete mit zusammengepressten Lippen ab.

Ein prüfender Blick auf die Uhr zeigte dem Mann am Tisch, dass auch er nur noch drei Minuten Zeit hatte, falls das mit dem Anzeigenschluss um 14 Uhr streng gehandhabt wurde. Er versuchte für genau fünf Sekunden, sich auf die Formulierung seines Inserats zu konzentrieren, aber sobald die Unterhaltung am Anzeigenschalter fortgesetzt wurde, konnte er nicht anders, als seine Aufmerksamkeit erneut den Vorgängen dort drüben zuzuwenden.

Wobei er nicht einmal hätte sagen können, was ihn so sehr an der Frau faszinierte, die wie ein bunter Windstoß in die Farblosigkeit der kleinen Schalterhalle geweht war. Sie war hübsch, aber nicht so auffällig attraktiv, dass sich jeder Mann nach ihr umgesehen hätte, sobald sie einen Raum betrat.

Vielleicht war es ihre Lebendigkeit, die seinen Blick wie magisch anzog. Alles an ihr war in Bewegung; jede der lockigen Haarsträhnen, die sich aus der Umschlingung des schmalen Schals gelöst hatte, wippte; ihre Füße in den Joggingschuhen suchten immer wieder einen neuen Stand, als könnte sie es kaum aushalten stillzustehen; ihre Hände mit den schmalen, nervösen Fingern spielten abwechselnd mit dem zerknüllten Zettel und den anderen Dingen, die sie auf die Ablagefläche geräumt hatte.

Er fragte sich, was es war, das sie trieb, und wohin sie aus diesem Antrieb heraus heute, morgen und übermorgen gehen würde. Welche Pläne, Wünsche und Sehnsüchte sie hatte und ob sie jemals ihr Ziel erreichen und zur Ruhe kommen würde. Und noch während er sich diese Fragen stellte, wunderte er sich, wieso ihn all dies an einer wildfremden Person interessierte. Er konnte sich nicht erinnern, jemals zuvor so magisch vom Anblick einer Frau angezogen worden zu sein. Etwas Vertrautes war an ihr, das in ihm die Sehnsucht weckte, mehr über sie zu erfahren.

Nun tauchten die Finger ihrer linken Hand tief in ihre dunkelbraunen Locken und schoben sie aus dem Gesicht, während ihre rechte den Zettel glatt strich.

»Ich möchte eine Anzeige aufgeben«, erklärte sie dabei überflüssigerweise.

»In welcher Rubrik?« Ungeduldig wandte die Frau hinter dem Schalter sich ihrem Computer zu und legte die Hände auf die Tastatur.

»Ähm ... Das weiß ich nicht so genau. Bekanntschaften, glaube ich.« Als wollte sie sich verstecken, schob sich die rechte Hand in die Gesäßtasche ihrer Jeans, kam aber sofort wieder zum Vorschein.

Der Mann an dem kleinen Tisch am Fenster beugte sich vor und lauschte angestrengt, denn die dunkel gelockte Frau hatte für ihren letzten Satz die Stimme gesenkt.

»Nun, Sie müssen schon selbst wissen, in welcher Rubrik Sie inserieren wollen«, verkündete die Schreibkraft am Schalter unfreundlich. »Wenn Sie eine Bekanntschaft machen wollen, empfiehlt sich allerdings die Rubrik Bekanntschaften.«

»Ich dachte, vielleicht käme auch Verschiedenes in Betracht.« Angesichts der wenig hilfreichen Art der Zeitungsangestellten hatte die windzerzauste Frau erneut ihre Stimme gehoben.

»Wie Sie wollen.«

»Dann nehme ich Bekanntschaften.«

Das kam laut und klar und trotzig. Im Stillen gratulierte Fabian der dunkelhaarigen Fremden.

»Bekanntschaften also.« Die Schreibkraft seufzte demonstrativ und brachte erneut ihre Finger in Position.

»Soll ich Ihnen jetzt einfach mal den Text sagen?«

»Was sonst?«

»Also ...« Noch einmal leichtes Zögern.

Fabian beugte sich so weit vor, dass er nur noch auf der äußersten Kante seines Stuhles saß. Es war nicht nur die Spannung, was für eine Anzeige die Frau dort drüben aufgeben wollte, die es ihm schwer machte, still sitzen zu bleiben. Plötzlich hatte er das seltsame Gefühl, diese Frau zu kennen, obwohl er sich andererseits sicher war, sie nie zuvor gesehen zu haben. Weil er sich dann an ihre Lebendigkeit erinnert hätte. An die Art, wie ihre linke Fußspitze immer wieder leicht über den Boden strich, während sie scheinbar still stand. An das Spiel ihrer Hände und an ihre widerspenstigen Haare, um die selbst hier drinnen ein leichter Wind zu streichen schien.

»Gesucht wird ein Mann zum Lieben, zum Lachen, zum Leben und zum Glücklichsein«, begann sie, ihren Text von dem zerknitterten Zettel vorzulesen. Plötzlich schien die Scheu von ihr abgefallen zu sein. Ihre Stimme war nicht laut, aber klar artikuliert. Entweder sie war sich nicht bewusst, dass außer ihr und der Frau hinter dem Schalter noch jemand in der kleinen Halle war, oder es interessierte sie schlichtweg nicht.

»Glücklichsein«, wiederholte die Frau von der Anzeigenannahme in missbilligendem Ton, als sei ein solches Ansinnen von vornherein als äußerst suspekt anzusehen.

»Glücklichsein«, bestätigte ihre Kundin mit einem winzigen Lachen in der Stimme.

»Er sollte ein eher ruhiger Typ sein, ordentlich, häuslich, zuverlässig, gut aussehend, romantisch und um die dreißig. Eine Frau, die ein bisschen jünger, aber ansonsten genauso ist, wartet voller Sehnsucht auf ihn.«

»Gut aussehend. Romantisch. Sehnsucht.« Die Frau hinter dem Schalter zog die Mundwinkel noch mehr herunter und schüttelte angesichts der Ansprüche, die ihre Kundin stellte, missbilligend den Kopf.

»Richtig.« Die dunklen Locken wippten optimistisch in alle Richtungen.

Wie zum Ausgleich für all den Missmut auf der anderen Seite des Schalters ließ die dunkelhaarige Frau in ihrer Stimme ein winziges Glöckchen klingeln, das auf geheimnisvolle Weise Fabians Magenwände in Schwingung versetzte.

Während die Zeitungsangestellte das Geld für die Anzeige kassierte und in grämlichem Ton erklärte, dass die Antworten auf Chiffreanzeigen zugeschickt oder abgeholt werden könnten, konzentrierte Fabian sich endlich auf den vor ihm liegenden Zettel, auf den er hastig einige Zeilen kritzelte, während er die wippenden Löckchen weiter aus den Augenwinkeln beobachtete.

Als die Anzeigenkundin mit ebenso stürmischen Schritten die Halle verließ, wie sie sie betreten hatte, erschien es Fabian für einen Moment, als hätte sie im Hinausgehen das Licht gelöscht und ihn, den sie gar nicht bemerkt hatte, in der Dämmerung zurückgelassen, obwohl die Frühlingssonne auch weiterhin durch die großen Fenster direkt neben ihm in den Raum fiel.

Da an der Tür ins Freie ein Stopper angebracht war, schloss sie sich nur sehr langsam. Und erst, als sie vollständig zu war, atmete Fabian tief durch und beeilte sich dann, ebenfalls zum Schalter zu kommen.

»Ich möchte eine Anzeige aufgeben«, sagte er energisch. »Ich suche Büroräume. Für ein Architekturbüro.«

Die Schreibkraft machte Anstalten, auf die Wanduhr zu deuten, die schon fast zehn Minuten über die volle Stunde zeigte. Als sie jedoch versehentlich in das Gesicht ihres verspäteten Kunden sah, ließ sie die Hand sinken. Sie mochte griesgrämig sein und ihre Arbeit nicht gern tun, doch als sie den Mann mit dem strahlenden Lächeln sah, neben dessen linkem Mundwinkel ein Grübchen saß, das sein Gesicht leicht asymmetrisch, aber umso männlicher erscheinen ließ, besann sie sich unvermittelt darauf, eine Frau zu sein. Sie zupfte neckisch an ihrer Dauerwelle und verzog ihre Lippen zu einem steifen, ungeübten Lächeln.

»Ich kann die Anzeige ausnahmsweise noch annehmen«, sagte sie ein wenig undeutlich, weil sie es nicht gewohnt war, bei der Arbeit zu lächeln.

»Das ist nett von Ihnen, vielen Dank.« Fabian strich sich über das Kinn, das unter der Berührung leicht raschelte, obwohl er sich wie immer morgens rasiert hatte. Dann legte er die Spitze seines Zeigefingers in die Kerbe, die ebenfalls nicht ganz symmetrisch in der Mitte seines Kinns lag. »Vielleicht können Sie mich ein wenig bei der Formulierung meiner Anzeige beraten. Ich bin mir auch nicht ganz sicher über die Rubrik, unter der sie erscheinen sollte.«

»Natürlich. Wir beraten unsere Anzeigenkunden gerne«, erinnerte sich die Angestellte an ihre Arbeitsanweisungen und lehnte sich weit vor, um ihrem attraktiven Kunden behilflich zu sein.

Fabian Wolf allerdings war nicht ganz bei der Sache, weil er nicht nur über die Merkmale nachdachte, die seine neuen Büroräume haben sollten, sondern sich gleichzeitig fragte, wieso eine Frau wie die, die eben so bunt und lebendig durch diesen Raum geeilt war, per Anzeige einen Mann suchte. Es musste doch Dutzende von Männern geben, die sich auf Anhieb und rettungslos in die tanzenden Löckchen und diese lebhaften Hände verliebten. Männer, die sich ebenso wie er vorstellten, wie es wohl war, diese schmalen Finger auf der Haut zu spüren. Und ihre Lippen zu küssen, auf die er nur einen kurzen Blick erhascht hatte, während sie leichtfüßig hinausgegangen war. Sie waren in den Winkeln optimistisch nach oben geschwungen, als würden sie immer lächeln. Und doch war da etwas Fragendes in ihren Augen gewesen. Etwas, das in ihm den Wunsch auslöste, ihre Fragen zu kennen und vielleicht ein paar Antworten mit ihr gemeinsam zu finden.

Obwohl natürlich ihre Anforderungen nicht gerade leicht zu erfüllen waren, zumindest, was ihn betraf. Häuslich und zuverlässig konnte er sein, zumindest, wenn es ihm gelang, seine Termine zu organisieren. Vielleicht sah er sogar gut aus, aber die Sache mit der Ordnung war denn doch ziemlich happig. Obwohl es nicht so schwierig sein konnte, für eine Frau, die ein derartiges Strahlen um sich verbreitete, ein bisschen aufzuräumen. Und was die Romantik betraf, hätte er es zwar öffentlich nicht einmal unter Folter zugegeben, doch in stillen Nächten spürte er schon lange den absurden Wunsch, für irgendjemanden den einen oder anderen Stern vom Himmel zu holen.

»Vielleicht sollten wir noch eine etwas genauere Beschreibung der gesuchten Büroräume hinzufügen«, schlug die Anzeigenberaterin eifrig vor.

Fabian schreckte aus seinen Gedanken hoch. »Romantisch«, sagte er spontan.

Die Frau hinter dem Schalter starrte ihn einen Moment lang verblüfft an, zupfte dann besonders ausgiebig an ihrer Dauerwelle, lächelte so gefühlvoll, wie es ihr nur möglich war, und nahm sich vor, ihn darauf hinzuweisen, dass es immer von Vorteil war, die Antworten auf Anzeigen persönlich bei ihr abzuholen.

»Romantik ist etwas Schönes.« Sie blinzelte ihm so offensichtlich zu, dass er leicht zusammenzuckte. »Aber in Bezug auf Ihre Büroräume …«

»Entschuldigen Sie. Natürlich … Ich war in Gedanken.« Sein Blick ging durch die Frau hindurch. »Meine neuen Büroräume sollten vor allem sehr hell sein, denn ich ziehe es vor, bei Tageslicht zu arbeiten. Und sie sollten zentral liegen.«

Nur mit Mühe konzentrierte er sich auf die Sätze, die die Zeitungsangestellte für ihn formulierte, zahlte den Preis für die Anzeige, sagte zu, die Antworten persönlich abzuholen, und verließ wie in Trance die Schalterhalle, nicht ahnend, dass in der kommenden Nacht eine dauergewellte Frau von ihm träumen würde, die er kaum wahrgenommen hatte, während er im Traum eine andere Frau sehen würde, die wiederum nichts davon ahnte, dass er sich spontan in ihre windzerzauste Frisur und ihren alten, grünen Baumwollpulli verliebt hatte.

XIV

Wie immer hielt Lilli sich genau an die für ihre Wohngegend vorgeschriebenen 30 Stundenkilometer, während sie ihr kleines Auto in die Straße steuerte, in der sie seit nunmehr 23 Jahren lebte. Sie hatte seit fast fünf Jahren ihren Führerschein und noch niemals ein Strafmandat erhalten. Einmal war sie von einem vorbeikommenden Polizisten freundlich ermahnt worden, weil sie den Wagen mit den Hinterrädern vor einer fremden Ausfahrt geparkt hatte, sodass der Garagenbesitzer hätte um sie herumkurven müssen. Seitdem vermied sie auch solche kleinen Nachlässigkeiten sorgfältig, weil es ihr einfach peinlich war, sich nicht an die Regeln zu halten und deswegen womöglich von Fremden getadelt zu werden.

Ihre Schwester Carlotta war da ganz anders. Carlotta besaß kein eigenes Auto, was wohl auch besser war, wie Lilli manchmal heimlich dachte. Carlotta war eine temperamentvolle Fahrerin, und wenn sie sich gelegentlich Lillis Wagen lieh, litt diese stets Höllenqualen, weil sie die grässlichsten Visionen hatte, in welchem Zustand sie ihr kleines Auto zurückbekommen würde. Obwohl es bisher nur einmal vorgekommen war, dass im glänzenden, blauen Lack hässliche Kratzer waren, weil Carlotta beim schwungvollen Einparken eine Mülltonne am Straßenrand übersehen hatte. Daraufhin hatte sie das Auto persönlich in die Werkstatt gefahren, alles geklärt und bezahlt, sodass Lilli sich in dieser Hinsicht nicht beklagen konnte.

Allerdings waren hübsche Fotos von Carlotta als Fahrerin an der Tagesordnung, wenn sie den Wagen benutzte, was sie zum Glück nicht allzu häufig tat. Auch hier regelte Carlotta alles ohne viel Aufhebens, indem sie verkündete, sie stehe zu ihren Fehlern, aber Lilli fand es dennoch peinlich, wenn ihr hübsches, kleines Auto in derartige Dinge verwickelt war.

Die meiste Zeit benutzte Carlotta ihr Fahrrad oder die Straßenbahn. Erstens hatte sie, wie sie gelegentlich erklärte, nicht die Geduld und Sorgfalt, sich um ein Auto zu kümmern, das ihr mit all seinen Anforderungen wie regelmäßigem Waschen, Innenreinigung, TÜV und Inspektion wie ein Kind vorkam. Zumindest hatte in Carlottas Augen die Art, wie Lilli ihr Auto hegte und pflegte, etwas von Kinderaufzucht. Und zweitens hätte sie noch mehr Jobs annehmen müssen und sich weniger um ihre wahre Leidenschaft, die Schauspielerei, kümmern können, wenn sie die fixen Kosten für einen Wagen hätte aufbringen müssen, den sie zudem nicht wirklich brauchte.

Lilli lenkte ihr Auto auf den Stellplatz neben dem Haus und blieb noch eine Weile hinter dem Steuer sitzen, während sie überlegte, ob sie es jetzt sofort wagen sollte, ihren Plan in die Tat umzusetzen. Dann hätte sie es hinter sich und könnte endlich für sich mit der Jonathan-Geschichte abschließen. Vielleicht war es aber auch besser zu warten, bis es völlig dunkel war. Wenn dann hinter Jonathans Fenstern kein Licht brannte, konnte sie sicher sein, dass er nicht zu Hause war – falls er sich nicht mit einer seiner Frauenbekanntschaften im Bett vergnügte. Aber Jonathan war sicher kein Typ, der beim Sex das Licht löschte. Und außerdem würde er in diesem Fall wohl ohnehin zu beschäftigt sein, um ihren kurzen Besuch vor seiner Tür zu bemerken.

Während der vergangenen achtundvierzig Stunden hatte Lilli es sich angewöhnt, in ihrem Kopfkino häufig Bilder von Jonathan in eindeutigen Situationen mit anderen Frauen ablaufen zu lassen. Dies schien ihr die sicherste Methode zu sein, ihr dummes Herz zur Vernunft zu bringen, das aus unerfindlichen Gründen immer noch ein bisschen schneller schlug, sobald sie an die wenigen Minuten dachte, in denen sie diesem Mann viel zu nahe gekommen war. Wahrscheinlich erinnerte er sich schon längst nicht mehr an die läppischen Küsse und schüchternen Berührungen zwischen ihm und seiner tölpelhaften Nachbarin.

Entschlossen stieg Lilli aus ihrem Wagen. Bevor sie die Kofferraumklappe öffnete, sah sie über das Autodach hinüber zur anderen Straßenseite. Jonathans roter Wagen war nicht zu sehen. Wahrscheinlich war er noch in der Uni oder bei einer seiner Freundinnen. Es war am vernünftigsten, diese Gelegenheit zu nutzen und die Sache hinter sich zu bringen.

Tapfer ignorierte Lilli die wilden Hüpfer ihres geplagten Herzens und zerrte die große, flache Pappschachtel aus dem Kofferraum. So schnell es ihr mit ihrer unhandlichen Last möglich war, hastete sie über die Straße und weiter zu Frau Peters' Haustür.

Es dauerte erstaunlich lange, bis Frau Peters, die sonst oft schon öffnete, bevor ihre Besucher es überhaupt schafften zu klingeln, zur Tür kam.

»Ach, Lilli.« Das klang erfreulich uninteressiert. »Ich habe gerade Besuch.«

»Tut mir Leid, dass ich störe. Ich wollte nur rasch etwas für Herrn Geibel abgeben.« Sie deutete auf den Karton, den sie neben sich abgestellt hatte.

»Ich weiß nicht, ob er da ist.« Frau Peters' Besuch musste wirklich unterhaltsam sein, denn normalerweise wusste sie von allen Bewohnern der Nachbarhäuser, ob diese zu Hause waren oder nicht, ganz zu schweigen von ihrem eigenen Mieter.

»Das macht nichts. Ich wollte das nur abgeben. Es wäre nett, wenn Sie es ihm einfach geben, sobald er Ihnen über den Weg läuft. So dringend ist es nicht.« Lilli machte Anstalten, den Karton über die Schwelle zu wuchten, um dann endlich verschwinden zu können, zumal ein älteres Automodell, das soeben vorbeigeknattert war, sie kurzzeitig in Angst und Schrecken versetzt hatte.

»Das Ding kann auf keinen Fall hier bei mir in der Diele herumstehen!« Frau Peters musterte den harmlosen Karton mit solchem Abscheu, als hätte Lilli vor, einen Misthaufen in ihr Haus zu schaffen.

»Aber Herr Geibel kommt doch bestimmt bald, dann kann er den Karton mit nach oben nehmen.«

»Ich kann meinem Besuch nicht zumuten, an irgendwelchem Verpackungsmaterial vorbeizugehen, als ob ich gerade hier eingezogen wäre.« Entschlossen trat Frau Peters Lilli und ihrem Karton in den Weg. »Was spricht dagegen, das Ding zu bringen, wenn Herr Geibel zu Hause ist?«

»Dann muss ich es erst wieder zurückschleppen.« Als ein Motorrad vorbeifuhr, zuckte Lilli erneut zusammen. »Wenn es hier nicht stehen bleiben kann, bringe ich es lieber nach oben vor Herrn Geibels Wohnungstür. Das geht doch, oder?«

»Meinetwegen. Ich habe auch wirklich keine Zeit, den ganzen Tag hier herumzustehen. Das ist sehr unhöflich meinem Gast gegenüber.« Frau Peters' Mund war nur noch ein schmaler Strich. »Achte darauf, die Haustür beim Gehen richtig zuzuziehen«, ermahnte sie Lilli und verschwand in ihrer Wohnung, während Lilli begann, ihre Last die Stufen hinaufzuschleppen.

Die Treppe war steil, und der Karton wurde mit jeder Stufe schwerer. Dennoch erlaubte sie sich nicht, langsamer zu werden oder gar eine Pause zu machen.

Atemlos erreichte sie den oberen Treppenabsatz und konnte endlich ihre verkrampften Finger von den Kanten des Kartons lösen, um ihn neben der Tür gegen die Wand zu lehnen, wo Jonathan ihn auf jeden Fall sehen würde, sobald er kam. Sie hatte schon vorher beschlossen, dass es sich erübrigte, eine Nachricht zu hinterlassen. Wenn er das Paket öffnete, würde er wissen, von wem es kam.

Gerade setzte sie den Fuß auf die oberste Stufe, um das Haus so schnell wie möglich wieder zu verlassen, als sie hörte, wie unten die Haustür geöffnet wurde. Lilli erstarrte und flehte im Stillen, dass es nicht Jonathan war, der klirrend mit einem Schlüsselbund hantierte. Obwohl ihr keine beruhigende Idee kam, wer sonst noch mit einem eigenen Schlüssel in Frau Peters' Haus ein und aus gehen könnte, außer vielleicht ihrem Sohn, von dem aber jeder in der Straße wusste, dass er für einige Zeit im Ausland lebte.

Mit angehaltenem Atem klammerte sich Lilli am Geländer fest und hörte entsetzt zu, wie rasche Schritte sich der Treppe näherten. Ihr panisch umherirrender Blick fiel auf die schmale Tür links, die offensichtlich zum Dachboden führte. Mit einem Sprung hechtete sie seitwärts, drückte die Klinke herunter und hätte vor Enttäuschung fast laut aufgeschrien, als sie feststellen musste, dass die Tür abgeschlossen war.

Da tauchte auch schon Jonathans Kopf zwischen den Stäben des Treppengeländers auf. Obwohl sie sich eng an die verschlossene Tür schmiegte, stand sie so dicht neben ihm, dass sie ihn hätte berühren können. Offenbar war er aber von dem großen, flachen Paket neben seiner Wohnungstür abgelenkt, denn er sah starr geradeaus und bemerkte die zitternde

Frau nicht, die sich vergeblich bemühte, wie eine alte Holztür auszusehen.

Bewegungslos sah Lilli zu, wie Jonathan sich über den Karton beugte und ihn von allen Seiten betrachtete.

»Hast du das hier hingestellt?«, fragte er dann über seine Schulter hinweg in ihre Richtung.

Lilli presste die Lippen aufeinander und hielt die Luft an.

»Was ist denn da drin?«

Sie schmiegte sich noch enger an die Tür und schloss die Augen.

»Ich könnte so tun, als hätte ich dich nicht bemerkt, aber das wäre irgendwie albern, findest du nicht, Lilli?« Langsam drehte er sich um und sah ihr direkt in die Augen.

»Ich bin schon beim Gehen, praktisch schon wieder weg«, stieß sie atemlos hervor und rührte sich nicht von der Stelle.

»Was ist denn nun da drin, eine Bombe?« Er zeigte auf den Karton und lächelte sie aufmunternd an.

Lilli schüttelte beleidigt den Kopf. »Ich kann auch noch andere Sachen, als immer nur alles kaputt zu machen oder abzubrennen. Zum Beispiel die Sachen ersetzen, die ich zerstört habe. Hier habe ich noch was für dich. Ich wollte dir das eigentlich in den Briefkasten stecken.«

Erleichtert, ihn nicht länger ansehen zu müssen, beugte sie sich über ihre Schultertasche und wühlte mit zitternden Händen darin herum. »Da. Das ist auch für dich.« Sie streckte den Arm aus und hielt ihm einen kleinen Plastikbeutel hin, ohne sich in seine Richtung zu bewegen.

Jonathan betrachtete sie ernst und ließ ihre Hand mit dem knisternden Beutel in der Luft hängen. »Jetzt komm erst mal rein, dann reden wir über alles.«

»Es gibt nichts zu reden. Nimm das, dann ist die ganze Sache für mich erledigt, und ich gehe.«

Endlich gelang es Lilli, einen Schritt auf ihn zu zu machen. Schwungvoll knallte sie ihm den Beutel gegen die Brust und wich sofort wieder zurück.

Obwohl er gerade mit seinem Schlüsselbund hantiert hatte, fing Jonathan die Tüte geistesgegenwärtig auf. Wieder warf er ihr einen ruhigen, prüfenden Blick zu.

»Du weißt doch genau, dass die Sache zwischen uns so schnell nicht erledigt sein wird, Lilli.«

»Ich weiß gar nichts! Und ich will auch gar nichts wissen! Außer vielleicht, ob dir das T-Shirt passt. Ich kenne deine Größe nicht. Aber ich kann es notfalls umtauschen.« Nach dem etwas unsachlichen Anfang rettete sie sich in einen kühlen Ton.

»Ich werde es gleich anprobieren. Dann kannst du selbst beurteilen, ob es passt. Obwohl es nun wirklich nicht nötig war, mir ein neues T-Shirt zu kaufen.« Jonathan öffnete seine Wohnungstür und sah sie auffordernd an.

»Es war nötig! Und ich werde nicht mit hineinkommen!«

»Sehe ich es richtig, dass in diesem Karton ein Schränkchen ist?« Jonathan tippte leicht mit der Fußspitze gegen die Pappe.

Sie hielt seinem Blick stand. »Ja. Ich habe deinen Schrank kaputt gemacht, und jetzt habe ich dir einen neuen gekauft. Das ist doch wohl ganz normal!«

»Obwohl ich dir gesagt habe, dass ich das Schränkchen sowieso nicht gebraucht habe?«

»Das tut nichts zur Sache!« Lilli presste die Lippen aufeinander. Ihre Augen brannten, so anstrengend war es, ihn anzusehen, ohne seinem Blick auszuweichen. Aber sie hielt durch.

»Das Ding in der Schachtel ist aber noch nicht zusammengebaut, nicht wahr?« In Jonathans Augen lag plötzlich ein Funkeln, das vorher nicht da gewesen war.

»Solche Sachen gibt es nicht fertig zusammengebaut. Aber das Schränkchen sieht fast genauso aus wie das, was ich …«

»Meines war aber zusammengebaut. Zumindest, bevor du es zerlegt hast.«

»Aber wohl nicht besonders haltbar, denn schließlich ist es unter mir zusammengebrochen, obwohl ich mich nur draufgesetzt habe. Und ich bin eigentlich nicht schwer.« Sie war erstaunt, wie klar sie plötzlich denken und sich artikulieren konnte.

»Das sage ich doch! Das klapprige Ding war nichts wert, ich brauchte es nicht, und es war absolut nicht nötig, dass du mir einen neuen Schrank gekauft hast.«

»Doch, das war nötig!« Lilli konnte sich nicht erinnern, jemals einem Menschen so ausdauernd widersprochen zu haben. Normalerweise gab sie um des lieben Friedens willen nach.

Sie holte tief Luft und fuhr fort: »Es war nötig, weil ich sonst immer das Gefühl hätte, dir etwas schuldig zu sein. Und dann könnte ich nicht mit der Sache abschließen.«

Das Lächeln, das eben noch auf seinem Gesicht gewesen war, verschwand so gründlich, als hätte jemand es fortgewischt. »Wie willst du denn mit etwas abschließen, das nie begonnen hat?«

Sie verweigerte die Antwort, weil sie sie einfach nicht wusste.

Energisch stieß Jonathan seine Wohnungstür auf, griff nach dem Karton, hob ihn über der Schwelle und sah Lilli auffordernd an. »Wenn du schon darauf bestehst, mit der Sache abzuschließen und alles wieder in den Ausgangszustand zurückzuversetzen – ich muss dir leider sagen, dass ich noch nie in der Lage war, einen von diesen Ikea-Schränken nach der geheimnisvollen Anleitung zusammenzubauen, die immer beiliegt. Du wirst mir also helfen müssen.«

Lilli starrte ihn an. »Ich kann das auch nicht ... glaube ich.«

»Dann versuchen wir es eben gemeinsam. Nun komm schon.«

Einen kurzen Moment lang zog Lilli in Erwägung, einfach an ihm vorbei- und die Treppe hinunterzugehen. Dann fiel ihr ein, dass sie beschlossen hatte, nicht mehr vor dem Leben und seinen Unwägbarkeiten davonzulaufen. Sie warf den Kopf in den Nacken und folgte ihm in seine Wohnung.

»Jetzt hast du auch noch Kaffee auf die Anleitung geschüttet, und man kann nicht mehr erkennen, was der Unterschied zwischen den verschiedenen Schraubensorten ist!« Mit vor Eifer geröteten Wangen beugte Lilli sich über den schon leicht zerfledderten Zettel, auf dem angeblich die Anleitung zum Schrankaufbau abgedruckt war, dessen unterschiedliche Entwicklungsstadien sie aber beim besten Willen nicht zu deuten wusste. Auf jeden Fall war sie sehr konzentriert bei der Sache und achtete streng darauf, dass kein anderes Thema zur Sprache kam als der Schrank, mit dessen Aufbau sie sich seit einer knappen halben Stunde ohne nennenswerte Fortschritte beschäftigten, nachdem Jonathan zunächst in die Küche gegangen war, um Kaffee zu kochen, den er in großen Steingutbechern servierte.

»Das mit den Kaffeeflecken warst du«, korrigierte Jonathan sie heiter, »und die Schrauben konntest du vorher schon nicht unterscheiden.«

»Jetzt werde ich sie aber auch nie mehr unterscheiden lernen.« Grinsend warf Lilli ihm den Zettel an den Kopf und wunderte sich über die Leichtigkeit, die plötzlich von ihr Besitz ergriffen hatte. Ganz ohne Rotwein und komplizierte schriftliche Anweisungen aus ihrem klugen Buch.

»Mir brauchst du die Anleitung gar nicht zu geben, ich habe dir gleich gesagt, dass ich solche Zeichnungen nicht entziffern kann.« Jonathan begann, aus dem zerknitterten Papierbogen einen Segelflieger zu falten, den er wenig später durch den Raum gleiten ließ, wo er nach einem majestätischen Rundflug in den staubigen Blättern der einsamen Palme am Fenster landete.

»Und was machen wir jetzt?« Ratlos, aber aus irgendeinem Grund nicht hoffnungslos, angelte Lilli auf dem niedrigen Tisch neben sich nach ihrem Kaffeebecher und nippte an der lauwarmen Flüssigkeit.

»Wir werden endlich mal kreativ! Es kann doch nicht so schwierig sein, einen kleinen Schrank zusammenzubauen.« Mit entschlossener Miene begann Jonathan zum etwa zehnten Mal, die verschiedenen Bretter zu sortieren, übereinander zu stapeln und wieder neu zu ordnen. »Das Ding hat zwei Schubladen, zwei Türen und zwei Einlegeböden. Das muss doch zu machen sein!«

»Aber wir haben ungefähr hundert Schrauben in drei oder vier oder fünf verschiedenen Sorten.« Lilli ließ eine der Schrauben neben sich über den Teppichboden kreiseln.

»Besser, als wenn wir zu wenige hätten. Gib mir mal bitte eine davon!« Mit zusammengekniffenen Augen fügte Jonathan zwei Bretter im rechten Winkel zusammen und versuchte, sie mit der Schraube zu fixieren. Mit der dritten Schraube, die Lilli ihm reichte, funktionierte es – zumindest so weit, dass sich die Schraube irgendwie in das vorgebohrte Loch bringen ließ.

»Gut! Wir sind richtig gut!« Stolz betrachtete Jonathan sein Werk. »Jetzt brauche ich noch drei, nein, vier solche Schrauben.«

»Was für Schrauben?«

»Solche wie die eben, die passte.«

»Wie soll ich wissen, wie die genau aussah?« Ziellos wühlte Lilli zwischen den Schrauben und Muttern herum.

»Probieren wir es eben wieder aus.«

Diesmal klappte es schon im zweiten Anlauf, und Lilli hatte sich genau gemerkt, welche Schraube sie ihm jeweils zugereicht hatte, sodass sie für das dritte Bohrloch stolz auf Anhieb die richtige Schraube präsentierte.

Jonathan sagte nichts, hob nur lächelnd den Kopf, als das Gewinde sich ins Holz drehen ließ wie in Butter, und sie erwiderte stolz sein Lächeln, die nächste Schraube schon in der Hand.

Es dauerte nur knapp zwanzig Minuten, bis sie mit vereinten Kräften etwas produziert hatten, was zumindest einem Schränkchen entfernt ähnlich sah.

»Wir haben noch jede Menge Schrauben übrig, und zwei von den komischen Scharnieren.« Misstrauisch begutachtete Lilli das windschiefe Holzding, das mitten in Jonathans Wohnzimmer stand.

»Ich finde, für den Anfang ist das gar nicht so übel! Falls irgendwas nicht hält, kann ich ja immer noch nachträglich ein paar Schrauben reindrehen.« Jonathan betrachtete den so genannten Schrank mit verliebten Blicken.

»Er ist auf jeden Fall viel schöner als mein alter«, stellte er mit ernster Miene fest, und seine Augen funkelten nur ein winziges bisschen verdächtig.

»Dann stellen wir ihn jetzt in den Flur.« Lilli sprang vom Fußboden auf, und der Schrank reagierte auf die rasche Bewegung mit einem leichten Absacken nach links.

»Wenn wir ihn an die Wand lehnen, hat er genug Halt, um die nächsten hundert Jahre stehen zu bleiben«, quittierte Jonathan ungerührt ihren erschrockenen Aufschrei.

»Wenn du meinst.«

Vorsichtig trugen sie das Schränkchen durch die Tür hinaus in den Flur, wo Lilli nur zögernd ihre Hände von der wackeligen Seitenwand löste. Jonathan hatte entschieden mehr

Vertrauen in sein Werk, das er mit schief gelegtem Kopf begutachtete.

»Ich würde jedenfalls keine Blumenvase oder so was draufstellen«, versuchte Lilli weiterem Unheil vorzubeugen.

»Würde aber vielleicht ganz gut aussehen. Obwohl ich gar nicht weiß, wo meine Blumenvase sich zurzeit herumtreibt.« Er grinste sie an und vergaß, wieder wegzuschauen.

Hastig senkte Lilli erneut den Blick auf den kleinen Schrank. »Das ist nun also erledigt. Ich gehe dann jetzt.«

»Ich habe noch gar nicht das T-Shirt anprobiert.«

Lilli fixierte panisch die Wohnungstür. »Das kannst du später machen. Wenn es nicht passt, ruf mich einfach an.«

Gnädig ließ er das Thema ruhen. »Es ist aber noch jede Menge Kaffee da!«

»Nein, danke! Ich habe ohnehin schon viel zu viel davon getrunken. Sonst kann ich heute Nacht nicht schlafen.«

Sie biss sich auf die Unterlippe, weil sie sich anhörte wie ihre Tante Adelheid. Obwohl Schlaflosigkeit wohl tatsächlich zu befürchten war, auch wenn es nicht am Kaffee liegen würde. Ein oder zwei schlaflose Nächte würde dieser Mann sie wahrscheinlich noch kosten, aber dann musste endgültig Schluss sein.

»Ich habe auch noch Wein da. Oder möchtest du lieber Bier? Oder Orangensaft?«

Um Himmels willen keinen Alkohol in seiner Nähe! Alles, was ich möchte, ist wegzukommen, bevor wieder irgendetwas Verwirrendes passiert oder ich den Rest seiner Einrichtung zerstöre oder abbrenne!

»Nein, auch keinen Saft. Vielen Dank.« Mit steifen Lippen lächelte sie sein linkes Ohr an, weil sie es einfach nicht über sich brachte, ihm in die Augen zu sehen.

»Ich finde aber, wir sollten uns in Ruhe unterhalten.« Er machte eine Bewegung auf sie zu, und sie wich instinktiv zurück.

»Es gibt nichts, worüber wir uns unterhalten müssten!«

»Der Anruf neulich abends auf meinem Handy, als ich mit deiner Tante zusammensaß und sie mir erklärte, wie ein Gentleman sich zu verhalten habe, das war ...«

»Ich will das nicht wissen«, schrie sie und hätte sich am liebsten die Ohren zugehalten. »Du bist mir keine Erklärungen schuldig. Dein Leben und mein Leben, das hat nichts miteinander zu tun. Wir sind Nachbarn, das ist alles. Du musst irgendetwas falsch verstanden haben, wenn du glaubst, es würde mich interessieren, wie viele Frauen es in deinem Leben gibt und wie genau deine Beziehung zu ihnen ist.«

»Was gibt es an Küssen und Zärtlichkeiten falsch zu verstehen?«

Sie starrte ihn entsetzt an. Wie konnte er das erwähnen? »Was hat das schon zu bedeuten?«, stieß sie schließlich hervor. »Heutzutage knutscht doch jeder hier und da ein bisschen herum.«

Sie sah ihn vor sich, wie er genau das mit einer anderen Frau vor seiner Haustür getan hatte.

»Aber du doch nicht.« Er schüttelte energisch den Kopf.

»Wieso ich denn nicht?« Fast gelang es ihr, wütend zu werden. »Meinst du, ich bin völlig anders als alle anderen Frauen, die du kennst? Die Prinzessin auf der Erbse, die Ungeküsste, die altmodische kleine Lilli?«

»Allerdings denke ich, dass du anders bist als die meisten Frauen, die ich kenne.« Plötzlich sprach er sehr leise, und diesmal war er es, der ihrem Blick auswich.

»Dann lass dir gesagt sein, dass ich nicht anders bin, sondern ganz genauso wie alle anderen Frauen auch! Und ich bilde mir nicht ein, dass es irgendeine tiefere Bedeutung hat, wenn ein Mann mal kurzfristig seine Lippen auf meine legt. So einfach ist das!« Lilli drehte sich um und marschierte energisch auf die Wohnungstür zu.

Er holte sie ein, bevor sie die Hand auf die Klinke legen konnte. Und ehe sie wusste, wie ihr geschah, lag sie in seinen Armen und spürte ihn. Seine Stärke, seine Wärme, seinen Atem, seinen Mund, der sich energisch auf ihren presste.

Sie wollte sich wehren, fühlte Wut und gleichzeitig ein schmelzendes Gefühl im Magen. Als würde jemand heiße Schokoladensauce auf kühles Vanilleeis gießen. Als würde die Sonne nach einem langen Winter die letzten Schneeflocken von den zarten Blütenblättern eines Schneeglöckchens lecken. Als könnte alles wunderbar einfach sein, wenn da nicht all diese Komplikationen wären. Wenn er der Richtige für sie wäre und nicht bei einem Dutzend anderer Frauen ebenfalls für ein sanft betörendes Schmelzgefühl sorgen würde.

Nach einer kleinen Ewigkeit fand sie endlich die Kraft, ihn wegzustoßen.

»Was bildest du dir eigentlich ein!« Das klang nicht wütend, sondern piepsig wie ein Vogel, der im Frühling die ersten Töne ausstieß.

»Ich bilde mir gar nichts ein. Eben hast du mir doch noch erklärt, es bedeutet nichts, wenn ich mal kurz meine Lippen auf deine lege. Also dachte ich mir …«

Sie wollte nicht wissen, was er sich dachte, sondern riss die Tür auf, raste aus seiner Wohnung und warf die Tür wieder hinter sich ins Schloss. Im Davonlaufen aus dieser Wohnung hatte sie immerhin schon Übung. Dass durch das Zuknallen der Tür der mühsam zusammengebaute Schrank in Jonathans Flur lautlos in sich zusammenfiel, bemerkte sie nicht.

XV

»Tu das niemals, Holly! Verliebe dich niemals auf den ersten Blick.«

Seufzend stützte Fabian Wolf das Kinn in die Hand und starrte auf den leeren Briefbogen vor sich auf dem Tisch.

Der Labrador-Retriever, der auf seinem Stammplatz direkt neben seinen Füßen lag, hob den Kopf und sah ihn mitfühlend an. Obwohl die Hündin ihren neuen und endgültigen Namen erst seit drei Tagen trug, schien sie genau zu wissen, dass sie gemeint war, und klopfte mit der Schwanzspitze einen freundlichen Takt auf den Fußboden, während sie den Mann ansah, dem ihr ganzes Hundeherz gehörte.

Hätte Holly sprechen können, hätte sie ihm, den sie seit jenem Moment auf dem Parkplatz als ihren Menschen betrachtete, erklärt, dass es magische Augenblicke gab, in denen Menschen und auch Hunde in die Zukunft blicken und spüren konnten, dass ihr Gegenüber etwas in sich trug, das ihnen einmal ihr ganzes Glück bedeuten würde. Aber natürlich musste Holly, bis auf ein fast unhörbares Winseln, stumm bleiben. Sie konnte nicht mehr tun als die Augen verdrehen, den Kopf zurück auf die Pfoten legen und sich in Geduld üben. Irgendwann würde wohl selbst ihr manchmal sehr begriffsstutziger Mensch verstehen, was in seinem eigenen Herzen vorging.

»Ich muss ihr etwas schreiben, das sie auf jeden Fall dazu bringt, mir zu antworten«, überlegte Fabian laut.

Obwohl die Zeitung mit der Anzeige der Frau, die ihn so nachhaltig beeindruckt hatte, erst am nächsten Morgen erscheinen würde, wollte er den Brief schon jetzt formulieren. Sobald er ihre Chiffre-Nummer kannte, würde er ihn dann abschicken, sodass seine Antwort wenigstens eine der ersten war. Den Gedanken, dass seine Worte ihr nicht genug sagen könnten, um sie zu einer Antwort zu bewegen, versuchte er gar nicht erst zuzulassen.

Natürlich hätte er sie direkt in der Schalterhalle ansprechen können, aber das war noch nie seine Art gewesen, obwohl er sich nicht für sonderlich schüchtern hielt. Vielmehr war es noch nie passiert, dass eine Frau allein durch ihren Anblick, ihre Art sich zu bewegen und ihre Stimme den ernsthaften Wunsch in ihm hatte erwachen lassen, sie näher kennen zu lernen. Zumal er an so etwas wie Liebe auf den ersten Blick ohnehin nicht glaubte.

»Nein, so etwas gibt es nicht«, erklärte er Holly in strengem Ton. »Es ist pure Einbildung, und falls ich sie tatsächlich kennen lerne, werde ich feststellen, dass sie nicht im Geringsten so ist, wie ich sie mir vorstelle.«

Die schwarze Hündin hob nicht einmal den Kopf, sondern beschränkte sich darauf, ihr Mitgefühl durch einen tiefen Seufzer zu demonstrieren.

»Ich bin nicht verliebt, ich finde diese Frau lediglich … irgendwie interessant. Es wäre gut, sie näher kennen zu lernen. Um mich zu überzeugen … Von der Realität zu überzeugen. Weiter nichts.«

Fabian fand, dass Holly eine sehr angenehme Gesprächspartnerin war. Sie gab ihm das gute Gefühl, keine Selbstgespräche zu führen, widersprach ihm aber andererseits nie, wenn auch ihre Mimik und die tiefen Atemzüge, die sie regelmäßig tat, sobald sie spürte, dass ihr Mensch von ernsten Dingen redete, durchaus für sich sprachen.

»Es gibt viele interessante Frauen«, fuhr Fabian mit seiner Rede fort. »Mal abgesehen von dir, aber du bist, auch wenn du dich selbst manchmal für einen Menschen zu halten scheinst, eine Hundedame.«

Holly spitzte die Ohren, als hätte sie begriffen, dass von ihr die Rede war. Sie hob den Kopf, kreuzte zierlich die Vorderpfoten und starrte Fabian gespannt ins Gesicht.

»Ja, es gibt viele«, beharrte dieser und legte angestrengt die Stirn in Falten. »Zum Beispiel meine Kundin. Diese Frau Merian mit dem Wintergarten. Es macht mir Spaß, mit ihr zu reden. Und eines Tages wird es uns ja wohl auch gelingen, uns zu treffen und näher kennen zu lernen. Aber jetzt schreibe ich erst mal der Frau, die ich in der Anzeigenannahme gesehen habe.«

Nachdem er sich solcherart selbst davon überzeugt hatte, dass sein Plan sehr normal war und beileibe nichts mit überschwänglichen Gefühlen zu tun hatte, beugte Fabian sich wieder über sein immer noch leeres Blatt Papier. Eine Weile seufzte er mit seiner mitfühlenden Hündin um die Wette, dann begann er endlich zu schreiben.

Liebe Unbekannte,

(das war zwar nicht sehr originell, entsprach aber weitgehend den Tatsachen)

da ich in meinem bisher knapp einunddreißigjährigen Leben noch nie auf eine Bekanntschaftsanzeige geantwortet habe, weiß ich nicht, was ich in diesem Brief schreiben soll. Betrachten Sie diese Zeilen bitte als den stümperhaften Versuch eines Ahnungslosen, Ihre Aufmerksamkeit zu erwecken.

Ich erkenne mich in dem Mann, den Sie in Ihrer Annonce beschreiben, wieder. Dennoch möchte ich nicht näher auf die einzelnen Punkte eingehen, weil ich keinesfalls von Ihnen für einen jener arroganten Kerle gehalten werden will, die der Meinung sind, sie seien ein Geschenk an die Frauen. Vielmehr wünsche ich mir ja von Ihnen ein Geschenk. Das Geschenk Ihrer Zeit (vielleicht für die Dauer einer Tasse Kaffee oder eines Glases Wein). Ich würde mich sehr freuen, wenn Sie sich bei mir melden würden.

»Das ist gar nicht so schlecht«, teilte Fabian Holly mit, nachdem er den Text noch einmal durchgelesen hatte.

Bevor er den Brief unterschrieb, zögerte er, dann setzte er lediglich seinen Vornamen in einem großzügigen Schriftzug unter die letzte Zeile und fügte nach kurzer Überlegung die Nummer seines privaten Handys hinzu, das er vor kurzem nach einer ausgedehnten Suche in seinem Küchenschrank hinter einem eingestaubten Nudelpaket wiedergefunden hatte. Er hatte dieses Handy lange nicht benutzt, weil ihm bei Thiel & Partner ein Geschäftshandy zur Verfügung stand, das er aber bei der Auflösung seines Vertrags und dem bevorstehenden Schritt in die Selbstständigkeit würde zurückgeben müssen, sodass er in Kürze unter der alten Mobilnummer nicht mehr erreichbar sein würde.

»Wir kennen die Frau nicht und sollten ihr deshalb nicht gleich alles über uns anvertrauen, Holly«, erklärte er seiner mittlerweile etwas gelangweilten Hündin. »Am Ende ist sie eine Journalistin, die spöttische Artikel über Architekten schreibt, die so verzweifelt sind, dass sie auf Bekanntschaftsanzeigen antworten.«

Holly ließ nicht erkennen, ob sie sein leichtes Misstrauen teilte, und rollte lediglich die Augen zur Decke, während ihr Herr einen Schluck von dem längst kalt gewordenen Kaffee auf seinem Schreibtisch nahm, dann den Briefbogen ordentlich zusammenfaltete und in einen Umschlag steckte.

Nachdenklich betrachtete Fabian das weiße Rechteck auf der dunklen Oberfläche seines Schreibtisches. Nun konnte er nur noch warten. Erst auf das Erscheinen der Zeitung mit ihrer Anzeige, und dann auf ihre Antwort.

Nachdenklich starrte Carlotta auf die Seite mit den Bekanntschaftsanzeigen und las zum fünften Mal die Annonce, die sie für Lilli geschaltet hatte. Nachdem sie den Text gedruckt dort stehen sah, kam ihr die Idee längst nicht mehr so genial vor. Wer meldete sich schon auf so eine Anzeige? Sicher nur Männer, die nicht in der Lage waren, auf anderem Wege eine Frau zu finden.

Sie saß in dem winzigen Pausenraum im *Susanna's*. Das Abendgeschäft war größtenteils gelaufen, und Tanja hatte für zehn Minuten allein die Bar übernommen, damit Carlotta Zeit für eine Tasse Kaffee hatte.

»Nanu, suchst du jetzt doch endlich deine große Liebe?« Als Oskar unvermittelt über ihre Schulter sah, zuckte sie zusammen und faltete hastig die Zeitung zusammen.

»Kein Gedanke«, behauptete sie rasch. Dass sie eine Liebe für ihre kleine, romantische Schwester suchte, verriet sie Oskar lieber nicht. Er würde ohnehin nur wieder sagen, sie solle sich nicht in Lillis Leben einmischen. Womit er vielleicht sogar Recht hatte, vielleicht aber auch nicht.

»Wenn es passieren soll, passiert es ohnehin, ganz egal, ob mit oder ohne Anzeige«, sagte der schicksalsgläubige Oskar, nahm sich ebenfalls eine Tasse Kaffee und ließ sich ihr gegenüber an dem kleinen Tisch nieder.

»Ich habe heute so gut wie nichts geschafft, außer vielleicht ein ziemliches Durcheinander in den Abrechnungen anzurichten«, erklärte er fröhlich und rührte so heftig in seiner Tasse, dass der Kaffee auf die Resopalplatte schwappte.

»Mach dir nichts draus. Es gibt eben Tage, an denen es nicht so toll läuft. Morgen sieht alles schon wieder ganz anders aus.«

Endlich hatte Carlotta die Zeitung wieder ordentlich zusammengefaltet und in ihrem Lederbeutel verstaut. Sie hob den Kopf und begegnete einem so breiten Lächeln, dass sie erstaunt die Augen aufriss. Oskar war immer freundlich und oft auf eine ruhige Art fröhlich, aber sie konnte sich nicht erinnern, ihn jemals so strahlend erlebt zu haben.

»Was ist es?«, erkundigte sie sich nach kurzem Zögern.

Er gab sich redliche Mühe, ein harmloses Gesicht zu machen, schaffte es aber einfach nicht, das Lächeln zum Verschwinden zu bringen. »Wovon redest du?«, fragte er grinsend zurück.

»Du strahlst wie die Sonne und der Mond zusammen. Wenn es anatomisch möglich wäre, würden sich deine Ohren auf dem Hinterkopf treffen, so breit ist dein Lächeln.«

»Was du nicht sagst!« Als wolle er sich vergewissern, dass seine Ohren noch da waren, wo sie hingehörten, zupfte Oskar sich am linken Ohrläppchen.

»Und – was ist der Grund für deine Begeisterung? Oder willst du nicht darüber reden?«

»Als ich vorhin ins Büro ging, habe ich das Radio angemacht.« Obwohl er schon jede Menge Zucker in seinen Kaffee getan hatte, nahm Oskar sich noch ein Stückchen und warf es so schwungvoll in die Tasse, dass eine weitere Pfütze auf dem Tisch entstand.

»Aha.« Carlotta fasste sich in Geduld.

»Sie haben einen Song von Susanna gespielt.«

»Das ist schön. Manchmal werden eben alte Stücke gebracht.« Sie war ein bisschen schockiert, dass er durch ein im Grunde so bedeutungsloses Ereignis so sehr berührt wurde, nur weil es sich um Susanna handelte. Das war nicht mehr normal. Dieser Mann lebte an seinem Leben vorbei und jagte einer Fata Morgana nach.

»Es war kein alter Song, sondern eine aktuelle Aufnahme«, verkündete Oskar triumphierend. »Ich habe ihre Stimme sofort erkannt. Sie hat sich nicht verändert, ist nur noch ein bisschen besser geworden.«

»Das ist … schön.« Mehr fiel Carlotta nicht dazu ein.

»Das ist unglaublich wunderschön«, korrigierte Oskar sie energisch. »Ich habe sofort beim Sender angerufen und mir erstens bestätigen lassen, dass ich mich nicht geirrt habe und es sich bei der Sängerin tatsächlich um Susanna Jamison handelt, und zweitens nach dem Namen ihrer Plattenfirma gefragt. Obwohl das nicht nötig gewesen wäre, denn es war ganz einfach, die CD zu bekommen. Sie war im Plattenladen vorrätig.«

Er legte eine CD-Hülle neben ihre Kaffeetasse.

Aufmerksam betrachtete Carlotta das Bild auf der Vorderseite. Sie kannte Susannas Gesicht von der alten CD, die Oskar immer wieder spielte. Die neue CD zeigte ein offensichtlich aktuelles Foto. Das war nicht mehr die übermütig in die Kamera lachende unbeschwerte junge Frau, sondern eine gereifte Persönlichkeit, deren Lächeln wissend und ein wenig traurig wirkte, ebenso wie der Blick ihrer dunkelgrauen Augen.

»Sie ist immer noch sehr schön«, stellte Carlotta fest.

»Für mich ist sie die schönste Frau überhaupt und wird das auch immer bleiben.« Zärtlich strich Oskar mit der Spitze seines Zeigefingers über die Ecke der Plastikhülle. »Möchtest du das Lied hören?«

Carlotta nickte und folgte ihm in sein Büro, wo er eine kleine Musikanlage stehen hatte. Die CD steckte noch darin, und Sekunden später füllten Gitarrenklänge und eine warme, volle Stimme den Raum.

»Ich habe sie schon mindestens zwanzig Mal gehört, aber ich kann nicht damit aufhören, sie immer wieder neu zu starten«, flüsterte Oskar, während die Stimme für einen Moment schwieg und einige Geigen die Melodie aufnahmen.

Als Carlotta ihm ins Gesicht sah, bemerkte sie die Tränen, die in seinen Augen schimmerten, während er immer noch lächelte. Sie musste den Blick abwenden, weil ihr bei diesem Anblick die Kehle eng wurde. Deutlicher denn je zuvor spürte sie die tiefen Gefühle, die dieser Mann für eine Frau hegte, die er zuletzt vor sieben Jahren gesehen hatte. Eine Frau, die nach ein paar glücklichen gemeinsamen Wochen einfach fortgegangen war und sich nie wieder gemeldet hatte. Dennoch war er niemals wütend auf sie, sondern nur manchmal traurig, meistens aber glücklich, weil er fühlen durfte, wie er fühlte. Und jetzt war da noch viel mehr als diese tiefe Liebe, jetzt war da Hoffnung und eine fast greifbare Sehnsucht.

Die klare Stimme sang nun den Refrain des Liedes: »*And if I ever see your face again, I will never ever let you go no more.*«

Als Carlotta die Bedeutung der Worte begriff, presste sie erstaunt die Hand an die Lippen. Wie seltsam, dass dieser Satz wie für Oskar gemacht schien!

»Sie hat die Melodie und den Text selber geschrieben«, sagte Oskar in diesem Moment.

»Das ist wirklich ...« Jetzt fand Carlotta endgültig keine Worte mehr. Natürlich konnte es ein Zufall sein, ein Liebeslied wie jedes andere auch. Aber wenn Susanna tatsächlich all die Jahre an Oskar gedacht und ihre Gefühle in diesem Lied niedergeschrieben hatte – dann hätte er mit seinem Glauben Recht gehabt, dass wahrhaft Liebende ihre Gefühle niemals verlieren und irgendwann zusammenfinden.

»Ich werde ihr über die Produktionsfirma schreiben. Es ist eine neue Firma. Die alte damals hat vielleicht meine Briefe aus irgendeinem Grund nicht weitergeleitet, aber diesmal wird sie meine Zeilen bekommen. Obwohl es furchtbar schwierig sein wird, diesen Brief zu schreiben. Ich muss von den vielen Dingen, die ich ihr all die Jahre sagen wollte, die wichtigsten finden und in Worte fassen.« Ohne Scham wischte Oskar sich eine Träne aus dem Augenwinkel, während die letzten Töne des Liedes verklangen.

Carlotta nickte. Sie hatte sich immer gefragt, weshalb Oskar so unverbrüchlich an die Liebe einer Frau glaubte, die jederzeit hätte Kontakt mit ihm aufnehmen können, denn er hatte seit der kurzen gemeinsamen Zeit mit Susanna nicht die Wohnung gewechselt – vor allem, damit sie ihn finden konnte, wenn sie wollte. Sie war ohne Erklärung und ohne Abschied aus seinem Leben verschwunden, doch er hatte offenbar nicht das geringste Problem damit, ihr noch sieben Jahre später erneut seine Liebe zu erklären. Für einen kurzen Moment wünschte Carlotta sich, irgendwann einmal ebenso kompromisslos sein zu können, ohne einen Gedanken an Stolz und die Möglichkeit der Zurückweisung zu verschwenden.

Dann atmete sie tief durch und zog sich in Richtung Tür zurück, während Oskar erneut auf den Wiedergabeknopf seiner Musikanlage drückte. Es mochte sein, dass Oskar in einer Märchenwelt lebte, es gab aber auch die Möglichkeit, dass er irgendwann ein Märchen erlebte. Aber wenn das so war, war es eine Ausnahme und für die meisten Menschen keinesfalls die Realität.

»Du wirst in deinem Brief die richtigen Worte finden, das weiß ich«, murmelte sie, bevor sie den Raum verließ.

Oskar antwortete nicht, weil er schon wieder völlig versunken in Susannas Lied und ihre Stimme war.

Als Carlotta neben Tanja hinter die Bar trat, wirkte diese einigermaßen entnervt.

»Gut, dass du wieder da bist!« Tanja deutete unauffällig mit dem Kopf zum anderen Ende der Bar.

»Heidi! Das ist aber eine Überraschung!« Carlotta bemühte sich um ein Lächeln, das aber gefror, als sie Ilsebill bemerkte, die neben einigen leeren Gläsern auf der Marmorfläche der Bar saß und das faltige Köpfchen abwechselnd nach links und nach rechts reckte.

»Bist du sicher, Ilsebill fühlt sich wohl hier?«

»Keine Sorge, wir gehen gleich wieder! Es ist nur so, dass ich das Tier nicht allein zu Hause lassen kann. Heute Nachmittag habe ich sie in einem umgekippten Eimer in der Küche gefunden. Stell dir vor, in dem Eimer wäre Wasser gewesen, dann wäre meine arme Ilsebill ertrunken!«

Carlotta sparte sich die Bemerkung, dass in einem umgekippten Eimer schwerlich sehr viel Wasser sein konnte. »Aber sie scheint doch nicht zu entwischen, wenn man etwas Schweres auf das Käfigdach legt«, merkte sie stattdessen realistisch an.

»Ich glaube, sie fürchtet sich vor dem Schatten. Neulich saß sie den ganzen Nachmittag völlig verschreckt in der Ecke, als oben auf dem Käfig Bücher lagen. Wahrscheinlich würde sie ohnehin depressiv werden, wenn sie nicht mehr jederzeit frei herumlaufen könnte.« Mit ernster Miene strich Adelheid der Schildkröte über den glänzenden Panzer.

Carlotta unterdrückte einen Seufzer. »Konnte Lilli denn nicht ein bisschen auf Ilsebill aufpassen?«

»Ach, Lilli!« Adelheid stieß einen tiefen Seufzer aus und zog die Brauen so hoch, dass sie fast unter ihren Haaren verschwanden. »Ich weiß wirklich nicht, was mit dem Mädchen los ist! Sie hatte ja immer ihre Probleme mit Ilsebill, weil sie sich aus irgendeinem Grund vor dem kleinen Tier fürchtet. Aber heute hat sie mir einfach gesagt, sie hätte keine Lust, immer nur hinter einer wild gewordenen Schildkröte herzurennen, die alle fünf Minuten aus ihrem Käfig ausbricht. Ich erkenne Lilli einfach nicht wieder!«

»Es gibt wohl momentan ein paar Dinge, die Lilli für sich klären muss. Aber das wird sich wieder legen.«

»Ich glaube, sie weiß nicht recht, in wen sie warum verliebt ist. Wobei ich glaube, es ist der Student von gegenüber. Schließlich muss sie ja auch ein bisschen Rücksicht darauf nehmen, dass Friedrich dein Freund ist.« Nachdenklich griff Adelheid nach ihrem Glas mit Pfefferminzlikör auf Eis.

»Friedrich ist nicht mein Freund«, berichtigte Carlotta sie.

»Aber warum denn nicht? Er scheint mir sehr nett zu sein.«

Carlotta wollte ihrer Tante die Wahrheit über Friedrichs nicht vorhandenes Interesse an Frauen ersparen und erklärte weitschweifig etwas über zu unterschiedliche Interessen und die mangelnde gemeinsame Wellenlänge.

»Wenn du ihn nicht liebst, hat es natürlich keinen Sinn. Dann musst du weitersuchen. Irgendwann wirst du genau den richtigen Mann finden.«

Über das Verständnis ihrer gestrengen Tante war Carlotta leicht verwirrt. Sie war sicher gewesen, Adelheid würde angesichts von Friedrichs teurem Auto, seiner exquisiten Kleidung und zuvorkommenden Art ohne Wenn und Aber darauf bestehen, er sei der Richtige.

Carlotta beeilte sich, ihrer Tante einen weiteren Pfefferminzlikör zu servieren, in der Hoffnung, das Thema Männer würde angesichts eines frischen Glases in Vergessenheit geraten. Dem war nicht so.

»Ich könnte dir ein wenig dabei helfen, den richtigen Mann für eine gemeinsame Zukunft zu finden.« Adelheid nippte an dem vollen Glas und hielt das leere Glas so, dass Ilsebill ihr Köpfchen hineinstecken konnte.

»Meinst du, sie verträgt Alkohol?« Entgeistert sah Lilli zu, wie die Schildkröte sich gekonnt über die letzten Tröpfchen Likör im Glas hermachte.

»Seit ihrer frühsten Kindheit. Obwohl ihr Eierlikör lieber ist«, erklärte Adelheid stolz und kippte das Glas ein wenig weiter, sodass Ilsebill auch den letzten Rest des Likörs erwischen konnte. »Wie ist es nun? Ich finde, du könntest glücklicher sein, mit dem richtigen Mann an deiner Seite. Und da es bisher nicht geklappt hat, könnte ich mich ja für dich ein wenig umschauen. Einige meiner Bekannten haben ledige Söhne und …«

»Nein! Das ist wirklich nicht nötig!« Carlotta musste sich zwingen, die Stimme zu senken. Allerdings war der Gedanke, die Gäste könnten etwas von der Unterhaltung mitbekommen und sich in gewohnt heiterer Art vielleicht sogar einmischen, so schrecklich, dass sie in ein hektisches Wispern verfiel.

»Ich weiß nicht, ob ich mich in Zukunft noch so intensiv um euch Mädchen werde kümmern können, und deshalb würde es mich sehr freuen, wenn ich euch glücklich wüsste.«

Carlotta erschrak. »Bist du krank?«

»Nein, nein. Es ist nur so, dass ich meine eigenen Zukunftspläne habe, über die ich noch nicht reden möchte.« Mit einem geheimnisvollen Lächeln legte Adelheid den Zeigefinger mit dem heute in tiefem Dunkelrot glänzenden Nagel gegen die Lippen.

»Aber ich bin glücklich«, beteuerte Carlotta. »Eine Frau braucht nicht unbedingt einen Mann zum Glücklichsein.«

»Ich denke aber, dass du deine Schwester mit einer solchen Einstellung verwirrst. Lilli ist allein nicht glücklich.«

»Lilli ist erwachsen und kann ihr Leben so leben, wie sie es für richtig hält.« Dass sie sich nicht immer so konsequent aus dem Leben ihrer Schwester heraushielt, wie dieser Satz vermuten ließ, tat momentan nichts zur Sache.

»Lilli orientiert sich an dir, weil sie sehr früh ihre Mutter verloren hat.« Adelheid betrachtete nachdenklich ihr Spiegelbild in der Rückwand des Flaschenregals.

»Ich weiß wirklich nicht, was es nützen sollte, wenn ich mich … mit einem Mann zusammentäte. Dadurch würde doch Lilli nicht automatisch den Richtigen finden.« Mit gerunzelter Stirn schob Carlotta der Tante einen weiteren Likör hin.

Beide Frauen schwiegen, während Ilsebill auf das Glas zuwatschelte, das Adelheid soeben geleert hatte. Da es dicht an der Kante der Bar stand und der Alkohol das Temperament der Schildkröte offensichtlich angefacht hatte, bewegte sie sich etwas zu schwungvoll und kippte von der Bar.

»Ilsebillchen, meine Kleine!« Vor Schreck wäre Adelheid beinahe ebenfalls vom Hocker gestürzt, hielt sich aber im letzten Moment an der Bar fest und blieb wie angewurzelt sitzen, während sie jammernd nach unten sah, ohne irgendwelche Anstalten zu machen, ihrer Schildkröte zu helfen.

Erschrocken eilte Carlotta hinter der Bar hervor und fand Ilsebill auf dem Rücken liegend am Boden vor. Zu ihrer Erleichterung ruderte die Schildkröte mit allen vier Beinen kräftig durch die Luft. Allerdings hatte sie den Kopf in ihrem Panzer versteckt.

Carlotta bückte sich, hob das Tier auf und setzte es vorsichtig wieder auf die Bar, wo es zwar auf seinen vier Beinen hockte, sich aber nicht bewegte.

»Lebt sie?« Adelheid wagte nur einen kurzen Blick in Richtung Ilsebill und klammerte sich dann an ihrem Glas fest, das sie zur Beruhigung in einem Zug geleert hatte.

»Sie sieht ganz in Ordnung aus«, meinte Carlotta. »Natürlich ist sie erschrocken. Zum Glück lag sie auf dem Rücken, also wird sie auf den Panzer gefallen sein.«

»Wir müssen sie zum Tierarzt bringen!« Plötzlich kam Leben in Adelheid. Sie sprang entschlossen von ihrem Hocker. Allerdings brachte sie vor lauter Eifer ihre Füße durcheinander und ging sachte zu Boden. Die diversen Liköre waren offensichtlich nicht nur für Ilsebill, sondern auch für ihre Besitzerin zu viel gewesen.

Carlotta versuchte, ihre Tante wieder auf den Hocker hieven, aber diese blieb hartnäckig stehen.

»Nein, nein, wir müssen sie zum Tierarzt bringen! Sie könnte innere Verletzungen haben.« Entschlossen klammerte Adelheid sich an der Kante der Bar fest. »Können Schildkröten sich etwas brechen?«

»Ich weiß nicht.« Carlotta war ratlos. »Ist sie denn noch nie irgendwo runtergefallen? Vielleicht sind Schildkröten wie Katzen und ihnen passiert nichts. Wegen des Panzers.«

»Natürlich passe ich immer gut auf, dass sie nicht stürzt.« Adelheids anklagender Blick sollte wohl bedeuten, dass das heutige Unglück ganz allein Carlottas Schuld war. Und es daher auch ihre Aufgabe war, den Schaden wieder gutzumachen.

Eine Viertelstunde später saß Carlotta daher neben ihrer Tante auf der Rückbank eines Taxis, die inzwischen schon wieder recht muntere Ilsebill auf dem Schoß.

Tanja hatte erklärt, es sei kein Problem, für den Rest des Abends den Dienst hinter der Bar allein zu versehen, zumal nicht mehr viel los war. In der Zwischenzeit hatten sich einige Gäste um die jammernde Schildkrötenbesitzerin und ihr verunglücktes Tier versammelt und nicht mit guten Ratschlägen gespart, von denen die meisten in die Richtung gingen, dass Schildkröten sich erstens möglichst von Bars fern halten sollten und man zweitens, falls sie sich denn doch in einem derartigen Etablissement aufhielten, gut auf sie aufpassen müsse. Diese Aussagen hatte Adelheid unter Zuhilfenahme diverser »Siehst du!« ohne Umschweife an Carlotta weitergereicht. Die einzige konstruktive Bemerkung kam von einem Stammgast, der wie üblich um diese Zeit schon leicht lallte, aber immer noch zu berichten wusste, wo der tierärztliche Notdienst zu finden war.

»Meinst du, wir kommen sofort dran?«, erkundigte sich Adelheid, als sie nach einer ausgedehnten Irrfahrt durch die Nacht endlich das Hinterhaus gefunden hatten, in dem besagter Notdienst residierte.

»Das richtet sich wohl danach, wie viele andere Tiere gerade Hilfe brauchen.« Carlotta unterdrückte einen Seufzer. Sie hoffte ebenfalls, dass sie nicht die halbe Nacht mit der jammernden Adelheid an ihrer Seite und einer zappelnden Schildkröte auf dem Schoß in einem muffigen Wartezimmer verbringen musste.

Letztlich dauerte die ganze Angelegenheit ziemlich genau zwei Stunden, wovon sie eine Stunde und fünfundfünfzig Minuten in Gesellschaft eines knurrenden Rottweilers zubrachten, der mit seinem farbenfroh tätowierten und mehrfach gepiercten Besitzer kurz vor ihnen gekommen war. Obwohl Adelheid keine ausgesprochene Hundefreundin war, hatte sie offensichtlich mehr Angst vor dem Hundebesitzer als vor der Zähne fletschenden Bestie, die nach einer Beißerei, aus der sie offensichtlich als Verlierer hervorgegangen war, äußerst schlecht gelaunt war.

Als Carlotta dann auch noch eine Unterhaltung mit dem besorgten Begleiter des Rottweilers begann, war Adelheid vollends unglücklich. Während sich ihre Nichte mit dem jungen Mann, der sich als Christian vorgestellt hatte, angeregt über den Roman von John Grisham unterhielt, den er als Lektüre dabeihatte, versuchte Adelheid immer wieder, den in ihren Augen gefährlichen Kontakt zu unterbinden, indem sie Carlotta vermeintlich unauffällig mit dem Ellbogen in die Seite stieß.

Nach knapp zwei Stunden tauchte endlich der Tierarzt auf, der unterwegs gewesen war, um einem kranken Pferd beizustehen. Zu diesem Zeitpunkt tat Carlotta von Adelheids Stößen bereits die linke Seite weh, und selbst der Rottweiler hatte Ruhe gegeben.

»Wie kannst du dich mit so einem finsteren Gesellen einlassen?«, empörte Adelheid sich, nachdem Herr und Hund im Behandlungszimmer verschwunden waren.

»Ich habe mich nicht mit ihm eingelassen, sondern mich mit ihm unterhalten. Außerdem fand ich ihn nicht finster, sondern ganz nett. Wer hat mir denn vorhin noch geraten, mich in der Männerwelt umzusehen?«

»Nett? Der war von oben bis unten bemalt und mit Metall behängt!«

»Immerhin konnte er lesen«, versuchte Carlotta es mit Ironie, die aber wie erwartet an ihrer Tante abprallte.

»So findest du nie dein Glück. Du musst schon eine gewisse Vorauswahl treffen«, stellte Adelheid lediglich finster fest und griff sich ins farbenfrohe Haar. Offenbar ging ihr neuer Modesinn nicht so weit, die modischen Eigenarten anderer Menschen zu akzeptieren. »Außerdem schläft dieser Mann bestimmt mit seinem Hund in einem Bett. Und das Vieh hat gesabbert, hast du das gesehen?«

»Ich glaube, er hatte nur Hunger. Ilsebills Anblick hat ihm wohl Appetit gemacht.«

Adelheids empörter Aufschrei erheiterte Carlotta wenigstens für einen kleinen Moment.

Wenige Minuten später wurde Ilsebill mit ihrer Begleitung ins Behandlungszimmer gebeten. Obwohl Adelheid sich mittlerweile beruhigt hatte, zumal ihre Schildkröte sich ganz normal verhielt, begann sie sofort, dem abgekämpft wirkenden jungen Tierarzt in aller Ausführlichkeit die Tragödie zu schildern, die sich im *Susanna's* abgespielt hatte.

»Sie waren mit der Schildkröte in einer Bar?«

Der Tierarzt sah fragend Carlotta an, die sich wohlweislich im Hintergrund hielt.

»Ja. Ich kann sie nicht allein zu Hause lassen, und meine jüngere Nichte, die sonst immer sehr nett und verständig ist, hat sich geweigert, auf sie aufzupassen. Außerdem will so ein Tier doch auch mal was anderes sehen!«

»Sie gehen öfter mit ihr in Bars?« Der Mann in Jeans und Pullover, der gar nicht nach Arzt aussah, setzte die Schildkröte auf den Untersuchungstisch.

»Mache ich den Eindruck, als würde ich mich jede Nacht herumtreiben?« Adelheid funkelte drohend mit den Augen.

»Nein.« Da diese Unterhaltung offensichtlich zu nichts führte, widmete der Tierarzt sich lieber der Untersuchung der Schildkröte.

»Sie taumelt so merkwürdig, obwohl sie andererseits munter und aufmerksam wirkt«, wunderte er sich, nachdem er Ilsebill von unten betrachtet, ihr tief in die Augen gesehen und sie über den Tisch hatte laufen lassen.

»Das könnte am Pfefferminzlikör liegen«, wagte Carlotta einzuwerfen.

»Pfefferminzlikör?« Seinem Ton nach zu urteilen, war dies die erste alkoholisierte Schildkröte, die ihm unter die Augen kam.

»Sie liebt Pfefferminzlikör. Und Eierlikör natürlich.« Adelheid war stolz auf Ilsebills exquisiten Geschmack. »So ein Tier hat schließlich Instinkte und weiß, was ihm gut tut, nicht wahr?«

Dem Gemurmel des Tierarztes war nicht zu entnehmen, ob er einer Meinung mit der stolzen Schildkrötenbesitzerin war.

»Dann nehme ich an, es wird alles in Ordnung mit ihr sein, sobald sie ihren Rausch ausgeschlafen hat«, stellte er nach einigen weiteren Untersuchungen fest.

»Sie nehmen es an?«, wiederholte Adelheid misstrauisch. »Ich bin gekommen, weil ich Gewissheit wollte.«

»Beobachten Sie sie während der nächsten Tage etwas aufmerksamer als sonst, lassen Sie sie nirgends herunterfallen und geben Sie ihr keinen Alkohol. Falls Sie etwas Ungewöhnliches feststellen, bringen Sie sie zu Ihrem Tierarzt. Ich kann momentan nicht mehr tun, bin mir aber ziemlich sicher, dass es Ihrer Schildkröte gut geht. Bis auf den Kater, den sie wahrscheinlich in ein paar Stunden haben wird.« Der junge Tierarzt strich sich erschöpft mit dem Handrücken über die Stirn und hob anschließend Ilsebill vom Untersuchungstisch, um sie Adelheid in die Hand zu drücken.

»Ich bin nicht ganz zufrieden mit diesem Untersuchungsergebnis«, bemerkte diese streng.

»Das tut mir Leid.« Zum Zeichen, dass er nicht gedachte, noch irgendetwas zu tun, verschränkte der Tierarzt die Arme vor der Brust.

»Sagen Sie – sind Sie verheiratet?«, wechselte Adelheid unvermittelt das Thema.

»Warum? Meinen Sie, dann würde ich mich besser auskennen?« Trotz seiner offensichtlichen Müdigkeit zuckte ein Lächeln um seine Lippen.

»Sie scheinen mir ein junger Mann zu sein, der mit beiden Beinen fest im Leben steht«, teilte Adelheid ihm huldvoll mit, während Carlotta, der Übles schwante, hastig den Rückzug antrat.

»Falls Sie also nicht gebunden sind, wäre es doch nett, wenn Sie sich einmal mit meiner Nichte verabreden würden. Immerhin feiert sie schon bald ihren dreißigsten Geburtstag und …«

Carlotta riss die Tür auf und verließ im Laufschritt das Behandlungszimmer. Erst auf der Straße holte Adelheid sie ein.

»Warum bist du denn weggelaufen? Hast du nicht gesehen, wie interessiert er dich angeschaut hat?«

Carlotta verdrehte die Augen und nahm ihrer Tante die wild mit den Beinen rudernde Schildkröte ab.

»Ich kann nur hoffen, du hast das nur deshalb getan, weil du zu viel Likör getrunken hast«, sagte sie wütend. »Jedenfalls bin ich froh, dass ich kein Tier besitze und deshalb niemals den tierärztlichen Notdienst werde in Anspruch nehmen müssen.«

Dann marschierte sie so energisch in Richtung Taxistand, dass Adelheid ihr kaum folgen konnte, zumal sie ausdauernd darüber lamentierte, dass Carlotta erstens die Schwierigkeiten unterschätze, einen wirklich passenden Mann zu finden, und zweitens äußerst undankbar sei, weil sie über jede Unterstützung auf diesem schwierigen Gebiet froh sein müsse.

Carlotta dagegen sprach auf dem gesamten Heimweg kein Wort mehr, auch nicht, als Adelheid verkündete, morgen früh umgehend wieder in ihre Wohnung zu ziehen, wo sie die Unannehmlichkeiten der Renovierungsarbeiten in Kauf nehmen würde, um wenigstens nicht das Unglück ihrer Nichten mitansehen zu müssen.

XVI

Das Wetter war umgeschlagen. Nach der sommerlichen Wärme der vergangenen Woche regnete es seit vierundzwanzig Stunden ununterbrochen. Auf dem kurzen Weg vom *Susanna's* zum Gebäude des *Kurier* war Carlotta auf ihrem Fahrrad völlig durchnässt worden. Als sie in der Anzeigenabteilung nach Antworten auf ihre Chiffre fragte, rückte die dauergewellte Frau am Schalter fast widerwillig einen großen, braunen Umschlag mit fünf ersten Reaktionen heraus und erklärte dazu, erfahrungsgemäß würde der größte Schwung erst morgen kommen.

»Man muss so einen Brief ja auch erst mal schreiben«, sagte sie mit einem strafenden Blick, so als seien Carlottas Ungeduld und ihr Auftauchen am Schalter bereits am Tag nach Erscheinen der Anzeige eine unnötige Belästigung, die sie nur mit Mühe akzeptieren könne. Mit einer senkrechten Falte zwischen den zusammengezogenen Brauen sah sie anschließend zu, wie Carlotta energischen Schrittes die Schalterhalle verließ und vor der Glasfront des Gebäudes auf ihr Fahrrad stieg, um durch den sacht fallenden Regen davonzuradeln.

Genau zehn Minuten später tauchte der Mann auf, der für die Frau hinter dem Schalter gar nicht früh genug nach den Antworten auf seine Anzeige fragen konnte. Freudestrahlend erklärte sie ihm, es sei noch nichts gekommen, aber wenn er morgen noch einmal nachfragen wolle, könne sich das schon geändert haben.

Er nickte zerstreut und stützte sich auf die schmale Ablage vor dem Glasfenster. »Sagen Sie, haben denn andere Anzeigenkunden heute schon Antworten auf Annoncen aus der Mittwochsausgabe abgeholt?«

Die Frau stutzte und entschloss sich dann, sich zu freuen, dass er sich mit ihr unterhalten wollte, über was auch immer. »Ja, einige Kunden waren schon da. Auch einige Antworten.

Aber das hat nichts zu bedeuten. Sie bekommen sicher in den nächsten Tagen einige Angebote. Eigentlich ist es noch zu früh, eine fundierte Antwort zu erwarten.«

Fabian beugte sich noch weiter vor und senkte vertraulich die Stimme. »Es mag Ihnen seltsam erscheinen, dass ich Sie das frage, aber war eine junge Frau hier, mit dunklen Locken und ...« Er stockte. Zwar hätte er jede Menge über ihr Lächeln, ihre schmalen, lebhaften Hände und ihre unruhigen Füße erzählen können, aber das wäre der Frau hinter dem Schalter sicher merkwürdig vorgekommen.

»Mit dunklen Locken ...« Die Zeitungsangestellte legte die Stirn in Falten, als müsse sie angestrengt nachdenken. »Das könnte sein. Gerade eben.«

Er richtete sich auf, wandte sich halb in Richtung Tür und vergaß völlig seinen vertraulichen Ton. »Wann?«

»Ich bin mir nicht mal sicher, ob es diejenige war, die Sie meinen. Immerhin gibt es viele dunkelhaarige Frauen, und Locken macht einem jeder Friseur.« Sie fuhr mit der Hand durch ihre dunkelblonden Kräusellöckchen.

»Diese dunkelhaarige Frau ... Wann war sie da?«

Beleidigt zog die Frau die Schultern hoch. »Vor ein paar Minuten. Es kann auch eine halbe Stunde her sein. Ich habe nicht auf die Zeit geachtet.«

Sie hatte ihren Satz noch nicht zu Ende gesprochen, als er schon durch die Tür war. Draußen schaute er sich in alle Richtungen um, konnte diejenige, die er zu sehen hoffte, aber nicht erspähen und ging schließlich langsam davon, während er, wie meistens während der vergangenen vierundzwanzig Stunden, darüber nachgrübelte, ob er in seinem Brief auch wirklich die richtigen Worte gefunden hatte, um sie zu einer Antwort zu bewegen.

Carlotta schob die fünf verschlossenen Umschläge auf der Holzplatte des Küchentisches hin und her, wie es ein Zauberkünstler mit seinen Spielkarten macht, um die Blicke der Zuschauer abzulenken. Nur leider gab es hier keinen Trick, die geeigneten von den weniger oder gar nicht geeigneten Männern zu unterscheiden – schon gar nicht, ohne die Briefe zu öffnen.

Entschlossen griff sie nach dem Obstmesser und schlitzte den ersten der Umschläge auf. Die Antwort eines gewissen Meinhard bestand aus genau drei Sätzen, die in einer sorgfältigen Kinderschrift zu Papier gebracht worden waren und besonders durch ihre originelle Rechtschreibung glänzten.

Fast erleichtert, dass Meinhard wohl ausschied, schob Carlotta seinen Brief zurück ins Kuvert und öffnete den nächsten. Dieser zweite Umschlag war himmelblau und zeigte irritierenderweise auf der Vorderseite das Bild eines galoppierenden Schimmels. Als Erstes fiel ein Passfoto aus dem Kuvert. Schwarzweiß und ein wenig verschwommen, wahrscheinlich in einem Automaten aufgenommen. Der Mann auf dem Foto trug ein selbstgefälliges Lächeln auf den Lippen, das wohl seinem Spiegelbild in der Fotokabine galt. Womöglich war er besonders stolz auf seinen Schnurrbart, dessen Enden hochgezwirbelt waren, sodass sie etwa auf Höhe seiner Nasenflügel in die Luft standen. Am schlimmsten fand Carlotta allerdings, dass dieser Mann mindestens fünfzig war, obwohl er in dem beiliegenden Brief – das Papier war mit Rosen in allen Farben und Größen bedruckt – in zackigem Ton behauptete, demnächst seinen dreißigsten Geburtstag zu feiern.

Diesmal begnügte Carlotta sich nicht damit, den Brief einfach nur wegzulegen, sondern stand auf, um ihn sofort in den Papierkorb zu werfen. Kaum saß sie aber wieder am Tisch, überlegte sie es sich anders. Lilli sollte vorerst nichts von der Aktion erfahren und deshalb auch keinesfalls die Antwortbriefe irgendwelcher Männer finden. Carlotta konnte Lillis Erklärung, sie werde sich keinesfalls mit einem Mann treffen, dem sie in der Zeitung wie Sauerbier angeboten worden sei, förmlich schon hören. Zumal so eine Anzeige nicht gerade romantisch war, das musste selbst Carlotta zugeben.

Also holte sie Brief und Foto wieder aus dem Papierkorb und stopfte beides vorerst in die linke Vordertasche ihrer Jeans. Das Schreiben in Kinderschrift landete in der Gesäßtasche. Dann griff sie nach der nächsten Antwort.

Dieser Mann, er hörte auf den schönen Namen Siegfried, hatte zwar auf Foto und blumiges Papier verzichtet, sparte aber ansonsten nicht mit Selbstanpreisungen. Von der Kaktuszucht über den beheizten Swimmingpool bis zum Segelflugzeug schien er alles zu besitzen, was frau sich nur wünschen konnte. Ja, er erwog gar die Anschaffung eines eigenen Reitpferdes, falls die künftige Frau seines Herzens Pferde liebte, was ja wohl die meisten Frauen taten.

Dankbar für die Erklärung des pferdebedruckten Umschlags von Kaiser Wilhelm, der offenbar derselben Theorie über Frauen anhing, faltete Carlotta das umfangreiche Schreiben zusammen und unterdrückte einen Seufzer, während sie sich vorstellte, wie Siegfried in seiner Ein-Zimmer-Wohnung gesessen, den einsamen Kaktus auf seiner Fensterbank angestarrt und überlegt hatte, ob seine Badewanne notfalls als Swimmingpool durchgehen würde.

Der Brief wanderte zurück in den Umschlag, der ebenfalls noch Platz in der Jeanstasche fand.

Fast hatte Carlotta schon keine Lust mehr, die übrigen beiden Briefe zu öffnen. Sie sagte sich aber, dass es schließlich reichte, einen einzigen perfekten Mann für ihre Schwester zu finden. Dann spielte es keine Rolle mehr, wie viele Kaktusliebhaber und Angeber die Restmenge bildeten.

Der vierte Brief war so nichtssagend, dass sie nicht die geringste Vorstellung von dem Mann hatte, der hinter diesen Zeilen steckte. Aber immerhin hatte er es irgendwie geschafft, sich nicht von vornherein zu disqualifizieren, was angesichts ihrer bisherigen Erfahrungen schon fast eine echte Leistung war.

Mittlerweile begriff Carlotta nicht mehr, weshalb sie überzeugt gewesen war, eine Zeitungsanzeige würde ihr auf einen Schlag ein Dutzend oder mehr geeigneter Bewerber um das Herz ihrer Schwester bescheren. Bisher hatte sie es für ein Vorurteil gehalten, dass nur Menschen, die auf andere Art keinen Partner finden konnten, sich auf Bekanntschaftsanzeigen meldeten, aber vielleicht war es tatsächlich so. Sie hätte sich nicht von ihrem Architekten mitreißen lassen sollen. Es war schließlich etwas ganz anderes, in der Zeitung nach Büroräumen zu suchen.

Mit zusammengepressten Lippen riss Carlotta den letzten Umschlag auf. Sie überflog den Brief, stutzte, las noch einmal und war völlig überrascht. Das hörte sich nett an! Und genau so, als könnte dieser Mann zu Lilli passen. Sie überflog die Zeilen ein drittes Mal, entdeckte aber auch dabei keinen wirklichen Haken.

Und da Carlotta es gewohnt war, die Dinge sofort in Angriff zu nehmen, sprang sie auf und machte sich auf die Suche nach dem Telefon. Sie war diejenige gewesen, die zuletzt telefoniert hatte, sodass sie einige Zeit brauchte, bis sie das Mobilteil auf der Waschmaschine im Keller entdeckte.

Zurück in der Küche, tippte sie die in dem Brief angegebene Handynummer ein und lauschte dem Klingelzeichen am anderen Ende der Leitung. Sie wollte bereits wieder auflegen, als sich atemlos eine tiefe, männliche Stimme meldete.

»Hallo?«

»Hallo.«

Erst als eine gespannte Pause entstand, weil der Mann am Telefon natürlich erwartete, dass sie den Grund ihres Anrufes nannte, wurde Carlotta bewusst, dass sie keine Ahnung hatte, was sie ihm sagen sollte. Würde er sich für ihre Schwester interessieren, wenn er erfuhr, dass es nicht Lilli persönlich gewesen war, die die Anzeige aufgegeben hatte? Sollte sie ihm überhaupt verraten, dass sie nicht selber die Frau war, um die es ging, wenn ohnehin sie ihn zunächst treffen würde? Selbst wenn er sich mit dem Gedanken anfreunden konnte, dass sie einen Mann für ihre jüngere Schwester suchte, würde er sicherlich versuchen, ihr den perfekten Mann vorzuspielen, falls er echtes Interesse daran hatte, Lilli zu treffen. Wenn er dagegen annahm, dass sie selber die Frau war, die einen Partner suchte, würde er wahrscheinlich sehr viel schneller die Maske fallen lassen und womöglich gleich am ersten Abend versuchen, sie ins Bett zu bekommen.

»Hallo, sind Sie noch da?« Die tiefe Männerstimme klang merkwürdig vertraut, was aber daran liegen mochte, dass viele Menschen sich am Telefon ähnlich anhörten.

»Ja, natürlich bin ich noch da.« Zu ihrem Ärger wusste Carlotta immer noch nicht, wie sie das Gespräch beginnen sollte.

»Sie machen so was zum ersten Mal, nicht wahr?« Ein winziges Lachen hüpfte zwischen seinen Worten umher.

»Was mache ich zum ersten Mal?« Carlotta hob den Blick zur Decke und befahl sich selbst, die nötige Distanz und Übersicht zu bewahren.

»Eine Anzeige aufgeben und dann die Männer anrufen, die geantwortet haben.«

»Woher wissen Sie, weshalb ich anrufe?«

»Vielleicht bin ich Hellseher.«

»Vielleicht sind Sie auch einfach nur ein Witzbold.«

»Vielleicht auch das.« Sein Lachen kroch tief und samtig in ihre Ohrmuschel, und irgendwie nahm sie es ihm übel, dass er kein bisschen beleidigt war.

Eigentlich hätte sie jetzt fragen müssen, wann er sich mit ihr auf eine Tasse Kaffee treffen konnte. Schließlich ging es einzig und allein darum festzustellen, ob er ein Mann war, mit dem Lilli zumindest theoretisch glücklich werden könnte.

»Züchten Sie Kakteen?«, platzte sie unvermittelt heraus.

»Nein. Sollte ich das tun? Wenn Sie großen Wert darauf legen, könnte ich mir ein paar von den Dingern auf die Fensterbank stellen und sehen, was passiert.«

»Das ist nicht nötig. Vielen Dank.« Carlotta rollte den Blick zur Decke und zurück. Sie konnte ihm noch nicht einmal die Schuld daran geben, dass dieses Gespräch ein wenig absurd wirkte.

»Aber Sie züchten Kakteen?«, fragte der Mann, der seinen Brief mit »Fabian« unterschrieben hatte, freundlich.

»Nein.«

»Dann hassen Sie Kakteen?«

»Kakteen sind mir völlig egal! Weshalb reden Sie eigentlich dauernd von diesen blöden Stacheldingern?«

Ratlosigkeit auf beiden Seiten.

»Verraten Sie mir Ihren Namen?«, ließ sich schließlich der Mann am anderen Ende der Leitung vernehmen.

»Nein. Doch. Ich kenne auch nur Ihren Vornamen.«

»Ja. Wir könnten uns duzen und beim Vornamen nennen. So alt sind wir ja beide noch nicht, und es würde die Sache vielleicht vereinfachen.«

»Ich heiße Carlotta.« Sie war sich bewusst, dass er ihr das Heft aus der Hand genommen hatte, aber eigentlich war ihr das ganz recht.

»Hallo, Carlotta.« Das klang fast zärtlich. »Du bist sicher dunkelhaarig, nicht wahr?«

»Legst du gesteigerten Wert darauf?« Aufmerksam richtete sie sich kerzengerade auf. Lilli war blond, und ohnehin waren Männer, die sich auf eine bestimmte Haarfarbe versteiften, viel zu oberflächlich, um als Traumprinz in Frage zu kommen.

»Natürlich nicht! Ich gehöre nicht zu den Männern, die nur blonde oder nur rothaarige oder nur dunkelhaarige Frauen mögen.«

»Sag nicht, es kommt dir allein auf den Charakter an«, bemerkte sie spöttisch. »Märchen kannst du deiner Großmutter erzählen.«

»Es kommt mir auf die Liebe an.«

Sie war verblüfft, diesen Satz von einem Mann zu hören. Einem wildfremden Mann wohlgemerkt.

»Sie sind Romantiker?«, erkundigte sie sich mit trockener Kehle.

»Nein. Realist. Ich weiß, dass es ohne Gefühle nicht funktioniert.«

»Aha«, machte sie und wusste endgültig nicht weiter. Sie lauschte seinem Atem und fühlte sich nicht einmal unbehaglich in diesem Schweigen. Bis ihr einfiel, dass sie sich eine Aufgabe gestellt hatte, die wahrlich nicht darin bestand, Männer beim Atmen zu belauschen.

»Meinst du, wir könnten uns auf einen Kaffee treffen?«, stieß sie hervor, wild entschlossen, ihre Wahl mit kühlem Kopf und völlig unbestechlich zu treffen.

»Bist du sicher, dass du das willst?«

»Ja, natürlich! Irgendwie ist das der Sinn der ganzen Angelegenheit, oder nicht?«

»Warum hörst du dich dann so an, als ginge es darum, in trauter Zweisamkeit mit Quasimodo den Giftbecher zu leeren?«

Carlotta schnappte nach Luft. »Hast du Ähnlichkeit mit Quasimodo?«

»Finde es heraus.« Da war schon wieder dieses leise Lachen, das sie an irgendetwas erinnerte, obwohl sie einfach nicht wusste, woran. »Hatten wir nicht gerade beschlossen, dass es allein auf den Charakter ankommt?«

»Nein, das hatten wir nicht!« Dieser Mann weckte mühelos ihren Trotz, obwohl sie sich doch eigentlich nichts als kühle Distanz vorgenommen hatte.

»Wie wäre es mit morgen oder übermorgen? Für unseren Kaffee, meine ich.« Sie ging mit dem Telefon in die Diele hinaus, um in ihrer Tasche nach dem Terminkalender zu suchen.

»Wie wäre es mit sofort?«

Carlotta, die gerade in bewährter Manier den Tascheninhalt auf den Fußboden geschüttet hatte, um leichter wühlen zu können, schrak zusammen.

»Sofort?«

»Ja. Dann haben wir es hinter uns.«

»Wenn du es so siehst.« Im Grunde war es praktisch, die Sache sofort über die Bühne zu bringen. Wahrscheinlich würde sie ihn ohnehin schon nach fünf Minuten als den absolut falschen Mann für Lilli abhaken, dann konnte sie sich morgen auf weitere Bewerber konzentrieren.

»Wie wäre es mit dem *Café Dschungel*?«

»Ich kenne dieses Café nicht«, erwiderte Carlotta stocksteif.

»Ich könnte mir vorstellen, dass es dir dort gefällt.«

Schon wieder fühlte sie sich gezwungen, sich mit ihm anzulegen. »Und ich kann mir wiederum nicht vorstellen, dass du weißt, was mir gefällt und was mir nicht gefällt. Oder gehörst du etwa zu den Männern, die glauben, alle Frauen seien gleich?«

»Wenn dem so wäre, hätte ich nicht auf deine Anzeige geantwortet, sondern mir einfach die Nächstbeste geschnappt.«

Sie verdrehte die Augen. »Lässt sich denn jede von dir schnappen?«

»Nein, natürlich nicht. Aber irgendeine schon.«

Carlotta setzte sich auf die Tischkante und starrte auf den Brief, der sich viel unkomplizierter anhörte als der Mann am Telefon. Dann warf sie einen Blick durchs Fenster hinaus in den immer noch strömenden Regen und fragte sich, ob sich die Mühe wirklich lohnte. Aber da sie die Sache nun mal angefangen hatte, würde sie sie auch zu Ende bringen. Also ließ sie sich beschreiben, wo genau das Café war, das ihr angeblich gefallen würde.

Kurz darauf stand Carlotta vor ihrem Kleiderschrank und zog seufzend den alten, roten Baumwollpullover aus, den sie zwar heiß liebte, aber nur noch zu Hause trug, seit Lilli mehrmals verkündet hatte, das Ding würde aussehen wie ein zu groß geratener und ziemlich ausgeleierter Topflappen. Stattdessen griff sie wahllos nach einer hellen Bluse, beschloss, dass die Jeans für einen kurzen Cafébesuch mit einem Mann, den sie wahrscheinlich zum ersten und letzten Mal in ihrem Leben sehen würde, durchaus ausreichten, und schlüpfte in ihre bequemen, roten Sneaker und die zwar nicht sonderlich modische, dafür aber dem Wetter angemessene Regenjacke.

Ein Blick in den Spiegel zeigte ihr, dass ihre Haare, die in ihrer Vorstellung wellig und seidig auf ihre Schultern fallen sollten, den Charme eines Hexenbesens besaßen, dessen Besitzerin einmal zu oft durch den Sturm geflogen war. Da sie weder Zeit noch Lust hatte, mit Föhn und Bürste zu hantieren, suchte sie hektisch nach einer Spange, konnte aber wie üblich keine finden. Schließlich entdeckte sie in der Küche ein Paar noch eingepackte, chinesische Essstäbchen. Entschlossen wand sie ihr Haar auf dem Hinterkopf zu einem lockeren Knoten zusammen und steckte die Stäbchen über Kreuz hindurch. Das sah zwar zu der sportlichen Bluse und den Jeans ein wenig seltsam, aber immerhin wenigstens einigermaßen ordentlich aus.

Um passend zur Frisur ein bisschen asiatischer auszusehen, zog sie sich rasch einen Lidstrich, den sie an den äußeren Augenwinkeln spitz auslaufen ließ, und malte sich die Lippen in einem dunklen Rot an, das sie an chinesische Lackkästchen erinnerte.

Als Carlotta das Haus verließ, goss es wie aus Kübeln. Am liebsten hätte sie wieder kehrtgemacht, besonders nachdem ihr eine Sturmböe eine Ladung Wasser ins Gesicht geweht hatte. Wahrscheinlich sah sie schon jetzt kein bisschen chinesisch mehr aus, sondern einfach nur wie eine gebadete Katze mit Essstäbchen auf dem Kopf.

Nur mit Mühe schaffte sie es, sich die Kapuze über den Kopf und die Stäbchen zu ziehen. Offenbar war es kein besonders guter Plan, mit dem Fahrrad in die Stadt zu fahren. Aber für den Bus war jetzt keine Zeit mehr, und sie fand es reichlich übertrieben, sich ein Taxi zu gönnen, um einigermaßen ansehnlich zu einem Treffen mit dem Mann zu erscheinen, der sich, wenn überhaupt, in ihre Schwester verlieben sollte.

Völlig durchnässt erreichte Carlotta das *Café Dschungel*. Schon während sie ihr Rad abschloss, erkannte sie, dass der Name des Cafés Programm war. Durch die großen Fenster waren zahlreiche Palmen in riesigen Kübeln und andere üppige exotische Pflanzen zu erkennen, sodass man eher den Eindruck hatte, vor einem Treibhaus zu stehen, als vor einem Café.

Carlotta wischte sich einige nasse Haarsträhnen aus der Stirn und trat entschlossen durch die Glastür. Erst als sie sich suchend umsah, wurde ihr bewusst, dass sie keine Ahnung hatte, wie der Mann aussah, nach dem sie suchte. Da sie eine blutige Anfängerin in Sachen Blind Date war, hatte sie kein Erkennungszeichen mit ihm vereinbart. Was wahrscheinlich kein größeres Problem dargestellt hätte, wäre das Café schlecht oder mäßig besucht gewesen. Es waren aber fast alle Tische in dem verwinkelten und durch die vielen Pflanzen äußerst unübersichtlichen Raum besetzt.

Die einzige Möglichkeit war offenbar, nach einem einzelnen Mann zu suchen, der irgendwie ordentlich und häuslich aussah und vielleicht auch wie der Glöckner von Notre-Dame.

Langsam ging Carlotta durch das Café, schaute hinter Palmen und in Nischen, stöberte turtelnde Pärchen und heitere Grüppchen auf und kam sich ziemlich fehl am Platze vor.

Endlich erspähte sie neben einem Käfig mit einem krakeelenden Papagei einen Zeitung lesenden, leicht übergewichtigen Mann in den Dreißigern, vor dem ein Teller mit einem Rest Schwarzwälder Kirschtorte stand. Das musste er sein!

Entschlossen, nicht allzu viel Wert auf Äußerlichkeiten zu legen, ging Carlotta auf ihn zu. »Entschuldigung ... Bist du ... Haben wir telefoniert?«

Er fuhr hoch, tunkte die Ecke der Zeitung in seine Kaffeetasse und starrte sie verblüfft an.

»Sie sind zu früh«, teilte er ihr dann streng mit. Offenbar siezte er sie zur Strafe wieder. Da sie nach einem ordentlichen, zuverlässigen Mann suchte, war es vielleicht nicht unbedingt als Minuspunkt anzusehen, dass er über ihre Verspätung ungehalten war. Lilli war immer pünktlich.

»Ich weiß, dass ich zu spät bin«, gab Carlotta zu und weigerte sich, zerknirscht zu klingen. »Wenn Sie es aber auch so eilig mit dem Treffen haben ...«

»Nein, zu früh«, wurde sie korrigiert. »Ich hatte mir vorgenommen, erst noch die Zeitung zu lesen, mich sozusagen seelisch ein bisschen auf unser Treffen vorzubereiten. Außerdem sehen Sie ganz anders aus, als ich Sie mir vorgestellt habe.« Missbilligend musterte er ihre Essstäbchen-Frisur.

»Ich habe Ihnen doch gar nichts über mein Aussehen verraten! Außerdem haben Sie mir auch nicht erzählt, dass Sie auf Sahnetorten stehen!« Carlotta warf dem unmöglichen Kerl ihren tödlichsten Blick zu und überlegte, ob sie nicht besser auf dem Absatz kehrtmachen sollte. Allerdings verspürte sie keine große Lust, durch den strömenden Regen zurück nach Hause zu radeln, bevor sie nicht wenigstens etwas Heißes getrunken hatte und ein bisschen getrocknet war.

Dem Mann mit dem Doppelkinn hatte es vorläufig die Sprache verschlagen. Er rückte lediglich seine in der Dschungelatmosphäre leicht beschlagene Brille zurecht und starrte Carlotta böse an. Offenbar war er es nicht gewohnt, dass jemand zurücknörgelte.

»Vielleicht war das mit der Anzeige doch keine so gute Idee«, überlegte er nach einer kleinen Denkpause laut.

»Möglich!« Da der unhöfliche Kerl keine Anstalten machte, ihr einen Stuhl an seinem Tisch anzubieten, und sie eigentlich auch keine Lust hatte, sich dorthin zu setzen, sah Carlotta sich nach einem anderen Platz um.

In diesem Moment legte sich von hinten eine Hand auf ihre Schulter.

»Entschuldigung! Ich bin zu spät. Meine Autoschlüssel waren verschwunden. Weil ich pünktlich sein wollte, bin ich zu Fuß gegangen, aber mein sportlicher Ehrgeiz wurde von den Witterungsverhältnissen untergraben.«

Carlotta fuhr herum und starrte in ein paar bunte Augen, die sie spontan an einen Film über das Ungeheuer von Loch Ness erinnerten, den sie einmal zu später Stunde im Fernsehen gesehen hatte und in dem fast die ganze Zeit rauchig blaue Wolken und watteartige Nebel über die Mattscheibe geweht waren, zwischen denen hin und wieder blauer Himmel und grünes Wasser sichtbar wurden.

Die gedankliche Reise nach Loch Ness und zurück hatte wohl mehr Zeit in Anspruch genommen, als ihr bewusst war, denn erst ein diskretes Räuspern brachte sie zurück in die Gegenwart.

»Du bist …«, brachte sie verwirrt heraus und ließ ihren Blick zwischen dem Tortenliebhaber, der noch empörter als vorher guckte, und dem schwarzhaarigen Mann mit den bunten Augen hin- und herwandern.

»Fabian«, beendete Letzterer ihren Satz und hielt ihr lächelnd die Hand hin.

Carlotta murmelte ihren Namen, legte ihre Hand in seine und wunderte sich, wenn sie auch nicht recht wusste, worüber. Aus irgendeinem Grund hatte sie sich den Richtigen für Lilli anders vorgestellt, obwohl gegen das Äußere dieses Kandidaten nichts einzuwenden war. Vielleicht war es sein Blick, der sie irritierte. Er ruhte auf eine Weise auf ihr, die eine seltsame Unruhe in ihrem Magen auslöste. Vielleicht hatte sie aber auch nur Hunger.

»Hören Sie«, mischte sich in diesem Moment der Doppelkinninhaber ein, »Sie können sich doch nicht einfach an die Frau heranmachen, mit der ich verabredet bin!«

»Bist du mit ihm auch verabredet?« In Fabians Augen blitzte etwas auf, das irgendwo zwischen Amüsement und Enttäuschung lag. Ob er tatsächlich annahm, dass sie gleich mehrere Blind Dates gleichzeitig abhandelte?

Es war kein schlechter Gedanke, gleich zu Beginn festzustellen, was an Gelassenheit und Ruhe in ihm steckte. Also zuckte sie die Achseln, lächelte Fabian strahlend an und sagte: »Zeit ist ein knappes Gut. Ich fand es auf diese Weise ökonomischer.«

»Wenn du es so siehst!« Fabian warf seinem vermeintlichen Konkurrenten einen interessierten Blick zu und zog dann für Carlotta einen Stuhl unter dem Tisch hervor, bevor er selber sich zwischen ihr und dem Mann mit der Sahnetorte niederließ, der ihn bitterböse ansah und sich hastig die letzten Tortenbissen in den Mund schob.

»Keine Sorge, so hungrig bin ich nicht«, erklärte Fabian ihm freundlich. »Übrigens heiße ich Fabian.«

»Reinold«, murmelte Herr Doppelkinn, den Mund immer noch voller Torte, und warf sich männlich in die Brust. Fabian dagegen lächelte vor sich hin und schien sich in der Situation nicht sonderlich unwohl zu fühlen. Wahrscheinlich hielt er sich für so viel attraktiver, dass er den anderen Mann am Tisch nicht als Konkurrenz ansah.

Na warte!, dachte Carlotta und rechtfertigte ihren Plan vor sich selbst damit, dass sie schließlich herausfinden musste, wie der Charakter des Mannes war, der ihre Schwester glücklich machen sollte.

Nachdem sie bei der Kellnerin im ausgefransten Lederkleidchen, das wahrscheinlich an Tarzans Jane erinnern sollte, heiße Getränke bestellt hatten – Reinold orderte zur Stärkung ein Stück Haselnusstorte –, wandte Carlotta sich demonstrativ an den Tortenliebhaber.

»Ich mag Männer mit einem gesunden Appetit«, gurrte sie. »Da hat man wenigstens was zum Anlehnen.«

»Wenn du meinst, dass ich jetzt auch anfange, Torte zu essen, hast du dich getäuscht«, kam es prompt aus Fabians Richtung. Dabei klang er die ganze Zeit kein bisschen aggressiv, sondern heiter, nahezu glücklich, während sein blaugrüner Blick ständig zwischen den Löckchen, die sich aus ihrer Essstäbchen-Frisur gelöst hatten, ihren Händen und ihrem Mund hin und her wanderte.

Carlotta beachtete ihn nicht, jedenfalls tat sie so. Der wahre Charakter eines Mannes trat ihrer Erfahrung nach dann zutage, wenn er nicht die Aufmerksamkeit bekam, die er für sein gutes Recht hielt.

Offenbar hatte der wohlbeleibte Reinold sich mittlerweile mit Carlottas Äußerem ausgesöhnt, wahrscheinlich schon allein deshalb, weil Fabian kaum den Blick von ihr wandte. Es war, wie es immer war: Konkurrenz belebt entschieden das Geschäft.

Reinold beugte sich vertraulich zu Carlotta hinüber, wobei er Fabian zwang, sich auf seinem Stuhl so weit wie möglich zurückzulehnen, wenn er nicht Gefahr laufen wollte, mit den sahneverschmierten Lippen seines Nachbarn Bekanntschaft zu machen.

»Warum bestellen Sie sich nicht auch ein Stück von der Torte? Sie können noch ein wenig … äh … zusätzliche Fülle vertragen.«

Carlotta lächelte süß wie Karamell. »Ich war krank und habe etwas abgenommen. Aber das wird sich schnell ändern.«

Aus den Augenwinkeln beobachtete sie Fabian, der jedoch zu ihrer Enttäuschung gelassen in seiner Tasse rührte und so tat, als würde es ihn nicht im Geringsten interessieren, ob sie demnächst in Übergrößen herumlief.

Lächelnd griff Carlotta nach dem Sahnekännchen, das die Serviererin zwischen ihrem und Fabians Kaffeegedeck auf den

Tisch gestellt hatte. Im selben Augenblick tat Fabian das Gleiche. Ihre Finger berührten sich und zuckten zurück.

»Bitte!«, ließen sie, wiederum gleichzeitig, einander den Vortritt.

Nach einigem Hin und Her bediente Carlotta sich als Erste, gab viel zu viel Sahne in ihren Kaffee und rührte so heftig um, dass der Kaffee überschwappte und einen großen, hellbraunen Fleck auf dem Tischtuch hinterließ. Hastig schob sie ihre Tasse ein wenig zur Seite und wandte sich wieder ihrem Torte essenden Tischnachbarn zu, um mit ihm eine lebhafte Unterhaltung über sämtliche Torten und Eissorten zu beginnen, die ihr einfielen.

Dieses Gespräch erschöpfte sie ziemlich, weil ihr schon nach kürzester Zeit flau im Magen wurde, sie war aber überzeugt, dass sich die Mühe lohnen würde. Früher oder später musste Fabian doch reagieren! Zweifellos war er kein Mann, der sich von übergewichtigen Tortenessern aus dem Rennen werfen ließ. Es sei denn, er hatte überhaupt kein Interesse an ihr, ein Gedanke, der sie aus irgendeinem Grund beunruhigte, obwohl es doch gar nicht um sie ging.

Gerade wollte sie sich noch heftiger an den Süßwarenliebhaber heranwerfen, als sie von einer leisen Frauenstimme in ihrem Tun unterbrochen wurde.

»Entschuldigung. Sind Sie Reinold?«

Neben dem Tisch stand eine Frau wie Erdbeer-Sahne-Torte. Rosig, üppig, mit Rüschen und blonden Löckchen. Schlagartig kam Carlotta sich vor wie eine Bohnenstange mit Essstäbchen im Haar und verstand sogar ein bisschen Reinolds Enttäuschung bei ihrem Anblick.

XVII

»Carmen?« Vor Begeisterung hätte Reinold fast den Rest seiner Torte vom Tisch geworfen.

»Das ist Carmen!«, teilte er Carlotta aufgeregt mit. »Mit ihr bin ich verabredet!«

»Guten Tag, Carmen.« Höflich stand Fabian auf, um der rosigen Carmen seinen Stuhl zu überlassen.

»Vielleicht sollten wir zwei uns da drüben hinsetzen«, wandte er sich dann grinsend an Carlotta und zeigte auf einen Tisch in der Nähe, der soeben frei geworden war.

Sie nickte, und während sie sich entfernten, hörte Carlotta, wie Carmen und Reinold bereits angeregt über die Vorzüge von Marzipantorte gegenüber Obstkuchen diskutierten.

»Mache ich auf dich den Eindruck eines Mannes, der sich besonders dann für eine Frau interessiert, wenn ein anderer sie haben will?«, erkundigte Fabian sich interessiert, nachdem sie ihre Kännchen und Tassen auf dem kleinen Tisch neben der mannshohen Yucca-Palme neu geordnet hatten.

Carlotta zog in Erwägung zu behaupten, sie habe keine Ahnung, wovon er überhaupt rede, aber sie wusste ohnehin schon, dass er mit genau jener ruhigen, fast gleichgültigen Gelassenheit, die sie gleichzeitig verunsicherte und wütend machte, wissend lächeln würde.

»Immerhin ist es bei den meisten Männern einen Versuch wert, nicht wahr?«, sagte sie deshalb patzig und führte ihre Tasse so zackig zum Mund, dass sie auch auf dieser Tischdecke einen hellbraunen Fleck hinterließ.

»Ich fühle mich geehrt, dass du die Mühe auf dich genommen hast.« Er nickte ihr zu und griff ebenfalls zur Tasse, natürlich ohne dabei Unheil anzurichten. Dazu war er viel zu sicher und überlegen. Innerlich schnaubte Carlotta vor Wut und beschloss, unverzüglich zum Gegenangriff überzugehen.

»Du weißt, dass es mir wichtig ist, Männer kennen zu lernen, die ihr Leben im Griff haben. Innerlich und äußerlich, wenn du verstehst, was ich meine. Wenn du nicht pünktlich sein kannst, weil du deine Autoschlüssel nicht findest, spricht das nicht gerade für dich.«

»Es ist so«, begann er nach einer kurzen Pause, die er dazu nutzte, sie fast liebevoll zu betrachten, »dass mein Neffe bei mir war, während meine Schwester Besorgungen machte. Und er hat wohl mit meinem Schlüsselbund gespielt.«

Dazu fiel Carlotta nur ein, dass Kinder nur dann Schlüssel und ähnlich wichtige Gegenstände zum Verschwinden bringen konnten, wenn diese Sachen nicht ordnungsgemäß aufgeräumt waren. Mit diesen Dingen kannte sie sich aus, spätestens seit sie einmal auf die süße, kleine Lena aus der Nachbarschaft aufgepasst hatte, weil ihre Mutter dringend zum Zahnarzt musste. Es war lustig gewesen, mit Lena im ganzen Haus Verstecken zu spielen und mit ihr zusammen Milchreis zu kochen, aber Carlotta hatte über eine Woche gebraucht, bis sie all die wichtigen Dinge, die sie normalerweise einfach irgendwo liegen ließ, wiedergefunden hatte. Ihre Monatskarte für den Bus war erst zwei Monate später aus einem zusammengefalteten Tuch herausgefallen. Es war aber wohl klüger, diese Erfahrung für sich zu behalten, wenn sie vorgeben wollte, dass sie selber eine ordnungsliebende Frau war, die sich nach einem ebensolchen Mann sehnte.

Fabian schien der Meinung zu sein, ihr auf ihre Frage eine zufrieden stellende Antwort gegeben zu haben, und lächelte sie entspannt an. Vielleicht war es ja tatsächlich so, dass er nichts für das Verschwinden seines Schlüssels konnte. Wieso sonst sollte er sich auf eine Anzeige melden, in der ausdrücklich ein Mann mit Ordnungssinn gesucht wurde? Das wäre ja ebenso, als würde sie einen Beamten zu ihrem Traummann erklären, der ihr heute schon sagen konnte, wie hoch seine Ruhebezüge nach weiteren dreißig Berufsjahren sein würden und welchen Dienstgrad er dann bekleiden würde – eine Vorstellung, bei der es sie schüttelte.

Über den kleinen runden Tisch hinweg sah Fabian sie an, und in seinen Augen war etwas, das sie verunsicherte, weil sie zwar interessierte Blicke von Männern durchaus gewohnt war, aber dieses Interesse war anders, wenn sie auch nicht hätte sagen können, was genau anders war.

»Wieso siehst du mich so an?«, platzte sie schließlich heraus.

»Weil ich mich frage, was du gerade denkst.« Sein Lächeln funkelte auch in seinen Augen, die in dem Licht, das durch die Palmwedel auf den Tisch schien, einen strahlend grünen Farbton angenommen hatten.

Kurzfristig verschlug es Carlotta die Sprache. »Was ich denke?«, erkundigte sie sich dann misstrauisch.

»Genau.« Er schenkte ihr ein erneutes Lächeln und blickte sie an, als wolle er tatsächlich durch ihre Augen hindurch hinter ihre Stirn sehen.

Carlotta betrachtete angestrengt die Palme neben sich. »Männer fragen so was nicht«, teilte sie dem Palmwedel oben links dabei ganz nebenbei mit. »Das ist eine typische Frauenfrage, die Männer total nervt. Man liegt nebeneinander im Bett, und plötzlich fragt sie ihn, was er denn so denkt. Aber er denkt gar nichts, weil er müde und vielleicht sogar zufrieden ist. Wenn sie nicht locker lässt, muss er sich irgendwelche tiefschürfenden Dinge ausdenken. Oder zumindest behaupten, er habe daran gedacht, wie sehr er sie liebt. Also, ich würde diese Frage niemals stellen. Jedenfalls nicht, seit ich älter als siebzehn bin.«

»Nun ja … wir liegen momentan ja nicht gerade nach einer heißen Liebesnacht miteinander im Bett. Und ehrlich gesagt, erwarte ich zu diesem frühen Zeitpunkt auch noch keine Liebesschwüre von dir.« Plötzlich war er ganz ernst, was fast noch schlimmer war als sein ständiges Lächeln.

»Das beruhigt mich!«

Sie rührten gleichzeitig in ihren Tassen und starrten einander dabei an. Es war klar, dass derjenige der Verlierer sein würde, der als Erster den Blick abwandte. Nach einer halben Minute schmerzten Carlotta die Augäpfel, nach weiteren zehn Sekunden begannen ihre Augen zu tränen. Sie hielt trotzdem durch, weil er sie herausforderte und sie vor Herausforderungen nicht davonlief.

»Ich mag deine Frisur«, sagte er schließlich und ließ den Blick leicht nach oben gleiten.

Carlotta musste grinsen, während sie mit den Fingerspitzen nach den Stäbchen tastete, die erstaunlicherweise noch an Ort und Stelle saßen. Sie würde ihm ganz sicher nicht verraten, dass die Essstäbchen-Frisur eine Notlösung war, da sie einfach keine Haarspange hatte finden können.

Plötzlich fiel ihr wieder ein, was sie ihn schon die ganze Zeit hatte fragen wollen: »Woher wusstet du eigentlich, wer ich bin?«

Aus irgendeinem Grund schien die Frage ihn zu erschrecken. Er runzelte die Stirn, atmete tief durch und lehnte sich schließlich entspannt zurück.

»Ich habe deine Stimme gehört. Immerhin hatten wir kurz vorher miteinander telefoniert.«

Carlotta nickte und sagte lieber nichts. Schließlich war ihr seine Stimme bereits am Telefon, bei ihrem allerersten Gespräch, vertraut erschienen.

»Du bist also ordnungsliebend, häuslich, zuverlässig und all diese Sachen?«, nahm sie ihr Verhör wieder auf. Ohnehin ließ sie sich ständig davon ablenken festzustellen, ob dieser Mann geeignet war, Lilli glücklich zu machen. Sie würde ein bisschen mehr Routine entwickeln müssen, falls sie noch mehr Kandidaten traf.

»Sonst hätte ich mich nicht gemeldet, nicht wahr?« Die Antwort kam verdächtig schnell.

»Warum hast du überhaupt auf eine Anzeige geantwortet?« Carlotta genoss das Gefühl, nun eindeutig das Gespräch zu kontrollieren.

»Wie meinst du das?«, fragte er zurück.

»Findest du auf normalem Weg keine Frau?« Dabei befürchtete sie, er würde umgekehrt sie fragen, ob sie auf normalem Weg keinen Mann fände.

Das tat er aber nicht, sondern sah sie schon wieder lange nachdenklich an. Schließlich sagte er so leise, dass es fast in den Gesprächen und im Geschirrklappern um sie herum unterging: »Offenbar habe ich bisher nicht die Richtige gefunden, sonst hätte ich dir nicht geschrieben.«

»Aha«, machte Carlotta, weil ihr dazu nichts Besseres einfiel.

Auch Fabian sagte nichts. Er sah zwar in ihre Richtung, schaute ihr aber zum ersten Mal nicht direkt in die Augen.

Vielleicht betrachtete er ihr linkes Ohrläppchen, vielleicht auch das Essstäbchen, das auf der linken Seite aus ihrem Haar ragte.

»Okay. Ich denke …« Weil sie nicht recht wusste, was sie eigentlich denken sollte, trank Carlotta erst einmal ihre Tasse leer, wodurch sie aber auch keine tiefer gehenden Erkenntnisse gewann.

»Kann ich dich zu einem weiteren Treffen überreden? An einem sonnigen Tag, irgendwo draußen? Vielleicht können wir dann in Ruhe ein bisschen mehr über unseren Ordnungssinn und all diese Dinge herausfinden.« Sein Blick war ernst und fragend, seine Stimme dunkel und schmelzend wie Mokkaeis.

»Vielleicht«, antwortete Carlotta genauso unschlüssig, wie sie sich fühlte. Sie hatte keine Ahnung, ob sie diesen Mann auf ihre Schwester loslassen sollte. Irgendwie hatte sie das Gefühl, dass er genau der Typ war, der Lilli zu drei tränenreichen Tagen und Nächten in ihrem Bett animieren würde. Sie musste sich also wohl aufopfern und mehr über ihn herausfinden, denn andererseits war sie sich nicht sicher, ob er nicht eventuell doch genau der Richtige war, der ihre Schwester glücklich machen konnte.

»Ich kenne ein schönes grünes Fleckchen ganz in der Nähe.«

»Ich weiß nicht.« Der Gedanke, mit ihm auf einer Wiese zu sitzen und Schmetterlinge zu bestaunen, die um Blüten taumelten, war ihr nicht ganz geheuer. Obwohl dies ein guter Romantiktest wäre. Lilli liebte die Natur im Frühling.

»Kann ich dich überreden, indem ich dir ein kleines Picknick verspreche?« Er lächelte sie probeweise an.

»Du musst mich nicht überreden. Das wird dir sowieso nicht gelingen. Ich treffe meine Entscheidungen sozusagen … vernunftgemäß. Das hat mit einem Picknick nicht das Geringste zu tun!« Sie erwiderte starr seinen Blick und hoffte, dass er nicht bemerkte, wie viel lästige Unsicherheit sich hinter ihren Worten verbarg. Die Aufgabe, die sie sich selbst gestellt hatte, schien wesentlich komplizierter zu sein, als zu erwarten gewesen war.

»Na gut. Dann verbringen wir eben ein oder zwei vernünftige Stunden in der Natur.« Seine bunten Augen funkelten, und seine Mundwinkel zuckten.

Carlotta tat, als hätte sie nichts von seinem Spott bemerkt, und begann, in ihrer Tasche zu wühlen. Zu ihrem nicht geringen Staunen hielt sie plötzlich ihren Terminkalender in der Hand. Mit dem Gebaren einer Frau, die mit größter Selbstverständlichkeit ihre Termine notiert, schlug sie das Büchlein auf und zückte den Stift, der in der Schlaufe an der Seite des Umschlags steckte.

»Wie wäre es mit morgen? Das Wetter soll schön werden. Ich könnte mir den Nachmittag freihalten.« Fabian hielt ein elektronisches Notizbuch in der Hand und tippte mit einem kleinen Plastikstift darauf herum.

»Übermorgen passt es mir besser.« Sie hatte keine Lust, sich vor ihrem Dienst im *Susanna's* unnötig abzuhetzen.

»Um wie viel Uhr?« Sein elektronisches Spielzeug schien nicht ganz so zu wollen wie er, jedenfalls gab er seine Versuche mit dem Plastikstäbchen auf.

»Ich habe um dreizehn Uhr einen Termin. Das dauert höchstens zwei Stunden. Anschließend könnten wir uns dann irgendwo hier im Zentrum treffen.«

Sie einigten sich auf einen Treffpunkt und eine genaue Uhrzeit, die Carlotta stolz notierte, während Fabian frustriert sein elektronisches Notizbuch in die Jackentasche steckte und verkündete, er würde pünktlich da sein.

»Ich freue mich darauf«, sagte er, und schon wieder musste Carlotta an süßen Mokka denken.

Sie konzentrierte sich darauf, ihren Terminkalender ordentlich in die Seitentasche ihres Lederbeutels zu stecken und nicht darüber nachzudenken, ob dieser Mann nun grüne oder blaue Augen hatte. Zumal Lilli auf diesem Gebiet keine ausgesprochene Vorliebe hatte.

Während Fabian um die Palme herum nach der Kellnerin winkte, die immer wieder geschäftig an dem kleinen Extra-Dschungel vorbeieilte, in dem ihr Tisch stand, schielte Carlotta hinüber zu Reinold und Carmen. Die beiden hatten sich offensichtlich gesucht und gefunden. Mit strahlenden Gesichtern saßen sie hinter einigen leeren Tellern und redeten eifrig aufeinander ein. Zu gern hätte Carlotta gewusst, worum sich die angeregte Unterhaltung drehte – um Kuchenrezepte, Lieblingstorten oder doch um Liebe und Leidenschaft. Vielleicht machte das bei den beiden da drüben auch gar keinen so großen Unterschied, weil ihre Leidenschaften sich offensichtlich trafen. Für einen kurzen Moment hatte sie Sehnsucht nach ganz einfachen Gefühlen.

Als sich die Bedienung endlich durch die Palmwedel zu ihnen durchgekämpft hatte, gab es eine längere Diskussion wegen der Rechnung. Fabian wollte Carlottas Anteil mit übernehmen, und sie wollte das auf keinen Fall zulassen. Erstens aus Prinzip und zweitens, weil sie nicht die war, für die sie sich ausgab. Zumindest war sie nicht diejenige, die ordentlich und häuslich war und einen Mann fürs Leben suchte.

»Soll ich in zehn Minuten noch mal wiederkommen?«, fragte die blonde Frau im Jane-Kostüm schließlich und ließ ihre Geldtasche wieder unter dem dafür vorgesehenen, seitlich an den kurzen Rock genähten Lederflicken verschwinden.

»Nein!« Ausnahmsweise waren sie sich einig.

»Ich finde es lächerlich, wenn wir uns hier um vier Euro streiten«, erklärte Carlotta daraufhin dem Mann, der nicht zulassen wollte, dass sie ihren Kaffee selbst bezahlte.

»Genauso ist es! Dann sind wir uns ja einig. Ich zahle für beide.« Er schob Jane einen Geldschein hin.

»Kommt gar nicht in Frage! Dann zahle ich eben für beide!« Carlotta knallte mit Nachdruck ihren Schein auf seinen.

»Wieso bist du so verdammt eigensinnig?«, erkundigte Fabian sich mit funkelnden Augen, zog seinen Geldschein unter ihrem hervor und wedelte damit vor der Kellnerin durch die Luft.

»Und wieso bist du so eigensinnig? Geht es um irgendwelche uralten Rituale zwischen Mann und Frau?«, konterte Carlotta und kam sich fast gelassen vor, da sie ganz leise sprach, ihre Worte jedoch überaus deutlich artikulierte.

»Es geht um ...« Er stockte.

Sowohl Carlotta als auch Jane starrten ihm gespannt ins Gesicht. Er starrte zurück – und verzog den Mund unvermittelt zu einem breiten Grinsen.

»Du hast gewonnen!«, erklärte er fröhlich und stieß jenes tiefe, ein wenig atemlose Lachen aus, das zu ihm zu gehören schien wie die widerspenstige Haarsträhne, die ihm alle fünf Minuten in die Augen fiel. Dann steckte er sein Geld in die Brusttasche seines hellen Hemdes und lehnte sich zurück.

Carlotta war verblüfft und fast ein wenig enttäuscht, dass er so plötzlich nachgab. Während sie ihr Portemonnaie zurück in die Tasche steckte, fiel ihr ein, dass sie keine Ahnung hatte, wo sie ihren Fahrradschlüssel hingetan hatte. Unruhig tastete sie zunächst die Taschen ihrer Jeans ab, griff dann in ihre Jackentaschen und begann schließlich, in dem großen Lederbeutel zu wühlen, den sie als Handtasche benutzte.

»Kann ich helfen?«, erkundigte sich Fabian nach einer Weile.

»Nein, danke. Ich schaue nur nach, ob ich alles Wichtige bei mir habe.« Da sie vorgab, eine ordnungsliebende Frau zu sein, konnte sie ihm schlecht verraten, dass es ihr innerhalb einer knappen Stunde gelungen war, ihren Fahrradschlüssel zu verbummeln.

Nachdem sie all jene Gegenstände aus der Tasche geholt und auf den Tisch gelegt hatte, die sie ohne größere Peinlichkeiten in der Öffentlichkeit herzeigen konnte, war immer noch genügend Zeug in dem Beutel, um es als einigermaßen aussichtsloses Unterfangen erscheinen zu lassen, den kleinen Schlüssel dazwischen zu finden. Entschlossen packte sie die zerknüllten Notizzettel, die zahlreichen Kassenbons, das eselsohrige Taschenbuch, die Hustenbonbons und Kopfschmerztabletten, den Busfahrplan, das Döschen mit getrocknetem Basilikum und das kleine Kosmetiktäschchen wieder ein.

Fabian sah ihr geduldig dabei zu. Er fragte nicht einmal, warum sie ein Kochbuch bei sich hatte, und selbst dass sie Kräuter mit sich herumschleppte, schien ihm normal vorzukommen.

»Ich wollte eigentlich noch einkaufen, für ein italienisches Rezept«, erklärte sie ihm rasch. Dass sie diesen Plan vor einigen Wochen gehabt und nur vergessen hatte, das Kochbuch aus der Tasche zu nehmen, tat eigentlich nichts zur Sache. Wenigstens wusste sie jetzt, wohin das Basilikum verschwunden war.

»Du kannst kochen?« Das klang ein wenig verwundert.

»Natürlich!« Carlotta war Anhängerin der Theorie, dass jeder, der ein Rezept lesen konnte, auch das darin beschriebene Gericht auf den Tisch bringen konnte. Zwar wurde sie von der grausamen Realität immer wieder eines Besseren belehrt, aber hier ging es schließlich nicht um sie. Lilli konnte wirklich gut kochen.

»Und wie sieht es bei dir aus? Kannst du kochen?« Zum ersten Mal an diesem Nachmittag hatte sie das Gefühl, zielgerichtet ihren Plan zu verfolgen, den richtigen Mann für Lilli zu finden.

Fabian nickte mit selbstverständlicher Miene. »Am liebsten italienisch«, erklärte er dann strahlend.

»Gut!«, lobte sie ihn im Ton einer Grundschullehrerin. Lilli bevorzugte zwar die asiatische Küche, während Carlotta für italienisches Essen schwärmte, aber am wichtigsten war ihr in diesem Fall die häusliche Art, auf die man bei einem Mann schließen konnte, der sich gern an den Herd stellte.

Da sie ihren Fahrradschlüssel nicht finden konnte, musste sie wohl den Bus nehmen, obwohl sie momentan auch keine Ahnung hatte, ob ihre Monatskarte irgendwo in den Tiefen ihrer Tasche verborgen war.

»Wie kommst du nach Hause?«, erkundigte Fabian sich, während sie zwischen Palmen zum Ausgang gingen. »Aber vermutlich willst du erst noch einkaufen.«

»Wieso einkaufen?« Irritiert sah sie ihn von der Seite an. Die dunkle Haarsträhne hing ihm schon wieder in die Augen, und diesmal machte er sich nicht die Mühe, sie zurückzustreichen.

»Wegen des Kochbuchs und des italienischen Essens.« Er deutete auf ihre Tasche.

»Ach so. Ja. Natürlich.« Sie wedelte lässig mit der Hand durch die Luft und fragte sich, warum sie ihm nicht einfach auf der Stelle die Wahrheit über Lilli und sich erzählte und darüber, dass nicht sie es war, die einen häuslichen und ordnungsliebenden Mann suchte. Sie hatte nicht geahnt, dass es derart anstrengend sein würde, so zu tun, als wären ihr Leben und sie selber bestens organisiert.

Der Regen hatte nachgelassen und war in ein sanftes, gleichmäßiges Tröpfeln übergegangen. Die Stadt roch nach Frühling, als sie nebeneinander durch die Glastür nach draußen traten.

»Oh, da hat jemand seinen Fahrradschlüssel stecken lassen«, bemerkte Fabian, als er an Carlottas rot lackiertem Fahrrad vorbeiging.

»Tatsächlich! Manche Menschen sind bemerkenswert unordentlich, nicht wahr?« Carlotta schüttelte den Kopf, während Fabian eine unbewegte Miene machte.

Gemeinsam gingen sie bis zur nächsten Ecke, wo sich ihre Wege trennten, da Carlotta angeblich noch für ihr italienisches Essen einkaufen musste.

Sie marschierte in den erstbesten Laden und langweilte sich gute zehn Minuten zwischen den neuesten Dosenöffnermodellen und den sündhaft teuren Kochtöpfen in dem Haushaltswarengeschäft, bevor sie es wagte, zurück zum *Café Dschungel* zu gehen, um ihr Fahrrad zu holen.

Als Fabian seine Wohnungstür aufschloss, wurde er begeistert von Holly begrüßt, die jedes Mal nach einer Trennung den Eindruck erweckte, sie würde vor Freude unverzüglich einen Herzanfall bekommen.

»Gewöhn dir das ab«, sagte er wie immer mit gespielter Strenge, als die Hündin an ihm hochsprang, ihm die Pfoten auf die Oberarme legte und von schräg unten in sein Gesicht starrte. »Ein gut erzogener Hund macht so was nicht.«

Das Lächeln, mit dem er den Blick aus den glänzend braunen Hundeaugen erwiderte, strafte seine Worte Lügen. Er liebte es, wie Holly ihn mit ihren Vorderpfoten umarmte und dabei mit dem ganzen Hinterteil wackelte, als würde ihr ein einfaches Schwanzwedeln nicht genügen, um ihrem Entzücken Ausdruck zu verleihen.

»Du tust nur so freudig, weil es Zeit für dein Futter ist«, unterstellte er ihr, obwohl er genau wusste, dass Holly ihn zu jeder anderen Zeit genauso begrüßte.

Als habe sie seine Worte verstanden und wolle dagegen protestieren, bellte die Hündin kurz, aber sehr entschieden und folgte ihm dann schwanzwedelnd in die Küche, wo er den Schrank öffnete.

»Lamm, Rind oder Huhn?«, fragte er sie.

Wieder ein kurzes Bellen. Sie waren mittlerweile ein eingespieltes Team, wenn auch Fabian nur unter Folter zugegeben hätte, dass er sich mit seinem Retriever unterhielt, wenn niemand sonst in der Nähe war.

»Es wird Zeit, dass ich mich mal wieder richtig verliebe, mit allem Drum und Dran«, teilte er Holly mit, nachdem er ihr das Futter in der bunten Schüssel mit der Aufschrift *Hund* serviert hatte. »Das mit uns beiden wird mir ein bisschen zu intensiv. Ich habe genau gemerkt, dass du letzte Nacht heimlich an meinem Fußende geschlafen hast. Da nützt es dir nichts, wenn du dich beim Weckerklingeln schnell wieder in deinen Korb legst.«

Für einen Moment hob Holly den Kopf von der Futterschüssel und sah ihren Herrn fragend an.

»Ich denke aber, es besteht Hoffnung, dass du bald Konkurrenz bekommst«, teilte dieser ihr mit, während er sich ein Glas Mineralwasser einschenkte. »Sie ist anders, als ich mir eine Frau vorgestellt habe, die großen Wert auf Ordnung und Zuverlässigkeit legt. Ziemlich widersprüchlich und irgendwie geheimnisvoll. Aber das stört mich durchaus nicht.«

Fabian lehnte an der Arbeitsplatte neben dem Herd und sah verträumt aus dem Küchenfenster in den nun wieder gleichmäßig fallenden Regen, zu dessen sachtem Geplätscher Holly leise schmatzte.

»Wahrscheinlich hätte ich ihr sagen sollen, dass ihr Makeup völlig verschmiert war, aber ich dachte, es würde ihr zu peinlich sein. Obwohl sie wahrscheinlich ohnehin mittlerweile in den Spiegel gesehen hat. Nicoletta hätte es mir jedenfalls sehr übel genommen, wenn ich sie nicht unverzüglich darauf aufmerksam gemacht hätte, dass sie wie ein Pandabär aussieht.«

Mit einem Seufzer leckte Holly ein letztes Mal über den Rand ihres leeren Futternapfes und drängte sich dann an Fabians Beine. In den wenigen Wochen, die sie nun schon mit Fabian zusammenlebte, hatte sie relativ oft den Namen Nicoletta gehört, und zwar immer in einem bitteren Ton. Holly schmiegte ihren schwarzen Kopf an Fabians herabhängende Hand, und er kraulte sie automatisch zwischen den Ohren.

»Du hast ja Recht«, sagte er dabei. »Wir hatten abgemacht, nicht mehr über Nicoletta zu sprechen. Das muss furchtbar langweilig für dich sein, weil du sie ja nicht mal mehr kennen gelernt hast. Sie mag sowieso keine Hunde, und mich mochte sie wohl auch nie besonders gern. Ehrlich gesagt, beruht das auf Gegenseitigkeit, wenn ich auch ziemlich lange gebraucht habe, um das zu kapieren.«

Diesmal seufzten Herr und Hündin gleichzeitig, bevor sie in trauter Eintracht hinüber ins Wohnzimmer gingen, um sich im Fernsehen die Nachrichten anzuschauen.

XVIII

Wie an allen Wochentagen strebten gegen dreiundzwanzig Uhr die meisten Gäste des *Susanna's* nach Hause. Nur ein paar Nachtschwärmer und das verliebte Pärchen hinten am Fenster machten noch keine Anstalten zu gehen. Doch auch diese wenigen Menschen wurden plötzlich ruhiger, senkten die Stimmen und schwiegen immer häufiger und nachdenklicher.

Carlotta polierte Gläser und kontrollierte immer wieder ihr Aussehen in der Spiegelwand hinter der Bar. Nach ihrer Rückkehr von dem merkwürdigen Date am Nachmittag hatte sie geduscht und sich die Haare gewaschen, die nun in genau jenen Wellen auf ihre Schultern fielen, die sie sich nachträglich für ihr Treffen mit Fabian wünschte. Das hätte vielleicht ein wenig ihr aufgelöstes Make-up ausgeglichen, bei dessen Anblick im Spiegel sie nach ihrer Heimkehr fast in Ohnmacht gefallen war.

»Sag mal«, wandte sie sich schließlich an Tanja, die gerade die Vorräte im Kühlfach überprüfte.

»Hm«, machte Tanja und schob eine angebrochene Flasche Cola zur Seite, um festzustellen, wie viel Orangensaft noch da war.

»Wenn ein Mann keinen Ton sagt, obwohl man völlig unmöglich aussieht, also zum Beispiel einen riesigen Fleck auf der Bluse hat oder der Lippenstift bis hinter die Ohren verschmiert ist – was denkt er sich eigentlich dabei?«

Erstaunt richtete Tanja sich auf. Sie sah Carlotta prüfend an und zuckte dann die Schultern. »Kommt wohl drauf an.«

»Worauf kommt es an?«

»Er kann verschiedene Gründe haben, denke ich. Entweder, er wollte dich nicht in Verlegenheit bringen, oder er fand es einfach lustig und war ein bisschen schadenfroh.«

»Ich habe nicht von mir gesprochen«, erklärte Carlotta rasch. »Es geht mir nur um den hypothetischen Fall. Sozusagen.«

Tanja verzog den Mund. »Hör mal! Wir arbeiten schon seit einer kleinen Ewigkeit zusammen. Wieso um alles in der Welt ist es dir peinlich, mit mir darüber zu reden, dass du mal kurzfristig mit verschmiertem Lippenstift herumgelaufen bist?«

»Es war nicht der Lippenstift«, gestand Carlotta widerwillig. »Es war der Lidstrich. Jedenfalls hauptsächlich. Ich bin in den Regen gekommen, das Zeug war nicht wasserfest, und ich sah anschließend einem Panda ziemlich ähnlich. Aber der Typ hat keine Miene verzogen, obwohl er es gesehen haben muss, weil er definitiv nicht blind ist.«

»Welcher Typ?«

Carlotta zog mit gleichgültiger Miene die Schultern hoch. »Nicht so wichtig. Eigentlich kenne ich ihn gar nicht näher.«

»Aber du bist interessiert?«

»Darum geht es doch gar nicht! Ich habe mich aus einem völlig anderen Grund mit ihm getroffen und frage mich nun einfach nur, was in den Köpfen von Männern vorgeht.«

»Ich glaube, sie wissen oft nicht, wie Frauen auf dieses oder jenes reagieren werden. Also machen oder sagen sie vorsichtshalber einfach gar nichts«, vermutete Tanja weise. »Hättest du es ihm denn gesagt, wenn sein Hosenschlitz offen gewesen wäre?«

»Das ist doch ganz was anderes!«

»Finde ich eigentlich nicht. Nimm es einfach nicht so wichtig oder frage ihn das nächste Mal, wenn du ihn siehst, weshalb er nichts gesagt hat.«

Carlotta presste die Lippen zusammen und konzentrierte sich wieder aufs Gläserpolieren. Tatsächlich gab es keinen Grund, sich den Kopf zu zermartern, was besagter Fabian wohl über ihren aufgelösten Zustand gedacht haben mochte.

Als das Telefon hinter der Bar klingelte, griff Carlotta nach dem Hörer.

»*Susanna's*, Carlotta am Apparat«, meldete sie sich wie üblich.

Am anderen Ende der Leitung herrschte Schweigen, das nur ab und zu von einem leisen Rauschen unterbrochen wurde.

»Hallo?« Carlotta runzelte die Stirn.

»Hallo?«, kam es zögernd von einer fernen, etwas verwaschenen Frauenstimme zurück.

»Was kann ich für Sie tun?« Ungeduldig tippte Carlotta mit der Schuhspitze auf den Boden.

»Entschuldigen Sie. Ich habe nicht richtig verstanden. Was sagten Sie eben?«

»Ich fragte, was ich für Sie tun kann. Möchten Sie eine Reservierung?«

»Nein. Ich meine, ganz zu Anfang – was Sie zu Anfang gesagt haben.«

»Ich habe mich gemeldet. Meinen Namen habe ich gesagt.« Carlotta verdrehte die Augen und wappnete sich mit mehr Geduld, als sie eigentlich an diesem Abend und zu dieser späten Stunde hatte.

»Wie ist denn Ihr Name?«

»Carlotta. Mein Name ist Carlotta.« Offensichtlich hatte die Frau am Telefon ein größeres Problem, aber Carlotta war sich nicht sicher, ob sie einfach auflegen sollte.

»Sie haben noch etwas anderes gesagt.«

Immerhin war die Anruferin hartnäckig, das musste man ihr lassen. Carlotta unterdrückte einen Seufzer. »Ich habe den Namen der Bar genannt. *Susanna's*. Da Sie hier angerufen haben, dürfte Sie das doch nicht weiter überraschen.«

»*Susanna's*?«

Jetzt klang die Frau auch noch so, als wollte sie im nächsten Moment in Tränen ausbrechen.

»So heißt diese Bar. Möchten Sie eine Reservierung oder …«

»Ich rufe später noch mal an. Vielen Dank«, kam es mit gepresster Stimme, bevor die Leitung unterbrochen wurde.

»Seltsam.« Mit gerunzelter Stirn legte Carlotta den Hörer aus der Hand.

»Was war das denn?«, amüsierte sich Tanja.

»Diese Frau …« Carlotta stockte und starrte Tanja aus weit aufgerissenen Augen an.

»Sie hat nicht gesagt, weshalb sie eigentlich angerufen hat, und sie fragte immer wieder nach, wie die Bar heißt. Sie hatte einen Akzent, es könnte ein amerikanischer gewesen sein.«

Jetzt wurden Tanjas Augen ebenfalls sehr groß. »Susanna?«, flüsterte sie. »Oskar hat erzählt, dass sie sehr gut Deutsch spricht, weil ihre Mutter Deutsche ist. Und er hat ihr über die Plattenfirma geschrieben. Wahrscheinlich mit der Telefonnummer, unter der sie ihn erreichen kann.«

Carlotta brachte nicht mehr als ein stummes Nicken zustande. Minutenlang starrten die beiden Frauen einander entgeistert an, bevor Tanja als Erste wieder Worte fand.

»Es gibt sie also wirklich, und sie hat sich gemeldet!«

Wieder nickte Carlotta. »Und ich habe mich so blöd angestellt, dass sie wieder aufgelegt hat! Wieso habe ich denn nicht gleich kapiert, wer da am Telefon war?«

»Das hätte ich auch nicht«, tröstete Tanja sie. »Diese Frau war doch praktisch ein Phantom für uns. Was hat sie denn genau gesagt?«

»Eigentlich gar nichts, außer dass sie sich immer wieder erkundigt hat, wie ich mich gemeldet hätte. Und als ich verstand, was sie wissen wollte, und sie hörte, wie die Bar heißt, hat sie angefangen zu weinen, jedenfalls hörte es sich so an. Und dann sagte sie nur noch, sie würde wieder anrufen, und hat aufgelegt.«

»Dann ruft sie auch wieder an! Würdest du das nicht tun, nachdem du herausgefunden hast, dass der Mann, den du vor Jahren hast sitzen lassen, seine Bar nach dir benannt hat?«

»Ja. Aber was soll ich Oskar jetzt sagen?«

»Die Wahrheit. Wahrscheinlich hätte Susanna auch nicht anders reagiert, wenn du sofort begriffen hättest, wer sie ist. Nach sieben Jahren meldet sie sich wieder bei Oskar und findet als Erstes heraus, dass seine Bar *Susanna's* heißt. Es ist doch wohl nicht verwunderlich, dass sie das erst mal verdauen muss.«

»Dann sage ich es ihm also einfach.«

Als sie Oskar wenig später im Weinkeller aufstöberte und ihm in wenigen Worten schilderte, was geschehen war, fand er keine Worte, sondern stand einfach nur da und sah sie an. Dann wandte er sich ab und lehnte die Stirn gegen eines der Regalbretter.

»Oskar?« Hilflos starrte sie seinen Rücken an und wusste nicht, ob sie bleiben oder gehen sollte. Als sie sah, dass seine Schultern zuckten, wurde ihre Kehle noch enger, als sie es ohnehin schon war.

»Es tut mir so Leid«, flüsterte sie. »Wie konnte ich nur so begriffsstutzig sein! Wenn ich rechtzeitig erkannt hätte, wer da am Telefon ist, hätte ich sie vielleicht dazu bewegen können, mit dir zu sprechen. Aber ich bin sicher, dass sie wieder anruft.«

»Das wird sie tun. Und du hast alles richtig gemacht, mach dir keine Sorgen.«

Langsam hob Oskar den Kopf und drehte sich um. Ohne Scham wandte er Carlotta sein tränenüberströmtes Gesicht zu.

»Ich bin ja so glücklich!«

Als sich die Tür zu ihrem kleinen Büro öffnete und sie aus den Augenwinkeln Thorsten Gromüller erkannte, wandte Lilli sich energisch ihrem Monitor zu, obwohl sie eigentlich ihre Arbeit für diesen Tag schon fast beendet hatte.

Seit sie sich in der Buchhandlung begegnet waren, schlich Gromüller um sie herum wie ein übergewichtiger Kater auf der Suche nach leichter Beute.

Auch heute näherte er sich im Schleichgang ihrem Schreibtisch, setzte sich in einer Haltung, die er für locker hielt, auf die Ecke und sah sie lächelnd an, während sie heftig, wenn auch völlig wahllos die Tastatur ihres Computers bearbeitete.

»Hat Ihrer Freundin das Buch gefallen?«, erkundigte er sich wohl zum dritten oder vierten Mal seit ihrer Begegnung in der Buchhandlung.

Lilli wandte den Blick nicht vom Monitor, auf dem sie gerade per Tastendruck verschiedene Firmenkonten erscheinen ließ. »Ich habe noch keine Rückmeldung bekommen. Sie muss es natürlich auch erst mal lesen.«

»Und ausprobieren, nicht wahr?« Sein Lachen war eine Mischung zwischen dem Meckern einer Ziege und den hohlen Rufen eines nächtlichen Vogels.

»Es bleibt ihr überlassen, was sie damit macht.« Ohne eine Miene zu verziehen, sah Lilli ihn kurz an und betrachtete dann wieder das Vorsteuerkonto.

»Wäre es für Sie denn nicht interessant, etwas über die Erfahrungen Ihrer Freundin zu hören? Sie könnten die Tipps dann auch ausprobieren. Immerhin sind Sie ebenfalls solo, oder nicht?«

In diesem Moment wünschte Lilli sich inbrünstig, Carlotta zu sein. Sie war sicher, die Schwester würde problemlos genau die Worte finden, die diesen Kerl zum Verstummen und zum Verschwinden bringen würden. Carlotta wäre auch nicht rot geworden und hätte stumm und mit zitternden Fingern den Quartalsabschluss aufgerufen.

Gromüller schien sich über ihre Verlegenheit zu freuen. »Sie könnten mich fragen, wie mir das Buch gefallen hat, das ich gekauft habe«, sagte er breit grinsend.

»Das interessiert mich aber nicht.« Lilli brachte diesen Satz zwar leise, aber dennoch energisch heraus.

»Schade!«

Dass es in diesem Moment an der Bürotür klopfte, erschien Lilli wie Rettung in höchster Not. Ihr »Herein!« war fast geschrien.

Als sich dann allerdings die Tür öffnete und sie erkannte, wer davor stand, war sie sich nicht mehr so sicher, ob sie froh über den unverhofften Besuch sein sollte.

»Was machst du denn hier?«

»Ich war gerade in der Nähe und dachte, du hast doch sicher gleich Feierabend. Also wollte ich dich abholen und zum Essen einladen.« Jonathan zog die Hand hinter dem Rücken hervor und zeigte ihr eine große, braune Papiertüte.

»Aber … Ich habe dir doch gesagt …«

Doch als sie spürte, dass Gromüller sie mit zusammengekniffenen Augen von der Seite beobachtete, überlegte sie es sich anders und versuchte krampfhaft, so etwas wie ein Lächeln auf ihr Gesicht zu zaubern. Was plötzlich gar nicht mehr so schwierig war, als Jonathan sich mit der Hand durchs Haar fuhr, das prompt auf eine jungenhafte Art in alle Richtungen abstand, sodass es ihr in den Fingerspitzen kribbelte, dieses störrische, dunkelblonde Haar ebenfalls zu berühren.

»Das ist wirklich lieb von dir, Joni«, flötete sie und lächelte so breit, dass ihr fast die Mundwinkel aus dem Gesicht fielen.

Offenbar war Jonathan mehr als überrascht von ihrem Ton, denn zunächst mal verschlug es ihm die Sprache. Er ließ den Arm mit der großen Tüte sinken und sah sie stumm an.

»Sehen Sie, Herr Gromüller, da steht der Grund, weshalb ich ein Buch wie das, das ich für meine Freundin gekauft habe, weder brauche noch mich sonderlich für den Inhalt interessiere.« Lilli war selber verwundert, wie genau sie plötzlich wusste, was sie sagen musste.

»Er ist doch nicht etwa Ihr …« Gromüller schien nicht recht überzeugt von den Tatsachen, die sie ihm da präsentierte.

»Freund, er ist mein Freund«, beendete Lilli seinen Satz und warf Jonathan einen Blick zu, der gleichzeitig flehend und entsetzt wirkte. Wobei sich das Entsetzen auf ihre eigene Handlung bezog. Wie konnte sie nur?

Jonathan schien es mit Fassung zu tragen. Lächelnd kam er auf sie zu, beugte sich über sie, legte seinen Mund auf ihren und liebkoste mit weicher Zungenspitze ausgiebig ihre Lippen, die sich unter dem sanften Druck seines Kusses öffneten, sodass seine Zunge zu einem kurzen, zärtlichen Tanz in ihre warme Mundhöhle schlüpfen konnte.

Nur zögernd löste er seine Lippen wieder von ihren und grinste Gromüller an. »Falls Sie Interesse haben, was ich nur allzu gut verstehen könnte, sind Sie zu spät dran.«

Hastig rutschte Gromüller von der Schreibtischkante und knetete nervös seine Wurstfinger vor dem Bauch. »Ich habe nie behauptet … Frau Merian ist meine Kollegin … Da gibt es natürlich ein kollegiales Verhältnis, zu dem bei all der Arbeit ja leider auch nicht viel Zeit bleibt.«

»Leider.« Lilli lächelte zuckersüß und kam sich diesmal tatsächlich vor wie eine Femme fatale, eine Frau, um die sich im Zweifel zwei Männer im Morgengrauen duellierten, während sie in schönster Selbstverständlichkeit noch zwischen ihren seidenen Kissen schlummerte, um vielleicht später den Sieger zum Tee zu empfangen.

Man musste Gromüller lassen, dass er wusste, wann er verloren hatte. Er war so schnell an der Tür, dass Lilli kaum Zeit blieb, seinen hängenden Hosenboden zu bewundern. Bereits im Türrahmen stehend, wandte er sich noch einmal um, murmelte irgendetwas von Stress und Überstunden und suchte das Weite.

»Einer deiner Verehrer?«, erkundigte Jonathan sich heiter, nachdem Gromüller die Tür hinter sich ins Schloss gezogen hatte.

Sie wich seinem Blick aus und versteckte sich vorsichtshalber erst einmal hinter ihrem Monitor. »Ich … Es handelt sich um einen Irrtum.«

»Wieso Irrtum? Er hat Interesse an dir, das kann man ihm nicht zum Vorwurf machen.« Jonathan ließ sich nun seinerseits auf der Schreibtischkante nieder und versuchte, über den Monitor hinweg einen Blick in Lillis Augen zu erhaschen.

»Ich habe aber nicht das geringste Interesse an ihm.« Sie beugte sich so tief über die Tastatur, als sei sie so gut wie blind.

»Das war unschwer zu erkennen. Ich denke, in Zukunft wirst du Ruhe vor ihm haben. Der Mann ist nicht der Typ, der es auf Unannehmlichkeiten anlegt.«

»Du hast mich geküsst«, platzte Lilli zusammenhanglos heraus und spürte, wie ihre Wangen brannten.

»Ich dachte, ich tue dir damit einen Gefallen. Wegen der Glaubwürdigkeit. Du hast schließlich behauptet, ich sei dein Freund. Außerdem war es ja nicht unser erstes Mal.«

Lilli musste sich mehrmals räuspern, bevor sie ihre Stimme wieder fand. »Vielleicht hast du mir tatsächlich einen Gefallen getan. Trotzdem dachte ich, ich hätte dir klargemacht, dass ich … Als ich dir den Schrank brachte, sagte ich dir, dass ich damit die Geschichte zum Abschluss bringen wollte. Ich meine, eigentlich gibt es ja gar keine Geschichte zwischen uns. Aber auf jeden Fall wollte ich, dass damit Schluss ist.«

»Warum?«

»Weil …« Ihre Nasenspitze berührte fast das H in der Mitte der Tastatur. »Wir passen nicht zusammen. Und es geschehen immer nur merkwürdige Dinge, wenn wir uns treffen.«

»Es geschehen aber auch wunderbare Dinge. Ich fand unsere Küsse schön, du nicht?«

»Darum geht es nicht.«

»Ich finde durchaus, dass es darum geht. Unter anderem.«

Darauf fiel Lilli dummerweise nichts ein. Sie schwieg also und hämmerte ein bisschen auf ihrer Tastatur herum. Glücklicherweise konnte Jonathan von seinem Platz auf der Ecke des Schreibtisches nicht sehen, dass auf dem Monitor eine absolut sinnlose Buchstabenreihe erschien.

»Deine Kollegin draußen am Empfang hat mir verraten, dass du gleich Feierabend hast. Deshalb schlage ich vor, wir gehen jetzt hinaus in die Sonne und machen ein Picknick.«

Lilli öffnete den Mund, um ihm ihre Meinung zum pappigen Geschmack und geringen gesundheitlichen Wert von Fast Food zu sagen, aber aus irgendeinem Grund brachte sie die Worte nicht heraus. Eigentlich waren es ja auch nicht ihre

Worte, sondern die ihrer Mutter, die sie so verinnerlicht hatte, dass sie beim Anblick eines Hamburgers oder einer Bratwurst normalerweise automatisch aus ihrem Mund kamen. Heute schaffte sie es lediglich, irgendetwas über ein paar Minuten zu murmeln, die sie noch brauchen würde und die er besser draußen warten sollte.

»Draußen« verstand Jonathan offenbar so, dass er sich statt auf ihrer Schreibtischkante auf der Fensterbank niederließ und ihr von dort aus zusah, wie sie mit nervösen Handbewegungen die verschiedenen Programme schloss und schließlich den Computer herunterfuhr.

Irgendwann war der letzte Notizzettel im Papierkorb, jeder Bleistift im Köcher und ihre Schreibtischplatte blank und leer. Lilli war fertig mit der Arbeit, hatte unwiderruflich Feierabend – und sehnte sich zu ihrem eigenen Erstaunen heftig nach der Sonne draußen im Stadtpark, nach Jonathans Lächeln und vielleicht sogar nach den lappigen Pommes frites aus seiner Tüte, obwohl sie sich gleichzeitig vor genau diesen Dingen fürchtete.

»Wollen wir dann gehen?«, erkundigte er sich, nachdem sie eine geschlagene Minute an ihrem Schreibtisch gesessen und gedankenverloren den ausgeschalteten Monitor angestarrt hatte.

»Na gut.« Sie stand auf und ging zur Tür, ohne sich darum zu kümmern, ob er ihr folgte. »Immerhin hast du mir aus einer gewissen Art von Klemme geholfen, auch wenn ich dich nicht gebeten habe, mich gleich zu küssen.«

Er lachte leise, und weil er viel zu dicht hinter ihr war, spürte sie sein Lachen in ihrem Nacken. »Du musst dich nicht bei mir bedanken. Allerdings wäre es schon nett, wenn du mir mit all diesen Pommes und Hamburgern helfen würdest.«

Knappe zehn Minuten später fand sie sich auf der Wiese am Ententeich im Stadtpark wieder, die Frühlingssonne im Gesicht und den leichten, warmen Wind in den Haaren. Jonathan hatte es abgelehnt, sich auf eine der Bänke zu setzen. Und zwar mit der Begründung, das könne er immer noch tun, wenn er Rentner sei.

»Pommes, Apfeltasche, Cheeseburger, Hamburger Royal oder Chicken?«, erkundigte Jonathan sich, während er in seiner Tüte wühlte.

»Ich weiß nicht.« Alles, was sie bisher über Fast Food wusste, war, dass es aus pappigen Brötchenhälften und die Arterien verstopfendem Fleisch bestand.

»Du musst doch wissen, was du am liebsten magst. Oder hast du keinen Hunger?« Er sah sie ratlos an.

»Eigentlich schon. Aber ich ...« Mittags hatte es in der Kantine Rollmops gegeben. Sie hasste Rollmops und war halb verhungert, weil sie nicht mehr als zwei trockene Kartoffeln gegessen hatte.

»Ich nehme einen Cheeseburger.« Käse war gesund. Und überhaupt musste man für alles offen sein. Auf keinen Fall würde sie ihm verraten, dass sie sozusagen im Begriff war, ihre kulinarische Unschuld zu verlieren, die bisher nur gelegentlich von Fertigpizza und dem Essen vom chinesischen Imbiss befleckt worden war.

Er reichte ihr ein lauwarmes Päckchen, das sie auf ihrem Schoß auspackte. Das Brötchen war lappig, der Käse erinnerte sie von seiner Konsistenz her an Gummi und das Fleisch schmeckte nach nichts. Sie kaute auf ihrem ersten Bissen herum, sah dabei in Jonathans Augen und konnte sich nicht erinnern, jemals etwas Köstlicheres gegessen zu haben.

»Pommes dazu?« Ohne ihre Antwort abzuwarten, reichte er ihr eine rote Papptüte, aus der fettige Kartoffelstäbchen herausschauten.

Fettig, salzig – köstlich. Gleich darauf stellte Lilli fest, dass sie sogar Cola mochte – jenes Getränk, vor dem ihre Mutter sie als Vierzehnjährige ebenso beharrlich gewarnt hatte wie vor dem Besuch einer McDonald's-Filiale. Und nun entzückte die süße, leicht prickelnde Kühle sie genauso wie die schrägen Strahlen der Frühlingssonne, eine gefährlich aussehende Dogge, die wenige Meter entfernt auf dem Fußweg vorbeispazierte, ein Vogel, der hinter ihr im Baum sang, und der Wind, der ihr das Haar zerzauste.

»Steht der Schrank noch?«, erkundigte sie sich, nachdem sie einen Cheeseburger, jedes einzelne lappige Kartoffelstäbchen, zwei Apfeltaschen und drei oder vier Chicken Nuggets vertilgt hatte.

Jonathan überlegte kurz. »Ja. Sozusagen. Ich habe ihn jedenfalls wieder aufgerichtet und in die Ecke geschoben. Die Wand hält ihn aufrecht.«

Sie sah ihn sprachlos an und fing schließlich an, haltlos zu kichern.

»Ich muss also feststellen, dass du mir noch keinen vollwertigen Ersatz geliefert hast. Der alte Schrank stand immerhin aus eigener Kraft, solange niemand auf die Idee kam, sich darauf niederzulassen«, neckte er sie ebenfalls lachend.

»Du hast aber gesagt, eigentlich brauchst du keinen Schrank«, stieß sie atemlos hervor und wusste sich vor Heiterkeit immer noch nicht zu lassen.

»Und du wolltest mir trotzdem unbedingt einen neuen kaufen.« Sein Lächeln erschien ihr wärmer als das rötliche Funkeln der untergehenden Sonne.

»Vielleicht muss man einfach nur die Schrauben festziehen.«

»Wann darf ich dich erwarten, um den Job zu übernehmen?« Die Sonne verwandelte seine dunklen Augen in helles Bernstein.

Lilli öffnete den Mund, um erneut zu erklären, dass das mit dem Schrank ein Abschluss ihrer Beziehung gewesen war, die eigentlich nie begonnen hatte. Angesichts der Tatsache, dass sie neben ihm im Gras saß und auf den Sonnenuntergang wartete, erschien ihr diese Aussage jedoch nicht sonderlich glaubwürdig. Also schwieg sie einfach und blinzelte ebenfalls in die Sonne. Was ihr Zeit zum Überlegen gab. Und Gelegenheit, die Angst zu spüren, was geschehen würde, wenn sie sich tatsächlich auf diesen Mann einließ.

Ungeschickt sprang sie auf. »Ich habe einen Termin beim Friseur! Das hatte ich völlig vergessen.«

Widerwillig erhob Jonathan sich ebenfalls. »Kannst du das nicht verschieben?«

»Auf keinen Fall!« Sie sah ihm starr in die Augen und versuchte, nichts zu fühlen. Kein Bedauern, keine Trauer. Dennoch war ein Druck auf ihrem Herzen, der ihr fast die Luft nahm.

»Vielen Dank für das Essen«, flüsterte sie und eilte über die Wiese davon, bevor er auch nur Gelegenheit gehabt hatte, sich von ihr zu verabschieden.

Fünf Minuten später betrat Lilli den Frisiersalon um die Ecke ihrer Firma und fragte nach einem Termin. Zum Glück war Britta frei. Die rot gefärbte Friseurin lächelte, als Lilli sich in den gepolsterten Sessel fallen ließ.

»Haben Sie heute noch etwas Besonderes vor? Sie waren doch erst vor zwei Wochen zum Spitzenschneiden hier.«

Lilli schüttelte den Kopf und starrte ihr Spiegelbild an. »Etwas Neues, etwas ganz anderes«, sagte sie vage.

Die Friseurin zögerte nur kurz, griff dann in Lillis langes, glattes Haar und raffte es so zusammen, dass es in Kinnlänge in ihr Gesicht fiel. »Wir könnten es ungefähr so weit abschneiden und zur Abwechslung ein paar freche Ponyfransen in die Stirn fallen lassen. Wenn Sie sich sicher sind, dass Sie es wirklich abschneiden lassen wollen.«

Lilli trug ihr Haar seit ihrer Kindheit lang und glatt mit Seitenscheitel, dennoch nickte sie, ohne eine Sekunde zu zögern. »Warum nicht?«

Manchmal mussten alte Zöpfe abgeschnitten werden. Vielleicht war es nicht einmal so dumm, bei den Haaren anzufangen.

XIX

Als Carlotta gegen fünfzehn Uhr das kleine Theater verließ, hatte sie das Gefühl, einige Zentimeter über dem Boden zu schweben. Sie blinzelte in die Frühlingssonne, schlug das dünne Textheft, das sie zusammengerollt in der Hand hielt, gegen eine der nachgeahmten griechischen Säulen am Theatereingang und trällerte leise vor sich hin, während sie den Gehweg entlangeilte.

Fabian wartete bereits am vereinbarten Treffpunkt zwei Straßenecken weiter. Neben ihm saß ein großer, schwarzer Labrador-Retriever, der Carlotta etwas misstrauisch ansah, als sie sich näherte.

»Das ist Holly«, stellte Fabian seine Begleitung vor. »Sie ist ein bisschen eifersüchtig, ignoriere sie also einfach, wenn sie sich schlecht benimmt.«

Tatsächlich knurrte Holly leise, als Carlotta und Fabian einander ein wenig zu förmlich die Hand schüttelten.

»Ich nehme ihn dir nicht weg, versprochen.« Lächelnd beugte sich Carlotta herunter und ließ die Hündin an ihren Fingerspitzen schnüffeln, was diese mit äußerster Zurückhaltung tat, bevor sie Carlotta huldvoll gestattete, sie hinter dem linken Ohr zu kraulen.

»Sie ist wunderschön.« Carlotta konnte sich gar nicht an der Hündin mit dem dunkel glänzenden Fell satt sehen.

»Entschuldigt, dass ich euch beide störe, aber ich dachte, wir machen uns dann auf den Weg, bevor es gegen Abend zu kühl für ein Picknick wird.« Schwungvoll hob Fabian den großen Rucksack hoch, der neben seinen Füßen gestanden hatte, und straffte die Hundeleine.

Carlotta kicherte. »Wer von euch beiden ist denn nun eifersüchtiger, du oder sie?«

»Wir passen aufeinander auf. Aber ich habe das Sagen. Zumindest bilde ich mir das ein.« Er berührte leicht Carlottas Ellbogen, um ihr zu zeigen, in welche Richtung sie gehen sollte.

»Wie kommen wir denn nun ins Grüne?«, erkundigte Carlotta sich, nachdem sie die ersten Nebenstraßen hinter sich gelassen hatten.

»Es ist nicht mehr weit.«

Sie war irritiert, weil sie sich vorgestellt hatte, sie würden an den Stadtrand fahren oder zumindest in den Park gehen. Noch mehr wunderte es sie allerdings, dass er zielstrebig den Stadtteil ansteuerte, in dem sie wohnte. Dort gab es außer einigen Spielplätzen kaum öffentliche Flächen und schon gar keinen Park, sondern nur zahlreiche Ein- und Zweifamilienhäuser, die zu einer Zeit gebaut worden waren, als die Stadt noch kleiner und das Bauland in Zentrumsnähe billiger gewesen war.

»Wir sind so gut wie da, nicht wahr, Holly?« Die Hündin wedelte mit dem Schwanz, als hätte sie die Frage verstanden, und strebte auf den hohen Bauzaun an der Straßenecke zu.

Verwundert folgte Carlotta Herrn und Hund zu der Brettertür ganz am Ende des Zauns, die Fabian mit einem Schlüssel öffnete, den er aus seiner Hosentasche zog.

Carlotta kannte dieses Grundstück. Hier hatte früher die Großmutter ihrer Schulfreundin Marion gewohnt, eine freundliche alte Frau, die bei schönem Wetter unter dem großen Pflaumenbaum in der Mitte des Gartens gesessen hatte, wann immer die Mädchen sie besucht hatten. Und jedes Mal hatte sie ihnen selbst gebackene Schokoladenkekse und süße Limonade angeboten. In Carlottas Erinnerung war der verdünnte, gezuckerte Saft, dessen Geschmack und Farbe mit dem Verlauf des Sommers wechselten, das Köstlichste, was sie jemals getrunken hatte.

Eines Tages hatte Marion weinend erzählt, dass ihre Großmutter gestorben sei. Das Haus war dann wohl verkauft worden und hatte seitdem mehrmals die Besitzer gewechselt. Seit dem vergangenen Herbst stand das mittlerweile sehr baufällig wirkende Gebäude leer. Dann war eines Tages der Bauzaun aufgestellt worden, doch obwohl Carlotta fast jeden Tag an dem Grundstück vorbeikam, hatte sie bisher keinerlei Anzeichen dafür entdecken können, dass so etwas wie Bautätigkeiten stattfanden. Das Einzige, was ihr jemals hinter dem Zaun aufgefallen war, war der Mann gewesen, der erfolglos versucht hatte, eine Katze aus dem alten Pflaumenbaum zu retten. Beim Gedanken an seinen Absturz und die darauf folgende Unterhaltung über den Zaun hinweg musste Carlotta lächeln, während sie Fabian und Holly durch die Holztür folgte. Wobei ihr Blick auf Fabians lange Beine in den verwaschenen Jeans fiel. Es war doch wohl nicht möglich ...

Nachdem er hinter ihr die Tür geschlossen hatte, blieb sie dicht am Zaun stehen und schnappte nach Luft. Zu der Zeit, als Marions Großmutter hier gelebt hatte, war der Garten sehr gepflegt gewesen. Rings um die kleine Rasenfläche unter dem Pflaumenbaum, die die alte Frau jede Woche mit einem kleinen Handmäher geschnitten hatte, hatte es rechteckige Blumenbeete gegeben, außerdem eine kleine Kräuterecke neben dem Haus und einen Gemüsegarten auf der anderen Seite des Grundstücks. Nach und nach hatten die jeweiligen Besitzer dies und das am Garten anders gestaltet. Gemüse hatten die meisten nicht angebaut, dafür wurde die Rasenfläche größer und die Blumensorten wechselten. Jetzt aber wirkte der Garten wie verzaubert. Was daran liegen mochte, dass eindeutig niemand mehr regelmäßig das Gras mähte und dass Narzissen und Tulpen neben Löwenzahn und Tausendschönchen standen und sich zwischen den Blüten sanft die hohen Gräser im Wind wiegten. Der Garten sah aus, als sei er mit zahllosen kostbaren, kunstvollen Gestecken geschmückt.

Am schönsten aber war der große, alte Pflaumenbaum, der über und über mit weißen Blüten bedeckt war. In den vergangenen Tagen hatte Carlotta zwar im Vorübergehen auf der anderen Seite des Zauns bemerkt, dass der Baum zu blühen begonnen hatte, aber von draußen waren nur die Spitzen der Zweige zu sehen, sodass ihr fast die Luft wegblieb, als sie ihn nun in seiner ganzen Pracht sah.

»Wie gefällt es dir?« Strahlend wandte Fabian sich ihr zu, während Holly übermütig durchs hohe Gras tollte.

»Es ist ... schön.«

»Es ist ein kleines Paradies«, korrigierte er sie lächelnd, als wüsste er, dass sie mit ihrer zurückhaltenden Bemerkung nicht ganz die Wahrheit über ihr Empfinden angesichts der üppig sprießenden Natur gesagt hatte. Allerdings war Carlotta nie jemand gewesen, der beim Anblick von Blumen und Büschen außer sich geriet. Im Grunde war sie selber erstaunt darüber, wie unmittelbar dieser verzauberte Anblick sie berührte.

»Wenn wir denn schon zu zweit im Paradies sind, soll ich dir dann einen Apfel reichen?«, erkundigte sie sich gewollt burschikos, um das seltsame Ziehen, das sie irgendwo zwischen Bauch und Brust fühlte, zum Verschwinden zu bringen. Dabei folgte sie Fabian durch das hohe Gras zum Baum und hatte noch einmal Gelegenheit, ihn von hinten zu betrachten. Besonders den Teil, der vor einigen Wochen aus dem Baum herausgeragt hatte. Es passte und schien mehr als wahrscheinlich, denn schließlich bewegte er sich in diesem Garten, als sei er nicht zum ersten Mal hier.

»Mal nachsehen, ob ich Äpfel dabeihabe.« Er setzte seinen Rucksack neben den knorrigen Stamm und wandte sich ihr lächelnd zu. »Allerdings fände ich es etwas verfrüht, wenn wir uns auf der Stelle nackt auszögen.«

»So habe ich das auch nicht gemeint!« Sie ärgerte sich, dass sie verlegen wurde und automatisch für eine Sekunde den Blick senkte.

»Ich weiß.« Er breitete unter den blühenden Zweigen eine karierte Decke aus, auf der er eine kleine, rustikale Mahlzeit arrangierte: Weißbrot, Käse, getrocknete, eingelegte Tomaten und einen fertig gekauften Hirtensalat in zwei Plastikschälchen. Außerdem gab es eine Flasche Mineralwasser und eine Flasche Wein.

»Es ist angerichtet!«

Aus irgendeinem Grund zögerte Carlotta, bevor sie sich niederließ. Es war verführerisch, sich in den Schatten der über und über von kleinen, weißen Blüten bedeckten Zweige zu setzen, in die Sonne zu blinzeln, Wein zu trinken und von den Speisen zu essen. Aber es erschien ihr falsch. Weil das alles eigentlich nicht für sie gedacht war. Zwar hatte er keine Ahnung, dass sie ihn sozusagen für ihre Schwester vortestete, aber immerhin hielt er sie für eine ordentliche und gut organisierte Frau, die von einer geregelten Zukunft träumte. Und das war sie nicht, auch wenn sie seit neuestem einen Terminkalender besaß und ihn gelegentlich sogar benutzte.

Sie ließ sich ganz am Rand der Decke nieder und legte das Textheft neben sich, das sie die ganze Zeit in der Hand gehalten hatte.

»Darf ich?« Fabian griff nach dem schmalen Büchlein und betrachtete die Titelseite. *»Othello.«*

»Hmhm«, machte sie und spürte, wie ihr Mund sich ganz von selbst zu einem Lächeln öffnete. Erst jetzt wurde ihr bewusst, dass sie während der vergangenen Viertelstunde, die sie mit Fabian und Holly verbracht hatte, kaum an die wundervolle Entwicklung gedacht hatte, die sich an diesem Tag für sie ergeben hatte. Dafür tauchte sie nun erneut in die Freude ein.

»Ich werde die Desdemona spielen«, platzte sie heraus, obwohl sie nicht vorgehabt hatte, Fabian davon zu erzählen.

Er sah sie denn auch einigermaßen überrascht an. »Du machst in einer Laienspielgruppe mit?«

Sie zögerte kurz, bevor sie den Kopf schüttelte. Irgendwie erschien es ihr, als würde die Tatsache, dass ihr Beruf Schauspielerin war, nicht recht zu dem Bild passen, das sie Fabian vom ruhigen, soliden Leben ihrer Schwester zeichnen wollte. Andererseits war es einfach zu kompliziert, ständig darüber nachzudenken, in welchen Punkten sie ihn beschwindeln sollte.

»Ich bin ausgebildete Schauspielerin«, sagte sie daher leise. »Dies ist meine erste Hauptrolle. Und gleich die Desdemona! Es ist nur ein kleines, privates Theater, aber ich bin trotzdem wahnsinnig glücklich.«

Sie konnte nichts dagegen tun, dass sie ihn über Brot und Käse hinweg anstrahlte. Er war nun mal rein zufällig der Erste, der von der freudigen Nachricht erfuhr.

»Ich freue mich sehr für dich. Und ich verspreche schon heute, zur Premiere zu kommen.« Lächelnd tauchte er seinen Blick in ihren. Als sie unruhig zu blinzeln begann, öffnete er die Weinflasche, füllte die beiden Stielgläser, die er in eine Stoffserviette gewickelt mitgebracht hatte, und reichte ihr eines davon.

»Herzlichen Glückwunsch! Du wirst sicher eine wundervolle Desdemona sein.« Er schien sich ehrlich mit ihr zu freuen.

»Kennst du das Stück?« Sie hatte einen viel zu großen Schluck von dem trockenen Weißwein genommen und war ein bisschen atemlos, als sie vorsichtig ihr Glas neben sich ins Gras stellte.

Fabian nickte. »Es ist schon ziemlich lange her, seit ich es gesehen habe, aber ich finde Shakespeare generell sehr eindrucksvoll. Die Desdemona ist eine schwierige Rolle, aber sicher sehr reizvoll für eine Schauspielerin.«

»Ich bin nur durch Glück an die Rolle gekommen. Die ursprüngliche Hauptdarstellerin hat sich Hals über Kopf in einen Australier verliebt und ist mit ihm auf die andere Hälfte der Erdhalbkugel entschwunden. Weil das Theater so klein ist, gibt es keine zweite Besetzung. Ehrlich gesagt, habe ich mir für das heutige Vorsprechen überhaupt keine Chance ausgerechnet. Das heißt, ich habe mir abgewöhnt, mit allzu großen Erwartungen zu so einem Vorsprechen zu gehen. Aber diesmal war es anders. Der Regisseur hatte mich vorher in einer winzig kleinen Rolle am *Theater am Ringplatz* gesehen. Aus irgendeinem Grund fiel ich ihm dann ein, als er eine neue Desdemona brauchte. Er sah mich von vornherein als Desdemona, was ein wirklich unglaublicher Glücksfall ist.«

Erst jetzt wurde Carlotta richtig bewusst, wie wunderbar die Ereignisse dieses Tages wirklich waren.

»Dann musst du eine sehr gute Schauspielerin sein«, sagte Fabian schlicht und betrachtete sie nachdenklich über den Rand seines Glases hinweg.

Sie zuckte die Achseln. »Manchmal finde ich mich schrecklich, und dann wieder bin ich ganz zufrieden mit dem, was ich tue. Aber im Grunde ist das egal, denn ich will nichts anderes als Schauspielerin sein. Ich habe schon mit vielen verschiedenen Jobs mein Geld verdient, damit habe ich kein Problem, aber mein wirklicher Beruf ist Schauspielerin.«

»Das ist schön. Nicht jeder kann von sich behaupten, dass er einen Beruf im Sinne einer Berufung hat. Obwohl es wichtig ist, seine Zeit mit etwas zu verbringen, was man wirklich tun möchte.« Plötzlich war er ernst, nur seine Augen, in denen sich der Himmel und das Gras zu spiegeln schienen, lächelten sie warm an.

»Was machst du denn beruflich?«

In dem Moment, da Carlotta die Frage aussprach, jagte ein schwarzer Blitz an ihr vorbei, gefolgt von einem wesentlich größeren, ebenfalls schwarzen Schatten. Beide verfehlten auf ihrem direkten Weg zum Stamm des Pflaumenbaumes nur knapp die Decke mit den Lebensmitteln. Der kleine schwarze

Schatten glitt den Baum hinauf, während Holly sich empört bellend unten aufstellte. Zwischen den Zweigen war ein lautes Fauchen zu hören, dann rieselten weiße Blütenblätter auf die Hündin herab.

»Lass das, Holly!« Fabian war aufgesprungen und zog Holly vom Baum weg, was diese jedoch nicht daran hinderte, unverdrossen hinauf in die Blütenpracht zu bellen.

Rasch hielt Carlotta der aufgeregten Hündin ein Käsestückchen hin, das Holly jedoch ignorierte, um sich weiter lautstark über die Katze empören zu können.

»Ruhig!« Fabian brüllte so plötzlich los, dass die Hündin vor Schreck verstummte. Jetzt nahm sie auch den Käse gnädig an.

»Sie soll eigentlich nicht vom Tisch gefüttert werden.«

»Das hier ist ja eigentlich auch kein Tisch«, behauptete Carlotta kühn. »Außerdem kommt die Katze da nie wieder runter, wenn Holly nicht ruhig ist.«

»Sie kommt auch so nicht runter. Ich kenne sie sozusagen persönlich.« Fabian stieß einen tiefen Seufzer aus, während er mit zusammengekniffenen Augen hinauf ins Geäst spähte.

Beinahe hätte Carlotta einen triumphierenden Schrei ausgestoßen. Er war tatsächlich der Mann aus dem Baum!

»Aber wenn du jetzt hinaufsteigen würdest, um sie zu retten, würde sie es plötzlich ganz allein nach unten schaffen, sobald du fast oben bist, nehme ich an.« Grinsend wischte sie sich ein winziges Blütenblatt von der Nase.

»Woher weißt du das?« Verblüfft sah er sie an.

Sie zuckte die Schultern. »Lebenserfahrung?«, schlug sie vor.

»Diesmal klettere ich jedenfalls nicht auf den Baum«, beschloss Fabian energisch. »Sie wird schon wieder runterkommen. Lass uns erst mal was essen.«

Er befahl Holly, sich ein wenig abseits ins Gras zu legen, was diese auch widerwillig tat, wobei sie jedoch keine Sekunde den Baum aus den Augen ließ. Dann füllte Fabian die Gläser auf, reichte Carlotta einen der beiden schlichten, weißen Teller aus dickem Porzellan, die er aus den Tiefen seines Rucksacks zutage förderte, und bot ihr Brot und Käse an.

Plötzlich merkte sie, wie hungrig sie war, und langte kräftig zu. Vor dem Vorsprechen hatte sie wie üblich kaum etwas essen können. Mehr als eine Scheibe Toast hatte sie angesichts der Herausforderung *Othello* nicht heruntergebracht. Zudem fand sie die schlichte Mahlzeit köstlich. Das Weißbrot war so frisch, dass es innen noch ein wenig warm war. Sie legte kleine Käsestückchen darauf und biss genüsslich in die knusprige Kruste, bevor sie das weiche, duftende Innere verspeiste. Ebenso wunderbar schmeckten die in gewürztes Öl eingelegten Tomaten zu dem Brot.

Als ihr größter Hunger gestillt war, sah Carlotta hinüber zu dem alten, baufälligen Häuschen. »Verrätst du mir, weshalb wir hier sein dürfen? Gehört das Grundstück dir?«

Er nickte, und in seinen Augen blitzte liebevoller Stolz auf. »Als ich dieses Grundstück zum ersten Mal sah, hatte es gerade jemand anders gekauft. Ein Ehepaar, das vorhatte, das Häuschen abzureißen und diesen wunderbaren Baum zu fällen, um hier hinten im Garten einen Swimmingpool bauen zu lassen. Kannst du dir das vorstellen? Ein langweiliger, weißer Bungalow und ein Swimmingpool statt des mit Efeu berankten Hauses und dieses wunderschönen alten Baumes?«

Dies war der Moment, in dem Carlotta begriff, dass er es war! Er war der Richtige für Lilli. Ein Romantiker, der für alte Bäume, verwunschene Gärten und mit Efeu berankte, baufällige Häuser schwärmte.

»Oder würdest du das Haus auch abreißen lassen?«, fragte Fabian zögernd, als sie schweigend dasaß und ihre Blicke durch den Garten schweifen ließ.

Nachdenklich betrachtete Carlotta das spitze Dach mit den dunkelroten, rissigen Ziegeln, die in der Abendsonne warm leuchteten, während der Wind mit den Efeuranken spielte, die sich über die Dachrinne hinweg nach einem neuen Halt reckten.

»Nein«, sagte sie dann. »Es ist schön, und es sieht aus, wie ein Zuhause aussehen sollte, auch wenn es sicher eine Menge Arbeit machen wird, es herzurichten.«

Fabian zuckte die Achseln. »Das hat Zeit. Vorerst ist mein ganzes Geld dafür draufgegangen, Haus und Grundstück zu kaufen. Dummerweise habe ich den Fehler gemacht, allzu deutlich mein Interesse zu zeigen. Deshalb haben die Bungalowfreunde mich ordentlich ausgenommen, um sich nun ein

Grundstück in einem schickeren Stadtteil leisten zu können. Aber das ist mir die Sache wert.«

Eine Weile sahen sie beide schweigend zu dem alten Haus hinüber. Plötzlich schien Fabian etwas einzufallen, denn er griff nach seinem Rucksack und tauchte noch einmal tief mit dem Arm hinein, um eine Plastikschale mit grünem Deckel und eine zweite, etwas kleinere mit gelbem Deckel ans Licht zu befördern.

»Unser Nachtisch«, verkündete er und lüftete zunächst den grünen Deckel. Darunter kamen Erdbeeren zum Vorschein, die so rot und reif waren, dass Carlotta schon bei ihrem Anblick den süßen Saft zu schmecken meinte. In dem zweiten Schälchen war Sahne.

»Eigentlich bin ich satt«, sagte sie nicht sehr überzeugend.

»Für Erdbeeren mit Sahne kann man nie zu satt sein.« Er nahm eine besonders große, pralle Frucht aus dem Schälchen, tauchte sie in die Sahne und hielt sie ihr vor die Lippen.

Am liebsten hätte Carlotta ihm die Erdbeere aus der Hand genommen, weil es ihr einfach zu intim erschien, von der Frucht abzubeißen, die er ihr hinhielt. Andererseits hätte es eine ziemliche Schmiererei mit der Sahne gegeben, wenn sie versucht hätte, die Erdbeere selber in ihren Mund zu befördern. Also öffnete sie zögernd die Lippen und ließ zu, dass Fabian ihr die Erdbeere in den Mund schob. Dabei sah er ihr aufmerksam in die Augen, als könnte er dadurch an der Süße der Frucht und dem sanften Schmelzen der Sahne in ihrer Mundhöhle teilhaben.

Gegen ihren Willen senkte Carlotta erneut den Blick, während sie kaute und schluckte. Als sie wieder aufschaute, sah sie gerade noch, wie Fabian den Rest der Erdbeere in seinem Mund verschwinden ließ. Sie versuchte, nicht daran zu denken, dass ihre Lippen die Frucht dort berührt hatten, wo jetzt seine Zunge war.

Als er erneut eine Erdbeere auswählte und in die Sahne tunkte, schüttelte sie den Kopf.

»Nein, danke, ich kann wirklich nicht mehr«, behauptete sie tapfer und leckte sich den letzten süßen Tropfen aus dem Mundwinkel. Immerhin gelang es ihr, mit unbewegter Miene zuzusehen, wie Fabian noch zwei oder drei Erdbeeren mit Sahne aß. Gerade streckte er erneut die Hand nach dem Plastikschälchen aus, als zwischen den blühenden Zweigen ein klägliches Mauzen ertönte.

Beide legten sofort den Kopf in den Nacken und spähten nach oben, während Holly aufsprang und zu bellen begann.

»Hört sich an, als ob sie Hilfe wollte.« Carlotta konnte sich das Grinsen kaum verkneifen, obwohl sie sich ehrlich bemühte, ernst zu bleiben, denn sie hatte nicht vor, Fabian in Verlegenheit zu bringen und ihm zu erzählen, dass sie bereits einmal Zeugin einer missglücken Katzenrettungsmission gewesen war.

Nachdem Fabian die protestierende Holly an einem alten Wäschepfahl in sicherer Entfernung vom Baum angebunden hatte, trat er neben Carlotta, die sich dicht an den Baumstamm gestellt hatte, von wo aus die schwarze Katze hoch oben im Baum zu sehen war.

»Sie sitzt fast in der Krone«, stellte Carlotta fest, nachdem sie beide eine Weile ratlos geschwiegen hatten.

»Vielleicht kommt sie von allein herunter, wenn ich ein paar Meter hochklettere. Sie wird dann wahrscheinlich versuchen, vor mir zu fliehen, und es bleibt ihr nichts anderes übrig, als nach unten zu klettern, weil es viel höher nicht geht.«

Carlotta wunderte sich, dass er überhaupt in Erwägung zog, in den Baum zu klettern, nachdem er dabei schon einmal so furios gescheitert war.

Erneut ließ die Katze ein klagendes Miau ertönen, was Holly zu einer energischen Antwort veranlasste.

»Ruhig, Holly! Du bist überhaupt nur schuld an der Misere.«

Die Hündin verstummte, was aber vielleicht eher auf die Tatsache zurückzuführen war, dass Fabians Kopf schon zwischen den blühenden Zweigen verschwunden war, als auf sein Schimpfen.

»Sei vorsichtig!« Carlotta spähte ein wenig ängstlich ins Geäst, als Fabian sich zügig nach oben bewegte. Sie bereute, ihn nicht energischer zurückgehalten zu haben. Immerhin war es nicht selbstverständlich, dass jeder Sturz von einem Baum glimpflich ablief. Allerdings stellte er sich beim Klettern nicht so ungeschickt an, wie sie befürchtet hatte, und hatte schon bald etwa die Hälfte des Weges bis zur Spitze hinter sich gebracht. Von da an, etwa in der Höhe, wo er schon einmal hängen geblieben war, wurde es offensichtlich schwieriger. Sie sah von unten nur noch seine Füße, die vorsichtig nach einem Halt tasteten, während über ihm die Katze gar nicht mehr aufhörte, kläglich zu mauzen.

»Sie kommt sicher wieder runter, wenn wir einfach gehen!«, rief Carlotta nach oben.

»Aber wenn nicht?« Seine Stimme ging fast im Knacken eines morschen Astes unter.

Carlotta presste sich die Hand vor den Mund und hielt den Atem an.

»Könntest du versuchen, Holly zur Ruhe zu bringen? Vielleicht kommt die Katze dann etwas weiter nach unten und ich kann sie packen.«

»Ruhig, Holly!«

Carlotta schimpfte und flehte und scheiterte kläglich daran, dem Retriever das Maul zuzuhalten. Das einzige Ergebnis ihrer Bemühungen war, dass Holly immer aufgeregter und lauter bellte. Schließlich versuchte Carlotta es mit Käse, den die Hündin jedoch bellend ignorierte. Trockenes Weißbrot und getrocknete Tomaten mochte sie erst recht nicht. Schließlich löste Carlotta die Leine von dem Wäschepfahl und ging mit Holly näher an den Baum heran, sodass die Hündin zwischen den Ästen hinaufsehen konnte, was sie erstaunlicherweise tatsächlich beruhigte.

Mittlerweile hatte Fabian sich in den blühenden Zweigen weiter nach oben gearbeitet, während die Katze sich immer noch nicht vom Fleck gerührt hatte. Sie war allerdings dazu übergegangen, in Richtung ihres Retters zu fauchen, wobei ihre Augen zwischen den weißen Blüten gelb funkelten.

Nun trennten Fabian nur noch höchstens zwei Meter von der Katze. Carlotta konnte ihn beruhigend murmeln hören, während er sich vorsichtig weitertastete. Holly stand ruhig da, sah ebenfalls angespannt hinauf in den Baum und winselte leise.

»Er schafft das schon«, flüsterte Carlotta der Hündin zu, obwohl sie aufgrund ihrer Erfahrungen mit Fabian als Kletterer nicht völlig überzeugt von ihrer Aussage war.

»Gleich habe ich sie, halt bitte Holly gut fest«, rief Fabian in diesem Moment nach unten.

Carlotta wickelte sich die Hundeleine um die Hand und sah angespannt nach oben. Eben streckte Fabian eine Hand nach dem fauchenden Tier aus.

»Au!«

»Hat sie dich gekratzt?« Es war schwierig, von unten genau zu erkennen, was dort oben vor sich ging, zumal plötzlich statt vereinzelter Blättchen ein ganzer Regen aus Blütenblättern auf Carlottas Gesicht niederging.

»Sie will sich offenbar nicht von mir retten lassen. Aber notfalls rette ich sie gegen ihren Willen. Das wollen wir doch mal sehen.« Fabian klang wild entschlossen.

Allerdings war die Katze offenbar noch entschlossener, sich nicht von ihm anfassen zu lassen. Es raschelte heftig in den Zweigen, Blütenblätter stoben wie ein Schneesturm im Januar durch die Luft, und ein schwarzer Schatten glitt rasend schnell abwärts.

Die letzten Meter nahm die Katze im Sprung – und landete direkt auf Hollys Kopf. Die Hündin jaulte auf und warf den Körper zur Seite. Doch da war die Katze schon ins Gras gesprungen, mit wenigen Sätzen zum Zaun gerannt und auf dem Nachbargrundstück verschwunden.

Obwohl die Katze aus ihrem Blickfeld verschwunden war, konnte Carlotta den vor Wut und Schmerzen jaulenden Retriever nur mit Mühe an der Leine festhalten.

Endlich sprang auch Fabian neben Carlotta und der abwechselnd bellenden und jaulenden Hündin auf den Boden, atemlos, mit Blütenblättern im Haar und finsterer Miene.

»Das war jedenfalls das letzte Mal, dass ich wegen dem blöden Katzenvieh auf diesen Baum geklettert bin«, verkündete er und wischte seinen Handrücken mit den breiten, blutigen Kratzern an seinen schwarzen Jeans ab.

Erst in diesem Moment bemerkte Carlotta, dass Holly ebenfalls verletzt war. Die Hündin hatte sich, vielleicht durch Fabians Nähe, ein wenig beruhigt und sprang nicht mehr wild auf und ab. Jetzt war zu sehen, dass ihre schwarze Schnauze blutig gekratzt war. Viel schlimmer aber war, dass einer der Striemen bis über ihr linkes Auge reichte.

Carlotta beugte sich über die Hündin, um die Verletzungen genauer zu betrachten, aber das Tier zuckte zurück, knurrte leise und wollte sich nicht von ihr anfassen lassen. Carlotta biss sich auf die Unterlippe. »Das tut mir ja so Leid! Ich hätte nicht zulassen dürfen, dass sie unter dem Baum steht!«

»Das konntest du doch nicht ahnen! Wir müssen froh sein, dass diese verrückte Katze nicht dir auf den Kopf gesprungen ist.« Vorsichtig hielt Fabian Hollys Kopf fest und versuchte festzustellen, ob ihr Auge ernsthaft verletzt war. Von ihm ließ die Hündin sich vertrauensvoll berühren, obwohl sie zitterte und leise jaulte, als er versuchte, ihr Augenlid ein wenig hochzuziehen.

»Ich muss sie zum Tierarzt bringen. Falls das Auge ernsthaft verletzt ist, kann man ja vielleicht noch etwas tun, um es zu retten.« Fabian richtete sich auf und sah Carlotta entschuldigend an. »Entschuldige bitte, dass ich unser Picknick so überstürzt beenden muss, aber Holly ...«

»Dafür musst du dich doch nicht entschuldigen! Ich habe ohnehin so ein schlechtes Gewissen, dass ich nicht besser aufgepasst habe.«

Mit zusammengepressten Lippen sah sie zu, wie Fabian mit einem Papiertaschentuch vorsichtig die Schnauze der Hündin betupfte. Obwohl sie eigentlich die Lebensmittel einpacken wollte, konnte Carlotta ihren Blick nicht von dem Bild losreißen, wie Fabian sich besorgt über seinen Hund beugte. Die schräg stehende Sonne malte goldene Kringel in das schwarze Fell des Retrievers und in Fabians dunkles Haar. Und wieder traf die Erkenntnis sie mit fast schmerzhafter Deutlichkeit: Er war der Richtige für Lilli oder konnte es zumindest sein. Ein Mann, der sich so rührend um seinen Hund kümmerte, würde unter Umständen auch ein guter Vater sein. Natürlich war das ein weit hergeholter Gedanke, aber Lilli wünschte sich eine Familie mit Kindern.

»Du hast Holly sehr gern, nicht wahr?« Sie konnte nicht anders, als diese Feststellung laut auszusprechen, als sie sah, wie er der Hündin beruhigend über eines der schwarzen Hängeohren strich.

Er richtete sich langsam auf. »Ich bin nun mal für sie verantwortlich. So ein Tier ist abhängig von uns Menschen.«

Es erstaunte Carlotta ein wenig, wie energisch er den Verdacht von sich wies, er könne seinem Hund so etwas wie Liebe entgegenbringen. Dabei konnte ein Blinder sehen, wie sehr Holly ihm am Herzen lag.

»Ich hatte als Kind auch eine Hündin, und ich habe sie heiß und innig geliebt«, sagte Carlotta rasch, als müsste sie ihm erklären, dass es nicht verwerflich war, für einen Hund etwas zu fühlen.

Fabian nickte nur rasch, zeigte eine undurchdringliche Miene und befahl Holly in fast barschem Ton, sich ins Gras zu legen.

Hastig wandte Carlotta sich ab, damit er ihr Lächeln nicht sah, und begann, die Reste der Mahlzeit zusammenzuräumen. Wahrscheinlich fand er es unmännlich, Gefühle zu zeigen, noch dazu gegenüber einem Tier. Aber die Hauptsache war schließlich, dass diese Gefühle vorhanden waren.

XX

»Hier ist auch keiner mehr.«

Mit gefurchter Stirn kehrte Fabian zu seinem Kombi zurück, in dem Carlotta mit der leise fiependen Holly gewartet hatte.

Als sie endlich ihr Picknick zusammengeräumt hatten, war ihnen aufgefallen, dass sie kein Auto bei sich hatten und in der Nähe keinen Tierarzt kannten. Also war Fabian mit dem Taxi nach Hause gefahren, um seinen Wagen zu holen, während Carlotta mit Holly unter dem blühenden Pflaumenbaum gewartet hatte. Die Hündin war sehr unglücklich gewesen, als ihr Herr verschwunden war, und hatte sich mit vielen Streicheleinheiten und geflüsterten Trostworten von Carlotta nur mühsam beruhigen lassen.

Es hatte eine knappe halbe Stunde gedauert, bis Fabian mit seinem Wagen zurückgewesen war, und nun waren sie seit einer weiteren halben Stunde unterwegs in der Stadt, um eine Tierarztpraxis zu finden, die nach achtzehn Uhr noch geöffnet war.

»Wir sollten zum tierärztlichen Notdienst fahren«, fiel Carlotta ein, als Fabian sich neben sie auf den Fahrersitz fallen ließ. »Ich war erst neulich mit der Schildkröte meiner Tante da.«

Erleichtert ließ Fabian sich von ihr den Weg beschreiben, und zehn Minuten später gingen sie über den Hinterhof auf die unscheinbare Tür zu, hinter der die Räume des Notdienstes lagen.

Als Fabian diese Tür öffnete, weigerte der Retriever sich plötzlich weiterzugehen. Er stemmte alle vier Pfoten auf den Boden und bellte protestierend. Offenbar löste der Geruch nach Desinfektionsmitteln, der ihnen entgegenschlug, böse Erinnerungen in ihm aus.

Fabian zog an der Leine, er redete Holly gut zu, er wurde energisch und erfand einen neuen Befehl für »Ab über die Schwelle!«. Nichts half, bis Carlotta endlich hinten schob, während Fabian vorne zog.

Die junge Frau an der Anmeldung sagte ihnen, dass Holly die erste Patientin an diesem Abend sei und nicht lange würde warten müssen, was die Hündin mit einem unfreundlichen Knurren quittierte. Wahrscheinlich hatte sie Schmerzen, denn das Lid ihres linken Auges, das sie immer noch fest zukniff, war jetzt deutlich geschwollen.

Sie gingen in das Wartezimmer mit den abgestoßenen Holzstühlen, das Carlotta deutlich freundlicher erschien als bei ihrem nächtlichen Aufenthalt vor einigen Tagen, was vielleicht an den schrägen Sonnenstrahlen lag, die durch das ungeputzte Fenster hereinfielen.

Fabian saß schweigend auf seinem Stuhl und strich mit den Fingerspitzen immer wieder tröstend über den Kopf der Hündin, die sich eng an seine Beine schmiegte.

Aus irgendeinem Grund konnte Carlotta nur schwer den Blick von seinen Fingern auf dem schwarzen Fell lösen. Schließlich griff sie nach einer der zerfledderten Zeitschriften und blätterte darin.

Der Tierarzt kam selbst ins Wartezimmer, um seine Patientin abzuholen. Als er Carlotta sah und erkannte, grinste er. Sie hatte sehr gehofft, es würde nicht der Arzt von neulich nachts sein, aber natürlich hatte sie Pech.

»Hallo. Wie geht es der Schildkröte?«

»Soweit ich weiß, gut«, erwiderte sie mit einem förmlichen Nicken und dem Gesichtsausdruck einer Frau, der es nicht im Traum einfallen würde, einfach kopflos davonzurennen, während ihre Tante peinliche Bemerkungen über die schwierige Partnersuche der armen, altjüngferlichen Nichte machte.

»Sie waren mittlerweile erfolgreich, wie ich sehe. Ich dachte mir, dass die Sorgen der älteren Dame völlig unnötig waren. Obwohl ich gern ausgeholfen hätte.« Der junge Tierarzt blinzelte ihr zu, nachdem er Fabian kurz gemustert hatte.

»Wobei geholfen?«, erkundigte Fabian sich, als Carlotta kurzfristig die Worte fehlten und ihr nichts anderes einfiel, als den Arzt finster anzusehen.

»Bei einem medizinischen Problem«, stieß sie schließlich hervor und wurde sofort feuerrot, weil der Tierarzt von einem Ohr zum anderen grinste. Sie konnte sich nicht erinnern, wann sie zuletzt in ihrem Leben rot geworden war. Wahrscheinlich am Tag ihrer Einschulung, als sie über ihre offenen

Schnürsenkel gestolpert und mit ihrem weißen Kleid mitten in eine Pfütze gefallen war.

»Die Schildkröte meiner Tante ist von der Bar gefallen«, setzte sie also hinzu, um die Dinge geradezurücken.

»Von der Bar?« Fabian riss die Augen weit auf und vergaß für einen Moment sogar, Holly beruhigend den Kopf zu tätscheln, obwohl diese den Tierarzt äußerst misstrauisch beäugte und vorsichtshalber schon mal die Zähne fletschte.

»Sie hatte zu viel getrunken, Pfefferminzlikör, wenn ich mich recht erinnere«, erklärte der Tierarzt mit ernster Miene und blitzenden Augen. Offensichtlich hatte er seinen Spaß an diesem Gespräch.

»Sie mag aber auch Eierlikör«, ergänzte Carlotta, der es durchaus gefiel, dass die Unterhaltung eine andere Richtung genommen hatte.

»Und dann kam die Schildkrötenbesitzerin noch auf andere Probleme zu sprechen, nachdem das Tierchen untersucht und verarztet war«, machte der Tierarzt ihre Hoffnung auf Diskretion zunichte.

»Die Haltung eines Tieres wirft ja immer eine Menge Fragen auf, die man sich am liebsten von einem Fachmann beantworten lässt«, riss Carlotta das Steuer beherzt wieder herum.

»Bei der Bekanntschaft mit jungen Frauen ist es ähnlich.« Der Tierarzt, den Carlotta von Minute zu Minute mehr hasste, strich sich fröhlich den weißen Kittel glatt, den er zur Feier des Tages trug. Neulich nachts hatten es Jeans und ein Sweatshirt getan.

»Nur dass in diesem Fall Tierärzte nicht als Fachleute hinzugezogen werden.« Sie starrte ihn mit einem Blick an, von dem sie hoffte, dass er ihm das Blut in den Adern gefrieren ließe oder zumindest die Lippen versiegeln würde.

Fabian, der offensichtlich nicht verstand, worüber Carlotta und der Mann im weißen Kittel sich unterhielten, mischte sich dennoch in Carlottas Sinne hilfreich ein. »Können Sie sich dann vielleicht mal meine Hündin ansehen? Ich mache mir Sorgen um ihr Auge.«

Nachdem der Tierarzt mit Fabian und Holly im Behandlungszimmer verschwunden war, sank Carlotta auf einem Stuhl zusammen und grämte sich über Adelheid, die betrunkene Ilsebill, der nichts Besseres eingefallen war, als sich von der Bar zu stürzen, über sich selber, über den Tierarzt und die Welt an sich, in der ihr neuerdings jeder einreden wollte, sie müsse sich unbedingt alle naslang oder am besten gleich für immer verlieben.

Als Fabian mit Holly an der Leine wieder auftauchte, war sie mittlerweile so wütend, dass sie ihn bitterböse anfunkelte, schon um ihm zu zeigen, dass sie keinesfalls die Absicht hatte, sich zu verlieben.

»Was ist denn?« Er zuckte regelrecht zurück und schien zu überlegen, ob er sich nicht vorsichtshalber noch einmal ins Behandlungszimmer zurückziehen sollte.

»Nichts!«, fauchte Carlotta ihn an. »Wie geht es Holly?«

»Gut.« Fabian strahlte, näherte sich aber nur zögernd. »Das Auge ist nur oberflächlich verletzt. Ein dicker, geschwollener Kratzer auf dem Lid. Der Arzt meint, es wird nichts zurückbleiben.«

Besonders glücklich wirkte die Hündin dennoch nicht. Der dicke Watteverband auf ihrem Augen hob sich strahlend weiß von ihrem schwarzen Fell ab. Sie lief schnurstracks auf den Ausgang zu. Offensichtlich wollte sie nur weg von hier.

Fabian und Carlotta folgten ihr schweigend. Erst als sie wieder im Auto saßen, sagte Fabian etwas.

»Worüber hat dieser komische Tierarzt denn nur dauernd geredet? Ich fand die Sache mit der betrunkenen Schildkröte ja schon merkwürdig, aber er meinte auch noch etwas anderes, nicht wahr?«

Das hatte ihr gerade noch gefehlt! »Keine Ahnung, was er meinte. Scheinbar hat der gute Doktor in seiner Erinnerung einiges durcheinander gebracht. Meine Tante ist etwas redselig, besonders, wenn es um ihre Schildkröte geht. Und schließlich ist es auch nicht meine Schuld, dass Tante Adelheid ihre Schildkröte in Bars ausführt und mit Pfefferminzlikör füttert.«

»Zweifellos nicht.« Fabian lachte auf genau jene Art kurz und trocken auf, die in Carlottas Magen ein Kribbeln verursachte, das sie tunlichst zu ignorieren versuchte.

Ihre Aussage war sicher nicht sehr erhellend, aber er gab sich damit zufrieden und wechselte das Thema. »Sollen wir nach der Aufregung noch irgendwo etwas trinken gehen?«

»Lieber nicht.« Sie schüttelte energisch den Kopf, obwohl sie aus heiterem Himmel eine völlig ausgedörrte Kehle hatte.

»Holly braucht sicher Ruhe. Und ich, ehrlich gesagt, auch. Das Vorsprechen und so weiter …«

»Dann fahre ich dich jetzt nach Hause.« Er sah seltsam ausdruckslos drein.

»Ein andermal können wir gern wieder was zusammen unternehmen«, sagte sie rasch. Schließlich war sie sich immer noch nicht sicher, ob sie tatsächlich guten Gewissens demnächst ein Treffen zwischen Lilli und ihm arrangieren sollte.

Sie legte die Hand auf den Türgriff neben sich. »Lass mich einfach hier heraus. Ich muss noch etwas besorgen.«

Carlotta wollte nicht, dass er erfuhr, wo sie wohnte. Schließlich konnte man überall lesen, dass es sicherer war, für einige Zeit anonym zu bleiben, wenn man Annoncenbekanntschaften machte. Er kannte ihren Vornamen und ihre Handynummer, das reichte vorerst.

Obwohl Fabian sicher ahnte, weshalb sie nicht wollte, dass er sie nach Hause fuhr, äußerte er sich nicht zu ihrem Verhalten, sondern reichte ihr zum Abschied freundlich die Hand und kündigte seinen Anruf für einen der nächsten Tage an.

Als Carlotta zehn Minuten später nach Hause kam, stand Lilli in der Küche und kochte.

»Hm, das riecht gut!« Carlotta hob schnuppernd die Nase in die Luft, verkniff es sich aber, in einen der Töpfe zu sehen, weil Lilli das nicht leiden konnte.

»Wenn ich dich jetzt so sehe, frage ich mich, wieso du dir nicht schon vor Jahren die Haare hast abschneiden lassen. Du wirkst mit der neuen Frisur irgendwie viel … lebendiger. Obwohl deine langen Haare so schön waren.« Mit den Fingerspitzen folgte Carlotta den Linie von Lillis blondem Haar, das knapp über ihren Schultern endete.

»Jetzt war der richtige Zeitpunkt, um die alten Zöpfe abzuschneiden, und nicht vor Jahren.« Lilli schob sich ein paar der neuen, fransigen Strähnen aus der Stirn, ließ sich aber nicht zu einem Lächeln hinreißen. »Tante Adelheid hat angerufen.« Sie warf klein geschnittene Möhren- und Porreestücke in den Topf.

»Und? Was macht die Renovierung? Sag nicht, sie will wieder bei uns einziehen!« Carlotta ließ sich am Küchentisch nieder und sah zu, wie Lilli den Nudelteig ausrollte. Selbstgemachte Nudeln waren ihre Spezialität, obwohl sie bei Zeitmangel durchaus Nudeln aus der Tüte benutzte.

Als Antwort auf Carlottas Frage zuckte Lilli die Achseln. »Wohl nicht. Soweit ich verstanden habe, ist ihr neues Bad ohnehin fertig.«

»Prima. Und wie geht es Ilsebill?«

»Hat sie nicht gesagt. Sie hat mich gefragt, ob ich nicht einen passenden Mann für dich kenne, damit du endlich unter die Haube kommst. Vielmehr meinte sie, mit einem festen Partner, am besten einem Ehemann, würdest du glücklicher sein.« Freudlos kicherte Lilli vor sich hin, während sie nach dem Teigrädchen griff, um kleine Quadrate aus dem Nudelteig zu schneiden.

Carlotta verdrehte die Augen und schwieg.

»Ich habe ihr gesagt, dass du durchaus in der Lage bist, die Sache selbst in die Hand zu nehmen, und das momentan auch tust. Natürlich habe ich ihr nichts von der Anzeige verraten, dann hättest du nämlich keinen Moment mehr Ruhe vor ihren Fragen, schätze ich.« Lilli warf die fertig gedrehten Nudeln schwungvoll den Topf.

»Wie meinst du das?« Verblüfft starrte Carlotta ihre Schwester an. Woher konnte Lilli von der Anzeige wissen? Und wie kam sie auf die Idee, dass Carlotta mit diesem Text für sich selber einen Mann suchte?

»Ich habe deine Jeans mit in die Waschmaschine getan.« Mit ihren mehligen Fingern deutete Lilli auf die Fensterbank, wo die zusammengefalteten Antwortbriefe lagen, die Carlotta genau deshalb in ihre Jeanstaschen gestopft hatte, damit Lilli sie nicht zufällig fand.

Carlotta schluckte und stieß einige zusammenhanglose Worte hervor. »Ja … Ich dachte … das könnte vielleicht ganz interessant …«

»Interessant?«

»Na ja, Blind Dates. Ich hatte noch nie ein Blind Date.«

Lilli verzog den Mund. »Du hättest mich ja fragen können, nachdem du mich auf Sven gehetzt hast. Das war ein waschechtes Blind Date, wenn ich das richtig sehe.«

»Als ob man dich auf jemanden hetzen könnte! Selbst wenn du jemanden wirklich toll findest, traust du dich ja kaum auf zwei Meter an den Mann heran. Was in den meisten Fällen bisher auch wirklich besser war.« Sie verkniff sich die Bemerkung, dass der Abend, an dem Lilli Jonathan mit einem vorgetäuschten Stromausfall ins Haus gelockt hatte, damit geendet war, dass sie Lilli allein und unglücklich mit einer leeren Rotweinflasche im Arm auf der Couch gefunden hatte.

Lilli schwieg entschlossen und rührte intensiv in der Suppe. Die Stille wurde nur vom Klappern des Topfdeckels unterbrochen.

»Hast du die Briefe gelesen?«, erkundigte Carlotta sich schließlich.

Hastig griff Lilli zum Kochlöffel und klapperte noch ein bisschen lauter mit dem Topfdeckel. »Ich habe ein paar Sätze überflogen«, gab sie dann zögernd zu. »Natürlich hätte ich das nicht tun sollen, aber ich wusste ja nicht, ob es vielleicht nur irgendwelche Einkaufszettel waren, die ich hätte wegwerfen können, wie ich das sonst auch immer mache. Du weißt genau, dass du immer allen möglichen Kram in deinen Taschen hast, und wenn ich dann wasche ...«

»Geschenkt«, unterbrach Carlotta sie großmütig. »Da du die Briefe nun schon gelesen hast ...«

»Ich habe hier und da einen Satz überflogen«, korrigierte Lilli sie hastig.

»Wenn du also hier und da etwas überflogen hast, kannst du mir ja vielleicht auch sagen, welcher Brief dir am besten gefällt.«

»Ähm – du willst dich wirklich mit einem dieser Männer treffen? Sie hören sich alle ein bisschen merkwürdig an.«

»Alle? Ein oder zwei klingen doch ganz interessant«, half Carlotta ein bisschen nach.

Lilli zuckte die Achseln. »Dir müssen sie gefallen, nicht mir. Solange du nicht versuchst, mir einen davon aufs Auge zu drücken, kannst du glücklich werden, mit wem du willst.«

»Es geht doch nicht gleich um Glücklichwerden und bis ans Ende der Zeit. Nicht für mich. Ich sehe es als unverbindlichen Versuch an.« Carlotta holte Suppenteller aus dem Schrank und stellte sie auf den Tisch.

»Hoffentlich sehen die Männer das auch so.« Mit gerunzelter Stirn und offensichtlich sehr verwundert, was plötzlich in ihre Schwester gefahren war, starrte Lilli angespannt in den Suppentopf.

»Was hast du denn in die Anzeige geschrieben?«, konnte sie schließlich ihre Neugier doch nicht bezähmen.

Betont gleichgültig zuckte Carlotta mit den Schultern. »Ach, das weiß ich gar nicht mehr so genau. Ich habe eben eine paar Eigenschaften aufgezählt, die ich an einem Mann wichtig finde.«

»Zum Beispiel?« Es erstaunte Lilli, dass ihre Schwester sich in Gedanken intensiv genug mit Männern und Beziehungen beschäftigte, um wünschenswerte Eigenschaften aufzuzählen. Bei Carlotta hatte es immer so leicht und eher zufällig gewirkt, wenn sie kurzfristig mit einem Mann zusammen gewesen war. Wobei sich dieses Zusammensein nach Lillis Beobachtungen in der Regel auf feuchtfröhliche Abende in der Stadt und die anschließenden Nächte beschränkte. Was Carlotta dann immer rasch langweilig wurde, sodass sie dem jeweiligen Mann schonend klarmachte, er sei nicht der Richtige, bevor er auf die Idee kommen konnte, eine langfristige Bindung eingehen zu wollen.

Carlotta räusperte sich, schob ihren Suppenlöffel neben dem Teller hin und her und runzelte die Stirn.

»Irgendwas musst du doch geschrieben haben. Es kann doch nicht sein, dass du dich nach der kurzen Zeit nicht mehr erinnerst. Die Antwortbriefe sind erst zwei oder drei Tage alt.« Lilli kam mit dem dampfenden Topf zum Tisch und schöpfte die köstlich duftende Suppe auf die Teller, bevor sie den Rest zurück zum Herd trug, um ihn dort warm zu halten.

Da sie nicht vorhatte, Lilli erzählen, was tatsächlich in der Anzeige gestanden hatte, kniff Carlotta die Augen zusammen und legte los: »Ich habe in etwa geschrieben, dass er groß und dunkelhaarig und humorvoll sein soll. Und ein bisschen romantisch.«

»Romantisch?« Lilli war überrascht.

»Wieso nicht? Glaubst du, ich mag keine blühenden Bäume und Schmetterlinge auf einer Wiese und solche Sachen? Schließlich hast du nicht jegliches Anrecht auf Frühlingsseligkeit für dich gepachtet.«

»Habe ich auch nicht. Allerdings hätte ich nicht gedacht, dass du … Ist aber auch egal. Romantisch also – und was noch?« Mit konzentriertem Gesichtsausdruck fischte Lilli eine ihrer selbst gemachten Nudeln aus der Suppe, um sie zu probieren.

»Tierlieb«, verkündete Carlotta entschlossen. »Irgendwann möchte ich wieder einen Hund haben.«

»Und wieso dunkelhaarig? Du hast doch immer gesagt, dass dir große, blonde Männer gut gefallen. Typ Wikinger.«

»Man wird ja wohl mal seinen Geschmack ändern dürfen!« Endlich griff auch Carlotta nach ihrem Löffel und begann zu essen. Sie wusste selbst nicht, wieso sie behauptet hatte, dass sie mit ihrer angeblichen Anzeige vorzugsweise nach dunkelhaarigen Männern gesucht hatte. Zumal es tatsächlich so war, dass sie sich bisher immer in blonde Männer verliebt hatte, die ein bisschen so aussahen, als hätten sie vor, am nächsten Tag mit Schwert und Schild auf dem Rücken eines Pferdes in den Kampf für eine edle Frau oder zumindest eine lohnende Sache zu ziehen. Fabian aber war eindeutig dunkelhaarig. Was ein unwiderlegbarer Grund dafür war, dass sie sich niemals in ihn verlieben würde und in aller Ruhe herausfinden konnte, ob er auch wirklich der Richtige für ihre Schwester war.

Als in diesem Moment das Handy klingelte, das sie bei ihrer Heimkehr nicht wie üblich ausgeschaltet, sondern eingeschaltet in Reichweite auf die Fensterbank gelegt hatte, zuckte Carlotta leicht zusammen, ehe sie nach dem Gerät griff.

»Ich wollte dir nur sagen, dass ich den Nachmittag mit dir wirklich schön fand.«

Fabian hielt es nicht für nötig, sich mit seinem Namen zu melden, was Carlotta ein wenig ärgerte, obwohl es natürlich nur er sein konnte, weil sie schließlich den Nachmittag mit ihm verbracht hatte. Hätte Lilli nicht gegenüber am Tisch gesessen, hätte sie dennoch gefragt, wer denn da eigentlich sei, einfach um ihm klarzumachen, dass sie nicht etwa da saß und sehnsüchtig auf seinen Anruf wartete.

»Es ging zwar am Ende alles ziemlich drunter und drüber, wofür ich mich entschuldigen muss, aber ganz egoistisch betrachtet, fand ich es sehr schön, dich dabei zu haben. Und Holly hat die weibliche Unterstützung auch gefallen, glaube ich.«

Auf der Suche nach einer passenden Antwort starrte Carlotta angestrengt in ihre Suppe, die allerdings nicht viel an Inspiration hergab. »Du kannst ja nichts dafür, dass diese Katze dauernd auf deinen Baum krabbelt und dann um Hilfe mauzt«, sagte sie schließlich.

»Zum Glück hast du es ja nur einmal erlebt, sonst würdest du mich sowieso für den Deppen schlechthin halten.« Er lachte jenes kleine Lachen, das ihr von Anfang an so seltsam vertraut gewesen war.

Sie kicherte ebenfalls, weil er schließlich nicht ahnen konnte, dass sie ihn am Nachmittag nicht zum ersten Mal in seiner Mission als Katzenretter erlebt hatte.

»Ich rufe an, weil ich eine Idee habe, wie ich dich wenigstens ein bisschen für das plötzliche Ende des heutigen Nachmittags entschädigen könnte.«

»Es ist nicht nötig, mich zu entschädigen. Ich hatte viel Spaß. Obwohl mir Holly natürlich Leid tat, aber zum Glück ist es ja keine ernste Verletzung.« Carlotta wich Lillis Blick aus. Die Schwester saß ihr mit großen Augen gegenüber, den Suppenlöffel auf halbem Weg zum Mund.

»Nein. Sie kommt zwar ständig an und möchte bedauert werden, aber ich habe den Verdacht, das tut sie nur, um aus der Situation herauszuschlagen, was herauszuschlagen ist. Ihr guter Appetit deutet jedenfalls nicht auf allzu große Schmerzen hin. Ich habe schon meinen gesamten Vorrat an Hundeleckerbissen verfüttert, und jetzt sind wir zum Inhalt des Kühlschranks übergegangen. Bisher konnte ich wenigstens meinen Lachsschinken retten, aber wohl auch nicht mehr lange.«

Carlottas Lachen bekam Gesellschaft von seinem, was ein so schönes Gefühl war, dass sie noch ein wenig länger kicherte, um es bis zur Neige auszukosten. Danach blieb es einen Moment lang still. Nur ein leises Rauschen war in der Leitung.

»Ich wollte dich als Entschädigung für das heutige Durcheinander zum Essen einladen. Ich könnte etwas Italienisches für uns kochen«, sagte Fabian schließlich.

Carlottas Gedanken drehten sich im Kreis und wollten zu keinem Ergebnis kommen. Es erschien ihr gefährlich, Fabian in seiner Wohnung zu besuchen. Nicht weil sie Angst vor ihm hatte, sondern weil sie ihm dadurch vielleicht doch ein wenig zu nahe kam.

Andererseits war es eine wunderbare Gelegenheit, mehr über ihn zu erfahren, wenn sie ihn zu Hause besuchte. War seine Küche aufgeräumt, das Geschirr gespült, die Kleidung nicht über alle Zimmer verteilt?

»Ich komme gerne«, sagte sie rasch, als er sich wegen ihres langen Zögerns mit einem Räuspern in Erinnerung brachte.

Sie einigten sich auf den übernächsten Abend und beendeten dann das Gespräch.

»War er das?«, erkundigte Lilli sich neugierig, nachdem Carlotta das Handy weggelegt und erneut nach ihrem Löffel gegriffen hatte.

»Wer?«

»Derjenige, den du aus den Antworten ausgewählt hast.«

Carlotta nickte und schob sich noch einen Löffel Nudeln in den Mund, um nicht ausführlicher antworten zu müssen.

Nachdem sie fast schweigend aufgegessen hatten, bot Carlotta an, den Abwasch allein zu erledigen.

»Stell aber den Topf nicht wieder in den Gläserschrank. Heute habe ich ewig gesucht, bis ich ihn endlich gefunden hatte.« Lilli sah sie streng an.

Nachdem die Schwester die Küche verlassen hatte, raffte Carlotta hastig die Briefe auf dem Fensterbrett zusammen und verteilte sie in sämtlichen Taschen der dunklen Stoffhose, die sie trug. Niemals hätte sie sich träumen lassen, dass es so kompliziert werden würde, Lilli mit dem richtigen Mann zu verkuppeln. Seufzend stellte sie die benutzten Teller zusammen, trug sie zum Spülbecken und ließ Wasser ein.

XXI

Lilli redete sich ganz fest ein, dass sie rein zufällig genau in dem Moment aus dem Haus trat, um kurz vor Ladenschluss noch einige kleine Besorgungen zu machen, in dem Jonathan mit seinem klapprigen Auto in die Straße einbog. Natürlich wusste sie, dass er häufig um diese Zeit nach Hause kam, aber sie hatte beim Griff nach Portemonnaie und Einkaufstasche nur einen kurzen Blick auf die Uhr geworfen und fast gar nicht daran gedacht, dass sie ihm vielleicht begegnen würde. Zumal sie ihm eigentlich sowieso aus dem Weg gehen wollte. Weil er nicht der Richtige für sie war, wie sie sich wieder und wieder und wieder sagte. Weil sie sich bei ihm nicht sicher fühlte, sondern wie auf einem Schleudersitz, jederzeit auf den Absturz gefasst. Was zählten da die Schmetterlinge im Bauch und die rosa Wolken im Kopf?

Zu dumm nur, dass sie urplötzlich von einem riesigen Schwarm bunter Schmetterlinge umgeben war, als sie Jonathan aus seinem Auto steigen sah! Sie war praktisch gezwungen, stehen zu bleiben, weil sie vor lauter rosigem, gelbem und blauem Geflatter nichts mehr sehen konnte. Ausgenommen natürlich *ihn*, der, umgeben von den Strahlen der abendlichen Frühlingssonne, lächelnd auf sie zukam.

Sie musste verrückt sein, nicht die Beine in die Hand zu nehmen und davonzulaufen, so schnell sie nur konnte. Und irgendwie war sie das ja auch. Verrückt nach ihm. Was sollte sie dagegen tun?

Immerhin gelang ihr ein schwacher Fluchtversuch, indem sie sich abwandte und einen halben Schritt von ihm weg machte, als er sie schon fast erreicht hatte. Aber letztlich gab sie ihm damit nur eine gute Ausrede, ihr die Hand auf die Schulter zu legen und sie festzuhalten.

»Nicht schon wieder davonlaufen«, sagte er und zog sie ein kleines Stück zu sich heran. »Kannst du mir bitte sagen, was ich falsch gemacht habe? Vorgestern im Park schien alles noch in schönster Ordnung zu sein.«

Lilli schnappte nach Luft, weil ihr das Atmen wie so oft in seiner Nähe ein wenig schwer wurde.

»Gestern habe ich drei Mal bei dir geklingelt, nachdem ich dich hatte nach Hause kommen sehen, aber du hast nicht geöffnet.«

Sie murmelte etwas von einem Bad, das sie genommen hätte. Schließlich ging es ihn nichts an, dass sie mit einem Kissen über dem Kopf auf ihrem Bett gelegen hatte, um das Schrillen der Klingel nicht zu hören.

»Du badest drei Stunden lang?«

»Warum nicht? Wenn du mir ohnehin nicht glaubst, müssen wir uns gar nicht weiter unterhalten.« Sie sprach mit seinem linken Ohrläppchen, nachdem er sie an den Schultern so herumgedreht hatte, dass sie ihm gegenüberstand.

»Ich glaube dir alles, was du mir sagst, wenn du mich dabei ansiehst. Oder kannst du das nicht?«

»Warum sollte ich dich nicht ansehen können?« Ihre Stimme war ganz klein, weil sie all ihren Mut brauchte, um den Kopf zu heben und ihren Blick in seinen zu tauchen.

»Und jetzt sag mir, dass du nicht das geringste Interesse daran hast herauszufinden, was zwischen uns sein kann, wenn wir uns darauf einlassen«, forderte er sie auf, in den Augen ein goldenes Blitzen.

»Ich lasse mir von dir nicht vorschreiben, was ich sagen soll!« Diesmal kam ihre Stimme klar und deutlich.

»Du hast Recht. Mit Reden kommen wir sowieso nicht weiter.«

Bevor sie den Sinn dieses Satzes verstanden hatte, waren seine Hände von ihren Schultern um ihren Rücken geglitten, hatte er sie mit Nachdruck an sich gezogen und seinen Mund sanft und doch nachdrücklich auf ihren gelegt.

Natürlich wollte sie protestieren, wollte sich wehren und das Weite suchen. Aber da war sie schon längst in seinem Kuss und ihren Gefühlen versunken. All ihr Wollen konzentrierte sich auf den Punkt, an dem ihre Körper so zärtlich miteinander sprachen. Der sanfte Druck seiner Lippen, das zarte Streicheln seiner Zunge, die Art, wie sie automatisch auf ihn reagierte. Sie konnte nicht mehr denken, nur noch küssen. Und registrieren, wie gut es sich anfühlte, genau das zu tun.

Als sie wieder zu sich kam, hatte er sie losgelassen. Sie stand ihm mit hängenden Armen gegenüber und starrte ihn sprachlos an.

»Übrigens siehst du mit der neuen Frisur wunderschön aus. Obwohl du doch vorher schon so unglaublich schön warst.«

Als sie nichts sagte, hob er ihre Einkaufstasche auf, die ihr irgendwann aus der Hand geglitten sein musste, und reichte sie ihr mit einer ironischen kleinen Verbeugung.

Sie nahm die Tasche und fragte sich verzweifelt, was sie eigentlich hatte besorgen wollen. Ihr Kopf war so leer, als hätte sie in ihrem ganzen Leben noch nie einen sinnvollen Gedanken gedacht. Alles, was sie noch konnte, war unwichtige Tatsachen zu registrieren. Dass er ein winziges Muttermal auf seiner rechten Schläfe hatte und sein Haar im Licht der untergehenden Sonne wie ein reifes Weizenfeld aussah. Dass es sich wunderbar anfühlte, einfach nur von ihm angesehen zu werden, während dieses winzige Lächeln in seinen Mundwinkeln war. Dass sie die Art mochte, wie er sich kleidete, obwohl seine Jeans am Saum leicht ausgefranst und das T-Shirt verwaschen waren. Dass sie sich entsetzlich zusammennehmen musste, um sich nicht auf ihn zu stürzen und ihn bis in alle Ewigkeit zu küssen.

»Ich könnte dich für den Rest meines Lebens küssen und würde mich dabei keine Minute langweilen«, sagte er leise.

Ihre Knie machten Anstalten nachzugeben, und sie konnte nicht anders, als sich an ihn zu lehnen.

»Es ist unvernünftig, und es macht mir Angst«, flüsterte sie, als er den Arm um sie legte. »Wir passen nicht zusammen.«

»Wie willst du das wissen, bevor wir es ausprobiert haben?«

»Ich weiß es eben.« Sie lehnte die Wange an seine Schulter und atmete tief seinen Duft nach Duschgel und Jonathan ein, den sie schon viel zu gut kannte und doch eigentlich vergessen wollte.

»Es mag sein, dass ich vor dir mit einigen Frauen zusammen war. Und dass sie alle völlig anders waren als du. Bist du aber schon mal auf den Gedanken gekommen, dass du gerade deshalb ganz besonders für mich bist? Dass ich vielleicht manchmal ein bisschen zu leichtfertig herumgespielt habe, weil ich auf der Suche nach etwas war, was ich nicht finden konnte?«

Sie hob die Achseln und vermied es weiterhin, ihm ins Gesicht zu blicken. Lieber sah sie über seine Schulter hinweg hinauf zum Himmel, wo in der rasch hereinbrechenden Dämmerung bereits der Abendstern zu sehen war.

»Wir könnten versuchen herauszufinden, ob es klappt«, sagte sie schließlich, nachdem er lange geduldig gewartet hatte.

»Hast du einen Vorschlag, wie wir anfangen können? Ich kenne ein ganz winziges chinesisches Restaurant, das gerade erst eröffnet wurde. Das wird dir wahrscheinlich besser gefallen als Hamburger im Park. Wenn wir jetzt losgehen, bekommen wir sicher noch einen Tisch.«

Er hielt sie für eine Langweilerin, der ein simples Picknick im Park zu unbequem oder gar zu ungewöhnlich war. Dabei hatte sie es so sehr genossen. Sogar den faden, pappigen Cheeseburger.

Lilli hob den Kopf und sah ihn entschlossen an. »Es wird eine schöne, warme Nacht. Was hältst du davon, wenn wir schwimmen gehen?«

»Schwimmen gehen?«

Ihr Herz hüpfte, denn er war eindeutig erstaunt über ihren Vorschlag. »Ja, schwimmen gehen.«

»Ich weiß zwar, dass das Freibad am vergangenen Wochenende geöffnet worden ist, aber die machen bei Einbruch der Dunkelheit zu.«

Nun konnte sie sich ein Grinsen nicht mehr verkneifen. »Eben!«

Er riss die Augen weit auf. »Hast du das schon mal gemacht?«

Sie zuckte geheimnisvoll die Achseln. »Wer weiß? Du nicht?« Jedenfalls hatte sie immer davon geträumt, einmal in einer Sommernacht das große Becken ganz für sich allein zu haben. Als sie vor kurzem mit dem Bus zur Arbeit gefahren war, weil ihr Auto in der Werkstatt gewesen war, hatte sie gehört, wie eine Gruppe Jugendlicher sich über ihre Freibadabenteuer im vergangenen Sommer unterhalten hatte. Nach dieser Unterhaltung zu schließen, schien es nicht besonders schwierig zu sein, über den hohen Maschendrahtzaun zu steigen, um im Mondlicht zu schwimmen.

»Ehrlich gesagt, bin ich noch nie nachts ins Freibad ... eingebrochen.« Er sah fast betreten drein, als er dies zugeben musste.

Sie verabredeten sich für zehn Uhr. Das würde ihr genug Zeit lassen, sich zwischen ihren beiden Bikinis und dem schwarzen Badeanzug zu entscheiden. In Wahrheit nutzte sie dann aber die verbleibenden Stunden, um sich ungefähr hundert Mal zu fragen, ob sie eigentlich verrückt geworden war. Wieso hatte sie sich derart vor ihm aufspielen müssen? War es das leise Erstaunen wert, das in seinen Augen aufgeblitzt war, dass sie nun gezwungen sein würde, Hausfriedensbruch zu begehen oder wie auch immer man das nannte?

Fast hätte sie vor lauter Grübeleien den verabredeten Zeitpunkt verpasst, sodass sie schließlich in großer Hast ihren weißen Bikini aus der Schublade zerrte und in die Badetasche aus geblümtem Stoff stopfte, damit Jonathan nicht auf die Idee kam, sie hätte es sich anders überlegt.

Sie hatte das Gefühl, mit jedem Schritt ein Kilo schwerer zu werden, während sie die Treppe hinunter zur Haustür lief. Das Merkwürdige aber war, dass gleichzeitig ihr Herz leichtfüßig wie ein Kätzchen war, das im Sommerwind einem Blatt nachjagt. Es hüpfte, tanzte, rannte und verwandelte sich zwischendurch in einen Vogel, der im nächsten Moment seinen Käfig verlassen und einfach in den Himmel hinauffliegen würde.

Als sie die Haustür hinter sich abgeschlossen hatte und sich umdrehte, sah sie Jonathans hohe Gestalt bereits neben ihrem Auto stehen. Sie atmete tief durch und ging langsam auf ihn zu.

Stumm öffnete sie die Beifahrertür und stieg auf der anderen Seite ein, denn das Freibad lag doch ein ganzes Stück von ihrem Haus entfernt.

Jonathan saß entspannt und schweigend neben ihr. Es schien ihn nicht zu stören, dass sie nicht munter mit ihm plauderte, wie es wahrscheinlich all die anderen Mädchen getan hätten, die er kannte. Wann immer Lilli ihn vor dem Haus mit einer der fröhlichen Studentinnen gesehen hatte, hatten diese Frauen die ganze Zeit geredet, gelacht und die Haare nach hinten geworfen.

Dennoch fand sie es erstaunlich leicht, mit Jonathan zu schweigen. Sie spürte keinerlei Verlegenheit, sondern nur eine plötzliche Vertrautheit, die keine Worte brauchte. Das unsichere Gefühl war erst wieder da, als sie den Wagen hinter der hohen Mauer neben dem Eingangsbereich des Freibads parkte. In diesem Moment wurde ihr nämlich bewusst, dass sie nicht die geringste Ahnung hatte, wie sie diese Mauer überwinden sollten. Sie war viel zu hoch und glatt. Vielleicht waren die Jugendlichen, die sie im Bus belauscht hatte, Hobby-Alpinisten oder irgendetwas in der Art gewesen.

Sie saß da, umklammerte das Steuer, und wenn ihr eine gute Ausrede eingefallen wäre, um ihren Plan nicht durchführen zu müssen, hätte sie sie benutzt.

Jonathan machte ihrem Dilemma ein Ende, indem er die Beifahrertür öffnete und mit seiner kleinen Sporttasche in der Hand ausstieg. Ihr blieb also nichts anderes übrig, als ebenfalls das sichere Auto zu verlassen. Wenigstens konnte sie sich an den Griffen ihrer Badetasche festklammern.

»Wahrscheinlich kommen wir nur da hinten rein, nicht wahr?«

Sie nickte verwirrt, obwohl sie in der Dunkelheit nichts erkennen konnte.

Als sie sich nicht von der Stelle rührte, griff Jonathan nach ihrer Hand und zog sie an der Mauer entlang bis zu einer Stelle, an der die gemauerte Wand in einen hohen Maschendrahtzaun überging. Hinter dem Zaun reckten einige Bäume ihre Äste in den dunklen Himmel. Das Glitzern der stillen Wasseroberfläche konnte sie mehr erahnen als sehen. Aber sie nahm den leichten Chlorgeruch wahr, der in der Luft lag.

»Ich glaube, es ist heute doch ein bisschen kühl«, hörte sie sich flüstern.

»Das Wasser ist beheizt. So schnell kühlt es nicht ab.« Nachdem sie ihn einmal auf die Idee gebracht hatte, dachte Jonathan gar nicht mehr daran, den Plan zu abenteuerlich zu finden. Genau deshalb war sie ja auf die Idee verfallen: weil er ein Mann war, der solche Dinge tat und sie auch noch genoss. Natürlich hatte sie den Vorschlag aber auch gemacht, weil sie sich nach einem Bad mit ihm unter den Sternen gesehnt hatte – jedenfalls hatte sie sich das in ihren Gedanken sehr romantisch vorgestellt.

»Stell deinen Fuß hier hinein, ich helfe dir rüber.« Jonathan formte seine Hände zu einem Steigbügel, den er ihr auffordernd entgegenhielt.

»Ich bin mir wirklich nicht mehr sicher, ob wir das tun sollten!« Sie hätte sich selber in den Allerwertesten treten mögen, als sie sich mit dieser hektischen, hohen Kleinmädchenstimme reden hörte, die sie so an sich hasste. Und sie hasste es, wenn sie so war, wie sie gerade jetzt wieder war. So ängstlich und unsicher. So, wie sie eben war, wenn Bäder bei Mondlicht plötzlich nur ein ferner, unerreichbarer und viel zu gefährlicher Traum zu sein schienen.

Jonathan schwieg und senkte seine Hände auf die Höhe ihrer Knie, um es ihr noch leichter zu machen.

Sie starrte auf seine Finger, rührte sich aber nicht. »Es ist nicht die richtige Nacht. Fast Vollmond ... viel zu hell.«

»Es ist die perfekte Nacht. Alle Sterne und der Mond werden sich im Wasser spiegeln. Es wird sein, als würden wir im Sternenhimmel schwimmen. Wir zwei allein im Sternenhimmel. Wieso hat mich vor dir nur noch nie jemand auf diese wunderschöne Idee gebracht?«

Bei seinen Worten stockte Lilli der Atem. *Mit keiner anderen, nur mit ihr!* Lächelnd stellte sie ihren Fuß in seine verschränkten Hände. Als wäre sie ein Federgewicht, hob er sie hoch, sodass sie mit ausgestreckten Armen die obere Zaunkante erreichen konnte. Dann half er ihr, mit den Füßen festen Halt in den Maschenöffnungen zu finden.

Der Rest war ein Kinderspiel. Als Lilli auf der anderen Seite des Zauns stand, hörte sie sich selbst kichern. Es war, als hätte sie mit dem Zaun auch sich selbst und ihre Ängste überwunden. Sie konnte sich nicht erinnern, jemals in ihrem Leben etwas derart Verbotenes getan zu haben. Verboten und aufregend und gerade deshalb wunderschön.

Nachdem Jonathan sich ihre kleine Badetasche und seine eigene Sporttasche umgehängt hatte, kletterte er ebenfalls über den Zaun. Mit einem federnden Sprung landete er neben ihr auf dem kurz geschorenen Rasen und grinste sie an.

»Meinst du, es gibt hier so eine Art Nachtwächter?«, flüsterte sie ihm zu, und fast genoss sie das leichte Gruselgefühl, das ihr bei dem Gedanken, auf frischer Tat ertappt zu werden, über den Rücken lief.

»Kann sein.« Er lachte leise, als hätte er genau verstanden, welch befreiende Bedeutung dieser Schritt vom geraden Weg für sie hatte.

Sie boxte ihm spielerisch in die Seite. »Falls es jemanden gibt, schubsen wir ihn ins Wasser und fliehen.«

»So machen wir das.«

Wieder nahm Jonathan ihre Hand. Er zog sie unter eine hohe Kastanie, deren Frühlingslaub das Licht des fast vollen Mondes flirrend einfing, sodass das Gras unter dem Stamm in tiefem Schatten lag.

»Warte.« Lilli streifte ihre Schuhe ab, ließ sie neben einer knorrigen Wurzel stehen und genoss das kühle, kitzelige Gefühl der streichholzkurzen, taubenetzten Grashalme unter ihren Fußsohlen.

Als sie aus dem Schatten des Baumes traten, war Lilli fast geblendet vom silbrigen Mondlicht, das sich in langen Bahnen im dunklen Wasser spiegelte.

Jonathan stellte die beiden Taschen ab und schaute ebenfalls gebannt auf die schimmernde Fläche.

»Lass uns ganz schnell hineingehen«, hauchte sie, ohne auch nur eine Sekunde zu überlegen. Sie war noch nie zuvor in flüssigem Silber geschwommen.

»Dann los!«

Bevor Lilli sich überhaupt rühren konnte, flatterte Jonathans T-Shirt an ihr vorbei ins Gras. Im nächsten Moment hatte er seine Jeans abgestreift, seine Schuhe waren in die Dunkelheit unter dem Baum geflogen, und er trug nichts mehr außer einer Badehose mit hellen Streifen auf dunklem Grund.

»Ich … muss mich erst umziehen.« Wieso hatte sie nicht daran gedacht, ihren Bikini unter der Kleidung zu tragen? Verlegen kramte sie in ihrer Badetasche. Als sie sich wieder aufrichtete, stand Jonathan noch immer neben ihr am Beckenrand.

»Du könntest vielleicht … Möchtest du nicht schon mal ins Wasser gehen oder so?«

»Ich dachte, wir hüpfen zusammen rein.« Die leichten Kräuselbewegungen der Wasseroberfläche malten zarte Schatten auf sein Gesicht.

»Dann gehe ich mal …« Sie wedelte nervös mit den im Mondlicht schneeweißen Bikiniteilen durch die Luft und sah sich hektisch um, während sie sich fragte, ob es unter dem großen Baum dunkel genug war oder ob sie lieber hinter der Buschreihe am anderen Ende des Schwimmbeckens verschwinden sollte, was ihr aber wiederum ziemlich albern vorkam.

»Ich gucke nicht. Versprochen.«

Obwohl sie ihn nicht ansah, hörte sie an seiner Stimme, dass er lächelte. Prompt vermutete sie, dass die Frauen, die er sonst kannte, wahrscheinlich keinerlei Probleme damit gehabt hätten, in seiner Gegenwart mal eben in ihren Bikini zu schlüpfen.

Während Jonathan sich mit dem Rücken zu ihr an den Beckenrand setzte und die Füße ins Wasser baumeln ließ, was ein glucksendes Plätschern verursachte, strich Lilli sich über die erhitzten Wangen, atmete tief durch und versuchte, sich selbst davon zu überzeugen, dass das hier nicht mehr war als ein kleiner Ausflug zum Schwimmen. Dass sie dazu ins städtische Freibad eingebrochen waren, dass allein der Anblick von Jonathans nacktem Rücken ihren Atem stocken ließ, dass der Mond silberne Schleier über das bläuliche Wasser legte und sich in diesen Schleiern die Sterne spiegelten, ja selbst dass ihr Herz gleichzeitig in ihrer Kehle und ihren Kniekehlen pochte, war doch eigentlich gar nicht so wichtig.

Lilli stand da und sah verträumt hinauf zum sternenklaren Himmel, während ihr der leichte Wind durch die Haare strich. Es war ein Abenteuer, es war schön und romantisch, also würde sie es genießen!

»Bist du fertig?« Jonathan plätscherte ein wenig lauter, drehte sich aber nicht um.

»Einen Augenblick noch!«

Den Blick fest auf Jonathans Rücken geheftet, knöpfte Lilli mit zitternden Fingern ihre Bluse auf.

»Das Wasser ist noch ganz warm«, berichtete Jonathan ihr im Plauderton.

»Aha. Das ist gut.« Lilli kämpfte verzweifelt mit dem Nackenverschluss ihres Bikinioberteils. Die kleine Metallschließe wollte einfach nicht jenes Klicken von sich geben, das anzeigte, dass sie sicher geschlossen war.

»Kann ich dir irgendwie helfen?«

»Nein. Ich schaffe das schon.« Lilli wurde immer hektischer, was zur Folge hatte, dass ihr das Oberteil ins Gras fiel. Obwohl sie normalerweise nicht zu den Frauen gehörte, die fluchten, unterdrückte sie einen eher sanften Kraftausdruck, während sie die beiden Stoffdreiecke und die verschiedenen Träger und Bänder wieder zu sortieren versuchte.

»Bist du noch da?«, erkundigte sich Jonathan in diesem Moment vom Wasser her mit freundlicher Stimme.

»Ja. Natürlich. Einen Moment noch, bitte.«

»Vielleicht kann ich dir doch helfen. Ich gucke nicht, das habe ich ja schon versprochen.« Vom Becken her plätscherte es ein kleines bisschen ungeduldig. Wahrscheinlich hatte er noch nie erlebt, dass eine Frau eine Viertelstunde brauchte, um in einen Bikini zu kommen. Aber daran, dass sie anders war als seine munteren Mitstudentinnen, musste er sich eben gewöhnen, dachte sie trotzig, riss heftig an einem der dünnen Träger, der sich mit dem anderen verknotet hatte, und hielt verdutzt das weiße Bändchen in der Hand.

Lilli wusste nicht, ob sie vor Wut schreien oder in Tränen ausbrechen sollte. Das hier war so wunderschön: das Mondlicht, das silbrige Wasser, die Stille, der Wind in den Bäumen, der Mann, von dem sie seit Monaten träumte – das Einzige, was störte, waren ihre nervöse Unsicherheit und deren Auswirkungen.

Sie atmete tief durch. Ein Mal, zwei Mal und ein drittes Mal. Sie war nicht bereit, sich diese wundervolle Nacht kaputt machen zu lassen. Entschlossen warf sie das Bikinioberteil über die Schulter in den Schatten der Kastanie, lief zum Beckenrand und sprang ohne zu zögern ins Wasser. Schließlich gab es viele Frauen, die oben ohne badeten, und im schwachen Mondlicht würde er wahrscheinlich nicht einmal bemerken, dass sie kein Oberteil trug.

»Erste!«, rief sie dem dunklen Schatten am Beckenrand zu und ließ kopfschüttelnd silbrige Tropfen um sich herum sprühen. Das Wasser war angenehm kühl, aber nicht kalt und fühlte sich auf ihrer Haut wie Seide an, während sie gemächlich Arme und Beine bewegte.

»Das war gemogelt!«

Jonathan sprang auf und tauchte mit einem Kopfsprung ebenfalls ins Becken. Hoch spritzte es auf, als er unter der schimmernden Oberfläche verschwand. Lilli konnte nur noch einen dunklen Schatten erahnen, der bis zum Beckenboden hinabschwamm. Als er wieder auftauchte, glitt sein Körper unter Wasser so dicht an ihrem vorbei, dass sie ein Prickeln auf der Haut spürte, als einige Bläschen seiner Atemluft direkt vor ihr aufstiegen.

»Hallo, Lilli.« Dicht vor ihrem Gesicht formte sein Mund die Silben so leise, dass sie sie ihm im Mondlicht von den Lippen ablesen musste.

»Hallo, Jonathan.« Aus irgendeinem Grund hatte sie ihre Stimme nicht unter Kontrolle, denn obwohl sie ebenfalls hatte flüstern wollen, hallte ihre Antwort viel zu laut über das Wasser.

Schweigend sahen sie einander an, während sie sich mit sanften, fast schläfrigen Arm- und Beinbewegungen an der Oberfläche hielten. Als ihre Hand versehentlich über seine Brust glitt und sie sogar meinte, mit den Fingerspitzen eine harte Brustwarze gespürt zu haben, suchte sie in dem großen Becken instinktiv ein wenig Abstand.

»Wer als Erster am anderen Ende ist!« Sie paddelte hektisch los.

Lilli war noch nie eine sonderlich gute Schwimmerin gewesen. Deshalb erstaunte es sie außerordentlich, dass sie um fast eine Länge gewann.

»Wieso lässt du mich absichtlich gewinnen?«, erkundigte sie sich streng. »Glaubst du, ich bin ein kleines Mädchen, das in Tränen ausbricht, wenn es verliert?«

»Wer sagt denn, dass ich besser schwimmen kann als du? Bin ich dazu verpflichtet, nur weil ich zufällig ein Mann bin?« Jonathan rang nach Luft oder tat zumindest so.

Sie würdigte ihn keiner Antwort und warf nur hoheitsvoll und Silber sprühend den Kopf in den Nacken.

»Na gut. Dann machen wir jetzt einen Sprungwettbewerb. Vom Dreimeterturm.« Jonathan deutete auf den weißen Sprungturm an der Schmalseite des Beckens.

»Nie im Leben!« Lilli schüttelte so heftig den Kopf, dass ihm ihre nassen Haarsträhnen um die Ohren flogen.

»Traust du dich etwa nicht?«

Er hatte natürlich keine Ahnung, wie nah er mit dieser wahrscheinlich gar nicht ernst gemeinten Frage der Wahrheit kam. Tatsache war, dass Lilli noch nie in ihrem Leben vom Dreimeterturm gesprungen war. Obwohl sie durchaus einige Stunden ihres Lebens dort oben verbracht und ängstlich nach unten gestarrt hatte. Schon allein, weil dieser Sprung im Sportunterricht für den Jugendschwimmschein gefordert wurde, den Lilli aus genau diesem Grund niemals bekommen hatte.

»Quatsch!«, antwortete sie, wenn schon nicht ganz ehrlich, so doch in ziemlich überzeugendem Ton, wie sie fand.

»Wenn du dich traust, wieso willst du dann nicht springen?«, neckte Jonathan sie weiter.

»Weil ... Im Dunkeln ist es viel zu gefährlich!« Dieses Argument fand sie ziemlich einleuchtend.

»Wieso denn das? Wir wissen doch, dass das Becken tief genug ist. Immerhin kannst du momentan niemandem versehentlich auf den Kopf springen, falls ich es nicht absichtlich darauf anlege, was ich ganz sicher nicht tun werde.« Jonathan sah sie aufmerksam an. »Wenn du dich nicht traust, ist das aber auch nicht schlimm. Du kannst es ruhig sagen.«

»Ich traue mich aber!«, beharrte Lilli eigensinnig. Er musste nicht unbedingt wissen, dass sie tatsächlich zu feige war, Dinge zu tun, die jeder Zehnjährigen nicht mehr als ein müdes Lächeln abverlangt hätten.

»Dann komm!« Jonathan stieß sich vom Beckenrand ab und schwamm in Richtung der Sprungtürme.

»Nein! Das geht nicht!« Wieder war Lillis Stimme viel zu laut.

Jonathan kehrte um und trat erneut neben ihr Wasser. Er sagte nichts, sondern wartete stumm auf eine Erklärung, die sie ihm aber leider nicht geben konnte oder vielmehr wollte – bis ihr einfiel, dass es tatsächlich einen sehr guten Grund gab, weshalb sie nicht springen konnte.

»Ich habe kein Oberteil an.« Dies konnte sie wesentlich leichter gestehen als ihre Feigheit. »Es ist mir vorhin zerrissen.«

»Ach so.« Jonathans Blick glitt kurz in Richtung Wasseroberfläche, kehrte aber rasch wieder zu ihrem Gesicht zurück. »Wahrscheinlich hilft es in diesem Fall nicht, wenn ich verspreche, nicht hinzusehen?«

»Nein«, erklärte sie kategorisch.

XXII

Etwa um die gleiche Zeit, da Lilli ins silbern glitzernde Wasser sprang, sah Carlotta einem verliebten Pärchen nach, das gerade eng umschlungen das *Susanna's* verließ.

»Muss Liebe schön sein!« Carlotta gab sich große Mühe, kühl und ironisch zu klingen, aber aus irgendeinem Grund gelang ihr das nicht so ganz.

»Genau. Liebe ist schön!« Tanja grinste sie an. »Und jeder möchte sie erleben, auch du. Da kannst du noch so realistisch und abgeklärt tun, ich kaufe dir das schon lange nicht mehr ab.«

»Ich tue überhaupt nicht irgendwie, und ich behaupte erst recht nicht, dass ich mich nicht verlieben möchte. Das Problem ist, den geeigneten Mann für dieses Risiko zu finden. Lass einen Prinzen auf einem weißen Schimmel hier einreiten und mit Pflaumenblüten um sich streuen, dann werde ich mich garantiert nicht mit Händen und Füßen wehren und mich von ihm aufs Pferd heben und entführen lassen.«

»Das ist schon wieder geschwindelt. Du willst weder einen Prinzen noch einen Schimmel.« Tanja schüttelte lächelnd den Kopf. »Alles, was du willst, ist ein Mann, der genauso stark, so eigenwillig und so chaotisch ist wie du. Wieso der ausgerechnet mit Pflaumenblüten statt mit Rosenblättern um sich werfen soll, ist mir nicht ganz klar, aber du wirst das schon wissen.«

Zu Carlottas Erleichterung tauchte in diesem Moment Oskar hinter der Bar auf. Er machte einige Schritte auf seine beiden Angestellten zu und stand dann einfach nur da, ein Leuchten auf dem Gesicht und in den Augen.

»Sie hat angerufen!« Das war keine Frage, auf die Carlotta eine Antwort wollte, sondern eine Feststellung.

Oskar hielt nicht einmal ein Nicken für nötig, sondern zog einfach die Mundwinkel noch ein bisschen weiter nach oben.

Als Tanja das sah, konnte sie sich nicht mehr beherrschen. Sie quietschte, hielt sich gleich darauf die Hand vor den Mund und hüpfte wie ein Kind am Weihnachtsabend auf und ab. Womit es ihr gelang, die Aufmerksamkeit sämtlicher Gäste auf sich zu ziehen. Als ihr endlich auffiel, dass die Gespräche im Raum verstummt waren, hörte sie mit ihrem Gehüpfe auf und tat, als sei nichts gewesen, indem sie für zehn Sekunden hingebungsvoll den Zapfhahn polierte.

»Nun erzähl schon, Oskar«, sagte sie, als die Gäste sich wieder ihren Getränken zugewandt hatten, Oskar aber immer noch schwieg.

»Ja. Sie hat angerufen. Und sie kommt her.«

»Sie kommt her?« Diesmal war es Carlotta, die automatisch die Stimme erhob.

Oskar nickte bedächtig. »Natürlich wäre ich zu ihr gefahren, notfalls bis ans Ende der Welt, aber sie sagte, sie habe mich damals allein gelassen und deshalb sei sie diejenige, die hierher kommen müsse, um die Dinge zwischen uns zu klären.«

»Sie ist vor sieben Jahren einfach so verschwunden, und jetzt kommt sie einfach so wieder her?« Carlotta war ein bisschen fassungslos. Aus irgendeinem Grund hatte sie sich vorgestellt, Oskar und Susanna würden nun oft miteinander telefonieren und einander lange Briefe schreiben, bevor sie sich vielleicht eines fernen Tages wieder treffen würden.

»Wieso nicht? Wir lieben uns, da ist es doch ganz natürlich, wenn man zusammen sein will.« Mit diesen Worten drehte Oskar sich um und verschwand wieder durch die Tür hinter der Bar. Er bewegte sich wie ein Schlafwandler. Vielleicht hatte er Angst, aus seinem Traum aufzuwachen.

Carlotta sah ihm nach und spürte ein vages Unbehagen. »Und was ist, wenn sie nur kommt, um ihm zu sagen, dass er endlich aufhören muss, ihr nachzutrauern?«, flüsterte sie Tanja so leise zu, als müssten sie befürchten, dass Oskar hinter der Tür stand und sie belauschte.

»Das würde ihn umbringen.« Auch Tanja sprach mit unterdrückter Stimme. »Aber dazu würde sie doch nicht extra herkommen, nicht wahr?«

»Manche Menschen halten es für gefühllos, am Telefon Schluss zu machen«, gab Carlotta zu bedenken.

»Was heißt hier Schluss machen? Sie ist vor sieben Jahren einfach verschwunden! Wenn das kein Schluss ist, dann weiß ich es nicht. Sonderlich viele Skrupel scheint sie in dieser Beziehung nicht zu haben.«

»Vielleicht hat sie jetzt ein schlechtes Gewissen, weil sie durch Oskars Brief erst kapiert hat, was sie ihm angetan hat, und will sozusagen Buße tun, indem sie die weite Reise auf sich nimmt.«

»Dann ...« Tanjas gerunzelte Stirn zeigte, dass sie nicht wusste, was sie dazu sagen sollte.

»Vielleicht ist es aber auch wirklich so, wie Oskar es die ganze Zeit empfunden hat. Es ist die große Liebe, und all die Jahre konnten nichts daran ändern. Womöglich hatte sie einen guten Grund, einfach so zu verschwinden. Und wenn sie kommt, sinken sie einander in die Arme, und alles ist gut.«

»Das sagst ausgerechnet du?«

Carlotta nickte nachdrücklich und wandte sich dem Gast zu, der an die Bar gekommen war, um sich einen weiteren Whiskey zu holen. Nachdem sie ihm das Gewünschte gegeben hatte und Tanja keine Bemerkung zu ihrer überraschenden romantischen Ader gemacht hatte, fuhr sie fort: »Jedenfalls bleibt uns nichts anderes als Daumendrücken. Ganz egal, wie das ausgeht, ist es gut, dass überhaupt irgendetwas passiert. Stell dir vor, Oskar hätte nie wieder etwas von Susanna gehört, dann hätte er ihr vielleicht bis an sein Lebensende nachgetrauert. So hat er wenigstens die Chance, sich von ihr zu lösen, wenn sie ihn wirklich nicht mehr will.«

Daraufhin kam nur ein tiefer Seufzer von Tanja.

»Wenn sie ihn nicht will, kann er seiner Bar einen neuen Namen geben und sich endlich eine andere Frau suchen.« Schwungvoll wischte Carlotta ein paar Tropfen vom Tresen.

»Siehst du! Deine Romantik reicht immer nur für fünf Minuten, dann wirst du entweder ironisch oder so realistisch, dass man anfängt zu frieren«, stellte Tanja zufrieden fest.

»Es muss ja irgendjemanden geben, der die Augen nicht vor der Wahrheit verschließt.«

Carlotta fragte sich, was Tanja wohl sagen würde, wenn sie wüsste, dass sie für ihre Schwester auf der Suche nach dem romantischsten, ordentlichsten und wunderbarsten Mann war, weil sie irgendwie daran glaubte, dass zumindest für Lilli so etwas wie die große Liebe möglich war.

Am anderen Ende der Stadt stand der Mann, der in Carlottas Augen bisher der heißeste und vor allem einzige Anwärter auf den Titel des romantischsten und ordentlichsten Mannes war, mitten in seiner Küche und starrte auf das wilde Stillleben aus Geschirr und Lebensmitteln, das er auf dem Tisch und sämtlichen Arbeitsflächen aufgebaut hatte.

»Irgendwie muss ich ein System in diesen Kram bringen«, teilte er seiner Hündin Holly mit, die neben ihm saß und das Geschehen mit ihrem gesunden Auge misstrauisch verfolgte. Dass ihr Herr und Gebieter aufräumte, war etwas Neues in ihrem gemeinsamen Leben.

»Hier das Geschirr, da die Lebensmittel«, überlegte Fabian laut und legte probeweise eine Tüte Nudeln in den linken Hängeschrank.

»Das alles ist zwar furchtbar lästig, aber ich bin nun mal in die Frau verliebt«, erklärte er der Hündin, die daraufhin mitfühlend seufzte. »Was tut man nicht alles aus Liebe? Wenn sie sich nun mal einen ordentlichen Mann wünscht, dann werde ich für sie ein ordentlicher Mann. Schaden kann es ja eigentlich nicht, wenn ich in Zukunft weiß, wo in meiner Küche die Nudeln liegen.«

Fabian entschied, dass Reis sehr gut zu Nudeln passe, und stellte eine Packung Reis neben die Nudeltüte. Was die Konserven betraf, geriet er ins Schwanken, weil er der Meinung war, dass eigentlich gar keine Dosen im Haus sein sollten. Sicher bevorzugte Carlotta frisches Essen. Also versteckte er die drei Dosen mit Linseneintopf, einem seiner Lieblingsgerichte, im Putzschrank hinter den Wischlappen, die er immer auf Vorrat kaufte. Geschälte Tomaten dagegen fand er in Ordnung. Diese Dose kam neben die Nudeln.

Als ihm klar geworden war, dass er Carlotta in seine Wohnung eingeladen hatte und sie erwarten würde, das Zuhause eines Mannes vorzufinden, der von sich behauptete, dass Ordnung mindestens sein halbes Leben war, hatte er zunächst in Erwägung gezogen, all seine Schränke mit Vorhängeschlössern zu versehen. Obwohl er nicht glaubte, dass Carlotta ihn kontrollieren würde. Aber er stellte es sich nett vor, wenn sie gemeinsam ein bisschen in der Küche werkelten, falls sie kam, bevor er das Essen fertig hatte. In diesem Fall würde er nicht verhindern können, dass sie den ein oder anderen Schrank öffnete. Außerdem war ihm durchaus klar, dass Schlösser an Küchen- und sonstigen Schränken einfach zu auffällig waren. Wie sollte er das begründen? Also blieb nur aufräumen, was drei Jahre nach seinem Einzug in diese Wohnung nicht unbedingt eine vollkommen überflüssige Aktion war.

Zu schaffen machte ihm allerdings, dass zwar seine Unordnung ein gewisses System hatte, in dem er, manchmal auf wundersame Weise, irgendwie alles wiederfand, er aber keine Ahnung hatte, wie man willentlich ein Ordnungssystem herstellte. Gehörten Nudeln, Reis und die paar verschrumpelten Kartoffeln, die er in der Obstschale gefunden hatte, als Beilagen zusammen, oder war es sinnvoller, die Kartoffeln bei den Äpfeln liegen zu lassen?

Ein energisches Klingeln an der Wohnungstür riss ihn aus seinen Grübeleien.

»Ich hoffe, ich störe nicht.« Seine Nachbarin Frau Krohnewitter hielt ihm eine angeschlagene Tasse mit blassblauem Zwiebelmuster hin. »Ich bin gerade beim Backen, und mir fehlt ein wenig Zucker. Es wäre nett, wenn Sie mir etwas leihen könnten.«

»Natürlich. Ich hoffe allerdings, ich finde den Zucker. Ich bin gerade beim Aufräumen.« Fabian führte seine Nachbarin durch den Flur, wo sie, für ihr Alter durchaus gekonnt, um einige Zeitschriftenstapel und einige größere Kartons herumkurvte. Sie lieh sich nicht zum ersten Mal etwas bei Fabian.

»Ach du liebe Güte!«, stieß sie dennoch hervor, als sie die Küche betrat.

»Wie gesagt, räume ich gerade auf. Aber ich fürchte, ich habe keine Ahnung, wie das funktioniert«, erklärte Fabian, der sich angesichts des Chaos, das er bisher angerichtet hatte, plötzlich sehr mutlos fühlte.

»Das ist doch ganz einfach! Die Lebensmittel, die zum Kochen benötigt werden, kommen in den Schrank neben dem Herd. Das Geschirr in den Hängeschrank daneben, weil es von da aus näher zum Tisch ist. An diese Haken über dem Herd gehörten wohl mal Kellen, Pfannenheber und solche Dinge. Dieses Holzbrett an der Wand, auf dem Sie immer Ihre Post ablegen, ist ein Gewürzbord.«

Tatkräftig begann Frau Krohnewitter, die Dinge vom Tisch in die verschiedenen Schränke zu räumen. Zwischendurch reichte sie Fabian das eine oder andere Lebensmittelpäckchen, dessen Haltbarkeitsdatum überschritten war.

Fabian war einigermaßen verblüfft, wie einfach das Aufräumen für seine Nachbarin zu sein schien. »Muss man das nicht alphabetisch machen?«, erkundigte er sich schüchtern. »Oder nach irgendeinem anderen System?«

Frau Krohnewitter lachte auf. »Alphabetisch? Männer! Sie wollen eine Frau beeindrucken, nicht wahr? Ich habe mich schon immer gefragt, wann Sie sich endlich wieder richtig verlieben. Wenn Sie sogar für sie aufräumen, scheint es Sie jedenfalls ziemlich erwischt zu haben.«

»Na ja. Ich denke mir, ein bisschen Ordnung kann nicht schaden.« Er betrachtete das Gewürzdöschen, das Frau Krohnewitter ihm in die Hand gedrückt hatte.

»Die Gewürze könnten Sie tatsächlich alphabetisch ordnen, wenn Sie möchten. Falls es ihr auffällt, wird sie sehr beeindruckt sein.«

Eine Stunde später hatte jedes bewegliche Ding in der Küche seinen Platz gefunden. Zumindest den Platz, den Frau Krohnewitter für den richtigen hielt – und Fabian vertraute ihr in dieser Beziehung, denn erstens war sie eine Frau, und zweitens sah es in ihrer Wohnung ein bisschen wie in einer Puppenstube aus. Wann immer er dorthin kam, befand sich jedes der drei Sofakissen in genau derselben Form, nämlich mit einem scharfen Knick in der Mitte, an genau demselben Platz auf der dunkelblauen Couch. Die Lampe auf dem Fernsehapparat stand exakt in der Mitte des schwarzen Kastens, und auf der linken Seite des Tisches, etwa zehn Zentimeter neben der Blumenvase, hatte die kleine Schale ihren Platz, aus der sie ihm stets eine schrecklich süße Praline anbot, die noch lange nach Verlassen ihrer Wohnung an seinen Zähnen klebte.

»Der Rest Ihrer Wohnung sieht auch ziemlich furchtbar aus«, teilte Frau Krohnewitter ihm mit leuchtenden Augen mit, nachdem sie die Döschen auf dem Gewürzbord kontrolliert und noch ordentlicher in eine Reihe geschoben hatte.

»Ich weiß«, erwiderte er demütig.

»Dann kommen Sie, ich werde Ihnen sagen, was noch zu tun ist. Das müssen Sie dann aber allein schaffen, ich habe ja noch meinen Kuchen zu backen.« Während sie sprach, war sie schon unterwegs in sein Wohnzimmer, sodass Fabian nichts anderes übrig blieb, als ihr zu folgen.

Lilli stieß sich vom Beckenrand ab und glitt langsam durch das Wasser. Dabei folgte sie der silbrigen Bahn, die das Mondlicht auf die dunkle Oberfläche malte, und musste ein bisschen seufzen, weil es so schön war, mit den Fingerspitzen dieses sanfte Funkeln zu zerteilen.

Noch schöner war es, als Jonathan plötzlich neben ihr mühelos im gleichen Takt die Arme und Beine bewegte. Es war wie Tanzen im Wasser.

Als hätte er ihre Gedanken gelesen, sagte er plötzlich: »Meinst du, man kann im Wasser Walzer tanzen?«

Prompt geriet sie aus dem Takt und musste ein bisschen strampeln und zappeln, um nicht unterzugehen.

»Wieso Walzer?«, prustete sie irritiert.

»Warum nicht Walzer?«, fragte er strahlend zurück. »Walzer hat etwas Gleitendes. Ich finde, es würde hierher passen.«

Etwas Gleitendes! Das hatte ihr gerade noch gefehlt!

»Schön«, lobte sie ihn matt. »Aber doch nicht im Wasser! Wir haben ja nicht mal Musik.«

»Die denken wir uns eben. Oder wir singen.« Er schob seinen rechten Arm unter ihrem linken hindurch und griff nach ihrer rechten Hand. Um nicht unterzugehen, blieb Lilli nichts anderes übrig, als sich ihrerseits an seiner Schulter festzuklammern.

»Das funktioniert bestimmt nicht«, ließ sie miesepeterig verlauten, bevor ihr die Luft wegblieb, weil Jonathan sie fester an sich zog und ihre nackten Brüste seinen Körper berührten. Mühsam erinnerte sie sich daran, die Füße zu bewegen, damit sie ihn nicht mit sich zum Beckengrund zog, weil sie wie ein Stein an ihm hing.

»Links- oder Rechtsdrehung?«, erkundigte er sich freundlich.

»Ich weiß nicht, wie ich es überhaupt anstellen soll, mich zu drehen.« Mittlerweile war Lilli fast bereit zu glauben, ein Sprung vom Dreimeterturm wäre einfacher gewesen.

Als sie dann plötzlich in einer sanften Spirale durch das Wasser glitt, während Jonathan sie fest, aber nicht zu fest hielt und irgendetwas Undefinierbares vor sich hin summte, hätte sie zwar nicht sagen können, ob diese Drehung nun links oder rechts herum war, aber sie brauchte nur Sekunden, um zu entscheiden, dass sie eigentlich sehr gern tanzte. Zumindest im Wasser und mit diesem Mann.

Sie musste nichts tun, als sich ihm zu überlassen. Und als sie den Kopf in den Nacken legte und hinauf zum Mond sah, fühlte es sich ein bisschen wie Fliegen an, in Jonathans Armen durch das Becken zu kreiseln. Leicht wie Luftblasen stieg ein Lachen in ihr auf. Sie lachte die Nacht an und den dunklen Himmel über sich.

»Was ist das denn nun, Walzer oder Samba?«, kicherte sie, als ihr schon ein bisschen schwindlig war, als hätte sie zu viel Sekt getrunken. »Welches Stück singst du da?«

»Ehrlich gesagt …« Jonathan griff mit einer Hand nach dem Beckenrand, hielt sie aber mit der anderen immer noch sicher fest, sodass sie eine kleine Pause machen konnten. »Das ist die *Carmina Burana*.«

»*Carmina Burana*?« Damit wusste Lilli nicht allzu viel anzufangen, obwohl der Titel ihr bekannt vorkam. »Walzer?«, fragte sie aufs Geratewohl.

»Nicht direkt. Ein Chorwerk von Orff. Mir fiel auf die Schnelle nichts anderes ein, und da ich früher im Schulchor war …«

Lillis Gelächter unterbrach ihn mitten im Satz. Sie warf den Kopf so weit zurück, dass ihre immer noch fast schulterlangen Haare wie ein silberner Schleier im Wasser schwammen, und wusste sich vor Lachen nicht zu lassen.

»Dann sing noch ein bisschen mehr Orff und lass uns weiter tanzen«, prustete sie schließlich voller Übermut.

»Nun gut, Nixe, es geht weiter.« Er grinste sie an, legte die Arme in einer nahezu korrekten Tanzhaltung um ihren Körper, zog sie fest und sicher an sich heran – und dann schwebten, kreiselten und tanzten sie wieder durchs Wasser.

Schon bald ging Jonathans Orff-Darbietung in Lillis übermütigem Lachen unter. Sie musste einfach lachen, weil sie plötzlich so unglaublich glücklich war. Nie zuvor hatte sie sich so wunderbar leicht und übermütig gefühlt. Als säße sie mitten in einer riesigen, schillernden Seifenblase. Als wäre das Leben wie diese Seifenblase: ein buntes, schwebendes Wunder.

»Pssst!«

Als Jonathan ihr plötzlich die Hand vor den Mund presste, war sie empört. Sie wollte lachen! Und zwar so laut und so lange sie konnte, weil es ihr schien, als hätte sie jede Menge Leben und Lachen nachzuholen.

Nicht sehr heftig, doch nachdrücklich biss sie zu. Er zuckte zusammen, ließ aber nicht los.

»Da ist jemand!« flüsterte er dicht an ihrem Ohr, während sie sich immer empörter gegen seine Hand vor ihrem Mund wehrte und ihn mit ihren Bemühungen fast unter die Wasseroberfläche zog.

Es dauerte ein paar Sekunden, bis sie begriff, dass die wunderschöne Seifenblase, in der sie eben noch getanzt und geträumt hatte, zerplatzt war. Sie war mit einem Komplizen nachts ins Freibad eingebrochen und trug nichts als ein winziges Bikinihöschen, während sie im Wasser herumtobte. Lilli wäre nicht Lilli gewesen, hätte sie sich nicht sofort nur äußerst notdürftig bekleidet auf einem Polizeirevier gesehen. Sie fragte sich panisch, ob Verhöre in Wirklichkeit ebenso abliefen wie im Film. Wenn man sie in ein winziges Kabuff vor ein Tonbandgerät setzte, sie mit einer grellen Lampe anstrahlte und sie zwang, Automaten-Kaffee zu trinken, würde sie sofort jede Missetat, die man ihr vorwarf, gestehen, so viel stand fest.

Sagte Tante Adelheid nicht immer, dass man für alles im Leben bezahlen müsse? Nun musste sie also für den Spaß bezahlen, den sie bis eben gehabt hatte. Für einen winzigen, frevlerischen Moment fragte sie sich, ob es das wert gewesen war –

und formte zu ihrem eigenen Erstaunen sofort ein stummes Ja mit den Lippen.

»Ich glaube, sie haben uns noch nicht bemerkt.« Zögernd, als sei er sich nicht sicher, ob sie nicht sofort wieder Lärm machen würde, löste Jonathan seine Hand von Lillis Mund. Dann schwamm er mit sparsamen Bewegungen lautlos zum Beckenrand und zog die erstarrte Lilli dabei mit sich in den schwarzen Schatten, den die Sprungtürme aufs Wasser warfen. Erst, als er sicher war, dass sie sich an der Rinne unter dem gefliesten Rand festhielt, löste er seinen Griff um ihren Oberkörper und legte stattdessen beruhigend die Hand auf ihre Finger, die sich um den kantigen Halt gekrampft hatten, als ginge es ums nackte Überleben.

Lilli sah sich hektisch um, als hätte sie jeden Moment das Auftauchen von Krokodilen oder ähnlichen Gefahren zu befürchten.

»Pssst!« Jonathan verstärkte den Druck auf ihre Finger.

»Sag nicht dauernd ›Pssst‹!«, zischte sie in dem fruchtlosen Bemühen, nicht zu zeigen, dass sie halb tot vor Angst war. Ihr Herz schlug so wild, dass sie befürchtete, in dem stillen Wasser für unübersehbare Wellen zu sorgen. »Wo sind sie denn? Was sind das für Leute?«

»Ich nehme an, so was wie die Wach- und Schließgesellschaft. Sie sind noch dahinten, in der Nähe des Eingangs, aber ich fürchte, sie haben uns gehört.«

Angespannt lauschend nahm auch Lilli jetzt trotz des paukenartigen Pochens in ihren Ohren die Männerstimmen wahr, die sich über die weite Rasenfläche näherten. Als sie den Kopf drehte, konnte sie sogar das tanzende Licht einer Taschenlampe sehen. Rasch schaute sie wieder weg und biss sich kräftig auf die Unterlippe. Sie war diejenige gewesen, die albern herumgeplätschert und lauthals gelacht hatte! Vielleicht wären diese Leute sonst gar nicht ins Schwimmbad hereingekommen, sondern nur draußen vorbeigegangen. Und nun würden sie sie unweigerlich finden und zwingen, halb nackt, wie sie war, aus dem Wasser zu steigen.

»Komm schnell! Aber sei leise!«

Jonathan deutete auf die Leiter, die nur zwei Meter von ihnen entfernt aus dem Becken führte.

»Wenn wir aus dem Wasser steigen, werden sie uns erst recht finden«, wisperte Lilli verzweifelt.

»Nicht, wenn wir leise sind und uns beeilen. Sie sind noch ziemlich weit weg. Wir können auf den Sprungturm klettern. Wenn wir uns flach hinlegen, sehen sie uns von unten nicht.«

Zahllose Bedenken und Gegenargumente schossen Lilli durch den Kopf. Da sie aber keine bessere Idee zu bieten hatte, hielt sie lieber den Mund. Zeit für Diskussionen war ohnehin nicht. Außerdem stieg Jonathan bereits die wenigen Leitersprossen zum Beckenrand hinauf.

»Beeil dich! Schnell!«, flüsterte er zu ihr hinunter und duckte sich in den Schatten der Sprungtürme.

Sie zögerte noch einen winzigen Moment, dann atmete sie tief durch und beschloss, einfach nicht daran zu denken, dass sie kein Oberteil trug, obwohl sie den kühlen Nachtwind nur zu deutlich auf der nassen Haut ihrer Brüste spürte, als sie sich auf die unterste Sprosse stellte. So rasch und geräuschlos, wie sie nur konnte, stieg sie aus dem Wasser und lief einfach auf die schmale Treppe zu, die nur wenige Schritte entfernt aufwärts führte.

Ohne ein einziges Mal Luft zu holen, kletterte sie die steilen Stufen hinauf. Dabei befürchtete sie jeden Moment einen energischen Ruf wie »Stehen bleiben, oder ich schieße!« oder etwas in der Art zu hören. Dabei verschwendete sie keine Zeit an so realistische Erwägungen wie die Tatsache, dass man wohl kaum erschossen wurde, wenn man sich zu nächtlicher Stunde nur mit einem Bikinihöschen bekleidet in einem Schwimmbad tummelte.

Als sie endlich die Plattform in drei Metern Höhe erreicht hatte, schob sie sich flach über die harte, raue Fläche, bis sie sicher war, dass sie Jonathan, der dicht hinter ihr war, nicht den Weg versperrte.

Dann spürte sie auch schon seinen Körper neben ihrem. Ebenso wie sie presste er sich mit Brust und Bauch auf den Beton, dabei legte er schützend seinen Arm um ihre Schultern, sodass sie seinen ruhigen Atem spüren konnte und nach einer Weile im selben Rhythmus atmete.

Nach ein oder zwei Minuten wagte sie es, vorsichtig den Kopf zu heben. Sofort sah sie den Lichtkegel der Taschenlampe, der sich bereits bis auf etwa zwanzig Meter genähert hatte. Sie konnte erkennen, dass es sich um zwei Männer handelte, die sich um das Schwimmbecken herum auf die dunkle Stelle unter den Sprungtürmen zubewegten. Nachdem sie Lillis Blickfeld verlassen hatten, weil sie nun unter ihr an der Treppe zu den Sprungplattformen standen, konnte sie verstehen, was sie miteinander redeten.

»Du hast es doch auch gesehen, oder nicht?«, erkundigte sich einer der Männer in energischem Ton.

»Ich weiß nicht. Ich glaube, ich habe was gehört. So was wie Lachen. Aber sicher bin ich mir nicht.« Diese Stimme gehörte eindeutig jemandem, der keine allzu große Lust hatte, illegale Schwimmer zu jagen.

»Da waren Leute im Wasser, sage ich dir!« Der erste Mann wurde immer lauter, sodass Lilli und Jonathan auch in drei Metern Höhe jedes einzelne Wort klar und deutlich hören konnten. »Drei oder vier auf jeden Fall. Eher mehr. Wahrscheinlich sind es die Jugendlichen vom vergangenen Herbst. Kaum ist wieder Wasser in den Becken, geht das Ganze von vorn los. Diesmal werden wir aber durchgreifen! Sonst meinen die, die könnten uns auf der Nase herumtanzen.«

Der weniger enthusiastische Wächter murmelte irgendetwas, was seinen Kollegen aber nicht zu beruhigen schien, denn dieser fuchtelte wild mit der Taschenlampe herum, ließ den Lichtkreis durch die Luft und dann die ganze Höhe des Sprungturmes hinauftanzen.

»Wenn die uns erwischen, und ich muss fast nackt diese Treppe hinuntersteigen, sterbe ich vor Scham«, flüsterte Lilli in Jonathans Ohr, das dicht neben ihrem Mund war.

»In diesem Fall werde ich dir Deckung geben, so gut ich kann.« Sein Atem kitzelte ihre feuchte Haut.

»Wenn sich jemand da oben auf der Plattform flach hingelegt hat, können wir ihn von hier unten nicht sehen«, stellte gerade eben der eifrige der beiden Wachmänner fest.

Lilli blieb schon wieder die Luft weg. Falls das überhaupt möglich war, presste sie sich noch flacher auf den Beton, ja sie wäre am liebsten selbst zu Beton geworden, wenn sie das irgendwie hätte bewerkstelligen können.

Der andere Wachmann sagte wohlweislich nichts zu der Vermutung seines Kollegen, aber das nützte ihm auch nichts.

»Du kletterst rauf, ich leuchte dir.« Der mit der Taschenlampe war entweder der Boss oder hielt sich zumindest dafür.

»Lass doch«, versuchte der andere ihn zu beschwichtigen. »Wenn es wirklich die Jugendlichen sind … Die machen doch nichts kaputt.«

»Aber wir machen unseren Job! Dafür werden wir schließlich bezahlt.« Das klang wild entschlossen, wenn auch die Entschlusskraft offenbar nicht reichte, um persönlich auf den Dreimeterturm zu klettern.

Nach einigem Hin und Her setzte sich das Pflichtbewusstsein durch. Der ganze Turm vibrierte leicht, als unten ein Schwergewicht die ersten Stufen erklomm. Wenig später ächzte und prustete es über das ganze Gelände des Freibades.

Lilli wartete darauf, dass das Entsetzen ihr die Kehle zuschnürte, doch sie blieb merkwürdig ruhig, während das Ächzen von Sekunde zu Sekunde ein bisschen näher kam. Das Einzige, was sie tat, war, sich fester an Jonathan zu schmiegen. Ein seltsamer Fatalismus hatte von ihr Besitz ergriffen. Was geschehen sollte, geschah – und sie, die sich sonst selbst über Kleinigkeiten die absurdesten Sorgen zu machen pflegte, war sich sicher, dass sie die Situation überstehen würde. Besser gesagt, dass Jonathan und sie die Sache überstehen würden. Lebend sowieso, aber auch einigermaßen würdevoll, vielleicht sogar heiter.

Lange konnte es nicht mehr dauern, bis der Wachmann seinen Kopf über den Rand der Plattform schieben würde. Er ächzte schon ganz nah.

»Mist!« Das Schnaufen hörte schlagartig auf.

»Was ist denn los?«, erkundigte sich der zweite Wachmann von unten.

»Meine Hose ist geplatzt«, teilte der Kletterer ihm in anklagendem Ton mit.

»Das kannst du doch gar nicht wissen. Hast du hinten Augen?«

»Brauche ich nicht. Ich merke schließlich die Luft an meinem Hintern.«

»Quatsch! Klettere einfach weiter. Wenn du wieder unten bist, sehe ich nach, ob da wirklich was geplatzt ist.«

Dies war der Moment, in dem ein leises Glucksen in Lillis Kehle aufstieg. Sie konnte es selber nicht begreifen, aber es war so: Sie musste lachen.

»Ich denke nicht dran, noch höher zu steigen! Am Ende fällt meine ganze Hose auseinander«, kam der Protest einen knappen Meter unter der Plattform.

Lilli presste sich die Hand vor den Mund und spürte, wie ihr die Lachtränen in die Augen stiegen. Gleichzeitig begannen Jonathans Schultern zu beben. Auch ihn hatte es offenbar gepackt.

»Die paar Stufen schaffst du jetzt auch noch!«

»Da oben ist sowieso niemand. Ich komme jetzt wieder runter.«

»Sieh doch wenigstens erst nach.«

»Sieh doch selber nach!«

Ein entschlossenes Ächzen bewegte sich abwärts.

»Pssst«, machte Jonathan, als Lillis Glucksen lauter wurde.

»Selber pssst!«, flüsterte Lilli kichernd.

»Wir dürfen nicht ... Sonst finden sie uns am Ende doch noch.« Jonathan kämpfte mannhaft und fast erfolgreich gegen das Lachen.

»Ich kann nicht ... aufhören«, japste Lilli, hin und her gerissen zwischen Entzücken und Angst.

»Da ist doch was!« Die beiden Wachmänner standen wieder unter dem Sprungturm.

»Da ist nichts!«, protestierte der mit der geplatzten Hose. »Du hörst Stimmen in deinem Kopf.«

»Nein, ich bilde mir das nicht ein!«

»Dann steig doch selber rauf. Vielleicht hält deine Hose das ja aus.«

Lilli hatte ihr Gesicht seitlich gedreht und sah über den Rand der Plattform hinweg, wie der Strahl der Taschenlampe übers Wasser irrte und dann wieder in die Höhe glitt.

Jonathan wandte sich ihr im Liegen zu, schlang auch den zweiten Arm um sie und zog sie fest an sich. Es war ein leichter Schock für sie, fast nackt, wie sie beide waren, seine Haut an ihrer zu spüren. Doch dann war es einfach nur noch atemberaubend, wie ihre Körper sich bei jedem ihrer heftigen Atemzüge aneinander rieben. Fast verlor sie endgültig die

Kontrolle über die glucksenden Geräusche, die immer noch aus ihrem Mund kamen.

Jonathan presste entschlossen ihr Gesicht an seine nackte Schulter, um auf diese Weise die Geräusche zu dämpfen, die sie unablässig produzierte. Für einen Moment hörte Lilli tatsächlich auf zu lachen und schnappte verwirrt nach Luft. Seine Haut verströmte einen intensiven Chlorgeruch, ebenso wie ihre eigene, aber sie konnte immer noch ihn riechen, jenen Jonathan, der ihr von Minute zu Minute vertrauter wurde.

Doch dann war das Kitzeln in ihrer Kehle wieder da, sie prustete und pustete gegen seine Schulter, spürte ihr wild pochendes Herz und die Wärme seiner Haut an den empfindlichen, aufgerichteten Spitzen ihrer Brust – fühlte das Leben und liebte es.

»Pssst!«

»Du sollst nicht …«, schaffte sie noch zu kichern, dann hatte er ihren Kopf sanft an den Haaren nach hinten gezogen und seine Lippen auf ihre gepresst. Ihr Lachen ertrank in seinem heißen Atem, und ihre Erheiterung wich einer drängenden Sehnsucht, wie sie sie nie zuvor gespürt hatte.

XXIII

Während Lillis Hände auf der Suche nach einem Halt ziellos über seine nackten Schultern glitten, schlüpfte Jonathans Zunge weich und sanft und zärtlich zwischen ihre hilflos geöffneten Lippen. So viel wäre nicht nötig gewesen, um ihr Lachen zu ersticken, aber darum ging es schon längst nicht mehr. Es ging nur noch um den Kuss, die Umarmung, die Elektrizität, die zwischen den beiden fast nackten Körpern wie kleine Blitze hin- und herschoss.

Es gab nur noch sie und ihn, keine tatsächliche oder eingebildete Gefahr, keine Peinlichkeiten und Wachmänner mit und ohne geplatzte Hose. Stattdessen seine Haut unter ihren Fingerspitzen und seine Hände auf ihrem Körper. Sie dürstete nach seiner Zärtlichkeit und seinen Berührungen. Wollte mehr, wollte ihn noch näher, noch intensiver spüren.

Während er seinen Kuss vertiefte, ihre Lippen warm und fest mit seinen umschloss und das Innere ihre Mundes sanft mit seiner Zunge streichelte, glitt seine Hand über die zarte Haut ihrer Kehle. Er hielt inne, als er dort das wilde Pochen ihres Herzens spürte. Ein Flattern wie das eines kleinen Vogels auf dem Weg in die Freiheit.

»Jonathan«, flüsterte sie in seinen Mund hinein.

Rau murmelte er etwas, das wie ihr Name klang, aber in seiner Atemlosigkeit unterging. Sie liebte ihn dafür, dass er nicht mehr sprechen konnte.

»Meinst du, sie sind über den Zaun nach draußen geklettert, während wir hinten beim Eingang waren?«

Die Stimme von unten war sehr laut. Offenbar war Wachmann Nummer 1 immer noch nicht gewillt aufzugeben. Lilli und Jonathan erstarrten gleichzeitig, Mund an Mund, die zärtlichen Hände bewegungslos auf dem Körper des anderen. Als Lilli weit die Augen öffnete und direkt über sich die Lichtstraße der starken Taschenlampe sah, hätte sie fast aufgeschrieen. So dicht war der Lichtkegel noch nie bei ihnen gewesen. Die Männer hatten sich etwas vom Fuß des Sprungturms entfernt, um von dort aus nach oben zu leuchten.

Jonathan löste seine Lippen von ihren, umarmte sie fest und presste ihren Körper auf die kühle Oberfläche der Plattform, sodass sie gemeinsam nicht mehr als eine flache Erhebung waren, die in der Dunkelheit mit dem Untergrund verschmolz.

Mit weit aufgerissenen Augen starrte Lilli an Jonathans sich sachte hebender und senkender Schulter vorbei in den Nachthimmel, wo der Strahl der Taschenlampe dicht über ihnen durch die Luft glitt, das Geländer an den Seiten der Plattform erfasste, die flach auf den Beton gepressten Finger ihrer rechten Hand streifte und endlich aus ihrem Gesichtsfeld verschwand.

Immer noch lagen sie unbewegt da, im gleichen Rhythmus atmend. Unten diskutierten die Männer, was noch zu unternehmen sei, hatten aber offensichtlich keine Idee und entfernten sich langsam. Lilli und Jonathan hatten die Gesichter in die Richtung der Wachleute gedreht und folgten mit ihren Blicken den schemenhaften Gestalten und dem Strahl der Taschenlampe.

Die Männerstimmen schwollen wieder an, als die Wachmänner zu der Stelle kamen, wo Lilli und Jonathan ihre Sachen ausgezogen hatten. Einer der Männer lachte triumphierend auf. Vorsichtig hob Lilli den Kopf ein wenig höher, sodass sie die beiden Silhouetten dort hinten in der Dunkelheit sehen konnte. Gerade waren sie damit beschäftigt, die herumliegenden Kleidungsstücke, Lillis leere Badetasche und Jonathans Sporttasche zu untersuchen. Dann packten sie alles zusammen.

»Falls ihr zwei Herzchen noch in der Nähe seid – der Kram kommt zu den Fundsachen. Ihr könnt euch das dann abholen, wenn ihr Lust habt.« Die Stimme des äußerst engagierten Wachmannes hallte über das Wasser.

»Das möchtet ihr wohl!«, murmelte Jonathan an Lillis Ohr, und prompt musste sie wieder kichern, aber nur ein kleines bisschen und ganz leise. Dennoch legte Jonathan mit leichtem Druck den Finger auf ihre Lippen und begann nach ein paar Sekunden, ihre Unterlippe mit der Fingerspitze zu streicheln, was Lillis Gekicher zum Ersterben brachte, weil sie so viele andere Dinge fühlte, dass ihre Erheiterung sich sanft darin auflöste.

Nachdem die Wachmänner mit den beiden Taschen voller Kleidung abgezogen waren, blieben Lilli und Jonathan noch ein paar Minuten eng umschlungen liegen.

»Meinst du, sie kommen noch mal zurück?«, flüsterte Lilli und bewegte sich sachte unter ihm, weil es ihr gefiel, wie sich ihre Haut an seiner rieb. Sie fühlte sich stark und mutig – was eine ziemlich neue, aufregende Empfindung für sie war – und gleichzeitig schwach und weich, was weniger neu, aber in dieser Situation dennoch erregend war, denn es war allein ihr Körper, nicht ihr Wille, der nachgiebig wurde, wenn sie den Druck von Jonathans Muskeln spürte.

»Ich glaube nicht. Sie haben immerhin etwas gefunden. Damit schienen sie sehr zufrieden zu sein. Hattest du etwas Wertvolles in der Tasche?«

Lilli schüttelte den Kopf und spürte dabei den Nachtwind in ihren noch feuchten Haaren. »Nur meine Autoschlüssel und die Hausschlüssel. Aber ich habe Ersatzschlüssel zu Hause, und es ist keine Adresse dabei, sodass niemand etwas mit den Schlüsseln anfangen kann. Die paar Kleidungsstücke, die sie mitgenommen haben, war mir der Spaß wert.«

»Du hattest Spaß?« Er schien erstaunt und rückte ein kleines Stück von ihr ab, um im Mondlicht aufmerksam ihr Gesicht zu mustern.

Als sie seinen ungläubigen Blick sah, war da schon wieder dieses Kichern, das Lilli gar nicht an sich kannte. »Du nicht?«

»Doch, aber ich dachte, dass du …«

»Du hältst mich für eine langweilige, zimperliche Frau, die bei der kleinsten Komplikation das Weite sucht«, beklagte Lilli sich.

»So gut kenne ich dich ja gar nicht.« Immer noch klang er nicht sonderlich überzeugt, was ihre Begeisterung für Situationen betraf, in denen sie Gefahr lief, nur mit einem Bikinihöschen bekleidet von diensteifrigen Wachmännern abgeführt zu werden.

Bis zu dieser Nacht hatte Lilli ebenfalls keine Ahnung gehabt, dass ihr solche Dinge gefallen könnten, was schlicht daran lag, dass sie viel zu brav und langweilig gelebt hatte. Damit sollte ab sofort Schluss sein.

»Wenn du meinst, sie kommen tatsächlich nicht wieder …« Entschlossen presste Lilli ihre Lippen auf Jonathans Mund und ihren Körper an seinen.

Zunächst reagiert er nicht, offensichtlich immer noch verdutzt über sie und ihr Verhalten. Sobald er aber, ein wenig zögernd zunächst, seine Fingerspitzen über ihren Rücken und ihre Arme gleiten ließ, während sie ihn ebenfalls streichelte, schien er sich schnell für die Situation zu erwärmen. Entzückt spürte Lilli an ihrem Schenkel seine drängende Erregung. Allein der Gedanke, dass dieser Mann sie wollte, offenbar sehr wollte, verursachte eine pochende Wärme tief in ihrem Bauch.

Voller Verwunderung und Entzücken nahm sie wahr, wie sich ihr Körper von ihrem Geist abzuspalten schien, wie ihre Hände, ihre Lippen, ihre Beine ein Eigenleben zu führen begannen, während gleichzeitig ihre Nervenenden jede von Jonathans Berührungen in einem überwältigenden, süßen Fließen an den Rest des Körpers weitergaben, sodass sie sich fühlte, als würde sie in geschmolzener Schokolade baden.

Plötzlich hielt Jonathan inne, hob den Kopf von ihrer nackten Schulter, die er soeben hingebungsvoll geküsst hatte, und sah ihr fragend ins Gesicht. »Dir ist klar, dass wir nur das haben, was wir am Leib tragen? Keine Kleidung, keine Schuhe und keinen Autoschlüssel. Vielleicht sollten wir lieber überlegen, wie wir nach Hause kommen.«

Lilli erwiderte für einen kurzen Moment nachdenklich seinen Blick. Dann hüpfte ein breites Lächeln direkt aus ihrer Brust mitten auf ihre Lippen. »Ich hätte nie gedacht, dass ich sorgloser sein könnte als du! Bin ich aber. Zumindest heute.«

Seine einzige Antwort war ein irritiertes Schweigen.

Lächelnd hauchte Lilli einen Kuss auf Jonathans Bizeps, der unter ihren Lippen leicht zuckte. »Ich weiß selbst nicht, was mit mir los ist. Allerdings bin ich auch ein bisschen verwundert über dich. Ich hätte gedacht, dass du der Typ Mann bist, der eine solche Situation genießt – und ausnutzt.«

Jonathan machte eine Kopfbewegung, die irgendwo zwischen Verneinung und Nicken lag, und hielt die Luft an, als Lilli mit der Zungenspitze tollkühn seine linke Brustwarze streichelte. »Bist du dir sicher, dass du nicht einen Schock oder so was hast und vielleicht gar nicht weißt, was du tust?

Immerhin kennen wir uns noch gar nicht besonders lange. Ich hätte gedacht, du würdest länger brauchen …«

Schon wieder war da dieses übermütige Kichern in Lillis Kehle. Sie war eindeutig betrunken, ohne auch nur einen Tropfen Alkohol zu sich genommen zu haben, betrunken von dem Mann, in den sie verliebt war. Wunderbarer, schwebender und leichter, als sie sich von dem edelsten Champagner hätte fühlen können.

»Nachdem ich mit dir auf der Flucht war und wir beinahe gemeinsam in den Kerker geworfen worden wären, und ich, was das Schlimmste von allem ist, auch noch mit dir auf diesen fürchterlichen Turm geklettert bin, habe ich eigentlich das Gefühl, dass wir uns schon ziemlich gut kennen gelernt haben.« Nach jedem Satz kam ein kleines, fröhliches Glucksen aus ihrer Kehle.

»Du hast also tatsächlich Angst vor dem Dreimeterturm.« Offenbar gehörte Jonathan zu jenen Menschen, die immer gleich das aus einem Satz heraushörten, was sie gar nicht wissen sollten.

Sie schüttelte vage den Kopf. So mutig war sie wohl doch noch nicht, ihm gegenüber ohne weiteres ihre Schwächen zuzugeben.

Immerhin hatte sie kein Problem damit, ihre Hände über seinen Rücken gleiten zu lassen. Bis dorthin, wo seine Badehose anfing, und noch ein wenig weiter. Sie genoss es, die muskulöse Rundung zu streicheln, genoss aber vor allem seinen rascher werdenden Atem an ihrem Hals.

»Lilli«, flüsterte er rau. »Tu das lieber nicht.«

Unruhig fuhren seine Hände über ihre Rippen, strichen bis zu ihrer Taille hinab, dann wieder nach oben, und jedes Mal, wenn ihre Lippen vibrierten, weil sie meinte, gleich würde er ihre Brüste berühren, bewegten sich seine Finger erneut in Richtung ihres Rückens.

»Ich möchte es aber tun«, wisperte sie, holte tief Luft, um ihm genauer zu erklären, was genau sie alles tun wollte – und wagte es doch nicht. Stattdessen griff sie energisch nach seiner Hand und legte sie mitten auf ihre rechte Brust.

Fast war sie ein wenig wütend, dass er so entsetzlich zurückhaltend war und meinte, sich an irgendwelche imaginären Regeln halten zu müssen. Wofür hielt er sie eigentlich?

Für eine Porzellanpuppe, die man nicht anfassen durfte, weil sie sonst zerbrach? Für eine psychisch angeknackste, hysterische Frau, die sofort in Tränen ausbrach, wenn ein Mann ihr zu nahe kam? Schließlich konnte er nicht ahnen, dass ihr niemals zuvor ein Mann wirklich nahe gekommen war – und dass sie in diesem Moment begriff, wieso das so gewesen war. Weil es so schien, als hätte alles so kommen sollen. Im Mondlicht, auf einer kalten, rauen Betonfläche.

Warm und lebendig lag seine Hand auf ihrer Brust, doch nur der Daumen bewegte sich, langsam, mit leichtem Druck um ihre aufgerichtete Brustwarze gleitend. Wieder und wieder, bis sie es nicht mehr aushielt und sich unruhig zu bewegen begann. Die kleinen, brennenden Pfeile, die von dieser einen Stelle aus durch ihren ganzen Körper schossen, machten sie hilflos und ungeduldig.

Als er den Kopf senkte und mit sanften Lippen und zärtlicher Zunge ihre prickelnde Haut streichelte, um schließlich fast zögernd mit dem Mund die Spitze ihrer linken Brust zu liebkosen, während sein Daumen sich immer noch mit der rechten beschäftigte, schrie sie leise auf und war mit einem Schlag vollkommen und freudig in der Wirklichkeit. Sie schlang ein Bein um seinen Schenkel, hielt seinen Kopf, spürte das elektrische Knistern seiner Haare und war in diesem Moment bereit, ihm alles zu sagen. Jede Wahrheit, jeden Wunsch, jede Sehnsucht, jede Schwäche. Doch mehr als ein leises Flüstern, das der Nachtwind mit sich forttrug, kam nicht über ihre Lippen.

Atemlos spürte sie seine Hände und seine Lippen, die Reibung seiner Haut an ihrer und die feste Umarmung, mit der er sie immer wieder für Sekunden an sich zog.

Als er ihr das knappe, feuchte Bikinihöschen abstreifte, hob sie die Hüften, um ihm zu helfen. Tief in ihrem Inneren zitterte sie, doch die Wärme seiner Zärtlichkeiten ließ ihren Körper ruhig und stark sein, als sie sich ihm entgegenreckte.

Sie flüsterte ihm zu, dass sie ihn spüren wollte, aber es waren keine Worte, die über ihre Lippen kamen, nur sehnsüchtige Laute.

Sie bekam nicht das, was sie sich in diesem Moment wünschte – und doch mehr, als sie jemals zu hoffen gewagt hatte. Als sein Atem, seine Lippen und seine Zunge in sanften

Kreisen, Linien und Spiralen langsam über ihren Körper nach unten glitten, tauchte sie kurz aus dem schwebenden, köstlichen Nichts auf und sah auf sein Haar hinab, das sich von der hellen Haut ihres Bauches abhob.

»Jonathan«, flüsterte sie, »ich …«

Seine Lippen wanderten noch ein wenig weiter, berührten fast schon die gekräuselten, blonden Härchen, da hob er plötzlich ebenfalls den Kopf und sah sie an. Über Lillis Körper, der im Mondlicht wie Elfenbein schimmerte, begegneten sich ihre Blicke.

»Möchtest du doch nicht?« Er klang nicht böse oder enttäuscht, sondern fragte sie einfach nur nach ihrer Entscheidung.

Lilli atmete tief durch. »Doch, ich …« Sie schnappte noch einmal nach Luft. »… will dich. Aber es ist alles so seltsam und neu.«

Noch vor einer Minute hätte sie ihm sagen können, wie vieles es gab, was sie noch nicht kannte, wovor sie Angst hatte und was sie dennoch kennen lernen wollte – mit ihm. Doch dieser Moment war vorbei, wenn auch die Leidenschaft nicht vorbei war.

»Dann entspann dich einfach.« Er lächelte, bevor er sein Gesicht senkte und einen winzigen Kuss mitten auf ihren Bauchnabel setzte. So zart, dass sie ihn mehr erahnte als spürte.

Und als seine Lippen wieder tiefer glitten, dachte sie an gar nichts mehr, weil sie damit beschäftigt war, ihm zu widerstehen. Sie spannte die Muskeln ihrer Schenkel an, bog den Rücken durch, blickte Hilfe suchend in den Mond und konnte doch nichts gegen die Hitze tun, mit der sich das sanfte Streicheln seiner Zungenspitze, das zarte Saugen seiner Lippen und sein Atem von dort aus, wo sie nie zuvor eine solche Berührung gespürt hatte, in ihrem Körper ausbreitete. Prickelnd glitt das Gefühl durch ihre Adern und Muskeln und über ihre Haut. Dann kam der Punkt, an dem ihr inneres Zittern aufhörte und nur noch ihr Körper bebte.

Mit einem furiosen Start hob sie ab und flog hinauf zum Mond.

Nur langsam kehrte Lilli auf den Boden oder vielmehr auf die schmale Plattform drei Meter über dem Boden zurück. Das

Erste, was sie wahrnahm, waren Jonathans Arme, die sie fest und sicher umschlangen.

»Ich ...« Mehr brachte sie nicht heraus.

Jonathan lächelte und schwieg und strich ihr mit einer Hand die Haare aus der feuchten Stirn, während die andere warm zwischen ihren Schulterblättern lag und seine langen, sehnigen Beine sie umschlangen. Sein Körper hüllte sie ein, wie es vor einer kleinen Ewigkeit das Wasser unten im Becken getan hatte.

Sie verbarg das Gesicht an seiner Schulter, bewegte sich sachte in seinen Armen und genoss es, wie ihre Haut sich an seiner rieb, sodass die nun schon ganz vertrauten, kleinen elektrischen Stromstöße zwischen ihren Körpern hin- und herwanderten.

»Geht es dir gut?«, erkundigte er sich nach einer Weile fast besorgt.

Sie hob den Kopf, nickte heftig und lächelte auf eine Weise, die sich für sie selber ganz fremd anfühlte.

»Ich möchte, dass es dir genauso gut geht. Und ich möchte noch mehr von dir fühlen«, flüsterte sie ihm mit einem triumphierend tollkühnen Gefühl ins Ohr.

»Es geht mir wunderbar.« Immer noch spielte er zärtlich mit ihrem Haar.

»Aber ...«

»Es geht nicht, Lilli. Wir haben nichts dabei.« Er brachte so viel Abstand zwischen ihre Hüfte und seinen Bauch, wie es ihre Umarmung erlaubte.

Es dauerte einige Sekunden, bis Lilli verstand, was er meinte. »Oh, daran habe ich nicht gedacht«, stieß sie dann hervor und kam sich sehr dumm vor.

»Es wird sowieso langsam ziemlich kühl hier oben, finde ich.« Als müsste er seine Feststellung überprüfen, legte Jonathan die flache Hand auf den Beton neben sich.

Lilli, deren Denkfähigkeit zumindest teilweise zurückgekehrt war und die bei sich beschlossen hatte, dass dies zweifellos in ihrem bisherigen Leben die Nacht der Nächte war, die nach ihrem Verständnis nicht auf diese einseitige Art und Weise enden durfte, richtete sich entschlossen auf.

»Ich könnte aber immerhin ...« Sie hatte keine Ahnung, wie sie das ausdrücken sollte, was sie meinte, und räusperte sich einige Male, bevor sie fortfuhr: »... für dich dasselbe tun. Obwohl ich keine Expertin bin. Ich meine, ich könnte es versuchen ...«

Seine Finger verhakten sich in ihrem Haar, und auch er räusperte sich, bevor er antwortete. »Du bist einfach unglaublich«, flüsterte er endlich dicht vor ihren Lippen. »Unglaublich zauberhaft.«

Diese Aussage bekräftigte er mit einem langen, zärtlichen Kuss. Als sie beide wieder zu Atem gekommen waren, fügte er hinzu: »Trotzdem sollten wir uns Zeit lassen. Ehrlich gesagt, bin ich nicht ganz so gelassen wie du, was die Tatsache betrifft, dass wir jeder nicht mehr als ein Höschen bei uns haben und irgendwie zurück ans andere Ende der Stadt gelangen müssen.«

Lilli sah ihn an und lächelte, immer noch ganz erfüllt von seiner Nähe. »Feigling«, sagte sie zärtlich.

»Da magst du Recht haben. Es kann nicht jeder ein Held sein.« Grinsend griff er hinter sich und reichte ihr den Bikinislip, der gefährlich nahe am Rand der Plattform gelegen hatte.

Selber erstaunt, dass sie keinerlei Verlegenheit spürte, schlüpfte sie in das Höschen und stand auf. »Dann komm, mein Lieblingsfeigling!«

Es war äußerst erstaunlich, wie leicht und spielerisch das Leben sein konnte. Lilli bewegte sich auf die Leiter zu, um hinunterzusteigen.

»Falscher Weg!«, rief Jonathan, ging ans Ende der Plattform, hob sich auf die Zehenspitzen, streckte die Arme in die Luft und war im nächsten Moment aus Lillis Gesichtsfeld verschwunden.

Sie starrte auf die Stelle, wo sie ihn eben noch im Mondlicht gesehen hatte. So leicht und übermütig fühlte sie sich nun auch wieder nicht, dass sie das Bedürfnis verspürte, sich zum ersten Mal in ihrem Leben aus schwindelnder Höhe in die Tiefe zu stürzen!

»Nun komm schon«, rief er lockend von unten und plätscherte munter im Wasser herum.

»Das ist mir jetzt viel zu kalt«, rief sie betont munter zurück.

»Irrtum! Im Wasser ist es wärmer als da oben. Traust du dich etwa wirklich nicht?« Das schien er sehr lustig zu finden.

»Ich habe einfach keine Lust, noch mal ins Wasser zu gehen!« Vorsichtig war Lilli so weit nach vorn getreten, dass sie ihn unten im Becken sehen und feststellen konnte, dass sie unter keinen Umständen jemals diesen Sprung wagen würde.

Hastig trat sie den Rückzug an und kletterte die steile Treppe hinab.

Unten erwartete Jonathan sie bereits. Auf seinem Gesicht glitzerten Wassertropfen, und in seinen Augen funkelte es ein kleines bisschen spöttisch. Als er jedoch den Mund öffnete, traf ihn ein derart strenger Blick, dass er es vorzog zu schweigen.

»Kennst du vielleicht jemanden, der hier in der Nähe wohnt?«, erkundigte er sich nach einer kleinen Denkpause.

»Ja, aber ...« Lilli senkte den Blick auf ihren nackten Oberkörper, verlor urplötzlich auch den Rest ihrer wunderbaren Lockerheit und verschränkte hastig die Arme vor der Brust.

»Mein Kollege, Thorsten Gromüller«, flüsterte sie, als müsse sie befürchten, dass Gromüller bereits hinter einem Busch saß und sie beobachtete. »Du hast ihn neulich kennen gelernt, als du mich im Büro abgeholt hast. Ich kann unmöglich in diesem Aufzug bei ihm auftauchen.«

»Wenn er als Hilfe ausfällt, müssen wir uns etwas anderes ausdenken.«

Plötzlich kam Lilli ein Gedanke. Sie eilte um das Schwimmbecken herum zu der großen Kastanie. Nachdem sie eine Weile mit gesenktem Kopf in der Dunkelheit unter dem Baum herumgelaufen war, kam sie triumphierend wieder zum Vorschein und schwenkte ihr Bikinioberteil, das sie vor einer kleinen Ewigkeit, in der so viel geschehen war, entschlossen von sich geschleudert hatte.

»Das haben sie jedenfalls nicht gefunden! Irgendwie kann ich es bestimmt zusammenknoten.«

Normalerweise hätte Lilli wahrscheinlich sogar mit verbundenen Augen einen Knopf annähen können, doch in dieser Nacht überforderten die Spaghettiträger ihres Bikinis sie entschieden. Sie hatte plötzlich mindestens zwanzig Finger, und die Bändchen verwirrten sich bei jedem Versuch, sie aneinander zu knoten, noch ein bisschen mehr.

Irgendwann verließ Jonathan die Geduld, ihr bei ihren fruchtlosen Bemühungen zuzusehen. »Zieh es einfach an, und dann versuche ich es mal.«

Drei Minuten später hatte er eine abenteuerliche Konstruktion geschaffen, die in ihrer Asymmetrie durchaus das Werk eines genialen Modeschöpfers hätte sein können.

»Nicht schlecht!« Lilli schielte auf den Knoten knapp unter ihrem Schlüsselbein hinab, der die ganze Sache hielt.

»Wenn es dir trotzdem zu unangenehm ist, so bei deinem Kollegen aufzukreuzen, fällt uns vielleicht auch noch was anderes ein. Wir könnten versuchen, ein Taxi und vor allem einen Taxifahrer zu finden, der uns derart leicht bekleidet mitnimmt und uns vertraut, dass wir ihn am Ziel bezahlen. Allerdings habe ich keine Ahnung, wo hier in der Nähe ein Taxistand ist. Zu Fuß zu gehen wäre wahrscheinlich zu weit, aber …«

»Um keinen Preis der Welt lasse ich mir Gromüllers Gesicht entgehen, wenn wir in diesem Aufzug bei ihm aufkreuzen.« Zu ihrer eigenen Überraschung musste Lilli schon wieder kichern. Die Tatsache, dass sie nun wenigstens notdürftig bekleidet war, hatte ihre Stimmung enorm gehoben.

Prompt wurde Jonathan wieder zum Bedenkenträger. »Aber wenn er in deiner Firma herumerzählt, dass …«

Mit einer übermütigen Handbewegung unterbrach Lilli ihn. »Was soll er denn erzählen? Dass ich empörenderweise mit einem Mann zusammen schwimmen war?« Irgendwie gefiel ihr der Gedanke, dass ihre Kollegen sich wahrscheinlich ein wenig über die brave Lilli wundern würden, die offenbar nachts aufregende Dinge tat.

»Komm. Er wohnt höchstens fünf Minuten von hier entfernt. Das schaffen wir sogar barfuß.«

Wieder war Lilli die Erste, die über den hohen Zaun stieg. Und diesmal tat sie es mit einer Furchtlosigkeit und Geschicklichkeit, als hätte sie ihr ganzes bisheriges Leben damit verbracht, zu nächtlicher Stunde in Freibäder einzudringen.

XXIV

Weil unterwegs eine Reparatur an Lillis Bikinioberteil notwendig wurde und weil es barfuß doch nicht so rasch vorankam, nachdem sich eine vermeintliche Abkürzung als endloser, mit Schotter befestigter Fußweg entpuppt hatte, brauchten sie fast eine halbe Stunde, bis sie die Straße erreichten, in der Thorsten Gromüller wohnte.

»Welche Hausnummer?«, erkundigte sich Jonathan, während er, an einem Laternenpfahl lehnend, eine paar spitze Steinchen von seiner Fußsohle entfernte.

»Das weiß ich nicht mehr. Ich war nur ein einziges Mal hier, als er die halbe Firma zu seiner Geburtstagsfeier eingeladen hat«, musste Lilli widerstrebend zugeben. Sie ließ ihren Blick an der langen Reihe dreistöckiger Mietshäuser hinter nahezu identischen Vorgärten entlangwandern und fröstelte zum ersten Mal an diesem Abend.

»Notfalls müssen wir sämtliche Namen auf sämtlichen Klingelschildern lesen.« Jonathan klang plötzlich sehr müde, obwohl er sich Mühe gab, hoffnungsvoll zu wirken.

»Kannst du dich denn erinnern, an welchem Ende der Straße oder auf welcher Straßenseite das Haus stand?«

»Tut mir Leid.« Unglücklich zuckte Lilli die nackten Schultern.

»Dann fangen wir einfach an.«

Auf nackten Füßen marschierte Jonathan auf die erstbeste Haustür zu. Lilli folgte ihm langsamer und stellte sich vor den Klingelschildern dicht neben ihn, weil es ihr gut tat, die Wärme seines Körpers zu spüren.

»Kein Gromüller dabei«, stellte er sehr rasch fest.

Gerade wollten sie sich abwenden und zurück zur Straße gehen, als die Haustür geöffnet wurde und eine ältere Dame mit Hut heraustrat. Ihr Blick fiel auf den nur mit seiner knappen Badehose bekleideten Jonathan, und sie stieß unverzüglich einen spitzen Schrei aus.

»Sie sind nackt, junger Mann!«, teilte sie Jonathan in strengem Ton mit, nachdem sie fertig geschrieen hatte.

»Nicht ganz«, verteidigte dieser sich hastig.

»Aber so gut wie.« Die Dame packte ihre schwarze Handtasche energisch beim Griff, als habe sie vor, Jonathan damit eins überzubraten. Daraufhin wich er respektvoll zurück.

»Glauben Sie mir, ich habe nicht die Absicht, Sie in irgendeiner Weise zu belästigen. Es ist lediglich ein unglücklicher Zufall, dass ich in dieser etwas unzureichenden Bekleidung unterwegs bin.«

Die wohlgesetzte Rede beeindruckte die empörte Frau wenig. »Ich sehe mich gezwungen, die Polizei zu rufen«, verkündete sie entschlossen und ebenso förmlich.

Dies war der Moment, in dem Lilli es für angebracht hielt, sich nicht länger hinter Jonathans breiten, nackten Schultern zu verstecken.

»Hören Sie ...«, begann sie, wurde aber sofort von einem weiteren Entsetzensschrei unterbrochen.

»Dass Sie sich nicht schämen! Als Frau ... In der Öffentlichkeit ...« Jetzt fehlten der Dame mit Hut die Worte.

»Wir sind sozusagen ausgeraubt worden«, nutzte Lilli die Sprachlosigkeit ihres Gegenübers.

»Ausgeraubt bis aufs Hemd – nein, nicht einmal das haben sie Ihnen gelassen«, stellte die ältere Dame nach einer ausgedehnten Schrecksekunde ergriffen fest. Sie nickte so empört, dass ihr Hütchen ihr vom Kopf zu fallen drohte. »Dann müssen wir erst recht die Polizei rufen!«

»Das werden wir erledigen, sobald wir im Warmen sind und etwas zum Anziehen haben«, beruhigte Jonathan sie rasch. »Vielleicht können Sie uns aber dennoch helfen. Wir sind auf der Suche nach einem Bekannten, Herrn Thorsten Gromüller. Kennen Sie ihn vielleicht?«

Wieder ein Schrei, diesmal weniger entsetzt als erstaunt. »Aber natürlich kenne ich Herrn Gromüller! Wir sind seit über zehn Jahren sozusagen Nachbarn. Er wohnt drei Häuser weiter, wir treffen uns oft beim Einkaufen.«

Lilli und Jonathan wechselten über den wackelnden Hut hinweg einen erleichterten Blick, während die Hutträgerin sich in Erzählungen darüber erging, wann und wo sie Herrn Gromüller zu begegnen pflegte und worüber man sich dann austauschte.

»Er interessiert sich sehr für Bücher, ebenso wie ich. Wir tauschen manchmal untereinander, wenn uns etwas besonders gut gefallen hat«, verkündete die Frau strahlend.

Da Lilli vor kurzem in der Buchhandlung einen Einblick in Thorsten Gromüllers Lesegewohnheiten erhalten hatte, war sie ein wenig erstaunt über diese Auskunft. »Sie tauschen Bücher mit Herrn Gromüller?«

»Ja. Er liest genauso gern wie ich die Doktor-Kilian-Schön-Romane. Kennen Sie die auch?« Jetzt wippte das Hütchen vor Begeisterung.

»Ja, natürlich.« Zwar las Lilli die Arztromane nicht, aber sie hatte sie schon oft in einem der Ständer für Heftromane im Supermarkt gesehen.

»Herr Gromüller ist ja so gefühlvoll! Er liebt diese Lektüre ebenso wie ich und jede meiner Freundinnen. Und das ist wirklich außergewöhnlich für einen Mann, finden Sie nicht?« Die Augen der alten Dame leuchteten im Licht der Haustürbeleuchtung.

»Das ist es sicher.« Lilli konnte sich ein Grinsen nicht verkneifen. Jetzt würde es ihr nicht mehr das Geringste ausmachen, im zusammengeflickten Bikini bei Thorsten Gromüller aufzukreuzen und ihn um Hilfe zu bitten!

»Können Sie uns dann bitte die Hausnummer von Herrn Gromüller nennen? Meine Freundin hat sie leider vergessen, weil sie lange nicht hier war«, unterbrach Jonathan an dieser Stelle die interessante Unterhaltung.

Als er sie *meine Freundin* nannte, hörte Lilli für einen Moment auf, vor Kälte zu zittern, sagte sich aber sofort energisch, dass sie nicht zu viel in ein paar Worte hineininterpretieren durfte. Vielleicht meinte er einfach nur, dass sie eine Freundin war, was man nach dem, was sie an diesem Abend erlebten hatten, schließlich durchaus behaupten konnte. Genauer gesagt, dass sie eine seiner Freundinnen war.

»Ich habe Sie aber beide noch nie hier gesehen.« Plötzlich kniff die alte Frau misstrauisch die Augen zusammen und war offenbar bereit, Thorsten Gromüllers Sicherheit notfalls mit ihrem Leben zu verteidigen.

»Weil ich lange nicht hier war!« Lilli spürte, wie sie in der abendlichen Kühle langsam von unten nach oben zu Eis wurde.

»Von Herrn Gromüllers Wohnung aus können wir dann auch telefonieren. Wegen der Anzeige und so«, versuchte Jonathan nachzuhelfen.

»Die Verbrecher sind wahrscheinlich sowieso längst über die Grenze«, stellte die alte Frau herzlos fest.

»Trotzdem sollten wir versuchen, dafür zu sorgen, dass der Gerechtigkeit Genüge getan wird.« Lilli schlang die Arme um den Oberkörper, um sich wenigstens ein bisschen vor der rasch kälter werdenden Nachtluft zu schützen.

Nach einem weiteren angeregten Austausch über Verbrecherjagd und das, was die alte Dame darüber im Fernsehen gesehen und in Romanen gelesen hatte (Doktor Kilian Schön hatte einmal eigenhändig einen Mörder dingfest gemacht), gelang es Jonathan mit dem Hinweis, er habe Angst, noch mehr Leute mit seiner Nacktheit zu verschrecken, endlich die Hausnummer aus der älteren Dame herauszulocken.

Mit dieser Information traten Lilli und Jonathan hastig den Rückzug an und legten den Weg zum richtigen Haus nahezu im Laufschritt zurück, schon aus Angst, weiteren empörten Damen mit oder ohne Hut zu begegnen.

Als sie den Finger auf den Klingelknopf neben das Schild mit dem Namen *Thorsten Gromüller* legte, zögerte Lilli. »Würde es dir was ausmachen, wenn ich allein mit ihm rede?«

»Hältst du das für eine gute Idee? Er könnte deine Kleidung für relativ aufreizend halten.« Obwohl Jonathan im Licht der Haustürbeleuchtung blass und verfroren aussah, machte er eine besorgte Miene.

»Mach dir keine Sorgen. Ich weiß, was ich tue. Das geht ganz schnell. In zwei Minuten sitzen wir im Auto und fahren nach Hause«, erklärte sie und drückte entschlossen auf den Klingelknopf.

Jonathan wollte widersprechen, wurde aber von der schnarrenden Stimme aus der Sprechanlage neben der Klingel unterbrochen. »Wer ist da?«

»Lilli Merian.« Es gelang ihr kaum noch, die Worte zu formen, so sehr schlugen mittlerweile ihre Zähne aufeinander.

»Lilli?« Das hörte sich trotz der späten Stunde ziemlich begeistert an. Glaubte der Mann etwa, sie hätte unversehens ihre tiefe Leidenschaft für ihn entdeckt und sei von unstillbarer Sehnsucht getrieben mitten in der Nacht hierher geeilt?

»Tut mir Leid, dass ich so spät noch störe«, sprach sie trotz klappernder Zähne so förmlich und deutlich es ging in die Sprechanlage. »Es ist sozusagen ein Notfall.«

Letztere Bemerkung war ein Fehler gewesen, denn Gromüller hörte sich prompt noch siegessicherer an. »Für Notfälle stehe ich immer gern zur Verfügung«, säuselte er begeistert und ließ den Türöffner surren.

»Der Mann klingt seltsam. Du solltest nicht allein hochgehen.« Jonathan trat wieder an ihre Seite. »Ich komme mit ins Haus und warte auf dem Treppenabsatz.«

»Ich habe keine Angst vor ihm!« Das war die reine Wahrheit. In dieser Nacht fühlte sich Lilli trotz ihrer misslichen Lage, als könnte sie sogar mit Supermann persönlich fertig werden. »Aber komm ruhig mit rein. Drinnen ist es sicher ein bisschen wärmer.«

Sie schob energisch die Haustür auf und patschte auf ihren nackten Füßen über den Linoleumboden des Eingangsbereichs zur Treppe.

»Zweiter Stock«, flüsterte sie Jonathan zu. Sie senkte die Stimme für den Fall, dass Thorsten Gromüller schon in der offenen Wohnungstür wartete.

Bevor sie die unterste Stufe betrat, sah sie vorsichtshalber nach oben und musste feststellen, dass er nicht nur in der Tür stand, sondern sich sogar weit über das Treppengeländer beugte, um nach dem nächtlichen »Notfall« Ausschau zu halten.

Sofort sprang Lilli zurück und schubste Jonathan in die Ecke neben den Briefkästen. »Warte hier«, flüsterte sie ihm hektisch zu. Im Grunde spielte es keine Rolle, wann Gromüller Jonathan in seiner Badehose zu sehen bekam, aber sie wollte einfach nicht, dass Jonathan mitbekam, auf welche Weise sie ihren Kollegen dazu bringen wollte, dass er sie beide nach Hause fuhr. Vielleicht hielt Jonathan nichts von Erpresserinnen.

»Lilli?«, rief es fragend von oben, nachdem sie sich so hastig wieder zurückgezogen hatte.

»Ich komme«, flötete sie und eilte leichtfüßig die Treppen hinauf.

Als Thorsten Gromüller ihrer in ihrem Bikini ansichtig wurde, wurde sein rundes Gesicht auf einen Schlag purpurrot. Offenbar hatte er ihre Not und Sehnsucht trotz aller Selbstüberschätzung nicht für derart groß gehalten.

»Lilli ... Ich weiß zwar seit unserer Begegnung in der Buchhandlung, dass etwas zwischen uns ist, aber ich konnte ja nicht ahnen ...« Seine feisten Bäckchen schwabbelten vor Erregung, während er den Gürtel seines gestreiften Bademantels lockerte.

»Ich brauche Ihre Hilfe, Herr Gromüller.«

»Ja, natürlich.« Ein wenig schien ihr unromantischer, energischer Tonfall ihn zu irritieren, aber scheinbar fiel ihm immer noch kein anderer Grund als sexueller Notstand für einen nächtlichen Besuch im Bikini ein. Mit zitternden Fingern öffnete er den Bindegürtel ganz und schlug den Bademantel auseinander. Wahrscheinlich nahm er an, sie würde sich beim Anblick seines karierten Pyjamas besinnungslos vor Leidenschaft in seine Arme stürzen.

»Ich war schwimmen und bin bestohlen worden.« Lilli gab sich große Mühe, ihm ausschließlich ins Gesicht zu sehen und die weite Pyjamahose auf keinen Fall auch nur mit einem Seitenblick zu streifen. »Mein Autoschlüssel ist weg, ich habe kein Geld und kann schlecht in diesem Aufzug durch die ganze Stadt nach Hause laufen.«

»Du kannst bei mir schlafen«, hauchte Gromüller, der seinerseits den Blick kaum von den zusammengeknoteten Trägern ihres Tops wenden konnte.

»Ich möchte nicht bei Ihnen schlafen, Herr Gromüller. Ich möchte Sie bitten, uns nach Hause zu fahren. Mit dem Auto sind es nur zehn Minuten. In einer knappen halben Stunde könnten Sie wieder in Ihrem Bett liegen.«

Es dauerte eine Weile, bis Lillis Botschaft bei ihm ankam. »Du bist nur gekommen, weil du jemanden brauchst, der dich nach Hause fährt?«

Sie nickte und verschränkte die Arme noch fester vor ihrer Brust. »Ich bin nicht allein. Mein ... Freund ist bei mir. Ich bitte Sie, uns beide nach Hause zu fahren.«

Hastig knotete Gromüller seinen Bademantel wieder zu. »Dieser unverschämte Kerl, der neulich im Büro war? Weshalb sollte ich das denn tun? Euch beide nach Hause fahren?«

Genau auf diese Frage hatte Lilli gewartet. »Weil ich sonst in der Firma herumerzählen würde, dass Sie Arztromane lesen?« Sie legte den Kopf schief, lächelte ihn an und kam sich verwegen und sehr gewissenlos vor.

Ebenso schlagartig, wie sie aufgetaucht war, wich die rote Farbe aus Gromüllers Gesicht und machte einem kalkigen Weiß Platz.

»Was für Arztromane?« Ein großer Schauspieler war nicht an ihm verloren gegangen.

»Die über Doktor Kilian Schön.« Lillis Lächeln wurde noch strahlender. Vor dieser unglaublichen Nacht hatte sie keine Ahnung gehabt, wie gut es sich anfühlen konnte, einmal kein braves Mädchen zu sein.

»Aber woher …« Er drehte sich hektisch in Richtung seiner offen stehenden Wohnungstür, als hätte er den Verdacht, Lilli wäre kurz dort drinnen gewesen, um seine Nachttischschubladen zu durchsuchen.

»Das tut nichts zur Sache.«

»Niemand würde dir … Ihnen glauben.«

»Das bleibt abzuwarten!« Langsam taten ihr vom Grinsen die Gesichtsmuskeln weh.

»Ich könnte aber auch was erzählen.« Er zappelte wie ein Fisch an der Angel.

»So?« Sie zog die Brauen hoch.

»Schließlich bist du diejenige, die bei Nacht und Nebel im Bikini vor meiner Wohnungstür aufgetaucht ist.«

»Ich werde selber erzählen, dass ich ausgeraubt worden bin. Schließlich kann ich es mir nicht entgehen lassen, mit so einer interessanten Geschichte im Mittelpunkt zu stehen. Wenn Sie so nett wären und uns endlich nach Hause fahren würden, könnte ich das unter Umständen lobend erwähnen.«

»Ich weiß aber, welches Buch Sie neulich gekauft haben«, machte er einen letzten Versuch.

Sie zuckte die Achseln. »Wen interessiert es, ob ich meiner Freundin ein Buch über die richtige Behandlung von Männern zum Geburtstag schenke? Seit mein Freund mich in der Firma abgeholt hat, erzählt Frau Schlei vom Empfang sowieso überall herum, dass ich jedenfalls eine Beziehung habe.«

»Ich hole meine Autoschlüssel. Darf ich mich vorher wenigstens anziehen?«

»Der Bademantel reicht vollkommen!«, teilte Lilli ihm strahlend mit. »Langsam wird es mir in diesem Aufzug wirklich kalt. Ich möchte keine Lungenentzündung riskieren. Und erst recht möchte ich nicht, dass mein Freund krank wird. Er wartet unten bei den Briefkästen.«

Wortlos verschwand Gromüller in seiner Wohnung und ließ Lilli einfach im Treppenhaus stehen. Sie hüpfte mit ihren eiskalten Füßen auf den Abtreter vor seiner Tür und sofort wieder herunter, weil es sich um eines der Modelle handelte, die aus lauter kleinen, runden, aneinander gereihten Bürstchen bestanden, die zwar Schuhsohlen wunderbar reinigten, sich unter nackten Füßen aber anfühlten wie tausend Nadeln.

Da war Gromüller auch schon wieder da. Obwohl Lilli nicht wirklich geglaubt hatte, dass er sich an ihre Worte halten würde, trug er tatsächlich immer noch Bademantel und Pyjama, doch dazu nun statt der Pantoffeln ein paar klobige, schwarze Schnürschuhe, was das Gesamtbild nicht unbedingt verbesserte. Er musste wirklich eine höllische Angst davor haben, sie könnte die Sache mit den Doktor-Schön-Romanen herumtratschen. Nun tat er ihr fast schon wieder Leid.

Stumm zog er die Wohnungstür hinter sich ins Schloss, drehte zwei Mal den Schlüssel um und marschierte dann die Treppe hinunter, wieder ohne sich um Lilli zu kümmern, die ihm auf ihren vor Kälte tauben Füßen folgte.

Obwohl Gromüller wohl ursprünglich vorgehabt hatte, seine Aufgabe in eisigem Schweigen zu erfüllen, konnte er nicht an sich halten, als er vor den Briefkästen auf Jonathan in seiner Badehose stieß.

»Ausgeraubt bis aufs Hemd, nicht wahr? Tssss, tssss, tssss.«

Natürlich dachte Jonathan nicht daran, sich gebührend zu schämen. Er rieb sich nur über die nackte Brust, lächelte sein breitestes Lächeln und nickte heiter. »Man glaubt es nicht, aber irgendwie hat dieser kleine Zwischenfall die heutige Nacht perfekt gemacht.«

Lilli kicherte. »Ja. Es wäre langweilig gewesen, einfach so ins Auto zu steigen und wieder nach Hause zu fahren.« Das Seltsame war, dass sie wirklich meinte, was sie sagte.

Nachdem Gromüller eine alte Decke aus dem Kofferraum seines Golfs gezerrt und auf den Rücksitz gelegt hatte, durfte

Jonathan einsteigen. Lilli wurde sogar gestattet, den Beifahrersitz ohne Unterlage zu benutzen, obwohl sie angesichts der in schreienden Farben gemusterten Rallyebezüge eine dezent karierte Decke durchaus vorgezogen hätte.

Die zehnminütige Fahrt verlief bis auf die knappen Anweisungen über den richtigen Weg, die Lilli Gromüller gab, stumm. Mit einem Ruck bremste er vor Lillis Haus. Jonathan bedankte sich artig und stieg aus.

»Wohnen Sie zusammen?«, platzte Gromüller entgeistert heraus.

Lilli war ein wenig beleidigt, dass er ihr offenbar keinen Freund zutraute, der auch noch mit ihr zusammenlebte. Wirkte sie tatsächlich so zugeknöpft, schüchtern und versponnen?

»Sozusagen«, antwortete sie rasch und bedankte sich ebenfalls fürs Heimbringen.

»Kann ich mich denn darauf verlassen, dass Sie … schweigen?«

»Wie ein Grab.« Sie legte zur Bekräftigung ihrer Worte den Finger auf die Lippen.

»Nicht, dass ich irgendetwas zugeben würde, aber so ein Gerücht reicht schon …« In diesem Moment begriff Lilli, was für ein einsamer Mensch Gromüller sein musste, wenn er so viel Angst davor hatte, dass jemand die Wahrheit über ihn erfahren könnte. Sie fühlte fast so etwas wie Sympathie für ihn. Würde er nicht versuchen, seine Unsicherheit und Einsamkeit hinter einer Maske aus großtuerischem Gehabe zu verbergen, wäre er vielleicht wirklich nett.

»Ich werde nichts sagen«, wiederholte sie und beugte sich spontan vor, um ihm einen Kuss auf die Wange zu drücken. Sie fühlte sich so frei und glücklich, dass sie es sich ohne weiteres leisten konnte, etwas von ihrem Glück mit jemandem zu teilen, der viel weniger davon hatte.

Dann stand sie neben Jonathan auf dem Gehweg und sah dem silberfarbenen GTI nach, der mit aufheulendem Motor davonfuhr.

»Wir sollten beide ganz schnell ein heißes Bad nehmen«, sagte Jonathan, nachdem die Rücklichter längst um die Ecke verschwunden waren.

»Unbedingt«, erwiderte Lilli und rührte sich nicht von der Stelle. Einen Moment noch wollte sie seine Nähe spüren und das leichte Kribbeln genießen, das die Berührung zwischen ihrem Hüftknochen und seinem Oberschenkel in ihr auslöste.

Andererseits war sie plötzlich verlegen, als sei angesichts der vertrauten Umgebung der Zauber, der über den vergangenen Stunden gelegen hatte, dem Alltag gewichen.

»Ja, dann ... gute Nacht.« Auch er schien zu spüren, dass sich etwas geändert hatte, seit sie aus Gromüllers Auto gestiegen waren. Sein Blick glitt über ihr Gesicht, verfing sich in ihrem von den Abenteuern und Zärtlichkeiten dieser Nacht zerzausten Haar und suchte schließlich am Himmel den Mond, der sich aber kurzzeitig hinter einer Wolke versteckt hatte.

»Gute Nacht«, flüsterte Lilli und fragte sich, wieso sie nicht einfach die Arme um seinen Hals legte und ihn küsste. Eben noch hatte sie sich so frei und stark gefühlt, und plötzlich war da wieder ein Teil der alten Fesseln und Bedenken.

Als er sich vorbeugte und ihr einen zarten Kuss auf die Lippen hauchte, hielt sie den Atem an.

»Danke für den wunderschönen Abend.« Nur kurz legte er die Hände auf ihre Schultern.

»Ich danke dir auch.« Lilli bewegte sich ein kleines Stück rückwärts, während sie seinen Blick suchte.

Sein Lächeln war wie eine zärtliche Umarmung, die sie ebenso liebevoll erwiderte. Und als sie dann barfuß auf die Haustür zuging, während Jonathan schräg über die Straße seiner Wohnung entgegenstrebte, machten ihre Beine ganz von allein einen winzigen, übermütigen Hüpfer.

Hinter dem Küchenfenster brannte Licht, was bedeutete, dass Carlotta schon vom Spätdienst zurückgekehrt war. Da ihr Hausschlüssel in ihrer Badetasche gesteckt hatte, war Lilli gezwungen zu läuten. Was immerhin nicht ganz so unangenehm war wie Jonathans Aufgabe, seine Hauswirtin aus dem Bett zu klingeln und ihr erklären zu müssen, weshalb er, noch dazu nur mit einer Badehose bekleidet, nicht ins Haus konnte.

Lillis positive Einschätzung der eigenen Situation änderte sich in dem Moment, als Carlotta die Tür öffnete und sie mit geöffnetem Mund eine Minute lang sprachlos anstarrte, bevor sie zur Seite trat, damit die Schwester ins Haus konnte. Offenbar gab es auch hier einigen Erklärungsbedarf, und Lilli war plötzlich sehr müde. Viel zu müde, um irgendetwas zu erzählen oder zu erklären. Zumal sie nicht vorhatte, zu dieser späten Stunde mit der ganzen Wahrheit herauszurücken. Schon allein, weil sie nicht die geringste Lust verspürte, sich schon wieder Vorhaltungen wegen des »falschen Mannes« machen zu lassen.

»Ich dachte, du bist oben und schläfst schon seit Stunden«, sagte Carlotta schließlich, als Lilli hartnäckig so tat, als sei es völlig normal, um ein Uhr morgens im Bikini an der eigenen Haustür zu klingeln. Nun stand sie vor dem Garderobenspiegel und brachte mit ernster Miene ihre Haare in Ordnung, soweit das ohne Kamm und Bürste möglich war.

»Mir war vorhin noch nach Schwimmen.«

»Und da bist du mal eben im Bikini und ohne Schuhe zum Hallenbad gefahren? Und noch dazu ohne Hausschlüssel? Ich habe noch nie erlebt, dass du deinen Hausschlüssel vergessen hast.«

Hallenbad war gut! Sehr gut!

»Habe ich auch nicht!« Lilli warf den Kopf zurück und schlüpfte in Carlottas knallrote High Heels, die wie üblich einfach so in der Gegend herumstanden. Das würde wenigstens ein wenig gegen ihre kalten Füße helfen, solange diese Diskussion dauerte.

»Ich habe meine Sachen in ein Schließfach gesperrt und den Schlüssel verloren«, verkündete sie triumphierend.

Carlotta starrte die Schwester entgeistert an. Dinge zu verlieren gehörte nicht zu Lillis Angewohnheiten. Schon gar nicht verlor sie so wichtige Dinge wie Schließfachschlüssel. »Konnte dir denn der Bademeister das Fach nicht öffnen? Die müssen doch einen Universalschlüssel oder so was haben.«

»Ich konnte ja nicht beweisen, dass es mein Fach ist.« Trotz ihrer Müdigkeit reichte Lillis Energie dafür, ein immer schlechteres Gewissen zu bekommen, weil sie ihre Schwester so unverschämt anlog. Andererseits war sie erwachsen und konnte schwimmen, wann und wo und mit wem sie wollte. Eigentlich hatte Carlotta gar kein Recht zu dieser Befragung.

»War dein Autoschlüssel auch im Schließfach?«, setzt Carlotta das Interview fort.

Lilli nickte stumm.

»Die haben dich barfuß im Bikini nach Hause laufen lassen, weil du nicht beweisen konntest, dass es dein Fach ist? Die

Leute sollte man anzeigen!«, empörte Carlotta sich. Offenbar glaubte sie die wilde Geschichte tatsächlich.

»Ich bin von jemandem hier abgesetzt worden«, erklärte Lilli rasch und war froh, diesmal wenigstens die Wahrheit sagen zu können.

»Du bist in diesem Aufzug mit jemandem mitgefahren, den du gar nicht kennst?« Natürlich dachte Carlotta nicht so schnell daran, sich wieder abzuregen.

»Nein, ich kannte den Mann. Es war ein Kollege von mir.« Schon wieder nichts als die Wahrheit!

»Und der hat dir den Bikini vom Leib gerissen?« Misstrauisch beäugte Carlotta den Knoten, der die dünnen Träger des Oberteils hielt. Im Geist formulierte sie offensichtlich bereits die zweite Anzeige bei der Polizei.

»Nein. Das habe ich selber gemacht. Beim Anziehen. Aber so hält es auch.«

Carlottas Miene wechselte zwischen Besorgnis und Misstrauen. »Warst du allein schwimmen? So was machst du doch sonst nicht!«

»Ich bin aber schon alt genug, um das zu tun«, erwiderte Lilli in einem schnippischen Tonfall, den sie selber nicht an sich kannte. »Jedenfalls haben sie mich ganz allein reingelassen.«

Carlotta starrte die Schwester einen Moment lang sprachlos an. »Entschuldige«, sagte sie dann leise. »Ich sollte wirklich aufhören, dich zu behandeln wie ein Kind.«

Sofort tat Lilli ihr harscher Ton Leid. »Ich weiß, du meinst es gut! Aber es ist völlig unnötig, dass du dir ständig Sorgen um mich machst. Ich bin erwachsen. Und wenn ich auf die Nase falle, werde ich wieder aufstehen. Du schaffst das doch schließlich auch, ohne dass dauernd jemand um dich herumtänzelt und sich Sorgen macht.« Sie legte die Arme um Carlottas Hals und drückte ihr einen Kuss auf die Wange.

Carlotta schrie auf. »Du bist ja eiskalt! Geh sofort heiß duschen oder noch besser baden!«

Dann mussten sie beide lachen.

»Du kannst es ja doch nicht lassen«, stellte Lilli schließlich lachend fest. »Aber diesmal hast du Recht – ich gehe sofort duschen.«

Lilli zog sich mit ein paar schwankenden Schritten auf hohen, roten Absätzen in Richtung Treppe zurück. Sie sehnte sich danach, allein zu sein und über den Abend nachzudenken. Bevor sie die unterste Stufe betrat, streifte sie die Pumps ab und ließ sie einfach dort liegen. Carlotta sah ihr sprachlos dabei zu. Sie war ziemlich sicher, dass Lilli zumindest momentan keinen Liebeskummer hatte, es sei denn, ungewöhnliches Verhalten und strahlende Augen waren völlig neue, noch unbekannte Symptome.

Dann fiel Carlottas Blick auf die Schale, die ihren Platz auf dem Garderobenschränkchen hatte und in der eigentlich ihr Hausschlüssel hätte liegen müssen – wenn sie ihn bei ihrer Heimkehr vor einer halben Stunde auch tatsächlich dorthin gelegt hätte. Da Lillis Schlüssel ja offenbar vorerst nicht zur Verfügung stand, war es wichtig, dass zumindest sie ihren Schlüssel wiederfand.

Mit krauser Stirn strebte Carlotta in Richtung Küche, um als Erstes im Kühlschrank nachzusehen, wo sie schon mehr als einen verloren geglaubten Gegenstand im Gemüsefach oder neben den Joghurtbechern wiedergefunden hatte.

Gleichzeitig zog im ersten Stock Lilli mit einem Lächeln auf den Lippen die Tür hinter sich ins Schloss. Obwohl sie sonst immer mit Carlotta über ihre Verliebtheiten gesprochen hatte, schon weil sie ihre verweinten Augen und das Schluchzen aus ihrem Zimmer erklären musste, hatte sie diesmal das starke Bedürfnis, ihr Glück und ihr inneres Staunen noch ein wenig für sich zu behalten und es ganz still zu genießen.

Sie trat ans Fenster und sah hinüber zu Jonathans Fenstern, durch die ein gelber Lichtschein auf die roten Schindeln der Dachschräge fiel. Dann zog sie langsam die Gardinen zu.

XXV

An dem Abend, an dem sie bei Fabian zum Essen eingeladen war, machte Carlotta schon gegen einundzwanzig Uhr dreißig Feierabend. Oskar, der in Erwartung von Susannas baldigem Eintreffen von morgens bis abends vor sich hinstrahlte, nickte nur lächelnd, als sie bat, wegen einer Verabredung früher gehen zu dürfen. Dann ließ er den Blick an ihr hinabgleiten und legte nachdenklich die Spitze des Zeigefingers gegen die Nase.

»Du siehst völlig verändert aus, Carlotta. Endlich bist du verliebt! Wer ist denn der Glückliche?«

»Ich bin nicht verliebt, ich habe einfach nur eine andere Frisur und ein neues Kleid.« Sie hatte sich die Haare hochgesteckt und trug statt ihrer üblichen flippigen Sachen in leuchtenden Farben ein dunkelblaues Etuikleid mit passenden Pumps.

»Nun, dieses Outfit wirkt ja eher traurig.« Prüfend betrachtete Oskar sie in der schwachen Flurbeleuchtung. »Aber trotzdem gelingt es dir nicht, dein Funkeln und Strahlen zu verbergen.«

Funkeln und Strahlen, das wurde ja immer besser! Tanja hatte vorhin behauptet, sie habe an diesem Abend eine warme, schwebende Aura, was immer das sein mochte. Gelegentlich hatte Tanja ihre esoterische Phase.

»Ich habe nicht vor, irgendetwas zu verbergen. Ehrlich gesagt, wollte ich nur ein bisschen seriöser aussehen. Einfach so, zur Abwechslung«, erklärte Carlotta ihrem Chef mit unbewegter Miene.

Oskar verkniff sich ein Grinsen. »Er ist also ein eher seriöser Typ?«

»*Er* hat nicht das Geringste damit zu tun!«

»Wenn du meinst.«

Zu Carlottas Erleichterung wurde Oskar in diesem Moment mal wieder von seinen Glücksgefühlen übermannt, die ihn in regelmäßigen Zeitabständen für einige Momente geistig aus der Gegenwart entschwinden ließen, was sehr deutlich an dem entrückten Ausdruck seiner Augen zu erkennen war.

»Ich gehe dann mal«, sagte sie rasch, überließ Oskar seinen Gedanken an Susanna und schlüpfte durch die Hintertür hinaus in die milde Mainacht.

Mit dem Taxi waren es nur wenige Minuten vom *Susanna's* bis zu der Adresse, die Fabian ihr genannt hatte. Er bewohnte eine Erdgeschosswohnung in einem Mehrfamilienhaus. Am frühen Abend hatte er sie noch einmal angerufen, um zu fragen, ob es bei der Verabredung bliebe, und um sie zu bitten, durch den Garten ins Haus zu kommen.

»Wieso soll ich mich von hinten anschleichen?«, hatte sie neckend gefragt. »Hast du eifersüchtige Nachbarinnen?«

»Das auch. Frau Krohnewitter hat schon lange ein Auge auf mich geworfen. Der Altersunterschied von schlappen vierzig Jahren würde mich auch nicht weiter stören, aber die Frau findet mich zu dünn und will mich immer mit Kuchen füttern. Das erscheint mir gesundheitlich bedenklich, und deshalb zögere ich noch, ihr einen Antrag zu machen.«

»Du meinst aber, sicherheitshalber soll ich mich doch lieber heimlich ins Haus stehlen? Neigt sie zu eifersüchtigen Temperamentsausbrüchen?«

»Ich bin ziemlich sicher, du würdest mit ihr fertig werden, solange sie nicht ihren Kampfdackel auf dich hetzt. Du wirst schon sehen, warum ich es trotzdem schön fände, wenn du durch den Garten kommst.«

Nun stand sie also vor dem dreistöckigen Gebäude und fragte sich, wo um alles in der Welt hier ein Garten war. Dann endlich entdeckte sie einen schmalen Fußweg, der neben einer dichten, mannshohen Hecke an der Schmalseite des Hauses entlangführte. Obwohl sie normalerweise nicht ängstlich war und es durch ihre Spätdienste gewohnt war, auch zu nächtlicher Stunde allein in der Stadt unterwegs zu sein, machte ihr Herz ein paar unruhige Schläge, während sie sich in der Dunkelheit vorwärts bewegte, die nur hier und da von einigen Straßenlaternen durchbrochen wurde.

Als sie einer leichten Biegung des Weges folgte, sah sie unvermittelt einen rot-goldenen Schimmer. Lächelnd ging sie darauf zu, fand eine schmale Öffnung in der Hecke, die durch eine Pforte gesichert war, und sah noch viel mehr sanftes, flackerndes Licht, dessen Quelle sie jetzt ebenfalls erkennen konnte.

Auf der anderen Seite der Pforte standen rechts und links zwei brennende Fackeln, und hinter diesen Fackeln säumten zahllose Teelichte einen Weg durch den Garten, dessen Ziel offenbar die überdachte Terrasse war, auf der sie ebenfalls ein Kerzenmeer erkennen konnte.

Carlottas Augen glitten über die zahllosen kleinen Flämmchen. Das sah wunderschön aus, war aber eigentlich nicht für sie gedacht. Es war für die sanfte, romantische, ordentliche Frau, die sie in der Anzeige beschrieben hatte. Es waren Lillis Fackeln und Kerzen.

In diesem Moment wusste sie, dass sie sich kein drittes Mal hätte mit Fabian verabreden dürfen. Er würde ihr dieses Spiel übel nehmen, was sein gutes Recht war, denn welcher Mann machte sich derart viel Mühe, um die Schwester der Frau, die für ihn bestimmt war, von seiner romantischen Ader zu überzeugen?

Wie gelähmt stand Carlotta da und starrte in das hundertfache Kerzenlicht. Am besten war es wohl, wenn sie den heutigen Abend einfach absagte, um dann bei nächster Gelegenheit endlich Lilli und Fabian einander vorzustellen. Sie tastete nach ihrem Handy. Immerhin kam es vor, dass Menschen unverhofft krank wurden. Ein kleiner Magen-Darm-Virus konnte jedes romantische Beisammensein nachhaltig stören. Das würde Fabian sicher verstehen.

Sie trat einen Schritt zurück in den Schatten der Hecke. Im selben Moment huschte ein schwarzer Schatten zwischen den flackernden Kerzen auf die Pforte zu. Sofort erkannte Carlotta Holly, die auf dem linken Auge immer noch einen weißen Verband trug, der in der Dunkelheit leuchtete. Die Hündin stellte sich mit den Vorderpfoten auf die obere Kante der Pforte und bellte freudig und vor allem laut.

»Pssst! Holly! Aus!«

Holly ließ sich von Carlottas geflüsterten Befehlen nicht im Geringsten beeindrucken. Ganz im Gegenteil. Offenbar hielt sie die Äußerungen ihres Gastes für Anfeuerungsrufe, jedenfalls bellte sie noch begeisterter.

Da blieb nichts anderes als Flucht. Carlotta drehte sich um und lief zurück zur Straße. Allerdings kam sie nicht weit.

»Aus, Holly, ruhig!« Hinter sich hörte sie Fabians Stimme, die die Hündin jedoch auch nicht zur Ruhe brachte. Dann wurde mit einem lauten Quietschen die Pforte geöffnet, und hysterisch bellend hetzte Holly hinter Carlotta her. Diese gab augenblicklich jeden Fluchtgedanken auf. Es fehlte ihr gerade noch, dass sie sich ein Wettrennen mit einem Hund lieferte und am Ende am Kleidersaum von Holly zu ihrem Herrn und Meister geschleift wurde. Da ging sie lieber freiwillig mit.

Sie drehte sich hastig um und versuchte, sich den Anschein zu geben, als sie sei gerade erst auf dem Weg zum Garten. Holly stoppte abrupt ab und nutzte die günstige Gelegenheit, um Carlotta die Pfoten auf die Schultern zu legen und ihr das Gesicht abzuschlecken.

»Aus, Holly!« Nun war Fabian auch da und zerrte Holly am Halsband von Carlotta weg.

»Tut mir Leid! Mir scheint, du hast eine Freundin fürs Leben gewonnen. Sie kann schrecklich aufdringlich sein, wenn sie erst einmal Vertrauen zu jemandem gefasst hat. Hoffentlich hat sie dich nicht zu sehr erschreckt.« Mit einer fast schüchternen Geste berührte er ihren Oberarm, während er mit der anderen Hand immer noch Holly festhielt, die inzwischen zu begeistertem Hecheln übergegangen war.

»Nein. Kein Problem.« Carlotta hoffte inständig, dass er nicht gesehen hatte, wie sie den Weg entlanggespurtet war, denn dann musste er glauben, sie sei vor seinem freundlichen Hund davongelaufen. Falls er etwas von ihrer Flucht mitbekommen hatte, war er jedenfalls feinfühlig genug, kein Wort darüber zu verlieren.

»Dann komm. Wir haben schon auf dich gewartet.«

Es wirkte ganz natürlich, als er nun nach ihrer Hand griff und sie mit sich zog, aber Carlotta wusste, dass es nicht richtig war. Obwohl es sich durchaus richtig anfühlte, solange sie nicht darüber nachdachte. Aber es war noch nie ihre Art gewesen, in Gefühlsdingen ihren Kopf zu ignorieren.

»Ich ...« Sie hätte immer noch sagen können, dass es ihr nicht gut gehe und sie sofort nach Hause müsse, aber es gelang ihr nicht, die richtigen Worte zu finden, und eigentlich wollte sie das auch gar nicht.

»... wie schön«, fuhr sie deshalb fort, als er sie sanft durch die Pforte schob.

»Ehrlich gesagt, hat mich meine Nachbarin, besagte Frau Krohnewitter, auf die Idee gebracht.« Er stand dicht hinter ihr, während sie nach den ersten Schritten auf dem von flackernden Kerzen begrenzten Weg anhielt, um den Anblick zu genießen. »Sie kam zufällig vorbei, um sich etwas zu leihen, als ich gerade ... Ich bereitete gerade in der Küche etwas für den heutigen Abend vor, und sie sagte mir auf den Kopf zu, ich wolle wohl eine Frau ganz besonders beeindrucken. Da gab sie mir den Tipp, möglichst viele Kerzen anzuzünden. Das würde jede Frau bezaubern.«

»Willst du mich denn bezaubern?« Sie biss sich auf die Unterlippe, nachdem ihr diese Frage herausgerutscht war. Angesichts der Situation genau die falsche Frage zur falschen Zeit.

»Wenn es sich irgendwie machen ließe, würde ich dich gern sehr nachhaltig bezaubern.« Etwas von der Leichtigkeit war aus seiner Stimme verschwunden.

Eilig setzte Carlotta sich wieder in Bewegung. Die Leuchtspur der Teelichte führte sie über einige flache Stufen hinauf auf die überraschend große Terrasse, in deren Mitte ein kleiner, runder, mit einem weißen Tuch bedeckter Tisch stand, der für zwei Personen gedeckt war. Auch hier gab es als einzige Beleuchtung Kerzen.

Holly, die vorgelaufen war, legte sich sofort unter den Tisch, offenbar in der Hoffnung, dass vom zu erwartenden Essen etwas für sie abfallen würde.

»Ich dachte, wir stoßen zunächst mal auf einen schönen Abend an.« Fabian beugte sich über ein Beistelltischchen, es zischte leise, und Sekunden später drückte er Carlotta einen gefüllten Sektkelch in die Hand. »Hoffentlich magst du Prosecco.«

Carlotta starrte verschreckt das Glas an. Perlender Sekt bei Kerzenlicht hatte an einem Abend zu zweit eine gewisse Bedeutung, die es hier und jetzt zwischen Fabian und ihr nicht geben durfte.

»Nein. Ich ...« Sie stellte das Glas auf den Tisch und trat vorsichtshalber einen Schritt zurück.

»Ich habe auch Wein.«

»Nein, keinen Alkohol bitte.« Wenn sie jemals in ihrem Leben einen klaren Kopf gebraucht hatte, dann heute. Zumal sich gelegentlich ihr Verstand abschaltete, wenn sie Alkohol trank.

Einmal hatte sie nach Tanjas feuchtfröhlicher Geburtstagsparty einem auf der Straße schlafenden Obdachlosen einen Fünfzig-Euro-Schein in die umgedreht neben ihm liegende Mütze gelegt, weil sie spontan darüber weinen musste, dass es Menschen gab, die auf der Straße lebten. Am nächsten Tag war sie auf dem Weg zur Bank, wo sie ihren Sachbearbeiter überreden musste, ihren Überziehungskredit wenigstens für einige Tage zu erhöhen, diesem Obdachlosen begegnet. Einige Kumpel im Gefolge, war er ihr sturzbetrunken entgegengetaumelt, in jeder Hand eine Schnapsflasche.

Ganz zu schweigen von der Verlobung, die sie vor einigen Jahren anlässlich einer Silvesterparty mit einem Wildfremden gefeiert hatte, der offensichtlich auch nicht besonders viel Alkohol vertrug. Es war ziemlich schwierig gewesen, am nächsten Tag ihren »Verlobten«, der sich leider an alles genau erinnerte, davon zu überzeugen, dass sie nach den paar Gläsern Sekt, die sie getrunken hatte, nicht mehr Herrin ihrer Sinne gewesen war.

»Bist du mit dem Auto da?«

»Nein. Ich habe ein Taxi genommen, aber ich vertrage keinen Alkohol.«

»Was bedeutet das? Wird dir schlecht?« Er sah sie besorgt an, als hätte sie ihm von einer schweren Krankheit berichtet.

»Nein. Es ist nur so, dass ich manchmal nach dem zweiten oder dritten Glas merkwürdige Dinge tue.« Das musste als Erklärung nun wirklich reichen!

Tatsächlich verzichtete Fabian diskret darauf, sich die Art der Merkwürdigkeiten schildern zu lassen. Stattdessen nahm er die beiden Sektgläser und trug sie durch die geöffneten Glastüren ins Haus, um gleich darauf mit frischen Gläsern und einer Flasche Mineralwasser zurückzukommen.

»Das perlt auch.«

Stumm nahm Carlotta das funkelnde Glas entgegen, ließ es gegen seines klingen und nippte an der kühlen, sprudelnden Flüssigkeit. Obwohl das Kerzenlicht und die Sektkelche und Fabians Augen eigentlich immer noch zu viel – von was auch immer – waren.

»Auf einen schönen Maiabend«, sagte er leise und sah sie beim Trinken über den Rand des Glases hinweg unverwandt an.

»Du hättest aber ruhig Sekt trinken können«, sagte sie nach einem kurzen Nicken, mit dem sie zeigen wollte, dass sie seinen Trinkspruch zur Kenntnis genommen hatte.

»Auch für mich ist es besser so. Ich sollte mich bemühen, wenigstens halbwegs einen kühlen Kopf zu bewahren.« Er lächelte sie auf eine Art an, die ihr das Gefühl gab, das Wasser würde in ihrem Magen noch einmal heftig aufsprudeln.

In die eingetretene Stille hinein knurrte unüberhörbar Carlottas Magen.

»Du hast Hunger! Und ich stehe hier herum und serviere dir Wasser!« Fabian verfiel augenblicklich in Hektik. Fast hätte er vor lauter Eifer den Rest seines Mineralwassers über Carlottas Füße geschüttet.

»Entschuldige!« Verlegen streichelte sie durch den dunkelblauen Stoff hindurch ihren Magen. »Ich habe seit heute Mittag nichts gegessen. Aber das mache ich öfter, wenn ich Spätdienst habe. Das ist wirklich kein Problem!«

»Du kriegst sofort etwas zu essen! Es ist alles vorbereitet. Nur noch ein paar Handgriffe, dann ist der erste Gang fertig. Möchtest du mit in die Küche kommen oder lieber hier draußen warten?«

Carlotta verspürte den vagen Wunsch, sich für einen Moment von Fabians irgendwie intensiver Gegenwart zu erholen, aber dann fiel ihr ein, dass sie immerhin eine Mission zu erfüllen hatte. Wenn sie schon hier war, sollte sie auch seine Wohnung unter die Lupe nehmen und sich in seiner Küche umsehen. Indem sie sich an den Gedanken klammerte, das alles nur für Lilli zu tun, fühlte sie sich ein weniger sicherer.

Er führte sie durch das geräumige Wohnzimmer, in dem nur eine kleine Tischlampe brannte. Soweit Carlotta in dem schwachen Licht erkennen konnte, war es hier ebenso aufgeräumt wie in Lillis Zimmer. Nirgendwo lag oder stand etwas herum, weder Zeitschriften noch aufgeschlagene Bücher oder gar benutztes Geschirr und angebissenes Obst. Selbst die kleine Kristallschale mit Pralinen stand exakt in der Mitte der Glasplatte des niedrigen Couchtisches. Ebenso wie die beiden kleinen Kissen auf der cremefarbenen Couch symmetrisch angeordnet waren.

Carlotta atmete tief durch, bevor sie die hell erleuchtete Küche betrat, aus der ihr ein köstlicher Duft nach gebratenem Fleisch, Tomaten und Kräutern entgegenwehte.

In Anbetracht der Tatsache, dass Fabian gerade beim Kochen war, war die Ordnung in diesem Raum geradezu gespenstisch. Außer den Töpfen auf dem Herd standen nur einige leere Schüsseln da, in die offenbar das fertige Essen gefüllt werden sollte. Und neben dem Herd wartete ein kleiner Teller, auf dem er einen Kochlöffel abgelegt hatte.

»Ich habe italienisch gekocht. Mit viel frischem Basilikum.«

Sie begriff erst nach einer kurzen Denkpause, wieso er das Basilikum extra erwähnte. Er erinnerte sich an das Döschen, das sie bei ihrem ersten Treffen im Café ausgepackt hatte und das sie wahrscheinlich immer noch in ihrer Tasche mit sich herumschleppte.

»Wie schön!« Aus irgendeinem Grund machte es ihr das Herz schwer, dass er so aufmerksam war und sich so viel Mühe gab. Aber natürlich konnte er nicht wissen, wie wenig sie zusammenpassten. Vielleicht war dies der richtige Zeitpunkt, es ihm sagen. Oder zumindest anzudeuten, dass sie mit seiner Ordnung nicht mithalten konnte.

»Es ist wirklich sehr, sehr ordentlich hier«, fing sie zaghaft an, während er in einem der Töpfe rührte.

»Ich finde, Kochen, eigentlich jede Arbeit, geht leichter von der Hand, wenn man Ordnung hält, nicht wahr?«, erwiderte er.

»Ja.« Darauf gab es keine andere Antwort.

Sie lehnte sich gegen die Tischkante und sah zu, wie er sich bückte, um die Backofentür zu öffnen. Eigentlich hätte sie den Blick abwenden sollen, denn auch in der dunklen Tuchhose, die er an diesem Abend trug, gefiel ihr sein Hinterteil ausnehmend gut. Immerhin war es der erste Körperteil, den sie von ihm zu Gesicht bekommen hatte, auch wenn sie damals noch nicht geahnt hatte, dass dieser Mann einmal für sie italienisch kochen würde. Wenn er auch eigentlich gar nicht für sie kochte, da sie ja vorgab, eine andere zu sein, als sie in Wirklichkeit war. Immer wieder musste sie daran denken, und von Mal zu Mal fühlte sie sich schlechter dabei, dass sie ihn die ganze Zeit belog.

Als er sich ihr unvermittelt zuwandte, schrak sie wie ertappt zusammen. Auch er schien ein wenig aus dem Gleichgewicht zu geraten, während er sie zum ersten Mal an diesem Abend bei Licht betrachtete.

»Mein Gott, bist du schön«, entfuhr es ihm.

Ihre Hand bewegte sich automatisch zu ihrem hoffentlich immer noch ordentlich hochgesteckten Haar. Natürlich gefiel sie ihm in dieser eher konservativen Aufmachung besser als mit den Essstäbchen im Haar oder dem lose auf die Schultern fallenden Haar neulich unterm Pflaumenbaum!

»Andere Frauen würden mit dieser Frisur und diesem Kleid langweilig aussehen, aber du wirst einfach mit jedem Mal, das ich dich sehe, schöner.« Das Blaugrün seiner Augen schien von Sekunde zu Sekunde dunkler zu werden, während er sie unverwandt ansah, bis sie als Erste den Blick abwandte.

»Kann ich dir irgendwie helfen?«, fragte sie, um ihre Verlegenheit zu überspielen. Natürlich war sie es gewohnt, dass Männer ihr Komplimente machten, wenn sie hinter der Bar bediente, aber das waren meistens die üblichen Anmachsprüche. Bei Fabian wirkte es völlig anders, wenn er Dinge über ihr Aussehen oder darüber sagte, wie er sich in ihrer Gegenwart fühlte. Er hatte eine seltsame Art, ihr dabei in die Augen zu schauen. Sie konnte sich nicht erinnern, dass irgendein Mann sie jemals auf diese Weise angesehen hatte. Sie schreckte aus ihren Gedanken auf, als ihr klar wurde, dass er etwas zu ihr gesagt hatte und sie nun erwartungsvoll ansah.

»Entschuldige bitte, ich ...« Sie lächelte und strich nervös über den dunkelblauen Stoff ihres Kleides.

»Die Schüssel dort drüben, die große, weiße, kannst du mir die bitte reichen?«

Gemeinsam füllten sie die in Olivenöl und gehackten Kräutern geschwenkten Nudeln in die Schüssel. Dann goss Carlotta die selbst gekochte Tomatensauce in die bereitstehende Sauciere, während Fabian die Filetscheiben, die er mit einer Mischung aus Frischkäse, geriebenem Parmesan und gehacktem Basilikum überbacken hatte, auf eine vorgewärmte Platte legte.

Angesichts des duftenden Essens, das sehr appetitlich aussah und der hungrigen Carlotta das Wasser im Mund zusammenlaufen ließ, erschien es ihr fast wie ein Frevel, den angebotenen Saft dazu zu trinken.

»Ein halbes Glas Wein wird mich nicht den Kopf kosten«, sagte sie und wich seinem Blick aus.

»Aber nur, wenn du wirklich möchtest. Du musst nicht aus Höflichkeit Wein trinken.«

»Ich werde nicht aus Höflichkeit essen, sondern weil ich wirklich Hunger habe und weil das Essen absolut köstlich riecht und aussieht. Und ich werde den Wein nicht aus Höflichkeit trinken, sondern weil er einfach besser zu diesem Essen passt als Orangensaft oder Mineralwasser.« Plötzlich war Carlotta entschlossen, den Abend zu genießen, gerade weil es wahrscheinlich der letzte war, den sie allein mit Fabian verbringen würde.

Er reichte ihr die Sauciere und griff selber nach der Fleischplatte, um sie nach draußen zu tragen. »Dann ist es gut. Lass uns essen.«

Auf der Terrasse erwarteten sie die milde Nacht und das sanfte Licht. Doch diesmal traf die Atmosphäre Carlotta nicht unvorbereitet. Es gelang ihr tatsächlich, sich zu entspannen und genüsslich zu essen, obwohl Fabian sie im Kerzenschein auf genau jene Weise ansah, die sie so sehr irritierte. Sie redeten nur wenig, und das Schweigen zwischen ihnen war genauso natürlich wie ihre Gespräche.

»Du bist der erste Mann, den ich kennen lerne, der richtig gut kochen kann«, stellte Carlotta fest, nachdem sie das zweite Mal ihren Teller geleert hatte.

»Danke.«

Mehr sagte er nicht dazu. Weder dass Kochen doch ganz einfach wäre noch dass er als begeisterter Hobbykoch mindestens fünfhundert verschiedene Gerichte beherrschte und fünf Kochwettbewerbe gewonnen hätte. Diese Reaktion verblüffte Carlotta einigermaßen. Bisher hatte sie geglaubt, sich mit Männern auszukennen, zumindest seit sie hinter der Bar bediente und sich Abend für Abend die Sprüche der männlichen Gäste anhörte. Doch Fabian war anders. Gleichzeitig offen und zurückhaltend, selbstbewusst und bescheiden, heiter und nachdenklich. Vielleicht war das der Grund, weshalb er sie ein wenig durcheinander brachte. Sie konnte ihn in manchen Momenten nicht einschätzen, und deshalb überraschte er sie immer wieder, meistens angenehm.

»Zum Nachtisch gibt es Tiramisu«, sagte er, nachdem sie beide entspannt ins Kerzenlicht geschaut und ein wenig ihren Gedanken nachgehangen hatten. Wobei Carlotta gern gewusst hätte, woran er dachte, wenn sein Blick ein wenig dunkler wurde und sich nach innen wandte. Aber natürlich hätte sie sich eher die Zunge abgebissen, als ihn nach seinen Gedanken zu fragen.

»Denkst du an die letzte Reparaturrechnung für deinen Wagen?«, hörte sie sich plötzlich sagen. Nur um sich sofort auf die Unterlippe zu beißen. Das hatte sie nun davon, dass sie anderthalb Gläser Wein getrunken hatte!

Indes schien Fabian von ihrer seltsamen Frage nicht sonderlich überrascht zu sein. Er lächelte sie über den Tisch hinweg an.

»Möchtest du wirklich wissen, woran ich eben gedacht habe?«, fragte er leise, als ginge es um ein Geheimnis, das sie fortan teilen würden, falls sie es so wollte.

»Nein!« Sie hatte die Stimme erhoben, damit er sie klar und deutlich verstand.

»Warum fragst du dann?« Sein Lächeln vertiefte sich.

»Ich habe nicht gefragt. Nur laut gedacht. Habe ich dir nicht gesagt, ich sollte besser keinen Wein trinken?«

»Du fängst an, laut zu denken, wenn du Alkohol trinkst? Ein interessanter Effekt!«

»So interessant nun auch wieder nicht«, protestierte sie hoheitsvoll. »Du hast es ja gehört: Ich habe über deine letzte Reparaturrechnung nachgedacht.«

»Nein, du hast dich gefragt, ob ich es fertig bringe, in deiner Gegenwart an so profane Dinge wie meinen Wagen zu denken. Und die Antwort ist Nein.« Von einer Sekunde auf die andere war er völlig ernst, was sie noch mehr verunsicherte als sein Lächeln.

Carlotta schwieg verbissen, weil ihr klar war, dass sie sich mit jedem weiteren Satz womöglich um Kopf und Kragen reden würde.

»Dann hole ich jetzt wohl besser den Nachtisch, ehe ich mich verplappere und deine Frage doch noch beantworte.« Er stellte geschickt die Teller zusammen, stapelte sie auf die fast leere Fleischplatte und verschwand in Richtung Küche. Carlotta sah ihm nach und nippte wider besseres Wissen noch einmal an ihrem Weinglas.

XXVI

Natürlich gelang es Carlotta letztlich problemlos, das köstliche Tiramisu bis zum letzten Löffel aufzuessen, obwohl sie vorher behauptet hatte, schon vom Hauptgang zum Platzen satt zu sein. Nachdem sie ihren Dessertteller geleert hatte, hätte sie sich am liebsten gar nicht mehr bewegt, sondern nur im Kerzenlicht dagesessen, die milde, duftende Frühlingsluft genossen und ab und zu ein Wort mit Fabian gewechselt.

Eigentlich hatte sie vorgehabt, sich nach dem Essen so bald wie möglich zu verabschieden, um diesen Abend zu beenden, der einerseits wunderschön, andererseits aber eine große Lüge war.

Als sie ihn nun über den Tisch hinweg nachdenklich betrachtete und dabei einen feinen Stich in der Herzgegend spürte, dessen Ursache sie lieber nicht auf den Grund ging, kam ihr in den Sinn, es könnte vielleicht gut sein, ihm jetzt und hier die Wahrheit zu sagen. Da sie ihn für einen vernunftbegabten Menschen hielt, musste er verstehen, dass aus ihm und ihr niemals etwas werden konnte, da sie nun einmal nicht die gut organisierte, solide Frau war, für die er sie aufgrund der Anzeige hielt. Und wenn er das verstanden hatte, konnte sie ihn fragen, ob er demnächst ihre Schwester kennen lernen wollte, die wie geschaffen für ihn war. Eine Frau, die begeistert sein würde, dass er in seiner Küche die Gewürzdöschen alphabetisch geordnet hatte. Carlotta erinnerte sich, dass Lilli vor Jahren versucht hatte, selber eine derartige Ordnung auf dem kleinen Holzbrett über dem Herd einzuführen. Was natürlich mit einem handfesten Streit geendet hatte, als Lilli die Gewürze eine knappe Woche später wieder in bunter Reihe auf dem Bord vorgefunden hatte, nachdem Carlotta ein einziges Mal gekocht und in ihrer üblich fantasievollen Weise gewürzt hatte.

Derartige Probleme würde es zweifellos zwischen Lilli und Fabian nicht geben. Wenn einer von ihnen an der kleinen Kristallschale auf Fabians Wohnzimmertisch vorbeikommen und bemerken würde, dass das Ding nicht genau in der Mitte stand, würde derjenige die Schale ganz automatisch wieder dorthin stellen, wo sie hingehörte. Während sie selber diese kleinen Unordentlichkeiten nicht nur nicht registrieren würde, sondern innerhalb kürzester Zeit dafür sorgen würde, dass neben der hübschen Schale jede Menge Bonbonpapierchen, benutzte Gläser und schmutzige Teller, ganz zu schweigen von aufgeschlagenen Büchern und zerfledderten Zeitschriften herumlagen und -standen.

»Ich muss dir etwas sagen«, platzte Carlotta an dieser Stelle ihrer Überlegungen heraus.

»Ich dir auch«, antwortete Fabian und wirkte plötzlich angespannt.

»Erst du«, beschloss sie.

»Keinesfalls. Du hast es zuerst gesagt.«

»Na gut.« Sie rang unter dem Tisch die Hände. Immerhin war es nicht so leicht zu verkünden, dass dieser Abend, der Nachmittag unter dem Pflaumenbaum, ja selbst die Stunde im Café eine Lüge gewesen waren.

Sie holte tief Luft und geriet in Versuchung, ihn um ein weiteres Glas Wein zu bitten, ließ es aber lieber sein. »Am besten fange ich ganz am Anfang an«, stieß sie dann hervor.

»Ja?« Er legte den Kopf ein wenig schief und musterte sie aufmerksam.

»Ich habe dich schon früher einmal gesehen. Ich meine, bevor wir uns im *Café Dschungel* getroffen haben.« Dieses Geständnis war zwar nebensächlich, aber immerhin ein Anfang.

»Das weißt du?« Über die flackernde Kerze hinweg sah er sie entgeistert an.

»Du etwa auch?«

»Ich habe dich bei unserer allerersten Begegnung die ganze Zeit angesehen, aber mir war nicht bewusst, dass du mich überhaupt bemerkt hast.«

Sie lachte kurz auf. »Na hör mal! Zu übersehen warst du ja wohl nicht. Allerdings wusste ich nicht, dass du von da oben eine so gute Aussicht auf mich hattest.«

»Wo oben?«

»Na ja, damals war es nur halb oben. Beim letzten Mal bist du höher hinauf geklettert.« Sie grinste ihn an. »Ich weiß auch nicht, warum ich dir unterm Pflaumenbaum nicht gleich gesagt habe, dass ich dich schon mal als Katzenretter erlebt habe. Vielleicht, weil es mir so schien, als wäre dir dein Absturz beim ersten Versuch ein bisschen peinlich gewesen.«

Mindestens eine Minute lang sah er sie verwirrt an, dann zeigte sich ein zögerndes Lächeln auf seinem Gesicht. »Du warst also die Frau, die mir zugesehen hat, als ich wie der größte Tollpatsch der Welt vom Baum geplumpst bin, während die Katze schon längst über alle Berge war? Manchmal ist die Welt wirklich klein.«

»Ja, so ist es wohl.« Auch Carlotta war irritiert. »Wieso wunderst du dich denn plötzlich darüber, dass wir uns früher schon einmal über den Weg gelaufen sind, wenn du es bereits wusstest?«

»Bei Licht betrachtet, sind wir uns nicht über den Weg gelaufen, sondern ich bin dir vor die Füße gefallen.«

»Fast. Immerhin war ein Zaun dazwischen.« Ihr fiel auf, dass er ihre Frage nicht beantwortet hatte.

»Aus irgendeinem Grund bin ich als Chaot zur Welt gekommen. Und damit muss ich nun leben.«

»Was heißt schon Chaot?« Sie zuckte die Schultern und sah an ihm vorbei in die Flamme eines Windlichts, das am Rand der Terrasse sachte im Wind flackerte. »Immerhin bist du ein ziemlich ordentlicher Chaot, wenn man sich deine Wohnung ansieht.«

»Ja, natürlich. Alles ist relativ. Ich bin eben nur ein chaotischer Katzenretter.« Über sein Gesicht glitt fast unmerklich ein Schatten.

»Ich fand es nett von dir, dass du dir solche Sorgen um die Katze gemacht hast«, tröstete Carlotta ihn. Wieder musste sie den Blick abwenden, weil sie plötzlich ihr Herz ganz schwer und lebendig spürte und Angst hatte, er würde etwas von diesem Gefühl in ihren Augen lesen. Rasch beugte sie sich hinunter zu Holly, die dicht neben ihren Füßen lag, und kraulte die Hündin zwischen den Ohren.

»Jedenfalls war es nett von dir, mich nicht auszulachen.« Als er seine Finger über ihre Linke legte, die neben ihrem leeren Weinglas auf dem Tisch lag, war es zu spät, um die Hand wegzuziehen.

Sie richtete sich wieder auf und tat, als sei es ganz normal, dass Männer zärtlich ihre Hand streichelten. Was hatte das schon zu bedeuten? Eine nette Geste nach dem Essen, da sie doch ohnehin gerade über Nettigkeiten sprachen. Zu dumm nur, dass sich seine Hand auf ihrer für sie nicht nur nett anfühlte, sondern intim und erregend.

Entschlossen stand sie auf. »Es wird Zeit für mich zu gehen«, verkündete sie mit viel zu weicher Stimme, wenn auch passend zu dem gummiartigen Gefühl in ihren Knien.

»So früh schon? Es ist noch nicht mal Mitternacht.« Er erhob sich ebenfalls und sah ihr schon wieder auf jene direkte Art in die Augen, die eigentlich nicht falsch zu verstehen war. Und bei der es sich eben doch um ein Missverständnis handelte, weil er in Wirklichkeit gar nicht wusste, wen er vor sich hatte.

Sie murmelte irgendetwas von frühem Aufstehen am nächsten Morgen und Kopfschmerzen und konnte selber hören, dass sie nicht besonders überzeugend klang. Eigentlich wollte sie nämlich gar nicht weg. Nur ihr Kopf hielt es für richtig, aber seltsamerweise gehorchten ihre Beine ihrem Verstand nicht. Sie rührte sich nicht von der Stelle und sah einfach nur den Mann an, der so gar nicht zu ihr passte.

»Hast du schon angefangen, deinen Text zu lernen?«, setzte er im Plauderton die Unterhaltung fort, als würden sie nicht beide ziemlich linkisch herumstehen, sondern immer noch am Tisch sitzen.

»Ich … Ein bisschen. Die Proben gehen erst in zwei Wochen los.« Sie war erstaunt, dass er sich überhaupt noch an ihre Rolle erinnerte.

Dann tat er etwas, was sie beinahe in Ohnmacht fallen ließ.

»Wenn ich nicht jetzt ihn lieb, ihn immerdar geliebt,
Ihn stets (auch wenn verstieß er mich als Bettlerin!)
von Herzen lieben werde;
Dann, Trost, verlass mich! Kaltsinn bringt es weit;
Und rauben kann sein Kaltsinn mir das Leben,
Doch niemals meine Liebe mindern!«

Als er schwieg, ließ Carlotta sich kraftlos zurück auf ihren Stuhl sinken und starrte ihn entgeistert an.

»Das ist meine Lieblingsstelle aus dem Text der Desdemona«, erklärte Fabian lächelnd und setzte sich ebenfalls wieder.

»Woher kennst du das Stück so gut?«, stieß sie schließlich hervor.

»Ich habe es gestern gelesen. Immerhin wirst du darin auftreten.«

»Aber …« Sie wusste nicht recht, ob sie empört oder gerührt darüber sein sollte, dass er sich mit solcher Selbstverständlichkeit und solchem Interesse um die Einzelheiten ihres Lebens kümmerte.

»Stört es dich, dass ich mir den Text besorgt habe?«

»Du kannst doch lesen, was du willst! *Othello* gehört zu den Theaterklassikern, egal, ob ich irgendwann die Desdemona spiele oder nicht.« Wenn etwas sie wirklich störte, dann die Tatsache, dass er manchmal ihre Gedanken zu lesen schien.

»Es stört dich doch«, stellte er fest.

»Tut es nicht!«

»Dafür, dass du nicht das Gefühl hast, ich wäre dir zu nahe gekommen, siehst du aber ziemlich erbost aus.«

»Ich sehe kein bisschen erbost aus. Es ist nur … Ich weiß auch nicht. Irgendwie …« Sie zog die Schultern hoch und wusste nicht weiter.

»Wovor hast du Angst?«, fragte er mit leiser, viel zu zärtlicher Stimme.

»Ich habe keine Angst«, behauptete sie kühn mit zitternden Lippen.

»Wenn das so ist …«

Er stand auf und kam langsam auf sie zu. Als wollte er ihr Zeit geben, noch rasch wegzulaufen, nahm er den Umweg um einen Pflanzkübel, in dem ein verdurstet wirkender, ziemlich verkümmerter Oleander wuchs.

Aber natürlich war Carlotta nicht in der Lage, auch nur den kleinen Finger zu rühren, geschweige denn, die Flucht zu ergreifen. Sie saß einfach nur da und sah ihm entgegen.

Als er sie sanft von ihrem Stuhl hochzog und in die Arme nahm, hörte sie sich wie aus weiter Ferne nach Luft schnappen.

Ein paar Sekunden hielt er sie einfach nur umschlungen und sah ihr aus nächster Nähe in die Augen. Willenlos versank sie in seinem nachtblauen, seetiefen Blick.

Dann legte er seinen Mund auf ihren. Zärtlich streichelten seine Lippen sie. Sie beantwortete seine wortlose Frage, indem sie ihre Lippen öffnete und mit der Zungenspitze sanft über seine Unterlippe strich. Diese Zärtlichkeit quittierte er mit einem unterdrückten Stöhnen, bevor seine Zunge in ihre Mundhöhle schlüpfte, wo sie freudig von ihrer begrüßt wurde. Liebevoll tanzten und spielten ihre Zungen miteinander, und in diesem Moment spürte Carlotta keinerlei Zweifel, denn für eine kleine Ewigkeit gab es nichts außer diesem perfekten Kuss.

Alles war perfekt. Die milde Mainacht, das Kerzenlicht in ihren Augen, als sie für einen Moment die Lider öffnete, die Art, wie er ihre Schultern, ihren Nacken und ihren Rücken streichelte – und seine Zärtlichkeit, die durch ihren ganzen Körper floss.

Als sie sich wieder voneinander lösten, war sie nicht einmal atemlos. Sie fühlte sich einfach nur gut, erfüllt von einem tiefen, friedlichen Gefühl, als sei sie dort angekommen, wohin sie lange unterwegs gewesen war.

»Es tut dir doch nicht etwa Leid?« Fragend ruhte sein Blick auf ihr, während er sanft ihre Wange streichelte.

Sie schüttelte stumm den Kopf. Wie sollte sie diesen Kuss bereuen, während immer noch Wellen der Zärtlichkeit durch ihren Körper liefen und sie den Mann, der ihr dieses Gefühl geschenkt hatte, immer noch auf ihrer Zunge schmecken konnte?

»Aber du siehst mich so seltsam an.«

Sie lachte verlegen auf und lehnte die Stirn gegen seine Schulter. »Woher willst du wissen, ob ich nach einem Kuss nicht immer so seltsam gucke?«

Fabian schwieg und wartete, worauf auch immer.

»Na gut. Es hat sich anders angefühlt. Irgendwie anders als alle Küsse vorher«, gestand sie flüsternd seinem obersten Hemdknopf.

Seine Finger glitten über ihr hochgestecktes Haar, aus dem sich die ersten Strähnen gelöst hatten. »So geht es mir auch. Schon als ich dich zum ersten Mal sah, wusste ich, dass es mit dir anders sein würde.«

»Aber wieso? Ich glaube nämlich ... Eigentlich passen wir nicht besonders gut zusammen ...«

Sein zärtliches Lachen hüllte sie ein wie eine weiche, warme Decke. »Hat sich das eben für dich angefühlt, als würden wir nicht zusammenpassen?«

»Nein. Ja.« Nie hätte sie geglaubt, dass es möglich war, gleichzeitig so glücklich und so verwirrt zu sein.

»Wenn du dir nicht sicher bist, muss ich wohl noch etwas Überzeugungsarbeit leisten.« Wieder lachte er leise, bevor er sein Gesicht über ihres senkte.

Dieser Kuss war anders. Nicht mehr vorsichtig und fragend, sondern voller Leidenschaft. Carlotta hatte das unwirkliche Gefühl, mitten in ein elektromagnetisches Spannungsfeld geraten zu sein, in dem unwiderruflich alles bis auf die Funken sprühende Berührung zwischen ihren beiden Körpern bedeutungslos wurde. Dies war der Punkt, an dem sie endgültig aufhörte zu denken und sich auf eine bedingungslose Art ihren Gefühlen überließ, die ihr bisher völlig fremd gewesen war.

Sie schlang die Arme um seinen Nacken und ließ sich rückwärts auf die Tischkante sinken, ohne zu bemerken, dass sie dabei ein Glas umstieß, das langsam über das Tischtuch zur Tischkante rollte, um schließlich am Boden zu zerschellen. Alles, was nichts mit Fabians atemberaubender Nähe, mit seinen Lippen auf ihrem Mund, auf ihrem Gesicht und ihrem Hals und mit seinen Händen auf ihren nackten Armen und dem dünnen Stoff ihres Kleides zu tun hatte, fand am äußersten Rand ihres Bewusstseins statt und wurde von ihr nicht registriert. Nach wenigen Minuten schon süchtig nach seinen Berührungen, wollte sie nur noch eines: mehr.

Sie bemerkte nicht, dass ihr Kleid über ihre Schenkel hochrutschte, als sie die Beine um seine Hüften schlang, weil sie ihn näher und immer näher spüren wollte.

Als sie sich nach hinten lehnte und ihn mit sich zog, kippte die Weinflasche um. Sie registrierte nicht einmal, wie die Flüssigkeit die Rückseite ihres Kleides durchnässte.

Irgendwann löste Fabian seine Lippen von Carlottas Mund und murmelte etwas, das sie nicht verstand.

»Was sagst du?«, fragte sie, atemlos um ein wenig Klarheit in ihrem Kopf kämpfend.

»Ich sagte, dass ich nicht glauben kann, was mit mir passiert.« Kerzenlicht und Begehren flackerten in seinen Augen. Aber da war auch ein tiefes Staunen.

»Ich auch nicht. Ich fühle mich so … unwirklich.« Der Ton, der im Anschluss an die Worte aus ihrem Mund kam, hörte sich verdächtig nach einem Schluchzen an. Obwohl es natürlich keinen Grund zum Weinen gab. Zumal sie schon vor langer Zeit beschlossen hatte, wegen eines Mannes niemals zu weinen. Weder vor Glück noch vor Kummer. Die einzelne, kleine Träne, die über ihre Wange lief, als Fabian sie hochhob und durch die offene Glastür und das schwach beleuchtete Wohnzimmer trug, ohne auch nur einmal den Blick von ihrem Gesicht zu wenden, war sicher auf das Kerzenlicht zurückzuführen, das in ihre Augen gefallen war und sie geblendet hatte.

Fabian hatte sie nicht gefragt, ob sie mit ihm schlafen wollte, er hatte es in ihren Augen gelesen und an ihren Küssen gespürt. Es war ein gutes Gefühl, sich wortlos zu verstehen. Ohne die peinliche Diskussion ob und wieso. Aber auch ohne das hastige Abstreifen der Kleider an genau dem Ort, wo man gerade war, damit man gar nicht erst zur Besinnung kam und keine Zweifel erwachten.

Mit dem Fuß stieß er die Tür zu einem Raum auf, der nur vom Mondlicht beleuchtet wurde, das durch das Fenster auf ein breites Bett fiel, welches wie eine silberne Insel auf der Dunkelheit zu schwimmen schien.

Den Blick immer noch in ihren getaucht, ließ er sie auf das Bett gleiten. Die Bettwäsche war glatt und kühl und duftete frisch. Die ganze Zeit hielt er sie fest. Mit seinen Augen, seinen Armen und Händen, der Zärtlichkeit seiner Lippen, dem Streicheln seines Atems auf ihrer Haut.

Und wieder war alles anders als jemals zuvor. Es hatte etwas mit Hingabe zu tun. Mit dem Gefühl, sich fallen lassen und öffnen zu können. Geben und nehmen zu können, ohne darüber nachdenken zu müssen, ob das, was sie zu geben hatte, gut genug war und ob sie ebenso viel bekam, wie sie gab. Denn sie war immer noch in diesem nur halb bewussten Zustand, in dem es nicht nötig zu sein schien zu denken. Weil Fühlen so viel wichtiger und richtiger war und alles sich genauso anfühlte, wie es wohl immer hätte sein sollen und nie gewesen war.

Bisher hatte Carlotta es meistens als peinliche Hürde empfunden, sich beim ersten Sex mit einem Mann ihrer Kleider zu entledigen oder, fast schlimmer noch, ihrer Kleider entledigt zu werden. Nach ihrer Erfahrung gab es zwei verschiedene Männertypen.

Typ A lehnte sich bequem zurück und erwartete eine Art Striptease, ein laszives Entkleiden, das einzig und allein zu seinem Vergnügen stattfand – eine Erwartung, von der sie annahm, dass sich ihr sogar die selbstbewussteste Frau in der ersten Nacht mit einem Mann nicht gerade mit Freuden stellte. Sie hatte jedenfalls bisher spätestens dann, wenn sie sich ihrer Oberbekleidung entledigt hatte, nach dem Bad gefragt.

Typ B dagegen stürzte sich voller Enthusiasmus auf die Aufgabe, die Frau seines Herzens höchstpersönlich zu entkleiden. Was meistens damit endete, dass sämtliche Reißverschlüsse klemmten, Knöpfe entweder abrissen oder sich von seinen ungeschickten Fingern partout nicht durch die Knopflöcher schieben lassen wollten und BH-Häkchen sich grundsätzlich ihrer Aufgabe verweigerten. Sodass sie möglichst unauffällig und diskret nachhelfen musste, um den Enthusiasten nicht der Illusion zu berauben, dass er ein wunderbarer, erfahrener und tatkräftiger Liebhaber sei.

Mit Fabian war es anders. Offenbar war er der erste Mann des äußerst seltenen Typs C, von dessen realer Existenz sie bisher nichts geahnt hatte. Der Reißverschluss am Rücken ihres Kleides glitt lautlos nach unten, und das Kleid war verschwunden, bevor sie auch nur überlegen konnte, ob sie die Hüften anheben oder sich aufrichten sollte, um es ihm leichter zu machen. Selbst den komplizierten Knoten in dem Seidenschal, den sie sich locker um den Hals geschlungen hatte, löste er problemlos.

Und die ganze Zeit sah er ihr in die Augen, hielt sie mit seinem im Mondlicht silberblauen Blick, sprach wortlos mit ihr über Liebe und Zärtlichkeit.

Carlotta streckte ihm die Hände entgegen, ließ die Finger über den glatten Stoff seines Hemdes gleiten, fand mit schlafwandlerischer Sicherheit die Knöpfe, die wie von selbst aus den Knopflöchern glitten – und stellte zu ihrem Erstaunen fest, dass auch sie anders war als jemals zuvor. Dass auch ihre Hände sich nicht in peinlichen, ungeschickten Fummeleien verloren, während sie versuchte, ihn auszuziehen. Das, was sonst schwierig und langwierig war, war plötzlich ganz einfach, so als hätte sie es mit diesem Mann an diesem Ort schon viele Male geübt.

Seine und ihre Kleidung verschwanden fast wie von Zauberhand, und sie hatte beim Zaubern geholfen.

Dann lag sie nackt und wehrlos und doch immer noch geborgen in seinem Blick im kühlen Mondlicht. Sie sehnte sich nach ihm und wünschte sich gleichzeitig, dieser Moment möge für immer bleiben: jene Sekunden, in denen sie einander noch nicht berührten, sie aber alle Zärtlichkeiten, die sie spüren würde, in seinen Augen lesen konnte. Das Streicheln seiner Hände, seine Küsse und Umarmungen waren in seinem Blick.

»Fabian«, flüsterte sie und zog ihn an sich, wollte seine Haut an ihrer spüren und sein Gewicht auf ihrem Körper. Öffnete ihre Arme und Beine für ihn und spürte, wie sich ihre Glieder mit seinen verschlangen, als wollten sie sich nie mehr voneinander lösen. Sanft bewegten sie sich im silbernen Licht, lasen einander die Wünsche von den Augen ab und erfüllten die Versprechen ihrer Blicke.

Und als sie ihn auf eine Art spürte, die sanft und fließend war und die sie zum ersten Mal in ihrem Leben nicht als Eindringen, sondern als Vereinigung empfand, bemerkte Carlotta kaum die Tränen, die ihr langsam über die Wangen rannen.

Später würde sie daran denken, dass sie immer über die Frauen gelacht hatte, die vor Glück weinten, doch in diesen Momenten war es ein sanftes, schönes Gefühl, wie alles um sie herum zerfloss und wie er die Hand an ihre feuchte Wange legte, als wolle er ihr in ihren Gefühlen noch näher sein.

Es war nicht das große, funkelnde Finale, die wilde Explosion überwältigender Leidenschaft, die sie schließlich für endlose Sekunden sich selbst außerhalb von Raum und Zeit finden ließ, sondern ein tiefes Gefühl von Frieden und Entspannung, das mit einem Seufzer durch ihren Körper ging und sie von den Zehen bis zu den Haarspitzen erfüllte.

Als sie nach einer weiteren Ewigkeit wieder in der Lage war, sich zu bewegen, fand sie sich immer noch geborgen in seinem Blick. Sie öffnete den Mund, um ihn zu fragen, ob das, was eben mit ihr geschehen war, normal war und nur ihr so fremd erschien, doch es kamen keine Worte über ihre Lippen.

Nur ein Lächeln, das er ihr von den Lippen küsste, sodass ein neues folgen konnte, das er wiederum mit seinem Mund nachmalte und aufnahm.

Müde ließ sie zu, dass er die Decke über ihre ineinander verschlungenen Körper zog. Obwohl sie eigentlich niemals bei einem Mann über Nacht blieb. Das war eine eherne Regel, an die sie sich bisher immer gehalten hatte. Weil sie das grelle Licht des Morgens danach scheute und das Bedauern, das sie beim Anblick eines nächtlichen Traumprinzen überkommen könnte, der sich im Morgengrauen still und heimlich in einen Frosch verwandelt hatte.

Bevor Carlotta in Fabians Armen die Augen schloss, nahm sie sich vor, nur ein wenig auszuruhen und dann zu gehen.

Lilli saß am Küchentisch, nippte an ihrem Pfefferminztee und starrte trübsinnig auf den Zettel, den Carlotta ihr hingelegt hatte.

Bin nach Dienstschluss noch verabredet. Es kann spät werden. Dir einen schönen Abend. (Haben wir noch Nudeln? Ich konnte keine finden.) C.

Schniefend zog Lilli ein frisches Papiertaschentuch hervor und putzte sich, sicher um zehnten Mal während der vergangenen fünf Minuten, die Nase. Dann tastete sie mit den Fingerspitzen ihre Schläfen und ihre Stirn ab. Hätte sie die Energie aufgebracht, wäre sie in Carlottas Zimmer gegangen, um dort nach dem Fieberthermometer zu suchen, das nicht in der Hausapotheke im unteren Bad war, wo es eigentlich hingehörte.

Als das Telefon klingelte, überlegte sie lange, ob sie tatsächlich aufstehen und den Anruf entgegennehmen sollte. Zumal sie nicht einmal die Energie aufbringen konnte, sich die Treppe hinauf in ihr Bett zu schleppen.

Der Anrufer war jedoch hartnäckig, und schließlich stand Lilli seufzend auf und ging in den Flur. Dabei bemerkte sie, dass es ihr mittlerweile noch schlechter ging als bei ihrer Heimkehr aus dem Büro vor einer halben Stunde. Zu den tränenden Augen, der laufenden Nase und den schmerzenden Gliedern war ein seltsam schwebendes Schwindelgefühl hinzugekommen. Sie lehnte sich gegen die Wand, griff nach dem Telefon – und nieste als Erstes kräftig in den Hörer.

»Du auch? Das tut mir Leid!«

»Jonathan«, keuchte sie und suchte verzweifelt nach einem Taschentuch, konnte aber in ihren Taschen keines mehr finden.

»Lilli«, antwortete er zärtlich, und für einen Moment vergaß sie ihre brennenden Augen und den schmerzenden Hals und lauschte seinem Atem, der so dicht bei ihr war, dass sie meinte, ihn auf ihrer Haut spüren zu können.

»Geht es dir sehr schlecht?«, fragte er nach einer langen Pause, in der sie beide einfach nur atmeten und einander spürten.

»Ich ... Nein, jetzt ist es schon viel besser.« Sie betrachtete im Spiegel ihr blasses Gesicht mit den rot geränderten Augen.

»Ich könnte herüberkommen und dir eine Suppe oder so was kochen.«

»Ich denke, du bist selber auch krank? Offenbar war es für uns beide noch ein bisschen früh im Jahr zum Baden.« Sie musste lachen, was ihr aber in der Brust wehtat.

»Bei mir ist es nur ein bisschen Schnupfen. Aber du hörst dich irgendwie seltsam an.«

»Vielleicht habe ich Fieber. Aber das vergeht schon wieder. Am besten lege ich mich ins Bett.«

»Ich bin gleich bei dir. Warte noch einen Moment, bevor du dich hinlegst.«

»Komm lieber nicht herüber! Ich sehe schrecklich aus. Wie eine Hexe, nachdem sie die ganze Nacht ums Feuer getanzt ist.«

»Na und? Als ob mich das interessieren würde!«

Mit diesen Worten legte er auf und ließ sie noch verwirrter zurück, als das schwummerige Gefühl in ihrem Kopf sie ohnehin schon machte.

Es dauerte kaum zwei Minuten, bis es an der Tür klingelte. Als sie öffnete, lächelte Jonathan sie verliebt an, als würde sie nicht im Mindesten verquollen und verschnupft aussehen, sondern wie die schönste, attraktivste Frau weit und breit. Dann trat er ein, gab ihr einen herzhaften Kuss mitten auf den Mund und hielt eine Konservendose hoch.

»Das ist die einzige Suppe, die ich in der Eile in meinen Schränken finden konnte. *Hochzeitssuppe* steht drauf. Es ist wohl so eine Art Brühe mit Eierstich und Gemüse. Soll ich dir die warm machen?«

Lilli starrte ihn verblüfft an. Er hatte das mit dem Suppekochen wörtlich gemeint! Auch wenn es sich nur um eine Konserve handelte, hätte sie ihm das nie zugetraut.

»Ich weiß nicht, ob ich überhaupt was essen kann«, murmelte sie.

»Das sehen wir ja dann. Leg dich einfach ins Bett, und ich bringe dir dann einen Teller Suppe.«

Sie nickte gehorsam und ging die Treppe hinauf. Als sie die Hälfte der Stufen hinter sich gebracht hatte, sagte er leise ihren Namen.

»Ja?« Leicht schwankend hielt sie sich am Treppengeländer fest, bevor sie sich umwandte.

»Übrigens bist du auch mit roten Augen und roter Nase schön.« Seine Augen waren sehr dunkel, und als sie seinen Blick sah, war sie fast geneigt, ihm zu glauben.

Für einen Moment genoss sie das Lächeln, das er ihr schenkte. »Danke.« Vielleicht zum ersten Mal in ihrem Leben war Lilli bei einem Kompliment nicht rot geworden. »Übrigens bist du noch viel netter, als ich dachte.«

Selbst von der halben Höhe der Treppe konnte sie das freudige Aufleuchten in seinen Augen sehen. »Ich bin unglaublich gerne nett zu dir.«

Mit diesen Worten verschwand er in der Küche. Noch bevor sie ihr Zimmer erreicht hatte, hörte Lilli ihn mit Töpfen und Geschirr klappern.

Noch immer lächelnd, öffnete sie die Tür zu ihrem Zimmer, streifte ihre Kleidung ab, warf sie über den Stuhl vor dem Schreibtisch, anstatt sie wie sonst ordentlich zusammenzufalten oder gleich in den Korb für die Schmutzwäsche zu legen. Dann schlüpfte sie in ein weiches, warmes Flanellnachthemd und kroch in ihr Bett.

Während sie den Geräuschen lauschte, die von unten durch die offene Tür zu ihr hereindrangen, musste sie wohl eingeschlafen sein. Sie erwachte wieder, als es dicht neben ihr laut schepperte.

»Oh. Das tut mir Leid! Ich wollte dich nicht wecken und ganz leise wieder gehen, aber irgendwie habe ich mit dem Tablett nicht die Kurve gekriegt.« Schuldbewusst wie ein kleiner Junge stand Jonathan in der offenen Tür und balancierte das große Holztablett, auf dem es aus einem tiefen Teller kräftig dampfte.

Lilli richtete sich im Bett auf. »Aber ich wollte doch die Suppe versuchen.«

Er stellte ihr das Tablett auf die Bettdecke und drückte ihr sogar den Löffel in die Hand. Dann stand er so gespannt neben ihr wie ein Koch, der auf das Urteil des berühmten Restaurantkritikers wartet.

»Hmmm«, machte Lilli, obwohl sie wegen ihrer verstopften Nase kaum etwas schmeckte. Sie hatte auch immer noch keinen Hunger, aber sie hätte es nie über sich gebracht, die Suppe abzulehnen.

»Schmeckt es dir wirklich?« Er schien erstaunt.

»Wieso denn nicht?« Trotz ihres immer heftiger schmerzenden Halses schluckte sie tapfer alles herunter.

»Ich habe die Suppe abgeschmeckt – das macht man ja schließlich so –, fand sie ein bisschen fade und habe nachgewürzt. Es gibt ja so viele Kräuter und andere Gewürze bei euch unten in der Küche. Irgendwie bin ich wohl in eine Art Würzrausch geraten. Ich finde, sie schmeckt jetzt ein bisschen – na ja – vielleicht ein bisschen gewöhnungsbedürftig.«

»Finde ich nicht«, erklärte Lilli heiter, dachte bei sich, dass eine verstopfte Nase durchaus etwas für sich hatte, und schluckte den nächsten Löffel.

Diesmal allerdings drang doch ein wenig Geschmack zu ihr durch. Eine Mischung aus der Schärfe von Paprikapulver und Pfeffer, dem würzigen Aroma italienischer Kräuter und irgendeinem süßlichen Stoff.

»Was hat du denn alles reingetan?«, näselte sie und tastete nach der Packung Papiertaschentücher, die sie mit ins Bett genommen hatte.

»Keine Ahnung. Praktisch alles, was ich gefunden habe. Irgendwie schmeckte das Zeug immerzu nach nichts. Aber das lag vielleicht daran, dass ich Schnupfen habe. Irgendwann habe ich dann aber doch was geschmeckt.«

»Du solltest auch davon essen.« Lilli ließ ihren Löffel über dem Teller schweben. »Ich habe mal gehört, dass bei Erkältungen scharfe Gewürze gesund sind.«

»Wenn du meinst, hole ich mir den Rest von der Suppe. Du sollst ja nicht allein leiden.«

Mit einem fast schüchternen Lächeln verschwand er, und als er mit einem gefüllten Suppenteller zurückkam, rang Lilli schon ein wenig nach Luft, weil sie jetzt sehr deutlich den Rosenpaprika, extra scharf, auf der Zunge spürte.

Ein paar Minuten lang löffelten sie beide schweigend, dann begann Lilli zu lachen. »Ich weiß ja nicht, wie es dir geht, aber ich kann nicht mehr. Obwohl ich mich schon viel besser fühle. Allerdings brauche ich jetzt dringend was zu trinken.«

»Natürlich. Ich hole dir was.« Er stellte seinen Teller auf dem Fensterbrett ab, nahm das Tablett von ihren Knien und machte sich erneut auf den Weg in die Küche.

Als er mit zwei großen Gläsern Wasser zurückkehrte, sah Lilli ihm lächelnd entgegen. »Ich glaube, ich bin noch nie so aufopferungsvoll gepflegt worden.«

»Ein bisschen bin ich ja auch schuld an deinen Leiden.« Er reichte ihr eines der Gläser und leerte das zweite mit einem Zug zur Hälfte.

»Ich war doch diejenige, die die Idee mit dem Baden hatte. Also habe ich es nicht besser verdient und trage noch dazu die Schuld an deiner Erkältung.« Sie trank ebenfalls in großen Schlucken von dem kühlen Wasser.

»Aber hast du dir das mit dem Baden nicht ausgedacht, um mir zu beweisen, dass du nicht so brav bist, wie ich dachte?«

Sie verschluckte sich an ihrem Wasser und hustete kräftig, bevor sie antworten konnte. »Du bist ganz schön eingebildet, nicht wahr?«

»Ja.« Auch er lächelte sie strahlend an, und als er den Kopf zur Seite wandte, schimmerte seine Nasenspitze rötlich. Eindeutig hatte auch er einen kräftigen Schnupfen. »Vor allem, seit ich das Gefühl habe, dass du mich magst. Das hätte ich nie für möglich gehalten.«

Diesmal bekam sie einen regelrechten Hustenanfall. »*Du* hättest das nicht für möglich gehalten?«, stieß sie schließlich atemlos hervor, nachdem er ihr frisches Wasser gereicht und ein bisschen auf ihrem Rücken herumgeklopft hatte.

»Ich habe dich oft aus der Ferne beobachtet, und du erschienst mir ein bisschen wie ein Wesen aus einer anderen Welt. Wie eine Prinzessin, die auf den Prinzen wartet. Und ich bin nun mal kein Prinz.« Zum ersten Mal, seit sie ihn kannte, wich er ihrem Blick aus.

»Doch«, sagte sie, nachdem sie sich drei oder vier Mal geräuspert und einen erneuten Hustenanfall tapfer niedergekämpft hatte.

»Wieso doch?« Der Mann, den sie für alles, nur nicht für begriffsstutzig gehalten hatte, sah sie irritiert an und aß vor lauter Ratlosigkeit noch einen Löffel von seiner würzigen Suppe.

»Ein Prinz, irgendwie finde ich schon, dass du ein Prinz bist«, wisperte sie und rutschte ein wenig tiefer unter die Bettdecke.

»Nein!« Seine Irritation war ihm deutlich anzumerken. »Halte mich nicht für etwas, das ich nicht bin! Ich bin einfach nur Jonathan, Student der Elektrotechnik, ein ziemlich verliebter Mann, der keine Ahnung hat, wie man mit einer Prinzessin umgeht.«

Lillis Nasenspitze war schon fast unter der Bettdecke verschwunden. »Und ich bin einfach nur Lilli«, murmelte sie in den geblümten Stoff.

Er lachte leise, kurz und trocken. »Du bist nicht einfach nur irgendeine Frau! Du solltest dich sehen, wenn du mit deinem blonden Haar in der Sonne stehst, wenn du das Gesicht hebst und zum Mond hinaufsiehst, wenn du lächelst, wenn du lachst, wenn du mich ansiehst.«

»Quatsch!« Wahrscheinlich hatte sie Fieberfantasien! Das, was sie da hörte, konnte dieser Mann unmöglich sagen. Nicht zu ihr, die sie so wenig mit den selbstbewussten, modisch gekleideten und attraktiven Frauen gemeinsam hatte, mit denen er sonst zusammen war.

»Ich kann diese Suppe nicht aufessen. Sie ist einfach fürchterlich«, wechselte er das Thema und sah sie beim Sprechen schon wieder nicht an.

»Ich finde, es ist eine wunderbare Suppe.« Lilli lag da, sah ihn an und fühlte sich so gut, wie man sich mit einer beginnenden Grippe nur fühlen konnte.

Während sie zusah, wie hinter Jonathans Rücken das Tageslicht von Minute zu Minute schwand, wurden ihre Lider schwer. Bald erkannte sie nur noch Jonathans Silhouette, die sich dunkel vom Grau der Abenddämmerung abhob.

»Soll ich dir Tee kochen?« Er beugte sich vor und berührte zart ihre Stirn. »Du hast Fieber!«

»Ich weiß«, seufzte sie. »Aber Fieber ist gut. Es tötet die Viren.«

»Du musst viel trinken. Ich mache dir Tee und tue garantiert keine Gewürze hinein.«

Jonathan verließ mit seinem noch halb vollen Suppenteller in der Hand ihr Zimmer. Vorher knipste er die kleine Lampe auf dem niedrigen Schränkchen in der Ecke an und zog die Vorhänge zu.

Nachdem seine Schritte nicht mehr zu hören waren, sah Lilli abwechselnd hinauf zur Decke und in das milde Licht der Tischlampe, blinzelte müde, putzte sich zwischendurch die Nase und schlief schließlich ein. Sie hörte nicht, dass Jonathan wenig später wieder ihr Zimmer betrat, einen Becher dampfenden Pfefferminztee auf das Tischchen neben ihrem Bett stellte, lange in ihr Gesicht sah und schließlich auf Zehenspitzen wieder den Raum verließ.

Durch ihre fiebrigen Träume galoppierte ein Prinz auf einem edlen, schwarzen Pferd, der sie vor sich in den Sattel hob und mit ihr in einen wundervollen, rotgoldenen Sonnenuntergang ritt. Sie aber war kein Aschenputtel, sondern eine wunderschöne Prinzessin, deren Haar in den letzten Sonnenstrahlen leuchtete und die ein kostbares, perlenbesticktes Kleid aus roter Seide trug.

XXVII

Als Carlotta nach einer Zeit, die ihr vorkam wie wenige Minuten, die Augen wieder aufschlug, war das silberne Mondlicht verschwunden. Stattdessen konnte sie durchs Fenster eine erste Ahnung des kommenden Morgens am Himmel sehen. Sie schrak zusammen und wollte die Decke zurückschlagen, um aus dem Bett zu springen, doch da bemerkte sie, dass sie sich nicht bewegen konnte. Immer noch hielt er sie im Arm. Die Stunden von Mitternacht bis zum ersten Morgengrauen hatten sie ineinander verschlungen geschlafen. Nie zuvor war ihr so etwas passiert. Wenige Male nur hatte sie bisher in den Armen eines Mannes geschlafen, und dann lediglich für Minuten, um nach dieser kurzen Zeit hochzufahren, ihm einen flüchtigen Kuss auf den Mund zu hauchen und zu gehen.

Wie hatte sie nur in dieser Nacht so tief und fest schlafen können, bei diesem fremden Mann, in dieser fremden Wohnung?

Vorsichtig wandte sie den Kopf zur Seite, sodass sie sein Gesicht sehen konnte. Ganz entspannt im Schlaf lag sein Kopf neben ihrem auf dem Kissen. Das erste Morgenlicht malte ihm schwarze Bartschatten auf Wangen und Kinn, und seine Wimpern waren ein dunkler Bogen unter seinen Brauen.

Während sie ihn ansah, streichelte sein Atem ihr Gesicht, was sich beunruhigend vertraut anfühlte. Millimeterweise zog sie ihren Arm unter seinem hervor. Er wurde unruhig, seine Wimpern zuckten, und er murmelte ein lautloses Wort.

Angst umklammerte ihre Kehle, als ihr immer deutlicher bewusst wurde, dass sie sich diesem Mann im doppelten Sinne nackt gezeigt hatte. Nicht nur ihre Kleider hatte sie abgelegt, sondern auch ihr Herz für ihn geöffnet. Obwohl sie so genau wusste, dass er der Falsche war, hatte sie in einem Moment sinnlichen Taumels vergessen, dass sie nicht diejenige war, für die er sie hielt, und dass sie niemals mit jemandem wie ihm zusammen sein konnte. *Alphabetisch geordnete Gewürzdöschen auf dem Küchenbord und symmetrisch arrangierte Kissen auf der Couch im unglaublich aufgeräumten Wohnzimmer!* Drei oder vier Mal sagte sie sich das in Gedanken vor, während sie in Zeitlupe ihren anderen Arm befreite.

Auch ihre Beine konnte sie nicht bewegen. Sie waren gefangen zwischen seinen, die sie so sanft und dennoch nachdrücklich umschlangen, dass sie einen Ruck riskieren musste, um sich zu befreien.

Er zuckte leicht zusammen, murmelte wieder leise und unverständlich vor sich hin, wachte aber nicht auf.

Nun war sie frei, zögerte aber noch einen Moment und sah hinaus in den inzwischen silbergrauen Himmel, bevor sie seitlich unter der Steppdecke hervorglitt.

Ihre Kleider lagen neben dem Bett am Boden. Hastig sammelte sie alles ein, brachte es zu dem Sessel in der Ecke des Zimmers und zog sich mit fliegenden Händen an. Dabei war ihr Blick auf den Mann im Bett geheftet, der ruhig und tief atmend mit dem Rücken zu ihr dalag.

Als sie bereits in ihren rechten Schuh geschlüpft war, stellte sie fest, dass der linke fehlte. Frustriert biss sie sich auf die Unterlippe und sah sich mit zusammengekniffenen Augen im halbdunklen Zimmer um, aus dem sie so rasch wie möglich fort musste, schon allein deshalb, weil die Luft immer noch von dem überwältigenden Gefühl der vergangenen Nacht zu vibrieren schien. Sie musste irgendwohin, wo sie in Ruhe überlegen und das Durcheinander in ihrem Kopf sortieren konnte. Am liebsten wollte sie sich in ihrem Bett verkriechen und eine ganze Woche lang niemanden sehen.

In dem Moment, in dem ihr dieser Gedanke durch den Kopf schoss, erstarrte sie. War das wirklich sie? Eine Frau, die vorhatte, sich wegen eines Mannes womöglich tagelang in ihrem Bett zu verstecken? Die genau das tun wollte, weswegen sie ihre kleine Schwester, die verträumte und romantische Lilli, immer so bedauert hatte? Wie hatte es nur so weit kommen können?

Carlotta ließ sich auf die Knie nieder und robbte so leise wie möglich suchend durchs Zimmer. Als sie unters Bett sah, entdeckte sie ihren dunkelblauen Pumps am Kopfende des Bettes, direkt vor einer halb geöffneten Schranktür.

Lautlos stand sie auf, um sich den Schuh zu holen, als Fabian sich gleichzeitig mit einem Seufzer im Bett umdrehte. Sofort war sie wieder auf Händen und Knien und senkte den Kopf, sodass er sie nicht sofort sehen würde, wenn er die Augen öffnete. Während sie bewegungslos verharrte und nicht wagte, sich zu bewegen, schoss ihr der Gedanke durch den Kopf, dass sie keine vernünftige Erklärung dafür abgeben konnte, dass sie auf allen vieren stumm und starr neben seinem Bett hockte, falls er sie entdeckte. Immerhin hatte sie nichts Verbotenes getan, als sie sein Bett verlassen und sich angezogen hatte. Und doch hätte sie fast alles getan, um ihm an diesem »Morgen danach« nicht in die Augen sehen zu müssen. Zum Glück war außer einem leisen Rascheln der Bettwäsche, das wahrscheinlich von seinen Atembewegungen herrührte, nichts mehr zu hören. Offenbar schlief er immer noch tief und fest.

Entschlossen krabbelte Carlotta auf den Schuh zu. Sie hatte ihn schon fast erreicht, als sie versehentlich die nicht ganz geschlossene Schranktür berührte und diese lautlos weiter aufschwang. Genau in dem Moment, in dem Carlotta den Kopf hob und die Hand um den Knauf der Schranktür legte, um sie wieder zuzuschieben, fiel der erste Sonnenstrahl ins Zimmer und leuchtete direkt in den offen stehenden Schrank.

Was sie dort sah, ließ sie rückwärts wieder zu Boden plumpsen. Der Knauf entglitt ihren Fingern, die Tür schwang in die falsche Richtung und mit einigem Schwung gegen die geschlossene Nebentür, während ihr Hinterkopf gegen das Kopfteil des Bettes knallte.

Sie schloss die Augen, hielt die Luft an und flehte im Stillen wen auch immer um Gnade an.

»Carlotta?«

Als es ihr nach einigen Schrecksekunden endlich gelang, den Kopf zu heben, blickte Fabian über das Kopfteil seines Bettes hinweg direkt auf sie herab. Carlottas Herz machte einen erschrockenen Hüpfer. Der Anblick seiner strubbeligen dunklen Haare, deren kühle Glätte sie noch zwischen den Fingern zu spüren meinte, sein Blick aus Augen, in denen immer noch das Nachtblau jener Stunden war, die sie unbedingt vergessen musste, und sein vertrautes Lächeln, das sie zärtlich tief in ihrem Inneren berührte, all das war in diesem

Moment entschieden zu viel für sie. Hastig wandte sie das Gesicht ab, griff nach ihrem Schuh und krabbelte hinter dem Bett vor.

»Was ist mit dir?« Er hatte sich in den Kissen aufgerichtet und sah sie ernst und fragend an.

Fast gelang es ihr, so etwas wie Gleichgültigkeit in ihr Schulterzucken zu legen. »Was soll sein? Ich muss nach Hause.«

»Warum frühstücken wir nicht zusammen?«

»Weil ... ich weg muss.« Versehentlich und weil sie Fabian auf keinen Fall anschauen durfte, sah sie hinüber zum Schrank, dessen Inhalt von der Morgensonne beschienen wurde.

Die Worte waren heraus, bevor sie darüber nachdenken konnte. »Deine Hemden und Anzüge – hast du die schon immer nach Farben geordnet im Schrank aufgehängt?«

Auf merkwürdig steife Art hob er die Schultern. »Nicht immer. Aber es ist praktisch. Man findet sofort, was man sucht. Und ich habe mir sagen lassen, die meisten Frauen ordnen ihre Kleidung ebenfalls nach Farben.«

»Tatsächlich?« Carlotta erspähte ihren Seidenschal am Fußende des Bettes, schlang ihn sich um den Hals und erwürgte sich fast damit.

»Du nicht?«

»Doch, irgendwie schon.« Was hatte es schon für einen Zweck, ihm zu erklären, dass sie ihre Kleider meistens überhaupt nicht in den Schrank hängte, sondern über irgendeinen gerade im Weg stehenden Stuhl?

Mit ein paar großen Schritten war Carlotta an der Tür. Sie musste hier weg! Wenn sie noch einmal versehentlich in seinen Schrank hineinsah, würde sie zweifellos anfangen zu schreien. Er hatte seine Sachen nicht nur nach Farben geordnet aufgehängt, sondern diese Farben auch noch säuberlich von hell bis dunkel geordnet. Ganz links hingen die weißen Hemden, dann kamen Gelb und Hellblau, Dunkelblau und Dunkelgrün, Grau, Anthrazit und schließlich Schwarz. Wenn dieser Mann ein einziges Mal ihr Zimmer betreten würde, selbst wenn das an einem guten Tag geschah und sie zum Staubsaugen den Fußboden leer geräumt hatte, würde er sich von dem Schock wahrscheinlich nie mehr erholen.

Und er würde kein einziges Wort mehr mit ihr wechseln. Zumal sie behauptet hatte, ordnungsliebend zu sein. Ohne überhaupt zu ahnen, was Ordnungsliebe bedeuten konnte. Nicht einmal Lilli hängte ihre Kleider nach Farben geordnet im Schrank auf!

»Ich habe Brötchen im Tiefkühlfach, die könnte ich ganz rasch in der Mikrowelle auftauen«, lockte er sie vom Bett aus.

Wie er die Brötchen wohl einfror? Nach Gewicht oder nach Form geordnet? Auf jeden Fall aber ordentlich beschriftet mit Einfrierdatum, Anzahl und Sorte. Und während sich die Mikrowelle um die Brötchen kümmerte, würde er Marmelade und Aufschnitt aus dem Kühlschrank holen. Wo er diese Dinge natürlich entweder alphabetisch, nach Farben, nach Verfallsdatum oder einer komplizierten Mischung aus den verschiedensten Systemen ordnete. Und wenn sie sich etwas von der Erdbeermarmelade nahm, würde sie sie hinterher auf dem Frühstückstisch garantiert am falschen Platz wieder abstellen. Und er würde stumm alles wieder zurechtrücken. Mit zitternden Fingern lockerte Carlotta ihren Seidenschal, bevor sie endgültig erstickte.

»Ich habe keinen Hunger. Vielen Dank. Ich muss wirklich gehen.« Einen Moment lang zögerte sie noch in der Tür, wollte so etwas wie einen Abschiedsgruß formulieren, brachte aber nichts heraus, weil ihr plötzlich Tränen in den Augen standen und sie befürchtete loszuheulen, wenn sie auch nur ein einziges Wort sagte.

Blind stürzte sie durch den Flur zur Wohnungstür und weiter ins Treppenhaus. Hier rannte sie beinahe eine ältere Frau um, die mit einem Dackel an der Leine offensichtlich von einem frühen Morgenspaziergang zurückkam. Der Dackel bellte empört, was in Fabians Wohnung Holly auf den Plan rief, die wohl von Carlottas Flucht aus dem Schlaf gerissen worden war und ihrem Hundekollegen mit einem kräftigen Bellen antwortete.

»Entschuldigung!«, schluchzte Carlotta und schämte sich furchtbar, weil sie außer in ihrer Eigenschaft als Schauspielerin niemals vor Fremden weinte.

»Was ist denn, mein Kind? Haben Sie sich mit ihm gestritten?« Der Kopf mit den Dauerwellenlöckchen zuckte in Richtung von Fabians Wohnungstür.

»Nein.« Verzweifelt wischte Carlotta mit dem Handrücken die Tränen fort, aber es kamen immer neue nach.

»Er ist wirklich ein netter Mann, glauben Sie mir! Ich wohne nun schon seit drei Jahren neben ihm, und er ist immer nett und hilfsbereit, ganz anders als viele andere Männer in seinem Alter. Natürlich hat er seine Schwächen, aber er hat sich Ihretwegen furchtbar viel Mühe gegeben.«

»Ja, die Kerzen und das Essen waren sehr schön. Aber ich muss jetzt wirklich gehen.« Fast gewaltsam drängelte Carlotta sich an Dackel und Frauchen vorbei, lief die wenigen Stufen hinunter, riss die Haustür auf und stürzte hinaus in den sonnigen Morgen. Was Frau Krohnewitter ihr nachrief, hörte sie nicht mehr.

»Er hat doch sogar extra für Sie aufgeräumt, obwohl er sonst so seine Probleme mit der Ordnung hat! Fast die ganze Nacht habe ich ihn herumrumoren hören.«

Doch Carlotta war schon längst draußen auf der Straße. Kopfschüttelnd sah die alte Frau zu, wie hinter ihr die Tür ins Schloss fiel.

Anstatt sich ein Taxi zu nehmen wie für die Hinfahrt, ging Carlotta von Fabians Wohnung aus zu Fuß durch die ganze Stadt nach Hause. Sie hoffte, dass der lange Fußmarsch sie beruhigen würde. Doch als sie zu Hause ankam, war sie zwar erschöpft, aber dennoch angespannt wie eine zu straff gespannte Saite, die im nächsten Moment reißen konnte. Ihre Augen brannten, obwohl sie sehr schnell wieder aufgehört hatte zu weinen – und auch nicht vorhatte, wegen dieser Geschichte noch weitere Tränen zu vergießen. Das Vernünftigste und die einzig mögliche Lösung war ohnehin, Fabian und die vergangene Nacht so schnell wie möglich zu vergessen. Tränen waren dabei nicht hilfreich, wie sie Lilli in solchen Fällen zu sagen pflegte, weil Tränen eher an den Verursacher des Kummers erinnerten, als ihn aus dem Gedächtnis auszuradieren.

»Hemden nach Farben sortiert«, murmelte sie vor sich hin, weil sie auf keinen Fall vergessen wollte, was sie im Morgengrauen gesehen hatte. Dennoch schob sich immer wieder die Erinnerung an seine Zärtlichkeit und Leidenschaft vor die finsteren Tatsachen. Auch jenes Gefühl einer sanften, mühelosen Hingabe, derer sie sich niemals für fähig gehalten hätte, war immer noch tief in ihr. Aber das würde sich schon noch geben. Morgen oder übermorgen oder nächstes Jahr. Vielleicht schon jetzt gleich, nachdem sie jede Menge starken Kaffee getrunken hatte.

In der Küchentür blieb Carlotta überrascht stehen. Nie zuvor hatte Lilli die Küche in einem derart chaotischen Zustand zurückgelassen, schon gar nicht morgens, wenn sie zur Arbeit ging und erst nach vielen Stunden zurückkam. Sie hatte einmal behauptet, sich im Büro nicht konzentrieren zu können, wenn sie wusste, dass zu Hause Unordnung, Chaos und ein ungemachtes Bett auf sie warteten.

An diesem Morgen aber stand ein schmutziger Topf mit angetrockneten Essensresten auf dem Herd, benutzte Teller und Gläser daneben, die verschiedensten Gewürzdöschen, die sonst ordentlich in dem kleinen Holzregal aufgereiht waren, waren überall auf der Arbeitsplatte verteilt, und das Ganze war großzügig mit Suppenspritzern verziert und mit einigen ausgedrückten Teebeuteln garniert.

Carlotta legte die Stirn in Falten. Schon wieder Liebeskummer? Doch selbst in den schlimmsten Fällen hatte Lilli bisher nie mehr Chaos angerichtet, als ihre Jacke und ihre Schuhe am falschen Ort liegen und gelegentlich ein einzelnes benutztes Glas im Spülbecken stehen zu lassen.

Natürlich hätte Carlotta Lilli im Büro anrufen können, um sie zu fragen, was los war, beschloss aber, es nicht zu tun. Es fehlte gerade noch, dass sie eine große Sache daraus machte, wenn ihre Schwester ein einziges Mal nicht aufräumte! Also schob sie einfach das benutzte Geschirr ein wenig zur Seite und setzte die Kaffeemaschine in Gang.

Der Kaffee war fast durchgelaufen, als es an der Haustür klingelte. Carlotta, die in Gedanken versunken auf einem Küchenstuhl gehockt und dem Blubbern der Kaffeemaschine zugehört hatte, schreckte hoch. Für einen Moment hatte sie die Schreckensvision, Fabian könnte vor der Tür stehen, um sich mit ihr über die vergangene Nacht und ihre Flucht am Morgen zu unterhalten. Dann fiel ihr ein, dass er weder ihren

Nachnamen noch ihre Adresse kannte. Das Einzige, was sie ihm anvertraut hatte, war ihre Handynummer, und die würde sie noch heute ändern lassen.

Obwohl es also nicht Fabian sein konnte, der bereits zum zweiten Mal die Klingel betätigte, zog sie in Erwägung, einfach nicht aufzumachen. Als es aber erneut und noch energischer als zuvor läutete, stand sie seufzend auf und öffnete die Tür.

»Das hat aber gedauert! Ich muss gleich wieder weg, das Taxi wartet.« Tante Adelheid marschierte ins Haus, den Schildkrötenkäfig wie einen Rammbock vor sich her tragend, im Haar leuchtend violette Strähnchen.

»Es tut mir Leid, aber ich muss euch um den Gefallen bitten, Ilsebill für ein paar Tage bei euch aufzunehmen! Obwohl ich natürlich in Sorge bin, dass ihr sie entwischen lasst.«

Adelheid lief trotz Käfig so rasch den Flur entlang, dass Carlotta Mühe hatte, ihr zu folgen, zumal sie von dem hochmodischen Outfit der Tante geradezu überwältigt war. Adelheid trug eine Seidenbluse in exakt dem Farbton ihrer frisch gefärbten Strähnchen und dazu einen beigefarbenen, engen Rock, der auf der Hälfte der Waden endete.

»Ich stelle den Käfig ins Gästezimmer, das kennt sie wenigstens schon. Natürlich müsst ihr sie regelmäßig herauslassen und vorher alle Fenster und Türen schließen. Gestern ist sie wieder einfach irgendwie aus dem Käfig entwischt, obwohl fast alle Brockhausbände darauf lagen. Im Moment frisst sie am liebsten frischen Salat, ich habe hier aber auch einen Beutel mit fertigem Futter.«

Angesichts der Tatsache, dass vor dem Haus das Taxameter lief, sprach Adelheid noch schneller als sonst. Carlotta blieb nicht mehr zu tun, als hier und da gehorsam zu nicken.

»Wieso kannst du dich denn nicht selbst um Ilsebill kümmern?«, schaffte sie endlich zu fragen, als ihre Tante schon wieder auf dem Weg zurück zur Haustür war.

Adelheid blieb ruckartig stehen und warf Carlotta einen anklagenden Blick zu. »Das erste Mal seit fünf Jahren habe ich vor, in Urlaub zu fahren! Eine Senioren-Busreise nach Griechenland. Es waren noch einige Plätze frei, und ich konnte so eine günstige Buchung auf letzte Minute, oder wie das heißt, bekommen. Da kann ich natürlich keine Schildkröte mitnehmen.«

»Natürlich nicht. Wir machen das schon. In einer Woche bist du wieder da?«

»Ja, wahrscheinlich. Falls wir keine Verlängerungswoche nehmen.« Adelheid, die tatsächlich während der vergangenen fünf Jahre höchstens gelegentlich für einen Tag einen Ausflug in ein Thermalbad gemacht hatte, hörte sich plötzlich an wie eine Weltreisende, die nur alle paar Wochen zu Hause Station macht, um ihre Garderobe auszutauschen.

»Deine neue Haarfarbe gefällt mir.« Nachdem sie sich daran gewöhnt hatte, dass Adelheid seit neuestem in Farben schwelgte, fand Carlotta die Strähnchen tatsächlich durchaus interessant.

»Eigentlich sollten sie rot werden, aber irgendwie hat sich das mit den Resten vom Grün vermischt.« Mit einer gekonnten Bewegung zupfte Adelheid sich eine kesse Locke in die Stirn.

»So finde ich es auf jeden Fall schicker.« Carlotta nickte anerkennend.

»Du solltest auch mal über Strähnchen nachdenken. Ein bisschen mehr Pepp kann nie schaden. Männer mögen so was.« Adelheid zwinkerte ihrer Nichte neckisch zu.

Zu diesem Punkt enthielt Carlotta sich lieber der Aussage, wünschte der Tante einen schönen Urlaub und begleitete sie zur Haustür.

Auf der Straße wartete das Taxi. Und in dem Taxi wartete ein Mann. Genauer gesagt ein älterer Herr, und noch exakter ausgedrückt Herr Schirmer, seit Urzeiten der Nachbar der Merians und seit zwei Jahren verwitwet.

»Du fährst mit ...« Es gelang Carlotta nicht, den Satz zu beenden. Ihre Tante drückte ihr einen Kuss auf die Wange, hob lässig die Hand zum Abschiedsgruß und stöckelte auf höheren Absätzen, als Carlotta sie jemals in all den Jahren an ihr gesehen hatte, auf das Taxi zu.

Sprachlos stand Carlotta in der offenen Tür und sah dem hellgelben Wagen hinterher. Dabei ahnte sie natürlich nicht, dass sie genau dieselbe Haltung einnahm wie ihre Tante, als sie ihr vor einiger Zeit zugesehen hatte, während sie in Friedrichs teuren, dunkelblauen Wagen stieg.

Nachdem das Taxi um die Ecke verschwunden war, wandte Carlotta sich wieder dem Haus zu. Als Erstes musste sie wohl feststellen, was es mit Ilsebills Käfig auf sich hatte, wenn sie nicht entweder den ganzen Tag mit dem Hüten einer Schildkröte verbringen oder gar die Schuld auf sich laden wollte, dass Ilsebill auf Nimmerwiedersehen verschwand. Zunächst aber würde sie jede Menge Kaffee trinken, weil sie auf diese Weise vielleicht den dumpfen Druck in ihrer Magengegend zum Verschwinden brachte.

Dazu kam sie aber nicht, weil in dem Moment, in dem sie die Haustür hinter sich ins Schloss ziehen wollte, Jonathan die Stufen zum Eingang hinauflief. Er lächelte sie auf erstaunlich zurückhaltende, fast schüchterne Art an und wünschte ihr sehr höflich einen guten Morgen.

»Wie geht es ihr?«, fragte er, nachdem sie murmelnd seinen Gruß erwidert hatte.

»Wem?«

Carlotta machte sich nicht die Mühe, ein freundliches Gesicht zu machen, da sie keinen gesteigerten Wert auf eine Unterhaltung mit Jonathan legte, schon gar nicht an diesem Morgen und mit diesem merkwürdigen Gefühl in Magen und Brust, das sich von Minute zu Minute steigerte.

»Deiner Schwester«, beantwortete Jonathan ihre ungeduldige Frage in sanftem Ton. »Wie geht es ihr?«

»Gut, nehme ich an.« Auch ihren Unmut über seine Aufdringlichkeit verbarg sie nicht.

»Ja – dann ... Das ist erfreulich.« Angesichts ihres funkelnden Blicks wich Jonathan einen Schritt zurück. Jedenfalls war er nicht ganz so hartgesotten, wie sie angenommen hatte.

»Mach dir nur keine Sorgen! Lilli kommt schon klar. Sie kommt bestens klar.« *Ohne dich*, setzte sie in Gedanken hinzu.

»Wenn du dich um sie kümmerst, ist es ja in Ordnung.« Zögernd stieg er die Stufen von der Haustür zum Vorgarten wieder hinunter.

Am liebsten hätte Carlotta ihm gesagt, dass sie keinen Wert darauf legte, von ihm geduzt zu werden. Nur weil er ein oder zwei Mal mit ihrer Schwester gesprochen hatte, war er schließlich kein enger Freund der Familie Andererseits duzte sie selber fast all ihre Kollegen und gleichaltrigen Bekannten. Also nickte sie Jonathan nur noch einmal zu und schloss die Haustür.

Während sie zurück in die Küche ging, fragte sie sich, was er Lilli wohl angetan hatte, dass ihn nun das schlechte Gewissen derart plagte. Nie zuvor hatte sie so wenig das Gefühl gehabt zu wissen, was im Leben ihrer Schwester vor sich ging. Was an der momentanen Hektik in ihrem eigenen Leben lag. Es wurde Zeit, dass Lilli und sie sich mal wieder einen gemütlichen Abend machten und sich in Ruhe unterhielten.

Als Carlotta in die Küche trat, hätte sie fast aufgeschrien, als sie die Gestalt in weißem Flanell mit blondem, wirrem Haar auf einem der Stühle sitzen und Kaffee trinken sah. Da sich Gespenster aber selten an der Kaffeemaschine vergriffen und es schließlich eine blonde Frau in diesem Haushalt gab, beruhigte sie sich schnell und ging um den Tisch herum, um Lilli ins Gesicht sehen zu können.

»Was machst du denn hier?« Carlotta ließ sich ebenfalls auf einen Stuhl fallen.

»Ich hatte Durst.«

»Wieso bist du denn nicht bei der Arbeit? Hast du verschlafen?« Es war noch nie vorgekommen, dass die pflichtbewusste Lilli einfach so zu Hause blieb.

»Ich habe eine Grippe oder so was. Ist aber schon besser. Gleich muss ich noch im Büro anrufen und Bescheid sagen, dass ich heute nicht komme. Ich habe bis eben durchgeschlafen.« Lilli nahm noch einen tiefen Schluck aus ihrer Tasse und verließ dann schwebenden Ganges die Küche. In ihrem langen weißen Nachthemd glich sie nun doch wieder einem Gespenst.

Im Flur stieß sie einen heiseren Schrei aus, weil sie beinahe auf Ilsebill getreten wäre, die sich bereits aus ihrem Käfig befreit hatte und auf Entdeckungstour war.

Carlotta stieß den Kaffee um, den sie sich gerade eingegossen hatte, sammelte die Schildkröte wieder ein, suchte für ihre geisterhaft dreinschauende Schwester nach dem Mobilteil des Telefons, das Lilli abends höchstpersönlich neben dem Waschbecken im Bad hatte liegen lassen, setzte Ilsebill wieder in den Käfig, beschwerte diesen mit einem Kochbuch und einem kiloschweren Handbuch für Gärtner, schloss die

Tür zum Gästezimmer vorsichtshalber hinter sich ab und kehrte schließlich in die Küche zurück, wo sie aus der Glaskanne der Kaffeemaschine nur noch eine Tasse knapp zur Hälfte füllen konnte. Erst als sie sich mit dieser Tasse wieder am Tisch niedergelassen hatte, fiel ihr auf, dass sie mindestens zehn Minuten nicht an die vergangene Nacht, ihre morgendliche Flucht und ihren Entschluss, Fabian nie wieder zu sehen, gedacht hatte. Was sie als äußerst gutes Zeichen wertete.

XXVIII

Die folgenden Tage verrannen zäh wie goldgelber Honig. Der Frühling hatte schon fast sommerliche Züge angenommen, die Sonne schien von früh bis spät, und nach Sonnenuntergang war es so warm, dass Carlotta oft an dem kleinen, runden Holztisch auf der Terrasse saß. Gerne stellte sie sich dabei vor, dass hier später ihr Wintergarten sein würde, dessen Glasscheiben sie an Abenden wie diesen weit öffnen würde. Einmal versuchte sie sogar, ›ihren Architekten‹ zu erreichen, aber es meldete sich nur die Mailbox seines Handys, auf der eine förmliche Ansage sie auf die baldige Eröffnung seines neuen Büros hinwies.

Sie hätte sich gern mit den Plänen für den Wintergarten abgelenkt und vielleicht auch mal wieder mit dem leicht chaotischen Herrn Wolf telefoniert, um Neuigkeiten über seine adoptierte Hündin und sein elektronisches Notizbuch zu hören, musste sich aber offensichtlich noch ein wenig gedulden.

Weitere Pläne für Lilli zu schmieden, wagte sie nach dem Reinfall mit Fabian nicht. Zumal sie ein furchtbar schlechtes Gewissen hatte, weil dieser Mann vielleicht wirklich der Richtige für ihre Schwester gewesen wäre. Aber sie konnte Lilli wohl kaum mit einem Mann bekannt machen, mit dem sie zuvor selber ziemlich beeindruckenden Sex gehabt hatte.

Lilli verbrachte krankheitshalber weiterhin den größten Teil des Tages im Bett. Ihr Fieber war mittlerweile gesunken, und sie wirkte recht munter, aber sie hustete immer noch stark und wurde schnell müde, wenn sie gelegentlich für kurze Zeit aufstand. Obwohl sie früher nie gern telefoniert hatte, verbrachte sie nun viele Stunden damit, vom Bett aus im Flüsterton Telefongespräche zu führen, die sie abrupt zu beenden pflegte, sobald Carlotta das Zimmer betrat.

Einmal, als Carlotta vom Spätdienst nach Hause gekommen war, hatte sie erneut ein ziemliches Durcheinander in der Küche vorgefunden, als ob Lilli nur gewartet hätte, bis Carlotta das Haus verließ, um sich eine opulente Nudelmahlzeit zu kochen, obwohl sie sonst wegen ihrer Krankheit nur lustlos an Zwieback und Toast herumknabberte.

Da Carlotta sich vorgenommen hatte, sich nicht mehr in Lillis Leben einzumischen, fragte sie nur ganz nebenbei nach den Telefongesprächen und den Nudeln. Als sie von ihrer Schwester ausweichende Antworten erhielt, ließ sie die Sache auf sich beruhen, zumal es Lilli bis auf den Husten, der ebenfalls von Tag zu Tag besser wurde, gut zu gehen schien.

Vor allem aber hatte Carlotta genug mit sich selbst zu tun. Sie hielt sich selber vom Aufstehen bis zum Schlafengehen auf Trab. Damit sie nicht zum Nachdenken kam, übernahm sie zusätzliche Dienste im *Susanna's*, lernte eifrig den Text der Desdemona, erledigte alles, was sie schon lange vor sich hergeschoben hatte, und begann sogar, ihr Zimmer gründlich aufzuräumen, was sie allerdings aufgab, als sie nach drei Stunden hilflosen Hin- und Herräumens keine wesentliche Verbesserung feststellen konnte.

Doch obwohl sie ständig in Bewegung war, ertappte sie sich immer wieder dabei, wie sie einfach nur dasaß und Löcher in die Luft starrte. Sehnsüchtige Löcher, gedankenverlorene Löcher, dumme und unnötige Löcher. Vor allem Letzteres, denn es hatte eindeutig keinen Sinn, sich so etwas wie eine Beziehung mit Fabian auszumalen. Ihr Kopf sagte ihr das sehr deutlich, aber zum ersten Mal in ihrem Leben mischte ihr Herz sich energisch in die Vernunftgründe und wohlüberlegten Beschlüsse ein, die ihr so vertraut waren.

Nachdem Carlotta fast einen ganzen Nachmittag damit zugebracht hatte, das Unkraut zwischen den Terrassenplatten zu entfernen und anschließend die Platten mit Wasser und einer Wurzelbürste von Schmutz und Moos zu befreien, begann es gegen Abend zu regnen. Der Garten war von dem lauten Flüstern erfüllt, mit dem die großen Wassertropfen auf den Frühlingsblättern zerplatzten. Aus der Erde stieg der unverwechselbare Sommerduft auf.

Minutenlang stand Carlotta einfach nur da, die Bürste noch in der Hand und den Kopf in den Nacken gelegt, und ließ das Wasser über ihr Gesicht laufen. Dann endlich spannte sie den Sonnenschirm über einem der Plastikstühle auf und setzte sich ins Trockene, um dem Regen zuzusehen und zuzuhören.

Als Lilli aus dem Haus kam, einen zweiten Stuhl neben ihren schob und sich ebenfalls unter den bunten Schirm setzte, wandte Carlotta nur leicht den Kopf und lächelte. »Geht es dir wieder gut?«

Lilli nickte, streckte einen nackten Fuß vor und bewegte die Zehen im silbrigen Regen. »Du bist in letzter Zeit so anders.«

»Anders? Ich wüsste nicht, inwiefern, außer dass ich im Moment viel zu tun habe. Wegen *Othello* und auch sonst.« Als dürfte sie keinen einzigen Tropfen verpassen, sah Carlotta gebannt in den Regen.

»Aha. Du hast schrecklich viel zu tun, und deswegen machst du plötzlich solche Sachen wie die Terrasse schrubben und dein Zimmer aufräumen.«

»Schließlich warst du krank. Irgendjemand muss sich doch um den Haushalt kümmern.«

»Hm.« Mehr sagte Lilli nicht. Schließlich wussten sie beide ganz genau, dass bisher nicht einmal die ordentliche Lilli auf die Idee gekommen war, die Terrassenplatten auf den Knien liegend stundenlang mit einer Bürste zu bearbeiten.

»Außerdem bist du auch irgendwie anders als sonst«, stellte Carlotta nach ein oder zwei Minuten des Schweigens fest. »Irgendwie so … Ich weiß nicht … Du wirkst plötzlich so, als wüsstest du ganz genau, was du willst und was du nicht willst. So sicher.«

»So sicher nun auch wieder nicht, aber ziemlich.«

Carlotta wartete eine Weile, aber es kam keine Erklärung für diesen geheimnisvollen Satz. Und da sie nicht mehr die große Schwester war, die meinte, alles wissen und klären zu müssen, fragte sie nicht nach.

Stumm hörten sie zu, wie der Regen mit kleinen, harten Schlägen auf den Schirm trommelte. Mitten in dieses monotone Geräusch hinein hörte Carlotta sich plötzlich sagen: »Wieso wollen sich die Menschen eigentlich unbedingt verlieben, wenn früher oder später sowieso jeder den Preis für das bisschen Glück bezahlen muss?«

Nachdenklich betrachtete Lilli ihren nackten Fuß, den sie auf die Stuhlkante hochgezogen hatte und auf dem ein paar Regentropfen wie Perlen schimmerten. »Ich denke, was viel

Glück bringt, kann ebenso viel Kummer bringen. Das ist wie bei einer Waage. Wenn du dich nur ein bisschen unverbindlich verliebst, wirst du auch nur ein bisschen glücklich sein und, wenn es schief geht, nur ein bisschen leiden. Wenn du dich aber Hals über Kopf in ein wirkliches Gefühl stürzt, kann das auch irgendwann seinen Preis haben.«

»Du meinst, es ist wie ein Geschäft, bei dem ich alles, was ich bekomme und annehme, irgendwann bezahlen muss? Das ist ja eine wirklich fürchterliche Vorstellung!« Carlotta bewegte sich unruhig auf ihrem Stuhl, als würde sie am liebsten davonlaufen.

»Nein, so meine ich das nicht! Das Risiko, das du eingehst, ist der Preis. Wenn du nur ein kleines Glück zulässt, ist das Risiko, dabei verletzt zu werden, eben auch klein. Wenn du aber wirklich liebst, gehst du auch ein großes Risiko ein. Manche Menschen sind nicht mutig genug dafür, glaube ich.«

»Nicht mutig genug«, wiederholte Carlotta die letzten Worte ihrer Schwester. Wie konnte die kleine, verträumte Lilli ihr so etwas sagen? Denn wenn Lilli es auch nicht ausgesprochen hatte, war doch klar, dass Carlotta sich von diesen Worten angesprochen fühlen musste. Sie, die sich hier und da ein bisschen verliebt, aber nie wirklich auf einen Mann eingelassen hatte. Sie, die zu nicht mehr als einem kleinen Risiko bereit gewesen war. Und immer noch viel zu viel Angst hatte, mehr zu riskieren.

»Es ist keine Frage des Mutes, sondern der Vernunft«, sagte sie energisch, während der Regen langsam nachließ und nur noch ganz schüchtern und leise auf den Schirm pochte.

»Vernunft macht nicht glücklich. Obwohl sie natürlich manchmal hilfreich ist.« Lilli hörte sich mit jedem Satz sicherer an. »Außerdem wissen wir doch beide, dass es so etwas wie die große Liebe gibt und dass es funktionieren kann. Immerhin waren unsere Eltern bis zu ihrem Tod sehr glücklich miteinander. Manchmal denke ich, es war vielleicht sogar gut, dass sie bei dem Unfall *beide* gestorben sind, weil derjenige, der überlebt hätte, sicher sehr unglücklich gewesen wäre. Vielleicht hätten sie es sich so gewünscht, wenn man sie gefragt hätte.«

»Ich glaube nicht, dass sie so egoistisch gewesen wären, uns so früh allein zu lassen, nur um zusammen zu bleiben.

Außerdem muss ich unbedingt noch abwaschen!« Als ginge es bei den schmutzigen Tellern und Tassen im Spülbecken um eine Frage von Leben und Tod, sprang Carlotta auf und lief ins Haus.

Kopfschüttelnd sah Lilli ihr nach, bevor sie ebenfalls aufstand und durch den immer noch sachte fallenden Regen zum Ende des Gartens spazierte. Von hier aus konnte sie einen Blick auf Jonathans Dachfenster erhaschen. Lächelnd sah sie hinauf zu der schlanken, weißen Kerze, die bei Tageslicht nur schemenhaft hinter der Scheibe zu erkennen war. Weil aber noch etwas von der Regendämmerung in der Luft lag, meinte Lilli sogar die Flamme zu sehen. Wie immer bei diesem Anblick hüpfte ihr Herz vor Freude ein bisschen in ihrer Brust herum.

Sie hatte verlegen gelacht, als er ihr erklärt hatte, er würde von nun an immer eine Kerze ins Fenster stellen und für sie anzünden, wenn er zu Hause sei und an seinem Schreibtisch säße, um zu arbeiten. »Einfach als Zeichen, dass ich an dich denke«, hatte er mit ruhiger, tiefer Stimme gesagt.

Nachdem er diese Worte ausgesprochen hatte, hatte sie lange geschwiegen, bevor sie sich zu einer Antwort entschloss. »Ich hätte nie gedacht, dass du solche Dinge tust.«.

»Ich auch nicht. Daran bist nur du schuld.« In seiner Stimme hatte Verlegenheit mitgeklungen.

Lilly hatte sich auf die Lippen gebissen, dem flatterigen Gefühl in ihrem Magen nachgespürt und endgültig nichts mehr zu sagen gewusst.

»Ich ...« Es war wohl das erste Mal gewesen, dass sie gehört hatte, wie dieser so selbstbewusst und locker wirkende Mann einen Satz anfing und nicht beendete. »Am Telefon kann ich dir nun wirklich nicht sagen, weshalb du die erste Frau bist, für die ich solche Dinge tue und mir dabei nicht einmal albern vorkomme«, hatte er schließlich neu angesetzt.

»Dann merke dir den Grund und sage es mir, wenn wir uns das nächste Mal sehen«, hatte sie das Gespräch beendet, sich in ihren Kissen zurückgelehnt und verträumt die Augen geschlossen.

Nun warf Lilli noch einen letzten Blick hinauf zu Fenster und Kerze und ging zurück ins Haus. Es war Zeit, dass sie beschloss, wieder völlig gesund zu sein, und das zu tun, woran sie während der vergangenen Tage ununterbrochen gedacht hatte.

»Er wollte für heute Abend die Bar schließen, aber das habe ich ihm ausgeredet. Ich kann mir nicht vorstellen, dass Susanna begeistert wäre, wenn wir hier Luftballons und Willkommensschilder aufhängen und sie mit Hochrufen empfangen, sobald sie durch die Tür tritt. So ähnlich hatte Oskar sich das offenbar vorgestellt. Wenn sie aber vielleicht doch nur kommt, um ihm zu sagen, dass die große Liebe Vergangenheit für sie ist, und findet hier Girlanden zur Begrüßung vor, das wäre einfach nur furchtbar.«

Tanja schüttelte den Kopf und wedelte sich mit einem Geschirrhandtuch Luft zu. Der erste Ansturm der Gäste war vorbei, und sie kam endlich dazu, sich mit Carlotta über die Neuigkeiten auszutauschen, die sich während der vergangenen Stunden ergeben und dazu geführt hatten, dass Oskar wie ein kopfloser Hahn herumlief und nur zu offensichtlich nicht wusste, was er tat und tun sollte.

»Kennt er denn ihre genaue Ankunftszeit?« Carlotta konnte sich nach all der Zeit, in der sie von Susanna wie von einer Legende hatte reden hören, kaum vorstellen, dass diese Frau tatsächlich in die Bar mit ihrem Namen marschieren würde.

»Das ist ja überhaupt sein größtes Problem! Sie hat ganz kurz angerufen und gesagt, sie wäre schon in Deutschland und würde im Laufe des Abends kommen.« Tanja verdrehte die Augen. »Er hat mich während meiner Mittagsschicht ungefähr fünfzig Mal gefragt, was ›im Laufe des Abends‹ wohl bedeuten könnte. Wann der Abend anfängt und wann er aufhört.«

»Der arme Oskar!«, seufzte Carlotta.

Erstaunt drehte Tanja sich zu ihrer Kollegin um. »Du stürzt mich in letzter Zeit immer wieder in Verwirrung! Seit wann bist ausgerechnet du voll des Mitgefühls für die Leiden Liebender?«

Carlotta strich sich mit einer fahrigen Bewegung das Haar aus der Stirn, zuckte mit den Schultern und wandte sich ab, um ein Glas mit Mineralwasser zu füllen. »Was heißt schon Mitgefühl? Immerhin habe ich jahrelang mitbekommen, wie Oskar dieser Susanna gegenüber empfindet. Dass sie heute tatsächlich kommt, muss für ihn gleichzeitig überwältigend und furchtbar beängstigend sein, weil er nicht weiß, wie sie nach all den Jahren auf ihn reagiert.«

»Klar hast du miterlebt, wie Oskar ständig von einer Frau schwärmte und träumte, die ihn vor Jahren einfach so sitzen gelassen hat. Und du hast die ganze Zeit entweder darüber gelästert oder ihm gesagt, dass es genügend andere Frauen gibt. Und nun plötzlich verstehst du ihn scheinbar noch besser als ich! Wie kannst du da behaupten, du hättest dich nicht verändert! Das hast du sehr wohl getan. Und zwar im Eiltempo während der vergangenen ein oder zwei Wochen. Hat es mit dem Mann zu tun, für den du neulich einen auf damenhaft gemacht hast?«

»Ich weiß überhaupt nicht, wovon du redest!«, verkündete Carlotta, die Nase tief im Wasserglas.

»Wen willst du eigentlich davon überzeugen, dass du ganz die Alte bist? Dich selber oder mich?« Tanja schüttelte lachend den Kopf.

»Dich natürlich! Ich weiß es ja.« Das Lächeln, das Carlotta einem eintretenden Gast zuwarf, glich eher einem Zähnefletschen, vor dem der Mann ein wenig zurückzuckte, bevor er es wagte, ein Bier zu bestellen.

»Mach dir nichts draus. Irgendwann erwischt es fast jeden«, sagte Tanja leichthin, nachdem der Gast sich mit seinem Glas am anderen Ende der Bar niedergelassen hatte, wo er sich wohl sicher vor Carlotta fühlte.

»Ich weiß wirklich nicht ...«, fing Carlotta erneut an, ließ es dann aber sein, weil sie eigentlich ganz genau wusste, was los war, auch wenn sie es natürlich nicht wahrhaben wollte. Aber da sie sich sehr bemühte, die Sache zu vergessen, würden schon bald alle in ihrer Umgebung begreifen müssen, dass sie ganz die alte, vernünftige Carlotta war, egal, wie häufig alle behaupteten, es würde sie eines Tages erwischen, oder ihr einzureden versuchten, sie sei feige, wenn sie nicht zuließ, dass es sie erwischte.

»Wie sieht das aus?«

Oskar machte sich mittlerweile nicht mehr die Mühe, die Tür hinter der Bar zu schließen, durch die er in regelmäßigen Abständen gestürzt kam, um den beiden Frauen sein Äußeres zu präsentieren. Diesmal trug er ein schwarzes Hemd zu dunkelgrauen Jeans.

»Schwarz stand dir schon immer gut«, ließ Tanja vage verlauten, während Carlotta energisch den Kopf schüttelte.

»Das sieht zwar irgendwie intellektuell und existenzialistisch aus, aber ich finde es für diesen Anlass zu düster. Was hast du denn damals immer getragen, wenn ihr zusammen wart?«

Sie wollte es nicht aussprechen, aber sie hatte ein wenig Sorge, Susanna würde ihre alte Liebe nach sieben langen Jahren nicht wiedererkennen. Irgendwann hatte sie alte Fotos von Oskar gesehen, und sie fand, dass er sich sehr verändert hatte. Er war nicht sonderlich gealtert, aber vom Beamten zum Barbesitzer hatte er einen weiten Weg zurückgelegt. Seine Haare waren länger, er trug einen Dreitagebart und kleidete sich mit modischer Lässigkeit.

»Damals habe ich noch bei der Stadtverwaltung gearbeitet.« Oskar legte nachdenklich die Stirn in Falten. »Diese schrecklichen Krawatten, die ich dort getragen habe, sind alle im Müll gelandet. Aber ich könnte mal einen Anzug anziehen, damit ihr seht, wie das wirkt.«

»Du liebe Güte! Nein, dich im Anzug kann ich mir nun auch nicht vorstellen.« Carlotta war ratlos, doch dann zog ein leichtes Lächeln über ihr Gesicht. »Vielleicht ist es ja auch ganz egal, was du anziehst. Ich meine, wenn sie dich sozusagen mit den Augen der Liebe sieht, spielt es doch keine Rolle, ob du einen Anzug oder Jeans, etwas Dunkles oder etwas Helles anziehst.«

Für einen Moment war Oskar irritiert. »Was ist denn mit dir los, Carlotta?«

Während Tanja im Hintergrund unterdrückt kicherte, schnaubte Carlotta entnervt durch die Nase. »Gar nichts ist mit mir los! Ich versuche, dir zu helfen. Entschuldige bitte!«

»Gut. Dann ziehe ich jetzt doch mal einen Anzug an. Ich bin gleich wieder da.« Ebenso blitzartig, wie er hinter der Bar aufgetaucht war, verschwand Oskar auch wieder.

Wenig später betrat ein ganzer Pulk neuer Gäste das *Susanna's*. Dies war die übliche Zeit, zu der die Sekretärinnen der Maklerbüros und Anwaltskanzleien Feierabend machten. Über das brummende Geräusch der Männerstimmen legte sich ein helleres, lebhafteres Summen, während die Frauen ihre Getränke bestellten und sich in Grüppchen um die Tische oder an die Bar setzten.

Die weiblichen Angestellten, gleich in welcher Position sie in den Firmen arbeiteten, frequentierten das *Susanna's* im Allgemeinen nicht so regelmäßig wie viele der Männer. Die meisten kamen nur ein oder zwei Mal in der Woche. Dabei wechselten anders als bei den Männern häufig die Zusammensetzungen der Gruppen. Carlotta kannte zwar auch die meisten Frauen vom Sehen, es war jedoch anstrengender, die Bestellungen in den Griff zu bekommen, weil sie nicht von vornherein wusste, wer welches Getränk bevorzugte.

Eine Gruppe von drei Frauen hatte sich direkt bei den Zapfhähnen an der Längsseite der Bar niedergelassen. Eine von ihnen war zierlich und dunkelhaarig, ihr ein wenig strenger Kurzhaarschnitt wurde durch lange Ohrringe ausgeglichen, die bei jeder ihrer Bewegungen im Licht funkelten. Bereits auf den ersten Blick hob sie sich nicht nur durch ihre Haarfarbe von ihren beiden blonden Begleiterinnen ab. Sie unterhielt sich mit ruhiger, leiser Stimme mit den anderen beiden Frauen und erweckte fast den Eindruck, als wäre sie gern unsichtbar gewesen, während die beiden Blondinen immer wieder die Köpfe in den Nacken warfen, laut lachten und suchend die Blicke durch den Raum schweifen ließen, weil sie es offensichtlich genossen, wenn sie angesehen wurden oder ihnen gar Bekannte zuwinkten.

Tanja hatte die drei Frauen mit Getränken versorgt. Die brünette Frau hatte mit knappen Worten ein Wasser mit Zitrone bestellt, während die beiden anderen sich für zwei der zahlreichen bunten Cocktails im Angebot entschieden hatten.

»Sagen Sie ...«, die Blonde mit dem Champagnercocktail neigte sich in Carlottas Richtung. »Wie lange gibt es diese Bar schon? Ich komme erst her, seit ich gegenüber arbeite, etwas länger als ein Jahr.«

»Das *Susanna's* gibt es seit knapp sechs Jahren.« Carlotta lächelte den Frauen zu und schob ihnen ein Schälchen mit Erdnüssen hin, das eine von ihnen sofort energisch wieder wegschob. Offenbar war sie auf Diät.

»Seit sechs Jahren also«, wandte sich die Champagnercocktail-Frau der Dunkelhaarigen zu. »Mein Chef geht seit Ewigkeiten jeden Abend nach Feierabend hierher. Na ja, der kann es sich leisten.« Sie kicherte affektiert und nippte sparsam an ihrem Glas. »Arbeiten Sie auch hier in der Straße?«

»Sechs Jahre«, wiederholte die kurzhaarige Frau mit verwaschener Stimme und einem leisen Klirren ihrer Ohrringe, ohne auf die Frage der anderen einzugehen, die sie offenbar doch nicht so gut kannte, wie Carlotta angenommen hatte.

Während sie frische Strohhalme und Servietten bereitstellte, beobachtete Carlotta aus den Augenwinkeln die zierliche, dunkelhaarige Frau. Aus irgendeinem Grund kam sie ihr bekannt vor, obwohl sie sicher war, dass diese Frau nicht zu den Stammgästen gehörte. Sie wirkte sehr fremd in dem großen, vor Stimmen und Lebendigkeit summenden Raum, zumal sie auf eine seltsam steife Art auf dem Hocker saß, als hätte sie Angst hinunterzukippen.

In diesem Moment kam Oskar zurück, nun im dunkelgrauen Anzug mit weißem T-Shirt darunter.

»Das sieht gut aus!«, rief Carlotta spontan, und Tanja, die am anderen Ende der Bar stand, hob anerkennend den Daumen in die Luft.

Oskar schien jedoch die Reaktionen seiner beiden Angestellten überhaupt nicht wahrzunehmen. Er stand da wie eingefroren. Selbst sein Gesicht war völlig reglos und sein Blick starr.

»Das ist wirklich perfekt, Oskar!« Tanja kam herbeigeeilt, um sich ihren Chef aus der Nähe anzusehen. »Genau die richtige Mischung aus lässig, elegant und cool. Wenn sie dir nicht sofort zu Füßen liegt, sobald sie dich so sieht, kann ihr auch niemand mehr helfen.«

Als hätte er Tanjas Worte weder gehört noch sie überhaupt wahrgenommen, starrte Oskar an ihr vorbei. Schließlich öffnete er den Mund und sagte ein einziges Wort: »Susanna?«

Carlotta und Tanja sahen einander ratlos an. Bis sie hinter sich eine Antwort auf die geflüsterte Frage hörten.

»Oskar!«

Gleichzeitig fuhren sie herum und folgten dem Blick ihres Chefs. Er starrte die zarte, dunkelhaarige Frau an, deren Hände sich nun so fest um ihr Glas krampften, dass die Fingerknöchel weiß hervortraten.

»Aber das ist nicht …«, begann Carlotta, doch da klar war, dass Oskar sie nicht hören würde, beendete sie ihren Satz nicht.

Woher auch immer die dunkelhaarige Frau mit den langen Ohrringen Oskar kannte, konnte sie doch unmöglich Susanna sein, deren Bild Carlotta auf der CD-Hülle gesehen hatte, denn die Sängerin auf dem Foto hatte eindeutig helles Haar gehabt. Zumal diese Frau zusammen mit den Sekretärinnen gekommen war. Womöglich war Oskar mittlerweile durch das Warten auf Susanna so durcheinander, dass er bereit war, in jeder Frau seine so lange vermisste Liebe zu sehen.

»Susanna«, sagte er ein zweites Mal und bewegte sich wie in Trance auf die Frau zu, die ihn ebenso starr ansah wie er sie.

Nach wenigen Schritten stand er vor ihr, nur die Bar trennte die beiden noch. Sie ließ ihr Glas los, und er nahm ihre Hände.

»Aber das ist doch nicht ... Du hast doch auch ihr Foto auf der CD gesehen ...« Tanja war ebenso verwirrt wie Carlotta.

»Pssst«, machte diese nur, als sie sah, wie Oskar mit einer unendlich zärtlichen Bewegung über den Handrücken der Frau strich.

Diese hatte die Augen geschlossen, und unter ihren Lidern quollen große Tränen hervor, während sie immer wieder etwas flüsterte, das Carlotta erst verstand, als sie sich vorsichtig einen Schritt an das Paar heranschob.

»Verzeih mir«, sagte sie wieder und wieder.

»Ich liebe dich, Susanna«, antwortete Oskar ebenso oft.

»Ich glaube, sie ist es wirklich.« Mit großen Augen stand Tanja neben Carlotta und starrte ebenfalls die beiden Menschen an, die nichts von dem, was um sie herum vorging, zu bemerken schienen.

Oskar hob langsam den Arm und tupfte mit den Fingerspitzen die Tränen von Susannas Wangen. Dann nahm er ihre Hand und führte sie auf ihrer Seite der Bar bis zu der niedrigen Schwingtür, durch die der Raum vor und hinter der Theke verbunden waren. Und als sie durch diese Tür getreten war, zog er sie in seine Arme, in denen sie, so zart und klein wie sie war, fast vollständig zu verschwinden schien.

Lange standen die beiden so, und auf merkwürdige Weise änderte sich durch die Zärtlichkeit, die zwischen ihnen war, die Atmosphäre im Raum. Es war plötzlich viel ruhiger geworden. Die meisten Gäste schwiegen und hatten ihre Gesichter der Bar zugewandt. In vielen Blicken lag Sehnsucht. Niemand lachte mehr, und diejenigen, die noch etwas sagten, taten es mit gesenkten Stimmen.

Irgendwann, nach einer kleinen Ewigkeit erfüllt von Magie und Zärtlichkeit, lösten sich Oskar und Susanna wieder voneinander. Er legte den Arm um ihre Schultern und hielt sie immer noch dicht neben sich.

»Das hier ist Susanna«, rief er dann mit lauter, klarer Stimme in den Raum. »Die Frau, nach der ich diese Bar benannt habe. Sie ist endlich wieder da.«

Er sprach noch weiter, doch seine Worte gingen im spontanen Applaus der Gäste unter. Deshalb wandte er sich an Carlotta und Tanja: »Macht ein paar Flaschen Champagner auf. Alle sind eingeladen, mit uns zu feiern.«

Nach einigen turbulenten Minuten hielten alle im Raum einen gefüllten Champagnerkelch in der Hand.

»Ich wünsche euch allen, dass ihr irgendwann einmal so glücklich seid, wie ich es in diesem Moment bin«, rief Oskar in die Runde und hob sein Glas, um es gegen Susannas klingen zu lassen.

Wildfremde Menschen stießen miteinander an, weniger fremde fielen einander um den Hals, mindestens zwei bisher heimlich Verliebte lächelten sich plötzlich ohne Scheu, aber voller Zärtlichkeit an, und selbst der stets griesgrämige Prokurist des Maklerbüros am Ende der Straße trug die Andeutung eines Lächelns auf seinen Lippen. Die Gäste riefen Glückwünsche und Fragen durcheinander, aber weder Oskar noch Susanna schienen die Menschen um sich herum jetzt noch wahrzunehmen. Sie hatten beide an ihrem Champagner genippt, ohne ihre Blicke voneinander zu lösen.

Nun nahm Oskar Susanna ihr Glas aus der Hand, stellte es auf die Bar und zupfte vorsichtig an einer ihrer fransigen, dunklen Strähnen. Sie lächelte, griff in das kurze Haar und zog es sich vom Kopf. Darunter kamen glatte, goldblonde Haare zum Vorschein, die im Nacken festgesteckt waren.

»Warum wolltest du dich vor mir verstecken? Wusstest du nicht, dass ich dich immer und überall erkennen würde?« Sanft zog Oskar eine Haarklammer nach der anderen aus ihrem Haar, bis es ihr wie ein schimmernder Vorhang auf die Schultern fiel.

»Ich wusste einfach nicht, was ich sagen oder tun sollte, wenn ich nach all den Jahren plötzlich vor dir stehen würde«, flüsterte Susanna, und wieder funkelten Tränen in ihren Augen. »Deshalb wollte ich dich zuerst sehen, bevor ich mich zu erkennen gebe, aber das konnte natürlich nicht funktionieren. Auch ich hätte dich überall erkannt.«

»Pssst. Jetzt ist alles gut.« Oskar legte seine Lippen auf ihre, um sie am Weitersprechen zu hindern. Ringsum brandete Applaus auf, der nun wirklich nicht mehr zu überhören war, sodass das wiedervereinte Paar sich rasch und mit fast deckungsgleichem glücklich-verlegenem Lächeln wieder voneinander löste. Oskar winkte einmal in die Runde, Susanna hielt den Blick gesenkt, dann verschwanden beide durch die Tür hinter der Bar. Sein Arm lag fest um ihre Schultern, als hätte er Angst, sie könnte unversehens wieder verschwinden.

»Ob sie ihm jetzt sagt, warum sie damals einfach so ohne ein Wort gegangen ist?« Es war Carlotta nicht einmal sonderlich unangenehm, dass sie sich mit dem Handrücken über die Augen wischen musste, nachdem sich die Tür hinter dem Paar geschlossen hatte.

Tanja zuckte die Schultern. »Ich glaube schon. Obwohl es fast so aussah, als sei ihm alles egal, außer dass sie wieder da ist.«

»Aber wenn sie nun nicht bleibt! Wenn sie gar nicht gekommen ist, um mit ihm zu leben oder zumindest irgendeine Art von Beziehung mit ihm zu beginnen. Das würde ihn umbringen.« Carlotta biss sich so fest auf die Unterlippe, dass sie einen scharfen Schmerz spürte.

»Das eben sah nicht so aus, als wäre sie mal eben auf einen Kuss vorbeigekommen, nicht wahr?«

»Nein, das tat es nicht. Aber manchmal gibt es Gründe, Vernunftgründe ...« Den Blick in die Ferne gerichtet, als würde sie dort etwas sehen, was für andere unsichtbar war, stockte Carlotta.

Tanja lachte auf und legte ihrer Kollegin die Hand auf den Oberarm. »Trotz aller Läuterungen mag es sich noch nicht bis zu dir herumgesprochen haben, dass Vernunft gegen Liebe machtlos ist. Es ist aber so.«

»Nicht immer«, flüsterte Carlotta und zapfte für einen Gast, der verkündete, Sekt sei nun doch nicht das Richtige für ihn, ein Bier.

XXIX

Lilli stand vor dem großen Spiegel in ihrem Zimmer und betrachtete sich in ihrer schlichten, weißen Unterwäsche. Das Höschen hatte einen schmalen Spitzenabschluss an den Beinen, und der BH war einzig durch eine winzige rosa Stoffblüte zwischen den Brüsten geschmückt.

Irgendwann einmal hatte sie sich das gekauft, was man wohl gemeinhin als »sexy Dessous« bezeichnete und wovon Carlotta eine ganze Auswahl besaß. Der winzige Spitzen-BH und der dazu passende Stringtanga, beides in der sündigen Farbe Rot, waren unglaublich teuer gewesen. Damals hatte sie geglaubt, immerhin auf die wahre Liebe, zu der nun einmal auch Sex gehörte, vorbereitet zu sein, wenn sie die passende Kleidung besaß. Allerdings hatte sie sich nach der Anprobe im Geschäft, die schon peinlich genug gewesen war, nie überwinden können, das rote Nichts zu tragen. Weil sie sich mittlerweile sicher war, dass sie sich zu Tode schämen würde, wenn ein Mann sie in diesen Sachen sah, die so fremd wie eine Karnevalsverkleidung an ihr wirkten. Auch heute Abend würde sie die Sachen nicht tragen, die immer noch ganz unten in einer ihrer Wäscheschubladen lagen.

Fast trotzig dachte sie, dass schließlich Jonathan und nicht sie ein Problem hatte, falls er rote, durchsichtige Spitzen von einer Frau erwartete, die zu ihm kam, um mit ihm zu schlafen. Denn genau das würde sie an diesem Abend tun.

Lilli schlüpfte in das schlichte Baumwollkleid, das sie schon auf ihrem Bett bereitgelegt hatte. Nicht einmal die engen Hosen und eines ihrer neuen, verführerischen Oberteile würde sie heute tragen. Sie hätte nicht erklären können, warum sie es so wollte, aber es erschien ihr richtig, Jonathan auch äußerlich als genau die Frau zu begegnen, die sie immer gewesen war und ganz tief in ihrem Inneren wohl immer bleiben würde, ganz gleich, welche Kleider sie trug.

Als sie am Fenster vorbeiging, hinter dem es sachte dämmerte, blieb sie wie angewurzelt stehen. Wie immer war ihr Blick automatisch zu Jonathans Dachfenster hinaufgegangen. Sie hatte am späten Nachmittag mit ihm telefoniert und wusste daher, dass er vorhatte, den ganzen Abend zu Hause zu bleiben. Schon vorher hatte sie die Kerze gesehen, die er tatsächlich nie vergaß, für sie ins Fenster zu stellen, wenn er in seinem Wohnzimmer am Schreibtisch saß und arbeitete.

Diesmal aber ... Lilli presste sich die Handfläche gegen die Lippen, um das überwältigende Gefühl, das ihre Brust zu sprengen drohte, daran zu hindern, sich in einem Schrei zu entladen. Dann wandte sie sich hastig ab und bemühte sich, tief und gleichmäßig zu atmen, während sie mit zitternder Hand ihr Haar kämmte. Ohne noch einmal durchs Fenster zu sehen, verließ sie ihr Zimmer und eilte mit zitternden Knien und jubelndem Herzen die Treppe zur Haustür hinunter.

Erst als sie im Vorgarten stand, hob sie den Blick und rannte über die Straße, ohne die Augen von seinem Fenster zu lösen. Lilli hatte Glück, dass in der ruhigen Seitenstraße um diese Zeit kaum Verkehr war, weil sie ein nahendes Auto wegen des Pochens in ihren Ohren wahrscheinlich nicht einmal gehört hätte.

Ohne das geringste Zögern legte sie den Finger auf den Klingelknopf unter Jonathans Namen und ließ nicht wieder los, bevor sie das Surren des Türöffners hörte. Sie nahm Frau Peters, die natürlich in ihrer Wohnungstür stand, als sie durch die Diele zur Treppe stürzte, nur als Schatten wahr, dem sie atemlos irgendeinen Gruß zurief, als sie schon die ersten Stufen zu Jonathans Wohnung hinaufgerannt war.

Auf halber Treppe sah sie ihn oben in der offenen Tür stehen. Sie legte den Kopf in den Nacken, suchte mit ihren Blicken sein Gesicht und flog ihm entgegen.

Als wäre sie ihm schon hundert Mal genau so entgegengerannt, öffnete er seine Arme, und sie stürzte sich hinein, fand mit geschlossenen Augen seinen Mund, schlang die Arme um seinen Nacken und presste ihren Körper an seinen. Alles in dem sicheren Gefühl, dass es so und nicht anders sein sollte.

Er war fast noch atemloser als sie, als er seine Lippen von ihren löste, ihr das Haar aus dem erhitzten Gesicht strich und sie ansah. »Mehr Kerzen hatte ich nicht.«

»Mehr hätten doch auch gar keinen Platz gehabt.« Sie lachte nervös, während er sie in sein Wohnzimmer führte, wo auf der Fensterbank Dutzende von brennenden Kerzen standen.

»Sie reichen aber nicht, um zu zeigen, wie sehr ich an dich denke, wenn ich hier sitze und dein Fenster anstarre, dich aber nicht sehen und spüren kann.« Jonathan vergrub sein Gesicht in ihrem Haar und streichelte zärtlich ihren Rücken.

»Ich bin nicht wegen der Kerzen gekommen«, stieß sie hervor. »Ich wollte sowieso heute Abend zu dir kommen. Weil es Zeit ist. »

»Ja, es ist Zeit«, sagte er schlicht und strich mit den Fingerspitzen über ihre Schläfen und ihre Wangen und zeichnete geduldig und sorgfältig die Konturen ihres Gesichts nach wie ein Blinder, der sie nie gesehen hatte und niemals sehen würde. Schließlich berührte er mit dem Zeigefinger ihre Lippen, deren Linie er so behutsam folgte, dass sie es nur wie einen zarten Lufthauch spürte.

»Ich ...« Sie stockte und sah ihn mit großen Augen an. Seine Pupillen waren geweitet und seine Augen noch dunkler als sonst. »Es ist nicht leicht, was ich dir vorher sagen muss.«

»Komm.« Er führte sie zur Couch unter dem Fenster, auf deren dunkelrote Polster der goldene, flackernde Schein all der Kerzen im Fenster fiel. Dann setzte er sich und zog sie so selbstverständlich auf seinen Schoß, als sei dies der Platz, wo sie von Natur aus hingehörte.

»Wir können über alles miteinander reden.« Sein Mund war so dicht bei ihrem Ohr, dass sein Atem sie streichelte.

»Ja«, flüsterte sie und verbarg ihr Gesicht an der warmen Stelle, wo sein Hals in seine Schulter überging. »Ich bin gekommen, weil ich mir wünsche, dass du mich heute Nacht liebst. Weil ich dich lieben möchte.«

Jonathan schob sie ein kleines Stück von sich weg, sodass er ihr in die Augen sehen konnte. »Du weißt, dass ich dich niemals drängen würde, nicht wahr? Das neulich im Schwimmbad war ein ganz besonderer Abend, aber es war wie ein Rausch. Wenn wir da weitermachen, wo wir aufgehört haben, wird es anders sein. Wir werden genau wissen, was wir tun und warum wir es tun.«

»Warum wir es tun?« Sie hielt die Luft an, nachdem sie ihm und sich diese Frage gestellt hatte.

»Du weißt, dass ich in puncto Frauen, nun ja, einige Erfahrungen gesammelt habe. Es war immer ziemlich einfach für mich, sie in mein Bett zu bekommen. Manche legten es darauf an, und ich sagte nicht Nein. Obwohl ich mich hinterher oft so leer fühlte. Ich kannte es nicht anders, aber ich spürte genau, dass es anders sein müsste. Wirklich begriffen habe ich das erst, als ich dich traf.«

Sie sah ihn mit großen Augen an, wandte dann den Blick ab und schmiegte ihr Gesicht wieder an seinen Hals, unter dessen Haut sie warm und lebendig sein Blut pulsieren spürte. »Du musst mir keine Versprechen machen. Und du musst dich auch nicht ändern. Ich habe mich in dich verliebt, und ich möchte mit dir schlafen, das ist alles.«

»Ich möchte dir aber Versprechen machen. Ich glaube, ich habe mich immer danach gesehnt, einer Frau Versprechen zu machen, aber bisher konnte ich es nicht, weil ich einfach noch nicht der richtigen Frau begegnet war.« Seine Finger glitten unter ihr Haar und legten sich auf ihren Nacken.

»Dann versprich mir, was du willst, und liebe mich jetzt einfach.«

Lilli kam sich sehr mutig vor, als sie ihre Hände unter sein T-Shirt schob und die glatte Haut seines Rückens spürte, die sie in jener magischen, mondhellen Nacht schon einmal gestreichelt hatte.

»Bist du denn wirklich wieder gesund?«

»Ich bin putzmunter. Aber wenn du mich nicht willst, dann gehe ich eben wieder.« Sie tat so, als wolle sie von seinem Schoß rutschen, aber er hielt sie fest.

»Ich will dich mehr als alles auf der Welt, aber ich habe ein bisschen Angst.«

»Du hast Angst?« Fast war sie empört. »Wovor?«

»Du bist so zart und wirkst in manchen Momenten so verletzlich. Ich will dir auf keinen Fall wehtun.«

»Hör zu! Da wir schon dabei sind, können wir das auch gleich besprechen. Du wirst nicht umhin kommen, mich ein bisschen zu verletzen. Es wird nämlich mein erstes Mal sein. Ich weiß, dass dich das erstaunt, und irgendwie komme ich mir auch ein bisschen seltsam vor, dass ich mit fast dreiundzwanzig so etwas sagen muss. Aber es gab nie jemanden, mit dem ich es wirklich tun wollte. Meistens war ich unglücklich verliebt, und ehe es so weit kam, dass wir uns sozusagen körperlich annähern konnten, war schon alles vorbei. Oder der Mann bekam überhaupt nicht mit, dass ich schrecklich in ihn verliebt war.« Sie holte tief Luft und sah ihn herausfordernd an. »Wenn du dich der Sache natürlich nicht gewachsen fühlst, müssen wir es eben sein lassen. Falls aber doch, dann hör jetzt einfach auf zu reden, und wir tun es endlich. Ehrlich gesagt, habe ich es nämlich langsam satt, als Jungfrau durch die Welt zu rennen.«

»Aber deshalb bist du heute nicht gekommen, nicht wahr? Weil du es satt hast und endlich ein paar Erfahrungen machen willst?« Schon wieder sah er ihr forschend ins Gesicht, als wolle er die Gedanken hinter ihrer Stirn lesen.

Diesmal ersparte sich Lilli eine Antwort. Sie küsste ihn mit der Sehnsucht und Leidenschaft, die sich in all den Jahren, besonders aber in den vergangenen Tagen in ihr angesammelt hatte.

»Oh«, machte er, als sie ihren Mund wieder von seinem löste.

»Alles klar?«, lächelte sie und liebte ihn für die Unsicherheit und Zärtlichkeit in seinen Augen noch ein bisschen mehr als zuvor.

»Ich liebe dich«, antwortete er und öffnete den obersten Knopf ihres Kleides.

»Ich liebe dich auch. Und genau deshalb bin ich hier. Weil ich mir sicher bin.«

Nun war wirklich alles gesagt, was es zu sagen gab. Sie versanken in einem weiteren tiefen Kuss und einer leidenschaftlichen Umarmung, in deren Verlauf sie eng umschlungen von der Couch auf den Teppich glitten.

Lilli bemerkte kaum, wie er die Knöpfe ihres Kleides öffnete und ihr den Stoff von den Schultern schob, so sehr war sie in seine Zärtlichkeiten und ihre Empfindungen versunken. Doch dann waren seine Hände auf ihrer Haut, und sie erkannte die Berührungen, das Kribbeln, das wie sanfte Elektrizität durch ihren Körper lief, und die Vertrautheit seiner Nähe.

Ihre Hände machten sich selbstständig, suchten nun ihrerseits ihren Weg zu seiner Haut, schoben ungeduldig die Stoffe weg, mühten sich ein wenig mit seiner Gürtelschnalle und gewannen den Kampf. Ein leises Staunen war in ihr, weil sie längst nicht so unsicher und ungeschickt war, wie sie es sich vorgestellt hatte, wenn sie früher im Zusammenhang mit einem der Männer, für die sie sich interessiert hatte, über diese Situation nachgedacht hatte.

Er half ihr, seine Jeans nach unten zu schieben, indem er die Hüften vom Boden hob. Als sie die Hand auf die Erhebung in seinen Boxershorts legte, sog er zischend die Luft ein und flüsterte ihren Namen. Die Heftigkeit, mit der er auf ihre fast unschuldige Berührung reagierte, ließ Lilli noch tiefer und hilfloser in ihre Gefühle taumeln. Dieser Mann wollte sie, und sie spürte nur zu deutlich, dass es ihm nicht um Sex mit irgendeiner Frau ging, sondern um ihre Nähe, ihre Zärtlichkeit und ihre Leidenschaft.

Als sie nur noch mit BH und Höschen bekleidet vor ihm lag, hielt er inne und sah sie lange an. So lange, dass sie unruhig wurde und ihn zu sich herabziehen wollte. Doch er hielt ihre Hände fest und betrachtete sie immer noch.

»Ich habe noch nie eine Frau gesehen, die gleichzeitig so sexy und so unschuldig wirkt«, sagte er langsam, nachdem er sich satt gesehen hatte.

Lilli spürte, wie ihre Wangen brannten. Nicht vor Verlegenheit, sondern vor Glück, weil er ihr immer wieder sagte, dass es für ihn mit ihr anders war als mit den Frauen, die er vorher gehabt hatte.

Wieder wollte sie ihn an sich ziehen, um mehr von ihm zu spüren, doch erneut machte er ihr deutlich, dass er ihr und sich Zeit lassen wollte. Unendlich langsam streifte er ihr den BH ab und küsste anschließend nur ganz zart hier und da die empfindliche Haut ihres festen Busens, der sich unter der Berührung seiner Lippen spannte.

»Jonathan, bitte!« Sie genoss seine Zärtlichkeiten, wie sie nie zuvor etwas genossen hatte, und wollte doch gleichzeitig mehr, anderes, alles.

»Wir haben Zeit«, flüsterte er mit rauer Stimme und ließ gleich darauf so überraschend seine Zunge um die Spitze ihrer rechten Brust tanzen, dass sie vor Entzücken aufschrie. Sie hatte nicht gewusst, dass sich eine Berührung wie ein Schmetterling im Sonnenlicht anfühlen konnte, doch genauso war es.

Dies war der Moment, in dem sie aufhörte, zu wollen und zu denken, und sich ihm hingab. Er schien zu spüren, wie die Anspannung aus ihrem Körper wich, wie sie weich und sanft wurde und statt des unruhigen Drängens eine ruhige Sehnsucht spürte, denn er fing ihren verschleierten Blick mit einem liebevollen Lächeln auf, das sie ebenso auf ihrer Haut zu spüren meinte wie das zarte Streicheln seiner Hände und Lippen.

Bald gab es keinen Zentimeter ihres Körpers mehr, den er nicht sanft gestreichelt oder geküsst hatte. Ganz zuletzt zog er unendlich langsam ihr weißes Höschen über ihre Schenkel nach unten, was an sich schon fast mehr Zärtlichkeit war, als sie zu diesem Zeitpunkt noch ertragen konnte, ohne das Gefühl zu haben, sich unter seinen Berührungen aufzulösen.

Und dann schmolz sie doch dahin, als er mit seinem Zeigefinger einen Kreis um ihren Nabel zeichnete, langsam über ihren Bauch nach unten strich, sich in den zarten, blonden Härchen verlor und plötzlich übergangslos tief in die feuchte Wärme ihres Körpers glitt. Sie hielt für eine Sekunde den Atem an und spürte dann, wie bereit sie dafür war, ihn auch dort innen zu spüren. Und als seine Fingerkuppe sich sachte auf und ab und hin und her bewegte, als wollte er geheimnisvolle Hieroglyphen in ihr hinterlassen, wusste sie noch sicherer als zuvor, dass dies hier kein Irrtum war. Sie hatte alles richtig gemacht, als sie auf genau diese Stunde gewartet hatte.

Eine kleine Ewigkeit streichelte und reizte er sie, als wolle er sichergehen, dass sie auch wirklich für mehr, für ihn, bereit war. Irgendwann spannte sie die Muskeln in ihrem Inneren, von deren Existenz sie vorher kaum etwas geahnt hatte, fest an und hielt seinen Finger fest, sodass er sich nicht mehr bewegen konnte.

»Komm jetzt«, flüsterte sie.

»Bist du sicher?« Er suchte die Antwort in ihren Augen.

»Hab keine Angst«, sagte sie und hielt seinem Blick stand.

»Es wird vielleicht wehtun.«

»Das macht nichts.« Sie schob ihre Hand zwischen ihrem und seinem Körper nach unten, tastete nach seinem erigierten Penis und umfasste ihn ebenso fest, wie sie mit anderen Muskeln seinen Finger umklammert hatte.

Er ließ sie für einen kurzen Moment allein, nachdem er gemurmelt hatte, er müsse die Kondome aus dem Bad holen.

Aber auch während sie ein wenig verloren auf dem Teppich lag, die kühle Luft auf ihrem nackten Körper spürte und seinen Schritten in der Wohnung lauschte, zweifelte sie keinen Moment, dass all das hier richtig und gut war.

Als er wieder bei ihr war, sie fest in die Arme schloss, ihr tief in die Augen sah und sich nach kurzem Zögern mitten in ihr Dasein schob; als sie einen kurzen, scharfen Schmerz spürte und sich dann um ihn herum dehnte, um nach kurzer Zeit zu spüren, wie er sie tief innen berührte und auf eine wunderbar gleitende Art streichelte, war es noch besser und richtiger und endlich das, worauf sie so lange gewartet hatte.

Ihre Hände lagen auf seinen Schultern, sie klammerte sich an ihn und fürchtete sich schon jetzt davor, ihn irgendwann wieder loslassen zu müssen. Jetzt aber war sie hier, er war tief in ihr, seine Blicke tauchten in ihre Pupillen, sie spürte ihn in der Mitte ihres Seins, ihres Körpers und ihrer Gedanken. Es war, wie es sein sollte.

Anders als oben auf dem Turm wurde sie diesmal nicht in den Himmel katapultiert. Sie blieb, wo sie war: in seinen Armen. Und es war gut so. Sie wollte nicht fort, wollte sein Gewicht spüren und seinen rascher werdenden Atem auf ihrer feuchten Haut.

Als er drei oder vier Mal hintereinander ihren Namen flüsterte, tief seufzte und dann schwer atmend auf sie sackte, verschlang sie ihre Arme hinter seinem Rücken, als wollte sie ihn nie mehr loslassen. Sie fühlte sich wunderbar entspannt und glücklich angesichts dessen, was soeben passiert war, und das Gefühl wurde noch besser, wenn sie daran dachte, was noch passieren konnte. Nicht sofort, aber schon bald. Morgen und übermorgen und an all den Tagen danach.

»Es tut mir Leid«, sagte Jonathan, als er kurz darauf wieder zu Atem kam.

Sie lachte und streichelte seinen Rücken, der sich unter ihren Fingerkuppen wunderbar anfühlte. »Bist du verrückt, das zu bereuen? Ich jedenfalls bereue nichts.«

»Aber du bist nicht ...«

Wieder war ein kleines, glückliches Lachen in ihrer Kehle, das heraus musste, bevor sie wieder sprechen konnte. »Ich hatte lange genug Zeit, um mich darüber zu informieren, dass *das* beim ersten Mal selten passiert. Ich habe es nicht erwartet. Und außerdem hast du es mir doch schon vorher geschenkt. Erinnerst du dich etwa nicht an unseren Sprungturm?«

»Doch. Aber …« Vorsichtig zog er sich zurück, legte sich dicht neben sie und ließ eine Hand warm auf ihrem Bauch ruhen.

»Es gibt kein Aber! Es war perfekt. Für mich. Deshalb werde ich dir nicht den Gefallen tun und dir zustimmen, wenn du vorhast, dir jetzt einzureden, du hättest irgendetwas falsch gemacht.«

»Ich habe das noch nie gemacht. Also, ich war noch nie der Erste. Natürlich ist es sozusagen eine Ehre, aber ich fand es schwierig, dir wehtun zu müssen, und deshalb …«

Sie beugte sich über ihn, presste die Lippen auf seinen Mund, schob energisch die Zunge in seine warme Mundhöhle und machte dem Gerede ein Ende.

»Du warst perfekt«, sagte sie, als der lange Kuss zu Ende war. »Wenn du darauf bestehst, könnte ich es dir sogar beweisen.«

»Wie willst du mir das beweisen?«

»Zieh dich an und komm mit.« Sie sprang auf und zog ihn vom Teppich hoch.

»Das ist nicht dein Ernst!«, sagte Jonathan eine halbe Stunde später, als Lilli ihren Wagen vor der Mauer des Freibades parkte. Sie benutzte seit jenem sternenklaren Abend ihren Ersatzschlüssel und drückte ihn Jonathan in die Hand, nachdem sie das Auto abgeschlossen hatte. »Darauf passt du heute auf!«

Er schob den Schlüssel stumm in die Tasche seiner Jeans und folgte ihr zum Zaun.

Schon fast gekonnt überwanden sie wortlos das Hindernis, indem er die Hände für sie faltete und sie hineinsteigen ließ, sodass sie sich nur noch höchstens einen Meter an den Maschen hinaufziehen musste. Zehn Sekunden später standen sie nebeneinander auf dem kurz geschorenen Rasen.

In dieser Nacht gab es weder Mond noch Sterne, sondern immer noch einen leichten Nieselregen, den sie aber beide nicht spürten, als sie mit angehaltenem Atem über das Gras und unter dem Kastanienbaum hindurch auf das Schwimmbecken zugingen.

»Du kannst hier stehen bleiben. Ich bin gleich wieder da.«

Lilli wartete nicht auf seine Antwort, sondern ging entschlossen am Rand des Beckens entlang. Ihr Herz schlug ganz ruhig, als sie den Blick zu den Sprungtürmen hob. Er wollte einen Beweis, und er würde einen Beweis bekommen. Sich selbst musste sie es nicht beweisen, aber dennoch würde es ihr gut tun.

Sie zögerte keine Sekunde, bevor sie die Hände auf das kühle Metall des Geländers legte und den Fuß auf die unterste Stufe der schmalen Treppe setzte, die zu den Sprungtürmen hinaufführte.

Ruhig stieg sie in die Höhe. Als sie auf den weiten Rock ihres Baumwollkleides trat, raffte sie mit einer einzigen, energischen Bewegung den Stoff zusammen, schob ihn zwischen ihre Schenkel und setzte ihren Aufstieg fort.

Dann war sie oben und sah hinab auf die glatte, schwach schimmernde Wasserfläche. Drei Meter waren und blieben drei Meter. Nun spürte sie doch ihr unruhiges Herz, ihren rascher werdenden Atem, den rauen, kühlen Beton unter ihren Fußsohlen.

»Du musst das nicht tun, Lilli!«, rief Jonathan von unten.

Sie wandte den Kopf und sah sein Gesicht als hellen, nach oben gewandten Fleck in der Dunkelheit. Lächelnd winkte sie ihm zu und spürte für einen Moment die Stelle zwischen ihren Beinen, die sich ein bisschen wund und immer noch wunderbar warm und pochend vor Lebendigkeit anfühlte.

Dann holte sie tief Luft, stieß einen Laut aus, der irgendwo zwischen Jauchzer und Schrei lag, und sprang. Während sie durch die Luft abwärts glitt, blähte sich ihr weiter Rock auf wie ein Schirm. Doch da war sie schon unten, spürte das Wasser, in dessen Kühle sie eintauchte, tiefer und tiefer, dunkler und dunkler. Um gleich darauf wieder nach oben zu schießen. Ihre Arme und Beine bewegten sich heftig und von ganz allein, sodass sie schwungvoll an die Wasseroberfläche schoss, schnaubend, prustend und lachend.

»Das war toll!«, rief sie Jonathan entgegen, der dicht am Beckenrand stand. »Hast du gesehen, dass ich es kann? Dass ich es *jetzt* kann?«

Vage erkannte sie sein Nicken in der Dunkelheit, als sie auf die Leiter zuschwamm, die dicht neben seinen Füßen aus dem

Becken führte. Er half ihr, zog sie zu sich hinauf und schloss sie fest in seine Arme. Es störte ihn nicht, dass die Rinnsale, die aus ihrem Kleid rannen, ihm direkt auf Schuhe und Strümpfe tropften und sich sein Hemd und seine Hose mit dem Chlorwasser voll sogen, mit dem ihr Kleid getränkt war.

»Lass uns zurück nach Hause fahren«, flüsterte er ihr ins Ohr, während er sie immer noch festhielt. »Ich glaube dir. Aber ich glaube auch, dass es noch viel wunderbarer zwischen uns werden kann, wenn wir es noch mal versuchen. Obwohl ich nur bereit bin, da weiterzumachen, wo wir aufgehört haben, wenn du mir versprichst, dass du dich nach dem nächsten Mal nicht von einem Zehnmeterbrett stürzt. Ich bin ja eben schon fast vor Angst gestorben.«

Sie lachte direkt in sein Gesicht. »Versprochen! Lass uns fahren.«

XXX

Die oberste Stufe der kleinen Treppe, die von der Terrasse hinunter in den Garten führte, war zu Carlottas Lieblingsplatz geworden. Wenn sie nach Mitternacht von ihrem Dienst im *Susanna's* nach Hause kam, nahm sie sich ein Glas Mineralwasser oder Saft mit nach draußen und setzte sich dorthin, um in den Nachthimmel zu sehen. Der Mai ging dem Ende entgegen, und im Garten blühte es in einer verschwenderischen Fülle, die ihr fast wehtat. Im Dunkeln ahnte und vor allem roch sie die meisten Blumen mehr, als sie sie sah, nur die weißen Blüten leuchteten als kleine Flecke in der Nacht wie Feenlämpchen.

Lilli war in diesen Tagen und Nächten selten zu Hause, doch wenn sie da war, summte und tanzte sie auf eine Weise durch Haus und Garten, dass Carlotta sich zwar wunderte, aber nicht sorgte.

Als Carlotta an einem sternenklaren Abend nach fast einer Stunde draußen auf der Treppe wieder ins Haus kam, fand sie Lilli in der Küche am Tisch sitzend vor. Sie hatte Ilsebill aus ihrem Käfig geholt und ließ sie auf dem Boden kleine Stückchen von Salatblättern suchen und fressen.

»Seit wann fasst du sie freiwillig an?«, wunderte sich Carlotta und stellte ihr benutztes Saftglas ins Spülbecken.

»Ach, ich tue jetzt viele Dinge, die ich früher nicht getan habe.« Lilli zupfte ein weiteres Salatblatt auseinander und verteilte die Stücke neben ihrem Stuhl auf dem Boden.

Carlotta hatte aus alter Gewohnheit bereits den Mund geöffnet, um sich nach den Hintergründen dieser geheimnisvollen Aussage zu erkundigen, schloss ihn aber sofort wieder. Wenn Lilli das Bedürfnis hatte, mit ihr über ihr Leben zu reden, würde sie es tun, wobei Carlotta nicht einmal sicher war, ob sie in ihrem momentanen Zustand überhaupt in der Lage sein würde, auch nur einen einzigen guten

Rat zu erteilen, wie sie es jahrelang unermüdlich getan hatte. Da sie sich selbst nicht zu helfen wusste, erschien es ihr plötzlich schwierig, ihrer kleinen Schwester zur Seite zu stehen.

»Geht es dir gut damit?«, fragte Carlotta daher nur und bückte sich, um mit den Fingerspitzen über Ilsebills Panzer zu streichen.

»Womit?« Mit schräg gelegtem Kopf betrachtete Lilli ihre ältere Schwester.

»Mit den Dingen, die du vorher nicht getan hast und nun tust.«

»O ja! Es geht mir wunderbar.« Lilli strahlte wie eine ganze Flutlichtanlage.

»Das ist gut. Das ist sehr gut«, murmelte Carlotta. Zwei Frauen mit Liebeskummer in diesem Haus wären wahrscheinlich schwer zu ertragen gewesen.

»Du sitzt in letzter Zeit ziemlich oft draußen im Garten, besonders nachts.« Ohne das geringste Anzeichen von Überwindung hob Lilli die Schildkröte hoch, hielt sie vor ihr Gesicht, um sie genau zu betrachten, und setzte sie schließlich wieder auf den Boden.

»Ja. Mainächte und so.« Zu ihrem Entsetzen spürte Carlotta, wie eine feine Röte ihre Wangen überzog.

»Mainächte?« Lilli zog die Brauen hoch und schwieg ausdrucksvoll.

»Ja! Auf dem Kalender steht der Monat Mai, und das heißt, dass wir Mainächte haben, noch dazu warme und klare Mainächte, nicht mehr und nicht weniger.« Der Blick, den Carlotta ihrer Schwester zuwarf, warnte sie energisch vor jedem weiteren Kommentar.

Allerdings hatte Lilli sich in vielerlei Hinsicht verändert. Sie ließ sich nicht mehr so leicht einschüchtern und kroch schon gar nicht in ihr Schneckenhaus, sobald es kompliziert wurde. Letzteres schien momentan eher Carlottas Spezialität zu sein. »Wenn du darüber reden möchtest … Immerhin hast du mir in all den Jahren oft genug zugehört.«

Falls das überhaupt möglich war, funkelte Carlotta noch ein bisschen abwehrender ins Lillis Richtung. »Siehst du mich etwa in meinem Bett liegen und Tag und Nacht heulen?«

Lilli zuckte die Schultern und schwieg nun doch lieber.

»Außerdem sitze ich eigentlich nur draußen, weil ich mich schon auf unseren Wintergarten freue. Ich frage mich, wann sich dieser chaotische Architekt endlich meldet. Irgendwann muss er doch in seine neuen Büroräume eingezogen sein und mit der Arbeit weitermachen.«

»Ruf ihn doch einfach mal an.« Wahrscheinlich würde es Carlotta gut tun, sich in Gedanken endlich mit etwas anderem zu beschäftigen als mit dem, was ihr offenbar von morgens bis abends im Kopf herumspukte.

»Vielleicht mache ich das morgen. Obwohl ich momentan eigentlich keine Nerven für diesen Mann habe. Du kannst dir nicht vorstellen, was das für ein Chaot ist!«

»Wieso? Stehst du neuerdings auf pedantische Männer? Du hast dich doch immer so über diesen Architekten amüsiert.« Mit gerunzelter Stirn sah Lilli die Schwester an.

»Ich stehe auf überhaupt niemanden!« Als Carlotta sah, dass Lilli den Mund zu einer Erwiderung öffnete, wechselte sie hastig das Thema: »Du kommst doch morgen zu der großen Party im *Susanna's*? Um zwanzig Uhr geht es los. Alle Stammgäste, all unsere Freunde und Bekannten, überhaupt die ganze Welt ist eingeladen, um an Oskars Glück teilzuhaben.«

»Ich habe fast gar nicht mehr daran geglaubt, dass diese Susanna überhaupt existiert. Und jetzt ist sie einfach so aus Amerika gekommen, Oskar in die Arme gesunken, und es gibt das große, romantische Happy End?«

»Ganz so einfach war es wohl nicht. Als sie damals, vor sieben Jahren, zum ersten Mal in Deutschland war, Oskar kennen lernte und feststellte, dass er ihre ganz große Liebe ist, war Susanna in Amerika verlobt. Sie hat es Oskar nicht gesagt, aber sie war entschlossen, diese Verlobung zu lösen und mit ihm zusammen zu bleiben.«

»Und wieso ist sie dann damals einfach so verschwunden? Hat sie es sich anders überlegt?« Lilli starrte die Schwester gebannt an. Seit Carlotta im *Susanna's* arbeitete, kannte auch Lilli die Geschichte von Oskars großer, verlorener Liebe.

»Ihr Verlobter hatte einen schweren Autounfall. Die Ärzte hatten sofort die Vermutung, er würde gelähmt bleiben.«

Lilli presste sich erschrocken die Hand vor den Mund. »Und deshalb konnte sie ihn nicht mehr verlassen, wie sie es vorgehabt hatte?«

»So ähnlich. Sie flog zurück nach Amerika, um zu sehen, wie es ihm ging. Zu dem Zeitpunkt konnte sie ja noch nicht wissen, ob er wirklich gelähmt bleiben würde. Und sie verschwand absichtlich, ohne sich zu verabschieden oder eine Adresse zu hinterlassen, weil sie dachte, dann würde es leichter für Oskar sein. Er könnte sie hassen oder so ähnlich, wenn sie ihn einfach so sitzen ließ. Ich glaube aber, sie hat es schlicht nicht über sich gebracht, ihm Lebewohl zu sagen, weil sie annehmen musste, dass sie niemals zu ihm zurückkehren würde.«

Zu Lillis Erstaunen hatte Carlotta plötzlich Tränen in den Augen.

Lilli nahm die Hand der Schwester und hielt sie fest. »Willst du wirklich nicht darüber reden?«

»Aber ich erzähle dir doch gerade alles.« Verstohlen tupfte Carlotta sich eine Träne aus dem Augenwinkel.

»Das meine ich nicht. Du redest über Oskar, aber nicht über dich.«

Carlotta zögerte einen kleinen Moment und fuhr dann fort, als hätte Lilli ihre Frage gar nicht gestellt: »Susanna blieb dann ja auch sieben Jahre lang für Oskar verschwunden. Heiratete ihren gelähmten Verlobten, hörte auf zu singen und half ihm, seine Firma zu führen, die er kurz vor dem Unfall gegründet hatte. Aber sie konnte Oskar genauso wenig vergessen wie er sie.«

»Und nun hat sie ihren gelähmten Mann doch verlassen?« Während Carlottas Erzählung hatte Lilli die Luft angehalten.

»Ja.«

»Aber dann hätte sie sich doch gleich von ihm trennen können.«

»Sie sagt, damals wusste sie nicht, wie weh es ihr tun würde, für immer auf ihr eigenes Leben und ihr Glück zu verzichten. Eines Tages wurde sie krank. Niemand konnte den Grund für ihre Krankheit finden. Sie nahm ab, fühlte sich ständig matt und müde, verbrachte viele Wochen in verschiedenen Krankenhäusern, um untersucht und behandelt zu werden, aber nichts half. Sie musste sich selber helfen.«

»Aber ich dachte, sie sei erst gekommen, nachdem Oskar ihr geschrieben hatte.« Lilli klang immer noch atemlos.

»Er konnte ihr nur schreiben, weil sie wieder begonnen hatte, das zu tun, was sie immer tun wollte. Sie sorgte dafür, dass in der Firma ihres Mannes ein Geschäftsführer eingestellt wurde, der ihn nun bei der Arbeit unterstützt, die er ohnehin vom Rollstuhl aus sehr gut erledigen kann. Susanna schrieb neue Lieder und begann wieder zu singen.«

»Dann hörte Oskar ihr Lied, kaufte ihre CD und schrieb ihr«, hauchte Lilli fast ehrfürchtig.

»Genau.« Carlotta lächelte, doch in ihren Augen lag Schmerz.

»Das ist eine wunderschöne Liebesgeschichte. Obwohl sie auch ziemlich traurig ist. Wegen der sieben verlorenen Jahre und weil Susannas Mann jetzt allein ist.« Lilli sah nachdenklich auf Ilsebill hinunter, die um ihre Füße herumlief.

»Ja. Aber Susanna sagt, dass ihr Exmann nun vielleicht eine Frau finden kann, die ihn wirklich liebt und mit ihm glücklich ist. Sie hat sich im Grunde während der sieben Jahre mit ihm nur aufgeopfert, aber wirklich glücklich war er dabei wohl auch nicht. Sicher hat er gespürt, dass sie einen anderen liebt.« Carlottas Blick ging durchs Fenster hinaus in den dunklen Garten.

»Außerdem sind jetzt wenigstens zwei Menschen glücklich, und vorher waren irgendwie alle unglücklich, wahrscheinlich auch Susannas Mann.«

Schweigend hing jede der Schwestern ihren eigenen Gedanken nach.

»In dem Fall war es wirklich vernünftig, das zu tun, was das Herz sagte«, stellte Carlotta schließlich fest, griff nach Ilsebill, die gerade an ihrem Stuhl vorbeilief, und setzte sie sich auf den Schoß.

»Meinst du nicht, dass es meistens vernünftig ist, auf das Herz zu hören? Ich finde es irgendwie unvernünftig, freiwillig unglücklich zu sein.«

»Unglücklich wird man aber meistens genau dann, wenn man nicht auf den Verstand, sondern immer nur aufs Herz hört. Weil man früher oder später von der Realität eingeholt wird.« Carlotta richtete sich auf ihrem Stuhl kerzengerade auf und schob entschlossen das Kinn vor, während sie der Schwester gerade in die Augen sah.

»In Susannas Fall waren aber ihre Gefühle die Realität, die sie schließlich eingeholt hat – und selbst du sagst, es sei gut so.« Lilli sah Carlotta aufmerksam ins Gesicht und wartete. Sie hätte ihrer Schwester jetzt erzählen können, dass sie seit einigen Tagen geradezu unverschämt glücklich mit dem Mann war, den zu lieben zunächst so unvernünftig erschienen war. Aber das würde sie später tun. Wenn Carlotta ihr etwas über ihre eigene Unvernunft erzählt hatte.

»Susanna und Oskar sind die berühmte Ausnahme von der Regel. Es ist und bleibt so: Wenn man die Vernunft einschaltet, ist man zwar vielleicht zunächst ein bisschen traurig. Aber auf längere Sicht … Kannst du dir zum Beispiel vorstellen, ich könnte mit einem Mann glücklich sein, der seine Hemden im Schrank nach Farben sortiert aufhängt und die Gewürze in der Küche alphabetisch ordnet?« Als das heraus war, atmete Carlotta lange und tief aus.

»Du bist in einen Pedanten verliebt?« Lilli riss die Augen weit auf.

»Siehst du! Selbst du nennst das pedantisch. Obwohl ich eigentlich dachte, dass er gut zu dir passen würde. Aber das geht jetzt nicht mehr, seit ich mit ihm … Ich bin ihm einfach zu nahe gekommen, obwohl ich wusste, dass es ein großer Fehler war. Und jetzt muss ich eben mit diesem Fehler leben. Das ist aber kein Problem. Irgendwann werde ich aufhören, darüber nachzudenken.«

»Du musst immerzu an ihn denken? Ganz egal, was du tust? Abends vor dem Einschlafen, morgens, wenn du noch nicht mal die Augen aufgemacht hast, während der Arbeit und wenn du nichts zu tun hast, erst recht?«

Carlotta zögerte, nickte dann aber doch.

»Und das, obwohl er so ordentlich ist, dass dir ein Schauer nach dem anderen den Rücken hinunterjagt?«

Wieder dauerte es eine Weile, bevor Carlotta langsam den Kopf auf und ab bewegte.

»Aber«, sagte sie dann mit entschlossener Miene, »ich weiß, dass wir nicht zusammenpassen und es mit uns niemals gut gehen kann, und deshalb werde ich mir diese Liebe abgewöhnen.«

»Abgewöhnen?« Kopfschüttelnd betrachtete Lilli ihre Schwester, die längst nicht so lebenstüchtig war, wie sie immer gedacht hatte. »So, wie Susanna sich die Liebe zu Oskar abgewöhnt hat?«

»Ich sagte doch schon, dass das etwas völlig anderes ist. Die beiden passen zusammen. Keiner von ihnen sortiert seine Kleidungsstücke nach Farben.« Trotzig presste Carlotta die Lippen aufeinander, während sie Ilsebill wieder auf den Boden setzte.

»Meinst du, Susanna wäre nicht zurückgekommen, nachdem er ihr geschrieben hatte, wenn sie damals vor sieben Jahren festgestellt hätte, dass er irgendetwas irgendwie sortiert? Alphabetisch, nach Formen, Farben, Größe oder was weiß ich wie?« Lilli schüttelte noch heftiger den Kopf.

Carlotta zuckte die Achseln und verweigerte die Aussage.

»Wie heißt er überhaupt?« Ohne ein einziges Wimpernzucken sah Lilli ihrer Schwester geradeaus ins Gesicht.

Diese zögerte, kaute auf ihrer Unterlippe, atmete tief durch und stieß dann doch ein einziges Wort hervor: »Fabian.«

Lilli nickte und wartete.

Carlotta schwieg und wartete ebenfalls, worauf auch immer. Schließlich war doch sie diejenige, die das Schweigen beendete. »Na gut. Vielleicht ist es wirklich besser, wenn ich es dir erzähle. Irgendwie hat die Geschichte ja auch mit dir zu tun.«

Nur ganz sachte zog Lilli die Augenbrauen hoch, ansonsten rührte sie sich nicht auf ihrem Stuhl, als hätte sie Angst, Carlotta doch von ihrem Entschluss abzubringen, sich endlich jemandem anzuvertrauen.

Nach einem tiefen Durchatmen sprudelte es dann nur so aus Carlotta heraus: »Du weißt ja, dass ich es schon lange nicht mehr mitansehen konnte, wie du dich dauernd in die falschen Männer verliebt hast. Als du dann auch noch mit einer fast leeren Rotweinflasche im Arm auf der Couch lagst und mir erzählt hast, dass du noch nie den wirklich Richtigen getroffen hast, dachte ich mir, es sei eine ganz gute Idee, eine Anzeige aufzugeben, um diesen Richtigen für dich zu finden.«

»Du hast die Anzeige für mich aufgegeben?« Mit weit aufgerissenen Augen starrte Lilli die Schwester an.

Carlotta nickte. »Ich wusste, dass dir das wahrscheinlich nicht besonders gefallen würde, obwohl heute jede Menge

Leute Bekanntschaftsanzeigen aufgeben. Das ist etwas ganz Normales. Schließlich ist es doch ganz egal, auf welche Weise man jemanden kennen lernt, wenn man dann feststellt, dass man zusammenpasst.«

»Na ja. Vielleicht«, gab Lilli achselzuckend zu. »Du hast also einen pedantischen Mann für mich gesucht?« An dieser Stelle gelang es ihr kaum, ein Grinsen zu unterdrücken.

»Sozusagen«, gab Carlotta kleinlaut zu.

»Und hast dich dann selber in den Ordnungsfanatiker verliebt?«

»Mehr oder weniger.«

»Irgendwie geschieht dir das ja recht.«

»Wahrscheinlich.«

Lilli konnte sich nicht erinnern, ihre ältere Schwester jemals so kleinlaut erlebt zu haben. »Trotzdem tut es mir Leid, dass du nun so unglücklich bist«, sagte sie deshalb rasch.

»Danke.« Es musste Carlotta wirklich sehr schlecht gehen, wenn sie sich sogar schon für ein bisschen Mitgefühl bedankte.

»Ich glaube aber nicht, dass du wirklich unglücklich sein musst. Wenn du dich in diesen Mann verliebt hast und er sich in dich, dann solltet ihr es miteinander versuchen, egal, wie ordentlich oder unordentlich ihr beide seid.«

»Genau das hat aber keinen Zweck.« Carlotta starrte durch das Fenster hinaus in die Nacht. »Es würde nur noch mehr wehtun, wenn wir über kurz oder lang feststellen, dass wir es keinesfalls miteinander aushalten können. Außerdem ist er doch auch gar nicht wirklich in mich verliebt, sondern nur in das Bild, dass er sich von mir gemacht hat, weil ich ihm all die Eigenschaften aufgezählt habe, die eigentlich du hast.«

Sie sprang von ihrem Stuhl auf und schüttelte energisch den Kopf. »Nein, nein, es hat keinen Zweck, und ich werde schon bald darüber hinweg sein.«

»Und er?«

»Schätzungsweise denkt er schon längst nicht mehr an mich. Und findet hoffentlich bald eine Frau, die so ist, wie sie zu sein vorgibt.« Hastig wandte Carlotta das Gesicht ab, weil sie Sorge hatte, in ihren Zügen könnte sich der Schmerz spiegeln, den sie bei ihren Worten im Herzen spürte.

»Ach, Carlchen«, flüsterte Lilli. »Warum versuchst du nur, immer so schrecklich vernünftig zu sein?«

»Weil es das Vernünftigste ist.« Carlotta versuchte ein Lächeln, das ihr sogar fast gelang. Dann wandte sie sich energisch der Tür zu. »Zeit zum Schlafengehen.«

Im Türrahmen wandte sie sich um. »Weißt du was? Dauernd erzählen mir alle, ich hätte mich verändert. Und du? Was ist eigentlich mit dir? Seit wann bringst du mich dazu, dir mein Herz auszuschütten, und gibst mir dann auch noch gute Ratschläge?«

Lilli stand ebenfalls auf und fing die Schildkröte ein, bevor sie durch die offene Tür entwischen und sich irgendwo im Haus verstecken konnte. »Eigentlich habe ich dir nur ein paar Fragen gestellt. Außerdem warst doch all die Jahre du diejenige, die mir Ratschläge gegeben hat. Vielleicht wird es Zeit, dass wir ab und zu mal die Rollen tauschen.«

»Ich brauche aber eigentlich keine Ratschläge, weil ich genau weiß, was ich tue.«

»Dann ist es ja gut.« Auf genau jene ungewohnt sichere Art, die für Carlotta so neu an ihrer Schwester war, nickte Lilli, lächelte und ging mit Ilsebill in der Hand an ihr vorbei, um die Schildkröte zurück in ihren Käfig zu setzen.

»Ja, es ist auch gut! Und es wird noch viel besser werden! In ein oder zwei Tagen oder nächste Woche. Jedenfalls irgendwann und irgendwie!« Carlotta hörte selbst, dass sie wie ein trotziges kleines Mädchen klang, aber sie konnte nichts dagegen tun, dass sie sich genau so fühlte. Am liebsten hätte sie auch noch mit dem Fuß aufgestampft. Und sich selber bei den Schultern genommen und geschüttelt, damit sie schneller zur Vernunft kam.

Lilli öffnete die Tür zum Gästezimmer, wo der Schildkrötenkäfig stand. »Ist es in Ordnung, wenn ich morgen zu Oskars und Susannas Feier jemanden mitbringe?«, fragte sie, anstatt auf Carlottas Bemerkung zu antworten.

»Natürlich. Die beiden haben ausdrücklich verkündet, es könnten gar nicht genug Leute kommen, um an ihrem Glück teilzuhaben.« Mit müden Schritten ging Carlotta die Stufen zu ihrem Zimmer hinauf.

Es war ziemlich anstrengend, die Vernunft gegen das Herz kämpfen zu lassen, doch wann immer sie drohte, schwach zu werden, versuchte sie sich vorzustellen, was Fabian wohl zu dem Durcheinander sagen würde, das in einigen Bereichen ihres Lebens herrschte. Allein die Tatsache, dass es ihr trotz mehrerer Versuche nicht gelungen war, einen Termin mit ihrem Architekten einzuhalten – was zwar nicht allein ihre Schuld gewesen war, woran sie aber entschieden ihren Anteil gehabt hatte –, würde wahrscheinlich genügen, um den ordentlichen Fabian für alle Zeiten in die Flucht zu schlagen, wenn er es jemals erfuhr. Und genau das wollte sie sich nicht antun: nach ein paar Tagen Glück als Chaotin entlarvt, abgelehnt und aussortiert zu werden, wie sie es mit dem einzelnen alten Schuh gemacht hatte, den sie neulich nach Jahren aus der Ecke hinter ihrem Schrank hervorgezogen und sofort weggeworfen hatte. So behandelt zu werden würde noch viel mehr schmerzen, als es jetzt sofort hinter sich zu bringen.

Zu ihrem Erstaunen erwachte Carlotta am nächsten Morgen erst gegen neun Uhr. Sie hatte während der vergangenen Nächte so schlecht geschlafen, dass ihr Körper endlich sein Recht verlangt hatte.

»Na bitte!«, erklärte sie sich selbst triumphierend, nachdem sie ausgerechnet hatte, dass es ihr immerhin gelungen war, fast sieben Stunden am Stück zu schlafen. Dann verbot sie sich energisch, über sortierte Hemden und anderen Blödsinn nachzudenken, sprang aus dem Bett und unter die Dusche. Während sie sich einseifte, dachte sie höchstens acht bis zehn Mal daran, wie es sich angefühlt hatte, von Fabian berührt zu werden. Einzig ihr Versuch, ein munteres Lied zu singen, scheiterte an der Tatsache, dass ihr nur traurige Balladen und schnulzige Liebeslieder einfallen wollten. Immerhin pfiff sie mindestens eine Minute lang eine Melodie, die irgendwo zwischen »Hänschen klein« und »O Tannenbaum« lag, was auch keine schlechte Leistung war.

Nachdem Carlotta sich abgetrocknet und eingecremt hatte, schlüpfte sie in ihre bequemsten, ausgebeultesten Jeans, die sie seit mindestens einer Woche vermisst und nun plötzlich unter ihrem Schreibtisch entdeckt hatte. Während sie in verschiedenen Schubladen nach einem frischen T-Shirt wühlte, erklärte sie sich selbst, was für ein glücklicher Mensch sie doch war. Wäre sie so krankhaft ordentlich wie zum Beispiel ... gewisse andere Leute, könnte sie sich jedenfalls nicht über eine unversehens wiedergefundene Hose freuen.

Während der Kaffee durch die Maschine blubberte, schüttete sie den Inhalt ihrer Tasche auf den Tisch und suchte nach den Telefonnummern von Friedrich und Sven. Oskar hatte Tanja und ihr mehrmals aufgetragen, für den heutigen Abend auch ja jeden netten Menschen einzuladen, den sie kannten. Die meisten ihrer Freunde und Bekannten hatte Carlotta bereits während der vergangenen zwei Tage angerufen, nachdem sie endlich das Büchlein, in dem sie ihre Telefonnummern notierte, in trauter Eintracht mit einigen rotwangigen Äpfeln und zwei braunfleckigen Bananen in der Obstschale entdeckt hatte. Friedrich und Sven kannte sie zwar noch nicht besonders lange, aber immerhin hatte sie sie beide auf Anhieb so nett gefunden, dass sie in Erwägung gezogen hatte, sie könnten ihre Schwester glücklich machen.

Tatsächlich fand sie beide Nummern in dem bunten Sammelsurium ihres Tascheninhalts, Friedrichs auf einer zerknickten Visitenkarte und Svens auf einer ausgefransten Papierserviette. Zwar traf sie keinen der beiden zu Hause an, aber sie hatte ein kurzes, nettes Gespräch mit einem netten Mann namens Harald, der sich in Friedrichs Wohnung aufhielt und den sie auch gleich mit einlud. Für Sven hinterließ sie eine Nachricht auf dem Anrufbeantworter und bat ihn, seine Frau zu der Feier mitzubringen, falls er es einrichten konnte zu kommen, was sie sehr hoffte.

Nachdem das erledigt war, kramte Carlotta so lange im Küchenschrank, bis sie einen Rest ihrer Lieblingsfrühstücksflocken mit Nuss- und Schokostückchen fand, ertränkte diese wie üblich in einer extra großen Portion Milch, füllte einen großen Keramikbecher bis zum Rand mit schwarzem Kaffee, schob die Habseligkeiten aus ihrer Tasche am gegenüberliegenden Ende des Tisches zusammen und ließ sich zum Essen nieder.

Aus irgendeinem Grund hatte sie gedacht, mit dem Schlaf sei auch ihr Appetit zurückgekehrt, doch bereits die ersten drei Bissen ihres Frühstücks belehrten sie eines Besseren. Danach war sie nämlich bereits satt. Dennoch füllte sie trotzig einen weiteren Löffel und schob ihn sich in den Mund, wo sie die Flocken hin und her bewegte, heftig darauf herumkaute, einen winzigen Teil davon hinunterschluckte und sich wunderte, dass sie trotzdem mehr geworden zu sein schienen. Schließlich würgte sie auch diesen Bissen mit Todesverachtung herunter und schob den Teller weg. Schließlich hatte es durchaus seine Vorteile, komplett appetitlos zu sein. Sie hatte schon gut zwei Kilo abgenommen, und wenn sie so weitermachte, würde sie demnächst auf Modelmaße zusammengeschrumpft sein und in Größe 36 passen.

Als aus dem Kühlschrank das gedämpfte Surren des Telefons ertönte, wunderte sie sich nur kurz, kam aber dann darauf, dass sie das Mobilteil wohl dort abgelegt hatte, als sie die Milch herausgeholt hatte.

Wie immer während der vergangenen Tage erfreut über jede Ablenkung, sprang sie auf und fischte das Telefon aus dem Gemüsefach.

»Wolf. Guten Morgen, Frau Merian.«

Für einen Moment stutzte Carlotta, vor allem, weil ihr Herz beim Klang der Männerstimme aus dem Hörer einen seltsamen kleinen Hüpfer machte, der angesichts der Tatsache, dass es sich bei Herrn Wolf um ihren Architekten handelte, den sie noch nie im Leben gesehen hatte, nicht sehr angebracht war. Andererseits aber war wohl jeder Herzhüpfer zu begrüßen, der irgendeinem Mann auf der Welt galt, der nicht Fabian hieß, zumal der Mann am Telefon jedenfalls mit größter Wahrscheinlichkeit seine Hemden nicht sortierte, weder nach Farben noch sonst irgendwie.

»Guten Morgen, Herr Wolf«, sagte sie ein wenig steif in den Hörer, nachdem sie mit ihren Überlegungen an diesem Punkt angekommen war und Wolf sich bereits einmal diskret geräuspert hatte, weil sie so gar nicht reagierte. »Ich hatte mir ebenfalls vorgenommen, während der nächsten Tage bei Ihnen anzurufen.«

»Das ist schön. Ich bin nämlich jetzt zumindest so halb und halb in mein neues Büro eingezogen und beginne wieder zu arbeiten.«

»Halb und halb?« Carlotta hatte keine große Mühe, sich vorzustellen, wie so etwas bei einem Typ wie Wolf aussehen musste. Wahrscheinlich so ähnlich, als wenn sie ihr Zimmer halb und halb aufräumte.

»Nun ja. Der Computer ist aufgestellt, das Telefon funktioniert und die Aktenordner habe ich auch schon hergeschafft.« Er hörte sich nicht ganz überzeugt von seinem Einzug an, und Carlotta musste zu ihrer eigenen Überraschung grinsen. Es fühlte sich ganz fremd an, als ihre Mundwinkel sich in die Höhe bewegten. Konnte es tatsächlich sein, dass sie tagelang nicht gelächelt hatte?

»Ist Ihre Sekretärin denn schon wieder da?«, erkundigte sie sich interessiert.

»Sie kommt Anfang nächster Woche. Und ich werde ihr einen riesigen Blumenstrauß kaufen. Mindestens.« Er lachte leise und ein wenig müde.

Etwas war anders in seiner Stimme. Der Schwung und die Heiterkeit, die sie sonst immer darin gehört hatte, schienen verschwunden. Wahrscheinlich war der Umzug sehr anstrengend gewesen.

»Dann sollten wir vielleicht für den Anfang der kommenden Woche einen Termin machen, damit Sie mir endlich die Wintergartenpläne zeigen können. Es wäre schön, wenn der Bau so rasch wie möglich beginnen würde.«

»Ich dachte, Sie wollten bis zum Herbst warten. Aber es ist natürlich kein Problem ...«

»Ich habe ein bisschen umdisponiert.« Es würde ihr gut tun, wenn Handwerker Unruhe ins Haus brachten. Alles würde ihr gut tun, was sie ablenkte.

Plötzlich setzte sie sich aufrecht auf ihrem Stuhl hin und lauschte angestrengt in den Hörer. »Das Lied, das bei Ihnen im Hintergrund läuft ...«

»*Moon River*. Ich weiß, dass es ziemlich kitschig und uralt ist, aber ich habe momentan eine etwas sentimentale Phase. Das legt sich wieder. Stört Sie die Musik? Ich kann sie ausschalten.«

»Ja, bitte!« Sie stieß die Worte mit erhobener Stimme hervor. »Ich habe auch gerade eine ... Phase. Und mir tut dieses Lied überhaupt nicht gut.«

»Tut mir Leid.« Im nächsten Moment verstummten die Töne im Hintergrund. Beide schwiegen.

»Sie müssen mir nicht antworten, aber warum stört Sie gerade dieses Lied? Wir haben doch neulich über *Frühstück bei Tiffany* gesprochen, und Sie sagten, das sei auch Ihr Lieblingsfilm, deshalb wundere ich mich, dass Sie plötzlich das Lied nicht mögen.«

»Ich möchte nicht darüber sprechen. Es ist nur eine zeitweise Allergie sozusagen. Das hat nichts mit Ihnen oder dem Film zu tun.« Carlotta kaute auf ihrer Unterlippe herum und bemühte sich, die Töne aus ihrem Kopf zu verbannen, die dort weiter und weiter dudelten.

Plötzlich hatte sie eine Idee, die schlagartig die imaginäre Musik zum Verstummen brachte. »Sagen Sie, da wir doch nun schon so häufig miteinander telefoniert haben ... vielleicht kommt es Ihnen komisch vor, wenn ich Sie einfach so einlade, aber heute Abend findet in der Bar, wo ich nebenbei jobbe, ein großes Fest statt. Mein Chef feiert seine wieder gefundene Liebe und möchte, dass so viele nette Menschen wie möglich kommen.«

»Was für ein schöner Anlass!« Das klang nicht besonders heiter. Eher traurig und sehnsüchtig. Oder vielleicht doch nur müde.

»Wenn Sie Zeit und Lust haben, würde ich es sehr nett finden, wenn Sie vorbeikämen. Das ist vielleicht eine Gelegenheit, bei der wir uns endlich mal sehen können. Vielleicht ist der Bann dann ja gebrochen, und es klappt mit dem Termin in Ihrem Büro endlich reibungslos.« Sie lachte etwas bemüht vor sich hin.

»Ich würde gern kommen, aber heute Abend feiert mein Schwager seinen Geburtstag. Das wird wahrscheinlich wie üblich eine sehr steife Angelegenheit, die in einem sehr steifen Restaurant stattfindet. Meine Schwester würde es mir übel nehmen, wenn ich nicht käme, zumal sie behauptet, sie könne das geballte Auftreten der Kollegen ihres Mannes nur mit meiner Unterstützung durchstehen. Wir stützen uns sozusagen gegenseitig.«

»Schade«, sagte Carlotta spontan. »Ich meine, es ist schön, dass Ihre Schwester und Sie sich gegenseitig stützen, aber es wäre auch nett gewesen, Sie endlich mal kennen zu lernen.«

»Vielleicht schaffe ich es, vorher kurz vorbeizukommen, obwohl ich nichts versprechen kann.«

Carlotta erklärte Wolf, wie das *Susanna's* am besten zu erreichen war, fand anschließend auf Anhieb zwischen dem immer noch auf dem Tisch verstreuten Inhalt ihrer Tasche ihren

Terminkalender und notierte seine neue Büroadresse und den Zeitpunkt, zu dem sie sich endlich die Pläne für den Wintergarten ansehen würde.

Nachdem sie das Gespräch beendet hatte, starrte sie lange nachdenklich durchs Fenster hinaus in den sonnigen Frühlingstag. Etwas an dieser Unterhaltung, an Wolf, an der Art, wie er mit ihr geredet hatte, war seltsam gewesen. Irgendetwas, das hinter und zwischen den Worten lag. Aber sie bekam es nicht zu fassen.

Schließlich legte sie gedankenverloren das Telefon in die Besteckschublade, räumte ihren noch halb vollen Kaffeebecher zurück in den Geschirrschrank und verließ die Küche, ohne sich um das Chaos aus Schminkutensilien, Notizzetteln und anderem Krimskrams zu kümmern, das sie auf dem Tisch ausgebreitet hatte.

Zur gleichen Zeit saß Fabian Wolf inmitten des heillosen Durcheinanders seines neuen Büros und starrte das Telefon an. »Das kann nicht sein, nicht wahr, Holly?«, erkundigte er sich schließlich bei seiner Hündin, die es sich wie üblich zu seinen Füßen bequem gemacht hatte.

Holly hob den Kopf, sah ihn mit ihren freundlichen braunen Augen an, die inzwischen beide wieder klar und gesund waren, und winselte mitfühlend.

»Wenn sie es ist, wird sie mich wahrscheinlich nicht mal mehr ihren Wintergarten bauen lassen. Ich weiß nicht, was ich in unserer Nacht falsch gemacht habe, aber es muss irgendetwas furchtbar schief gelaufen sein.«

Wieder jaulte der Retriever leise und mitfühlend auf.

»Aber wie konnte ich das Gefühl haben, dass sie mir so nahe ist, wenn sich für sie alles ganz anders angefühlt hat?«

Diese Frage war offensichtlich zu schwierig für die Hündin. Sie starrte ihn nur schweigend an und klopfte zwei Mal kurz mit der Schwanzspitze auf den Boden.

Fabian nahm den Hörer und rief seine Schwester an, um ihr zu sagen, dass er vielleicht ein bisschen später zur Geburtstagsfeier ihres Mannes kommen würde.

»Höchstens zehn Minuten. Ich habe um achtzehn Uhr noch einen Termin bei einem Kunden und muss anschließend nur ganz kurz bei einer anderen Feier vorbeischauen. Es gibt da etwas zu klären.«

Während seine Schwester auf ihn einredete, spielte er nervös mit einem Bleistift. »Nein, das hat keinesfalls Zeit bis morgen«, sagte er dann. »Es ist sehr wichtig. Sozusagen lebenswichtig.«

XXXI

Der Abend, an dem Oskar seine »Welcome-back-in-my-life«-Party für Susanna gab, war der Beginn einer Frühlingsnacht wie aus dem Märchen. Carlotta war mit dem Fahrrad gekommen, hatte es wie üblich in dem kleinen Hinterhof abgestellt und trat durch die Nebentür in den Garten, der sich an die Bar anschloss und nur an besonderen Tagen für die Gäste geöffnet wurde. Heute war so ein Tag, und schon am Vorabend hatten die beiden Aushilfskellner, die Oskar für die Vorbereitungen und den Abend der Party engagiert hatte, kleine Bistrotische und passende Stühle im Garten verteilt.

Als Carlotta in das geschützte Viereck eintrat, blieb sie überrascht stehen. Zwischen den kleinen Tischen waren zahllose blühende Kübelpflanzen verteilt worden, die einen betörenden Duft verbreiteten und deren Blüten im Licht der tief stehenden Sonne fast magisch leuchteten. Über Nacht war auf der schlichten Rasenfläche ein kleines Paradies entstanden, dessen unverhoffter Anblick ihr für Sekunden den Atem nahm. Während sie noch überwältigt dastand und den Garten betrachtete, trat Susanna aus den weit geöffneten Glastüren der Bar ins Freie. Sie lächelte Carlotta zu.

»Der Mann ist verrückt«, erklärte sie mit einer Handbewegung in Richtung eines Oleanders. »Er hat für heute Abend drei Lieferwagen voller Pflanzen geliehen und mir gesagt, ich solle mir die schönsten aussuchen, die würden wir dann zur Erinnerung behalten. Dabei sind sie alle schön.«

Carlotta lächelte ebenfalls. »Der Mann liebt dich eben! Wenn du sie alle behalten möchtest, wird das kein Problem für ihn sein.«

»Es kommt doch nicht auf die Blumen an! Obwohl sie natürlich wunderschön sind.« Das lange, blonde Haar vermischte sich mit dem Grün einer rot blühenden Fuchsie, als Susanna ihr Gesicht fast zärtlich in den kleinen Busch tauchte.

In diesem Moment trat Oskar in die offene Tür, sein Blick suchte Susanna, streichelte ihre Silhouette und ruhte voller Zärtlichkeit auf ihr.

Carlotta, die im Hintergrund stand, nahm er gar nicht wahr. Sie aber sah ihren langjährigen Chef an und freute sich mit ihm. Doch gleichzeitig spürte sie eine Sehnsucht, die sie nach Luft schnappen ließ, so heftig schwappte das Gefühl über sie hinweg.

»Hallo Oskar. In einer Stunde geht es los«, sagte sie, nachdem sie sich geräuspert hatte, um ihre Stimme wieder zu finden. »Ich bin extra ein bisschen früher gekommen. Was gibt es noch alles zu tun?«

»Du bist heute unser Gast«, teilte Oskar ihr streng mit, nachdem er seinen Blick von Susanna losgerissen hatte. »Feiere und freue dich mit uns, denn schließlich hast du dir lange genug angehört, wie sehr ich Susanna vermisst habe.« Sein Arm legte sich um Susannas Schultern, als hätte er dort schon seit vielen Jahren seinen Platz.

»Natürlich freue ich mich mit euch, aber deshalb muss ich ja jetzt nicht tatenlos herumstehen.« Energischen Schrittes ging Carlotta in die Bar, die ebenfalls völlig verwandelt aussah, weil es auch hier blühte und duftete und überall Kerzen standen, die darauf warteten, angezündet zu werden.

Die beiden Aushilfskellner werkelten hinter der Bar. Carlotta nickte ihnen zu und begann, Schälchen mit Erdnüssen auf den Tischen zu verteilen. Bald darauf kam Tanja, ihren Verlobten Hajo im Schlepptau.

Die Frauen zündeten gemeinsam die Kerzen auf den Tischen und die Windlichter im Garten an und taten so, als würden sie Oskar und Susanna gar nicht bemerken, die, bereits festlich gekleidet, eng umschlungen zwischen zwei Oleanderbüschen standen und die Lippen nicht voneinander lösen konnten.

Oskar hatte für einundzwanzig Uhr eingeladen, doch bereits eine halbe Stunde früher tummelte sich ein gutes Dutzend Gäste im *Susanna's*. Oskar in seinem hellen Anzug mit dunklem Hemd und Susanna in einem ebenfalls hellen Kleid aus weich fließendem Stoff bildeten einen leuchtenden Fleck zwischen den Menschen, die sich um sie scharten, mit ihnen anstießen, lachten, ihnen Glück wünschten und sich weiter durch den Raum bewegten, um wenig später doch wieder in der Nähe des strahlenden Paares aufzutauchen, magisch angezogen von der Aura des Glücks.

»Meinst du, sie werden heiraten?« Tanja richtete die Frage an Carlotta, während sie sich mit leuchtenden Augen an Hajo lehnte. Auf geheimnisvolle Weise schien etwas von Oskars und Susannas Glück auch die anderen anwesenden Paare mehr zum Leuchten zu bringen als sonst.

»Spielt das eine Rolle?« Carlotta bemühte sich um Nüchternheit, was ihr aber nicht recht gelingen wollte. Ihr Blick kehrte automatisch immer wieder zu der zierlichen Frau und dem Mann zurück, der den Blick nicht von seiner großen Liebe wenden konnte.

»In ihren Herzen sind sie wohl schon lange verheiratet«, hörte Carlotta sich zu ihrem eigenen Erstaunen sagen. Sie wich Tanjas Blick aus, biss sich auf die Zunge und nahm sich vor, für den Rest des Abends zu schweigen. Offenbar tat der Rotwein ihr nicht gut, obwohl sie höchstens ein halbes Glas getrunken hatte. Sie redete seltsames Zeug, das von irgendwoher kam, nur nicht aus ihrem sonst doch einigermaßen klaren Kopf.

Als ihr von hinten jemand auf die Schulter tippte, wandte sie sich, froh über die Ablenkung, um.

»Hallo, Schwesterlein.« Lilli wirkte wie eine Zwillingsschwester der Frau, der zu Ehren der Abend veranstaltet wurde. Ebenso blond, ebenso strahlend, fast ebenso zierlich. Und ebenso dicht an der Seite eines Mannes, der ihr Strahlen widerspiegelte.

»Du kennst ja Jonathan Geibel.« Mit einer selbstverständlichen Geste schob Lilli ihre Hand unter Jonathans Arm und lächelte zu ihm auf.

Sprachlos starrte Carlotta das Paar an. Denn dass es sich um ein Paar handelte, konnte wohl jeder sehen, der Augen im Kopf hatte.

Sie hat mit ihm geschlafen! Obwohl sie vor noch nicht allzu langer Zeit ganz selbstverständlich davon ausgegangen war, dass ihre Schwester bereits gewisse Erfahrungen gemacht hatte, schmerzte der Gedanke, dass Lilli ihre Unschuld verloren hatte, sie für einen Moment. Nach dem ersten Erstaunen war es ihr so romantisch erschienen, auf den Richtigen zu warten und sich nicht wahllos hinzugeben. Das passte zu ihrer verträumten kleinen Schwester. Aber es passte nicht zu ihr, dass ein Mann wie Jonathan Geibel nach der langen Zeit des Wartens der Erste war.

Dann aber sah sie in Lillis Augen, verbannte jeden Gedanken daran, dass Jonathan ganz sicher nicht zu ihrer Schwester passte, und freute sich an dem Glück, das im Blau dieser Augen lag. Vielleicht täuschte sie sich ja auch. Oder das Glück, das Lilli jetzt und hier verspürte, war das Leid wert, das später noch auf sie zukommen würde.

»Hallo, Jonathan.« Fast mühelos lächelnd schüttelte Carlotta dem Mann, den ihre Schwester liebte, die Hand.

»Wenn du sie unglücklich machst, bekommst du es mit mir zu tun«, konnte sie sich dennoch nicht verkneifen hinzuzufügen.

»Ich bitte darum. Obwohl ich mir die größte Mühe geben werde, sie glücklich zu machen.« Jonathan erwiderte ihr Lächeln, und aus irgendeinem Grund glaubte Carlotta ihm.

»Ich besorge euch was zu trinken.« Sie schlenderte hinüber zur Bar. Dort war Oskar, dem es tatsächlich gelungen war, sich kurzfristig von Susanna loszureißen, damit beschäftigt, die Musikanlage zu programmieren. Er hielt die Hülle von Susannas neuer CD in der Hand.

»Nun hört ihr den Song, der für alle Zeit mein Lieblingslied sein wird. Das Lied, das ich im Radio gehört habe und das Susanna und mich wieder zusammengeführt hat.« Seine Stimme klang völlig anders als während all der Jahre seines Wartens.

Oskar drückte den Startknopf, und augenblicklich verstummten alle Gespräche im Raum, alle Gesichter wandten sich den beiden Lautsprechern über der Bar zu, und die anwesenden Pärchen rückten noch ein wenig dichter zusammen, als Susannas klare Stimme von Liebe und Sehnsucht sang. Selbst als der letzte Ton schon verklungen war, herrschte noch einen Moment lang Stille, bevor Beifall einsetzte.

»Wie wunderbar!«, hauchte Lilli, noch ganz gefangen von Susannas Lied, als Carlotta ihr und Jonathan Wein brachte. »Jetzt müssen wir nur noch für dich jemanden finden, Carlotta. Oder noch besser, wir müssen dich von demjenigen, den du eigentlich schon gefunden hast, überzeugen.« Sie zwinkerte ihrer Schwester zu.

»Um Himmels willen!« Carlotta verdrehte die Augen. »Ich gebe dir einen guten Rat: Mische dich nie in die Liebesangelegenheiten anderer Leute ein. Nicht mal dann, wenn es sich bei diesen anderen Leuten zufällig um deine Schwester handelt.«

Es gelang Lilli nicht, ein Kichern zu unterdrücken. »Eben hast du Jonathan gegenüber noch wilde Drohungen ausgestoßen, falls er mich nicht so behandelt, wie du es für richtig hältst.«

»Das ist natürlich eine Ausnahme!« Auch Carlotta musste grinsen. »Ich werde aber nie, nie mehr versuchen, den richtigen Mann für dich zu finden, selbst wenn du mit Jonathan einen grandiosen Schiffbruch erleiden solltest.« Ihre Miene war ganz die der älteren Schwester – streng und der Wirklichkeit verhaftet, in der Liebe nicht immer märchenhaft war und blieb.

»Was heißt hier Schiffbruch? Wir können beide schwimmen.« Lilli zwinkerte Jonathan zu, der klug genug war, sich aus dem Gespräch der Schwestern herauszuhalten. »Nicht nur das, wir sind sogar fähig, freiwillig über Bord zu springen. Aus drei Metern Höhe oder womöglich von noch weiter oben. Brennt unser Schiff, suchen wir uns eben ein neues oder eine Insel.«

Natürlich verstand Carlotta nicht ganz, wovon die Rede war, aber sie fragte dennoch nicht nach. Stattdessen glitt ihr Blick erst auf ihre Armbanduhr und dann in Richtung Tür. Immerhin hatte ihr chaotischer Architekt gesagt, er würde vielleicht kurz vorbeischauen. Aus irgendeinem Grund wünschte sie sich plötzlich sehr heftig, sie würde irgendeinem Mann genug bedeuten, dass er einen Umweg auf sich nehmen und in seinem Terminplan wenigstens ein paar Minuten Zeit für sie finden würde. Wobei dieser Mann tunlichst normal genug sein sollte, seine Hemden nicht nach Farben zu sortieren.

Als ein großer, dunkelhaariger Mann, den sie noch nie gesehen hatte, die Bar betrat, zuckte sie zusammen. So ähnlich stellte sie sich Wolf vor, obwohl er natürlich genausogut klein und dick und glatzköpfig sein konnte. Es gab nicht den geringsten Grund, weshalb er attraktiv sein sollte.

Der dunkelhaarige Fremde trat lächelnd auf zwei Frauen zu, die sich erwartungsvoll in der Nähe der Tür herumgedrückt und offenbar auf ihn gewartet hatten. Da ihr Architekt keinesfalls genügend Organisationstalent besaß, um sich ganz nebenbei gleichzeitig mit drei Frauen zu verabreden, war dieser Mann ganz sicher nicht Wolf.

Carlotta wandte sich ab und ging durch die immer noch weit offenen Türen hinaus in den Garten. Hier leuchteten in der tiefblauen Dämmerung die Windlichter mit den hellen Blüten um die Wette. Gleich nach den ersten Schritten traf sie auf Friedrich, an seiner Seite ein schmalbrüstiger junger Mann mit rotem Stoppelhaarschnitt, runder Metallbrille und einem so warmen Lächeln, dass es Eisberge zum Schmelzen gebracht hätte.

»Das ist Harald. Du hast schon mit ihm telefoniert und ihn für heute mit eingeladen. Harald und ich haben uns vor knapp zwei Wochen kennen gelernt.« Auch Friedrichs Lächeln war plötzlich anders. Vorher hatte er nur schlicht die Lippen verzogen, jetzt lag ein Strahlen und Funkeln auf seinem Gesicht.

»Freut mich, Harald.« Carlotta schüttelte Haralds schmale Finger, die erstaunlich beherzt zugriffen.

»Seit einer Woche sind wir ein Paar, und vor drei Tagen ist er bei mir eingezogen.« Zärtlich berührte Friedrich Haralds Oberarm und trat noch ein kleines Stück dichter an ihn heran. »Irgendwie passte vom ersten Moment an alles zwischen uns.«

»Es ist ein Gefühl, als würde man nach einer langen Irrfahrt nach Hause kommen.« Zum ersten Mal sprach Harald, und die Stimme, die aus dem eher zartgliedrigen Körper kam, war erstaunlich kräftig und tief.

»Das ist …« Carlotta stockte, weil sie nicht wusste, wie sie mit dem strahlenden Glück und der Offenheit der beiden Männer umgehen sollte. *Ein Gefühl, als würde man nach Hause kommen.* Das Seltsame war, dass ihr dieser Gedanke oder eher die Empfindung, die er beschrieb, so vertraut war. Hastig trat sie einen Schritt von dem Paar zurück, als könnte sie sich auf diese Weise vor ihren verwirrten Gefühlen retten. Obwohl es an diesem Abend, an dem es ringsum nur glückliche Paare zu geben schien, wohl aussichtslos war, nicht an jeder Ecke mit leuchtenden Augen und verträumten Worten und der eigenen Sehnsucht konfrontiert zu werden.

»Nächste Woche stelle ich Harald meinen Eltern vor«, verkündete Friedrich und tastete heimlich nach Haralds Hand. Kaum merklich ließ das Strahlen auf seinem Gesicht bei diesem Gedanken nach, aber in seinen Augen lagen Hoffnung und Vertrauen.

»Dann wirst du die gute Laura jedenfalls nicht mehr brauchen.« Carlotta blinzelte ihm zu und war froh, dass sie Schauspielerin war und auch dann Fröhlichkeit zeigen konnte, wenn es ihr aus unerfindlichen Gründen ein bisschen schwer ums Herz war.

»Nein. So jemanden wie Laura wird es nicht mehr geben.« Plötzlich war Friedrich ernst. »Das war der falsche Weg. Was soll es meinen Eltern schon bringen, wenn ich sie belüge und ihnen etwas vormache? Sie werden mich nehmen müssen, wie ich bin.«

Carlotta staunte. Wie hatte sich Friedrich in so kurzer Zeit so sehr verändern können? Ihr Blick fiel auf Harald. Offenbar war diesem unscheinbaren, rothaarigen Mann das Wunder zu verdanken. Oder vielmehr den Gefühlen, die er in Friedrich ausgelöst hatte.

War es tatsächlich so einfach oder nur eine große Lüge, der sehr rasch die grausame Wahrheit folgen würde? Jemanden sehen, sich verlieben, und plötzlich war der Weg ohne Wenn und Aber klar vorgezeichnet, ganz gleich, welche Hürden es zu überwinden galt? Bis jetzt hatte Friedrich nicht mit seinen Eltern gesprochen. Es blieb also abzuwarten, ob er tatsächlich den Mut dazu finden würde, wenn die erste Euphorie verflogen war. Obwohl sie natürlich keine Ahnung hatte, wie lange ein derartiges Hochgefühl tatsächlich anhielt. Es gab Leute, die behaupteten, wenn es echt war und den Namen Liebe verdiente, ein ganzes Leben lang.

Carlotta wandte den Blick ab, als Harald die Hand hob und seine Finger mit Friedrichs verhakte, die auf seiner Schulter ruhten, als wolle er seinen Freund für die nächsten zwei oder drei Stunden nicht mehr loslassen.

»Dann gehen wir mal hinein und wünschen dem Paar des Abends Glück. Wir sehen uns ja sicher nachher noch.« Friedrich strahlte, Harald nickte mit leuchtenden Augen dazu, und beide gingen im schwebenden Gleichschritt nach drinnen, wo Whitney Houston gerade verkündete, sie werde ihn immer lieben. Das Wunschkonzert hatte begonnen, und Carlotta grauste bei dem Gedanken, dass all die aneinander klebenden und einander mit Blicken verschlingenden Paare sich ausschließlich schnulzige Lieder von ewiger Liebe wünschen würden.

Sie zog die Mundwinkel nach oben, während sie an den kleinen Tischen im Garten vorbeiging, an denen ebenfalls ausschließlich Paare zu sitzen schienen, die Hände und Augen nicht voneinander lassen konnten. Noch nie hatte Carlotta sich so einsam gefühlt wie an diesem Abend. Als müsse sie einbeinig, einarmig und mit nur einem Auge zwischen lauter perfekten Menschen herumlaufen.

Ganz hinten im Garten bildete die Mauer eine Nische, vor der eine große, süßlich duftende Kübelpflanze mit weiß leuchtenden Blüten stand. Hier lehnte Carlotta sich an die kühlen Steine, atmete tief ein und wieder aus, legte den Kopf in den Nacken, um hinauf in den klaren Sternenhimmel zu sehen, dessen Anblick sie aus irgendeinem Grund tröstete, und stellte fest, dass dies zweifellos eine der Situationen war, in denen es hilfreich gewesen wäre, sich an einer Zigarette festzuhalten.

Carlotta war immer Nichtraucherin gewesen. Abgesehen von jener kurzen Phase mit sechzehn, als sie geglaubt hatte, mit Kippe im Mundwinkel erwachsener zu wirken. Was sich schlagartig geändert hatte, als der Typ zwei Klassen über ihr, in den sie bis über beide Ohren verknallt gewesen war, beim ersten Kuss den Mund verzogen und gefragt hatte: »Du rauchst doch nicht etwa?« An diesem denkwürdigen Tag war sie von Zigaretten auf Pfefferminzbonbons umgestiegen, was ihr zwar nicht augenblicklich die große Liebe beschert, aber doch immerhin dafür gesorgt hatte, dass niemand mehr Ekelgefühle entwickelte, wenn sie ihre Lippen auf seine presste. In diesem Moment aber, einsam inmitten all der lächelnden Menschen, die an diesem Abend grundsätzlich nur im Zweierpack aufzutreten schienen, hätte sie durchaus zugegriffen, wenn ihr jemand eine Zigarette angeboten und ihr vielleicht sogar beim Rauchen Gesellschaft geleistet hätte.

»Hallo, Carlotta.«

Sie zuckte zusammen, als sie die Männerstimme hinter den weißen Blüten hörte, reckte den Kopf und brauchte einen Moment, bis sie im schwachen Licht erkannte, wer da vor ihr stand.

»Sven! Wie schön, dich endlich mal wieder zu sehen!« Ihre Freude war ehrlich, obwohl sie sich immer noch ein bisschen unbehaglich bei dem Gedanken fühlte, dass sie versucht hatte, ihre Schwester mit einem verheirateten Mann zu verkuppeln.

»Ich freue mich auch. Nachher stelle ich dir meine Frau vor. Sie ist drinnen hängen geblieben. Angelika lernt zu gern neue Leute kennen und kann sich aus dem Stand mit jedem Menschen stundenlang unterhalten.«

»Das ist schön.«

»Ja. So hat es zwischen uns auch angefangen. Inzwischen reden wir seit fünf Jahren ununterbrochen aufeinander ein.« Im Dunkeln blitzten beim Lächeln Svens Zähne auf.

»Wie schön.«

»Ja, das ist es.« Sven musterte sie prüfend. »Geht es dir gut?«

»Natürlich!« Sie hob die Stimme in der Hoffnung, dadurch überzeugender zu wirken, aber im Grunde glaubte nicht einmal sie selbst sich. »Ich habe eine richtige Glückssträhne. Stell dir vor, demnächst spiele ich die Desdemona! In einer knappen Woche fangen die Proben an.«

»Gratuliere! Das ist wirklich eine tolle Rolle.«

»Wenn auch wahrscheinlich nicht ganz so anspruchsvoll wie die Käseesserin auf der Wiese.« Sie lachte und fühlte sich plötzlich erstaunlich gut.

»Du warst einsame Spitze! Ab Anfang des nächsten Monats läuft der Spot bundesweit.«

Für einen winzigen Moment fragte Carlotta sich, ob Fabian viel fernsah, ob er sie in dem Werbefilm erkennen würde und ob es ihn überhaupt interessieren würde, dass die Frau mit dem Käsestück auf der Wiese diejenige war, die nach einer gemeinsamen Nacht feige und ohne jede Erklärung davongelaufen war.

»Das ist wirklich ... gut.« Nervös riss Carlotta ein Blatt von dem blühenden Busch. Offenbar verfügte die Pflanze über Dornen, jedenfalls piekste sie sich zur Strafe in den Finger. Sie zuckte zurück. »Rauchst du?«

»Gelegentlich. Warum?«

»Hast du eine Zigarette für mich?«

»Nicht, falls du gerade dabei bist, es dir abzugewöhnen.«

»Bin ich nicht. Eigentlich rauche ich nicht. Aber heute hätte ich eben Lust auf eine Zigarette.« Carlotta presste trotzig die Lippen zusammen. Es hatte ihr gerade noch gefehlt, dass jemand, den sie eigentlich nur flüchtig kannte, sich dazu aufschwang, ihr zu erklären, was gut und was schlecht für sie war.

»Du willst es dir also eher an- als abgewöhnen?« Immer noch rückte Sven keine Zigarette heraus.

»Ich möchte einfach nur eine rauchen. Wahlweise könnte ich mich auch dem Alkohol in die Arme werfen, aber momentan ist mir eben mehr nach einer Zigarette. Wenn du mir keine gibst, frage ich jemand anders.« Sie machte einen halben Schritt in Richtung des am nächsten stehenden Tisches.

»Na gut.«

Nachdem er ihr eine Zigarette angeboten, sie ihr angezündet und sich geduldig ihren Hustenanfall angehört hatte, fragte Sven erneut mit besorgter Miene: »Geht es dir wirklich gut? Kann ich dir irgendwie helfen?«

»Es geht mir toll«, behauptete sie trotzig und wedelte den Rauch von ihrem Gesicht weg, während sie tapfer weiter vor sich hinpaffte. »Wenn du etwas für mich tun willst, dann vergiss bitte, dass ich dir ohne dein Wissen ein Date mit meiner Schwester verschafft habe. Ihr würdet gut zusammenpassen, aber das spielt natürlich keine Rolle, wenn du verheiratet bist.«

»Das ist doch kein Problem!« Sein Lächeln wirkte echt und ein bisschen zu mitfühlend. »Lilli ist wirklich nett. Wir haben uns bestens unterhalten, hatten einen schönen Abend zusammen und konnten ziemlich rasch klären, dass wir kein Liebespaar werden wollen. Ich habe sie drinnen zusammen mit ihrem neuen Freund gesehen. Sie sieht sehr glücklich aus.«

»Hm«, machte Carlotta und hustete noch ein bisschen vor sich hin. Zu ihrem eigenen Erstaunen beruhigte die Zigarette sie tatsächlich ein wenig. Außerdem hatte sie jetzt endlich etwas, woran sie sich festhalten konnte.

»Ich nehme an, diesen Mann hat sie ganz ohne dein Zutun gefunden.« Sven klopfte ihr ein wenig auf dem Rücken herum, was aber ihr Gehüstel eher noch verstärkte.

»Darum geht es doch nun wirklich nicht! Er passt nicht besonders gut zu ihr.« Mit spitzen Fingern pflückte sie sich einen Tabakkrümel von der Unterlippe. »Aber ich werde mich da nicht einmischen. Sie scheint nämlich wirklich glücklich zu sein.«

»Letztlich ist es ja auch ihr Leben. Ehrlich gesagt, kann ich mir nicht vorstellen, dass du dir in dein Leben hineinreden lassen würdest.«

»Stimmt!« Nachdem sie die Hälfte der Zigarette geschafft hatte, warf Carlotta sie auf den Boden und trat sie aus. Das reichte fürs Erste. »Ich glaube, ich muss dann mal hineingehen und sehen, ob es noch etwas zu tun gibt für mich.«

Vielleicht fühlte sie sich nur so überflüssig, weil sie es nicht gewohnt war, an ihrem Arbeitsplatz tatenlos herumzustehen.

»Nachher stelle ich dir aber noch Angelika vor.« Sven folgte ihr zwischen den kleinen Tischen durch den Garten.

»Gern.« Noch ein Paar, das sich eng aneinander lehnen und sie anstrahlen würde! Aber das würde sie auch noch überstehen, und letztlich gönnte sie jedem sein Glück. Zumal sie eigentlich nie der Meinung gewesen war, nur mit einem Mann an ihrer Seite glücklich sein zu können.

Hinter der Bar kam der Aushilfskeller gegen die zahlreichen Wünsche der Gäste kaum an.

»Kann ich helfen?«, rief sie ihm zu.

Dankbar nickte er. »Ich habe gerade die letzte Flasche von dem französischen Weißwein aufgemacht. Und der Chianti geht auch zur Neige.«

»Ich hole Nachschub.«

Der Schlüssel zum Weinkeller hing wie gewohnt in Oskars Büro hinter der Tür. Froh, dem allgemeinen Glückstaumel für einen Moment entrinnen zu können, klapperte Carlotta auf ihren hohen Absätzen die steinernen Stufen zum Keller hinab.

Selbst hier unten waren die Musik und das Stimmengewirr noch schwach zu hören. Sie legte drei Flaschen Weiß- und drei Flaschen Rotwein in den dafür bestimmten Korb und lehnte sich für einen Moment gegen das Flaschenregal. Sie fühlte sich so erschöpft, als hätte sie den ganzen Abend hart gearbeitet.

Jemand hatte das kleine Fenster ganz hinten in dem niedrigen Raum geöffnet. Tanja beklagte sich immer über die muffige Luft hier unten und pflegte zu sagen, man müsse eben auch mal lüften, während Oskar darauf beharrte, dass genau das richtige Klima zur Weinlagerung herrschte, wenn man Fenster und Tür konsequent geschlossen hielt. Carlotta fand zwar auch, dass es etwas zu sehr nach Keller roch, aber sie hielt sich aus dieser Debatte heraus, weil sie nicht die geringste Ahnung hatte, ob Wein es im Keller eher muffig oder lieber frisch gelüftet mochte, und außerdem fand, dass sie die zwei oder drei Minuten, die sie sich hier unten aufhielt, um ein paar Flaschen aus dem Regal zu nehmen, in jedem Fall überstehen konnte.

Sie versucht, sich ein wenig zu entspannen und betrachtete die ordentlich aufgereihten Flaschen. Aus der Ferne war die lebhafte Fröhlichkeit viel besser zu ertragen, doch noch während sie das für sich feststellte, kam sie sich regelrecht gehässig vor, weil sie trotz ihrer ehrlichen Bemühungen offenbar nicht in der Lage war, anderen Menschen ihr Glück von Herzen zu gönnen.

Durch das offene Fenster wehte ein Musikfetzen zu ihr herein. Sie wandte den Kopf und lauschte.

»Moon river, wider than a mile ...«

Wie merkwürdig, dass ihr seit ein paar Wochen immer wieder dieses Lied begegnete! Früher hatte sie es sehr gern gehört, weil es sie an heiße, träge Sommernächte erinnerte, wie sie sie liebte und wie es sie hierzulande viel zu selten gab. Jetzt wollte sie diese Melodie vorerst lieber nicht mehr hören. Nicht, solange sie dabei an die Kerzen in Fabians Garten, an seine Augen und seine Berührungen denken musste.

Carlotta griff nach dem Korb mit den Flaschen und eilte auf die Tür zu. Vielleicht konnte sie Oskar überreden, eine andere CD einzulegen. Oder sie würde rasch den Wein an der Bar abgeben und sich dann für ein paar Minuten irgendwo verkriechen, wohin die Musik nicht drang.

Carlotta hatte den Kellerraum schon fast durchquert, als ein heftiger Luftzug über sie hinwegstrich. Irgendwo im Haus musste jemand eine Tür oder ein Fenster geöffnet haben. Mit einem lauten Krachen fiel die schwere Kellertür ins Schloss.

Auch das noch! Misstrauisch beäugte Carlotta die verrostete Klinke. Sie hatte immer darauf geachtet, die Tür nicht zu schließen, wenn sie Wein holte, auch weil Oskar eine lustige Geschichte zu erzählen pflegte, die davon handelte, wie er während seiner ersten Wochen in diesem Haus einmal eine ganze Nacht im Weinkeller verbracht hatte, weil die Tür ins Schloss gefallen war und sich von innen nicht mehr öffnen ließ. Er behauptete, es sei eine gar nicht so schreckliche Situation gewesen, gemeinsam mit einigen hundert Flaschen guten Weins eingesperrt zu sein, und die Putzfrau, die ihn morgens befreite, hätte ihn bei bester Laune vorgefunden. Dennoch legte Carlotta keinen Wert darauf, eine ähnliche Erfahrung zu machen. Oskar behauptete zwar, er würde nun immer dafür sorgen, dass das Schloss geölt sei, aber sie wusste, dass er lästige Tätigkeiten gern vor sich herschob.

Sie stellte den Korb wieder ab und legte beide Hände auf die Klinke, um sie mit einem Ruck herunterzudrücken. Alles, was sie damit erreichte, war ein leises, knarzendes Geräusch. Die Klinke gab keinen Zentimeter weit nach.

Obwohl sie es noch vor fünf Minuten nicht sonderlich eilig gehabt hatte, oben mit all den fröhlichen, verliebten Menschen zu feiern, musste Carlotta sich beherrschen, um nicht vor lauter Frust loszuheulen, weil sie womöglich stundenlang mutterseelenallein im Keller würde hocken müssen. Das war ja noch einsamer als einsam! Und trotzdem kein Grund, selbstmitleidig vor sich hin zu schluchzen, wie sie sich sofort energisch erklärte.

Entschlossen ging sie noch einmal auf die Klinke los, die diesmal immerhin ein paar Millimeter nach unten ruckte. Daraufhin schöpfte sie Hoffnung und rüttelte mit aller Kraft an Tür und Riegel. Es quietschte und knarrte, aber sie war immer noch eingesperrt.

»There's such a lot of world to see …« klang es von oben nicht gerade tröstend zu ihr herab, während sie finster die Tür musterte, die sie von ebenjener Welt trennte, die es zu sehen gab.

Nachdem sie noch ein wenig gerüttelt und gezerrt hatte, sah sie ein, dass es ihr nicht gelingen würde, diesen Kellerraum aus eigener Kraft zu verlassen.

Sie ging zur hinteren Wand des Raumes, stellte sich auf die Zehenspitzen, um näher an das Fenster heranzukommen, und zögerte, weil es ihr ziemlich übertrieben vorkam, lauthals um

Hilfe zu brüllen, nur weil sie seit zwei Minuten im Keller eingesperrt war. Es konnte nicht lange dauern, bis an der Bar endgültig der Wein ausging und irgendjemand herunterkam, um Nachschub zu besorgen.

Dennoch rief sie einmal halblaut »Hallo?!« nach draußen. Keine Reaktion, was sie nicht anders erwartet hatte, denn der Garten lag um die Hausecke herum, und die Musik lief mittlerweile um einiges lauter, ebenso wie die Gespräche und das Gelächter noch lebhafter geworden waren. Wahrscheinlich hätte sie aus voller Kehle brüllen können, ohne dass jemand sie gehört hätte.

Zum Glück war wenigstens *Moon River* zu Ende, und jetzt ließ sich ein ihr unbekannter Sänger über die Liebe im Allgemeinen und im Besonderen aus.

Carlotta hockte sich auf die niedrige, wackelige Bank unter dem Fenster, fröstelte vor sich hin und versuchte, sich in Geduld zu fassen. Als ihr plötzlich einfiel, dass dies vielleicht genau der Moment war, in dem ihr chaotischer Architekt vorbeischaute, sprang sie auf, rückte die Bank unter die Fensteröffnung und brüllte ein herzhaftes »Hilfe« hinaus. Das jedoch wie erwartet niemand zu hören schien. Ebenso wenig beim zweiten, dritten und vierten Versuch. Dennoch war sie inzwischen in Schwung geraten und rief weiter, weil es ihr sinnvoller erschien, als tatenlos herumzusitzen.

Sie war schon ziemlich heiser, als sie plötzlich eine Berührung am Rücken spürte und vor Schreck so laut aufkreischte, dass vielleicht doch noch jemand sie gehört hätte, wenn es jetzt noch nötig gewesen wäre.

»Wir haben oben keinen Tropfen Wein mehr«, verkündete der Aushilfskellner, dem sie vor einer halben Stunde Nachschub versprochen hatte, in anklagendem Ton. »Und ich kenne mich hier doch nicht aus. Der Chef steht in einer Ecke und knutscht, da habe ich mich nicht getraut zu stören. Wenn Sie nicht so laut geschrien hätten, hätte ich den Weinkeller gar nicht gefunden.«

»Genau deshalb brülle ich mir ja die Seele aus dem Leib! Sie hätten ruhig mal ein bisschen früher nach mir suchen können.« Mürrisch drückte Carlotta ihm den Korb mit den Weinflaschen in die Hand.

»Ich wusste ja nicht, wie lange das Weinholen hier dauert.«

»Dachten Sie, ich fahre zum nächsten Supermarkt? Ansonsten dauert bei Zugluft im Haus das Holen von Getränken offensichtlich genau so lange, bis man gerettet wird.«

Der Mann murmelte etwas von merkwürdigen Verhältnissen, aber Carlotta achtete nicht auf ihn, sondern eilte über die ausgetretenen Steinstufen aufwärts. Nach der nackten Glühbirne im Keller brauchte sie einen Moment, um sich an das schummerige Kerzenlicht in der Bar zu gewöhnen. Zunächst sah sie nur schemenhafte Gestalten.

»Wo warst du denn nur?«

Als Carlotta ihre Tante Adelheid erkannte, zuckte sie erschrocken zusammen. »Seit wann bist du denn aus Griechenland zurück?«

»Seit heute Abend. Und ich wollte gleich meine Ilsebill holen, weil ich ihr eine große Überraschung mitgebracht habe.«

»Ein griechisches Salatblatt?«

»Etwas viel Wunderbareres!« Adelheid strahlte mit den Kerzen um die Wette. »Es ist wirklich zauberhaft. Du musst dir das ansehen. Lilli ist auch ganz begeistert. Als bei euch keiner zu Hause war, habe ich deine Schwester auf ihrem Handy angerufen, und sie hat den jungen Mann, mit dem sie jetzt zusammen ist, mit dem Auto vorbeigeschickt, damit er mir aufschließt und ich Ilsebill aus dem Haus holen kann. Er scheint ja nicht ganz so schlimm zu sein, wie ich es mir beim Anblick seines Autos vorgestellt habe, obwohl ich der Meinung bin, dass Lilli eine bessere Partie machen könnte. Aber Hauptsache, sie ist glücklich, nicht wahr? Jedenfalls wäre es viel praktischer, wenn ich einen eigenen Schlüssel hätte, dann gäbe es diese Probleme nicht immer wieder, und ich müsste auch nicht mit wildfremden Männern in alten Autos herumfahren.«

Wie immer überhörte Carlotta geflissentlich Adelheids Wunsch nach einem eigenen Hausschlüssel für das Haus der Schwestern. »Hast du Ilsebill etwa wieder mit hierher gebracht?« Misstrauisch beäugte sie die große Tasche, die die Tante bei sich hatte.

»Nicht nur Ilsebill!« Freudestrahlend stellte Adelheid ihre Tasche auf einen Tisch, an dem zwei Paare saßen, die zwangsläufig zusammenrücken mussten, als Adelheid sich zwischen sie drängte.

»Falls Ilsebill da drin ist, lass sie bitte auch dort! Du weißt, was letztes Mal passiert ist, als du sie auf der Bar hast laufen lassen.«

Carlotta streckte die Hand aus, um Adelheid daran zu hindern, den Reißverschluss ihrer Tasche aufzuziehen. Zu spät. Im nächsten Moment krabbelte Ilsebill zwischen den Weingläsern auf dem Tisch herum. Und bekam Sekunden später Gesellschaft.

»Was ist das?« Trotz der lauten Musik wandten alle in der Nähe Sitzenden und Stehenden bei Carlottas schrillem Ausruf die Köpfe.

»Das sieht man ja wohl!« Adelheid war empört über die Begriffsstutzigkeit ihrer Nichte. »Lilli hat sich sofort sehr für Ilsebill gefreut. Endlich ist sie nicht mehr allein. Sie hat jetzt einen Mann.«

»Einen Mann?« Im letzten Moment hinderte Carlotta Ilsebills neuen Schildkrötenmann daran, über die Tischkante ins Nichts zu marschieren. Es wurde immer schlimmer! Jetzt traten selbst Schildkröten nur noch als Paare auf.

»Ich habe ihn in Griechenland im Schaufenster einer kleinen Tierhandlung gesehen und wusste sofort, das ist er«, erzählte Adelheid. »Ich musste ihn einfach über die Grenze schmuggeln! Herr Schirmer hat mir die ganze Fahrt über vorgejammert, was er für eine Angst hatte, dabei wäre ich doch diejenige gewesen, die ins Gefängnis gekommen wäre. Euer Nachbar ist ein ziemlicher Langweiler, ich habe mich nach dieser Urlaubswoche von ihm getrennt.«

Adelheids Blick war so vorwurfsvoll, als würde sie es einzig und allein Carlotta anlasten, dass deren Nachbar ihren Ansprüchen nicht entsprach.

»Da magst du Recht haben«, stimmte Carlotta ihr brav zu. »Es ist eben nicht so einfach, den Richtigen zu finden.«

»Man muss einfach nur Geduld und die richtige Taktik haben.« Adelheids lange, violett lackierte Fingernägel verschwanden in ihrem bunten Haar, in dem Carlotta neben den bläulich-roten nun auch wieder grüne Strähnchen zu erkennen meinte. Offenbar war ein griechischer Friseur in einen Farbenrausch geraten. »Jedenfalls musst du doch zugeben, dass Herr Schirmer, eigentlich waren wir ja schon bei Hans und Heidi, ein echter Angsthase ist, zumal ich ja diejenige war, die bestraft worden wäre. Und dann die ganze Zeit dieses Gejammere!«

»Ja. Du wärst sicher für mindestens zehn Jahre eingebuchtet worden«, stimmte Carlotta ihr kraftlos zu, rettete Ilsebills Mann ein weiteres Mal vorm Absturz und steckte ihn kurzerhand zurück in die Tasche. Ilsebill hatte sich mittlerweile über das Glas eines der Männer am Tisch hergemacht, der dem Schauspiel mit weit aufgerissenen Augen zusah. Wahrscheinlich glaubte er, er befände sich in einer Art originellem Delirium tremens, in dem statt weißer Mäuse Schildkröten herumtanzten. Die beiden Frauen am Tisch wollten sich vor Lachen ausschütten, und eine davon machte sich auf den Weg zur Bar, um Ilsebill einen weiteren Drink zu besorgen.

»Du bekommst Ärger mit dem Tierschutzverein, wenn du das arme Vieh ständig Alkohol trinken lässt«, drohte Carlotta ihrer Tante, obwohl sie keine große Hoffnung hatte, Adelheid könnte sich vor dem Tierschutzverein fürchten, nachdem sie offenbar bereit gewesen war, die vermeintlich auf Schildkrötenschmuggel stehende Zuchthausstrafe zu riskieren.

Mit einem geschickten Griff entfernte Carlotta Ilsebill von dem inzwischen fast leeren Glas und setzte sie zu ihrem Schildkrötenmann in die Tasche. »Der Ärmste hat eine Alkoholikerin zur Frau«, stellte sie fest und schloss energisch den Reißverschluss.

»Ich habe ihn Fischer getauft, obwohl das ja eigentlich kein richtiger Name ist«, strahlte Adelheid. »*Der Fischer und seine Frau*, nach der Frau des Fischers habe ich damals Ilsebill benannt, weil sie auch immer nicht wusste, was sie wollte, wenn ich ihr Futter gab.«

»Eine wunderbare Idee, ihren Mann Fischer zu nennen!«, lobte Carlotta pflichtschuldig. »Bist du nicht müde von der langen Reise?«

»Kein bisschen! Ich war so aufgeregt, wie Ilsebill und Fischer sich vertragen würden, dass mein Herz immer noch wie wild schlägt. Meinst du, ich kann einen Melissentee bekommen?«

»Den gibt es hier leider nicht.« Verzweifelt sah Carlotta sich nach ihrer Schwester um. Vielleicht gelang es ihnen mit vereinten Kräften, Tante Adelheid zur Heimkehr zu bewegen, bevor sie ein weiteres Mal ihre Schildkröten auspackte. Aber

Lilli und Jonathan waren verschwunden. Wahrscheinlich waren sie hinaus in den lauschigen Garten gegangen oder hatten sogar schon das Fest verlassen. Für einen Moment gab der Gedanke Carlotta einen Stich, dass ihre Schwester gar nicht bemerkt hatte, dass sie für mindestens eine halbe Stunde im Keller eingeschlossen gewesen war.

»Dann muss ich wohl Pfefferminzlikör trinken. Das beruhigt auch.«

Energisch griff Adelheid nach ihrer Tasche und machte sich auf den Weg zur Bar. Zeitgleich beschloss Carlotta, einfach so zu tun, als würde sie die Frau mit den Schildkröten gar nicht kennen. Erst recht nicht, falls besagte Schildkröten demnächst auf der Bar herumlaufen und sich über die Gläser der Gäste hermachen sollten. Immerhin war sie heute als Gast hier und konnte einfach hinaus in den Garten gehen oder sich sonst irgendwo verstecken.

»Wo warst du denn so lange? Da war vorhin ein absolut toller Mann, der sich nach dir erkundigt hat. War das derjenige, welcher?« Hand in Hand mit Hajo tauchte in dem Moment, da Carlotta in den Garten verschwinden wollte, Tanja vor ihr auf.

XXXII

»Wen meinst du mit ›derjenige, welcher‹?« Carlotta verschränkte die Arme vor der Brust, weil ihr Herz einen jener verbotenen kleinen Hüpfer gemacht hatte, und sah sich suchend um.

»Ich meine denjenigen, der dich durcheinander gebracht und verwandelt hat. Er ist schon wieder gegangen. Ich wollte ihn aufhalten, aber er sagte, er könne nicht länger warten. Wer war das denn nun?« Forschend sah Tanja ihrer Kollegin ins Gesicht, aber Carlotta verzog keine Miene.

»Niemand. Und schon gar niemand, der mich durcheinander bringt. Nur mein Architekt«, erklärte sie kühl und im selbstverständlichsten Tonfall.

»Aha. Und wieso hat er mich dann gebeten, *Moon River* aufzulegen, weil du dann wahrscheinlich wüsstest, dass er an der Bar auf dich wartet? Du musst eine sehr merkwürdige Beziehung zu deinem Architekten haben.«

»Ich habe gar keine Beziehung zu meinem Architekten, zumal wir uns noch nie gesehen haben. – Du sagst, er hat sich das Lied gewünscht?« Das mit den unbewegten Zügen klappte plötzlich nicht mehr. Hastig wandte Carlotta den Kopf ab und starrte die nächstbeste Kerze an.

»Ja. Macht er solche Sachen für alle seine Kunden? Und wie kommt er ausgerechnet auf diese alte Schnulze? Ich wusste gar nicht, dass du auf solche Musik stehst.« Tanja zwinkerte ihr zu.

»Tu ich auch gar nicht! Keine Ahnung, was dieser Architekt damit erreichen wollte. Wahrscheinlich hat er mal wieder irgendwas durcheinander gebracht. Er ist ein ziemlich Chaot.« *Und er begreift nicht, dass ich dieses Lied nie mehr hören will. Dabei habe ich ihm schon am Telefon gesagt, er soll es ausschalten. Nur weil ich ihm irgendwann mal was von*

Frühstück bei Tiffany *erzählt habe, muss er sich nicht einbilden, ich komme von sonst wo angerannt, wenn ich* Moon River *höre.*

Carlotta schnappte sich ein Glas Rotwein vom Tablett des vorbeieilenden Kellners, nahm einen großen Schluck daraus, stellte fest, dass Alkohol sie momentan auch nicht sonderlich beruhigte, und setzte das Glas auf einem Tischchen hinter einer üppig blühenden Kübelpflanze ab.

Am anderen Ende des Raumes entstand einiger Tumult. Das Gelächter und das Stimmengewirr schwollen an, und als Carlotta einen ahnungsvollen Blick über die Schulter wagte, sah sie, wie zwei braune Flecke sich über den hellen Marmor der Bar bewegten. Adelheid hatte mal wieder ihre Schildkröten freigelassen.

»Ich wollte gerade ein bisschen an die frische Luft«, erklärte sie hastig, nickte Tanja und ihrem Freund zu und flüchtete in den Garten.

Da die Nacht hielt, was der Abend versprochen hatte, drängelte sich auf dem Rasenquadrat unter dem klaren, funkelnden Sternenhimmel mittlerweile ein Großteil der Gäste. Alle waren genauso fröhlich, wie es der Anlass und die Mainacht erforderten, und Carlotta kam sich vor wie die einzige Spielverderberin weit und breit. Mühsam zog sie die Mundwinkel nach oben und winkte Oskar zu, der, jenes verzauberte Lächeln auf dem Gesicht, das er zurzeit wahrscheinlich nicht einmal im Schlaf verlor, dicht neben Susanna stand.

Ein wenig kam sie sich wie unsichtbar vor, als sie sich zwischen den lachenden und plaudernden Gruppen und Grüppchen hindurchschob.

»Heute ist endlich mal nicht diese viel zu lange und viel zu breite Bar zwischen uns.« Ganz so unsichtbar schien sie doch nicht zu sein. Jedenfalls sah sie der Leiter der gegenüberliegenden Bankfiliale sehr interessiert an.

»Hallo«, sagte Carlotta müde und in möglichst neutralem Ton. »Ich hoffe, Sie amüsieren sich.«

»Bisher nicht wirklich. Aber das kann ja noch kommen.« Er legte seine Hand auf ihren Oberarm und rückte so dicht an sie heran, dass sie meinte, riechen zu können, welche Weinsorte er bisher bevorzugt hatte.

»Dann wünsche ich Ihnen noch viel Spaß.« Mit einer entschiedenen Bewegung schüttelte Carlotta seine Hand ab und ging weiter.

»Und grüßen Sie Ihre Frau«, rief sie dabei über die Schulter. »Schade, dass sie heute Abend nicht dabei sein kann.«

Dann war sie endlich bei der Tür, die in den kleinen Hinterhof führte. Es wurde Zeit zu verschwinden.

Während sie auf ihrem Fahrrad durch die spätabendliche Stadt fuhr, entspannte Carlotta sich langsam. Tief atmete sie die weiche Frühlingsluft ein, und als sie an einem Pärchen vorbeiradelte, das eng umschlungen unter einer Straßenlaterne stand, lächelte sie sogar versonnen.

Sie trat so kräftig in die Pedale, dass sie kaum zehn Minuten brauchte, bis sie in ihre Straße einbog. An der Ecke wurde sie automatisch langsamer, und wie immer, wenn sie während der vergangenen Tage hier vorbeigekommen war, wanderte ihr Blick zu dem Bauzaun hinüber, über dessen obere Kante sich ein paar grüne Zweige gelegt hatten.

Ohne nachzudenken, hielt sie an, schob ihr Fahrrad über den Gehweg zum Zaun, reckte sich und pflückte einen der Zweige ab. Durch den Ruck fielen die letzten Blütenblätter wie Schnee auf sie herab. Sie ließ den Zweig zwischen ihren Fingerspitzen kreiseln und bewunderte im Licht der Straßenlaterne das frische Frühlingsgrün. Dann lehnte sie sich gegen den Zaun, drehte das raue Stöckchen weiter zwischen den Fingerspitzen und schloss die Augen. Wie so oft während der vergangenen Tage versuchte sie sich klarzumachen, dass Pflaumenblüten, Kerzen, eine edle Katzenrettungsaktion, ja sogar unglaubliche Küsse und Zärtlichkeiten nicht helfen würden, wenn im Alltag Pedanterie auf Chaos traf. Schon bald würde es angesichts von Streitigkeiten übers Aufräumen und die alphabetische Anordnung von Gewürzen keinerlei Romantik mehr geben und statt Küssen giftige Worte und noch giftigere Blicke.

So aber blieb ihr die Erinnerung an etwas, das außerhalb des Alltags stattgefunden hatte. An einen magischen, märchenhaften Irrtum.

Sie unterdrückte einen Seufzer, hauchte einen Kuss auf das Zweiglein in ihrer Hand, warf es über den hohen Zaun, stieg auf ihr Rad und fuhr langsam nach Hause.

Auf der anderen Seite des Zaunes lag Fabian mit hinter dem Kopf verschränkten Armen im Gras und sah hinauf in den alten Baum. Zum Glück war es ihm gelungen, sich auf der Geburtstagsfeier seines Schwagers früh zu verabschieden. Den flehenden Blick seiner Schwester hatte er dabei geflissentlich übersehen. Sie würde sich schon irgendwie über den restlichen Abend retten, zumal ihr Mann nach einigen Gläsern Wein derart gesprächig war, dass er die Unterhaltung fast allein bestritt, während die standhafteren seiner Kollegen tapfer versuchten, seinen Alkoholvorsprung aufzuholen.

Während Fabian über den Parkplatz des Restaurants zu seinem Wagen gegangen war, hatte er kurz erwogen, noch einmal in der Bar vorbeizufahren. Doch dann war es ihm zu aufdringlich erschienen. Schließlich kannte er nicht einmal den Namen des Gastgebers und hatte die Frau, die ihn eingeladen hatte, bisher nicht einmal persönlich getroffen. Jedenfalls nicht offiziell. Wahrscheinlich war es ohnehin eine fixe Idee, dass sie und Carlotta identisch sein könnten. Er hatte keinen Telefonbucheintrag oder einen anderen Hinweis gefunden, der ihm diesen Verdacht bestätigt hätte. Was nicht weiter verwunderlich war, denn solche Zufälle konnte es gar nicht geben.

Obwohl er eigentlich vorgehabt hatte, nach Hause zu fahren und einen ausgedehnten Abendspaziergang mit Holly zu machen, hatte er sich plötzlich vor dem alten, unbewohnten Haus wiedergefunden, lag nun unter seinem Pflaumenbaum, starrte hinauf in die Zweige und noch weiter in den klaren Sternenhimmel und dachte über das Schicksal nach. Und darüber, dass genau diese Art von Nachdenklichkeit aufhören musste.

Gerade wollte er aufstehen und endlich nach Hause fahren, als es im Baum leise raschelte und knackte. Dann hörte er auf der anderen Seite des Zaunes ein Geräusch, als hätte sich jemand gegen die Holzlatten fallen lassen.

Fabian hob den Kopf und starrte in der Dunkelheit den Zaun an, als könnte er durch die Bretter hindurchsehen, wenn er sich nur genügend anstrengte. Wahrscheinlich bildete er sich ohnehin nur ein, etwas gehört zu haben, so wie er in den vergangenen Tagen ständig meinte, Schritte auf seiner Terrasse oder das Klingeln des Telefons zu hören, nur um immer wieder festzustellen, dass er sich getäuscht hatte.

Und wenn da etwas war, war es ohnehin nur wieder die Katze, die irgendwo im Pflaumenbaum herumkletterte und gleich ihre übliche Mitleidsnummer abziehen würde. Dummerweise konnte er nicht garantieren, dass er nicht wieder darauf hereinfallen würde. Hastig rappelte Fabian sich auf, um vorsichtshalber das Weite zu suchen.

In dem Moment, da er den Kopf hob, segelte, gerade eben im Licht der nahen Straßenlaterne zu erkennen, über den Zaun hinweg zielstrebig ein kleiner Zweig zu ihm herunter. Er hob die Hand und fing ihn in der Luft auf, sah ihn lange an, schüttelte schließlich den Kopf und warf ihn ins Gras.

Fabian war bereits an der Pforte, die hinaus auf die Straße führte, als er zögerte, sich umdrehte, gedankenverloren zum Pflaumenbaum blickte und schließlich dorthin zurückging, um den kleinen Zweig aufzuheben und mitzunehmen.

»Findest du nicht, du solltest dich da besser nicht einmischen?« Jonathan lag in Lillis Zimmer auf dem Bett und sah zu, wie sie in dem Berg von Kleidungsstücken herumwühlte, den sie aus dem Zimmer ihrer Schwester geholt hatte.

»Es ist nur ein Versuch. Wahrscheinlich finde ich seine Nummer gar nicht.« Mit dem Handrücken strich Lilli sich das wirre Haar aus der Stirn. Früher waren ihre Haare immer glatt und glänzend wie ein sanfter Sommerregen auf ihre Schultern gefallen. Jetzt glichen sie oft einem wilden Wasserfall. Zumindest, wenn Jonathan in der Nähe war, der es liebte, seine Finger und sein Gesicht in der goldenen Fülle zu vergraben.

»Aber es ist doch Carlottas Sache, ob sie diesen Mann wieder sehen will oder nicht.« Jonathan, der selber keine Geschwister hatte, verstand nicht ganz, wieso Lilli und Carlotta offenbar beide den Drang verspürten, sich derart aktiv um das vermeintliche Glück der jeweils anderen zu bemühen.

»Sie will ihn wieder sehen. Und sie leidet schon seit Tagen Höllenqualen, weil sie sich einbildet, dass er und sie nicht zusammenpassen. So ist Carlotta nun mal – sie trifft Entscheidungen immer nur mit dem Kopf. Und wenn sie meint, sie könnte mit einem Mann, der die Ordnung liebt, nicht glücklich werden, dann gibt sie ihm und sich keine Chance.« Nachdem sie die Brusttasche einer giftgrünen Bluse kontrolliert hatte, griff Lilli nach einer blauen Stoffhose. »Tatsache ist, dass ich nicht so schrecklich herumwühlen müsste, wenn meine liebe Schwester ein wenig mehr Ordnung hielte.«

»Was suchst du überhaupt?« Fabian beugte sich vor, um Lillis Haar liebevoll noch ein bisschen mehr zu zerzausen.

»Sie hat eine Anzeige aufgegeben, und einer der Antwortbriefe muss der von diesem Fabian sein. Ich hatte die Briefe sogar schon mal in der Hand, als ich ihre Jeans gewaschen habe. Wahrscheinlich war seiner dabei. Und da ich Carlotta kenne, nehme ich an, sie hat die Briefe nicht weggeworfen, sondern einfach wieder irgendwohin gestopft. In eine andere Tasche – oder irgendwo anders hin, wo sie nicht hingehören.«

»Deine Schwester hat eine Bekanntschaftsanzeige aufgegeben? Wieso denn das?«

»Weil sie einen Mann für mich suchen wollte.« Lilli grinste ihn an.

»Für dich?« Jonathan wusste nicht recht, ob er amüsiert oder empört sein sollte. »Wieso denn das?«

»Vielleicht, weil ich immer noch zu feige war, vom Dreimeterbrett zu springen. Irgendwie traute sie mir wohl langsam nicht mehr zu, mein Liebesleben geregelt zu kriegen. Sie konnte ja nicht wissen, dass der Typ, der mich endlich aus der Reserve locken würde, schräg gegenüber wohnt.« Lachend warf sie Jonathan eine rote Seidenbluse an den Kopf.

»Soweit ich weiß, wird Carlotta ja auch nicht gerade vom Liebesglück verfolgt.« Schwungvoll warf er die Bluse zurück.

Lilli zuckte die Achseln. »Sie hat bisher eben auch noch nicht den Richtigen gefunden. Es gab Affären, die nie länger als ein paar Wochen oder vielleicht mal drei oder vier Monate dauerten. Dann hatte sie den Mann meistens über. Es sieht so aus, als hätte sie sich auf der Suche nach dem richtigen Mann für mich zum ersten Mal wirklich verliebt. Genau deshalb kann ich einfach nicht zusehen, dass sie ihm und sich nicht mal eine Chance gibt, nur weil sie sich einbildet, sie wären zu gegensätzlich. So gegensätzlich können sie nun auch nicht sein, nachdem sie derart auf ihn geflogen ist.«

»Vielleicht sind die beiden ja tatsächlich nicht füreinander geschaffen, und alles wird nur noch schlimmer, wenn sie einander wieder sehen.«

»Dann wissen sie es aber wenigstens sicher und müssen sich nicht ihr Leben lang fragen, ob sie nicht doch die ganz große Liebe verpasst haben.«

»Weißt du eigentlich, dass du eine unverbesserliche Romantikerin bist?« Lächelnd betrachtete Jonathan die zierliche Frau, die inmitten eines Kleiderhaufens auf dem Boden hockte.

»Und das sagt der Mann, der ein Dutzend Kerzen in seinem Fenster für mich angezündet hat!« Lilli reckte sich über die Bettkante und drückte ihm einen Kuss auf die Lippen.

Anstatt sie loszulassen, damit sie ihre Suche weiterverfolgen konnte, zog Jonathan Lilli noch dichter an sich heran und küsste sie äußerst nachdrücklich und leidenschaftlich, wohl in der Hoffnung, sie auf andere Gedanken zu bringen.

Sie erwiderte seinen Kuss, befreite sich dann aber sanft aus seiner Umarmung. »Später«, flüsterte sie ihm zu, »erst muss ich das hier noch erledigen.«

Mit einem Seufzer ließ Jonathan sie los, und sie begann, den Teil der Kleidung zu untersuchen, den sie sich noch nicht angesehen hatte.

Diesmal ließ Jonathan sie völlig in Ruhe, saß nur im Schneidersitz auf dem Bett und betrachtete sie.

Nach einer Weile hob sie irritiert den Kopf. »Wenn du mich die ganze Zeit so ansiehst, kann ich mich nicht konzentrieren.«

»Zum Taschendurchsuchen wird es reichen«, neckte er sie.

»Du bist schrecklich!« Das strahlende Lächeln, mit dem sie ihn ansah, strafte ihre Worte Lügen.

»Ich bin schrecklich verliebt in dich.« Er stützte das Kinn in die Hand und vertiefte sich erneut in ihren Anblick.

Seufzend schob Lilli die Hand in die Gesäßtasche einer schwarzen Jeans, zog einige zusammengefaltete Zettel hervor und stieß gleich darauf einen Freudenschrei aus. »Der hier ist mit *Fabian* unterschrieben! Ich habe ihn!«

»Und nun?« Interessiert sah Jonathan zu, wie sie mit dem Zettel herumwedelte, als könnte sie schon allein dadurch das Glück ihrer Schwester beeinflussen.

»Ich rufe ihn an.« Sie sprang vom Boden auf.

»Er könnte es dir übel nehmen, dass du deiner Schwester seinen Brief entwendet hast. Manche Leute sind da komisch.«

»Wenn er seinen Verstand beisammen hat und vor allem, wenn er genauso in sie verliebt ist wie sie in ihn, wird er mir ewig dankbar sein.«

Lilli atmete tief durch und griff nach dem Telefon.

»Es ist eine Handynummer, also müsste ich ihn eigentlich erreichen«, flüsterte sie Jonathan zu, während sie dem Klingelzeichen am anderen Ende der Leitung lauschte.

Tatsächlich meldete sich gleich darauf jemand. Allerdings ging die Stimme fast im Fahrgeräusch eines Autos unter, das scheinbar mit hohem Tempo und bei offenen Fenstern gefahren wurde.

»Hallo?«, brüllte Lilli, als würde sie selber mindestens in einem Düsenjet sitzen. Ihre Wangen hatten sich vor Eifer gerötet, sodass Jonathan geradezu vor Entzücken erstarrte, während er sie betrachtete.

»Ist dort Fabian?«

»Carlotta?«

»Nein, hier ist …«

»Einen Moment bitte, ich kann so schlecht verstehen.« Offenbar wurden die Autofenster geschlossen, denn gleich darauf hörte Lilli nur noch ein sanftes Brummen und konnte die Männerstimmer viel besser hören.

»Hier ist Lilli, Carlottas Schwester«, sagte sie rasch.

»Oh.« Für mindestens eine Minute waren dieser eine Laut und das gleichmäßige Geräusch des fahrenden Autos die einzige Antwort.

»Hat sie Sie gebeten anzurufen?«, fragte er dann mit einer Stimme, die sich anhörte, als würde er nicht etwa einen Wagen steuern, sondern im Schweiße seines Angesichts einen Zehntausender besteigen.

»Um Himmels willen! Sie hat keine Ahnung. Wahrscheinlich wird sie mich umbringen, wenn sie jemals erfährt, was ich hier gerade tue. Mein Leben liegt also praktisch in Ihrer Hand.« Lilli lachte leise, einerseits, weil sie momentan genau das tat, was so lange Carlottas Rolle gewesen war, andererseits aber auch, weil Jonathan vom Bett aufgestanden war, sich hinter sie auf den Boden gesetzt hatte und sie von hinten umschlang, sodass sie sich gemütlich wie in einem Sessel an ihn lehnen konnte, während seine Hände warm und kribbelnd auf ihrem Bauch ruhten.

»Ich weiß, dass ich mich eigentlich nicht in Carlottas Leben einmischen sollte. Früher habe ich das auch nie getan, aber diesmal kommt es mir falsch vor, einfach tatenlos zuzusehen.«

»Können Sie mir sagen, warum Carlotta in meinem Leben aufgetaucht ist und mich völlig durcheinander gebracht hat, um dann genauso plötzlich wieder zu verschwinden?«

»Ja.« Lilli schluckte. »Eigentlich hat sie einen Mann für mich gesucht. Weil sie nicht mehr mitansehen konnte, dass ich mich ständig in die falschen Männer verliebt habe. Sie wollte jemanden finden, der zu mir passt.«

»Jemanden, der ordentlich und solide ist?« Durch den Hörer kam ein unterdrücktes Ächzen.

»Genau. Obwohl ich sehr gut auch mit etwas weniger Ordnung und Solidität und mehr Spaß und Spontaneität umgehen kann, wie sich mittlerweile herausgestellt hat.« Lilli legte den Kopf zurück, sodass er an Jonathans Schulter lehnte, sah ihm von unten ins Gesicht und kicherte. »Das spielt aber jetzt keine Rolle. Jedenfalls waren Sie von Carlotta eigentlich für mich vorgesehen, und als sie sich dann in Sie verliebte, war sie einigermaßen geschockt davon, wie perfekt Sie Ihr Leben im Griff haben. Sie konnte sich gar nicht darüber beruhigen, wie ordentlich bei Ihnen alles ist, und meint nun, das zwischen ihr und Ihnen wird niemals gut gehen. Sie ist nämlich, ehrlich gesagt ... Also – sie ist sozusagen ein bisschen chaotisch.«

»Du liebe Güte, sie ist es tatsächlich! Einen Moment bitte, ich muss mal anhalten.«

Lilli wartete geduldig, bis das leise Brummen des Motors erstarb.

»Sagen Sie mir bitte Carlottas Nachnamen?« Fabian klang ganz kraftlos. »Ich konnte es nicht glauben, aber jetzt weiß ich, dass ich mich nicht getäuscht habe. Carlottas Stimme am Telefon ... Unglaublich.«

»Ich verstehe nicht ganz, wovon Sie reden.«

»Das ist ein bisschen kompliziert. Jedenfalls sieht es so aus, als hätten Carlotta und ich uns insgesamt drei Mal kennen gelernt. Einmal bin ich vom Baum gefallen, als sie vorbeiging. Dann haben wir immer wieder miteinander telefoniert, ohne es jemals zu schaffen, uns zu treffen. Und als wir uns schließlich trafen, hatten wir keine Ahnung, dass wir uns eigentlich schon kannten. Wenn auch nicht vom Sehen, so doch vom Reden.«

»Aha«, machte Lilli, ohne wirklich etwas begriffen zu haben.

»Noch komplizierter ist es aber dadurch geworden, dass wir uns gegenseitig etwas vorgemacht haben«, fügte Fabian nach kurzer Pause nicht wirklich erhellend hinzu.

»Heißt das, Sie werden Carlotta und sich noch eine Chance geben?« Die kleinen senkrechten Falten über Lillis Nasenwurzel wurden vor Anspannung noch ein wenig tiefer, während sie sich das Haar aus dem Gesicht strich, das Jonathan schon wieder zärtlich durcheinander gebracht hatte.

»Ich hätte uns immer jede Chance gegeben. Aber bisher hatte ich nur eine vage Ahnung, wer sie ist und dass ich sie tatsächlich erreichen kann. Sie hat nämlich ihre Handynummer gewechselt, damit ich sie nicht mehr anrufen kann.«

»Wenn sie etwas tut, tut sie es gründlich«, seufzte Lilli.

»Ja.« Das klang fast verträumt. Im nächsten Moment kam ein kurzer Aufschrei, der Lilli zusammenzucken ließ. »Ich muss ... Ich habe keine Zeit mehr, denn ich bin mit ihr verabredet. Das heißt, bis zu Ihrem Anruf wusste ich nicht genau, dass es wirklich sie ist, die gleich in mein Büro kommt. Aber ich habe es geahnt, und deshalb habe ich gestern Abend zwei Stunden lang aufgeräumt. Ich muss das sofort wieder rückgängig machen. Vielen Dank für Ihren Anruf. Wünschen Sie mir Glück.«

»Viel Glück!«, sagte Lilli gehorsam und hörte als Antwort nur noch das Klicken, mit dem Fabian das Gespräch beendete.

»Ist die Mission zu deiner Zufriedenheit verlaufen?«, erkundigte sich Jonathan und küsste ihren Nacken.

»Ich habe keine Ahnung.« Lilli drehte sich zu ihm um, schlang die Arme um seinen Hals und sah ihm tief in die Augen. Entzückt stellte sie fest, dass das Braun seiner Iris noch ein wenig dunkler wurde, wie immer, wenn sie ihm sehr nahe kam. Dann erinnerte es sie unweigerlich an Schokolade, und zwar an die Sorte, die sie am allerliebsten mochte: Zartbitter. »Jedenfalls habe ich mein Bestes gegeben.«

»Soll das heißen, dass du jetzt Zeit für mich hast?«

Nun bekam sein Blick auch noch etwas Schmelzendes, dem sie ebenso wenig widerstehen konnte wie Schokolade. Sie nickte und verteilte ein paar Küsschen auf seinem Gesicht. »Am liebsten würde ich jetzt mit dir schwimmen gehen. Aber am hellichten Tag ist das vielleicht nichts für uns. Zu wenig Abenteuer und Spannung.« Sie grinste ihn an.

»Wir könnten noch ein paar Stunden warten. Ich halte es ohnehin für zu früh, weil du womöglich noch nicht genug Mut für den Dreimeterturm gesammelt hast.« Er grinste zurück, zwinkerte ihr zu und zog sie dichter an sich, sodass sie auf seinem Schoß saß und die Schenkel um seine Hüften schlang. Dabei interessierte es sie noch nicht einmal, dass sie einen Teil von Carlottas Sachen zerdrückten, die um sie herum auf dem Teppich verteilt waren.

»Ich weiß überhaupt nicht, was du meinst.« Sie knabberte ein bisschen an seinem Ohrläppchen und fragte sich, wie es hatte passieren können, dass sie sich plötzlich in jeder Minute so lebendig fühlte, während sie doch früher immer nur darauf gewartet hatte, dass irgendwann ihr Leben begann.

»Bei unserem letzten nächtlichen Besuch im Schwimmbad schien es mir, als hätte eine bestimmte Sache, mit der wir uns vorher gemeinsam beschäftigt haben, zu deinem Todesmut beigetragen.« Ganz nebenbei und mit harmloser Miene öffnete er den obersten Knopf ihrer Bluse.

»Du bist immer noch und immer wieder ziemlich eingebildet, nicht wahr?« Sie kicherte und schob ihre Hände unter sein T-Shirt.

»Ich finde, dazu habe ich allen Grund. Ein Mann, den eine Frau wie du liebt, muss einfach irgendetwas an sich haben.« Seine Finger glitten an der Knopfleiste ihrer Bluse hinab, berührten kurz ihre Gürtelschnalle und legten sich dann zärtlich um ihr Gesicht.

Plötzlich waren sie beide ernst, sahen einander in die Augen und wussten, dass genau dies das Besondere zwischen ihnen war. Sie waren nicht einfach zwei Menschen, die sich ineinander verliebt hatten, sondern sie schenkten sich gegenseitig genau das, was sie bisher vermisst hatten, ohne es zu bemerken. Jonathans Lebensfreude und Lillis Ernsthaftigkeit, ihre Träume und seine Tatkraft wurden zu etwas Neuem, das es nur dadurch gab, dass sie zusammen waren.

Nachdem sie einander lange stumm angesehen hatten, brachte Jonathan seine Lippen dicht an Lillis Ohr und flüsterte ihr etwas zu.

Sie lächelte, schämte sich nicht der Tränen, die ihr in die Augen stiegen, und sagte dann leise: »Ich auch, Jonathan. Ich auch.«

XXXIII

»Sie ist es tatsächlich, Holly! Die Frau, die mir am Telefon so energisch erzählt hat, ich solle dich gefälligst bei mir behalten, und Carlotta, die mit uns beim Tierarzt war – ein und dieselbe!«

Wieder und wieder schüttelte Fabian den Kopf, während er seinen Wagen durch den lebhaften Stadtverkehr lenkte und gelegentlich dem Retriever im Rückspiegel einen Blick zuwarf. Als hätte sie genau verstanden, was ihr Mensch ihr sagen wollte, stand Holly mit erhobenem Kopf und gespitzten Ohren auf der Ladefläche des Kombis und starrte ebenso angespannt nach vorn auf die Straße, wie Fabian es gerade eben tat.

»Wir haben noch eine Menge zu erledigen, bevor sie kommt«, erklärte Fabian sich selber und Holly und gab Gas, um eine Ampel noch bei Gelb zu schaffen.

Eine knappe Viertelstunde vor dem Termin mit jener Frau Merian, die sich nun als Carlotta entpuppt hatte, erreichte Fabian das Gebäude, in dem sein neues Büro lag. Er parkte den Wagen vor einer Ausfahrt, weil er mittlerweile wusste, dass zu dieser Tageszeit in dieser Gegend Parkplätze knapp waren, und er eher einen Strafzettel riskieren wollte, als Carlotta einen weiteren Schock bezüglich seiner vermeintlichen Pedanterie zuzumuten.

Er nahm sich nicht die Zeit, auf den Fahrstuhl zu warten, sondern stürmte, Holly auf den Fersen, zu Fuß hinauf in den vierten Stock. Erst im dritten Anlauf gelang es ihm, die Tür zu den Büroräumen aufzuschließen, nachdem ihm zwei Mal der Schlüssel aus den zitternden Fingern geglitten war.

»Diese Frau macht mich fertig!«, teilte er Holly mit und ließ die Hündin als Erste in den Vorraum laufen, in dem ab Beginn der nächsten Woche endlich Frau Blies sitzen und über seine Termine und ein Mindestmaß an Ordnung wachen würde. Heute aber war es gut, dass sie noch nicht da war. Was hätte sie von einem Chef halten sollen, der wie wild kreuz und quer durch die beiden großen Büroräume stürmte und so viel Unordnung schaffte, wie er nur konnte?

Die Aktenordner, die er am vergangenen Abend mühsam alphabetisch geordnet hatte, wurden aus dem Regal gerissen und in unregelmäßigen Stapeln im ganzen Raum verteilt, die Fachbücher auf dem obersten Regalbrett, in einem Anfall von Liebeswahnsinn um zehn Uhr abends nach Größen und Farben sortiert, fanden ihren Platz auf Fensterbrett und Schreibtisch, die Türen des Büroschranks, vor zwölf Stunden sorgfältig abgeschlossen, nachdem alles hineingestopft worden war, was in irgendeiner Weise das Bild größtmöglicher Ordnung stören konnte, wurden weit aufgerissen, um auf diese Weise ein Bild des schönsten Chaos zu schaffen, nachdem ein Teil des Inhalts noch zusätzlich auf dem Boden vor dem Schrank verteilt worden war.

Als die Glocke im Vorraum anschlug, erstarrte Fabian sekundenlang, eilte dann in den Waschraum, brachte mit einem beherzten Griff beider Hände seine Haare in einen sehr lässigen Zustand, bereute kurzfristig, sich morgens gründlich rasiert zu haben, weil das vielleicht zu ordentlich und seriös wirkte, und ging endlich zur Tür.

Holly stand schon bereit, um den Gast zu kontrollieren und notfalls in die Flucht zu schlagen. Als Fabian sie nicht wie gewohnt beim Halsband packte und zurückzog, war sie sichtlich irritiert. Noch mehr schien es sie zu wundern, dass ihr ansonsten so energischer Mensch sich so hinstellte, dass der Blick des Gastes zunächst auf den Retriever fallen musste. Dass Fabian sich feige hinter sich öffnenden Türen versteckte, war neu für Holly.

Die Tür schwang auf, Holly bellte einmal kurz und freute sich dann schweifwedelnd über die Frau, die zu Besuch kam.

Diese dagegen tat zunächst einmal nichts. Zumindest trat sie nicht ein. Also entschloss Holly sich, die Initiative zu ergreifen, ihr sachte die Pfoten auf die Schultern zu legen und zumindest den Versuch zu machen, ihr freundlich über das Gesicht zu lecken. Eine Aktion, die bisher noch immer den Effekt gehabt hatte, denjenigen, dem sie auf diese Art ihre Aufmerksamkeit zuteil werden ließ, aus jeglicher Lethargie zu erwecken. Auch in diesem Fall funktionierte es perfekt.

»Nicht!« Carlotta bog den Kopf zurück und schob die Hündin sachte weg.

»Holly?«, sagte sie dann, weil sie immer noch nicht glauben konnte, was sie sah.

Die Hündin wedelte freundlich, bellte kurz und zustimmend und schaffte es, wenigstens einmal kurz über den Handrücken der Frau zu lecken, die sich so merkwürdig und fremd verhielt, obwohl man doch eigentlich recht gut miteinander bekannt war. Im Gegenteil, jetzt wich die Frau auch noch einen Schritt zurück und erweckte den Anschein, als wollte sie das Weite suchen.

»Lauf nicht schon wieder weg! Bitte!« Als Fabian hinter der Tür hervortrat, zuckte Carlotta zusammen, obwohl sie seit Hollys Begrüßung gewusst hatte, dass er es war, der sie in diesem Büro empfangen würde.

»Was machst du hier?«, flüsterte sie nach einem kurzen, hilflosen Schweigen und legte ihre Hand auf den Kopf der Hündin, die sich liebevoll an ihre Beine drängte.

»Ich …« Er hob die Schultern und ließ sie wieder fallen. »Mein Name ist Fabian Wolf.«

Carlotta starrte ihn so ungläubig an, als könnte sie ihren Augen nicht trauen. »Aber … Das kann doch gar nicht sein.«

»Ich weiß. Aber es ist trotzdem passiert.« Um seine Lippen spielte genau jenes Lächeln, das sie in qualvollen Nächten immer wieder im Schlaf gesehen hatte, um sofort aufzuschrecken und zu begreifen, dass sie ihn nie wieder lächeln sehen würde und lächeln sehen durfte. Da aber stand er, streichelte sie mit den Augen und streckte die Hand nach ihr aus, weil sie immer noch bewegungslos vor der offenen Tür stand. »Es scheint, als müsste das Schicksal manchmal zu einigen Tricks greifen, um diejenigen zusammenzubringen, die zusammengehören.«

Seine Finger legten sich um ihr Handgelenk. Dann zog er sie sanft über die Schwelle und an sich heran, bis sie so dicht vor ihm stand, dass sie die Luft anhalten musste, damit ihre Brust beim Einatmen nicht seine berührte.

»Das mit uns geht nicht. Es wird nicht gut gehen«, hauchte sie, ihre Lippen nur Zentimeter von seinen entfernt.

»Wir haben es nicht mal versucht«, flüsterte er, und jetzt waren es nur noch Millimeter, die sie trennten.

Unter Aufbietung all ihrer Willenskraft legte Carlotta ein wenig den Kopf zurück, hielt sich aber weiter an seinem Blick fest, der heute alles gleichzeitig zu sein schien: tiefgründiger Waldsee, Sommerhimmel, Sternennacht, ein Versprechen und eine Warnung.

»Wir müssen vernünftig sein und die Tatsachen sehen.« Sie sprach klar und laut, wie von einer Bühne herunter, um auch die Zuschauer in der letzten Reihe über die unumstößliche Wahrheit zu informieren.

»Welche Tatsachen?« Er legte seinen Zeigefinger gegen ihre Wange und streichelte sie so sanft, dass es ihr die Kehle zuschnürte.

»Du und ich … Ich habe gesehen, wie du lebst. Du sortierst deine Hemden nach Farben und deine Gewürze nach dem Alphabet. Innerhalb von vier Wochen würdest du mich nicht mehr ertragen. Und mich würde es wahnsinnig machen, wenn jemand immer alles wegräumt. So bin ich nicht, und so kann ich auch nicht sein. Ich will nicht mal so sein. Du hättest so gut zu meiner Schwester gepasst, aber die hat jetzt einen anderen Mann. Außerdem könnte ich es wohl ohnehin nicht ertragen, sie und dich zusammen zu sehen. Ich habe alles falsch gemacht.«

Verzweifelt schwieg sie und senkte den Blick, weil all die Liebe in seinen Augen es ihr auch nicht einfacher machte. Es gab genug Menschen, die vor Liebe die Vernunft außer Acht ließen. Wahrscheinlich gehörte er auch dazu. Also musste sie für beide denken und für beide vernünftig sein.

»Ich gehe jetzt lieber.« Mit einer jähen Bewegung drehte sie sich um und machte einen Schritt auf die offene Tür zu.

Ebenso ruckartig, wie sie sich abgewandt hatte, bewegte sich auch Fabian. Er war so rasch neben ihr, dass sie gar nicht begriff, was geschah, als er sie in seine Arme zog, so fest hielt, dass es ihr fast wehtat, und sie endlich küsste.

Dieser Kuss war alles gleichzeitig: glühend heiß und eiskalt, sanft und wütend, vielsagend und doch fragend.

Carlotta hob die Hände, um ihn von sich zu stoßen – und konnte doch nicht mehr tun, als sich an seinen Schultern festzuklammern. Sie wollte die Lippen aufeinander pressen und erwiderte doch voller Leidenschaft und Sehnsucht seinen Kuss. Sie wollte weglaufen und drängte sich nur noch dichter an ihn. Ihre Zunge kam seiner zärtlich entgegen, spielte mit ihm, tanzte einen leidenschaftlichen Tanz auf seiner Unterlippe, schlüpfte in seine warme Mundhöhle, wollte unersättlich mehr und mehr.

Als sie nach einer atemlosen Ewigkeit wenigstens einen kleinen Teil ihrer Vernunft wiederfand, konnte sie sich immer noch nicht von ihm lösen, weil ihre Knie so weich waren, dass sie wahrscheinlich umgesunken wäre, hätte sie aufgehört, sich an ihn zu klammern.

»Dieser Kuss war ganz entsetzlich falsch«, sagte sie atemlos. »Wir werden uns gegenseitig ins Unglück stürzen.«

»Oder ins Glück.« Er senkte den Kopf und küsste ihre Hand, die sich in den Stoff seines Jacketts krallte, als wolle sie ihn nie wieder loslassen.

»Du verstehst einfach nicht, wovon ich rede!«

»Du verstehst einfach nicht, dass es hier nicht um sortierte Hemden, sondern um Liebe geht«, widersprach er ihr sanft.

Sie rollte mit den Augen und suchte nach Argumenten, die ihr aber nicht einfallen wollten, solange sie seinen Kuss auf den Lippen spürte und seinen Geschmack auf der Zunge hatte.

»Aber manchmal ist Liebe nicht genug«, sagte sie schließlich mit schwacher Stimme und ertrank zum dritten Mal innerhalb von einer Minute in seinen Augen.

»Das können wir nicht wissen, bevor wir es ausprobiert haben. Ich weiß ja nicht, wie es dir geht, aber das, was ich bisher mit dir erlebt und gefühlt und geredet habe, reicht eindeutig, um ein paar Gegensätze auszuhalten.«

»Meinst du, das könnte wirklich gehen?« Immer noch war sie nicht in der Lage, ihre Hände von seinen Schultern zu nehmen und wenigstens ein paar Zentimeter Luft zwischen ihre Körper zu bringen.

»Ja.« Seine Lippen streiften ihre Schläfe und berührten dann ihr Haar.

»Ja?«

»Ja. Wenn du es auch versuchen willst.«

Sie erstarrte, zögerte, versank in seinen Augen, spürte seine Nähe und nickte schließlich.

»Dann komm, ich will dir etwas zeigen.« Zärtlich löste er ihre Hände von seinen Schultern, legte den Arm um sie und führte sie ein paar Schritte weiter in die Büroräume hinein. Holly sprang fröhlich um sie herum. Die Küsserei war ihr langweilig geworden, und sie freute sich, dass Bewegung in die Sache kam.

»Und nun sieh dich um. Und erinnere dich an den Typen, mit dem du die ganze Zeit telefoniert hast. Den Mann, der nicht in der Lage ist, ohne seine Sekretärin seine Termine in den Griff zu bekommen. Den Typen, der seine Termine irgendwo notiert und nie weiß, wo das war. Vergiss endlich die blöden Hemden in meinem Schrank und erinnere dich!«

Sprachlos sah Carlotta sich um. Ihr Blick glitt über die großzügig im Raum verteilten Aktenordner, erfasste den chaotischen Schreibtisch und inspizierte aus der Ferne den Inhalt des überquellenden Büroschranks.

»Ich habe gestern Abend stundenlang aufgeräumt, weil ich bei unserem letzten Telefongespräch meinte, deine Stimme zu erkennen, und plötzlich ahnte, wieso du mir schon damals im *Café Dschungel* so vertraut warst. Und weil du mich schließlich glauben gemacht hattest, dass du eine ziemliche Ordnungsfanatikerin bist. Obwohl natürlich deine Art, ständig Termine zu versäumen, nicht gerade dafür sprach. Aber klar denken kann ich im Zusammenhang mit dir schon lange nicht mehr.« Er zog sie noch ein wenig dichter an seine Seite und presste für einen Moment den Mund in ihr Haar, um ihren Duft aufzunehmen.

»Ich habe mich so nach dir gesehnt!«, flüsterte er.

»Was für ein furchtbares Durcheinander!« Es war nicht ganz klar, ob Carlotta den Zustand des Büros oder die Geschichte zwischen Fabian und sich meinte.

»Ich hatte ziemlichen Stress, eben noch schnell vor deiner Ankunft den Urzustand wieder herzustellen«, bemerkte Fabian fröhlich. »Wenn dich die Unordnung wider Erwarten doch schockiert, müssen wir eben gemeinsam aufräumen.«

Sie lachte. »Nein, das schockiert mich nicht im Geringsten! Was mich wirklich schockiert hat, war deine ordentliche Wohnung. So etwas Schreckliches habe ich noch nie in meinem Leben gesehen, obwohl ich meine Schwester schon immer für einigermaßen pedantisch gehalten habe.«

»Sei sicher, bei deinem nächsten Besuch wirst du nicht schockiert sein. Es ist alles wieder so, wie es immer war, nämlich chaotisch. Obwohl es sein kann, dass Oregano auf meinem Gewürzbord immer noch vor Thymian kommt, weil ich in letzter Zeit selten zum Kochen gekommen bin. Ich hatte keinen Appetit.«

»Warum nicht?« Carlotta war sicher, noch nie in ihrem Leben eine Frage gestellt zu haben, deren Antwort sie so genau kannte und die sie trotzdem unbedingt hören wollte.

Fabian zog ironisch die Mundwinkel hoch, aber seine Augen sahen sie warm und liebevoll an. »Liebeskummer. Die Frau, in die ich mich, wie sich jetzt herausgestellt hat, genau drei Mal verliebt hatte, ist einfach so aus meinem Leben verschwunden und hat sich nie wieder gemeldet.«

»Es tut mir Leid«, flüsterte sie. »Ich dachte, ich wäre sehr vernünftig, aber eigentlich war ich wohl nur dumm.« Dann legte sie die Stirn in Falten. »Wieso hast du dich drei Mal in mich verliebt?«

»Ich werde es dir erklären.« Er zog sie mit sich zu der Couch in der künftigen Besucherecke, fegte die Zeitschriften herunter, die er großzügig über die Sitzfläche verteilt hatte, und legte wieder fest den Arm um sie, als sie nebeneinander in die Polster gesunken waren.

»Erkläre es mir.« Carlotta kuschelte sich an ihn. »Ich könnte dir ewig zuhören, wenn du von Liebe sprichst.«

»Ich könnte dich ewig ansehen und dabei von Liebe reden.« Zärtlich tupfte er ihr einen Kuss auf die Lippen und mehrere weitere auf die Nasenspitze, die Schläfen und das Kinn.

»Drei Mal verliebt, damit es besser hält«, sagte er dann verträumt. »Das erste Mal war am Telefon. Als du mich so eifrig überzeugt hast, dass ich Holly behalten soll, und als wir feststellten, dass wir beide *Frühstück bei Tiffany* lieben, und als es sich für mich so vertraut anfühlte, dass du immer deine Termine versäumtest und nie deinen Kalender finden konntest. Ich weiß, dass es sich verrückt anhört, aber ein bisschen war ich tatsächlich in die Frau verliebt, von der ich nicht mehr kannte als ihre Stimme und die Tatsache, dass es mir Spaß machte, mich mit ihr zu unterhalten.«

»Ich glaube, ich war auch ein bisschen in deine Stimme und deine Worte verliebt. Und in die Art, wie du von Holly gesprochen hast. Übrigens habe ich dir nie abgenommen, dass du tatsächlich davon überzeugt werden musstest, sie zu behalten.« Carlotta betrachtete lächelnd die Hündin, die ihren Kopf zwischen die beiden Körper auf die Sitzfläche der Couch geschoben hatte und nun schwärmerisch den Blick von einem zum anderen wandern ließ. Offensichtlich war sie begeistert von der Aussicht, dass sich demnächst ihr Rudel von einem auf zwei Menschen vergrößern könnte. »Kannst du mir noch mal erklären, wieso sie jetzt plötzlich Holly und nicht mehr Tiffany heißt?«

»Ich hatte sie Tiffany genannt, weil mein erster Gedanke gewesen war, sie *Hund* zu nennen, nach *Kater* in *Frühstück bei Tiffany*. Ich glaube, wir haben schon einmal darüber gesprochen, dass die Heldin ihrem Kater keinen Namen gibt, solange sie nicht bereit ist, ihm ein wirkliches Zuhause zu geben. Aber dann stellte ich fest, dass es sich um eine Hundedame handelte, und *Hündin* erschien mir als Name dann doch etwas merkwürdig. Also nannte ich sie eben ersatzweise Tiffany, sozusagen als Synonym für *Hund*. Deshalb musste sie einen neuen Namen bekommen, als ich mich entschloss, sie für immer bei mir zu behalten.«

Carlotta seufzte und kuschelte sich noch ein wenig enger an den Mann, den sie liebte. »Findest du das nicht ein bisschen kompliziert?«

»Das schon, aber auch logisch und folgerichtig. Jetzt heißt sie jedenfalls Holly nach Holly Golightly. Und es scheint ihr zu gefallen. Zumindest hört sie manchmal darauf, wenn auch längst nicht immer. Sie ist nun mal eine eigensinnige Hundedame. Aber wir arbeiten daran.«

»Holly Golightly – die Hauptfigur in *Frühstück bei Tiffany*! Darauf hätte ich von allein kommen können! Und wenn ich darauf gekommen wäre, wäre ich auch diejenige gewesen, die als Erste kapiert hätte, dass wir uns schon lange kennen.«

»Bist du sicher, dass du nicht trotzdem nach einem Grund gesucht hättest, vor der Liebe davonzulaufen? Selbst wenn du die schockierende Wahrheit über mein Dasein als Chaot gekannt hättest?« Er zerzauste ihr Haar, küsste ihren Hals, streichelte ihren Rücken und sah ihr dabei so unendlich zärtlich in die Augen, dass sie tatsächlich fast völlig ihre Angst vergaß, dass es schief gehen, dass er sie eines Tages nicht mehr lieben und verlassen könnte, weil es im Leben keine Garantien gab. Alles, was sie in diesem Moment noch wusste, war, wie sehr sie diesen Mann liebte und wollte. Auch ohne Garantie für irgendetwas.

»Mag sein, dass ich eine Zeit lang davonlaufen wollte. Aber nun werde ich es nicht mehr tun. Es war so schwierig und schmerzlich, und ich habe dich so sehr vermisst.« Sie sagte diese Worte ganz laut und deutlich. Es gab keinen Grund, sie zu flüstern.

»Und was waren die anderen beiden Male, als du dich in mich verliebt hast?« Sie strahlte ihn an. Sie würde süchtig danach werden, ihn von Liebe reden zu hören, wenn das so weiterging.

»Ich habe dich gesehen, als du die Anzeige für deine Schwester aufgegeben hast. Damals saß ich in der Schalterhalle der Zeitung. Als du da hereinstürmtest, blieb mir die Luft weg. So was ist mir noch niemals vorher passiert.«

»Das war also gar kein Zufall! Ich bin nämlich nur deinetwegen auf die Idee mit der Anzeige gekommen. Weil du mir erzählt hast, dass du über die Zeitung neue Büroräume suchen wolltest.«

Kurz runzelte Fabian die Stirn, dann grinste er breit. »Nun ja, das Schicksal hat bei dieser Begegnung aber doch ganz schön nachgeholfen, wenn man bedenkt, dass wir genau gleichzeitig in der Anzeigenaufnahme waren.«

»Und wieso hast du auf die Anzeige geantwortet, und noch dazu mit lauter Schwindeleien von wegen Ordnungsliebe und so weiter, anstatt mich einfach anzusprechen?« Carlotta tat empört und wollte doch nichts weiter, als ihn zu küssen. Überall und immer wieder.

»Als ich dich damals sah, war ich wie gelähmt. Atemlos und gelähmt. Außerdem war ich absolut nicht sicher, ob ich als irgendein Typ, der dich einfach so anquatscht, eine Chance bei dir gehabt hätte.«

Sie zuckte die Achseln und tat, als würde sie ihn kritisch mustern. »Wenn du zufällig gekämmt gewesen wärst, vielleicht.«

Zur Strafe für diese freche Antwort kitzelte er sie und küsste sie, konnte gar nicht mehr damit aufhören und küsste sie noch ein bisschen mehr.

»Das dritte Mal«, stieß sie atemlos hervor, als er für einen Moment von ihrem Mund abließ. »Erst will ich wissen, wann du dich zum dritten Mal in mich verliebt hast.«

»Wirklich schlimm wurde es, als wir zusammen bei diesem Tierarzt waren, der dich fragte, ob es nun mit der Liebe geklappt hätte, und du so verlegen wurdest. In diesem Moment war es endgültig um mich geschehen. Und es wurde schlimmer und schlimmer. An dem Abend, als du bei mir warst, war ich kaum fähig, einen klaren Gedanken zu fassen. Ich muss furchtbaren Blödsinn geredet haben.«

Sie lachte und legte ihre Stirn an seine Schulter, wo sie selbst durch den Stoff seines Jacketts die Wärme seiner Haut spüren und seinen wunderbaren, vertrauten Duft riechen konnte. »Ich kann mich leider nicht erinnern, weil ich erst recht nicht klar denken konnte.«

»Warum hast du nur heute so schrecklich viel an?«, erkundigte sie sich nach einer Weile, während ihre Hand unter seinem Hemd nach mehr Haut suchte.

»Ich habe eine Kundin erwartet«, erinnerte er sie. »Du bist hierher gekommen, um dir die Pläne für euren neuen Wintergarten anzusehen.«

»Das hat noch Zeit, nachdem es sowieso eine Ewigkeit gedauert hat, bis wir beide es endlich geschafft haben, diesen Termin einzuhalten.« Mit einer geschickten Bewegung streifte sie ihm das hellgraue Jackett von den Schultern. »Zum Glück hast du wenigstens keine Krawatte um. Ich hasse die Dinger.«

Eine Minute später waren sie von der Couch auf den nagelneuen, weichen Teppichboden gerutscht. Wahrscheinlich hätten sie es beide nicht einmal bemerkt, wenn es keinen Teppich gegeben hätte, so sehr waren sie ineinander versunken.

Als Fabian ihre Bluse aufgeknöpft und ihren BH geöffnet hatte, um zärtlich ihre Brüste zu streicheln und zu küssen, fühlte sie sich, als wäre sie nach einer langen, beschwerlichen Reise endlich nach Hause zurückgekehrt. Für einen Moment irrten ihre Gedanken ab und sie fragte sich, wer in ihrer Gegenwart vor kurzem von Liebe als von einem Nachhausekommen gesprochen hatte. Sie erinnerte sich an die schmerzliche Sehnsucht, die sie bei diesen Worten gespürt hatte. Und nun durfte sie genau dieses Gefühl erleben. Fabian war ihr gleichzeitig sehr vertraut und doch erregend fremd. Es gab noch sehr viel mit ihm und an ihm zu entdecken, aber sie hatte jetzt schon entdeckt, dass das Wichtigste schon da war – tiefes Vertrauen.

Ihre Kleidung war bereits fast vollständig verschwunden und trug, weil sie die einzelnen Teile schwungvoll weggeworfen hatten, zur allgemeinen Unordnung im Zimmer bei, als Carlotta plötzlich etwas einfiel, was sie ihm unbedingt noch sagen wollte, bevor sie endgültig nicht mehr in der Lage sein würde zu sprechen.

Sie hob ihren Kopf von seiner Brust, die sie gerade mit kleinen, zärtlichen Küssen übersät hatte, und sah ihm in die Augen. »Übrigens bin ich eindeutig die Erste von uns beiden, die gewusst hat, dass das mit uns was werden wird.«

Lächelnd strich er ihr das Haar aus der Stirn. »Wie willst du das denn beweisen?«

»Ich habe dich im Pflaumenbaum gesehen, als du die Katze retten wolltest. Damals, als ich auf der anderen Seite des Zaunes stand. Also, eigentlich habe ich ja nicht dich gesehen. Nur dein Hinterteil. Aber ich habe deine Stimme gehört. Später habe ich dann von dir geträumt. Also jedenfalls davon, dass der Mann meines Lebens von einem Baum herunterfällt.«

»Ist das wirklich wahr?« Erstaunt riss er die Augen auf, die in diesem Moment von einem tiefen Blaugrün waren, mit dem er ihr gleichzeitig den Himmel und das Meer zeigte.

Sie nickte heftig. »Ich schwöre! Was sagst du nun?«

»Dass ich unglaublich stolz bin, wenn du von mir als dem Mann deines Lebens sprichst, und dass ich alles tun werde, um dich nicht zu enttäuschen!«

Sein leises Lachen, das sie von Anfang an geliebt hatte, kitzelte sie im Ohr, als er sie noch tiefer in seine Umarmung zog. Und wie sie es vorausgesehen hatte, sagten sie dann für lange Zeit gar nichts mehr, weil ihre Lippen, ihre Hände und ihre Augen wortlos miteinander sprachen.

Epilog

Über den sieben Hügeln Roms lag mildes Oktoberlicht, das sich in zahlreichen Fensterscheiben spiegelte, rote Dächer warm aufleuchten ließ und das Paar, das Hand in Hand die Straße entlangging, in seinen goldenen Schein tauchte.

Carlotta blieb stehen, verschob die Riemen ihres Treckingrucksacks auf den Schultern und lächelte Fabian an. »Ich will dich ja wirklich nicht kritisieren, aber wenn Du nicht den Stadtplan im Forum Romanum verloren hättest, würden wir jetzt nicht auf der Suche nach dem Bahnhof herumirren.«

»Wir irren nicht herum! Gleich hinter der nächsten Ecke liegt die Statione Termini, wenn ich den netten Italiener von eben richtig verstanden habe.« Fabian tat, als wäre er wegen Carlottas Misstrauen beleidigt, aber der liebevolle Blick, mit dem er sie umfing, machte seine Bemühungen zunichte.

»Angesichts der Tatsache, dass du überhaupt nicht Italienisch sprichst, scheinst du ziemlich viel zu verstehen«, neckte Carlotta ihn, bevor sie sich auf die Zehenspitzen stellte, die Arme um seinen Nacken schlang und ihm einen leidenschaftlichen Kuss gab.

»Weißt du, dass es mir ziemlich egal ist, ob wir uns verirren, ob wir heute nach Neapel weiterfahren oder vielleicht doch noch eine Nacht in Rom bleiben? Der schönste Ort der Welt ist für mich immer der, an dem du bist.«

Fabian hielt Carlotta auch nach dem Kuss noch fest umschlungen. Sie bildeten im lebhaften Fußgängerverkehr eine kleine Insel, um die die Römer lächelnd einen Bogen machten. Man hatte hier größtes Verständnis für Liebende.

»Du sollst nicht immer solche Sachen sagen, dann werde ich sentimental«, beschwerte Carlotta sich und zwinkerte verstohlen eine Träne fort.

»Gerade drum. Ich liebe es, wenn du sentimental bist.«

Ihre Lippen berührten sich fast schon wieder, als die Melodie eines Handys sie auseinander fahren ließ.

»Das ist meins. Wenn ich nur wüsste, wo ich es hingesteckt habe!« Hastig ließ Carlotta ihren Rucksack zu Boden gleiten und wühlte darin herum. Wenig später hielt sie ihr kleines Telefon in der Hand.

»Lilli!«, rief sie erfreut, als sie die Nummer auf dem Display erkannte.

Da er nur zu gut wusste, dass die Telefongespräche zwischen den Schwestern sich hinziehen konnten, nahm auch Fabian seinen Rucksack ab und benutzte ihn als Hocker. Als Carlotta schon nach zehn Minuten das Handy wieder wegsteckte, war er überrascht.

»Das ging schnell! Gibt es keine Neuigkeiten?«

»Durchaus. Vergangene Nacht haben Lilli und Jonathan in unserem neuen Wintergarten geschlafen. In einem Doppelschlafsack, den sie schon für einen Campingurlaub nächstes Jahr gekauft haben. Lilli sagt, es sei wunderbar romantisch gewesen, wie direkt unterm Sternenhimmel. Immerhin hat ja auch ein toller Architekt den Wintergarten entworfen. Kein Wunder, dass der Sternenhimmel inklusive ist. Das müssen wir zwei auch unbedingt ausprobieren, wenn wir wieder zu Hause sind.«

»Falls wir jemals wieder nach Hause kommen.«

»Du weißt, dass in drei Wochen die Proben für *Antigone* beginnen. Bis dahin muss ich zurück sein. Und wenn ich zu Fuß die Alpen überquere!«

Nach ihrem Erfolg als Desdemona hatte Carlotta zu ihrer großen Freude ein festes Engagement am *Theater am Ringplatz* bekommen und war für die nächste Spielzeit als zweite Besetzung der Titelrolle in *Antigone* vorgesehen, was bedeutete, dass sie diese Rolle nicht nur im Krankheitsfall der ersten Besetzung, sondern auch an mindestens zwei Abenden in der Woche spielen würde.

»Nun, vielleicht wirst du gezwungen sein, über die Alpen zu wandern. Immerhin wollten wir reisen wie mittellose Studenten und unsere Kreditkarten nur in wirklich brenzligen Situationen benutzen. Falls ich mich eben nicht verhört habe, hast du Lilli erzählt, du hättest keine Ahnung, wo unsere Fahrkarten sind.«

Carlotta zuckte grinsend die Achseln. »Ich sagte nur, dass ich nicht weiß, wo die Fahrkarten sind. Das heißt ja nicht, dass ich sie nicht wieder finden kann.«

Sie deutete hoffnungsfroh auf ihren umfangreichen Rucksack. »Ich brauche nur etwas Platz und Zeit, um den ganzen Kram auszuräumen, dann werden die Fahrkarten schon auftauchen.«

Entschlossen zerrte sie das Gepäckstück an die Hausmauer, die den Gehweg begrenzte, öffnete den Reißverschluss und zog als Erstes ein paar noch einigermaßen saubere Blusen aus dem Rucksack. »Halt mal.«

»Du willst doch nicht hier anfangen, das Ding auszupacken?« Natürlich wusste Fabian ohnehin, dass sie genau das vorhatte, und wappnete sich mit Geduld.

»Übrigens werden Lilli und Jonathan im Frühling heiraten. Das haben sie vergangene Nacht angesichts des Sternenhimmels beschlossen. Lilli klang sehr glücklich.« Lächelnd legte Carlotta eine zerknüllte Hose und ein Taschenbuch neben sich auf den Boden.

»Wie schön! Dann könnten wir doch ... Hast du dir schon mal überlegt ... Eine Doppelhochzeit ...« Es kam selten vor, dass Fabian die Worte fehlten, aber dies war einer jener raren Momente.

Carlotta hob den Kopf und sah ihn lange an. »Danke, dass du das gesagt hast! Aber ich bin eigentlich nicht so sehr für geordnete Verhältnisse. Unter anderem darin bin ich ganz anders als Lilli. Ich meine – wir sind doch schon jetzt so unglaublich glücklich, warum sollten wir etwas ändern?«

»Vielleicht hast du Recht. Vielleicht werde ich aber auch versuchen, dich zu überreden, weil ich am liebsten der ganzen Welt von meiner Liebe zu dir erzählen möchte. Eine große Hochzeit wäre eine gute Gelegenheit dazu.«

»Ich sag's doch – der Mann, den ich liebe, ist solide, ein bisschen spießig und durch und durch ehrenhaft!« Carlottas Wangen leuchteten im späten Licht rosig, ihre Augen strahlten.

»Und er bringt ständig seine Termine durcheinander, verliert Stadtpläne, kann keine Ordnung halten und liebt eine absolut chaotische Frau.«

»Was heißt hier chaotisch? Ich habe alles unter Kontrolle!« Triumphierend wedelte Carlotta mit dem länglichen Umschlag durch die Luft, der die beiden Fahrkarten enthielt, die für das gesamte italienische Streckennetz galten.

»Dann lass uns schnell zum Bahnhof gehen! Und wenn wir den Zug nach Neapel verpassen, fahren wir eben irgendwo anders hin. Was hältst du von Venedig? Oder von Genua?«

»Sozusagen Last Minute quer durch Italien, genau wie wir es uns vorgestellt haben!« Glückstrahlend stopfte Carlotta ihre Sachen in einem wilden Durcheinander wieder in den Rucksack. Nur mit Mühe konnte Fabian verhindern, dass dabei die Fahrkarten erneut in den unergründlichen Tiefen ihres Gepäckstücks verschwanden.

Dann gingen sie weiter Hand in Hand in die Richtung, in der sie den Bahnhof vermuteten.

Eine urkomische, bissige
Tour de Force – mit der Heldin aus
Vier Blondinen

Janey Wilcox hat es endlich geschafft: Nach Jahren des Misserfolgs als Schauspielerin und Model, die sie damit verbrachte, reiche New Yorker aufzureißen, um sich von ihnen ihren luxuriösen Lebensstil finanzieren zu lassen, ist sie nun der neue Star der Dessouswerbung, wird zu den heißesten Partys der Stadt eingeladen und die Welt des Glamours liegt ihr zu Füßen. Die richtige Gelegenheit für Janey, mit einigen ihrer alten Bekannten abzurechnen. Doch Vorsicht! Unsichtbare Mächte scheinen sich gegen sie verschworen zu haben, um ihren tiefen Fall vorzubereiten …

»Bushnells bissige Einblicke und ihr messerscharfer Witz sind gnadenlos satirisch, zeugen aber auch von tiefem Verständnis für die universelle menschliche Angst.«
Publishers Weekly

Candace Bushnell
Raufschlafen
Roman
Deutsche Erstausgabe

ULLSTEIN TASCHENBUCH

Mary Poppins' moderne Schwester

Ihren Job als Kindermädchen in London hatte sich Jo Green einfacher vorgestellt. Und gerade als sie das streitwütige Paar Dick und Vanessa sowie ihre drei sehr eigenwilligen Kinder ins Herz geschlossen hat, zieht ein weiterer Mieter in das Haus der Fitzgeralds. Plötzlich muss Jo ihr Nanny-Apartment mit dem umwerfend gut aussehenden, aber unberechenbar launischen Josh teilen. Als eines Tages auch noch ihr Freund Shaun auftaucht, fahren Jos Gefühle schließlich Achterbahn ...

»Großartige Unterhaltung«
Woman's Own

Melissa Nathan
Die Nanny
Roman

ULLSTEIN TASCHENBUCH

»Verrückt, romantisch, komisch!«
Lisa

Liebeskummer? Herzschmerz? Nie wieder!, hat Laurel sich geschworen. Von Männern und Beziehungsfrust hat sie die Nase voll. Da kommt der neue Job gerade recht: Laurel übernimmt die Leitung einer Heiratsvermittlung. Aus sicherer Entfernung widmet sie sich fortan dem verkorksten Liebesleben anderer Leute. Bis Amor sie törichterweise noch einmal mit seinen Pfeilen beschießt …

»Temporeich und voller Gefühl«
The Mirror

Zoë Barnes
Voll erwischt
Roman

Ullstein Taschenbuch

Moments
Zeit für Gefühle
Liebesromane mit
Happy-End-Garantie
Sophie Berg
Vom Internet ins Ehebett
ISBN: 3-937670 47 5
Liebe ist kein Beinbruch
Elaine Winter
ISBN: 3-937670-01-7
Jeanette Sander
Zauberei für zwei
ISBN: 3-937670-17-3
Liza Kent
Verlieb dich nie nach Mitternacht
ISBN: 3-937670-03-3